D1984170

Reiche. Der verlorene Frühling

Dietlof Reiche

Der verlorene Frühling

Die Geschichte von Louise Coith und dem
Lokomotivheizer Hannes Bühn,
der zum Barrikadenbauer wurde.
Frankfurt 1848.

anrich

Der Plan der am 18. September 1848
in Frankfurt errichteten Barrikaden
wurde mit der freundlichen Unterstützung
des Historischen Museums, Frankfurt,
reproduziert.

© 1979 Anrich Verlag, 6101 Modautal-Neunkirchen
Einbandgestaltung: Bettina Anrich-Wölfel
Gesamtherstellung: Bercker. Graphischer Betrieb, Kevelaer
ISBN: 3-920110-50-1

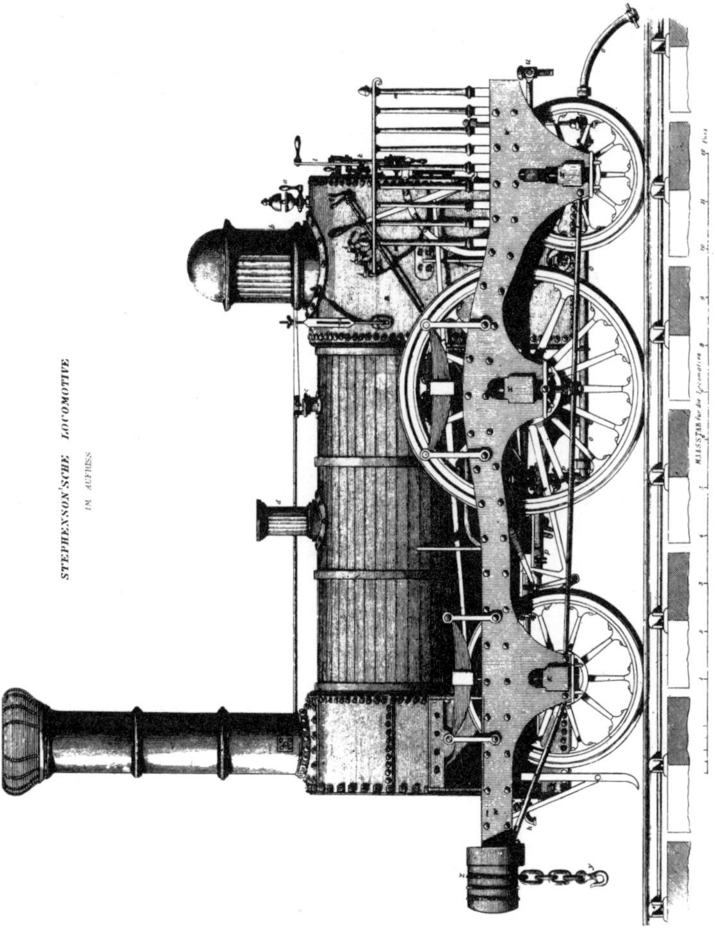

Die Stephensonsche Lokomotive. (Beim „Blitz“ war der Kessel so verlängert, daß der Führerstand über die Hinterachse hinausragte.)

1

Er stand breitbeinig auf der glitschigen Tenderplattform, eine Hand am eisernen Kurbelgriff, und fühlte das anschwellende Vibrieren, als die Bremsklötze über die Radkränze zu schurren begannen. Aufmerksam beobachtete er über den regennassen Koks hinweg, wie sich der Abstand zum Packwagen verringerte. Er ließ den Griff los und umfaßte mit beiden Händen den waagrechten Knebel der Kurbel. Mit angespannter Behutsamkeit, Zoll um Zoll, ruckte er die Bremse zu, und unter ihm setzte das Kreischen der Klötze ein. Er glaubte zu spüren, wie die ungebremsten Zentner der Lokomotive auf den Tender drückten. Noch zehn Schritt bis zum Packwagen, noch drei – mit aller Kraft warf er sich gegen den Knebel. Satt klackten hölzerne Pufferscheiben aufeinander, und die Lokomotive stand.
Hinter ihm, auf der Führerplattform, sagte Ott: „Gut, Hannes. Auf den Punkt, und das bei den nassen Schienen.“ Ott sprach ruhig und leise, wie es seine Gewohnheit war. „Ich hab eine Menge Heizer gehabt. Von denen hätten das zwei oder drei so hingekriegt. Das sage ich, auch wenn du dir jetzt was einbildest. Aber gute Arbeit verdient ihr Lob.“
Ott schwenkte den Steuerhebel nach vorn und setzte ihn für später auf Vorwärtsfahrt. Dann nahm er seine lederne Mütze ab, hielt sie schräg und ließ Wasser ablaufen, das sich hinter dem hochgeklappten Ohrenschutz angesammelt hatte. Er blinzelte in den Regen. „Das hat sich richtig eingesaut.“ Sein rundes, wetterrotes Gesicht glänzte, und der Backenbart war naßgeklatscht. Ott wirkte stämmig und untersetzt, der geölte Regenmantel spannte über dem Bauch. Er setzte die Mütze auf. „Ich geh pissen.“
Hannes lehnte über dem Eisengeländer des Führerstandes

und sah hinter Ott her, wie der zum Packwagen ging, sich bückte und kontrollierte, ob der Zugschmied die Kette korrekt eingehängt hatte, und wie er dann über die Gleise hinüber zum Lokomotivschuppen watschelte.
„Wie eine Ente“, dachte Hannes. „Aber so werde ich auch laufen nach sieben Dienstjahren.“ Hannes war seit vier Monaten bei der Taunusbahn. Als man ihn im November 47 als Heizer eingestellt hatte, war er knapp neunzehn gewesen. Obwohl groß und kräftig, war ihn anfangs die Plackerei auf der Lokomotive sauer angekommen. Hannes hatte mitgezählt: Während der anderthalb Stunden dauernden Tour Frankfurt–Wiesbaden oder zurück mußte er 137 Schaufeln Koks in das Feuerloch werfen, das waren, so schätzte er, acht Zentner. Im Sommer würde er bei sechs Touren täglich 48 Zentner schaufeln. Er hatte sich gefühlt wie ein schwindsüchtiger Tagelöhner beim Eisenbahnbau.
„Und ich bin mit der Schaufel auf die Kohlen losgegangen wie eine Wildsau“, dachte Hannes. Bald aber hatte er gelernt, mit knappen Bewegungen den Schwung der Schaufel zu nutzen, und vor allem: sparsam zu heizen. „Daß ich kein Wölkchen am Kessel seh“, hatte sein erster Lokomotivführer gesagt. „Dampf gehört durch den Kamin geblasen, wenn er was geschafft hat, und nicht unnütz durch's Ventil. Man müßt euch Heizern den verwirtschafteten Koks zu fressen geben, Pfund um Pfund, dann würdet ihr's lernen.“ Nicht eine Schaufel zu viel, die Glut auf dem Rost durchgebrannt halten, kirschrot bis in den hintersten Winkel der Feuerkiste – sie war mehr als Schaufelschwingen, die Heizerei. Hannes bekam Spaß daran. Nicht lange, und er empfand es als schmachvoll, wenn die Lokomotive abends mit mehr als einem Quadratfuß Glut auf dem Rost in den Schuppen rollte. Und als später die Verwaltung seine Lokomotive zur sparsamsten des Monats Januar erklärte, war er stolz gewesen, wie damals, als er zum Gesellen freigesprochen wurde.

Hannes dachte: „Und erst da, glaub ich, ist's gewesen, daß ich mich mit der Heizerei ausgesöhnt hab."
Hannes war Schmied, und Kohlen schaufelte in der Werkstatt der Lehrling, allenfalls der Jung-Geselle. Hätte er in seinem Handwerk Arbeit gefunden, nie hätte er sich auf die unzünftige Heizerei eingelassen. Und die jährlichen 365 Gulden hätten ihm gestohlen bleiben können, auch wenn dies Gehalt seinen Lohn als Schmiedegeselle um 80 Gulden überstieg. Die gingen ohnehin wieder drauf für Ölzeug, Lederhandschuhe, Wolljacken, Pelzstiefel. Und für Kaffee mit Schnaps. Allein für den, so hatte Hannes ausgerechnet, würde er im Jahr etwa 35 Gulden ausgeben müssen. „Aber den braucht's hier droben", dachte er und zog seine Kappe tiefer. „Wenn ich denk, wie das im November gewesen ist..."

Als er seinen Vertrag unterschrieben hatte, waren ihm vom grämlich dreinblickenden Lohnschreiber magere zehn Gulden als Vorschuß ausgezahlt worden. Von täglichem Kaffee in der Flasche oder gar von einem Bärenhautmantel, mit Biber gefüttert, wie ihn sein erster Lokomotivführer trug, konnte er bloß träumen. Die anfänglichen Wochen auf dem offenen Führerstand waren grausam gewesen. Wenn Hannes nach der Schufterei mit der Schaufel verschwitzt im eisigen Fahrtwind stand, hätte er heulen mögen. Ein Wunder, daß er sich keinen Rheumatismus gefangen hatte. „Aber den krieg ich sowieso", dachte Hannes. „Über kurz oder lang krieg ich ihn, auch wenn ich eine Bärenhaut hätte. Den hat noch jeder hier droben gekriegt." Und fast jeder holte sich auf der schlagenden, stampfenden Lokomotive dicke Knie, steif wie die eines gichtigen Pfleghäuslers. „Na", dachte Hannes, „vielleicht kommst du davon. Überhaupt, so wild ist das alles nicht. Jetzt bist du gesund, und was später ist, wird sich zeigen. Aber gib's zu: ein wenig hast du Angst.

Ja, du hast Angst. Besonders, daß du harthörig wirst. Wie der Ott."

Als Hannes vor vier Wochen, Anfang Februar, auf Otts Lokomotive, den Blitz, versetzt worden war, und sich bei Ott gemeldet hatte, hatte der ihn zunächst schweigend gemustert. Dann sagte Ott: „Bahnwärtersignale und Lokomotivsignale – daran hängt alle Sicherheit."

„Ja ... schon ... ich meine: das weiß ich."

„Nichts weißt du. Wenn wir das Pfeifsignal von einem nachfolgenden Zug überhören, was kann da passieren?"

Hannes dachte: „Will der jetzt wirklich, daß ich antworte?" Er hatte geschwiegen und über das ‚wir' nachgedacht: Es war der Lokomotivführer, dem kein Signal entgehen durfte, nicht der Heizer.

„Vier Ohren hören besser als zwei", sagte Ott. „Deshalb gilt auf dem Blitz: Der Heizer hört mit. Jedes Signal zeigt er mir an." Ott hob die Hand. „Das heißt ‚Achtung'. Und so zeigst du, wieviel Pfiffe du gehört hast." Er spreizte drei Finger. „Kapiert?"

Hannes verstand nichts. Pfiffe zählen! Das hatte noch kein Lokomotivführer von ihm verlangt. War er hier an einen Kauz geraten? „Ob du kapiert hast?" fragte Ott. Hannes nickte. Da drehte Ott sich um. „Ob du kapiert hast?" fragte er in die Luft hinein. Er sprach jetzt noch leiser.

„Der spinnt wirklich", hatte Hannes gedacht. „Und warum macht er's Maul nicht auf? Alle Lokomotivführer brüllen, als wären sie harthörig, und der hier ... ach du Heiliger!" Und er dachte: „Wenn das die Verwaltung rauskriegt – die jagt ihn aus dem Dienst." Er begriff: Schwerhörige redeten überlaut, also sprach Ott betont leise. Niemand durfte merken, was Jahre hämmernden Lokomotiv-Gedröhns in seinen Ohren angerichtet hatten. Auch dem Heizer durfte er's nicht sagen. Aber der mußte es wissen. „Ob das die andern alle kapiert haben?" dachte Hannes. „Und wenn: haben sie

ihm geholfen?“ Er jedenfalls wollte es tun. Und er sagte laut: „Ja, ich habe das alles verstanden.“
Ott hatte sich ihm zugewendet, ihn schweigend angesehen und dann gesagt: „Ich glaube, du hast's wirklich kapiert.“
Das war jetzt vier Wochen her. „Ja, genau“, dachte Hannes. „Es ist ein Donnerstag gewesen, der 3. Februar. Und heut ist auch Donnerstag. Der 2. März. Sozusagen ein kleines Jubiläum auf dem Blitz.“ Hannes lächelte vor sich hin.
„Sag mal, was ist denn damit?“ Ott stand unten. „Da, den Druck mein ich.“ Er deutete auf die Federwaage am Stehkessel. „Achherrje.“ Hannes griff nach der Schaufel. Mit einem Fußtritt entriegelte er die Feuertür. Ott kam hochgeklettert. „Ist ja noch Zeit.“ Er zog seine Taschenuhr. „Noch zehn Minuten bis zum ersten Läuten. Hetz dich nicht.“
Aber Hannes hatte schon drei Schaufeln aufgeworfen. Er schlug die Feuertür zu und drückte den Hebel für die Rauchklappe hoch. Dunkler Qualm quoll durch das Drahtgeflecht des Funkenkorbes oben auf dem Schornstein. Es regnete immer noch, aber jetzt war Wind aufgekommen und drückte den Qualm über die Lokomotive hinweg zum Packwagen und weiter unter das Gebälk der Einstieghalle.
„Mist“, sagte Ott. „Na, kann man nichts machen.“ Er sah wieder auf die Uhr. „Acht Minuten, bis sie die Leut rauslassen.“
Bis dahin konnte sich der Qualm verzogen haben. Hannes beugte sich über das Geländer und ließ den Blick die Wagenreihe entlangwandern. Zwölf waren es heute. Das sah er, weil der letzte Wagen, ein Packwagen, naßglänzend draußen vor der Einstieghalle stand, fast schon am Holzzaun, der das Empfangsgebäude vom Bahngelände trennte. Auf den Stufen vor dem Gebäude warteten die beiden Portiers auf das Glockenzeichen.
Hannes richtete sich auf und blickte über die Wagendächer. Die fünf Bremser saßen schon, und am vorderen Packwagen

zog sich gerade der Zugschmied hoch. Er war ein älterer Mann, und Hannes sah zu, wie er, auf dem Tritt balancierend, ein Tuch aus der Jackentasche holte, das Sitzbrett auf dem Wagendeck trockenwischte und sich dann zwischen den beiden Griffen auf dem Sitz zurechtruckelte. „Wirst doch eh patschnaß", rief Hannes. Der Mann zuckte mit den Achseln. Dann wendete er sich um und hob die Hand. Er bewegte sie im Kreis, und Hannes beobachtete, wie die Bremser ihre Kurbeln drehten, wie auch der Zugschmied seine Bremse zudrehte, und wie sie dann, auf ein zweites Handzeichen, die Bremsen wieder lösten.
„Da kommt unser verehrter Zugführer", sagte Ott. „Na, was der heut zu meckern hat, das weiß ich schon." Er hatte die Ellenbogen auf das Geländer gestützt und drehte die Daumen umeinander.
Der Zugführer war ein hagerer Mensch mit einem schwarzen Schnauzbart, und er sagte zu Ott hoch: „Vor Flörsheim wird gebaut, also Obacht dort." Ott nickte. Der Zugführer zeigte auf den Schornstein. „So was will ich nicht noch mal sehen. Alles, was die Passagiere belästigt, ist zu vermeiden." Ott nickte wieder, und der Zugführer ging. „Arschloch", murmelte Ott. Dann sah er Hannes an. „Bei Flörsheim wird gebaut, hab ich verstanden."
Hannes schüttelte den Kopf. „Vor Flörsheim." Er sprach laut, wie immer, wenn er sich mit Ott unterhielt.
„Meine ich ja. Aus dir wird mal ein Lokomotivführer, an dem die Verwaltung ihre Freude hat. Aber hast schon recht: Ohne Akkuratesse geht's nicht bei der Eisenbahn. – Vorsicht jetzt."
Hannes trat zur Seite. Der Reihe nach öffnete und schloß Ott die Probierhähne an der Kesselwand, um den Wasserstand zu prüfen. Sie sahen aus wie Zapfhähne am Bierfaß, und aus dem unteren schoß ein dünner Wasserstrahl, auch aus dem mittleren. Aus dem oberen zischte Dampf. „Gut",

sagte Ott. „Und der Druck stimmt jetzt auch. – Sag mal, hast du schon unterschreiben müssen?“
„Was unterschreiben?“
„Na, den Revers, den Wisch von der Verwaltung.“
Hannes schüttelte den Kopf. „Nein, noch nicht. Was steht denn drin?“
„Daß es den Bediensteten der Taunuseisenbahn untersagt ist, sich politisch zu betätigen. Oder so ähnlich.“
„Aha“, sagte Hannes. „Und was heißt das? Ich meine: Was genau darf man nicht tun?“
„Das kannst du dir doch denken, Hannes. In politischen Vereinen darfst du nicht sein und so was. Na ja, freilich, hast recht. Genau kann man's nicht wissen. Also, bei den Turnern, wenn du da mitmachst, dann fliegst du, das ist klar. Aber schon das Montagskränzchen – was die Verwaltung darüber denkt, tja ...“ Ott hob die Schultern.
„Montagskränzchen ... Wieso? Ich meine ... Ist das politisch?“
Ott sah ihn an. „Hannes, Hannes. Du bist ein guter Heizer, aber ... Hör mal: Wenn in Frankfurt überhaupt was politisch ist, dann das Montagskränzchen. Und du fragst ...“ Er schüttelte den Kopf.
„Ich kümmer mich nicht um Politik, das wissen Sie doch.“ Hannes schlug den Kragen seiner Öljacke hoch. Der Ott kümmerte sich entschieden zu viel. Irgendwann würde der in die Bredouille kommen mit seiner Politisiererei. „Und warum heißen die dann so komisch, was?“
„Weil sie die Polizei hinter's Licht führen wollten. Sie haben so getan, als wär das alle Montagabend bloß was Geselliges.“
„Und? Hat's was geholfen?“
„Weiß nicht. Ich denk mir, die Polizei hat schnell spitz gekriegt, daß die nicht nur Wein probiert haben und die Pfeife geraucht. Aber es sind eine Menge honette Bürger drin. Da

hat der Senat halt abgewartet. Und jetzt ist's zu spät. Heut kann er das Montagskränzchen nicht mehr verbieten."

„Wieso?" fragte Hannes und bereute sofort, daß er gefragt hatte.

„‚Wieso' fragt dieser Mensch!" Ott hob die Hände und ließ sie wieder sinken. „Ja, gehst du blind durch die Stadt? An jedem Eck fuchteln die Leut mit Flugblättern, reden sich die Köpf heiß, auf der Zeil rotten sie sich zusammen und schreien ‚Preßfreiheit', dem Zensor haben sie die Fenster zerschmissen, in den Wirtshäusern disputieren sie bis in die Nacht. Und dieser Mensch fragt ‚Wieso'! Ja, da soll doch –" Er schlug mit der Faust auf das Geländer.

Hannes starrte ihn an. Was war denn in den gefahren? Wie ein Kutschpferd, wenn's den Koller kriegt. „Der tut, als gehört's bestraft, daß ich mich nicht auskenn", dachte er. „In der Art hat er mich noch nie abgekanzelt." Hannes war betroffen. Ob er sich doch mal kümmerte?

„Gut", sagte Ott, „keinen kann man zwingen. Nur: Wenn dich später deine Enkel fragen, ‚wie war das Anno 48 im März?', was dann? Vom Kohlenschaufeln werden sie nichts hören wollen. Ich wette, du weißt noch nicht mal, daß in Frankreich Revolution ist."

„Klar", sagte Hannes und richtete sich auf. „Klar weiß ich das." Philipp, mit dem er die Kammer teilte, hatte davon gesprochen.

„Und?" fragte Ott.

„Was und?"

„Was das heißt, wenn da Revolution ist."

„Gott, ja ... Frankreich halt ... nicht?"

„Hannes, Hannes." Übertrieben rang Ott die Hände. „Im Ernst: Wie die Exzentergabeln den Dampf steuern, so was Vertracktes erklärst du aus dem Handgelenk. Aber sonst ... Geh mal ins Gräbersche Lokal zu einer Versammlung, dafür reißt dir die Verwaltung den Kopf nicht runter. Schau mal in

eine Zeitung und ... Läutet es?“ Hannes nickte. „Das erste Mal.“
„Weiß ich selber“, brummte Ott, während er auf seine Uhr sah. „Pünktlich, der Herr Bahnhofsaufseher. Noch zehn Minuten bis zum Abgang.“ Er verstaute die Uhr unter dem Mantel. „Also, was ich noch sagen wollt ... Was ist denn das?“ Lauschend hielt er den Kopf schräg.
Hannes hatte es schon gehört. „Da rufen welche ... ‚Hoch‘ schreien die.“ Beide beugten sich über das Geländer. „Jessas“, sagte Ott. „Wollen die alle mit?“
Kopf an Kopf drängten sich die Menschen, hinten an den Vierte-Klasse-Wagen. Und immer mehr kamen dazu, quollen aus den beiden Türen im Empfangsgebäude. Hannes sah, wie Bürger in Gehrock und Zylinder an den wild fuchtelnden Portiers vorbeidrängten, ohne Billetts vorzuweisen, wie Handwerksburschen in blauen Kitteln kurzerhand den Lattenzaun überstiegen, auch Frauen sah er, mit ihren braunen und grünen Regenschirmen. Die Einstieghalle war angefüllt mit Stimmengewirr.
„Ah, ich weiß“, sagte Ott. „Die Mainzer Deputation ist zurück.“
Das mußten die befrackten Herren sein, mit den schwarz-rot-gelben Rosetten an den Zylindern. Schwarz und würdig standen sie in der Einstieghalle, umdrängt von den aufgeregten Menschen, und aus ihrer Mitte ragte eine Fahne, schwarz-rot-gelb.
„Die waren in Darmstadt“, sagte Ott. „Aber so wie die ausschaun – den Großherzog haben die nicht davongejagt. Hör mal hin. Kannst du was verstehen?“
Einer der Herren hatte sich auf ein Trittbrett gestellt. Er hob die Arme, und es wurde still. Der Regen prasselte auf das Schindeldach der Halle. Der Herr, der einen gewaltigen Backenbart trug, begann zu reden. Angestrengt lauschte Hannes, aber er bekam nur Fetzen mit. „Wir Mainzer Bür-

ger ... freiheitsliebend seit je ...", hörte er, „... keine Untertanen mehr ..."
„Was sagt er?" fragte Ott. Hannes sagte es ihm.
„Geschwätz", brummte Ott. „Hessen-Darmstädter sind sie, Untertanen vom Großherzog. Und solang's den gibt ... Versuch mal zu hören, was mit dem ist."
Hannes lauschte. Zuerst Namen – Gagern, Wittgenstein –, die ihm nichts sagten, dann aber ... Die Hand hinter das Ohr gelegt, hörte er zu.
„Und?" fragte Ott.
„Er sagt, daß der Großherzog nicht mehr allein regiert. Von einem ‚Mitregent' hat er was gesagt. Ludwig heißt der."
„Der Erbgroßherzog." Kopfschüttelnd sah Ott ihn an. „Und du hast dich nicht verhört? Na, so hab ich mir die Revolution nicht vorgestellt. Den einen gegen den anderen austauschen und fertig." Mit zusammengekniffenen Augen spähte er zur Menschenmenge. „Dabei ist das der Zitz, der da redet. Von dem hätt ich weiß Gott was andres erwartet. Daß der sich damit zufrieden gibt ... Freilich, das Häuflein Biedermeier dort, was kann das schon ausrichten. Mit 6000 Mann haben die Mainzer nach Darmstadt ziehen wollen. Ich möcht wissen, warum sie's nicht getan haben."
„In Darmstadt gibt's Soldaten", sagte Hannes.
„Joi, Hannes." Ott sah ihn von der Seite an. „Bist ja ein politischer Kopf. Aber hast recht, das kann's gewesen sein." Sich wieder über das Geländer lehnend: „Außerdem, die Mainzer stehn nicht allein, man darf die Darmstädter nicht vergessen. Die können hübsch wild werden, wenn sie wollen. Und ich glaub, sie haben ihrer Regierung mehr abgezwungen als boß den Ludwig. Sonst wären die Frankfurter nicht so aus dem Häuschen. Da, schau sie dir an, die Leut. Das halbe Montagskränzchen ist drunter."
Hannes schaute. „Mit dem Kränzchen hat er's heut", dachte er. „Und wie soll ich sehen, wer dazugehört?" Vielleicht der

Große dort, der abseits an einem Pfeilerbalken lehnte? Ja, der sah aus wie ein honetter Bürger, in seinem dunkelgrauen Tuchpaletot. Der schwarze Kragen war vermutlich aus Samt. Und der weiche Zylinderhut – feinster, grauer Filz, keine Frage. „Trotzdem", dachte Hannes, „einer von den Reichen ist er nicht." Der Paletot war zu eng, von den Knöpfen über dem Bauch spannten sich Quetschfalten, auch war er nicht glatt gebürstet. Und trug ein honetter Bürger einen so dicken, rabenschwarzen Vollbart? „Na", dachte Hannes, „wenn einer alle Montag polizeibekannt politisieren geht..."

Der Mann hielt den Kopf vorgereckt und blickte unverwandt hinüber zu den Wagen, wo der Herr auf dem Trittbrett noch immer redete.

Der Regen hatte nachgelassen, und Hannes hörte: „... nicht zufrieden geben. Aber auch in Deutschland hat sich das Rad der Geschichte zu drehen begonnen, unaufhaltsam, und es wird die morschen Fürstenthrone überrollen, als wären sie von Stroh!"

„Bravo!" Der Mann mit dem dicken Bart hatte es gerufen. „Bravo, Zitz!" Aus der Menge rief einer: „Nieder mit den Fürsten!"

Dann lärmten alle, und Hannes sah, wie der Mann mit dem dicken Bart die Arme hochriß beim Schreien.

„Vieles bleibt zu tun", fuhr der Herr auf dem Trittbrett fort. „Und die Freiheiten, die wir schon errungen haben, sie werden uns beflügeln. Wir Mainzer werden unser neues Recht auf Volksbewaffnung, unsere neuen Gerichte und unsere junge Freiheit der Presse zu nutzen wissen im Kampf um die ganze Freiheit und für ein einiges Deutschland. Und nun", sagte der Herr auf dem Trittbrett, „frage ich euch Frankfurter: Wie steht es mit euch? Ihr habt keinen Fürsten. Und ihr nennt euch freie Stadt. Aber seid ihr wirklich frei? Habt ihr Geschworenengerichte? Habt ihr eine freie Presse?"

„Zum Teufel, nein!“ brüllte der Mann mit dem dicken Bart.
„Frankfurter!“ rief der Herr auf dem Trittbrett. „Ich hoffe – nein, ich weiß es, weiß es gewiß: Seite an Seite mit euren deutschen Brüdern werdet auch ihr die neuen Freiheiten erringen. Auch ihr werdet kämpfen. Und deshalb rufe ich: Das freie Frankfurt – es lebe hoch!“
„Hoch!“ brüllte der Mann mit dem dicken Bart. „Hoch! Hoch!“ schrie die Menge. „Das freie Frankfurt hoch!“ Und der Mann mit dem dicken Bart riß sich den Zylinder vom Kopf. „Hoch!“ Und dann sah Hannes, wie er den Zylinder in die Luft schleuderte, wie der Zylinder über die Menschenmenge flog und querab verschwand. „Hoch!“ schrie der Mann mit dem dicken Bart. Nicht einen Blick warf er dorthin, wo der Zylinder verschwunden war.

„Laßt eine Wespe, wenn sie erscheint, ein wenig gewähren und etwas Lärm machen. Regt keinen Muskel, seid ruhig wie die Statue der Venus, bis die Wespe geneigt scheint, sich zu setzen. Alsdann taucht das befiederte Ende eines Gänsekiels in Salatöl, nähert euch der Wespe, so sanft als ihr es vermögt, und ölt den Leib des Tierchens ein – es wird sich auf den Rücken wenden und in einer Minute tot sein. Da, Mädchen, da seht, was Sanftmut und ein wenig Öl vermögen. Nun hört meine Moral: Wenn ein Gemahl in übler Laune nach Hause kommt, so schreit nicht und seid nicht aufgeregt, versucht es vielmehr mit ein wenig Öl … Herrgott, was für ein Schwachsinn.“
„Fräulein Coith?“ Es klopfte. „Sind Sie daheim, Fräulein Coith?“
Louise seufzte und legte die Blätter auf den Tisch. „Kommen Sie herein, Frau Schmidt.“

„Störe ich? Nein, ich seh's. Sie schreiben nicht. Sie lesen die Zeitung. Ist die von heute? Da war die Stadtpost aber mal pünktlich."
„Ja", sagte Louise. „Nehmen Sie Platz." Sie zeigte auf einen der beiden Stühle mit Blümchenbezug.
„Wenn Sie erlauben", sagte Frau Schmidt. „Hier auf dem Kanapee ist's bequemer." Sie ließ sich neben Louise nieder. „Nur auf ein kleines Schwätzchen. Schmidt beschneidet die Rosen, und ich muß gleich wieder ... Darf ich?" Sie sprang auf und griff sich die Zeitung. „Sie wissen ja, das Frühjahr in einer Gärtnerei. Gott sei Dank hat es aufgehört zu regnen. Nun, was gibt es heute in der Didaskalia?" Sie blätterte. Die Didaskalia war die Beilage zum Frankfruter Journal, Louise teilte sich das Abonnement mit Frau Schmidt. „Nicht wahr", sagte die, „wir gebildeten Menschen brauchen unsere Zeitung." Flink ließ sie ihre Augen über die Zeilen gleiten.
Louise lächelte. Wie oft hatte sie diesen Satz schon gehört, seit sie vor einem knappen Jahr in das Schmidt'sche Haus gezogen war. Frau Schmidt war Lehrerstochter und fühlte sich als Gärtnersfrau ein wenig unter Stand verheiratet. Dabei war Herr Schmidt ein angesehener Kunstgärtner und galt in Frankfurt als geschickter Rosenzüchter. Frau Schmidt hatte ein schmales Gesicht, große, dunkle Augen und ein klein wenig abstehende Ohren. Das Haar trug sie, wie es üblich war, in der Mitte gescheitelt und am Hinterkopf zum Knoten geschlungen.
„Oh, das ist hübsch", sagte Frau Schmidt. „Hören Sie: Laßt eine Wespe ..."
„Ich hab's gelesen", sagte Louise.
„Nun? ‚Moral für junge Frauen' steht drüber. Sehr gut. So mach ich's mit Schmidt auch immer."
Louise mußte lachen.
„Na ja", gab Frau Schmidt zu, „wenn's nicht grad mit mir

durchgeht. Aber ein lehrreiches Geschichtchen, finden Sie nicht?"
„Nun ja." Louise griff nach dem Kästchen auf dem Tisch und klappte den Deckel auf. „Was soll ich sagen..."
„Oh, ich weiß", sagte Frau Schmidt. „Sie finden es nicht gut geschrieben, nicht wahr? Das kann ich mir denken, wo Sie doch Gedichte machen."
„Das ist es nicht allein." Louise nahm eine ihrer dünnen, schwarzen Viktoria-Zigarren heraus. Sie riß ein Schwefelholz an. Während sie das Zigarillo entzündete, dachte sie: „Jetzt laß dich nicht hinreißen. Sie versteht's doch nicht. Und am Ende hält sie dich für noch verquerer, als sie's ohnehin schon tut. Also sag was anderes." Sie sagte: „Das mit der Wespe gefällt mir nicht. Gerade Sie müßten doch..."
„Ist ja wahr! Man quält sie." Frau Schmidt sah in die Didaskalia. „Mit Salatöl. Grausam." Sie war Mitglied im Verein gegen Tierquälerei. „Aber Wespen... Haben Sie unsere Zwetschen gesehen letztes Jahr? Zehn Gulden Verlust, wenigstens... Oh, da fällt mir etwas ein, gut, daß Sie mich draufgebracht haben. Wissen Sie, die Frauen unseres Vereins wollen zur nächsten Generalversammlung auch etwas beitragen. Und da haben wir uns gedacht: Vielleicht ein Gedicht? Machen Sie uns eines, ja? Es muß recht gefühlvoll sein."
Louise verfaßte Auftragsgedichte, als Zubrot, das Stück für 24 Kreuzer, und es war sauer verdientes Geld. Taufe, Hochzeit, Konfirmation – was hatte sie nicht schon bejubeln müssen.
„Was soll ich denn diesmal... Wenn Sie mir etwas genauere Anweisung geben könnten?"
„Tja... die Not des gequälten Tieres, nicht wahr? Und natürlich das Wirken unseres Vereins. Warten Sie." Frau Schmidt sprang auf. „Ich hole geschwind unsere Statuten."

Die beiden Zimmerchen, die Louise bewohnte, lagen neben der Wohnung des Ehepaars Schmidt, im ersten Stock. Im Erdgeschoß lebte ein Lehrer mit seiner Familie.

„So“, sagte Frau Schmidt und wedelte mit dem Heftchen, „da steht alles drin.“

Louise legte es neben sich auf das Sofa. „Ich schau später rein.“ Sie sah Frau Schmidt an. „Ich will nämlich die Zeitung zu Ende lesen. Wann brauchen Sie das Gedicht?“

„In vierzehn Tagen, ja?“ Frau Schmidt trat an den Tisch. „Sie lesen gründlich, nicht wahr? Gewiß haben Sie das Journal schon durch. Wo ist es denn? Ah, hier. Wie steht's bei den Franzosen?“ Sie blätterte das Frankfurter Journal auf. „Hier: Paris, 29. Februar, aus einer Privatkorrespondenz... Ruhe eingekehrt ... die Belebung der Geschäfte nimmt ihren Fortgang... Na, ich les es heut abend.“ Und indem sie die Zeitung zusammenfaltete: „Schrecklich muß es dort hergegangen sein. Den Thron vom König haben sie verbrannt, öffentlich. Und jetzt haben sie eine Republik.“

„Was ist denn daran schrecklich?“ fragte Louise.

„Na ja... natürlich nicht das mit dem Thron. Und der König Louis-Philippe soll ja in Sicherheit sein. Aber die Unruhe, die Unordnung...“

„Sie meinen also“, sagte Louise und zerdrückte den Stummel ihrer Viktoria auf dem Teller neben dem Kästchen, „Unruhe und Unordnung – das ist die Republik.“

„Ach gehn Sie, Fräulein Coith, Sie nehmen's immer so genau. Sie wissen doch, was ich meine. Barrikaden, bewaffnete Arbeiter. Also ich meine, wenn das unverständige Volk...“

„Es war verständig genug, die Regierung Guizot fortzujagen. Und Guizot hat zuerst schießen lassen.“

„Nun ja, wie es scheint... Vom Guizot liest man überhaupt Schlimmes. Er soll den König angestiftet haben, daß er an der Börse spekuliert. Tja, nun sind sie beide fort, und alles

ist in der Reih. Die neue Regierung, das sind anständige Bürger, nur ein paar demokratische Hitzköpfe dabei, wie man hört. Trotzdem", sagte Frau Schmidt und schüttelte den Kopf, „wenn ich mir vorstell, daß sowas auch bei uns ... Na", setzte sie hinzu, „in Frankfurt gibt's keine Fabriken und kein Proletariat."
„Aber viele Handwerksgesellen."
„Das ist wahr. Und die machen genug Krawall. Wie heut mittag: Ich komm vom Markt und will über den Dalles mit meinen Körben. Ei meinen Sie, die hätten mir Platz gemacht? Stehn und disputieren, als hätten sie keine Arbeit. Man traut sich bald nicht mehr in die Stadt als anständiger Mensch. Und erst in den Versammlungen, ich sage Ihnen, da geht's her wie im Narrenhaus."
„Woher wissen Sie das? Haben Sie eine erlebt?"
„Ich? Wo denken Sie hin? Nie." Frau Schmidt rückte am Haarknoten. „Sagen Sie selbst, Fräulein Coith, als anständige Frau kann man ..." Sie stockte und ließ die Hände sinken. „Oder ... Am Ende waren Sie schon mal bei sowas?"
Louise schüttelte den Kopf. „Nein, ich war nicht." Sie dachte: „Und das ist eine Schande."
„Na sehen Sie." Frau Schmidt nickte zufrieden. „So. Jetzt muß ich an die Arbeit. Schmidt wird mit seinen Rosen schon fertig sein." Sie trat ans Fenster und schob die Mullgardine zur Seite.
Louise dachte: „Da rede ich wieder vom Volk, dem vielberufenen, und war noch nicht mal bei einer Versammlung." Und während sie eine neue Viktoria anzündete, dachte sie: „Nun, das kann man nachholen. Die Ankündigung neulich: 2. März. Also bitte, warum nicht heute?" – „Frau Schmidt", sagte sie, „wissen Sie, was das Gräbersche Lokal ist?"
„Freilich", sagte die und löste sich vom Fenster. „Ein Saal ist das, im Graben. Wenn man von der Hasengasse kommt,

gleich linker Hand. Aber da macht man besser einen Bogen drum. Warum fragen Sie?"
„Nun", sagte Louise und blies Rauch in die Luft, „ich möchte heute abend ..."
„Fräulein Coith!" Die Hände an die Wangen gepreßt starrte Frau Schmidt sie an. „Sie wollen doch nicht ...? Und etwa alleine ...?"
Louise nickte.
„Na, jetzt sag ich gar nichts mehr." Frau Schmidt ließ die Hände sinken. „Nein also ..." Dann stieß sie den Zeigefinger nach Louise. „Aber sagen Sie nicht, ich hätt Sie nicht gewarnt."
„Keine Angst." Louise klopfte Asche über dem Teller ab. „Ich verantworte, was ich tue."
„Wie Sie das sagen ..." Kopfschüttelnd betrachtete Frau Schmidt sie. „Geben Sie nur acht auf sich. – Also dann, jetzt muß ich wirklich los." In der Tür blieb sie stehen. „Was ich noch sagen wollte, Fräulein Coith ... Gelt, Sie sehen sich vor mit meinem Teppich? Und mit den Möbeln. Wissen Sie, Zigarrenasche und Glut ..."
Louise nickte. „Ich hab's doch versprochen, Frau Schmidt." Und sie dachte: „Das letzte Mal gestern, glaub ich."
„Ja, das haben Sie ... Nehmen Sie mir's nicht übel", sagte Frau Schmidt, „aber kurios schaut's schon aus. So ein junges, hübsches Frauenzimmer wie Sie und raucht. Nun ja, man liest hin und wieder über Damen von Stand ... Und gebildete Frauen, die Gedichte machen, bei denen soll das Zigarrenrauchen heutzutage normal sein. Na ja. Aber wenn's dann im eigenen Haus ... Darum wollt ich Sie noch bitten, Fräulein Coith: Der Herr Lehrer Schnepf – daß er Sie nicht mit Zigarre sieht. Es möcht ihn genieren."
Das war anzunehmen. Herr Schnepf unterrichtete an der katholischen Knaben-Selektenschule, bekämpfte die Zuchtlosigkeit und gehörte zu den Kaltbade-Freunden, für

die die Schencksche Main-Badeanstalt bis zum ersten Eis offenhielt.
„Ich rauche nur hier in meinen Zimmern", sagte Louise. „Das wissen Sie doch."
„Ja, natürlich. Ich hab's auch nur gesagt, weil ..." Frau Schmidt zögerte. „Sehen Sie, mir kommt's ohnehin so vor, wie wenn er was gegen Sie hätte."
„Na", dachte Louise, „nun ist es heraus. Sie hat es also gemerkt."
„Kann das sein?" fragte Frau Schmidt.
„Nicht daß ich wüßte", log Louise.
„Vielleicht habe ich mich getäuscht", sagte Frau Schmidt. „So. Schluß jetzt. Adieu." Sie klapperte die Treppe hinunter.
„Nein", dachte Louise, „Sie haben sich nicht getäuscht, Frau Schmidt. Er hat was gegen mich, der Herr Lehrer Schnepf. Aber das ist nur die halbe Wahrheit. – Na", dachte sie und griff nach der Didaskalia, „darüber denk ich jetzt nicht nach."

Es war halb acht, als Louise die Wohnzimmertür hinter sich zudrückte, die Pendüle drinnen bei Schmidts hatte zweimal geschlagen. Auf dem engen Vorplatz war es dunkel. Sie stand einen Moment, um die Augen zu gewöhnen, und lauschte. Von unten drang die dozierende Stimme Schnepfs herauf. „Wie immer", dachte Louise. „Die Söhne sind still, die Großmutter ist still, und die Frau ist es erst recht. Nur ihn hört man reden." Nun, er war beschäftigt. Also kam sie ungesehen aus dem Haus, und er würde eine Gelegenheit verpassen, ihr zu begegnen. Vorsichtig tastete sie sich durch die Dunkelheit die Stiege hinunter. In der Biegung auf halber Höhe wurde es heller, Licht schimmerte durch den Spalt unter der Tür zum Schnepfschen Mittelzimmer. „Nun also, ihr Knaben", hörte sie, „dies lernt aus der Geschichte unserer

Zeit.“ Louise sah zu, daß sie über den Vorplatz kam. „Wachsamkeit tut not, ein scharfer Blick auf den beutegierigen Franzosen.“ Warum denn das? Louise blieb stehen. „Ich habe sie erlebt, die Zeit tiefster Erniedrigung unseres deutschen Vaterlandes. Möge euch das Joch der Franzosenherrschaft erspart bleiben.“ Ein Wortgebläh zum Schlechtwerden. Kopfschüttelnd wendete sich Louise den Steinstufen zu, die zur Haustür hinabführten. „Aber leider kann der Klarsehende sich nicht verhehlen, daß in Frankreich neue Gelüste nach deutschen Fluren erwachen. Und woraus schließe ich das?“ Louise hielt inne. Ja, woraus? „Aus der Geschichte. Sie lehrt uns: Umsturz in Frankreich heißt Krieg mit Frankreich. Warum?“ Na, da war sie gespannt. „Weil immer dann der Franzose darauf verfällt, seine finsteren Staatsideen nach Deutschland zu tragen. Unter dem Deckmantel vermeintlicher Völkerbeglückung greift er nach deutschen Landen. Wir aber danken für beides: Republikanische Wühlerei ist dem treuen Deutschen ein Greuel und jeden Angriff auf sein Vaterland wird er blutig zurückweisen. Wie sagt der Dichter? ‚Sie sollen ihn nicht haben, den freien deutschen Rhein, ob sie wie gier’ge Raben sich heiser danach schrein.‘ Nun, ihr Knaben, wir wollen dieses kraftvolle Trutzlied gemeinsam singen. Carl-Ferdinand, du hole die Noten. Wilhelm: die Lampe auf das Klavier. Friedrich-Ludwig, Hermann, ihr stellt euch dort auf.“
„Guten Abend, Mamsell Coith.“
Louise fuhr herum. Frau Schnepf stand hinter ihr. Sie hielt ein Kerzenlicht hoch und sah wie gewöhnlich verzagt und kummervoll drein.
„Guten Abend“, sagte Louise und dachte: „Herrje, die war in der Küche. Jetzt aber nichts wie weg, bevor er’s hört. Zu spät...“ Die Tür zum Mittelzimmer wurde aufgerissen, und da, im Schein einer Öllampe, stand Herr Schnepf.
„Guten Abend“, sagte Louise.

Herr Schnepf antwortete nicht. Er stand, das scharfrasierte Kinn aus der Halsbinde gereckt, die Lippen schmalgepreßt, die Brauen zusammengezogen, und starrte. Sein Schlafrock war ausgeblichen vom vielen Dampfwaschen und sein lächerliches altdeutsches Barett dünngebürstet. Herr Schnepf starrte. Und Louise sah, wie sich sein käsiges Gesicht rot überzog. Plötzlich gab er ein krächzendes Räuspern von sich, sagte: „Ich grüße Sie, Jungfrau", und warf die Tür zu.

Louise sah Frau Schnepf an. Die hatte den Mund schräg gezogen, als ekele es sie, und Louise dachte: „Die weiß Bescheid."

Frau Schnepf wendete sich wortlos ab und schlurfte in die Küche.

Draußen, im Dunkeln vor der Haustür, atmete Louise tief ein. „Puh", machte sie und zog ihr Wolltuch fest um die Schultern. Die Luft war kühl und roch nach feuchter Erde, Schmidt hatte wohl umgegraben. Während sie durch den Garten ging, dachte sie: „Die arme Frau." Und dann dachte sie: „Ein heilloser Mensch, der Schnepf. Wenn ich das gleich begriffen hätte, damals, als er zum ersten Mal so vor mir stand, ich glaube, ich wäre wieder ausgezogen." Sie ließ die Gartentür ins Schloß fallen und ging vorsichtig durch das Gras am Plankenzaun entlang. Nach wenigen Schritten war sie auf dem Fußpfad, der, mit hellem Kies bestreut, hinunter zur Stadt führte.

„Der Herr Lehrer Schnepf ist ein sehr gebildeter Mensch", hatte Frau Schmidt am ersten Abend in Louises Wohnung erzählt. Und nach kurzem Nachdenken hatte sie hinzugefügt: „Er ist ein Mann von Grundsätzen." Louise konnte sich darauf erst einen Reim machen, als sie drei Tage später durch die Gardine beobachtete, wie Schnepf mit seinen Söhnen zu einer Taunuswanderung aufbrach. Es war ein kalter, regnerischer Junisonntag, und die Buben froren schon jetzt in ihren dünnen, am Hals offenen Blusenkitteln. Als sie dann abmarschierten, hintereinander aufgereiht, der Länge nach, neben ihnen Schnepf, im deutschen Rock, einen Knotenstock schwingend, da hatte Louise sich vorgenommen, diesem katholischen Zuchtmeister möglichst aus dem Weg zu gehen.

Und dann, eine Woche danach, war diese peinliche Geschichte passiert. Louise hatte vergessen, ihren Waschkrug aufzufüllen. Spät abends, sie war schon im Nachthemd, hatte sie es bemerkt. Im Hause war es still, und so hatte sie ihr Tuch übergeworfen, eine Kerze angesteckt und war in die Waschküche hinuntergestiegen. Als sie dann, in der einen Hand die Kerze, mit der anderen den Waschkrug balancierend, die Stufen zum Schnepfschen Vorplatz hochtappte, da hatte er plötzlich vor ihr gestanden. Louise hatte den Waschkrug gegen die Brust gepreßt, einen guten Abend gewünscht und gehofft, daß es unbefangen klang. Herr Schnept hatte nichts gesagt, sondern gestarrt. Und Louise war eingefallen, daß sie ihr Nachthemd schon lange hatte ändern wollen, weil es über der Hüfte spannte. Endlich hatte Herr Schnepf sich umgedreht, wortlos, und war verschwunden. – Im Bett hatte Louise über die Sache nachgedacht. Daß sie jetzt einen Feind hatte, daran war nicht zu zweifeln. Sie versuchte, die Angelegenheit mit den Augen Schnepfs zu sehen: Da zog eine Frauensperson ins Haus, Alter Mitte zwanzig – tatsächlich war Louise 21, aber sie wußte, daß sie älter wirkte – alt genug also, um verdächtig zu sein, weil sie nicht verheiratet war, aber noch nicht so alt, um sie als sitzengebliebene Jungfer abtun zu können. Mißtrauen erschien angezeigt. Und siehe, diese Person trieb sich unzüchtigen Aufzuges im Haus herum. Nicht auszudenken, wenn sie auf die Knaben gestoßen wäre. – „Schön", hatte Louise gedacht, „mit dieser Feindschaft wirst du leben müssen." Sie würde dem Mann aus dem Weg gehen, wie sie sich's ohnehin

vorgenommen hatte, und auch er würde wohl alles daran setzen, ihr, der unzüchtigen Person, nicht zu begegnen.
Aber sie trafen häufig aufeinander. Zunächst ärgerte sich Louise lediglich über die deutschtümelnde Anrede „Jungfrau“. Sie brauchte einige Zeit, um zu merken, daß Schnepf nur scheinbar zufällig immer gerade dann auf den Vorplatz trat, wenn sie die Treppe herunterkam. Und erst da begriff sie: Was sich in Schnepfs Gesicht spiegelte, wenn er starrte, das war nicht Abscheu, sondern – ja, was? Er sah sie im Nachthemd, das war es. Vermutlich sogar ohne.
Ihr erster Impuls war: „Woanders hinziehen.“ Dann: „Ich denk ja gar nicht dran.“ Dieser Mensch würde sie nicht aus der Wohnung jagen. Zwei Zimmer, möbliert, Küchenbenutzung, Keller und das für 42 Gulden im Jahr – sowas gab's nicht noch mal in Frankfurt. Und dann hatte sie begonnen, über Schnepf nachzudenken. Sie hatte versucht zu begreifen, was in diesem Mann vorging. Sicher war: An der zuchtvollen Sittenstrenge des Herrn Schnepf gab es keinen Zweifel. Aber daran, daß er ihr auflauerte, auch nicht. Ein lüsterner Heiliger also? Nein, das war zu einfach. Da stellte wohl eher die Lüsternheit der Selbstzucht ein Bein, sozusagen. Wenn das so war, dann war sie es, an der er litt. Und dafür würde Schnepf sie hassen.
Und wie Louise jetzt in der Dunkelheit den kiesbestreuten Fußpfad entlangwanderte, auf dem Weg zur Versammlung im Gräberschen Lokal, da dachte sie an das Buch im grauen Pappeinband, das sie damals in der Studierstube entdeckt hatte – der Vater war nicht im Haus – und über dem sie nachts bei verstopftem Schlüsselloch mit roten Ohren gesessen hatte. Und sie dachte: „Tja, so sieht er also aus, der männliche Vermehrungstrieb.“

2

Erschrocken hob Hannes den Kopf. Dann faltete er das Papier, ohne hinzusehen, und schob es unter den Hosenbund. Er schielte zur Seite. Der Schustergeselle neben ihm hatte sich vorgebeugt und unterhielt sich mit einem Grünbefrackten, der rittlings auf der Bank vor ihnen saß. Beide kümmerten sich nicht um Hannes. Vorsichtig drehte er den Kopf nach rechts. Aber auch die Mainfischer, die an der Saalwand unter einer der Öllampen lehnten, schwatzten miteinander, ohne ihn zu beachten. Hannes zögerte. Dann zog er das Flugblatt wieder hervor. Er faltete es auseinander und hielt es schräg in das flackernde Licht der Wandlampe. Da stand tatsächlich: ‚Eure ersten Stricke gelten dem Otterngezücht der Diplomaten, besonders den Schuften am Bundestage. Sie sollen an dem Tore in der Eschenheimer Gasse aufgehängt werden . . .‘ Der Bundestag in der Eschenheimer Gasse, der war irgendwie von den Fürsten eingesetzt – aber aufhängen? Hannes schüttelte den Kopf. Dann las er: ‚Für ihre Herren, die etliche und dreißig Landesväter, arbeiten unsere Brüder, die Grobschmiede; die machen solide Arbeit, gleich gut für kurze und lange Hälse‘. Rasch steckte Hannes das Papier wieder weg. Dann sah er angestrengt geradeaus. Wenn ihn nun doch ein Polizeispitzel beobachtete? Und er hatte sich das Ding arglos am Saaleingang zustecken lassen. Dafür gab's Arbeitshaus, mit Sicherheit, wenn er damit erwischt wurde. Wegschmeißen . . . Nein, zu auffällig. Herrgott, er hatte es ja gewußt. Von politischen Versammlungen hielt man sich besser fern.

Und dabei war er richtig erwartungsvoll losgezogen, nach der letzten Tour, und nachdem er eilig Rost und Aschekasten leergeräumt hatte. „In den Graben willst du? Na, dann mal los", hatte Ott gesagt. „Die Lösche in der Rauchkammer kannst du lassen, die macht der Lotz raus." Lotz war der für den Blitz eingeteilte Putzer, und Hannes war froh gewesen, daß er sich heute mit der rußigen Schmiere nicht hatte einzusauen brauchen. So hatte er, ohne sich umzuziehen, gleich ins Gräbersche Lokal gehen können. Und nun saß er hier auf der letzten Bank hinten am Eingang und hatte ein wühlerisches Flugblatt in der Hose.

Hannes nahm seine Öljacke auf, die er neben sich auf die Bank gelegt hatte. Die Schwingtür am Windfang wurde gerade aufgestoßen, und eine Gruppe von Handlungskommis drängte herein. Lachend und gestikulierend steuerten die jungen Männer den Schanktisch an, der an der Rückwand fast die Saalbreite einnahm, und verlangten Bier. Auch die anderen Männer, die dort lehnten, Bierkrüge oder Apfelweingläser in den Händen, taten so, als wäre das Gräbersche Lokal ein beliebiges Wirtshaus. Hannes wendete sich dem Saal zu. Überall das gleiche Bild: Die Leute auf den Bänken und an den Wänden unterhielten sich erwartungsvoll und friedlich.

Hannes beobachtete sie, und da spürte er plötzlich, wie sein Herz zu klopfen begann. Und es kam ihm das Waisenhaus in den Sinn, damals in Hanau, die Nächte im Schlafsaal, wenn die anderen Buben schwatzten und lachten, und er auf seinem Strohsack lag, steif und still. Denn er wußte, gleich würden die Aufseher hereinstürzen. „Der Hannes hat Schiß", sagten die anderen Buben. Die hatten freilich gut reden. Hier in Hanau gab's höchstens Stockschläge. Vorher in Fulda, im Arbeitshaus, wo man Hannes zweieinhalb Jahre gehalten hatte, weil in Hanau kein Platz war, da hatten sie den Ochsenziemer. Und die Ketten. Und die Dunkelzelle. „Der Hannes verpfeift uns", sagten die Buben im Waisenhaus. Das hatte er nur ein einziges Mal getan. Und dann hatten sie nicht ein Wort mehr mit ihm geredet, vier Wochen

lang – es war wie in der Dunkelzelle gewesen. Danach hatte Hannes bei allem mitgemacht, aber nie konnte er die Aufseher draußen vergessen.
Wie er nun die Leute betrachtete, dachte er: „Hört denn das nie auf?“ Er saß und sah über die Leute, und dann legte er die Öljacke wieder neben sich auf die Bank.

Louise hörte, wie die Schwingtür hinter ihr pendelte, und dachte: „Noch kannst du umkehren.“ Dann dachte sie: „Dummes Zeug.“ Sie sog die mit Tabakrauch und Öldunst durchsetzte Luft ein und hätte sich jetzt gern eine Viktoria angesteckt.
Am Tresen lärmten Biertrinker, und in der Bankreihe schienen alle Plätze besetzt. Aber hier in der Ecke, wo der hölzerne Windfang an die Wand stieß, da stand sie gut fürs erste. Sie stellte ihren Schirm hinter sich und nahm das Umhangtuch ab. Während sie das Kinnband ihres Strohhutes lockerte, ließ sie den Blick wandern. Trotz der trüben Beleuchtung glaubte sie zu erkennen, daß keine Frauen im Saal waren. Doch, dort, eine. Und da, noch eine. Beide trugen sie Kopftücher und hatten die Blusenärmel hochgekrempelt – Mägde oder Frauen von Handwerksgesellen.
„Na, Mamsellche, so allein?“ Louise warf einen schnellen Blick zur Seite: ein älterer Mann mit grauem Stoppelbart, in der roten Jacke der Mainfischer. „Warum nicht?“ sagte sie und lächelte den Mann an. Der musterte sie nachdenklich und wendete sich dann, leicht den Kopf schüttelnd, wieder seinen Fischergenossen zu.
„Da, jetzt geht's los“, sagte einer von ihnen und wies mit dem Kinn zur Saalwand gegenüber. Eine Tür neben dem Tresen wurde geöffnet – sie führte in eine Wirtsstube –, und drei Männer kamen herein. Sie schoben sich an den Leuten vorbei, im Gang neben der Bankreihe nach vorn zur Stirn-

wand des Saales, und nahmen an einem großen Tisch Platz. Im Schein der Lampe, die dort von der Decke hing, sah Louise sie deutlicher. Der Große, rechts am Tisch, trug einen dichten, schwarzen Vollbart, und als er sich jetzt erhob und seinen grauen, knielangen Mantel auszog, mit raschen, fast hastigen Bewegungen, kam ein schwarzer, speckig glänzender Frack zum Vorschein. Darunter trug der Schwarzbärtige eine kanariengelbe Weste.

„Arzt oder Advokat", dachte Louise. Auch der Kleine neben ihm war vermutlich Advokat. Er trug ebenfalls einen Vollbart, aber gepflegt und gestutzt, mit grauen Haaren durchsetzt. Das Kinn hielt er, offenbar gewohnheitsmäßig, emporgereckt, und Louise sah, daß er seine Halsbinde um den steifen Hemdkragen zu einer Schleife geknüpft hatte, akkurat und sauber. Aber irgend etwas störte die korrekte Erscheinung dieses Mannes. Richtig, es war die Brille. Die ovalen Gläser hingen schief vor den Augen, das Stahlgestell war völlig verbogen. – Soweit die beiden Advokaten. Die ließ Louise sich als Vorsitzende einer Volksversammlung gefallen. Der dritte am Tisch, nun, der war ganz einfach eine Frechheit. Weiße, maßgeschneiderte Jacke, enganliegend und im Turnerschnitt, das seidene Halstuch weinrot, abgestimmt auf den blonden Vollbart, Schnurrbartspitzen nach außen gezwirbelt, das gewellte Blondhaar locker nach hinten gekämmt, und nicht älter als dreißig, der elegante Herr. Was hatte der hier im Gräberschen Lokal zu suchen? Und daß er verwegen wirkte mit seinen Hiebnarben im Gesicht – vermutlich wußte der Herr das recht gut. Louise merkte plötzlich, daß sie die Unterlippe zwischen die Zähne gezogen hatte, und sie dachte: „Na, mal ehrlich. Was regt dich eigentlich so auf an dem?" Es war die lockere Sicherheit, mit der er da auf dem Stuhl lehnte, eine Hand unter die Knopfleiste der Jacke geschoben, und wie er aus seinen hellen Augen wach über die Versammlung blickte. Es war die heile

Männlichkeit. Ja. Nun, sie war gespannt, was er zu sagen hatte.
Zuerst sprach der Große mit dem dichten Bart. „Freunde! Frankfurter und Nichtfrankfurter", rief er in den Saal, und es wurde still. „Wir haben diese Versammlung einberufen, weil wir der Meinung sind, daß nicht nur der Bürger, sondern auch die arbeitenden Klassen an den Bewegungen unserer Zeit teilhaben sollte. Wir – das ist meine Wenigkeit –", Louise hätte gern seinen Namen gewußt, „– das ist Doktor Jucho, heute hier als Vertreter des Montagskränzchens –", der Kleine reckte den Bart und versuchte, die Brille geradezurücken, „– und das ist Doktor Wilhelmi, der als Vertreter von ... ja, Doktor Wilhelmi, von was?"
„Nun, sagen wir als Vertreter eines noch zu gründenden demokratisch-republikanischen Vereins. Und im übrigen", der elegante Blonde richtete sich auf, „meine ich: An den Bewegungen unserer Zeit hat die arbeitende Klasse nicht teil", er schob eine Pause ein, „sondern sie macht sie. Ohne die arbeitende Klasse geht nichts."
„Der ist richtig", sagte einer der Mainfischer, und im Saal war beifälliges Gemurmel zu hören. Der bebrillte Jucho betrachtete den eleganten Wilhelmi, als wollte er sagen: „Benimm dich."
„Also", fuhr der Große mit dem dichten Bart fort, „wir sind hier ... bitte?" Jucho hatte ihn am Ärmel gezupft. „Bitte, Doktor Jucho."
Der Kleine erhob sich. „Ich fühle mich veranlaßt", sagte er mit einer überraschend volltönenden Stimme, „zu folgender Feststellung: An der Gemeinsamkeit von Bürgern und arbeitender Klasse ist nicht zu zweifeln. Hat sie nicht die schönsten Früchte getragen in Frankreich? Ja, dort hat die Revolution gesiegt, wie es scheint, und ..."
„Sie hat gesiegt, endgültig." Jetzt stand auch Wilhelmi, und er überragte Jucho um Kopfeslänge. „Beweis: Das Pariser

Bankhaus der Rothschilds macht mit. Und bekanntlich sind die Rothschilds immer bei den Siegern." Er lächelte, und Louise dachte: „Daneben, Wilhelmi. Da kommen die Leute nicht mit. Na sowas . . ."
Die Leute lachten. „Hast's gehört?" freute sich der Mainfischer und stieß seinen Nebenmann an. „Recht hat er. Wer's Sagen hat, der hat's Geld, und da sind die Rothschilds."
Vom Tresen her rief einer: „Und der Frankfurter Rothschild?"
Der Mainfischer brüllte vergnügt: „Ei, geh ihn doch fragen, den Amschel Rothschild. Herr Baron, machen Sie mit bei der Revolution? Wenn nicht, setzt's was."
Die Leute jubelten, und Wilhelmi lächelte. „Sieh an", dachte Louise, „er hat genau gewußt, wie populär-verrufen die Rothschilds beim Volk sind." Sie hatte es nicht gewußt, gestand sie sich ein. Und dabei hatte der Vater oft gesagt: „Die Rothschilds betrügen das Volk, und das Volk weiß es." Aber wenn der Vater vom Volk redete, dann meinte er die mündigen, aufgeklärten Bürger, also sich, den liberalen Professor, und seinesgleichen. Und deren Sache würde es einmal sein, den vernünftigen, bürgerlichen Staat zu gestalten. Das unmündige Volk, der Handwerksgeselle, der Bauer, der Arbeiter, hatte damit nichts zu schaffen. „Für den vierten Stand wird gesorgt. Wen die verfluchte Fürstenwirtschaft ein Ende hat, dann werden ihm klardenkende Bürgerregierungen Arbeit und Brot verschaffen." So der Vater, und damit war der vierte Stand abgetan.
Louise dachte an die Stunden in der Studierstube, damals vor der Verhaftung des Vaters, als er sie noch regelmäßig unterrichtet hatte; sie versuchte sich zu erinnern, was sie empfunden hatte, wenn vom unmündigen Volk die Rede war. „Fremd war es und weit weg", dachte sie. „Fast so wie die Negervölker im Naturkundebuch." Und als die Maurer im Haus waren, um eine Durchreiche von der Diele zum Eß-

zimmer zu brechen, da hatte sie hinter der Tür ihren unverständlichen Gesprächen gelauscht und ein wenig Angst gehabt. Und heute? „Angst habe ich keine mehr“, dachte sie. „Aber fremd ist es mir immer noch, das Volk.“ Und sie dachte: „Das ‚Volk‘ – schon am Wort hängt es. Das ist ein Begriff, der Menschen sammelt, ihnen das Gesicht nimmt und sie so in die Ferne rückt. Kennenlernen heißt: Nah herangehen, die Einzelheiten sehen. Also schau sie dir an, die Leute, einzeln, aus der Nähe.“ Den jungen Mann zum Beispiel, hier auf der Bank.

Er saß etwas in sich zusammengesunken, aber er schien groß und kräftig zu sein. Und rußig war er, vermutlich ein Schmied. Aber neben ihm lag eine Öljacke, und die schaffte sich nur an, wer draußen arbeitete. Vielleicht ein Dampfschiffer? Dazu würde die lederne Kappe mit Schirm passen. Er sah angenehm aus, irgendwie sanft, trotz seines schwarzen Schnauzbartes. Die Lippen waren leicht geöffnet – „Er träumt“, dachte Louise. „Er träumt und hört gar nicht zu. Doch, jetzt. Nun hört er zu.“

„Schön“, sagte der Mann mit dem dicken Bart, von dem Hannes noch immer nicht wußte, ob er zum Montagskränzchen gehörte. „Die Rothschilds sind abgehandelt, und wir können zur Angelegenheit des Abends kommen. Freunde –“, mit erhobenen Händen dämpfte er das aufsteigende Gemurmel, „Freunde, die Frage ist doch die: Was soll hier in Frankfurt geschehen? Heute nachmittag ist die Mainzer Deputation aus Darmstadt zurückgekommen –“, Hannes reckte den Hals: Der hatte tatsächlich keinen Zylinder bei sich, „– und die Hessen-Darmstädter haben jetzt, was uns Frankfurtern noch, ich sage: noch, fehlt: Preßfreiheit, Geschworenengerichte und . . . Also gut. Bitte, Doktor Jucho.“ Er ließ sich nieder, und Hannes sah, daß er mit den Fingern auf den Tisch klopfte.

Der Kleine vom Montagskränzchen war aufgesprungen. „Ich möchte gleich, bevor hier Beschlüsse gefaßt werden, darauf hinweisen: Wir haben hier in Frankfurt – und ich muß sagen: leider Gottes – den Bundestag. Das ist die zentrale Behörde des Deutschen Bundes ... ja sicher, Doktor Wilhelmi, sicher ist das bekannt. Ich sage dies, weil ich die Versammlung daran erinnern möchte: Die Fürsten aller deutschen Staaten haben ein wachsames Auge auf uns, die freie Stadt Frankfurt. Und nur den Schein einer gewaltsamen Veränderung werden sie zum Anlaß nehmen einzugreifen. Ich warne ... Ja, das muß gerade ich sagen, Herr Doktor Wilhelmi. Ich, der ich Anno 33 am Sturm auf die Hauptwache beteiligt war. Wie Sie wissen werden, wollten wir damals, mit dieser Tat hier am Sitz des Bundestages, das Zeichen für eine Erhebung in Deutschland setzen. Und es dürfte Ihnen nicht unbekannt sein, wie tragisch die Unternehmung gescheitert ist. Ich weiß nun ..."
Der große Blonde hatte den mickrigen Brillen-Jucho einfach dadurch unterbrochen, daß er aufgestanden war. „Herr Doktor Jucho. Ihre persönlichen Erfahrungen in allen Ehren. Aber ich muß leider sagen: Die sind alter Schnee." Im Saal wurde gelacht. „Seit Ihrer Tat damals, die nebenbei bemerkt", der Blonde wendete sich an die Versammlung, „ganz außerordentlich mutig war, ich wiederhole: außerordentlich mutig, seit Anno 33 also, hat sich die Welt verändert. Und zwar besonders seit zwei Monaten. Inzwischen hat sich nämlich das Volk von Palermo und Neapel erhoben. Inzwischen hat das französische Volk seinem Krämer-König Beine gemacht. Inzwischen sind die Belgier und Holländer unruhig geworden. Inzwischen hat es riesige Volksversammlungen in Mannheim und Heidelberg gegeben, ohne daß die badische Regierung etwas dagegen unternehmen konnte. Inzwischen hat man den Hessen-Darmstädtern einige Zugeständnisse machen müssen. Vorgestern hat sich

die Hanauer Bevölkerung versammelt, also auch in Kurhessen geht es los.
Und inzwischen haben sogar die Hessen-Nassauer die Geduld verloren. Ich weiß nicht, ob das schon allen bekannt ist: Vor dem Wiesbadener Schloß stehen die Nassauer Bauern. Heute nachmittag waren es – und das ist nicht zu hoch gegriffen – über 10 000, ich wiederhole: über 10 000. Und es kommen immer neue dazu.“ Im Saal war es unruhig geworden. „Und nun frage ich“, rief der Blonde. „Während dies alles inzwischen geschehen ist und rundherum geschieht, da sollen wir hier in Frankfurt hübsch leisetreten, nur weil –“, er schrie jetzt gegen den Lärm im Saal an, „– nur weil in der Eschenheimer Gasse dieses Otterngezücht sein Unwesen treibt? Ja, wie ...“
Der Rest ging unter. Die Leute waren aufgesprungen und tobten, Hannes war fassungslos. Neben ihm stand der Schustergeselle auf der Bank, schüttelte die Fäuste und schrie: „Auf zur Eschenheimer, Fenster einschmeißen! Auf zur Eschenheimer!“ Und Hannes sah, daß er es ernst meinte. Und die vorne am Tisch?
Hannes erhob sich. Der Blonde stand, die Hände auf den Tisch gestützt, und sah ernst in den Tumult. Der Kleine vom Montagskränzchen saß und hatte die Arme vor der Brust verschränkt. Und der mit dem dicken Bart war aufgesprungen, wedelte mit den Armen, und Hannes wußte nicht, ob er die Leute anfeuern oder beruhigen wollte. Er sah wieder zum Schustergesellen hoch. Der schrie immer noch: „Auf zur Eschenheimer!“ Und das schrie er so wild, als hätten ihm, gerade ihm, die Herren vom Bundestag schweres Unrecht angetan. Hannes dachte an das Flugblatt in seiner Hose und setzte sich. Er dachte: „So was würde mir nicht mal im Traum einfallen.“ Und dann dachte er: „Dabei hätt grad ich Ursache zum Haß. Nicht auf die in der Eschenheimer Gasse, aber überhaupt. Wenn ich an das Waisenhaus

denk, an das Arbeitshaus. Und an die Zeit davor bei den Bettlern. Und an das Vieh von einem Maurer, wo ich in Pflege gewesen bin ..."

Die Zeit bei den Bettlern, die war eigentlich nicht so schlimm gewesen. Manchmal erinnerte sich Hannes ganz gern an sie.

Im Saal wurde es ruhiger, die Leute setzten sich. Der Schustergeselle stieg von der Bank und ließ sich nieder. Die Fäuste hatte er in die Seite gestemmt, und Hannes rückte ein wenig von ihm weg.

Vorne am Tisch stand jetzt allein der Blonde, und er sagte: „Der Frankfurter Bürger hat's gern ruhig und behaglich. Kann ich gut verstehn, so hätten wir's alle gern. Aber: Dies ist nicht die Zeit für ruhige Behaglichkeit. Wir alle haben jetzt die heilige Pflicht zur Unruhe. Und die Frankfurter Bürger haben mit ihrer Leisetreterei schon genug Schaden angerichtet. Jüngstes Beispiel: Im Vormonat konnten in der Eschenheimer Gasse die Polizeidirektoren deutscher Staaten tagen, ruhig, behaglich und ungestört." Im Saal erhob sich Gemurmel.

„Um die Gendarmen hab ich beim zweiten Mal einen Bogen gemacht", dachte Hannes. „Da hab ich's überhaupt geschickter angefangen." Er war acht gewesen, als er dem prügelnden Maurer-Vieh zum ersten Mal ausgerissen war. Da hatten ihn die Gendarmen in einem Mietshaus aufgegriffen. Beim zweiten Mal bettelte er nur auf der Straße. Dann hatten ihn die Bettler gefangen. Sie verstanden sich auch als Zunft und jagten Unzünftige aus der Stadt. Der kleine Hannes aber durfte bleiben und gehörte von nun an zu einer Bettlersippe, die im Altegaß-Quartier hauste, um das die Polizei einen Bogen machte. Er wurde angelernt und ging nicht mehr einfach betteln, sondern kunstgerecht fechten. Später saß er mit einem Töpfchen voll glimmenden Zunders auf der Mainbrücke und verkaufte Feuer. Abends mußte er abliefern. Er wurde selten geschlagen, war meistens satt, und mit der Zeit verlor er die Angst vor den Menschen. Tiere hatten ihn nie geängstigt, und als der Sippenhäuptling beobachtete, wie Hannes eine Fleischerdogge besänftigte, die, auf Bettler abgerichtet, den Buben angegriffen hatte, da schickte er Hannes auf Hundefang.

Das Hundegeschäft war recht einträglich, und der Häuptling betrieb es mit Sorgfalt. „Und dabei hat er kaum lesen können", dachte Hannes und lächelte, als er sich jetzt den alten Mann vorstellte, wie er im Hinterhof hockte, vor dem zerfallenen, aber sorgsam abgedichteten Stall, in dem die eingefangenen Hunde lärmten, und das Intelligenzblatt studierte. Denn keinesfalls verkaufte der Häuptling die Hunde. Dann war es Diebstahl, und darauf stand Arbeits- oder gar Zuchthaus. Nein, der Häuptling studierte im Intelligenzblatt die Spalte ‚Bekanntmachungen', und wenn er etwa herausbuchstabiert hatte: ‚Ein schwarzer Dachshund mit braunen Pfoten hat sich verlaufen. Der Wiederbringer erhält im Englischen Hofe eine Belohnung', dann wurde dieser schwarze Dachshund aus dem Stall geholt, sauber geputzt, und der gleichfalls sauber geputzte Hannes kassierte im Englischen Hof einen oder zwei, manchmal auch drei Gulden.

Hannes lernte schnell, daß die Grundlage des Geschäfts die richtigen Hunde waren. Es war sinnlos, am Metzgertor eine Dogge, oder gar in Sachsenhausen einen Jagdhund einzufangen. Hühnerhunde aus der Hochstraße oder Pudel von der Schönen Aussicht, die brachten das Geld. Oder auch Wachtelhündchen, wie das schwarz-weiß gefleckte, das da bei den Mainfischern herumschnüffelte. Aber denen gehörte das Hündchen bestimmt nicht. „Überhaupt", dachte Hannes, „wie kommt das hier ins Gräbersche Lokal?" Zu einem Wachtelhündchen gehörte eine Bürgersfrau, im langen Kleid mit Schleifchen und mit Umhangtuch und Schirm. Und so eine sollte hier sein? Hannes reckte sich und ließ den

Blick über die Leute auf den Bänken wandern. Manchmal allerdings gab's auch Herren mit Wachtelhündchen, im seidenen Frack und mit silbernem Spazierstöckchen. Bevor man einen Hund anlockte, mußte man sich versichert haben, daß der Besitzer nicht in der Nähe war.
Hannes beobachtete, wie das Wachtelhündchen schweifwedelnd die Mainfischer anbettelte. Aber die hörten nach vorn. Hannes ließ eine Hand zwischen den Knien baumeln. Beim Anlocken und Einfangen nicht erwischen lassen – das war die Hauptsache. Was danach kam – Hannes schnalzte mit der Zunge, und das Hündchen spitzte die Ohren –, danach das Abliefern, das war keine Sache. Obwohl die Herrschaften natürlich wußten, was gespielt wurde. „Na komm, komm." Aber das mußten die einem erstmal beweisen. „Ja, so ist's recht. Bist ein gutes Hundchen." Und außerdem konnte so eine Madame froh sein, wenn sie ihr fettes Wachtelhündchen überhaupt wiederbekam, noch dazu sauber geputzt. Na, das klappte noch ganz gut.
„Hören Sie mal..."
Ach du Scheiße, jetzt war's passiert. Das war sie – eine junge Madame mit Strohhut.
„Hören Sie mal, ich weiß zwar nicht, was Sie mit dem Hund vorhaben, aber..."
„Nichts, bestimmt. Spielen ... ein wenig..." Herrgottnochmal, das war aber auch... Jetzt hatte er die übersehen. Und dabei wollte er doch wirklich nicht...
„Spielen? Na, ich weiß nicht... Aber nun hören Sie mal. Der Herr, dem das Hündchen gehört, der ist in die Wirtsstube gegangen. Und ich glaube, nun sucht er es."
Teufel ja. Da stand er, in der Tür am Schanktisch. Kein silbernes Stöckchen, aber taubenblauer Seidenfrack. Hannes gab dem Wachtelhündchen einen Tritt, daß es aufjaulend davonstob. Der Herr fing sein Hündchen ein, blickte grimmig-drohend in die Runde und verschwand in der Wirtsstu-

be. „Uff“, machte Hannes. Das war knapp gewesen. Dann fiel ihm die junge Madame ein. „Ich dank Ihnen schön. Aber ich muß Ihnen sagen, daß ich wirklich nicht...“

„Dann hätten Sie das arme Tier nicht so zu treten brauchen. Wissen Sie, ich sehe Ihnen schon eine Zeitlang zu, und ich habe sofort... Aber das ist gleichgültig. Und Wachtelhündchen lassen mich kalt. Besser gesagt: Die finde ich scheußlich.“ Die junge Madame lächelte, und dabei vertieften sich ihre Mundwinkel. Das sah hübsch aus, und außerdem war sie keine Madame. Mehr eine junge Dame. „Sagen Sie...“ Sie zögerte. Dann sagte sie: „Wie wäre es, wenn Sie Ihre Jacke von der Bank nähmen? Mir tun nämlich die Füße weh, und ich würde mich gern setzen.“

„Ja... Natürlich.“ Eilig legte Hannes die Öljacke über seine Knie, und dann rückte er zur Seite, an den Schustergesellen heran. „Danke, danke. Es ist genügend Platz.“ Sie wollte sich setzen.

„Nein, halt...“ Hannes riß sich sein Tuch vom Hals. „Die Jacke ist geölt, müssen Sie wissen.“ Er rubbelte die Bank mit dem Tuch. „Ihr Kleid... Das gibt Flecke.“

„Und nun hat Ihr Halstuch Flecken.“ Sie ließ sich nieder, legte ihr Umhangtuch auf den Schoß und lehnte den Schirm gegen die Knie.

„Gott ja...“ Hannes hatte das Tuch in die Tasche gestopft. „Einer mehr, einer weniger...“ Aus den Augenwinkeln beobachtete er, wie sie das Kinnband aufknüpfte und den Hut abnahm. Strohhüte trugen die Frauen erst im Sommer, und jetzt war noch nicht mal richtig Frühling. Hatte sie keinen anderen? Das Kleid war aus einfachem Kattun, einfarbig braun, mit einem weißen Krägelchen – also, eine reiche Dame war die nicht. Aber doch irgendwie vornehm... Nein: gebildet, das war's. Sie war eine gebildete Dame mit wenig Geld. Und noch jung, fünfundzwanzig vielleicht. Aber wo war denn...? Hannes drehte den Kopf und besah die Männer am Schanktisch. Einige konnten passen, aber so richtig keiner. Als er den Kopf wieder nach vorn drehte, sah er, daß sie lächelte, und er blickte rasch geradeaus. Peinlich. Jetzt hatte sie gemerkt, daß er nach ihrem Mann Ausschau gehalten hatte. Und außerdem hielt sie ihn für einen Hundedieb. Na, war ja egal. Aber das mit dem Mann hätte er doch gern gewußt. Vorsichtig schielte er zur Seite, auf ihre Hände, die sie nebeneinander auf dem Umhangtuch liegen hatte. Sie waren ohne Schmuck und ohne Fingerreif. Hannes sah wieder geradeaus. Da sollte sich einer auskennen. Mal angenommen, die war wirklich allein hier . . . Also: Sie war keine Dienstmagd, und sie war keine, die mit einem Gesellen zusammenlebte. Trotzdem traute sie sich hierher. Teufel, Teufel. Sich zu entschließen, zu dieser Versammlung zu kommen, das war bestimmt nicht leicht gewesen für die. Stellte er sich vor. Aber was wußte er über gebildete Damen? Was wußte er überhaupt von Frauen? Er hatte keine Erfahrung. Außer der einen Geschichte damals in Leipzig . . . Nein, an die wollte er nicht denken. Er schielte wieder zur Seite. Sie saß aufrecht und blickte aufmerksam nach vorn.

Am Tisch war gerade der mit dem dicken Bart zu Gange.

„Herr Doktor Wilhelmi", sagte der Mann mit dem dicken Bart und klopfte rhythmisch mit den Fingerknöcheln, „das ist mir gleichgültig, ob das jetzt paßt oder nicht. Es muß mir gestattet sein, eine persönliche Erklärung abzugeben. Also", er wendete sich an die Versammlung, „ich war damals genauso beteiligt am Sturm auf die Hauptwache wie Doktor Jucho. Sogar etwas mehr, würde ich sagen . . . Na, Jucho, das kannst du nicht abstreiten. Wer hat denn damals bei dem Mittagessen dafür gesprochen? Und wer dagegen, was? Also. Und ich meine gerade deshalb: Unruhe muß sein. Aber – und ich bitte, dies nicht mißzuverstehen – bei der Unruhe muß Verstand sein. Und wenn ich höre . . ."

„Sagen Sie ...“
Hannes fuhr zusammen. Sie hatte ihn angestoßen. „Ja? Was?“
„Wissen Sie, wie der Herr heißt, der eben spricht?“ Sie hatte die weiche, dunkle Stimme, die Hannes sich bei Frauen wünschte.
„Nein“, sagte er. Schade. Das hätte er jetzt gern gewußt. „Und ob er zum Montagskränzchen gehört, weiß ich auch nicht. Aber ich kann sagen, daß er sich und seine Sachen nicht schont.“
„Bitte?“
„Na, seinen Zylinder. Schwer zu erklären ...“ Ach, verdammt. Wie sollte er das nun ... Und sie sah ihn an, mit ihren dunklen Augen. Der Teufel mochte wissen, was sie jetzt über ihn dachte.

„Der Arme. Vermutlich denkt er, ich halte ihn für unbeholfen. Na, ein wenig ist er's ja. Aber das macht ihn sympathisch. Keine heile Männlichkeit. Obwohl ich zugeben muß: Wie genau der Wilhelmi weiß, was die Leute drückt, und wie er vorhin den Bürger Jucho in die Ecke gestellt hat ... Aber hier, der junge Dampfschiffer kriegt seine Geschichte vom Zylinder nicht heraus. Jetzt schau zu, daß du ihm weiterhilfst.“ Sie sagte: „Sie meinen, der Herr mit dem schwarzen Bart ist impulsiv? Also, wie soll ich das sagen ...“ Jetzt hatte sie es: „Er wirft schon mal mit seinem Zylinder, nicht?“
„Genau.“ Der junge Mann schnalzte mit den Fingern. „Das ist es. Heute nachmittag auf dem Taunusbahnhof, wie die Deputation gekommen ist. Er hat seinen Zylinder einfach in die Luft geschmissen.“
Louise dachte: „Sieh an. Ein Dampfschiffer geht zum Bahnhof, um eine Deputation zu sehen.“ Aber nachmittags? Mußte er da nicht arbeiten? „Haben Sie freibekommen, um zum Bahnhof zu gehen?“

„Ich? Wieso? Nein, ich war auf der Lokomotive."
„Ach. Sie sind Lokomotivführer?"
„Ich? Seh ich so aus?" Der junge Mann lachte, und Louise sah, daß er trotz seiner schwarzen Haare helle Augen hatte. „Nein", sagte er, „ich bin Heizer."
„Das ist sicher sehr anstrengend."
„Gott ja, es geht. Am Anfang schon, aber man gewöhnt sich. Alles nicht so wild." Der junge Mann blickte wieder nach vorn zum Tisch. „Ich wüßt gern, ob er im Montagskränzchen ist."
„Warum interessiert Sie das? Ich meine ... Das klingt so, als wäre das Montagskränzchen besonders wichtig für Sie."
Er warf ihr einen schnellen Blick zu. „Wichtig? Na ja ..." Jetzt sah er sie voll an. „Wenn ich ehrlich sein soll: Ich hab heut nachmittag zum ersten Mal davon gehört. Wissen Sie, der politische Kram ... also, ich halt mich da lieber raus. Und daß ich hier bin, tja ... ich wollt halt mal schaun. Außerdem", er sah wieder nach vorn, „ich versteh wenig davon. Die reden über Sachen ... die Revolution da, in Frankreich, darüber weiß ich fast nichts."
„Lesen Sie denn keine Zeitung?"
„Nä." Der junge Mann schüttelte den Kopf. „Zu teuer. Und außerdem frag ich Sie: Wann? Ich schaff von früh bis in die Nacht."
„Na", dachte Louise, „nun gibt er etwas an." Schließlich hatte er auch Zeit, um hier zu sitzen. Aber gleichviel – er las keine Zeitung. Er lebte und arbeitete, ohne zu wissen, was rundherum in der Welt geschah. Wenn sie sich vorstellte, daß sie ohne Zeitung wäre ... Sie ging sogar regelmäßig ins Oehlersche Lesekabinett, wo vom Deutschen Zuschauer bis zur Times alle wichtigen Blätter auslagen. Aber sie hatte ja das Glück, einiges gelernt zu haben. Und so rücksichtslos, wie die Zeitungsschreiber ihre Sätze bauten – für einen Lokomotivheizer waren die gewiß nicht leicht zu lesen. „Sagen

Sie... Daß Sie in keine Zeitung sehen, liegt es vielleicht auch daran, daß sie so schwierig geschrieben sind?"
„Das sowieso. Schon das Intelligenzblatt..."
„Nun, das braucht man nicht unbedingt... Tja. Hm... Hören Sie. Würden Sie Zeitungen lesen, wenn Ihnen dabei jemand helfen würde? Ihnen dies oder das erklärte?"
„Gott ja, ich weiß nicht... Nein, glaub ich nicht. Und dann: Ich kenn keinen, der das machen kann. Auf der Lokomotive geht das nicht, und der Geselle, mit dem ich zusammenwohn – freilich, der weiß Bescheid. Aber wenn ich heimkomm, ist der meistens schon in der Backstube."
„Nun... Vielleicht kann ich es dann tun?"
„Sie wollen...? Mir...?" Entgeistert starrte er sie an. „Ja aber ... warum denn?"
„Ist das wichtig? Ich meine... Also wollen Sie nun oder nicht?"
„Ja... Nein... Doch, ja." Er schüttelte den Kopf. „Da kommen Sie einfach und sagen... Ja, natürlich will ich."
„Schön. Kennen Sie das Oehlersche Lesekabinett? Ich meine: Wissen Sie, wo das ist? Nein? Es ist auf der Zeil, gegenüber vom Türkenschuß. Wann haben Sie Zeit?"
„Wann ich Zeit habe? Das geht aber auch bei Ihnen... Warten Sie. Mein nächster freier Tag, der ist noch anderthalb Wochen hin. Ein Dienstag."
„Dienstag, der vierzehnte? Gut. Um fünf im Lesekabinett? Ja? Na, sehen Sie... Sagen Sie, wie heißen Sie denn?"
„Ich? Hannes Bühn."
„Sehen Sie, Herr Bühn... Warum lachen Sie?"
„Herr Bühn... Wissen Sie, so hat mich im ganzen Leben noch keiner genannt."
„Ach? Wie denn?" Und Louise dachte: „Blöde Frage."
„Na, Hannes halt. Und auf der Wanderschaft, da haben sie mich den Frankfurter genannt. Obwohl ich von Bockenheim bin."

„Tja ... Dann werde ich Sie also Hannes nennen. Ich heiße Louise Coith.“ Sie dachte: „Jetzt bin ich gespannt, ob er zu mir Louise sagen will.“ Aber der junge Mann, der Hannes hieß, schwieg. „Hören Sie“, sagte Louise, „Sie können mich dann natürlich Louise nennen.“

„Louise ...“ Hannes sah sie an. „Ach wissen Sie ... Nein. Das geht nicht. Ich werd Mamsell Coith zu Ihnen sagen, ja?“

Draußen vor dem Gräberschen Lokal war es stockdunkel. Die altertümliche Öllampe, an einer quer über die Gasse gespannten Kette hängend, beleuchtete lediglich sich selber, und Louise dachte: „Ein wenig leichtsinnig bist du schon, wenn du so allein durch die Nacht wanderst.“ Sie beeilte sich, auf die Zeil zu kommen. Hier gab es alle hundert Schritte Inseln spärlichen Lichts, um die rötlich flackernden Flammen der Laternen herum, die eine Gasbereitungsgesellschaft aufgestellt hatte. Louise blieb stehen und lauschte. Von der Konstabler Wache her tönten Kommandos einer Wachablösung, und dann hörte sie fernes Singen. Sie glaubte, das Lied von der freien Republik zu erkennen; vermutlich Handwerksburschen, die durch die Straßen zogen. Gegenüber, auf dem Warteplatz vor dem Oehlerschen Lesekabinett, stand eine Droschke, und Louise überlegte, ob sie sich für zwölf Kreuzer nach Hause fahren lassen sollte. Aber das waren drei Viktorias. Und draußen vor der Stadt, auf der Friedberger Chaussee, würde es heller sein. Die Laternen dort wurden von einer anderen Gesellschaft betrieben, die wohl besseres Gas herstellte. Und wenn sie zu Fuß ging, konnte sie in Ruhe über den Abend im Gräberschen Lokal nachdenken.

Gleich nachdem sie die Verabredung mit dem Heizer Hannes getroffen hatte, war sie aufgebrochen, etwas überstürzt, wie sie sich jetzt eingestand. Vorher hatte sie ihn gebeten,

sie nicht Mamsell Coith sondern Fräulein Coith zu nennen. Er hatte genickt, erstaunt, wie ihr schien. Vermutlich konnte er sich nicht denken, was ihr an der Unterscheidung lag. Nun, sie würde es ihm erklären, am übernächsten Dienstag im Lesekabinett – vorausgesetzt, er kam. Möglich, daß er's überdachte und sich dann fernhielt von einer Person, die sich verabredete. Noch dazu so rasch und mit einem, den sie für einen Hundedieb hielt. „Tja", dachte Louise, „das ging wirklich etwas holterdipolter."
Daß er Hunde stahl, glaubte sie nicht mehr, nachdem sie wußte, daß er Lokomotivheizer war. Obwohl: Warum hatte er sich dann nach dem Besitzer umgesehen, bevor er das Hündchen anlockte? Sie würde ihn fragen. Und warum hatte sie ihn gewarnt?
Aber man brauchte nicht alles zu erklären. Worüber sie sich allerdings klar werden sollte: Warum hatte sie sich entschlossen, dem Heizer Hannes – ihr wurde heiß bei der Erinnerung an das lächerliche ‚Herr Bühn' – dem Hannes also, Lesehilfe zu geben? Einen Grund kannte Louise recht gut: Diesen und andere Entschlüsse faßte sie – noch immer – gegen den Vater. „Den vierten Stand kann man bilden – bis zu einem gewissen Grad", hatte der Vater gesagt, damals, daheim in Marburg. „Aber er wird sich nie selbst regieren können." Louise hatte das eingeleuchtet. Auch Negervölkern, so das Naturkundebuch, konnte man dies oder jenes beibringen, aber letztlich blieben sie wie Kinder, die der Fürsorge bedurften. Außerdem: Wie war an den Worten des allwissenden Professorenvaters zu zweifeln, der, nebenbei bemerkt, durchaus keinen Widerspruch duldete?
Und dann war der Vater eingekerkert worden. In einer Vorlesung hatte er die Verhaftung des Professor Jordan eine Dummheit genannt. Einer der Studenten war ein Polizeispitzel und hatte den Vater denunziert, und die kurhessische Staatsregierung griff zu. Louise war damals fünfzehn gewe-

sen. Ein halbes Jahr später hatte man den Vater zurückgebracht. Er war krank und verändert. Louise begriff rasch, daß man ihn im Kerker, oben auf dem Schloß, gebrochen hatte. Er, der nie über sich und seine Gefühle geredet hatte, bemitleidete sich nun. Fast weinerlich beklagte er sein Schicksal. Das schien er nicht der Regierung, sondern denen anzulasten, die ähnliches wie er gesagt hatten, aber nicht im Kerker saßen. Nie mehr sprach er von der ‚verfluchten Fürstenwirtschaft', sondern von ‚Seiner königlichen Hoheit, dem Kurfürsten'. Später wurde er wegen verleumderischer Äußerung gegen die kurhessische Staatsregierung zu 300 Talern und 4 Monaten Gefängnis verurteilt, die Untersuchungshaft nicht angerechnet. Vermutlich hätte er eine Geldstrafe akzeptiert. Aber noch eine Haft glaubte er nicht zu überleben. Nur deshalb appellierte er unbotmäßigerweise an die nächste Instanz.
Das alles hatte Louise zu verstehen versucht. Trotzdem fühlte sie sich verraten, und sie ging an gegen den Vater. Nicht gegen den gebrochenen – mit dem hatte sie Mitleid. Aber gegen den allwissenden, der sie jahrelang, keinen Widerspruch duldend, über die Dinge des Staates belehrt hatte. „Den vierten Stand kann man nicht bilden", dachte Louise. „Mitnichten. Man muß ihn bilden, damit er den vernünftigen Staat mitgestalten kann." Soweit der eine Grund, warum sie Hannes Lesehilfe angeboten hatte. Und der andere? Nun, der war derselbe, warum es etwas holterdipolter gegangen, und sie ein wenig überstürzt aufgebrochen war: Der Hundedieb und Heizer Hannes.

Der Fährmann, der faule Hund, hatte schon Feierstunde, und Hannes, der wie gewohnt am Fahrtor hatte übersetzen wollen, mußte nun den Umweg über die Brücke nach Sachsenhausen machen. Er wollte nach Hause, in die Dachkammer. Er würde sich aus der Backstube ein billiges Pfaffenbrot von gestern mit hochnehmen, Käse war noch im Kasten, und dann bei einem Becher Schnaps den Armengaud studieren (Hannes sagte: Armangóh), die Werkzeichnung der neuen Crampton-Lokomotive zum Beispiel.

Hannes tappte über den dunklen Mainquai und dachte: „Die spinnen." Nachdem die Mamsell Coith, nein, das Fräulein Coith, verschwunden war, blieb er noch eine Zeitlang sitzen und hing seinen Gedanken nach. Plötzlich hatte er gemerkt, was im Saal vor sich ging: Die stimmten wirklich und wahrhaftig darüber ab, ob sie am Bundespalais in der Escheinheimer Gasse die Fenster einwerfen sollten. Und der Schustergeselle war ihm auf den Leib gerückt und hatte beschwörend gesagt: „Bruder, das ist unsere Pflicht." Da hatte sich Hannes davongemacht.

„Ich möcht wissen", dachte er jetzt, „was das Fräulein Coith über so was denkt." Als gebildete Dame war die bestimmt gegen Fenstereinschmeißen. Obwohl: Der große Blonde, der Wilhelmi hieß, war auch gebildet, sogar ein Doktor, und der war dafür gewesen. Na, der war ein Mann. Und auch wenn man's nicht richtig fand: Ein Mann konnte schon mal wühlerisch sein und wild, eine Frau nicht. „Falsch", dachte Hannes. „Die Justine hätt glatt mitgemacht beim Fenstereinschmeißen." Da, jetzt war er schon wieder bei der Leipziger Geschichte. Der Teufel mochte wissen, warum ihm die magere, wilde Justine heut abend schon zum zweiten Mal einfiel. Hannes kam ein Gedanke. Und dann dachte er entrüstet: „Nie. Das hat mit dem Fräulein Coith überhaupt nichts zu tun. Die ist gebildet und will Zeitungen lesen mit mir." Obwohl er sich fragen mußte, warum sie das wollte. Und fix war's gegangen, hintereinanderweg, wie ein Uhrenschlagwerk, das erst stillstand, wenn der letzte Schlag getan war.

Und was sie gegen ‚Mamsell' hatte? Na, das würde sich alles zeigen, in anderthalb Wochen. Hannes umging einen Stapel

Fässer am Elefantenkran, wo die Dampfschiffe landeten, und dachte: „Morgen noch mal Tour, und übermorgen ist's ruhiger, da wird der Blitz ausgeputzt."
Er weigerte sich, an Justine zu denken.

Hannes hatte in Hanau gelernt, bei einem Meister, der sich einen guten Platz im Himmel ausrechnete, weil er das Risiko einging, Zöglinge aus dem Waisenhaus zu beschäftigen. Hannes mußte schuften wie ein Pferd, aber er war schon damals kräftig, und besser als im Waisenhaus war's allemal. Anfangs störte ihn auch nicht, daß der Meister ihm keinen Heller gab. Dann nahm ihn der Zweite Geselle sonntags auf den Tanzboden mit, und es stellte sich heraus, daß Hannes Angst vor den Mädchen hatte. Vielleicht würde er sich trauen, wenn er wenigstens ein paar Kreuzer in der Tasche hatte? Dann vermißte der Meister einen Gulden, der unter das Sofa gerollt sein mußte. Der fromme Mann war nicht erstaunt, als sich der Gulden bei Hannes fand: Zöglinge aus dem Waisenhaus waren halt die geborenen Verbrecher. Es erfolgte Anzeige, und Hannes saß vier Wochen im Arbeitshaus. Danach durfte er zu Ende lernen, in Bockenheim, weil der Pfarrer seinen Vater gekannt hatte und für ihn bürgte. Der Meister nannte seinen Lehrling nur ‚der Dieb da', und Hannes war froh, als er wandern konnte.
In Leipzig fand er Arbeit in einer großen Schmiede, die mit einer Schlosserei gekoppelt war und häufig Aufträge von der Leipzig-Dresdener Eisenbahn bekam. Am Amboß schwirrte es von Ausdrücken wie ‚Kurbelwelle', ‚Regelschieber', ‚Feuerkiste', und Hannes, der Hufeisenklopfer aus Frankfurt, legte zwei Drittel eines Wochenlohnes an und erstand für 2 Taler 2 Neugroschen Armengauds ‚Das Eisenbahnwesen, aus dem Französischen übersetzt und mit vortrefflichen, sehr genauen Zeichnungen in $^1/_{10}$ der natürlichen Größe versehen'.

Neu war ihm auch, daß der gesamte Lohn ausgezahlt wurde, und daß er für Kost und Bett selber zu sorgen hatte. Obwohl er nur eine Schlafstelle mietete, hatte er eine Dachkammer so gut wie für sich: Der zweite Schlafbursche, ein Kaminfeger, war abends und sonntags in Wirtshäusern und auf Tanzböden unterwegs, und Hannes war froh, daß er mit dem nichts zu schaffen hatte. Über der Kammer gab es einen Verschlag, in dem die Dienstmagd des Hausherrn schlief. Hannes begegnete ihr manchmal. Sie war ein blasses, mageres Mädchen, das von morgens vier bis Mitternacht unten im Haus wirtschaftete. Zum Verschlag führte eine wacklige Leiter.

Im Juli 47 war Hannes etwas über 18 und seit sechs Monaten in Leipzig. Er hatte sich einen Schnauzer wachsen lassen, die Arbeit machte Spaß, und er war zufrieden. Schlimm war's nur am Montagmorgen während der Frühstückspause. Dann erzählten die Mitgesellen von ihren Mädchen, behaglich breit, mit allen Einzelheiten, und Hannes saß dabei und fühlte sich unbehaglich. Daß er nie erzählte, war bald aufgefallen. Und oft wurde er bedrängt: „Na, und du? Wie ist denn deine Kleine?“ Und dann: „Du bist wohl andersrum, was?“ Aber das hatte sich gelegt – Hannes arbeitete zu gut, als daß sie ihn zum Werkstattdeppen machen konnten. Was blieb, war sein Unbehagen.

Eines sonntagabends – Hannes studierte den Armengaud – gab es draußen vor der Kammer einen Plumps und dann einen spitzen Schrei. Hannes leuchtete mit dem Talglicht und sah, was er befürchtet hatte: Das magere Mädchen war von der Leiter gefallen. Es saß auf den Dielen, und er leuchtete, bis sie sagte: „Nu, was ist? Willst du mir nicht helfen?“ Und da mußte er wohl. Sie konnte ihren linken Fuß nicht gebrauchen, wollte aber durchaus in ihren Verschlag. Hannes lauschte nach unten, aber das Mädchen sagte: „Es ist niemand sonst im Haus.“ Also schleppte er sie die Leiter hoch,

huckepack, und ihm war heiß geworden dabei. Droben war sie dann über ihn hergefallen.
Hannes war glücklich. Wenn er gewußt hätte, daß die Sache so schön und vor allem so einfach war – er verstand nicht mehr, wovor er Angst gehabt hatte. Und er mochte Justine. Einmal, als sie beieinanderlagen, danach, noch atemlos vom unterdrückten Schreien, da wurde ihm klar, daß ihn Menschen immer nur dann berührt hatten, wenn sie ihn geschlagen hatten. Und die Mutter? Er war sechs gewesen, als sie gestorben war. Aber seltsamerweise konnte er sich nicht erinnern. Und er erzählte Justine vom Arbeitshaus und vom Waisenhaus.
„Nu, Hannes“, sagte sie. „Alles schlimm. Aber du hast zu essen gehabt.“
„Ich hätt gern gehungert, wenn ich ein Daheim gehabt hätt.“
„So?“ Justine richtete sich auf. „Du weißt ja gar nicht, was du sagst. Soll ich dir mal was erzählen?“ Sie kam aus einer Häuslerfamilie im Erzgebirge. Seit sie denken konnte, hatte sie Spitzen geklöppelt, von morgens bis abends, Tag um Tag. Klöppeln und Spielzeugschnitzen – Justines Leute kannten keinen Feierabend, keinen Sonntag.
Nur Arbeiten und stundenweise Schlaf. Und trotzdem hatten sie gehungert.
„Ja, ich weiß“, sagte Hannes. „Das gibt es. Aber ...“
„So? Du weißt?“ Justine sah ihn aus schmalgezogenen Augen an. „Dann weißt du auch, wie es ist, wenn acht Leut ein halbes Pfund Kartoffeln am Tag haben, ja? Wie die Kinder aussehen? Mit Ärmchen, daß du denkst, die brechen ab. Wie das Wasser von der Wand läuft. Der grüne Schimmel überall. Und es stinkt wie im Scheißhaus, weil das bißchen Wärme nicht rausdarf. Und in der Ecke schreit der Großvater und krümmt sich vor Gicht, aber keiner hört zu, und jeder denkt: Hoffentlich kratzt er bald ab, der unnütze Fres-

ser. Das alles weißt du, ja?“ Justine hatte ihn bei den Schultern gepackt. „Dann weißt du auch ... Nein. Das erzähl ich dir nicht.“
„Sag's“, bat Hannes.
„Am Dorfende, im Waldhäusel, da sind zwei Kinder gestorben. Zwei kleine Kinder, hör gut zu.“ Sie krallte die Fingernägel in sein Fleisch. „Weißt du, was sie mit denen gemacht haben? Ja?“ Und sie schrie: „Aufgefressen!“ Und sie schüttelte Hannes und schrie: „Aufgefressen! Hörst du? Aufgefressen.“ Und dann umklammerte sie ihn und begann stoßweise zu wimmern. Hannes hielt sie umschlungen und wußte nicht, was er tun sollte.
Plötzlich richtete sie sich auf und sagte: „Drei Groschen hat der Fellner für die Elle Spitzen gegeben, der Fabrikant. Für zwanzig hat er sie weiterverkauft. Kapaunen hat er gefressen, und seine Tochter war behängt, daß sie kaum gehen konnt. In unser Häusel hätt er nicht mal sein Pferd getan.“
Justine sah ins Leere. Dann sagte sie ruhig: „Aber eines Tages, eines Tages, da machen wir sie tot.“ Sie sah Hannes an. „Ja?“
Erschrocken stammelte er: „Na ... du ...“
„Schisser.“ Justine legte sich hin. Dann zog sie ihn zu sich herunter. „Bist trotzdem ein lieber Kerl.“
Justine bekam zwölf Taler im Jahr, und die schickte sie bis auf den letzten Pfennig nach Hause. „Was brauch ich schon?“ sagte sie. „Kost und Bett und mal ein Kleid hab ich frei. Und daheim täten sie verhungern ohne mein Geld.“
Deshalb durfte der Hausherr nicht merken, daß sie etwas mit Hannes hatte. „Dann jagt er mich davon. Und wohin dann?“ Hannes nickte. Daß die Mädchen sich um freie Arbeitsstellen schlugen, wußte er. Und was die machten, die keine kriegten, wußte er auch.
Hannes und Justine waren also vorsichtig, und er gab acht, daß auch der Kaminfeger, sein Kammergenosse, nichts

merkte. Das alles war schwierig, und Hannes konnte nur selten die Leiter hochklettern.
Und dann, nach drei Wochen, war's ganz aus. Hannes kam abends aus der Werkstatt, und da, auf dem Strohsack, wimmerte der Kaminfeger. Er war auf ein Vordach gefallen und hatte sich den Fuß gebrochen. Von jetzt an hatte Hannes keine ruhige Minute in der Kammer. Abend für Abend mußte er anhören, wie der Kaminfeger sein Unglück bejammerte, über den Mitgesellen schimpfte, der ihn nicht festgehalten hätte, und die Hausbesitzer verwünschte, die die Dachtritte verrotten ließen. Zwischendurch zog der Mensch seine Deckeluhr unter dem Strohsack hervor, eine mit Spielwerk, und hörte sich mit weinerlicher Miene die läppische Klimper-Melodie an. Dann fing er wieder an zu schimpfen.
Hannes war geduldig. Zu liegen, ohne Verdienst, und nicht zu wissen, ob und wann der Fuß heilte – das war kein Spaß. Andererseits: Die Genossen von der Kaminfegerzunft versorgten ihn. Die würden ihm auch weiterhelfen, wenn die Spargroschen aufgezehrt waren. Und notfalls konnte er die Spieluhr verkaufen, die gewiß einige Taler brachte. „Mit der gibt er sowieso nur bei den Mädchen an", dachte Hannes. Und wie um ihn zu bestätigen, begann der Kaminfeger zu greinen, daß ihm die Mädchen davonliefen, wenn er so lang nicht auf den Tanzboden käme.
„Also, jetzt ist Schluß", sagte Hannes. „Jetzt hältst du dein Maul."
„Was denn, was denn", keckerte der Kaminfeger. „Ich sag, was und wann's mir paßt, klar? Neidest mir wohl die Weiber, was?"
Hannes schwieg und blätterte den Armengaud auf. Aber es war halt nichts mehr mit dem friedlichen Studieren. Und daß er nicht zu Justine konnte, das war ein Unglück.
Eines Abends hielt er's nicht mehr aus. Er hatte gehört, daß

sie die Leiter hochgeklettert war, und der Kaminfeger schien zu schlafen. Leise schlüpfte er aus der Kammer. Als er zurückkam, saß der Kaminfeger gegen die Wand gelehnt und grinste. „Na? Hast du ihr's ordentlich besorgt?"
Hannes nahm sich zusammen. Er ließ sich auf dem Strohsack nieder und verschränkte die Arme unter dem Kopf.
„Daß du's weißt", sagte der Kaminfeger, „sie hat's gern, wenn man sie –" Und dann folgte etwas, was Hannes noch nicht einmal zu denken wagte.
Hannes richtete sich auf. „Noch so was, und du liegst mit zwei gebrochenen Füßen, klar?"
„Was denn, was denn." Dann war der Kaminfeger eine Weile still. „Also bild dir bloß nicht ein", fing er wieder an, „daß du der erste von der bist. Die hat's noch mit jedem hier getrieben."
Das hatte Hannes sich schon gedacht. Und er hatte sich gesagt: Aber jetzt ist sie meine Justine. Und ich mag sie. Er sagte: „Hör mal. Ich sag dir's jetzt in aller Ruhe: Wenn du nicht die Schnauze hältst, dann", Hannes hielt inne, „dann brech ich dir den linken kleinen Finger. – Also?"
Für diesen Abend war der Kaminfeger ruhig. Lediglich als er sich später erhob und, auf einem Bein hüpfend, seinen Sonntagsrock glattzog, der an einem Nagel neben der Tür hing, da murmelte er mit Blick auf Hannes: „Da liegt man hier, alleine, und andre Leut lassen sich's gut sein." Hannes beschloß, es zu überhören.
Als Hannes am folgenden Abend aus der Werkstatt kam, sie hatten den Rohling einer Kurbelwelle geschmiedet, und er war müde, empfing ihn der Kaminfeger mit: „Ich hab nachgedacht den Tag über."
„Schön", sagte Hannes zerstreut. Er überlegte, ob er später zu Justine sollte. Der Kaminfeger wußte ja ohnehin Bescheid.
„Und ich hab mir überlegt", sagte der Kaminfeger, „daß es

ungerecht ist. Und schließlich kenn ich sie länger als du. Ich nehm mir sozusagen nur ein älteres Recht." Und er fügte hinzu: „Nur, solang ich hier lieg. Danach kannst du sie wieder haben."

Hannes hatte mit offenem Mund zugehört. „Sag mal... Von was redest du überhaupt?"

„Na, von dem Mädel. Und wenn sie später hochkommt, sagst du ihr, daß sie jetzt wieder mir gehört. Sag ihr, sie soll gleich hierher..."

„Einen Scheiß werd ich!" brüllte Hannes. Und dann stand er, das Kinn vorgeschoben, die Fäuste geballt, und plötzlich sprang er los. Der Kaminfeger riß die Arme über das Gesicht und schrie: „Ich bin krank, ich bin krank."

Hannes fing sich. Er sah sich um. Dann stürzte er zur Tür, riß den Sonntagsrock vom Nagel, und trampelte darauf herum. Mit einem Fußtritt schleuderte er ihn zum Kaminfeger hinüber. Er ließ sich auf seinen Strohsack fallen und versuchte, ruhig zu atmen. Als er das Licht löschte, sah er, daß der Kaminfeger ihn mit gebleckten Zähnen beobachtete.

Es war zwei Tage danach. Hannes kam wie gewöhnlich kurz nach neun von der Arbeit. Müde stieg er die Stufen im dunklen Treppenhaus hoch. Von oben schimmerte Licht – das mußte auf dem Vorplatz zur Dachkammer sein. Aber da brannte nie Licht. Hannes beeilte sich. Als er um die Biegung am letzten Treppenabsatz kam, hielt er an. Oben auf dem Vorplatz stand der Hausherr mit einer Lampe. An der Wand lehnte Justine.

„Aus", dachte Hannes. „Er hat's rausgekriegt, und nun kommt die große Befragung." Langsam stieg er den letzten Teil der Treppe hoch. „Guten Abend", sagte er. „Was", er räusperte sich, „was gibt es?"

„Sehen Sie? Er spielt den Harmlosen. Wie ich's gesagt hab."

Es war der Kaminfeger. Die Kammertür stand offen, und er lehnte auf seinem Strohsack.

Hannes versuchte, Justines Blick aufzunehmen. Sie starrte mit bleichem Gesicht vor sich auf den Boden.
„Kennen Sie die?“ fragte der Hausherr. „Hier – das hier?“
Verblüfft sah Hannes auf die Uhr, die der Hausherr am Band pendeln ließ.
„Na sicher. Die gehört dem da.“ Er zeigte mit dem Daumen hinter sich zum Kaminfeger.
„Schon ein halbes Geständnis“, keckerte der.
„Hören Sie“, sagte Hannes zum Hausherrn. „Kann ich wohl . . .“
„Heute mittag kommt die Magd zu mir“, der Hausherr zeigte auf Justine, „und erzählt mir, daß Ihr Zimmergenosse seine Uhr vermißt, und daß er meint, sie wäre gestohlen. Da ich . . .“
„Aber was hab ich . . .“
„Da ich nicht glauben konnte“, fuhr der Hausherr fort, „daß so etwas in meinem Haus vorkommt, habe ich mich selbst gekümmert. Die Uhr habe ich unter dem Strohsack der Magd entdeckt, nachdem Ihr Zimmergenosse den richtigen Einfall hatte.“
Justine starrte vor sich auf den Boden. Und mit einer seltsam leiernden Stimme sagte sie: „Ich habe damit nichts zu tun. Er muß sie dort versteckt haben, wie ich unten war.“
„Na klar“, ließ sich der Kaminfeger vernehmen. „So dumm ist der nicht, daß er sie unter seinem Strohsack versteckt.“ Und dann mit weinerlicher Stimme: „Einen kranken Mann zu bestehlen.“
„Was haben Sie dazu zu sagen?“ Der Hausherr ließ die Uhr pendeln.
„Justine . . .“, stammelte Hannes.
„Ich bitte“, leierte Justine, „es mich nicht entgelten zu lassen, wenn der Mensch meinen Strohsack mißbraucht.“
„Nein, nein“, sagte der Hausherr. „Du bist ehrlich, das weiß

ich. Also“, wendete er sich an Hannes, „was haben Sie zu sagen?“
Hannes sah auf Justine. Sie starrte auf den Boden, in ihrem Gesicht hatten sich rote Flecken gebildet. Und er wußte, daß sie sich gegen ihn und für ihre Leute im Erzgebirge entschieden hatte. Er sagte: „Ich möchte hier nichts sagen.“
„Gut.“ Der Hausherr steckte die Uhr ein. „Dann muß ich Sie anzeigen.“
Vor dem Untersuchungskommissar versuchte Hannes, die Sache zu erklären. Es wurde eine recht konfuse Geschichte, weil er Justine auslassen mußte. Der Untersuchungskommissar lächelte ungläubig und sagte: „Na schön. Wir werden der Sache nachgehen. Vorläufig Untersuchungshaft.“
Als Hannes nach vierzehn Tagen wieder vorgeführt wurde, war er entschlossen zu sagen, wie es wirklich gewesen war.
„Dein Fall ist klar“, empfing ihn der Untersuchungskommissar, und Hannes atmete auf. „Wir haben deine Akte vom Amt Bockenheim kommen lassen. Und was in der steht, brauche ich dir wohl nicht zu sagen. Mittlerweile –“, er suchte zwischen Papieren, „– mittlerweile ist ein Urteil ergangen. Ah, hier. Sechs Wochen Korrektionshaus. Die vierzehn Tage werden angerechnet.“
Ende September wurde Hannes entlassen und mit einem Gefangenentransport nach Bockenheim abgeschoben. Um die Jahreswende war es ihm gelungen, die Geschichte zu verdrängen.

3

Das eiserne Gestäbe zog sich doppeltmannshoch über die gesamte Straßenbreite, und im Schein der Gaslaternen, die oben auf den Mittelpfeilern brannten, blinkten scharfe Spitzen. Zum ersten Male empfand Louise das Staketengitter der Friedberger Toranlage als Sperre. Sonst war es ihr als eine Art Vorgartenzaun vorgekommen, riesig zwar, aber zierlich gearbeitet, und nie bedrohlich, so wie jetzt. Beide Flügel des Gittertores auf der Straße und auch die seitlichen Durchlässe für die Fußgänger waren geschlossen.

„Hören Sie", sagte Louise, die auf dem Heimweg vom Gräberschen Lokal war, „ich muß nach Hause. Was soll das überhaupt? Ich habe noch nie erlebt, daß das Tor gesperrt war."

„Hier kann niemand durch", wiederholte der Soldat vor dem Wachhaus. Er war ein älterer Mann und stützte sich auf seine Flinte. Den hohen Ledertschako hatte er ins Genick geschoben, was ihm ein gemütlich-ziviles Aussehen gab. „Warum gesperrt ist, weiß ich auch nicht." Er zuckte mit den Achseln. „Aber vielleicht, daß Sie der Leutnant durchläßt? Der ist eben rübergegangen, aufs andere Wachhaus."

„Würden Sie ihm bitte Bescheid geben?"

„Mach ich." Der Soldat richtete sich auf und brüllte über die Straße: „Herr Leutnant!" Dann stützte er sich wieder auf die Flinte. „Der hockt beim Rotwein. Wird etwas dauern."

Louise nickte. Wenn sie nur nach Hause kam. Und falls auch der Leutnant sie nicht passieren ließ? Sie beschloß, darüber erst nachzudenken, wenn es soweit war. Bedrückt sah sie hinüber zum Wachhaus. Auch vor dessen Eingang brannte eine Laterne. Es war hell am Friedberger Tor, und seine auf Sperren und Kontrollieren ausgerichtete Zweckmäßigkeit wurde Louise immer deutlicher. „Bisher hab ich mich nur amüsiert über das Tor“, dachte sie. Die beiden Wachhäuser erinnerten mit den doppelten Rundbögen über den Fenstern und den flachen Giebeldächern an antike Gebäude. Diesen neuklassischen Stil fand man vor vierzig Jahren schön. Die Wachhäuser an den Maintoren sahen wie griechische Tempel aus, und das am Bockenheimer Tor schien sogar dem Nike-Tempel auf der Athener Akropolis nachgebildet zu sein. Von den mittelalterlichen Tortürmen stand nur noch der Eschenheimer. Die Befestigungsanlagen rund um die Stadt waren zu Beginn des Jahrhunderts niedergelegt worden, und man hatte Gärten und Promenaden angelegt. „Aber überall gibt's Zäune und Gitter“, dachte Louise. Die Stadt unkontrollierbar zu öffenen, davor hatte man wohl Angst gehabt.

„Da ist der Leutnant“, sagte der Soldat.

„Was gibt's?“ rief der Leutnant.

„Hier, die Mamsell, die will durch.“

Der Leutnant kam herüber, an seinen Handschuhen zupfend. Der Überrock beulte siih, wo der Säbel untergeschnallt war, und die Offizierskappe trug der junge Mann schräg. Er hatte ein dickliches Gesicht und war von Rotweindunst umgeben.

„Tja, verehrtes Fräulein“, sagte er und musterte Louise ungeniert. „Nichts zu machen. Wohin wollen Sie denn?“

„Sie will nach Hause“, sagte der Soldat. „Und warum soll sie nicht geschwind durchschlüpfen?“

„Du hältst das Maul. Wie steht er überhaupt da, Kerl, als Posten unter Gewehr. Das Gewehr – über! Beim nächsten Mal setzt's Schläge, verstanden?“

„Jawoll, Herr Leutnant.“

„Also“, wendete sich der Leutnant an Louise. „Ich habe

strikte Order, das Tor gesperrt zu halten. Aber . . . Kommen Sie mal mit." Drüben, am anderen Wachhaus, sagte er: „Es ist wegen der Disziplin, Sie verstehen. Entschlüsse faßt man nicht im Beisein von Gemeinen."
„Darf ich daraus schließen . . ."
„Nein." Der Leutnant zupfte an seinen Handschuhen. „Haben Sie keine Bekannten in der Stadt, wo Sie übernachten können?"
Louise schüttelte den Kopf. „Und Sie wissen, daß mich kein anständiger Gasthof aufnimmt, als Frau ohne Gepäck." Sie sah, daß der Leutnant grinste, und biß sich auf die Unterlippe. „Hätten Sie die Güte, mir zu sagen, was diese Sperrerei eigentlich soll?"
„Dienstgeheimis." Der Leutnant zog den Überrock glatt. „Aber damit Sie sehen, daß wir Militärs nicht ohne Verstand handeln: Man erwartet Tumulte. Im Gräberschen Lokal . . . Nun, das wird Ihnen nichts sagen. Sie wissen nicht, was für ein finsteres Pack dort sein Unwesen treibt. Jedenfalls lassen gewisse Meldungen darauf schließen, daß das Bundespalais gefährdet ist."
„Aha", machte Louise. „Das Bundespalais. So so. – Aber warum, um Himmels Willen, ist dann hier gesperrt? Das ist doch ohne Sinn."
„Die Beurteilung darüber müssen Sie schon den Behörden überlassen."
„Nun ja, die Behörden . . . Aber Sie, Herr Leutnant? Hören Sie", sagte Louise. „Sie haben eben gesagt, das Militär handele nicht ohne Verstand. Ich frage Sie: Welchen Sinn hat es, wenn ich nicht nach Hause kann? Ich . . ." Sie hielt inne. Dann räusperte sie sich und sagte: „Lassen Sie mich passieren, Herr Leutnant. Ich bitte Sie darum – inständig."
„Tja. Hm." Der Leutnant zierte sich noch ein wenig, und dann sagte er: „Na schön. Man ist kein Unmensch. Warten Sie, ich hole die Schlüssel."

Hannes spuckte im hohen Bogen ins Wasser. Das machte er immer, wenn er die Mainbrücke überquerte. Und wenn man ein Bub war, konnte man auch auf der steinernen Brüstung balancieren, sie war breit genug. Freilich, er hatte damals Feuer verkaufen müssen. Außerdem: Mit einem Bettlerjungen hätten sie nie gespielt, die anderen Buben. Hannes hatte sie oft beobachtet: An der Mainbrücke konnte man eine Menge machen. Unten am Fluß angeln, oder den Brükkenmüller ärgern. Oder sich in das alte Zollhaus schleichen. Es stand auf der Brücke und wurde schon damals nicht mehr benutzt. Die Wachstube allerdings wurde in Ordnung gehalten, auch heute noch.
Hannes blieb stehen: Am Zollhaus brannte Licht, und es saßen Leute davor. Er kniff die Augen zusammen. Blaue Soldatenfräcke und weiße Hosen – Linienmilitär, und sie kontrollierten mal wieder. Er überlegte, ob er umkehren sollte. Soldaten und Gendarmen umging er grundsätzlich. Aber der Fährmann hatte schon Feierstunde, heute früher als sonst. Klar, wenn die hier auf der Brücke kontrollierten. Wonach sie wohl suchten? Na, er kam halt aus der Stadt, aus irgendeinem Wirtshaus. Daß er im Graben gewesen war, brauchte er ihnen ja nicht auf die Nase zu binden. Er ging weiter.
Es waren drei, die auf der steinernen Bank vor dem Zollhaus saßen und Hannes entgegensahen, ein Korporal und zwei Gefreite. Als Hannes näherkam, sagte einer der Gefreiten: „Seht ihr? Er ist es nicht." Er bückte sich, holte einen Stapel Spielkarten unter der Bank hervor und fächerte ihn auf. Der Korporal erhob sich und winkte Hannes in das Licht der Laterne. „Wohin?" Er trug wie die Gefreiten volle Montur, mit breiten, kreuzweise geschnallten Brustriemen und Kugeltasche über den Frackschößen. Die Bajonette hatten sie aufgepflanzt.
„Heim", sagte Hannes.

„Er will heim“, sagte der Korporal. „Habt ihr's gehört?“ Die Gefreiten grinsten. „Hör zu, Kerl, wenn du uns dumm kommst...“
„Ich wohn in der Löhergasse, beim Jost“, sagte Hannes.
„Schon besser. Und woher?“
„Aus der Stadt.“ Eilig fügte Hannes hinzu: „Ich war im Pfau.“
„In der Vilbeler Gasse, so, so. Und grad mal ein paar Biere trinken, was? Bißchen weit weg von Sachsenhausen, wie?“ Der Korporal schien nachzudenken. Plötzlich sagte er: „Wo ist der Gräbersche Saal? Los, Antwort.“
„Im Graben.“ Dann sagte Hannes: „Das weiß doch jeder.“
„Sicher weiß das jeder. Und wenn du's nicht gewußt hättest...“
„Aber ich war nicht dort.“
„Ach?“ Der Korporal legte sein Gewehr in die Armbeuge. Die Bajonettspitze zeigte auf Hannes. „Woher weißt du denn, wonach wir suchen, was?“
Verdammt. Das war dumm gewesen. „Hören Sie mal. Ich bin Heizer bei der Taunuseisenbahn. Und ich geh nicht in den Graben.“
„Das kann jeder sagen.“ Der Korporal musterte ihn. „Na ja...“
„Laß doch“, sagte der eine Gefreite und blickte auf seine Karten. „Wer kommt eigentlich raus? – Komm, das sieht man doch, daß der harmlos ist.“
„Ich weiß nicht...“ Der Korporal schien unschlüssig. „Das muß er erstmal beweisen, daß er nicht zu dem Wühler-Pack gehört.“
„Ich bin kein Wühler“, sagte Hannes. „Das können Sie mir glauben.“
„Glauben, glauben... Beweisen!“
„Sie können mich ja durchsuchen.“ Hannes breitete die

Arme aus. „Bitte sehr ... das ... da ... das heißt ...“ Das Flugblatt! Vergessen. Glatt vergessen. Mein Gott ... Wegrennen. Nein. Dann fingen die an zu schießen. Stehenbleiben. Die Arme hochhalten und ganz ruhig stehenbleiben. Und wenn der das Gewehr abstellte, dann ... Vorsichtig schielte Hannes zur Brüstung. Mit drei Sätzen konnte er drüber sein. Daß er sich auf einer Kiesbank das Genick brach, mußte er riskieren. Ins Arbeitshaus brachten die ihn nicht noch mal.
„Durchsuchen?“ Der Korporal nahm das Gewehr aus der Armbeuge. Hannes spannte sich zum Sprung.
„Ach was“, sagte der Korporal und stellte das Gewehr ab. „Von wegen durchsuchen. Das hättest du wohl gern, was? Daß wir dir in der Hose rumfingern. Aber da such dir andere für.“ Die Gefreiten wieherten, und der Korporal ließ sich auf der Bank nieder. Das Gewehr hatte er gegen die Hauswand gelehnt. „Hier wird nicht gefingert, klar? Los. Schau zu, daß du weiterkommst.“ Der Korporal wendete sich ab.
„Ich komm raus, glaub ich.“

Wie immer war es stickig in der Backstube, und es roch sauer nach alten Putzlumpen. Philipp stand an der Werkbank und war noch beim Kneten.
„Wo ist der Jost?“ fragte Hannes. Jost war Philipps Meister und Hannes Hausherr, und auf den Menschen wollte er heut abend nicht treffen.
„Grad nach oben gegangen, zu seiner Alten. – Komm, hock dich na.“ Philipp zeigte zur Backmulde, die aufgebockt neben der Brotstellage stand. „Noch zwei Touren, dann können wir schwätzen.“
Hannes setzte sich auf den Trogrand. Eigentlich hatte er ja hoch in die Dachkammer gewollt, aber jetzt war es ihm ganz recht, sich ein Weilchen ‚nazuhocke‘ – Philipp kam aus dem Schwäbischen. Er war hager und lang und trug lediglich eine

teigverkrustete Hose und Holzpantinen. Oberkörper und Arme waren dicht und schwarz behaart. Trotzdem konnte man sehen, daß Philipp über und über mit Blatternarben bedeckt war, auch im Gesicht. Die Nase war groß und gebogen, und die Haare trug er am Hinterkopf zu einem Stummelschwanz gebunden.

Philipp hatte den Teig zu einer Matte gedrückt und geschlagen, fast über den ganzen Tisch. Jetzt packte er ein Teigende, hob es vorsichtig ab und zog es über, bis zum anderen Ende. Dann faltete er den Teig noch einmal. „Tu mir die Lieb", sagte er, „und horch die Stiege hoch, ja?"

Hannes nickte und ging zur Tür. Philipp rollte die Hosenbeine bis zu den Knien auf. Dann schlüpfte er aus den Pantinen, stieg auf die Werkbank und begann, den Teig breitzutreten. Das hatten die Geschworenen des Bäckerhandwerks vor kurzem wieder verboten, aber alle Gesellen kneteten mit den Füßen. Und alle Meister wußten das – manche freilich wollten vorgeben können, sie wüßten es nicht.

Das Kneten war eine Viecherei. Hannes hatte es sich nicht vorstellen können und über die Kohlenschaufelei auf der Lokomotive geseufzt, bis Philipp böse gesagt hatte, es gäbe Schlimmeres, und er sollte mal das Kneten probieren. Hannes hatte nach einer knappen halben Stunde aufgegeben. Er verstand nicht, wo in Philipps mageren Armen die Kraft saß.

Hannes sagte: „Man könnte eine Maschine bauen. Eine Knetmaschine, mit Walzen und so. Über eine Kurbel könnte man sie drehen."

„Gibt's schon lang." Philipp sprang von der Werkbank. „Aber in dieser Backstube wirst du nie eine sehen." Er faltete die Teigmatte. „Erstens kann der Jost die nicht bezahlen. Und wenn er's könnt", er stieg auf die Werkbank, „na, du kennst ihn ja, den Lumpenhund." Und er stampfte über den Teig.

Hannes nickte. Der Jost war der letzte, der eine Maschine anschaffte, um seinem Gesellen die Arbeit zu erleichtern. Wenn Hannes abends auf Jost traf, sagte der: „Schon wieder Feierstunde? Ein faules Leben habt ihr Heizer.“ Hannes zuckte dann mit den Achseln und sagte nichts. Wenn er widersprach, riskierte er, an die Luft gesetzt zu werden. Zwar waren die wöchentlichen zwanzig Kreuzer eine Geldschneiderei, aber er hatte tagelang herumfragen müssen, bevor er wenigstens diesen Schlafplatz ergattert hatte. Jost war bekannt als Jähgickel. Hannes hatte erlebt, wie er Kundschaft aus der Verkaufsstube gejagt hatte, Sachsenhäuser Fischer und Gartenarbeiter, die sich über zu leichtes Brot beschwerten. „Kauft woanders oder zeigt mich an“, hatte Jost gebrüllt und dabei genau gewußt, daß es in Frankfurt ohnehin zu wenig Bäcker gab, die das billige Kornbrot, das Roggenbrot zweiter Sorte, buken. Und daß ein Sachsenhäuser sich eher die Zunge abbeißen würde, bevor er sich drüben in der Stadt bei der hochnäsigen Obrigkeit beschwerte.
Mit Philipp verkehrte Jost nur schreiend, bestenfalls knotternd. Glaubte man Philipp, dann war zwar der Ton in der Jost'schen Backstube außergewöhnlich grob, aber sein Meister ansonsten ein Bäcker wie andere. „Die meisten backen zu leicht. Wenn's einer nicht tut, dann nur, weil er sich nicht traut. Aber ihre Gesellen schinden sie alle.“ Philipp sagte: „Ich bin jetzt, glaub ich, achtundzwanzig. Mit fünfzehn bin ich in die Lehre gekommen, vorher hat mich der Vater auf dem Hof gebraucht. Seit dreizehn Jahren also kenn ich's nicht anders, als daß ich um acht Uhr abends aufsteh und am nächsten Tag, nachmittags, um drei oder vier zum Schlafen komm. Und das Tag um Tag.“ Sein Arbeitstag beim Jost wäre demnach normal. Freilich: Nie, aber auch wirklich nie eine Feiernacht – das hätte er noch nirgendwo erlebt. Aber das wäre keine Jost'sche, sondern eine Frankfurter Spezialität. Die hiesige Regierung habe die vierzehntäglichen Fei-

ernächte Anno 35 abgeschafft. Und daß ein Meister seinen Gesellen jederzeit aus dem Dienst jagen konnte, während sich der Geselle für ein halbes Jahr verpflichten mußte – das war auch eine Frankfurter Spezialität.
Philipp hatte inzwischen wieder gefaltet und drückte den Teig mit den Fäusten zusammen. „Packst du mal mit an?"
Hannes ging zur Werkbank und faßte unter den Teig.
„Nein, wart noch." Philipp nahm die Lampe von der Wand und leuchtete in den Backtrog. Er warf zwei daumendicke Mehlkäfer auf den Fußboden und zertrat sie. „So, jetzt. Lupfet – an."
Sie wuchteten das Teigtrumm in den Trog. Philipp klatschte mit der flachen Hand auf den Teig. „Fühlt sich gut an, was? So hab ich sie gern, die Weiber. Weich, aber nicht wabbelig. Und wenn sie so richtig ..."
„Laß mal", sagte Hannes. Er unterhielt sich gern mit Philipp. Aber wenn der mit seinen Weibergeschichten anfing, wurde es schlimm. Da redeten sie besser über Politik, was nur manchmal schlimm wurde. Und heute hatte Hannes das ohnehin vorgehabt. „Hier", sagte er und zog das Flugblatt aus der Hose. „Hab ich dir mitgebracht."
Philipp setzte sich auf die Werkbank unter die Lampe. „‚An unsere Brüder, die deutschen Proletarier'. Hm ... ‚Der gesetzliche Kampf ist unmöglich' ... Mann, wo hast du denn das her? Und du hast's extra mitgebracht? Mir?"
„Na ja. Eigentlich wollt ich's wegschmeißen. Sag mal ..."
Aber Philipp hörte nicht. Hannes setzte sich neben ihn und sah zu, wie er las.
„Mann." Philipp schlug mit dem Handrücken auf das Papier. „Die sind richtig. Aufhängen am Eschenheimer Tor. Jawohl. Hier, du wirst auch genannt. ‚Unsre Brüder, die Grobschmiede'."
„Ja, ja, ich weiß. Also du", Hannes schüttelte den Kopf, „jetzt sag mir bloß, was du daran ..."

„Laß mich zu Ende lesen, ja?“ Philipp bewegte die Lippen. Dann sagte er: „Gut, der letzte Satz: ‚Und wir haben noch gar nicht gelebt!...‘“ Jetzt lachte er. „‚Gedruckt bei Schlagdrauf und Hilfdirselbst‘. Ja. Gut.“
„Philipp, jetzt sag mir mal: Das mit dem Aufhängen – so was kann man doch nicht machen.“
„Klar. Diese geleckten Banditen.“
„Nein, du hast mich nicht verstanden. Ich meine: Kannst du einen Strick in die Hand nehmen, so, wie du hier sitzt, und einen aufhängen?“ Hannes hatte Philipp am Arm gepackt.
Der sah ihn erstaunt an. Dann lachte er. „Das hat dir wohl Angst gemacht, was? Gib's zu, ich kenn dich doch.“ Er wurde ernst. „Ob ich einen aufhängen könnt? So wie ich hier sitz? Nein.“ Er lachte wieder. „Nein. Sonst hätt ich den Jost längst gehängt.“
Er sah auf das Flugblatt. „Hannes, ich sag dir was. Du fragst falsch. Worum's geht, das ist doch, wie sich unsereiner überhaupt wehren kann. Schau mich an. Ich leb wie ein Vieh. Man könnt sich vorstellen, daß ich zu den Geschworenen des ehrbaren Bäckerhandwerks geh und sag: Hört zu, liebe Meister, so und so, das müßt ihr einsehen, so geht's nicht weiter. Was geschieht dann wohl? – Richtig. Sie jagen mich aus der Stadt. Und in mein Gesellenbuch haben sie was reingeschrieben, daß ich nirgendwo mehr Arbeit krieg.“
Philipp las aus dem Flugblatt: „‚Der gesetzliche Kampf ist unmöglich.‘ Also nehm ich den verdeckten Kampf. Der geht so, daß ich zum Beispiel dem Jost Angst mach. Er weiß genau, daß ich ihn reinlegen kann. Ich brauch bloß den Teig noch knapper zu wiegen, als er's ohnehin will. Ich brauch bloß das Brot schärfer ausbacken, und es ist noch leichter. Und irgendwann zeigen ihn sogar die Sachsenhäuser an. Oder ich tu's selber. Und das sag ich dem Jost. Natürlich nur andeutungsweis, aber so, daß er's kapiert. Das ist nicht fein

und schon gar nicht gesetzlich, aber es wirkt: Der Jost traut sich nicht, mir als Lager einen Kleiesack auf die Werkbank zu schmeißen, sondern er gibt mir eine Kammer. Und wenn in der Backstube nicht viel zu schaffen ist, dann kann ich schon mal von zwei Uhr mittags bis abends neun feiern. Das sind Fürz, klar. Und wenn der Jost einen anderen Dummen findet, der bei ihm arbeitet, jagt er mich davon, auch klar. Aber du verstehst, was ich sagen will?"

„Ja, ich glaub. Und wenn man dich so reden hört... Aber alles ist trotzdem nicht erlaubt. Das Aufhängen..."

„Jetzt laß mal das gottverdammte Aufhängen, Hannes. Ich frag dich: Kapierst du nicht, daß unsereiner nur auf dem ungesetzlichen Weg was erreichen kann? Weil die Gesetze gegen uns gemacht sind?"

„Gegen uns? Aber es muß doch eine Ordnung geben."

„Freilich. Aber nicht diese. Hier", Philipp drehte das Flugblatt ins Licht, „hier steht: ‚Denn heutiges Tages hat nur Recht, wer Gewalt und Besitz hat!' Und genau das ist es, Hannes. Schau dir die Ordnung an. Sie ist bloß für eines da: Daß denen, die was haben, nichts genommen wird, und daß sie mehr kriegen. Dafür sorgt die Ordnung. Hab ich recht?"

„Na, du, ich weiß nicht..."

„Aber sicher weißt du. Wer hat denn vier Wochen im Arbeitshaus gesessen, was? Wegen einem Gulden!"

Hannes schwieg.

„Gut", sagte Philipp, „dann erzähl ich dir was anderes. Zum Beispiel kriegt der Kurfürst Friedrich Wilhelm von Kurhessen eine Zivilliste von 300 000 Talern, das sind..."

„Eine Zivilliste?"

„Na, also Hannes... Die Zivilliste ist das Geld, was der Kurfürst kriegt, damit er sich Diener halten kann, Pferde, Weiber, also damit er leben kann, wie sich's für einen so feinen Herrn gehört."

„Ach, das meinen die Leut, wenn sie von einer Zuvielliste reden."
„Richtig, Hannes. Und wenn du dir's umrechnest, dann sind das 525 000 Gulden im Jahr. Schon ein bißchen viel, wie?"
Hannes nickte.
„Und wo kommt das Geld her?" fragte Philipp. „Aus den Steuern. Aus dem Geld, das wir aufs Amt tragen, und das die Regierung uns abnimmt, wenn wir Salz oder Bier oder was weiß ich kaufen. Kurz gesagt: Der Herr Kurfürst machen sich ein feines Leben, von dem Geld, was man uns wegnimmt. Also, wenn du mich fragst – sowas nenn ich Diebstahl. Der Kurfürst stiehlt uns Jahr für Jahr eine halbe Million Gulden. So. Und jetzt nehmen wir mal an, die Gesetze sind recht, so wie sie sind. Für einen Gulden vier Wochen Arbeitshaus. Und wenn du mehr gestohlen hättest? Sagen wir mal: Eine halbe Million? Was hätten sie dann wohl mit dir gemacht, was?"
Hannes schwieg. Nach einer Weile sagte er: „Also Philipp, jetzt hab ich das Gefühl, daß du mich reingelegt hast. Ich weiß bloß nicht wie."
„Na, da denk mal drüber nach." Philipp war aufgestanden und ging, die Hände hinter dem Rücken verschränkt, in der Backstube umher. „Aber vergiß dabei nicht, daß dieser gnädiger Landesfürst und die Regierung nicht nur stehlen, sondern auch morden. Oder wie nennst du das, wenn voriges Jahr im Fuldaischen Tausende nur deshalb verhungert sind, weil zwar die 300 000 Taler für den Kurfürsten da waren, aber die Regierung keine 15 000 Taler zusammengekriegt hat, um in Bremen Korn zu kaufen?" Philipp blieb vor Hannes stehen. „Und so treiben sie's alle, die Herren Landesfürsten, der eine mehr, der andere weniger. Weißt du, wenn ich dann an ihre Kreaturen denk, die Herren vom Bundestag, wie sie dasitzen, in seidenen Strümpfen und Kniehosen, mit Diplomatenfrack, und beraten, wie sie uns noch mehr drük-

ken können, also dann", Philipp hatte die Fäuste vor der Brust geballt, „dann weiß ich: So einen häng ich, wenn's sein muß." Er wendete sich ab. „So. Da hast du's." Schweigend ging er zum Backtrog und ließ sich nieder.
Auch Hannes schwieg. Nach einer Weile erhob sich Philipp. „Ich muß jetzt wiegen."
„Und Frankfurt?" fragte Hannes. „Hier gibt's keinen Landesfürsten."
„Ach, Hannes... Nein, hier gibt's keinen Landesfürsten. Bloß einen Senat gibt's, der Feiernächte stiehlt." Philipp kam zur Werkbank. „Im Ernst, Hannes. Wo ist der Unterschied zwischen einer landesfürstlichen Regierung und einem Senat, in dem auch nur Großkopfete hocken? Schau dich um in der Freien Stadt Frankfurt. In Sachsenhausen, im Altegaßquartier, unter den Gesellen. Hast du mal gesehen, wie der Hintern von einem Mädchen aussieht, dem die Frankfurter Gendarmen zwanzig Stockhiebe aufgezählt haben?" Philipp sah ihm forschend ins Gesicht. „Sag mal, geht's dir nicht so, daß du manchmal eine saumäßige Wut kriegst? Daß du dich mit anderen zusammentun und alles kaputtschlagen willst?"
Hannes sah ins Leere. Dann schüttelte er langsam den Kopf. „Nein", sagte er leise. „Ich krieg Angst."

Louise ging durch den Garten, und mit einmal merkte sie, daß der Geruch nach feuchter Erde einen anderen Namen hatte. Er hieß nicht mehr „Schmidt hat umgegraben", sondern „Ich bin wieder zu Hause". Das Gräbersche Lokal und der Heimweg hatten ihr zugesetzt – sie gestand es sich ein. „Aber du hast dich getraut", dachte sie, während sie im Handbeutel nach dem Hausschlüssel suchte, „und du hast dich ein klein wenig verändert." Darauf konnte sie jetzt die Probe machen.

Da war der Schlüssel. Sie stand mit gesenktem Kopf und faßte zusammen, was sie sich überlegt hatte. „Herr Schnepf", würde sie sagen, „ich möchte Sie bitten, mir in Zukunft nicht mehr aufzulauern." Und dann? Es war anzunehmen, daß er sich daraufhin stumm ins Zimmer zurückzog. Wenn er jedoch abstritt – um so besser. „Sehen Sie, Herr Schnepf", würde sie sagen, „es ist spät, fast elf, und gewöhnlich sind Sie um diese Zeit nicht mehr auf. Sie haben auf mich gewartet." Und weiter? Das würde sich zeigen. Eines aber wollte sie auf alle Fälle noch sagen: „Außerdem, Herr Schnepf, möchte ich Sie bitten, mich nicht mehr Jungfrau zu nennen." Ja. Also los.

Sie öffnete die Haustür und drückte sie hinter sich ins Schloß. Nicht übermäßig laut, aber so, als käme man an einem ganz gewöhnlichen Abend nach Hause. Sie lauschte. Nichts. Sie tastete auf dem Bord neben der Tür nach Kerze und Hölzchen und machte Licht. Die Steintreppe zur Schnepfschen Wohnung hoch – das konnte er nicht überhören. Auf dem Vorplatz blieb sie stehen. Na los, komm schon. Sie hob die Kerze und horchte. Bei Schnepfs blieb es ruhig. Also, das war doch ... Monatelang pirschte der Herr Lehrer auf sie, und wenn sie sich stellte, dann war er nicht auf dem Posten. Sie machte einige Schritte, so daß die Dielen knarrten – Schnepf rührte sich nicht. Vermutlich war er zu Bett gegangen; daß sie so spät nach Hause kommen würde, lag wohl außerhalb der Vorstellungskraft des Herrn Lehrers. Zögernd wendete sich Louise der Treppe zu. Jetzt hatte sie sich alles zurechtgelegt, sozusagen ihre Schlachtordnung aufgebaut, und nun erschien der Feind nicht auf dem Schlachtfeld. Sie stieg die Treppe hoch. Nun gut, Schnepf, das Treffen war aufgeschoben.

Als sie die Wohnungstür aufklinkte, dachte sie: „Aber jetzt hätte mir ein Sieg gutgetan, nach der Niederlage gegen den Herrn Leutnant." Er hatte sie am Friedberger Tor nicht passieren lassen, solange sie vernünftig argumentierte. Erst als sie seine Eitelkeit kitzelte und ihn ‚inständig' bat, kurz: sich wie ein Frauenzimmerchen aufführte, da hatte er aufgesperrt. Ein Mann eben, der Herr Leutnant.

Louise legte Hut und Umhangtuch ab und zündete ihre Lampe an. So, und nun erstmal eine Viktoria. Neben dem Kästchen auf dem Tisch lag das blau eingebundene Heftchen mit den Statuten des Vereins gegen Tierquälerei. Sie war nicht müde, eigentlich konnte sie noch das Gedicht angehen. Sie ging ins Schlafzimmer und setzte sich an ihren Schreibtisch. Nur dieses Möbelstück hatte sie aus Marburg mitgebracht. Er war ihr Wunsch zur Konfirmation gewesen, und die Mutter hatte die Stirn gerunzelt. Aber der Vater hatte genickt und ihr genau den geschenkt, den sie gewollt hatte: Aus hellem, lasiertem Nuß und kein zierliches Damentischchen, auf dem man allenfalls ein Brieflein schreiben konnte, sondern mit dunkel eingelegter Schreibplatte und mit geräumigen Schubfächern rechts und links.

Louise holte mehrere Bogen Papier heraus, drehte den Lampendocht höher und steckte eine neue Stahlfeder in den Halter. Sie überlegte. Die Schwierigkeit war, daß ihr nicht einfallen durfte, was ihr einfallen wollte, sondern was den Leuten gefiel. Frau Schmidt hatte von der Not des gequälten Tieres gesprochen. Dazu fiel Louise ein: Die sprachlose Kreatur, die sich nicht selbst helfen konnte. Nach einer Weile schrieb sie: ‚Wer jenem Tier ins Aug gesehen / Wer las dort nicht das drängend Flehen?' Das war hübsch gefühlvoll, und Louise blätterte die Statuten auf. Der Zweck des Vereins ... Mitglied kann werden ...

Sie blätterte. ‚§ 14. Die Frauen sind der Teilnahme an öffentlichen Funktionen überhoben'. Nachdenklich sog Louise an ihrer Viktoria. Selbstverständlich durften Frauen keine öffentlichen Funktionen ausüben, das war überall so. Und das brauchte man nicht in die Statuten zu schreiben.

Aber in diesem Verein war die Mehrzahl der Mitglieder Frauen.
Auch der Heizer Hannes war ein Mann. Aber Louise empfand ihn nicht als zur Männerwelt gehörig. Weil er ein wenig unbeholfen war? Weil er sanft wirkte? Gewiß, auch deshalb. Aber hauptsächlich, weil er einer aus der arbeitenden Klasse war. Sicher schlossen deren Männer ihre Frauen ebenfalls aus, aber das betraf Louise nicht. Sie war eine Bürgerliche und fühlte sich von der bürgerlichen Männerwelt ausgeschlossen. Besonders, wenn die so heil und selbstsicher daherkam wie der Wilhelmi. – Wenn sie es übrigens recht bedachte, so konnte es mit der Selbstsicherheit des Herrn Doktor nicht gar zu weit her sein. Hätte er es sonst nötig, sich so ausgesucht-auffallend zu kleiden? Wenn sich die Gelegenheit ergäbe – sie wäre imstande und fragte ihn.
Louise dachte daran, daß sie den Heizer Hannes treffen würde, und da spürte sie, wie ihr warm wurde. „Na, na“, dachte sie. „Du wirst ihm was aus der Zeitung erklären. Außerdem ist nicht sicher, ob er kommt. Also was soll das?“ Aber sie sah lächelnd in den Zigarrenrauch, der sich über der Lampe kräuselte, und dachte: „Wie er mich angesehen hat, als er mit dem Zylinder nicht mehr weiterwußte.“ Dabei war die Geschichte scharf beobachtet und beschrieb den Herrn mit dem dichten Bart genau. Als er sie von der Seite musterte, hätte sie gern gewußt, wie er sie einschätzte. „Louise ... nein, das geht nicht“, dachte sie. Nun, vielleicht doch. Und das mit der Mamsell würde sie ihm erklären.
Diese Anrede hatte sich zwar in manchen Gegenden gehalten, aber im allgemeinen war sie veraltet. Vor allem: Mit ‚Mamsell‘ bezeichnete man Dienstboten, beispielsweise Kinderfrauen. Und so wollte Louise nicht genannt werden. Auch ‚Jungfrau‘ nicht. Aber diese Anrede gebrauchten ohnehin nur Deutschtümler wie Schnepf, die die deutsche Sprache reinhalten wollten vom ‚verderblichen Einfluß‘ des

Französischen. Und zu denen paßte, daß ihnen Fräulein nicht genügte. Für die mußte es etwas sein, das zugleich den Kampf gegen die Zuchtlosigkeit verkündete. Nun, das war lächerlich, und die ‚Jungfrau' würde sich nicht einbürgern. Insgeheim war Louise auch mit der Anrede ‚Fräulein' nicht einverstanden. Für sie lag darin die Aufforderung: ‚Jetzt sieh zu, daß du endlich einen Mann kriegst'. Aber sie wollte probieren, alleine zu leben, zumindest eine Zeitlang. Louise stellte sich vor: Eine ledige Frau, die es wünschte, sollte sich mit ‚Frau' anreden lassen können.

Selbstredend durfte sie das von den Leuten nicht verlangen. Wenn sie etwa Frau Schmidt darum gebeten hätte, die hätte ihr gekündigt. Einfach weil sie im Hause keine Verrückte hätte haben wollen. „Nein", dachte Louise, „ich allein kann damit nicht anfangen." Das müßte erstmal unter die Leute, gleichsam als allgemeiner Vorschlag. Louise sah auf das Papier vor sich. Warum eigentlich nicht? Das Gedicht hatte Zeit. Sie würde jetzt einen Artikel schreiben.

Und zwar für die Didaskalia. Der Name kam aus dem Griechischen und hieß zunächst soviel wie Theaterzettel, woher die ‚Blätter für Geist, Gemüt und Publizität' wohl ihren Namen hatten, aber er bedeutete auch: Lehre, Unterweisung. Also bitte. Louise steckte das Blatt mit den Gedichtzeilen weg. Sie mußte geschickt argumentieren. Etwa so: Bei Männern spielte die Unterscheidung verheiratet – unverheiratet offenbar keine Rolle. Eine ledige Frau belegte man mit dem Verkleinerungswort ‚Fräulein', das hieß: kleine Frau. Man gab ihr also zu verstehen: ‚Ohne Mann bist du wie ein unmündiges Kind'. So was sollte umgekehrt mal jemand mit den Männern probieren. Ausgezeichnet, da hatte sie die Überschrift. Louise tauchte die Feder ein und schrieb: ‚Fräulein und Herrlein'. Gut. Morgen würde sie den Artikel mit der Stadtpost an den Redakteur Hameran schikken.

Ansicht der Stadt Frankfurt von Sachsenhausen aus. (Nach einer Zeichnung vor
F. J. Ehemant. Um 1824.)

4

„Durch die Heizrohre geht bekanntlich der heiße Rauch. Und wenn die Rohre verrußt sind, dann kann die Hitze nicht richtig an das Wasser, das um die Rohre drumherum ist. Und was ist dann?“ Hannes sah den Lokomotivputzer Lotz an. „Na?“
Lotz zuckte mit den Achseln.
„Dann werden Kohlen verwirtschaftet. Kapiert?“
„Was juckt mich das?“ sagte Lotz. „Bin ich der Heizer? Ich krieg kein Lob für sparsames Heizen.“ Lotz war klein, blond und frech.
Hannes sagte ärgerlich: „Wenn du's nicht einsiehst – auch gut. Jedenfalls putzen wir die Rohre noch mal durch. Los.“
Mißmutig erhob sich Lotz und nahm das Stangenende auf. Hannes setzte das andere Ende mit der Drahtbürste in das linke, obere Heizrohr, und sie drückten die Bürste durch bis in die Feuerkiste.
Der Blitz hatte 94 Heizrohre, jedes mit einem Durchmesser von der Länge eines kleinen Fingers, und jedes 13 Fuß lang. Und jeden vierten Tag mußten die durchgeputzt werden. Dazu wurde der Blitz einen Tag lang stillgesetzt. Dann mußten auch der Kesselstein herausgekratzt, Feuerkiste, Aschekasten, Rauchkammer und Schornstein gründlich geputzt, alle Muttern nachgezogen und die Radlager überprüft werden.
„Mittag!“ Ott stand vorne im Tor des Lokomotivschuppens.
Lotz ließ das Stangenende los und machte sich davon. Kopfschüttelnd holte Hannes seinen Brotbeutel vom Führerstand und ging ebenfalls nach draußen. An der Frontwand

des Schuppens war eine Bank aufgestellt, und Hannes ließ sich neben Ott nieder. Lotz hatte sich abseits auf einen Stein gesetzt.

Drüben in der Einstiegshalle standen die Wagen für den Mittagszug bereit, und Hannes sah, daß kein Erste-Klasse-Wagen dabei war; offenbar hatte sich niemand dafür angemeldet.

Er zog aus dem Beutel die Kaffeeflasche, ein Dreikreuzerbrot und ein Stück Speck hervor, das er in ein Tuch eingeschlagen hatte. Fürs Essen gab Hannes etwa 45 Kreuzer am Tag aus. Das war viel, mit 30 Kreuzern konnte man schon rumkommen. Aber die Heizerei machte hungrig, und außerdem hatte er keine Möglichkeit zu kochen. Ott beispielsweise hatte ein emailliertes Töpfchen mit Kartoffelsalat und ein Glas mit eingelegtem Hühnerfleisch neben sich stehen. Das war billiger und zudem besser als ewig Roggenbrot mit Käse, Wurst, Stockfisch oder Speck. Das Gewicht des Dreikreuzerbrotes war zur Zeit auf ein Pfund festgesetzt, und es war somit billiger als im Vorjahr nach den Mißernten. Hannes hatte schon erlebt, daß es anderthalb Pfund gewogen hatte. Aber für eine siebenköpfige Familie ohne Vater, wie die vom Lotz, war das noch zu teuer.

Lotz saß auf seinem Stein und kaute an einem Apfel. Hannes brach das Brot in zwei Hälften, schnitt mit dem Klappmesser ein Stück Speck ab und fragte: „Magst was?“ Lotz nickte und kam herüber. Er war zu Hause der Älteste, und seinen Taglohn von 30 Kreuzern lieferte er bis auf den letzten Heller ab. Gewöhnlich erhielten die Putzer 48 Kreuzer am Tag. Aber die Verwaltung sparte, stellte junge Leute ein und bezahlte sie wie Tagelöhner. Lotz hatte sich neben Hannes niedergelassen.

Drüben setzte sich die Cockerill vor den Packwagen. Der Lokomotivführer hieß Schmiermund, und er hatte gestern den Blitz geführt, weil Ott seinen freien Tag hatte.

„Gestern sind die Touren nur bis Kastel gegangen“, sagte Hannes laut. „Vor Wiesbaden haben die Bauern die Schienen abgedeckt.“
Ott nickte. „Klar. Die haben Angst, daß Militär rangeschafft wird.“
Kastel gehörte zur Bundesfestung Mainz und war vollgestopft mit Preußen und Österreichern.
„Vorgestern, wie ich im Graben gewesen bin, da hat einer gesagt, vorm Schloß stehen wenigstens 10 000.“
„Mehr“, sagte Ott, „viel mehr. Inzwischen sollen es über 30 000 sein.“
„Und was wollen die?“ fragte Lotz.
Ott sah erst Lotz, dann Hannes an.
„Was die wollen“, sagte Hannes laut. „Was die Nassauer Bauern wollen.“
„Na, was jetzt in Deutschland jeder will. Muß ich euch das erzählen?“ Hannes und Lotz schüttelten die Köpfe. „Aber“, fuhr Ott fort, „die Bauern in Wiesbaden wollen noch was dazu. Die wollen den Wald.“
„Was?“ fragte Hannes.
„Den Wald. In Nassau gibt’s viel Wald. Und der hat seit altersher den Bauern gehört. Aber dann, vor ein paar Jahrzehnten, hat die Regierung ihn in Bewirtschaftung genommen. Holz verkauft und Wild gehegt, damit der Herzog jagen kann, und die Bauern haben zusehen müssen, wie die Rehe und Hasen die Saat abgefressen haben. Und mit dem Holzschlagen war’s auch vorbei. Und den Wald wollen die Bauern jetzt wiederhaben.“
„Und was sagt der Herzog dazu?“
„Das ist es ja eben. Der Herzog ist nicht im Schloß. Seine Durchlaucht, der Herzog Adolf von Nassau, sind sozusagen nicht daheim. Keiner weiß, wo er ist. Manche sagen, er ist auf der Jagd. Andere, er ist in Berlin, wieder andere, in Frankfurt. – Jedenfalls“, sagte Ott und lachte, „wenn der

nach Hause kommt, dann kann er was erleben. – Na, wo will der Schmiermund denn hin?“
Die Cockerill dampfte mit dem Packwagen davon. Nach einer Weile kam sie zurück. Sie schob jetzt den Packwagen und einen Erste-Klasse-Wagen vor sich her.
„Wie's scheint, hat sich noch einer angemeldet“, sagte Hannes.
„Muß ein hohes Tier sein.“ Ott fischte ein Stück Huhn aus dem Glas. Der Erste-Klasse-Wagen war einer von den älteren, feinen, die so aussahen, als hätte man die Coupés von drei Extrapost-Kutschen auf das Untergestell montiert. Er war braun lackiert, und auf die Türen waren verschiedene Stadtwappen gemalt.
Die Cockerill hatte die Wagen beigeschoben, und der Zugschmied hängte die Kette ein.
„Erzähl doch mal“, sagte Ott, während er kaute. „Wie war's denn im Graben?“
„Gott ja.“ Hannes schnitt Speck ab. „Den Bundestag haben sie hängen wollen.“
Ott lachte. „Na, das war was für dich.“
„Den Bundestag?“ fragte Lotz. „In der Eschenheimer Gasse? Da bin ich bei gewesen.“
„Was?“ Hannes starrte ihn an. „Du? Bei was warst du?“
„Wir haben die Fenster einschmeißen wollen. Aber es sind Soldaten davorgestanden. Da haben wir das Lied von der freien Republik gesungen.“ Und Lotz begann: „In dem Kerker saßen zu Frankfurt...“
„Halt's Maul, ja?“ sagte Hannes. „Du bist hier im Dienst.“
„Was singt er?“ fragte Ott. Hannes sagte es ihm.
„Ja, ja“, nickte Ott. „‚Für die Menschenrechte der freien Republik.‘ Anno 36 hab ich das Lied zum ersten Mal gehört. Nachdem die Gefangenen aus der Konstabler entwischt sind. Die vom Hauptwachensturm.“

„Wo der Jucho mitgemacht hat? Der vom Montagskränzchen?“
„Ei, Hannes.“ Ott sah in überrascht an. „Du weißt ja Bescheid. Ja, der Jucho war dabei. So sagt man wenigstens.“
„In der Versammlung war so ein Großer, mit einem dicken, schwarzen Bart. Der will auch mitgemacht haben.“
„Der, der vorgestern hier war?“
Hannes nickte. Und dann sagte er: „Ich muß wissen, wie der heißt.“
„Reinganum heißt der. Auch vom Montagskränzchen. Das ist der Advokat Reinganum. Und der hat Anno 33 bestimmt mitgemacht.“ Ott sah Hannes an. „Du mußt es wissen? Darf man fragen, warum?“
„Ach Gott.“ Hannes putzte angelegentlich sein Messer. „Es hat mich jemand gefragt.“
„So, so.“ Ott sah ihm zu. „Das Messer ist übrigens sauber. – Jedenfalls ist der Reinganum ein bekannter Oppositionsmann hier in Frankfurt. Auch gestern hat er geredet. Abends um sieben, bei der Versammlung in der Reitbahn, da hab ich ihn gehört.“
Philipp hatte von dieser Versammlung etwas erzählt. Er hatte dafür eine Stunde Schlaf geopfert. Es mußten um die 2000 Leute in der offenen Reitbahn am Rahmhof gewesen sein, und es war wohl um Forderungen an den Senat gegangen. Als Philipp genau erzählen wollte, war der Jähgickel Jost in die Backstube eingefallen, und Hannes war geflüchtet.
„Ich hätt gern gewußt“, sagte er zu Ott, „was in der ...“ Er unterbrach sich. Drüben, im Türmchen auf dem Dach der Einstiegshalle, bimmelte die Glocke. Dann fuhr er fort: „Was ist in der Reitbahn beschlossen worden?“
„Das kann man nicht mit einem Satz erzählen. Willst du's genau wissen?“ Und als Hannes nickte, sagte Ott: „Dich packt's wohl langsam, was?“ Er zog seine Taschenuhr her-

vor. „Noch Zeit." Er steckte die Uhr weg. „Dann hör zu. Merk dir den dritten März. Gestern war nämlich der Anfang von der Frankfurter Revolution. Aber ob die was Rechtes wird..." Er hob die Schultern. „Alles hab ich nicht mitgekriegt, obwohl ich ganz vorn gestanden bin. Aber es ist gleich auf gut Frankfurterisch losgegangen: Der Jucho, der Reinganum, der Mappes, der Hadermann und wie sie alle heißen, die Herren Oppositionsbürger, die haben schon vorher gekungelt und eine fertige Adresse mitgebracht."

„Eine Adresse?"

„Ein Papier, das dem Senat, also dem Bürgermeister wohl, überreicht werden soll, und in dem Forderungen drinstehen. Das heißt, Forderungen... In dem Papier hieß es: Wir bitten den Hohen Senat... So macht man Revolution... Es hat auch Protest gegeben, aber davon gleich. Zuerst hat der Doktor Mappes das Papier vorgelesen. Den Anfang hab ich noch gut im Kopf, du wirst gleich sehen warum: ‚In unserem nächsten Nachbarlande sehen wir plötzlich statt des Königtums die Republik. Ein Gefühl nur durchdringt hierbei zunächst jede deutsche Brust: Die Notwendigkeit des innigsten Zusammenhaltes des gesamten Vaterlandes gegen jeden Angriff.'"

„Damit ist Frankreich gemeint, nicht? Aber warum wollen die uns angreifen?"

„Kein Franzose denkt an Angriff."

„Ja... Warum steht's dann in dem Papier?"

„Tja." Ott setzte den Deckel auf das Glas und verspannte ihn sorgfältig mit dem Gummiring. „Kann sein, daß sie wirklich Angst vor den Franzosen haben. Ich glaub aber, denen macht was anderes Angst. Sie fürchten die Republik, das ist es."

„Aber Frankfurt ist doch schon eine Republik, oder?" sagte Lotz, und er sprach laut.

„Dem Namen nach", sagte Ott und musterte ihn freundlich,

„nur dem Namen nach. Ich könnt jetzt eine Menge erzählen über die zwei Bürgermeister und den Senat, über die gesetzgebende Versammlung und den Bürgerausschuß, über Wahlmänner und die Wahl in drei Abteilungen, aber dabei würde nichts anderes herauskommen als das: In Frankfurt bestimmen die alteingesessenen Bürger mit Geld. Schau mal, ich wohn jetzt seit über sieben Jahren in Frankfurt, und ich hab bisher kein Geld übrig gehabt, um mich als Bürger einzukaufen. Und nur die dürfen zum Beispiel die Wahlmänner wählen. Gut, ich verdien nicht schlecht mit 638 Gulden im Jahr, und wenn ich mich anstrengte, kriegte ich das Bürgergeld vielleicht zusammen. Aber solche Schlucker wie du oder auch der Hannes, die schaffen das nie. Und genau das wollen die Frankfurter Bürger. In einer richtigen Republik, so einer wie jetzt in Frankreich, da dürft auch ihr wählen. Und davor haben sie Angst. Auch die Oppositionsmänner wie der Jucho oder der Reinganum, der, nebenbei bemerkt, im Bürgerausschuß sitzt. Und deshalb", wendete sich Ott an Hannes, „warnen sie vor einem französischen Angriff und meinen die Republik."

„Jetzt versteh ich eins nicht", sagte Hannes. „Warum machen die das überhaupt? Volksversammlungen und so."

„Gut gefragt", nickte Ott. „Weißt du, bei den Leuten, die das Sagen haben, da gibt's Unterschiede. Die alten Familien in Frankfurt, früher hat man die Patrizier genannt, die haben mehr Macht als der Advokat Reinganum. Damit er sagen kann, was er will, verlangt er Preßfreiheit. Das ist eine der Forderungen in dem Papier. Und dann darfst du nicht vergessen: Gegen die Fürsten sind sie alle. Deshalb wollen sie alle ein allgemeines deutsches Parlament – stand auch in dem Papier. Aber der Hauptgrund, warum der Jucho und der Reinganum und die anderen Oppositionsmänner das machen, der seid ihr." Ott deutete auf Lotz und Hannes.

„Wir?" fragte Hannes.

„Na, du weniger“, sagte Ott. „Aber es ist doch so: Überall machen die Handwerksgesellen, die Bauern, die Arbeiter, das Volk also, Krawall. Wollen Preßfreiheit, Geschworenengerichte und so was. Das ist den Oppositionsbürgern schon recht, weil sie dasselbe wollen. Aber sie müssen aufpassen, daß ihr nicht zu viel wollt. Die Republik, zum Beispiel. Also stellen sie sich vornedran und bestimmen, wo's langgeht. Treffen sich vorher und kungeln ein Papier aus. So haben sie die Sache immer schön in der Hand.“ Ott zog seine Uhr. „Jetzt muß ich's kurz machen, Mittag ist gleich vorbei. Was ist das da drüben, warum lassen sie die Leut nicht raus? Ah, da sind sie.“
Die Glocke hatte geläutet, und aus dem Empfangsgebäude kamen Passagiere, wenige nur, wie meistens am Mittag: Bauersfrauen, die in den vorderen Vierte-Klasse-Wagen kletterten und sich einander die Körbe hochreichten, einige Herren, die wohl in Geschäften reisten – der eine trug den langen, pelzbesetzten Mantel eines Weinhändlers – und die sich auf die Wagen der dritten Klasse verteilten. Die zweite Klasse führte der Zug nicht.
„Hab ich's nicht gesagt?“ Ott deutete mit dem Kopf zum Erster-Klasse-Wagen hinüber. „Der ist für ein hohes Tier.“ Ein Lakai, in Schnallenschuhen, gelben Kniehosen und blauem Bedientenfrack mit Goldverschnürung, öffnete der Reihe nach die Türen und inspizierte die Coupés. „Na, da bin ich mal gespannt“, sagte Ott. „Wo war ich stehengeblieben? Richtig, beim Kungeln. Und es hat, wie gesagt, Protest gegeben. Ein blonder Mensch ist aufs Podium gekommen – sie hatten da so was aufgebaut mit Brettern und Böcken – er war vornehm angezogen ...“
„Wilhelmi“, sagte Hanns.
„Na, jetzt sag einer, du kennst dich nicht aus.“ Ott schmunzelte. „Er hat wirklich Wilhelmi geheißen. Und der fing an und wollte die Republik als Forderung ins Papier haben. Die

Herren Oppositionsbürger haben ihn gleich unterbrochen, und der Jucho hat geschrien, der Wilhelmi soll sich doch bitte an die Ordnung halten, und er wäre noch nicht dran. Dagegen konnte man schlecht was sagen. Aber dann hat der Reinganum geredet, und dieser Advokat hat den Leuten listig erzählt: Wenn alle Forderungen im Papier erfüllt werden, dann hätten wir die Republik, es wär also überflüssig, das ausdrücklich in die Adresse reinzuschreiben. Und dann hat er die Arme hochgeworfen und gerufen: ‚Wer für die Freiheit ist, der ist für die Adresse.' Die Leute haben gejubelt, und das Papier war angenommen."
Hannes sagte kopfschüttelnd: „Daß der Wilhelmi sich von dem Jucho hat in den Sack stecken lassen..."
„Er konnt nicht viel machen, weil in der Versammlung hauptsächlich brave Bürger waren. Das hat man gemerkt, als er jetzt hat reden dürfen. Er war schlau und hat an dem Papier nicht mehr gedeutelt, aber er hat was anderes probiert. Er hat gesagt, man soll eine Sturmpetition machen."
„Eine was?"
„Eine Sturmpetition. Mir war das Wort auch neu. Gemeint hat er: Die ganze Versammlung soll dem Senat das Papier bringen. Die Leute sollen sozusagen das Rathaus, also den Römer, stürmen. Und von hinten, wo die Handwerksgesellen gestanden haben, und von den Sachsenhäusern und Altegäßlern, haben sie geschrien: ‚Auf zum Römer!' Aber erstens war's für den Abend zu spät, und dann haben die Oppositionsmänner sich gleich wieder zu helfen gewußt: Der Mappes hat vorgeschlagen, man soll eine Deputation bilden, wo von jedem Stand welche dabei sind. Und die soll heute nachmittag um fünf das Papier überreichen. Das hat den braven Bürgern gefallen, und so ist es beschlossen worden. Aber von hinten haben sie immer noch geschrien: ‚Auf zum Römer!' Und wenn ihr mich fragt: So schön ruhig und ordentlich, wie die Herren Oppositionsbürger sich ihre Revo-

lution wünschen, so wird's heut nachmittag am Römer nicht zugehen."
Ott sah auf die Uhr. „An die Arbeit." Er verstaute Glas und Töpfchen in seiner ledernen Tasche und ließ das Schloß zuschnappen. Er stand auf. „Der Zug müßt jetzt abgehen. Aber der hohe Herr für die erste Klasse ist noch nicht da. Doch, da kommt er... Nein, das ist wieder ein Lakai."
„Genauso rausgeputzt wie der erste", sagte Lotz. „So einem möcht ich mal in den Arsch treten. Und wie er rennt, der Fettsack."
Was der fette Lakai da in der Einstiegshalle vollführte, konnte man eigentlich nicht als rennen bezeichnen. Die Ellenbogen fest an den Körper gepreßt, die Unterarme nach seitlich-oben abgespreizt, schwänzelte er mit kurzen Schritten an der Wagenreihe entlang, die Knie übertrieben anhebend. Er steuerte den Bahnhofsaufseher an, der im hochgeschlossenen Paletot und mit steifer Mütze neben dem Packwagen stand, die rote Signalfahne unter den Arm geklemmt.
„Der Zug soll warten", vermutete Ott. „Na, das seh ich mir jetzt noch an. Heut brauchen wir nicht so arg pünktlich sein." Der vorgesetzte Maschinenmeister war zu einer Besprechung in Kastel, und Ott setzte sich wieder auf die Bank.
Der Lakai redete mit rotverschwitztem Gesicht auf den Bahnhofsaufseher ein. Dabei zeigte er auf den Erste-Klasse-Wagen und dann nach draußen ins Bahnhofsvorfeld. Der Bahnhofsaufseher schüttelte mehrmals den Kopf. Dann aber winkte er dem Zugschmied, der auf dem Packwagen saß. Der kletterte herab und postierte sich am hinteren Ende des Erste-Klasse-Wagens.
„Ob der wieder abgehängt werden soll?" Hannes hatte sich ebenfalls gesetzt. „Vielleicht kommt der hohe Herr doch nicht. Aber warum warten sie?"

Bahnhofsaufseher und Lakai sahen zum Empfangsgebäude. In den Fenstern der Dritte-Klasse-Wagen zeigten sich Gesichter. Der Weinhändler beugte sich heraus und wies einem Schaffner seine Uhr. Der zuckte mit den Achseln. Und dann hob er den Kopf und lauschte.
Der Lakai, der Bahnhofsaufseher, alle horchten jetzt in Richtung Empfangsgebäude. „Das kommt von draußen, von der Gallusanlage“, sagte Lotz.
„Was?“ fragte Ott.
„Auf der Straße schreien welche“, sagte Hannes. Er horchte. „Sie schreien ‚buh‘. Viele müssen das sein. Und sie pfeifen und zischen.“ Er sah, daß der Lakai den Kopf drehte und in Richtung Lagerhaus blickte, das hinter dem Lokomotivschuppen stand. Und er sah, wie der Lakai die Hände hob, mit entsetztem Gesicht, und dann losrannte. Auch der andere Lakai rannte los. Hannes sprang auf: Draußen auf der Straße stand eine Kalesche, und über den Zaun zwischen Lagerhaus und Empfangsgebäude kletterte ein Herr.
„Ach herrje“, sagte Ott. „Der ist das also.“
Der Herr war groß und schwang gerade ein Bein über den Zaun, ohne sonderliche Mühe, wie es schien. Er trug lange Reiterstiefel und einen grünen Überrock, dessen Schöße nach hinten geknöpft waren. Die Krempe des hohen Hutes war seitlich hochgebogen.
„Wer ist das?“ fragte Hannes. Doch Ott sagte: „Das gönn ich dem. Sie kommen, jetzt hör ich’s auch.“
Noch versperrte das Empfangsgebäude die Sicht, aber das Pfeifen und Buhen schwoll an, und plötzlich erschienen sie: Gesellen, Auslaufer, Lehrbuben, dazwischen einige Bürger. Sie umringten die Kalesche, und dann sammelten sie sich am Zaun, schreiend, zischend, Fäuste schüttelnd.
Ohne sich umzusehen, in gemessener Eile, überquerte der Herr die Gleise am Lagerhaus.
Die beiden Lakaien hasteten an Hannes vorbei, und er hörte

den dicken keuchend hervorstoßen: „Ich hab's gewußt, ich hab's gewußt … Schon am Russischen Hof …"
Drüben hatten die ersten den Zaun überklettert, und bald folgte dem grünberockten Herrn eine schreiende, gestikulierende Menge. Sie hielt Abstand, aber Hannes sah, daß mehrere Burschen Steine in den Händen hielten. Er konnte jetzt Rufe unterscheiden. „Mach dich fort!" hörte er. Und: „Bauernschinder, verfluchter!" Auch: „Die warten schon auf dich."
„Das ist er." Lotz hatte Hannes am Arm gepackt. „Der Herzog aus Wiesbaden. Mann!" Er faßte fester zu. „Und er kommt hier vorbei, was? Das ist er doch, oder?"
„Ja, ja", sagte Hannes und machte sich los. „Jetzt reg dich ab."
Aber Lotz wiederholte aufgeregt: „Und er kommt hier vorbei."
Die beiden Lakaien hatten ihren Herrn erreicht und schirmten ihn nun, nebeneinander gehend, gegen die nachrükkende Menge ab; die Köpfe hatten sie zwischen die Schultern gezogen.
Gleichmäßig ausschreitend kam der Herzog näher. Er war jünger, als Hannes ihn sich vorgestellt hatte. Überraschenderweise trug er eine Brille, so eine wie der Jucho, nur nicht so verbogen.
Als er heran war, hörte Hannes ihn durch die Zähne fragen: „Wie weit, die Kanaille?"
Der dicke Lakai drehte den Kopf, „Fünfzig Schritt", sagte er und fuhr sich mit dem Handrücken über die Stirn. „Wenn Eure Hoheit vielleicht etwas rascher …"
„Mundhalten. Ich gehe, wie's mir beliebt." Und der Herzog beschleunigte den Schritt.
Ott sah hinter den dreien her und sagte: „Seine durchlauchtigste Hoheit hat die Hosen gestrichen voll."
„Na", sagte Hannes, „jetzt hat er's gleich geschafft. Und

wenn ..." Da sah er aus den Augenwinkeln, wie Lotz sich bückte. „Lotz! Läßt du den ..."
Da war die Menge heran. Hannes fand sich inmitten einer Gruppe von Auslaufern, und neben ihm schrie einer im grünen Blusenkittel: „Bauernschinder! Bauernschinder!" und schüttelte die Faust hinüber zum Erste-Klasse-Wagen.
Der Herzog war im mittleren Coupé verschwunden, aus dem Fenster des hinteren fuchtelte der dicke Lakai zum Bahnhofsaufscher hinunter, und plötzlich schrie der Blusenmann neben Hannes: „Wir fahrn mit! Wir fahrn mit!" Andere nahmen den Ruf auf, und dann schrien alle: „Wir fahrn mit! Auf nach Wiesbaden!" Und sie rannten los, hinüber zur Einstiegshalle. Hannes sah noch, wie der Bahnhofsaufseher dem Zugschmied ein Zeichen gab, und dann drängten sich die Leute am Zug, rissen die Türen der Dritte-Klasse-Wagen auf – der Weinhändler, mit ausgebreiteten Armen in der Tür stehend, wurde beiseite gestoßen –, und plötzlich sah Hannes neben sich Lotz und schrie: „Lotz! Hör auf!" Aber da warf Lotz schon den faustgroßen Stein hinüber zum Erste-Klasse-Wagen. Der Stein prallte gegen die vordere Coupétür. Als Lotz sich wieder bückte, gab es einen schrillen Pfiff, und die Cockerill dampfte mit Packwagen und herzoglichem Erste-Klasse-Wagen davon.

„Fräulein Coith?" Frau Schmidt klopfte.
„Ja, danke schön, Frau Schmidt." Louise hatte gebeten, ihr Bescheid zu sagen, wenn es halb eins war. Ihre silbern gekapselte Taschenuhr hatte sie zum Reinigen gebracht; das empfindliche Gangwerk bedurfte ständiger, teurer Pflege. Der Vater hatte ihr die Uhr hinterlassen.
„Es ist halb eins, Fräulein Coith."
„Ja, ja. Danke." Louise legte den Hirzel (‚Praktische französische Grammatik') neben sich auf das Sofa und nahm die Füße vom Stuhl – sie hatte es sich bequem gemacht.

Die Tür öffnete sich einen Spalt, und Frau Schmidt sah herein. Hinter ihr der Vorplatz lag sonnenüberflutet, und ihre ein klein wenig abstehenden Ohren leuchteten rötlich. „Ich muß Ihnen was erzählen, Fräulein Coith. Das wird Sie interessieren. Darf ich?“ Ohne Louises Antwort abzuwarten, kam sie herein. „Wir haben ja so lang kein Schäwtzchen gehalten.“
„Nun“, sagte Louise und lächelte. „Lang? Am Donnerstag erst. Und heute ist Samstag.“
„Ja. Und Sie haben mir noch gar nicht vom Gräberschen Lokal erzählt.“
Louise stand auf. „Ich muß jetzt zu Bethmanns, wie Sie wissen.“
„Ja, ja. Nur geschwind das eine.“ Frau Schmidt ließ sich auf dem Sofa nieder. „Schmidt war gestern in der Reitbahn, bei einer Versammlung. Und was meinen Sie, was da beschlossen worden ist?“ Sie sah Louise erwartungsvoll an.
„Nun, was?“ Louise betrachtete ihren Strohhut. Der mußte zur Reinigung. Und er verlor langsam die Fasson. Wenn sie ihn zur üblichen Haubenform bog, wellte sich der Rand.
„Am Römer wird heut Revolution gemacht.“
„Was?“
„Sehen Sie?“ sagte Frau Schmidt befriedigt. „Das interessiert Sie. Warten Sie, ich erzähl's Ihnen geschwind.“

Als Louise den Fußweg zur Stadt hinunterging, dachte sie: „Na ja, eine Revolution wird's wohl nicht gerade. Aber immerhin.“ Wenn Frau Schmidt richtig berichtet hatte, standen in der Adresse Forderungen, die die Freie Stadt Frankfurt verändern würden – gesetzt, der Hohe Senat ließ sich herab und bewilligte sie. An Zwang oder Gewalt, so Frau Schmidt mehrmals, war nicht gedacht. „Denn, nicht wahr, schließlich sind Herren wie der Doktor Jucho oder der Doktor Mappes gebildete Menschen.“

Allerdings: Auch unter Doktoren gäbe es Unruhestifter. Schmidt hätte von einem erzählt, einem blonden, elegant gekleideten. Übrigens hätte Schmidt gehört, daß dieser Mensch Postfunktionär wäre, nicht bei der Stadtpost, sondern bei der Thurn und Taxischen. Darüber hatte sich Frau Schmidt gewundert. Sie könnte sich nicht vorstellen, daß im Oberpostamt Wühler geduldet würden. Louise hatte genickt und gedacht: „Sieh an, der Doktor Wilhelmi." Daß er über kurz oder lang Ärger mit seinen Vorgesetzten bekommen würde, konnte sie sich denken. Bekanntlich war Herr Dörnberg, der das ganz Deutschland umfassende Thurn und Taxische Postimperium regierte, mit dem Fürsten Taxis verwandt, auch mit dem Fürsten Metternich. Und einer, der sich öffentlich als Republikaner zu erkennen gab, setzte vermutlich seinen Posten aufs Spiel. „Nicht uninteressant, der elegante Herr", dachte Louise, als sie jetzt in die Friedberger Chaussee einbog. Ob er heute nachmittag am Römer wühlte? Gleichviel, die Frankfurter Revolution sollte sie sich ansehen. Um fünf würde die Adresse überreicht werden, bis vier hatte sie mit den Bethmann-Kindern zu tun. Hoffentlich war es noch nicht eins. Louise ging schneller.
Frau von Bethmann sah auf Ordnung. Sie würde nicht zögern, Louise zu entlassen, wenn sie unpünktlich war. Und eine neue Kinderfrau, auch eine, die Französisch sprach, fände Frau von Bethmann noch am gleichen Tag. Da genügte ein Blick in das Intelligenzblatt, wo sich spaltenweise die Stellengesuche häuften, die bemüht sachlich abgefaßt waren, aber die Verzweiflung alleinstehender, gebildeter Bürgertöchter nicht verbergen konnten, die sich mit Strümpfestricken und Taschentuchsticken durchschlagen mußten. So eine quälte sich für acht Kreuzer vom frühen Morgen bis in die tiefe Nacht. Louise erhielt fünfzehn Kreuzer für die Stunde.
Die Stelle hatte ihr der Advokat Schantz vermittelt, der

Anwalt vom Vater gewesen war. Schantz kannte den Frankfurter Advokaten Mumm. Der wiederum kannte den Bankier Freiherr von Bethmann, und Frau von Bethmann hatte es mit ihr versucht. Obwohl sie, wie sie Louise beim ersten Gespräch kühl mitgeteilt hatte, von Empfehlungen des Herrn Doktor Mumm wenig hielt. „Aber, meine Liebe", hatte sie gesagt, „Ihr Französisch klingt passabel, und was Sie mir eben auf dem Flügel gespielt haben – recht ordentlich." Daß sie die Stelle auch durch eigenes Zutun bekommen hatte, darüber hatte sich Louise damals gefreut. Inzwischen war ihr klar geworden: Ob auf Empfehlung oder nicht – das war vollkommen gleichgültig. Für eine Frau in ihrer Lage kam es lediglich darauf an, überhaupt eine Stelle zu ergattern. Von zu Hause, aus Marburg, hatte sie keinen Pfennig zu erwarten. Die Zinsen des Kapitals, das der Vater der Mutter hinterlassen, und das der Hausverkauf gebracht hatte, langten gerade für die Miete der Marburger Wohnung, in der Louises jüngste Schwester die von Nervenschmerzen geplagte Mutter und die senile Großmutter pflegte. Was die drei darüber hinaus zum Leben brauchten, brachte knapp das Vermögen der Großmutter.

Von Louises zweiter Schwester war ebenfalls keine Unterstützung zu erwarten. Sie war im Hannoverschen mit einem Korn saufenden Versicherungsagenten verheiratet, der sich lediglich durch einen Berg von Schulden auszeichnete.

Ihr Erbteil von 1200 Gulden hatte Louise langfristig zu 5 ½ Prozent beim Bankhaus Gebrüder Bethmann angelegt, wodurch sie sich Herrn von Bethmann als klardenkende Person empfohlen hatte. Kapitalertrag 66 Gulden, aus Auftragsgedichten etwa 25 und bei Bethmanns ungefähr 236 – das waren rund 327 Gulden im Jahr. Davon konnte sie leben und sich sogar die teuren Viktorias leisten. „Also sieh zu", dachte Louise, „daß du die Stelle behältst." Und sie ging schneller.

Daß sie rauchte, durfte Frau von Bethmann nicht einmal ahnen. Die unvermeidbaren braunen Flecken scheuerte Louise mit Putzerde von den Fingern und kam in gut gelüfteten Kleidern zu den nachmittäglichen Stunden. Die kleine Henriette hatte trotzdem etwas gemerkt. „Ihr Kleid riecht", hatte sie gesagt und geschnuppert. „Mein Ofen daheim qualmt", hatte Louise geantwortet und, sich zur Ordnung rufend, gleich übersetzt: „Mon poêle fait beaucoup de fumée." Denn so wollte es Frau von Bethmann: Louise durfte mit den Kindern nur französisch reden. Sie fand das übertrieben, schließlich war Henriette knapp fünf und Moritz noch nicht einmal vier. Aber, so hatte Frau von Bethmann ausgeführt, man könnte nicht früh genug beginnen, die Kinder in wesentlichen Dingen des Lebens zu unterrichten. Und dazu zählte sie Französisch.
Die geborene Freiin hatte Louise genaue Instruktionen erteilt: Sie sollte mit den Kindern malen, singen, sie zu einfachen Übungen auf dem Flügel anhalten etc. Das hätte auf spielerische Weise zu erfolgen. Andererseits sollten die Kinder an eine gewisse Unterrichtsatmosphäre gewöhnt werden. Deshalb hätte man zusätzlich zur eigentlichen Kinderfrau, die mit den beiden den Tag über spielte, sie zu Bett brächte etc., Louise als zweite Kinderfrau stundenweise engagiert. Übrigens ginge Frau von Bethmann davon aus, daß Louise einverstanden sei, wenn sie hin und wieder zu anderen Arbeiten herangezogen würde, etwa zur Teebereitung während der Nachmittagsgesellschaften. Louise war einverstanden.
Das Bethmannsche ‚Landhaus', wie man in Frankfurt sagte, lag vor dem Friedberger Tor, an dem Platz, wo sich Promenade und Friedberger Chaussee kreuzten, und auf dem man das Monument der Hessen errichtet hatte. „Landhaus – na ja", dachte Louise, während sie auf die vielfenstrige Hausfront zueilte. Der Name ‚Villa Ariadne' paßte besser auf

dieses dreistöckige, palastartige Gebäude, zu dem ein weitläufiger Park mit kleinem See und Gartentempeln gehörte.
Louise zog die Klingel. Eines der Stubenmädchen öffnete ihr.
„Danke, Alwine“, sagte Louise und eilte durch die Halle zur Treppe.
„Warten Sie, Mamsell“, rief das Mädchen hinter ihr her. „Die Madame will sie sprechen. Ich sag ihr Bescheid.“
Die Madame war Frau Bianca Pfaff, deren Mann der persönliche Kammerdiener des Herrn von Bethmann war, und die eine nicht genau umrissene, aber machtvolle Stellung im Haus besaß. Was die von ihr wollte? Louise wartete. Als sie damals, vor einem knappen Jahr, zum ersten Mal in dieser Halle gestanden hatte, waren ihr die zahlreichen Gemälde, die Hohenzollernfürsten darstellten, merkwürdig vorgekommen: In einem Bürgerhaus der Freien Stadt Frankfurt hatte sie die nicht erwartet. Inzwischen wußte sie, daß Herr von Bethmann preußischer Generalkonsul war, am Königshof in Berlin verkehrte und Gesellschaften für die hohen Herren des Bundestages gab.
Madame Pfaff sah genauso aus, wie man sich eine Hausdame vorzustellen hatte: Groß, vollbusig, mit akkuraten Ringellocken über den Ohren und Lorgnette an einer Stahlkette um den Hals. „Nun, Mamsell“, sagte sie und hielt sich ihre Uhr, die sie vom Gürtel genestelt hatte, vor die Augen, „dies dürften drei Minuten über die Zeit sein.“
„Madame“, sagte Louise und versuchte, ein wenig Aufsässigkeit in ihre Stimme zu legen, „ich bitte um Entschuldigung.“
„Das ist das mindeste“, sagte Madame und musterte sie durch das Lorgnette. Louise merkte plötzlich, daß sie auf dem Weg ins Schwitzen geraten war. „Sie sehen etwas derangiert aus, Mamsell.“ Madame ließ das Lorgnette sinken.

„Tja. Sie haben Glück. Die gnädige Frau ist mit den Kindern unterwegs.“

„Heißt das, daß ich umsonst gekommen bin?“

„Genau dieses.“ Madame lächelte mit geschlossenem Mund. „Im übrigen darf ich Ihnen schon jetzt mitteilen, daß die gnädige Frau Ende dieses Monats mit den Kindern nach Biebrich reist. Den April über werden wir auf Ihre Dienste verzichten. Adieu, Mamsell.“

Draußen am Hessen-Monument fühlte sich Louise versucht, einen Stein aufzuheben und eines der vielen Fenster der Villa Ariadne einzuschmeißen.

5

Den einmaligen Besuch seines Lesekabinetts ließ sich Herr Oehler mit sechs Kreuzern bezahlen. Hundert Besuche kosteten also zehn Gulden, und dafür konnte man eine Jahreskarte haben. Louise hatte lange überlegt und dann Anfang Januar eine Zehn-Gulden-Karte gekauft. Vermutlich würde sie die nicht ausnutzen, aber sie hatte nun das Gefühl, sich die Stunden im Lesezimmer für ein Jahr gesichert zu haben, da konnte kommen, was wollte.
Sein Geld verdiente Herr Oehler mit dem Verkauf von Büchern. Das Lesekabinett betrieb er nebenbei, und dies nicht eines zusätzlichen Verdienstes wegen. Glaubte man ihm, dann deckte der Eintrittserlös knapp die Kosten für die zahlreichen wissenschaftlichen, schöngeistigen und politischen Zeitschriften. Herr Oehler betrieb das Lesekabinett aus politischen Gründen.
Er hatte es zu Anfang der vierziger Jahre eingerichtet, in einer Zeit also, als in ganz Deutschland die fürstlichen Regierungen versuchten, die liberale Oppositionsbewegung endgültig zu unterdrücken. Es war aber auch die Zeit, in der die Opposition stark geworden war.
Damals entstanden überall in Deutschland, ähnlich wie die politischen Turnvereine, heimliche Lesezirkel, in denen verbotene Bücher studiert und diskutiert wurden. Und damals hatte auch Herr Oehler sein Lesekabinett eingerichtet. Nicht, daß er im Hinterzimmer seines Ladens Verbotenes ausgelegt hatte; das hätte die Polizei schnell herausbekommen. Aber er setzte auf die Vielfalt seines Zeitschriftenangebotes. Und Herr Oehler hoffte, daß die ‚Vielfalt' die öffentliche Meinung stärkte.

Als Louise den Laden betrat, stand Herr Oehler auf einer Trittleiter und sortierte Bücher ins Regal.
„Guten Tag, Herr Oehler."
„Ah, das Fräulein Coith. Guten Tag." Behende kletterte Herr Oehler von der Leiter. Er war ein kleiner, älterer Herr, trug eine schwarze Samtjacke, und sein schmales Gesicht war glattrasiert. Das schwarze Käppchen nahm sich hübsch aus auf seinem silberfarbenen Haar, was Herr Oehler vermutlich wußte. Louise hatte beobachtet, daß er sich hin und wieder im Handspiegel betrachtete. „Sie sind früh, Fräulein Coith. Geben Sie heute keinen Unterricht?"
„Nein. Man hat mich versetzt." Louise nahm ihren Hut ab. Den konnte sie vorerst nicht zur Reinigung bringen, nachdem ihr heute 45 Kreuzer entgangen waren. „So bin ich zu einem freien Nachmittag gekommen."
„Und den wollen Sie lesend verbringen. Das ist recht." Herr Oehler war hinter den Ladentisch getreten. „Ich weiß nicht, ob Sie davon gehört haben. Heute nachmittag soll eine Adresse... Ja? Nun, diese Adresse liegt hier zur Unterschrift aus. Vielleicht wollen Sie Ihren geschätzten Namen gleichfalls dazusetzen? Hier, bitte, auf eines dieser Blätter."
„Ich möchte die Adresse erstmal lesen." Louise setzte sich mit einem der Blätter an das kleine Tischchen in der Ecke.
„Nun?" fragte Herr Oehler, als sie das Blatt gelesen hatte und wieder auf den Tisch legte.
„Tja", sagte Louise. „Einiges gefällt mir nicht. Zum Beispiel..." Sie unterbrach sich. Ein Handlungskommis hatte den Laden betreten. Er trug braun-rot gestreifte Hosen aus Buckskinstoff, hatte sein geöltes Haar sauber in der Mitte gescheitelt und verlangte Nelkenbrechers Taschenbuch für Kaufleute. Herr Oehler bedauerte. Dieses vorzügliche Nachschlagewerk wäre erst in Monatsfrist wieder verfügbar, dann jedoch in erweiterter Auflage. „Na schön", sagte der

Kommis und wollte gehen. Doch Herr Oehler hielt ihn, mit einem der Blätter wedelnd, zurück.
„Was ist das?" fragte der Kommis. Herr Oehler erklärte es ihm und sagte dann: „Tausende von Bürgern haben schon unterschrieben."
„Tausende? Donnerwetter." Der Kommis sah sich im Laden um. Er grinste. „Nette Belebung des Geschäfts, wie?"
„Die Listen liegen an mehreren Lokalitäten aus", sagte Herr Oehler mit Würde.
„Tausende, wie? Na, geben Sie her." Der Kommis kritzelte seine Unterschrift auf eines der Blätter. „Adieu." Er ging.
Louise hatte den Vorgang mit zusammengezogenen Augenbrauen beobachtet.
„Unterschrift ist Unterschrift", sagte Herr Oehler. „Ihre freilich, das merke ich schon, werde ich erkämpfen müssen." Er lächelte. „Nun, was gefällt Ihnen nicht an der Adresse?"
„Einmal diese, entschuldigen Sie bitte, dumme Angst vor den Franzosen. Sehen Sie, wenn ein deutschtümelnder Lehrer..."
„Oh, Fräulein Coith, das haben Sie, glaube ich, mißverstanden. Es ist, wie soll ich sagen, übertragen gemeint. Wir warnen vor Anarchie und Gesetzlosigkeit, kurz: vor französischen Zuständen. Verstehen Sie? Davor müssen wir uns schützen."
„Hm", sagte Louise und sah ihn an. „Wir bitten den hohen Senat... Warum fordern Sie nicht?"
„Oh, das Fräulein Coith. Radikal und geradezu. Nicht auszudenken, wenn alle Frauenzimmer so wären." Herr Oehler rang in komischer Verzweiflung die Hände.
Louise sah ihm zu, ohne eine Miene zu verziehen.
„Tja... hm", räusperte sich Herr Oehler und ließ die Hände sinken. „Nun also... Sehen Sie, Fräulein Coith, Sie sind jung... Ja, ja, ich weiß, das klingt dumm. Aber was ich sa-

gen will: Ich bin hier in Frankfurt aufgewachsen, habe immer hier gelebt, und ich kenne die Mängel unserer hiesigen Zustände genau. Ich weiß aber auch, daß die Ordnung unseres Staates gewachsen ist. Da gibt es Traditionen, Verwurzelungen in der Vergangenheit ... Das kann man nicht von heute auf morgen umstürzen. Das Chaos wäre die Folge, die Anarchie ... nun, ich wiederhole mich. Tja." Herr Oehler schwieg und rückte sein Käppchen zurecht. Plötzlich sagte er: „Einige unserer Forderungen sind außerordentlich radikal."

„So?" sagte Louise und sah auf das Blatt vor sich. „Wenn ich wahllos herausgreife ... Aufhebung aller Ausnahmegesetze, die der Bundestag erlassen hat – das ist ja wohl das mindeste. Und auch das andere: Preßfreiheit, Schwurgerichte, Volksbewaffnung, deutsches Parlament, freie Vereinigung, politische Amnestie und ..." Sie stockte. „Hm. Staatsbürgerliche Gleichheit. Dies allerdings kann man radikal nennen."

„Sehen Sie?" Herr Oehler strich sein Haar über den Ohren glatt. „Wissen Sie, was das für Frankfurt bedeutet?"

„Nun, ich denke, was es überall bedeutet. Zum Beispiel gleiches Wahlrecht für alle, für den Nicht-Bürger, den Handwerksgesellen, den Arbeiter ... Nein?"

„Um Gottes willen." Herr Oehler hatte abwehrend die Hände erhoben. „Wo kämen wir da hin? Oh, oh. So dürfen Sie diese Forderung nicht mißverstehen. Sie müssen genau lesen. Es heißt nämlich: ‚Staatsbürgerliche Gleichheit ohne Unterschied des Glaubens'."

„Ja", sagte Louise. „Und?"

„Sie fragen ‚und'? Hier geht es um die Juden!"

„Richtig, um die auch. Aber ich sehe nicht ..."

„Nein, nein." Herr Oehler wedelte mit den Armen. „Oh, ich muß es Ihnen erklären." Er kam hinter dem Ladentisch hervor. „Wenn Sie uns Frankfurter verstehen wollen, dann müssen Sie das wissen. Haben Sie ein klein wenig Geduld?"

„Natürlich", sagte Louise.

„Sehen Sie", Herr Oehler nahm am Tischchen Platz, „das meinte ich vorhin mit ‚Verwurzelungen in der Vergangenheit'. Die Juden, müssen Sie wissen, hatten in Frankfurt, wie soll ich sagen, einiges auszustehen."

„Das hatten sie wohl überall."

„Natürlich. Aber es gibt Frankfurter Besonderheiten, nur aus der Historie zu erklären ... Ich muß ausholen." Im Mittelalter war bekanntlich nur den Juden der Geldverleih erlaubt, ein Geschäft, das gerade in der Messestadt Frankfurt blühte. Denn die Zeiten zwischen den Messen mußten die Handwerker und Händler überbrücken. Als Gläubiger waren die Juden verhaßt – aber auch wegen ihrer Fremdartigkeit – man verfolgte sie, sperrte sie in Gettos, und wiederholt gab es Pogrome. „Nun, das war vielerorts so", sagte Herr Oehler. Als man jedoch im vorigen Jahrhundert überall in Deutschland, einer aufgeklärten Geisteshaltung folgend, den Juden gewisse Bürgerrechte einräumte, da taten die Frankfurter nicht mit. Die Juden blieben unrein und in ihrer Gasse eingesperrt. Die durften sie nur zu bestimmten Zeiten verlassen, und wer einen Juden zu verbotener Zeit antraf, der konnte ihm den Hut vom Kopf schlagen: ‚Mach Mores, Jud.' Damit jagte man einen Juden von der Gasse. „Wußten Sie, daß Meyer Amschel Rothschild, der heutige Baron, in seiner Jugend Mores machen mußte?" – Dann aber, 1811, kamen die Franzosen, und Frankfurt mußte seinen Juden das volle Bürgerrecht einräumen. Immerhin konnte die Stadt eine Ablösesumme aushandeln. Die Juden mußten sich mit 440 000 Gulden als Bürger einkaufen. 1815, die Franzosen waren fort, wurde Frankfurt Freie Stadt und nahm den Juden einen Großteil ihrer Bürgerrechte wieder ab. Die Ablösesumme behielt man.

„Frankfurt hat den Juden 440 000 Gulden gestohlen?"
„So muß man es wohl nennen." Herr Oehler sah vor sich auf den Tisch. „Wissen Sie, Fräulein Coith, fast müßte man sich schämen, ein Frankfurter zu sein, wenn nicht die Historie erklärenderweise ..." Er hob den Kopf. „Jetzt jedenfalls fordern wir für unsere israelitischen Mitbürger das Bürgerrecht. Und wenn man weiß, wie fest die Frankfurter Zustände in der Vergangenheit wurzeln, gerade was die Juden angeht, so ist das doch eine außerordentlich radikale Forderung, nicht wahr?"
„Also, Herr Oehler", sagte Louise, „wenn ich ehrlich sein soll ..." Sie wurde unterbrochen. Ein Soldat polterte in den Laden.
Herr Oehler erhob sich. „Herr Glock, ich begrüße Sie. Haben Sie heute Dienst? Ja, unsere Stadtwehr ... Fräulein Coith, ich frage Sie als Frauenzimmer: Ist das nicht eine schmucke Montur? Herr Glock, drehen Sie sich einmal ..."
Herr Glock war groß, und der hohe Tschako mit rotem Federbusch machte ihn zum Riesen. Er stand im Laden wie ein Bär, den man in ein Karnevalskostüm gesteckt hatte. Die weißen Hosen spannten über gewaltigen Schenkeln, und auch der grüne, rotbesetzte Soldatenfrack saß auf das knappeste.
„Was drehen", sagte Herr Glock unwirsch und rückte an der rotgeflammten Trommel, die er seitlich hängen hatte. „Ich bin gekommen, weil ich die Bittschrift ..."
„Sie müssen wissen, Fräulein Coith", unterbrach ihn Herr Oehler, „Herr Glock trägt die Uniform eines Tambours vom Löschbataillon. Normalerweise ist Herrn Glocks Geschäft die Metzgerei. Aber manchmal ist er Tambour. Man sieht es dann gleich an der Trommel, ha, ha." Und Herr Oehler lachte, schob sein Käppchen schräg, stolzierte vor dem Tambour auf und ab – Louise sah es mit Erstaunen. Auch Herr Glock schien nicht recht zu wissen, was er von

der Sache zu halten hatte. Er schwieg mit hängender Unterlippe.
„Ja, die Stadtwehr." Herr Oehler hob die Arme. „Wie gerne wäre ich auch ... Nun, es ist nicht jedem gegeben, rein körperlich, meine ich. Allerdings – Sie entschuldigen, Herr Glock – das Löschbataillon wäre nicht ganz mein Fall. Die Weißbüsche, ja, dort wäre ich gern ... Er schwieg und betrachtete versonnen lächelnd Herrn Glock.
„Weißbüsche? Löschbataillon?" sagte Louise. „Ich verstehe gar nichts. Sie wollten zum Militär, Herr Oehler?"
„Aber ich bitte Sie." Herr Oehler lachte. „Nun, ich merke, das muß ich Ihnen erklären. Sie haben doch nichts dagegen, Herr Glock?"
Der ließ die Unterlippe hängen, was Herr Oehler als Zustimmung nahm.
„Gut", sagte er. „Als erstes, Fräulein Coith, müssen Sie unterscheiden zwischen Linienmilitär und Stadtwehr." Frankfurt war verpflichtet, das Bataillon Linienmilitär als Beitrag zum deutschen Bundesheer zu unterhalten. Das sammelte sich lediglich im Kriegsfall. Zwar bestand in Frankfurt eine allgemeine Kriegsdienstpflicht, jedoch hatte man es vorgezogen, für die 800 Mann Linie abgediente Soldaten anderer Staaten anzuwerben.
Die Stadtwehr konnte man als Bürgerwehr bezeichnen. Sie trat zusammen, wenn es die Aufrechterhaltung von Ruhe und Ordnung erforderte. Ein Bürger, der auf sich hielt, erachtete es als seine patriotische Pflicht, einem der Stadtwehrkorps anzugehören, wobei sich natürlicherweise, so Herr Oehler, gewisse Abstufungen herausgebildet hatten. So fanden sich, nur als Beispiel, bei der freiwilligen Infanterie, wegen des silberweißen Tschakobusches die ‚Weißbüsche' genannt, die wohlhabenderen Bürger. Aber auch die anderen Stadtwehrkorps waren aller Ehren wert. Freilich: Manchmal waren Bedenken zu hören, was die Zuverlässig-

keit gewisser Truppen anging. Die der freiwilligen Jäger beispielsweise. Dort dienten viele mit der Büchse wohlgeübte Sachsenhäuser und Altegässer. Über jeden Zweifel erhaben war jedoch das Löschbataillon. „Nicht wahr, Herr Glock?"
Dort nämlich dienten die Metzger, auf die sich die Regierung der Stadt schon immer stützen konnte. Die Bezeichnung Löschbataillon leitete sich her aus der doppelten Aufgabe dieser wackeren Truppe: Sie versah Ordnungsdienst und bekämpfte Feuersbrünste. „Dazu braucht es ganze Männer, solche wie Herrn Glock." Übrigens erfüllte dieser seine ehrenvolle Funktion als Tambour mit großem Geschick. Seine Sache wäre der Alarm. Dann schlüge er die Trommel, was Louise natürlich wüßte. Auch daß beim großen Alarm, dem Generalmarsch, der Trommelschlag von allen Tambours der Stadt aufgenommen und weitergegeben würde, so daß innerhalb kürzester Frist die gesamte Stadtwehr auf den Beinen wäre. Herr Oehler erwähnte dies auch nur, weil Herr Glock gerade den Generalmarsch so außerordentlich ansprechend schlüge. „Das müßten Sie einmal hören, Fräulein Coith. Da geht es Tack-Terrrack-Tacktacktack und wieder . . . Herr Glock, machen Sie's doch mal vor, ja?"
Herr Glock hatte seit geraumer Zeit die Unterlippe beigezogen. Jetzt brach er los. „Verdammich, Herr Oehler, ich kann hier doch keinen Generalmarsch schlagen. Was ist das überhaupt, Herr? Ich steh hier, und Sie erzählen, weiß der Teufel warum, von den Weißbüschen und von den Jägern, daß man nur noch staunen kann, und ich muß zum Dienst. Für vier Uhr bin ich zum Römer bestellt, Herr."
„Nun, nun." Herr Oehler hob begütigend die Hände. „Es ist noch früh, kaum drei. Sie sind zum Römer bestellt? Auf vier Uhr?"
„Ja", sagte Herr Glock unwirsch. „Diese Bittschrift, die ist

vorgezogen worden. Die soll schon um vier übergeben werden."
„Ach? Warum?"
„Wegen der Krawallmacher. Wenn die um fünf kommen, ist alles passiert. Hören Sie mal, Herr Oehler, ich bin wegen der Bittschrift gekommen. Da möcht ich mal reinsehen."
„Bitte sehr." Herr Oehler überreichte ihm eines der Blätter. „Und hier ist die Feder zum Unterschreiben."
„Abwarten." Herr Glock begann zu lesen, und Herr Oehler, dessen Käppchen wieder gerade saß, sah ihm zu. „Hm", machte Herr Glock. „Unbedingte Preßfreiheit. Da werden sich die Schmierfinken freuen. Na, von mir aus... Schwurgerichte. Wenn's denn sein muß... Allgemeine Volksbewaffnung... Was? Allgemeine..." Herr Glock sah hoch. „Ich les ja wohl nicht richtig, Herr Oehler. Sie wollen eine allgemeine Volksbewaffnung?"
„Nun, ich... nicht nur ich." Mit raschen Bewegungen strich Herr Oehler sein Haar glatt. „Tausende von Unterschriften liegen vor. Und wir haben überlegt formuliert, Herr Glock. Ich und meine Freunde, die Herren..."
„Ihre Herren Freunde kenn ich. Und zum Überfluß sind die Namen hier gedruckt." Herr Glock wedelte mit dem Papier, daß es knitterte. „Die stadtbekannten Oppositionsadvokaten. Aber auch von denen hätt ich nicht gedacht, daß die so was... Herr, wissen Sie, was allgemeine Volksbewaffnung heißt?"
„Sie dürfen das nicht ganz so... Lassen Sie mich erklären..."
„Ach was, erkären. Allgemein – hier steht's klipp und klar." Herr Glock schlug mehrmals auf das Papier. „Soll jetzt jeder hergelaufene Bäckergeselle ins Löschbataillon dürfen? Was? Oder haben Sie's noch besser vor? Der Jud bei den Weißbüschen?"
„Herr Glock, bitte..." Herr Oehler hatte die Hände erho-

ben. „Sie tun mir Unrecht. Es ist eine Formulierung, bloß eine Formulierung, die den anderorts üblichen Forderungen folgt. Natürlich ist nicht daran gedacht..."
„Dann schreiben Sie nicht so was, Himmelsakrament!" Herr Glock schrie jetzt. „Allgemeine Volksbewaffnung... Sie sind ein Wühler, Herr!" Er fuchtelte mit dem Papier. „Das ist Wühlerei. Jawohl!" Und mit einer heftigen Bewegung zerknäulte er das Papier. „Da!" Das Papierknäuel flog an Herrn Oehler vorbei gegen das Regal. „Unterschreiben. Ha!" Und Herr Glock stampfte aus dem Laden, wobei die Trommel mit einem scheppernden Schlag gegen die Tür stieß.
Stille. Herr Oehler stand unbeweglich und blickte zur Ladentür. Nach einer Weile schüttelte er langsam den Kopf. „Es ist doch bloß eine Formulierung", murmelte er. „Ein Mißverständnis..." Er wendete sich Louise zu, und plötzlich lächelte er. „Na, nun haben Sie's erlebt, Fräulein Coith. Unsere Stadtwehrleute sind Männer der Tat. – Worüber sprachen wir... Richtig. Von den israelitischen Mitbürgern." Herr Oehler nahm wieder am Tischchen Platz. „Sie hatten, glaube ich, noch eine Frage."
„Nein", sagte Louise. „Vorher nicht und jetzt schon gar nicht."
„Schon gar nicht..." Herr Oehler sah sie erstaunt an. „Das klingt so..."
„Aber", fuhr Louise fort, „da Ihre Adresse offenbar mißverständlich abgefaßt ist, will ich doch noch mal nachfragen. Sie wollen also allen Juden das Bürgerrecht einräumen?"
„So ist es", nickte Herr Oehler. „Jeder, der sich in das Bürgerrecht einkaufen kann, soll es haben, ohne Unterschied des Glaubens."
„Ohne Unterschied... Sehr schön. Soviel ich weiß, darf sich nur einkaufen, wer ein Vermögen von wenigstens 5000 Gulden besitzt."

„Das ist richtig. Aber nun sagen Sie mir..."
„Demnach bekommen Handwerksgesellen und Arbeiter kein Bürgerrecht?"
„Bewahre, nein. Ich habe Ihnen doch schon gesagt, daß wir uns schützen müssen vor..."
„Richtig. Ich vergaß es. Vor Chaos, Anarchie und dergleichen. Und dann muß man auch an die Verwurzelung denken, nicht wahr?"
„Fräulein Coith... Herr Oehler starrte sie an. „Was ist denn plötzlich in Sie gefahren?"
„Was in mich gefahren ist? Herr Oehler..." Louise brach ab. Sie sah in das schmale, glattrasierte Gesicht vor sich, auf das silberweiße Haar mit dem schwarzen Käppchen, sie sah auf den kleinen, freundlichen Herrn Oehler, der ein Lesekabinett betrieb, um durch Vielfalt die öffentliche Meinung zu stärken, und der sie aus großen, erschreckten Augen anblickte. Und sie dachte: „Er wird's nicht verstehen. Also laß es." Aber dann dachte sie: „Du kneifst. Gerade daß er's versteht, davor hast du Angst. Gut, also sag's ihm. Aber sei höflich. Damit er sich nicht entrüsten und rauswinden kann." Sie sagte: „Es tut mir leid, Herr Oehler. So wie eben hätte ich nicht reden sollen. Das führt zu nichts."
„Das ist wahr." Herr Oehler schien erleichtert. „Wissen Sie, man kann ruhig verschiedener Meinung sein. Aber man sollte freundlich miteinander umgehen, nicht wahr? Vorhin befürchtete ich fast, Sie wollten sich mit mir streiten. Das hätte mich geschmerzt. Denn ich schätze Sie, Fräulein Coith, auch wenn Sie manchmal etwas radikal und geradezu sind."
„Und ich komme gern zu Ihnen ins Lesekabinett. Trotzdem will ich versuchen zu erklären, was in mich gefahren ist."
„Nun, das ist nicht nötig..."
„Doch, Herr Oehler, es ist nötig. Sehen Sie, während Sie sich mit Herrn Glock stritten, da habe ich begriffen..."

„Ich hätte mich mit Herrn Glock gestritten? Nicht doch. Ich habe mich nicht ..."
„Aber er hat sich. Und Sie wollen's nicht wahrhaben. Und genau das habe ich begriffen. Sie tun immer so, als gäbe es Meinungen für sich, sozusagen losgelöst von Menschen. Und das ist falsch. So einer wie Herr Glock weiß das. Der wirft Ihnen die Adresse an den Kopf."
„Nun, an den Kopf ... Aber ich bitte Sie, Fräulein Coith. Wollen Sie etwa diese Form der Auseinandersetzung?"
„Nein. Aber wenn es sein muß, will ich mich streiten. Und ich will eines: ehrlich sein."
„Ah ... ja?"
„Ja. Und deshalb, Herr Oehler", Louise sah ihm ins Gesicht, „deshalb sage ich Ihnen: Daß Sie das Volk betrügen wollen, ist ein Skandal."
„Betrügen? Ich wollte ... Fräulein Coith!" Herrn Oehlers glattrasierte Wangen hatten sich gerötet. „Ich muß Sie bitten ... Nun, Sie sind jung. Aber dieser Ton ... Betrügen!"
„Tut mir leid, aber so bezeichnet die deutsche Sprache, was Sie vorhaben. Sie versprechen den Leuten ausdrücklich ‚allgemeine Volksbewaffnung', worunter alle Welt versteht: Weg mit den Fürstenheeren, weg mit der alten bewaffneten Macht, und dann höre ich: Natürlich bleibt's bei den Weißbüschen. Sie versprechen klipp und klar: Staatsbürgerliche Gleichheit, wozu selbstverständlich gehört ‚ohne Unterschied des Glaubens', und dann höre ich: Bewahre, es bleibt bei 5000 Gulden. Tausende von Unterschriften haben Sie gesammelt. Sehr gut. Und da unterschreibt ein Handlungskommis, oder, um ein anderes Beispiel zu nehmen, vielleicht ein argloser Lokomotivheizer, weil er denkt, Sie treten für ihn ein, und Sie? Sie meinen's ganz anders und betrügen ihn."
„Fräulein Coith, das geht zu weit." Herr Oehler war aufgestanden. „So kann man nicht miteinander ... Und ich dach-

te, Sie hätten verstanden, was ich über gewachsene Ordnung, über Verwurzelungen ..."
„Verschonen Sie mich bitte mit Ihren Wurzeln. Wissen Sie, was man mit Wurzeln macht, die im Wege sind? Wenn eine Eisenbahn gebaut wird, um beim Beispiel zu bleiben? Die sprengt man raus. Und dann ist der Weg frei." Louise erhob sich. „So. Das mußte ich sagen, Herr Oehler."
„Mußten Sie?" Herr Oehler knetete die Hände vor der Brust. „Oh, Fräulein Coith, wie schade, wie jammerschade. Wir hatten so gute Gespräche, und nun ..." Er ließ die Hände sinken. Dann schüttelte er heftig den Kopf. „Nein. So nicht. Ich darf Sie bitten, Fräulein Coith, für jetzt meinen Laden zu verlassen. Ich gehe davon aus, daß es eine einmalige ... Wenn Sie sich beruhigt haben, ein andermal ..."
Louise stand und sah auf den kleinen Herrn Oehler und sagte: „Ja, es ist schade." Und dann suchte sie in ihrem Handbeutel. „Hier, bitte. Adieu, Herr Oehler." Und sie ging zur Tür. Auf dem Tischchen lag eine Zehn-Gulden-Karte, die ein Jahr lang zum Besuch des Oehlerschen Lesekabinetts berechtigte.

6

Louise klapperte die Stufen vor dem Oehlerschen Laden hinunter und dachte: „Wenn er jetzt hinter dir herruft, bleibst du nicht stehen.“ Eilig schob sie sich durch die Lücke zwischen zwei haltenden Droschken, um zur gegenüberliegenden Straßenseite zu gelangen. Sie mußte jedoch erst einen Frachtwagen passieren lassen, der, hoch mit Bauholz beladen, gemächlich vorbeirumpelte. Zwischen der Rückwand der einen Droschke und den Pferden der anderen stehend, ertappte sie sich dabei, daß sie hinter sich lauschte. Das war natürlich unnütz, denn außer dem Frachtwagen rasselten zahlreiche andere Fuhrwerke über das Pflaster; die Zeil war, wie meistens am Tage, von Wagen und Fußgängerscharen lärmend belebt. Auf der Straßenmitte, neben einer Gruppe schwatzender Mägde, wurde Louise noch einmal aufgehalten: Ein Omnibus preschte heran. Da die Mägde ruhig weiter schwatzten, blieb auch Louise stehen. Der Kutscher ließ es, wie üblich in Frankfurt, darauf ankommen, und gefährlich dicht rasselte der hohe Kastenwagen vorbei; durch die Glasfenster blickten unbeteiligt die Fahrgäste. Endlich war Louise in der Einmündung der Hasengasse, und hier war es ruhiger.

„Tja“, dachte sie, „das war's. Wirklich schade.“ Und dann dachte sie: „Jetzt bloß keine Reue. Du hast genau das Richtige getan.“ Immerhin: Zehn Gulden waren vierzig Stunden mit den Bethmann-Kindern oder fünfundzwanzig Auftragsgedichte. Oder auch einhundertfünfzig Viktorias. Und außerdem mußte sie sich nach einem anderen Lesekabinett umsehen. Sie wußte, daß im Café Hollande Zeitungen auslagen. Aber dort war es bestimmt nicht so gemütlich wie auf dem Plüschsofa im Oehlerschen Hinterzimmer. Und dann:

In einem Café konnte sie natürlich nicht rauchen. Na, Schwamm drüber. Allerdings durfte sie nicht vergessen, am nächsten Dienstag rechtzeitig auf der Zeil zu sein, um den Heizer Hannes abzufangen. Aber jetzt wollte sie sich die Sache am Römer besehen.

Im Graben war von der unruhigen Geschäftigkeit der Zeil nichts zu spüren. Ein Schiebkärchner kam ihr entgegen, seinen mit Säcken beladenen, zweirädrigen Karren über das Pflaster drückend, ein Bäckerjunge mit Kiepe, der vermutlich das Nachmittagsbrot austrug, und in der Ferne sah sie einige Knaben, die sich durch die Gasse balgten. Am Gräberschen Lokal waren die Fensterläden geschlossen. Louise blieb stehen und lauschte. Nichts zu hören. Sie ging weiter.

Die Knaben waren inzwischen näher gekommen, und Louise sah, daß es Schuljungen in sauberen Kniehosen und Kitteln waren. Richtig, im Graben gab es die Selektenschule. Die Knaben schubsten sich, ließen die Bücherpakete am Riemen kreisen und benahmen sich, wie man's von Jungen erwarten konnte, die Dreiviertel des Tages wie angewurzelt sitzen mußten. Doch plötzlich verhielt einer von ihnen. Erschreckt blickte er die Gasse hoch, in Richtung Louise, und sie hörte, daß er „Auweia“ sagte. Jetzt schauten auch die beiden anderen, und dann begannen die drei, sich durch die Haare zu fahren, die Kittel glattzuziehen, sich sozusagen zu präparieren. Louise blieb stehen und drehte sich um. Hinter ihr war Schnepf.

Der Herr Lehrer ging auf der anderen Gassenseite, hatte die Hände hinter dem Rücken verschränkt und betrachtete angelegentlich die Fenster der oberen Stockwerke. Er schien entschlossen, Louise nicht zu bemerken. „Na gut, Schnepf“, dachte sie. „Mir paßt's heute auch nicht.“ Herr Schnepf ging vorüber, ohne Starren und ohne Gruß. Die Knaben hatten

Front gemacht und die Mützen gezogen. „Guten Tag, Herr Lehrer Schnepf", schrien sie im wohlgeübten Chor aus gebückter Haltung. Dabei schielten sie ängstlich von unten herauf, denn es war klar, daß der Herr Lehrer ihre Balgerei gesehen hatte und jetzt ein Donnerwetter folgte. Aber der Herr Lehrer sagte nur: „Guten Tag, ihr Knaben", und dann war er vorbei. Verblüfft sahen die drei hinter ihm her, und Louise lächelte.

Sie folgte Herrn Schnepf. Wie gewöhnlich trug er sein Barett, und die dünnen Haare fielen über den Umlegkragen des deutschen Rockes. Die in den Schulteransätzen leicht gepufften Ärmel wirkten hoffnungslos altmodisch und lächerlich, besonders da Herr Schnepf die Schultern straff zurückgezogen hielt. Louise merkte plötzlich, daß er rascher ging. „Schau, schau", dachte sie und folgte. Herr Schnepf nahm die Arme vom Rücken und ging noch etwas schneller. „Nicht doch. Willst du mir weglaufen?" dachte Louise und folgte.

Leider würde der Spaß gleich vorbei sein, denn da war die Schule. Doch Herr Schnepf bog in das Schärfengäßchen ein. „Das, Schnepf", dachte Louise vergnügt, „ist zufällig auch mein Weg." Und sie verfolgte Herrn Schnepf bis auf den Liebfrauenberg. Dort verschwand er, ohne sich umzublikken, im Gasthof Landsberg. „Ei, ei, der zuchtvolle Herr Lehrer", dachte Louise. „Wirtshauslaufen am hellichten Nachmittag?" Und sie ging, vergnügt ihren Schirm schwenkend, die Neue Kräme hinunter in Richtung Römerberg.

Warum die Frankfurter den Platz vor dem Rathaus ‚Berg' nannten, war ihr Geheimnis. Denn allenfalls von der Mainseite her stieg er etwas an. Überhaupt machten die Frankfurter um ihren Römer ein übertriebenes Wesen, was vermutlich damit zusammenhing, daß dort vor Zeiten einige Kaiser gekrönt worden waren. Drinnen gab es den prunk-

vollen Kaisersaal mit Figuren der diesbezüglichen Herren, aber Louise hatte sich noch nicht aufraffen können, ihn zu besichtigen. Von außen wirkten die drei nebeneinander stehenden Gebäude, die man ‚den Römer' nannte, eher schlicht. Besonders, wenn man bedachte, daß hier die Regierung eines der achtunddreißig deutschen Staaten residierte. Mit ihren Stufengiebeln und den glattflächigen, lediglich durch Fenster gegliederten Fronten sahen die Gebäude aus wie behäbige Bürgerhäuser. Und die Zugänge, es waren acht, teils rund-, teils spitzbogige, erinnerten an alte Kaufmannsgewölbe. Louise fand, daß der Römer gut zu den gedrängten Häusern paßte, die sich rund um den Platz scharten, mit ihren Kramläden, in denen man so nützliche Dinge wie Regenschirme, Hemden, Stahlfedern, Kolonialwaren oder auch Waschbläue kaufen konnte. Die Hausfassaden kamen Louise etwas verwahrlost vor, übrigens auch die des Römers: an einigen Stellen blätterte der Anstrich. Und mochte der Römerberg früher einmal der betriebsame Mittelpunkt der Stadt gewesen sein, heute wirkte er, gemessen an der Zeil mit ihren glanzvollen Geschäftslokalen und vornehmen Hotels, ein wenig abgewirtschaftet.
„Das gefällt mir", hatte Louise gedacht, als sie sich zum ersten Mal auf dem Platz umgesehen hatte. „Da residiert nun der Frankfurter Senat in vergleichsweise bescheidener Umgebung." Fürstliche Regierungen dagegen pflegten ihre Macht mit überheblichem Prunk zur Schau zu stellen. Dann hatte sich Louise den alten Gerechtigkeitsbrunnen mitten auf dem Römerberg genau besehen, und da hatte sie begriffen: Das war wirkliche Überheblichkeit. Nur eine Regierung, die sich ihrer Macht unbedingt sicher war, konnte in aller Gemütsruhe zusehen, wie dieser Brunnen verfiel. Nicht, weil aus der Kante der achteckigen Stein-Umrandung faustgroße Stücke gebrochen waren. Auch nicht, weil die vier Nixen an der Säule inmitten des Brunnentroges die

Backen aufbliesen und ihre Brüste drückten und trotzdem kein Wasser kommen wollte. Sondern weil der Dame Justitia die Waage abhandengekommen war. Sie stand, lebensgroß und hochgegürtet, aus Stein gemeißelt, auf der Brunnensäule und hatte vor Zeiten die Herren im Rat zur Gerechtigkeit ermahnen sollen. Deshalb blickte sie dringlich zum Römer hinüber und hielt mit der gesenkten Rechten ein Schwert. Den linken Arm reckte sie zum Rathaus, hielt ihn ausgestreckt nach schräg oben, und weil ihr die Waage fehlte, hatte die Dame Justitia die Faust erhoben, gegen den Römer.

Louise hatte sich einen Platz am Brunnen gesucht. Dann konnte sie auf die breite Umrandung klettern, wenn ihr die Sicht versperrt wurde. Denn auf dem Römerberg drängten sich die Menschen. Die Uhr am Rathausgiebel zeigte eine Viertelstunde bis vier, und der Platz war voll. Um den Brunnen herum wurde das Schieben und Stoßen immer stärker, und Louise war gerade noch rechtzeitig gekommen, um sich einen Platz an diesem Aussichtspunkt zu sichern. Sie stand an der zum Römer gekehrten Seite, und rechts neben ihr saßen auf der Sandsteinumrandung vier Metzgergesellen. Vermutlich kamen sie geradewegs aus dem Schlachthaus, das nicht weit von hier in der Nähe des Domes lag, denn ihre langen Schürzen waren blutbefleckt. Aller vier trugen sie die Ärmel der blau-weiß gestreiften Jacken aufgerollt, obwohl sich der Himmel bezogen hatte, und die Luft rauh war, und alle vier besaßen sie die kräftigen Unterarme, die man bei Metzgern erwartete. Der neben Louise hatte die Hände auf die Oberschenkel gestemmt, saß vornübergebeugt, und im Nacken wölbte sich ein Speckwulst unter kurzgeschorenem Haar. Wenn er sich nicht mit seinen Genossen unterhielt, glotzte er und ließ die Unterlippe hängen.

Herr Glock stand übrigens mit seiner Trommel drüben am mittleren Römergebäude, neben der linken Tür, die als einzige geöffnet war. Nur sie diente wohl als Eingang, denn davor hatten sich breitbeinig zwei Gendarmen postiert. Die Hände hatten sie hinter den Rücken gelegt, und die Tschakos trugen sie tief in die Stirn gezogen, so daß sie die Köpfe zurücklegen mußten, um unter den Augenschirmen hervorsehen zu können. Die Säbel hatten sie blank umgeschnallt.

Mittlerweile zeigte die Rathausuhr vier, und da schlug auch die Stundenglocke vom Dom. Louise reckte sich: Nirgendwo tat sich etwas. Womöglich war die Deputation schon drinnen im Römer? Aber dann würden hier draußen die Leute nicht so ruhig beieinanderstehen und plaudern oder, wie manche, umherwandernd sich durch die Menge schieben, hier einen Bekannten grüßend, dort ein Schwätzchen haltend. Fragen mochte Louise nicht, jedenfalls nicht den Metzgergesellen rechts neben ihr, der sie an Herrn Glock erinnerte. Aber auch nicht den hageren Bäckergesellen links neben ihr. Der hatte mit zwei Genossen schon auf der Umrandung gesessen, als Louise zum Brunnen gekommen war. Und er hatte sie angestarrt, wie, ja, wie ein Hungriger ein frisches Brot. Auf eine unbestimmte Weise befürchtete sie, daß er seinen Hunger mit Worten ausdrücken könnte, wenn sie ihm Gelegenheit dazu gäbe.

„Aber seltsamerweise", dachte Louise, während sie ihn vorsichtig von der Seite musterte, „finde ich ihn nicht abstoßend." Dabei war er zum Erbarmen häßlich, mit der Hakennase im blatternarbigen Gesicht und den strähnigen Haaren, die bis auf die Schultern fielen. Seine teigverkrustete Hose und die fleckige Jacke wirkten, gelinde gesagt, wenig appetitlich. Aber eben dies war es: Gewiß wußte er, wie häßlich und schmutzig er aussah. Trotzdem blickte er neugierig und unbefangen umher, lachte, unterhielt sich schallend mit seinen Genossen, leicht schwäbelnd übrigens, und die erstaunten, manchmal geekelten Blicke, mit denen

ihn propere Bürger bedachten, schienen ihn nicht zu stören.
Louise hörte, wie er sagte: „Staatsbürgerliche Gleichheit – wißt ihr, was das heißt? Das wär die Republik, die echte Republik." Und er blickte auf die Adresse, die er sich, woher auch immer, beschafft hatte. „Mappes, Jucho, Reinganum. Und die wollen die echte Republik? Nie, sag ich euch. Auch wenn der Reinganum das zehnmal behauptet. Paßt auf, die wollen uns bescheißen."
Er hatte schallend laut gesprochen. Der Metzgergeselle neben Louise beugte sich vor und glotzte jetzt nicht mehr, sondern musterte den Bäckergesellen lange und genau. Dann drehte er sich zu seinen Metzgergenossen und sagte etwas, wovon Louise lediglich „Wühler" mitbekam. Der Bäckergeselle hatte nichts gemerkt. Louise blickte hin und wieder zurück: Dort die wohlgenährten Metzger mit roten Gesichtern, hier die mageren Bäcker, bleich und übernächtigt. Und sie fragte sich, was sie über die Arbeit von Bäckergesellen wußte. Wenig. Eigentlich nur, daß sie nachts schafften, und daß diese Gesellen vermutlich Schlaf opferten, wenn sie nachmittags hierher zum Römer kamen.
„Huhuuh! Fräulein Cooooith!" Frau Schmidt? Ja, dort drüben winkte sie. Und jetzt drängelte sie sich, ihren Handkorb vor dem Bauch haltend, zum Brunnen durch. „Da gucken Sie, gell? Ich war am Markt, und da hab ich gedacht: Schaust geschwind mal auf den Römerberg. Und wen seh ich? Das Fräulein Coith."
Louise lächelte. „Kommen Sie, hier ist Platz." Sie rückte etwas zum Metzger hin.
„Nein, nein", wehrte Frau Schmidt ab. „Ich will gleich heim."
„Ja . . . Ich dachte, Sie wollen sehen, was hier passiert?"
„Ich? Ach nein. Ich les es ja morgen in der Zeitung."
Louise sah sie entgeistert an.

„Na“, sagte Frau Schmidt. „Ein wenig kann ich ja gucken. Machen Sie mal Platz, junger Mann.“ Und sie wollte ihren Korb auf dem Brunnenrand neben dem Bäckergesellen abstellen.
Doch der sagte: „Das Körble können Sie auch drunten hinstellen. Das hier sind Sitzplätze. Hier ist's sowieso saumäßig eng.“
„Ei, wie haben wir's dann“, legte Frau Schmidt los. „Ich sag Ihnen mal was, junger Mann. Wenn so ein Hergelaufener wie Sie meint, daß er ...“
„Frau Schmidt!“ sagte Louise scharf. Und als Frau Schmidt sie verblüfft ansah: „Stellen Sie Ihren Korb bitte auf die Erde, ja?“
Frau Schmidt sah mehrmals zwischen Louise und dem Bäkkergesellen hin und her. Endlich sagte sie: „Na gut. Von mir aus“, und setzte den Korb ab. „Wenn's so eng ist ... Aber, junger Mann, dann tun Sie auch das Ding da weg, wenn ich bitten darf.“ Sie zeigte zwischen die Bäckergesellen. Am Brunnenrand lehnte ein Stock, dessen oberes Drittel mit einem Mehlsack umwickelt war. „Was ist das überhaupt?“ wollte Frau Schmidt wissen.
„Abwarten“, sagte der blatternarbige Geselle. Er stellte den Stock mit dem gewickelten Mehlsack zwischen die Knie. „Zufrieden?“ Und als Frau Schmidt genickt hatte, lächelte er Louise an. „Sie gefallen mir.“
Da hatte sie es. Allenfalls passend wäre gewesen: Das hat mir gefallen. Und Louise sagte kühl: „Keine Ursache.“ Das paßte nun wieder nicht auf das, was der Geselle gesagt hatte, aber der verstand offenbar. Er nickte kurz und wendete sich seinen Genossen zu.
Frau Schmidt hatte den Blick hin und herwandern lassen. Jetzt stellte sie sich neben Louise. „Ei, sagen Sie mal, Fräulein Coith, wo bleiben die denn? Um vier wollten die doch kommen?“

„Woher wissen Sie das? Ich meine – es hieß doch erst: um fünf?“
„Die ganze Stadt weiß es“, sagte Frau Schmidt. „Und im Landsberg, da sammelt sie sich, die Deputation.“
„Wo?“ fragte Louise.
„Im Gasthof Landsberg, am Liebfrauenberg. Haben Sie das nicht gewußt?“
„Nein“, sagte Louise.
„Aber daß der Senat zur Zeit im Römer tagt, mitsamt den Bürgermeistern, das wissen Sie, oder?“
„Das habe ich mir gedacht“, sagte Louise. „Sonst wäre die Angelegenheit hier ...“
„Sie kommen“, rief Frau Schmidt. „Da. Da sind sie.“ Und sie zeigte in Richtung Neue Kräme.
Das war überflüssig, denn rundum sahen alle mit emporgereckten Köpfen dorthin. Und der blatternarbige Bäckergeselle, den seine Genossen übrigens Philipp nannten, hatte sich auf den Brunnenrand gestellt. Zu seinen Füßen lehnte der Stock mit dem gewickelten Mehlsack.
Die Deputation erwies sich als ein wohlgeordneter Zug von etwa zwanzig Herren, die würdevoll, jeweils zu zweit nebeneinander, auf den Römer zuschritten.
„Vorn, der kleine Dicke an der Spitze, das ist der Doktor Mappes“, sagte Frau Schmidt. „Sie sind alle dabei. Da, der Jucho und der Reinganum ...“
„Welcher ist der Reinganum?“ fragte Louise.
„Der Große, neben dem Jucho, der mit dem schwarzen Bart.“
„Aha“, sagte Louise.
„Und dort ... Ei, gucken Sie mal, wer noch dabei ist. Ja so was. Das hätt ich jetzt nicht geglaubt.“
Louise hatte ihn schon vorhin entdeckt, und sie hatte gedacht: „Er gehört tatsächlich dazu. Na, gelaufen ist er trotzdem. Aber schade, das war nur ein halber Sieg.“

„Huhuuh!“ rief Frau Schmidt und winkte. „Herr Schneepf!“ Der sah herüber und grüßte Frau Schmidt, indem er die erhobene Hand im Halbkreis bewegte und sich dabei leicht verneigte. Dann entdeckte er Louise, ließ die Hand sinken und sah geradeaus.
„Der Herr Schnepf geht mit.“ Frau Schmidt schien tief befriedigt. „Lauter ordentliche und gebildete Menschen. Und alle sind sie Frankfurter. Kein Hergelaufener ist dabei.“ Sie warf erst Louise einen flinken Blick zu und dann dem Bäkkergesellen, der Philipp hieß. Der hatte sich wieder gesetzt und betrachtete Frau Schmidt mit freundlicher Neugier. „Aber klar“, nickte er. „Nur ordentliche Frankfurter. Das war zu erwarten.“
„Und kein einziger Wühler.“ Frau Schmidt hatte die Arme herausfordernd in die Seite gestemmt. „Gottseidank auch nicht der wilde Doktor vom Oberpostamt... Wie heißt er doch gleich, Fräulein Coith?“
„Wilhelmi“, sagte der Geselle Philipp.
„Sie kennen ihn?“ fragte Louise.
„Vom Sehen. Und ich weiß, was er will.“ Der Geselle sah sie forschend an. „Ich kenn Sie nicht. Und ich weiß nicht, ob Sie's verstehn: Es hätt mich enttäuscht, wenn er dabeigewesen wär.“
„Mich auch“, sagte Louise und lächelte ihn an. Da lächelte auch der Geselle, und Frau Schmidt hatte wieder was zu gucken. „Na“, sagte sie, „jedenfalls ist er nicht dabei. Und Ihnen, junger Mann“, sie musterte den Gesellen Philipp von oben bis unten, „Ihnen will ich mal was sagen: Auch ein Wühler kann sich ein wenig proper zurichten. Nehmen Sie sich ein Beispiel an dem Doktor. Richtig elegant soll der sein.“
„Woher wissen Sie denn, daß ich ein Wühler bin?“
„Du lieber Gott“, sagte Frau Schmidt und rümpfte die Nase. „Das sieht man doch gleich.“

Der Geselle Philipp lachte laut, und auch Louise lachte.
„Was ist?“ Frau Schmidt blickte unsicher zwischen den beiden hin und her. Dann zuckte sie die Achseln und sagte zu Louise: „Wo ist er denn, der elegante Doktor? Ich hätt ihn gern mal gesehen.“
„Der steht dort hinten.“ Der Geselle Philipp zeigte zur Neuen Kräme. „Aber wenn Sie ihn sehen wollen, müssen Sie hier hochkommen.“
„Hoch zu Ihnen? Danke. So wichtig ist der Mann nun auch wieder nicht.“
Inzwischen war die Deputation vor dem Römer angelangt. Die Gendarmen traten zur Seite, und die Herren verschwanden einer nach dem anderen in der Tür.
„So“, sagte Frau Schmidt. „Jetzt überreichen sie dem Herrn Bürgermeister die Adresse. Jetzt fängt die Revolution an. Hören Sie mal“, wendete sie sich an Louise, „was mich wundert... Warum lachen Sie?“
„Ach, nichts“, sagte Louise und nahm sich zusammen. „Nur so.“
„Nur so?“ fragte Frau Schmidt mißtrauisch. „Na, von mir aus. Aber was mich wundert: Warum hat die Deputation keine Fahne gehabt? So eine in Schwarz-Rot-Gold? Man liest doch immer, daß Deputationen die mit sich führen.“
„Gewöhnlich schon“, sagte Louise. „Aber in Frankfurt...“
Sie wurde unterbrochen. Der Metzgergeselle, der an Herrn Glock erinnerte, unterbrach sie. „Gute Frau“, knurrte er Frau Schmidt an, „jetzt reicht's aber. Von wegen jetzt fängt die Revolution an. Und Schwarz-Rot-Gold – das ist verboten.“
„Richtig.“ Frau Schmidt griff sich an die Stirn. „Daran hab ich nicht gedacht. Der Bundestag hat's ja verboten. Da sieht man mal, wie man schon durcheinander ist. Ich weiß gar nicht mehr, was erlaubt und was verboten ist. – Aber, junger Mann“, sagte sie zu dem Metzgergesellen, „von wegen gute

Frau. Ich bitte mir einen anderen Ton aus, ja? Sonst sag ich's Ihrem Vater, und dann setzt's was. Sie sind doch der junge Herr Glock, nicht?"
Der Metzgergeselle Glock hatte einen roten Kopf bekommen und nickte.
„Also bitte." Dann sagte Frau Schmidt freundlicher: „Trotzdem danke, daß Sie mich erinnert haben." Und zu Louise: „Haben Sie daran gedacht?"
Da sagte der Bäckergeselle: „Freilich haben wir daran gedacht." Er blinzelte Louise zu. „Grad heut kommt's doch so drauf an, daß alles ruhig und ordentlich abgeht. Und da darf Schwarz-Rot-Gold keinesfalls gezeigt werden." Er saß auf dem Brunnenrand und stützte sich auf den Stock mit dem gewickelten Mehlsack.

Sie waren gut vorangekommen. Die Heizrohre hatten sie durchgeputzt, Feuerkiste, Aschekasten, Rauchkammer und Schornstein waren sauber, und auch den Kesselstein hatten sie schon herausgekratzt. Hannes hatte ihn in einen Eimer gesammelt und würde ihn später dem Maschinenmeister vorweisen, wenn der aus Kastel zurückkam – so war es Vorschrift.
Nachdem die Cockerill mit dem Herzog abgedampft war, hatte Hannes den Putzer Lotz zur Rede stellen wollen. Aber Ott war dazwischengefahren: „Halt's Maul." Und als Hannes erstaunt gefragt hatte: „Warum?" da hatte Ott nur böse geknurrt: „Verstehst's ja doch nicht." Und dann war er auf den grinsenden Lotz losgefahren: „Wir beide sprechen uns noch, Bürschchen. Marsch jetzt, an die Arbeit. Alle beide."
Den Nachmittag über hatten sie stumm und verbissen gewerkelt. Hannes hatte unruhig darüber nachgedacht, was in den Ott gefahren sein mochte. Daß der Lotz mit Steinen schmiß, auch wenn es nach dem Herzog von Nassau, dem

Bauernschinder, war, das konnte Ott doch unmöglich in Ordnung finden. Man mußte sich das mal vorstellen: Der Stein hätte ins mittlere Coupé fliegen und den Herzog an den Kopf treffen können. Gar nicht zu reden davon, daß Lotz den Erste-Klasse-Wagen beschädigt hatte. Immerhin hatte Ott auch den Lotz angeschnauzt. Und zu Hannes Befriedigung arbeitete Lotz jetzt außergewöhnlich eifrig.
Nun saßen sie zur Nachmittagspause auf der Bank vor dem Lokomotivschuppen, und Hannes beobachtete die Main, die drüben auf dem Wassergleis hin und her fuhr – sie hatte noch eine der alten Wasserpumpen, die über die Räder angetrieben wurden, und wenn man den Kessel speisen wollte, mußte man sie fahren. Sie würde den Abendzug nach Wiesbaden bringen, das heißt: wenn hinter Kastel die Gleise wieder frei waren. Übrigens war für den stehengebliebenen Mittagszug die Stephenson eingesetzt worden, die heute als Reservelokomotive in Frankfurt eingeteilt war. Auch in Kastel stand immer eine Reservelokomotive unter Dampf.
Ott hatte seine kurze Pfeife hervorgeholt. Er stopfte sie mit Varinas-Kanaster, und Hannes sah ihm zu und überlegte, ob er sich nicht wieder mal einige Kentucky-Zigarren kaufen sollte. Die kosteten bloß einen Kreuzer pro Stück, und hin und wieder rauchte er sie ganz gern.
„Lotz, hör mal her", sagte Ott.
Lotz, der neben Hannes saß, beugte sich vor und fragte laut: „Ja? Was ist?" Und dann sagte er schnell: „Also, dem Wagen hab ich nichts tun wollen."
„Jetzt hör mal zu, Lotz." Ott sog an seiner Pfeife. „Wie viele seid ihr daheim?"
„Sieben, mit der Mutter. Ich bin der Älteste."
„Eben", nickte Ott. „Nimm an, der Bahnhofsaufseher hätt dich gesehen. Was dann? Morgen wär ein anderer für dich hier." Vorsichtig drückte er mit dem Daumen den hervorquellenden Tabak in die Pfeife. „Jetzt hör gut zu. Wenn ich

noch mal seh, daß du einen Stein auch nur anrührst, dann nehm ich mir die Freiheit und klopf dich windelweich. Ist das klar?" Und als Lotz nickte, sagte er: „Damit wir uns verstehn: Das gilt für den Dienst. Was du machst, wenn du einen Herzog auf der Straße siehst, das geht mich nichts an. Deutlich genug?" Und als Lotz nickte: „Schön, damit ist die Sache erledigt."

Dann schwieg er und sog an der Pfeife. Auch Hannes und Lotz saßen schweigend.

Nach einer Weile sagte Hannes: „Herr Ott, ich möcht Sie mal was fragen."

„So?" sagte Ott. „Na, dann zu."

„Wenn der Stein nun den Herzog an den Kopf getroffen hätt?"

„Dann wär der Lotz bös dran gewesen."

„Aber ... Und der Herzog?"

„Hör zu, Hannes." Ott drehte umständlich das Mundstück aus der Pfeife und blies den Tabaksaft heraus. „Wenn nicht alles trügt, dann braut sich zur Zeit in Deutschland eine Revolution zusammen. Eine Revolution, die seit mehr als zwanzig Jahren fällig ist. Noch ist nicht raus, ob's wirklich eine wird. Und zwar, weil es Leute wie dich gibt. Leute, die sich sorgen, daß dem Herzog von Nassau ein Stein an den Kopf fliegt. Die nicht kapiert haben, daß es Zeiten gibt, wo sie fliegen müssen, die Steine. – Aber", sagte er und drehte das Mundstück wieder ein, „ich geb zu: Es ist nicht leicht, das zu kapieren."

Hannes schwieg. Dann sagte er: „Und Sie? Ich meine, warum haben Sie es ... Also, wie soll ich sagen ..."

„Du willst wissen, warum ich's kapiert hab. Hm." Ott sah vor sich hin. „Na schön, ich sag dir's. Ich red nicht gern drüber, aber ich sag dir's. Weißt du, daß ich bei der Taunuseisenbahn als Zugschmied angefangen hab?"

„Was? Als Zugschmied? Aber ich denk, Sie sind Schlosser-

meister? Sind Sie nicht als Lokomotivführer eingestellt worden?"
Ott schüttelte den Kopf. „Die Herren Lokomotivführer waren komplett. Und außerdem: Glaubst du, ein Schlossermeister, der bei Verstand ist, stellt sich auf die Lokomotive? Holt sich Rheumatismus, dicke Knie und anderes? Nein, zur Eisenbahn geht nur, wer muß. Das brauch ich dir ja nicht zu sagen."
Hannes nickte.
„Also", fuhr Ott fort, „ich hab vor sieben Jahren als Zugschmied angefangen. Vorher hab ich eine Werkstatt gehabt, in Mainz, mit zwei Gesellen. – Lotz! Hör zu. Das erzähl ich auch für dich."
Lotz, der gegähnt hatte, setzte sich aufrecht.
„Ich mach's kurz, keine Angst", sagte Ott. „Also: Die Werkstatt hab ich vom Vater übernommen, und zuerst haben wir unser Auskommen gehabt, ich, die Frau und die Kinder. Dann sind die Zeiten schlecht geworden, wie man so sagt, und ich hab so wenig Arbeit gehabt, daß ich die Gesellen eigentlich hätt fortschicken müssen. Ich mußte sie behalten, weil ich ihnen den schuldigen Lohn nicht zahlen konnt. Und dann hab ich von den Brüdern Gastell einen Auftrag gekriegt."
„Gastell Wagenbau? Von denen laufen hier Zweite- und Vierte-Klasse-Wagen."
„Um genau die ist's gegangen. Das war ein dicker Auftrag von der Taunusbahn, und die Gastells haben es nicht allein geschafft. Also haben sie Arbeiten weitervergeben. Ich sollt Bremsgestänge schlossern. Wie's üblich ist, haben wir vorher einen Vertrag gemacht, und ich hab mich verpflichtet, dann und dann zu dem und dem Preis zu liefern. Ich hab knapp kalkuliert, sehr knapp, denn den Auftrag mußte ich haben, der konnte meine Rettung sein. Tja." Ott stocherte mit einem Nagel in der Pfeife.

„Und dann?“
„Dann wollt ich die Eisenstangen kaufen, auf Stundung natürlich, ich hatte ja kein Geld. Und da ging das erste schief: In Mainz hat keiner liefern wollen. Ich mußte das Zeugs von der Firma Passavant in Frankfurt beziehen, und die hat mir einen saftigen Preis gemacht, und Fracht mußt ich auch bezahlen. Das zweite: Der Kohlepreis hatte mittlerweile angezogen. Kohlen brauchte ich, weil am Gestänge zu schmieden war. Das dritte: Ich hab mich mit der Zeit verkalkuliert. Damit ich's schaffen konnt, mußte ich einen Tagelöhner einstellen. Kurz und gut: Ich hab pünktlich geliefert, aber es ist 635 Gulden teurer geworden, als ich kalkuliert hab. Natürlich haben mir die Gastells nur den vereinbarten Preis gezahlt, Geschäft ist schließlich Geschäft. Ja, so war's.“ Ott klopfte die Pfeife auf der Bank aus.
„Ja, und wie weiter?“ fragte Lotz.
„Ja, wie weiter. Das hab ich mich damals auch gefragt. Die Firma Passavant wollt Geld sehn, der Kohlenhändler wollt Geld sehn, die Gesellen, der Tagelöhner ... Und so ganz nebenbei wollten die Frau und die Kinder leben. Ich bin rumgerannt, hab Geld zusammengebettelt bei Bekannten, eine Hypothek aufs Haus genommen – es hat alles nichts geholfen. Es war aus. Ich mußte verkaufen. Alles.“ Ott schwieg. Nach einer Weile sagte er: „Das ist auch so was, das man einfach so dahersagt: Auf der Straße sitzen. Uns ist's wirklich und wahrhaftig so gegangen. Wir haben mit dem Bettzeug auf der Straße gestanden. Verwandte von meiner Frau haben uns dann in einer Kammer über dem Pferdestall wohnen lassen, aber nur für kurz, wie sie gleich gesagt haben. Und das Schlimmste: Ich hab keine Arbeit gekriegt, noch nicht mal als Tagelöhner. Die Zeiten waren halt schlecht.“
„Und dann sind Sie Zugschmied geworden“, sagte Lotz.
„So ist es. Aber erst nach sechs Wochen. Und in diesen sechs

Wochen hab ich zum ersten Mal in meinem Leben gehungert, richtig gehungert."
Zögernd fragte Hannes: „Und da haben Sie verstanden, daß Steine fliegen müssen? Weil Sie gehungert haben?"
„Nein, Hannes. Nicht, weil ich gehungert hab. Sondern weil meine beiden Töchter dünn und bleich geworden sind, weil meine Frau krank wurde. Weil die gehungert haben, für die ich verantwortlich war." Ott sah Hannes an. „Schau, Hannes: Wenn es einem dreckig geht, nicht, weil er zu dumm oder zu faul ist, sondern weil die Zeiten schlecht sind, wie man so sagt, der kriegt ein scharfes Auge. Der begreift nämlich, daß nicht die Zeiten, sondern die Verhältnisse schlecht sind. Und der begreift, daß man sie ändern muß. Und wenn er soweit ist, dann sieht er auch die Leute, die das nicht wollen, weil ihnen die Verhältnisse nützen. Verstehst du? Wer erlebt hat, wie es Leuten dreckig geht, die er mag, der begreift, daß Steine fliegen müssen."

Die Deputation war seit einer Viertelstunde im Römer, und Louise fragte sich, was die Herren dort trieben. Daß der Senat erst jetzt über die Adresse beriet, konnte sie sich nicht vorstellen. Schließlich hatten die Herren Bürgermeister und die hohen Herren Senatoren den Tag über Zeit gehabt, zu einer Entscheidung zu kommen. Vielleicht waren die Deputierten nicht mit ihr einverstanden? Auch unwahrscheinlich.
Frau Schmidt kam zurück. Sie war vor wenigen Minuten losgezogen, um sich umzusehen. „Mal guten Tag sagen", hatte sie gesagt. „Sicher sind viele Leut hier, die ich kenn. Meinen Korb laß ich stehn. Sie geben acht auf ihn, gell?" und dabei hatte sie bezeichnend auf den Gesellen Philipp geblickt.
Jetzt kam sie zurück, schob sich eilig durch die Menge, und als sie am Brunnen war, sagte sie atemlos: „Fräulein Coith, ich geh heim. Und ich rat Ihnen: Kommen Sie mit."

„Warum?“ fragte Louise.
„Weil's schlimm wird.“ Frau Schmidt sah sich nach dem Gesellen Philipp um und fuhr mit gesenkter Stimme fort: „Der Bäcker da, der ist noch harmlos. Was ich gesehn hab, Fräulein Coith! Altegässer und Sachsenhäuser mit Äxten! Und ich mein, daß auch Turner von Bockenheim und Hanau hier sind. Ich sag Ihnen, das gibt Krawall. Also, ich geh. Kommen Sie mit?“ Und als Louise den Kopf schüttelte: „Aber sagen Sie nicht, ich hätt Sie nicht gewarnt. Adieu.“ Sie nahm ihren Korb auf, drängelte sich an den Metzgergesellen vorbei und war verschwunden.
„Warum geht sie?“ fragte der Geselle Philipp.
„Sie meint, es gibt Krawall“, sagte Louise. „Sie ist etwas ängstlich.“ Und sie lächelte.
Der Geselle Philipp blieb ernst. „Die Frau hat recht“, sagte er und sah zu den Metzgergesellen hinüber. „Besser, Sie gehn auch.“
„Jetzt gehen?“ sagte Louise. „Nein.“ Sie überlegte. „Außerdem muß ich sehen, was Sie mit dem Ding vorhaben.“ Sie zeigte auf den Stock mit dem gewickelten Mehlsack.
Nun lächelte der Geselle Philipp. „Sie gefallen mir wirklich.“
Louise sagte nichts. Wenn es bei solchen Bekundungen blieb – bitte. Und sein Rat zu gehen hatte sich fast besorgt angehört. Louise reckte sich. Von den beiden Gendarmen am Römereingang waren lediglich die Tschakos zu sehen, das Gedränge hatte zugenommen. Es waren Männer in blauen und grünen Arbeitskitteln, die dort standen. Ob das die Altegässer und Sachsenhäuser mit den Äxten waren? Herr Glock ragte um Kopfeslänge heraus, seine Lippen waren schmalgepreßt. Und neben ihm, da stand Wilhelmi.
Er stand erhöht, an eine der geschlossenen, spitzbogigen Türen gelehnt, in weißer, maßgeschneiderter Jacke und mit weinrotem Halstuch, hatte die Arme vor der Brust ver-

schränkt und blickte wach über die Menge. Und Louise sah, daß die Hiebnarbe über dem rechten Auge sich bis in die Braue zog.
„Bin gespannt, was er vorhat, der Doktor“, sagte der Geselle Philipp hinter ihr, „wenn's jetzt losgeht.“
Louise drehte den Kopf. „Wenn was losgeht?“
„Na, hörn Sie mal.“ Der Geselle Philipp ließ sich vom Brunnenrand gleiten und stellte sich neben sie. Halblaut sagte er: „Haben Sie's noch immer nicht verstanden? Wenn die Deputation rauskommt, dann können die erzählen, was sie wollen – Ärger gibt's in jedem Fall. Entweder sie haben was erreicht – woran ich nicht glaub –, dann werden die da wild.“ Mit dem Daumen zeigte er hinter sich zu den Metzgergesellen. „Oder sie haben nichts erreicht, was wahrscheinlich ist, weil sie's gar nicht wollten, dann werden die dort wild.“ Er zeigte nach vorne auf die Männer in den Kitteln. „Hier auf dem Platz stehen in der Hauptsach zwei Sorten Leute: Solche wie die Metzger und solche wie wir. Die paar dazwischen, die können Sie vergessen. Also.“ Und dann sagte er: „Aber wir sind mehr. Und wenn wir ... Na, jetzt muß ich auf den Brunnen.“
In der Eingangstür des Römers war Doktor Mappes erschienen. Über den Römerberg ging ein allgemeines „Aaah“, und Louise beobachtete, wie sich das runde Gesicht des Doktor Mappes schmerzlich verzog. Sie glaubte nun zu wissen, was die Herren Deputierten so lange im Römer getrieben hatten. Die hatten beratschlagt: Wie bringen wir's ihnen bei? Neben Doktor Mappes standen die Doktoren Jucho und Reinganum, und hinter ihnen drängte sich der Rest der Deputation; Louise sah Herrn Schnepfs Barett kurz auftauchen. Doktor Mappes hob die Hände, und es wurde still auf dem Römerberg.
„Meine lieben Frankfurter“, begann Herr Doktor Mappes. Er redete laut, und Louise vermutete, daß er bis hin zur

Neuen Kräme zu verstehen war. „Ich möchte euch ..." Er hielt inne, weil Reinganum den Kopf zu ihm hinunterbeugte und ihm augenscheinlich etwas zuflüsterte. „Liebe Frankfurter und liebe Nichtfrankfurter", begann Doktor Mappes von Neuem. „Ich möchte euch das im ganzen recht erfreuliche Ergebnis unserer Bemühungen verkünden."
„Schon faul", sagte der Geselle Philipp hinter Louise.
„Auf unsere Anrede hin", fuhr Doktor Mappes fort, „hat uns Herr Bürgermeister von Heyden folgendes mitgeteilt." Er hielt inne, hatte ein Tuch hervorgezogen und wischte sich die Stirn. Neben ihm bewegte Reinganum ruckartig den Kopf nach vorn, als wollte er sagen: Weiter, weiter. „Die dargebrachten Wünsche", sagte Doktor Mappes, „seien dem Hohen Senat bekannt. Und was namentlich die Preßfreiheit angehe, so wird dieser Punkt noch heute auf allseitig befriedigende Weise seine Erledigung finden."
„Ach du lieber Gott", dachte Louise, „so kann man hier doch nicht reden."
Und der Geselle Philipp sagte: „Warum nicht gleich? Und die anderen Punkte?"
Es war unruhig geworden auf dem Römerberg, und Louise sah, daß Wilhelmi aufmerksam die Kittelmänner vor den Gendarmen beobachtete.
Doktor Mappes hob die Arme, und es wurde wieder still. „Was aber die anderen Punkte der Petition angehe, so könnten wir versichert sein, daß der Hohe Senat so bald als möglich die geeigneten Schritte unternehmen werde, um diese Punkte dem gesetzlichen Wege der Erledigung zuzuführen."
„Das darf doch nicht wahr sein", dachte Louise. Und die Menschen auf dem Römerberg? Verstanden sie, was das hieß? Augenscheinlich nicht, denn es herrschte Grabesstille.
Doktor Mappes drehte unruhig den Kopf hin und her. Und

plötzlich warf er die Arme empor und schrie: „Der Hohe Senat – die Frankfurter Bürgerschaft – sie leben hoch!“ Das ‚. . . leben hoch‘ hing als Echo über dem Platz, dann war Stille, einen Augenblick lang, und dann brachen sie los.
„Scheißkerle!“ brüllte der Geselle Philipp. „Ihr habt uns betrogen!“ Und „Beschiß!“ brüllten die Kittelmänner vor dem Römer. Sie hatten die Fäuste erhoben, schüttelten sie und schrien: „Wir wollen alles! Wir wollen alles!“ Und rundherum nahmen die Leute diesen Ruf auf. Bald toste es rhythmisch über den Römerberg: „Wir wollen alles! Wir wollen alles!“
Louise sah hinter sich: Die Metzgergesellen saßen stumm, und der Geselle Glock hatte den Kopf eingezogen, als gälte es, einen Gewittersturm durchzustehen.
„Wir wollen alles!“ schrien die Leute. Und dann begannen die Kittelmänner gegen den Römer zu drängen. Die beiden Gendarmen standen jetzt in der Eingangstür, hielten die Säbel hoch, aber die schwankten, und Louise dachte: „Sie haben Angst.“
Plötzlich war Wilhelmi vor den Gendarmen. Er stand, der Menge zugewendet, hinter sich die Säbel, hatte die Arme erhoben und wartete. Er sah mit unbewegtem Gesicht auf die Leute vor sich und wartete. Und da, allmählich, wurde es ruhiger.
„Brüder!“ rief Wilhelmi, und es wurde still. „Diese Herren da“, Wilhelmi ruckte den Kopf nach hinten, wo man im Dunkel der Römerhalle die Deputation vermuten konnte, „diese Herren haben nicht für uns gesprochen. Aber jetzt – jetzt sprechen wir.“ Er dämpfte die aufsteigende Unruhe mit den erhobenen Händen. „Ich schlage vor, daß wir eine Abordnung bilden. Und die soll dem Senat sagen: Wir wollen alle Punkte bewilligt haben, ich sage: alle, und wir wollen sie gleich.“
„Wilhelmi soll für uns sprechen!“ schrie der Geselle Philipp.

Und die Leute riefen: „Eine Abordnung! Eine Abordnung mit Wilhelmi!“ Vor dem Römer entstand jetzt ein Gedränge, und von überall auf dem Platz eilten Leute herbei. „Wollen Sie nicht auch mitgehen?“ fragte Louise den Gesellen Philipp. Der schüttelte den Kopf. „Ich hab hier draußen zu tun.“

Es dauerte eine Zeit, und es gab einiges Durcheinander, bis sich die Abordnung gebildet hatte. Schließlich waren etwa dreißig Mann beisammen, und an den Gendarmen vorbei, die die Säbel gesenkt hatten, vorneweg Wilhelmi, schoben sie sich in den Römer. Außer Männern in blauen und grünen Kitteln sah Louise Mainfischer in Rotjacken, Schiebkärchner in gestreiften Blusen, und sie sah Männer in Turnerkleidung.

Als sie verschwunden waren, sagte der Geselle Philipp: „Jetzt ist es soweit.“ Und er begann, den Mehlsack vom Stock zu wickeln.

Der Herr Ingenieur, der Maschinenmeister, hatte einen flüchtigen Blick in den Kübel mit Kesselstein geworfen, den Hannes ihm zeigte, und jetzt sagte er zu Ott, der mit vorgebeugtem Kopf dicht neben ihm stand: „Hören Sie, Ott. Meine Frau gibt heute abend eine Gesellschaft. Und weil sie . . . Gleichviel, ich muß fort. Sie übernehmen die Aufsicht hier. Feierstunde nicht vor acht. Ich habe Ihr Wort? Gut. Bis morgen also.“

Ott sah hinter dem davoneilenden Maschinenmeister her und brummte: „So, so, die gnädige Frau Maschinenmeister gibt eine Gesellschaft. Als ob's nichts Beßres zu tun gäb heute. Na, für diese Leut freilich nicht.“ Dann zog er seine Uhr hervor. „Fünfe ist's jetzt. Gerade überreichen die Herren Oppositionsbürger ihre Adresse im Römer.“ Er sah Lotz und Hannes an. „Ihr habt gut gearbeitet heut, ihr zwei. Wir sind mit allem durch. Feierstunde nicht vor acht, ihr habt's gehört.“ Und angelegentlich den Blitz betrachtend: „Ich hab noch mit den Achslagern zu tun. Schwierige Sache. Kann sein, daß ich überhaupt nicht merk, ob ihr noch hier seid oder nicht.“ Jetzt sah er Hannes ins Gesicht. „Man braucht nicht grad mit Steinen zu schmeißen, aber kümmern muß man sich. Kapiert?“

Der Geselle Philipp hatte den Mehlsack vom Stock gewikkelt, und es kam zum Vorschein, was sich Louise gedacht, aber so schön nicht vorgestellt hatte.
„Du liebe Zeit“, sagte sie, „wo haben Sie die her?“
„Ein Mädle hat sie mir genäht“, sagte er und betrachtete stolz die Fahne. „Für den Stoff hab ich einen ganzen Wochenlohn hinlegen müssen. Schaun Sie mal: Richtig goldfarbene Seide.“ Und er schwenkte die schwarz-rot-goldene Fahne. Sie sah etwas zusammengestückelt aus, aber sie war schön.
Die Leute, die um den Brunnen herum standen, wurden aufmerksam. „Jawohl. Die hat gefehlt“, sagte ein alter Fischer neben Louise. Von der anderen Seite des Brunnens rief einer: „Ei, steck sie doch auf!“ Und da riefen mehrere: „Ja, aufstecken! Aufstecken!“
„Na klar“, sagte Philipp und fixierte die Metzgergesellen. „Dafür hab ich sie ja mitgebracht.“ Die Metzger blickten auf Philipp, dann sahen sie sich um, und sie verstanden, daß sie besser daran taten, ruhig sitzen zu bleiben. Aber Louise sah, wie der Geselle Glock seine auf die Oberschenkel gestemmten Hände zu Fäusten ballte.
„Tja, und wo?“ Philipp sah sich suchend um. „Dort“, sagte er dann und zeigte auf eine Gaslaterne, die dicht neben dem Brunnen aufgestellt war. „Die ist hoch genug. Stellt euch mal drunter“, sagte er zu seinen beiden Genossen, „daß ich hoch kann.“
„Warten Sie.“ Louise hielt ihn zurück. „Ich weiß was Besse-

res.“ Und sie sagte es ihm. Philipp sah sie an. „Wissen Sie, daß Sie mir arg gut gefallen?“ Dann drehte er sich um, blickte an der Brunnensäule empor und lachte. „Jawohl. Die Frau wird’s ihnen zeigen.“ Er stieg auf den Brunnenrand. „Gut, daß kein Wasser drin ist.“ Seine beiden Genossen halfen ihm, und bald war er oben. Es sah ein wenig gefährlich aus, wie er da, in zehn Fuß Höhe auf zwei Nixenköpfen balancierend, hinter der Dame Justitia stand, und der alte Fischer sagte bewundernd: „Das ist’n Kerl.“ Philipp ließ sich die Fahne hochreichen und band sie fest mit einem Strick, den er aus der Jackentasche zog.

Auf dem Römerberg war es laut geworden, und als Philipp herabkletterte, da klatschten die Leute und riefen „Bravo!“

Und plötzlich, auf der anderen Seite des Brunnens, begann jemand zu singen. „In dem Kerker saßen zu Frankfurt an dem Maine . . .“, sang er. Und die Leute fielen ein, und bei „. . . für die Menschenrechte der freien Republik“, da sangen alle. Droben auf der Brunnensäule hielt die Dame Justitia den Arm hoch und zeigte dem Römer die Fahne.

Louise stand am Brunnen und freute sich. „Bin ich froh“, sagte sie zu Philipp, „daß ich geblieben bin.“

Er lachte. „Na, und ich erst.“ Er sah zum Römer und sagte: „Das wird ihnen auf die Sprünge helfen.“

Doch plötzlich sagte er: „Was hat der denn?“ Und er wiederholte: „Was hat der denn?“ Dann drehte er sich um und schrie: „Seid doch mal ruhig! Aufhören! Aufhören!“ Aber jetzt hatten auch die Leute den Mann im blauen Kittel gesehen, der dort im Römereingang stand und mit den Armen fuchtelte. Der Gesang erstarb.

„Brüder!“ schrie der Mann. „Sie wollen nicht. Die haben sich eingeschlossen und wollen nicht!“

„Was?“ sagte Philipp. „Die wollen nicht?“ Und dann schrie er: „Sturm!“ und er stürzte los.

Von allen Seiten stürzten sie zum Eingang, und Louise sah einen Gendarmentschako durch die Luft fliegen, und sie sah, daß Herr Glock sich an die Tür gedrückt hatte, an der vorhin Wilhelmi gelehnt hatte, und daß er entsetzt auf den Tumult an der Eingangstür blickte.

Oben, am Römer, wurde ein Fenster aufgerissen, und einer schrie herunter: „Die Äxte! Bringt die Äxte mit! Wir wolln die Tür einschlagen!“ Gleich darauf hörte Louise krachende Schläge, und sie dachte: „Und wenn sie reinkommen?“

Und dann hörte sie ein anderes Geräusch. Es lag scharf und rhythmisch-abgehackt über dem Lärm auf dem Römerberg, und sie sah, daß es Herr Glock war. Er stand unbeweglich an der Tür, blickte starr geradeaus, aber seine Schultern bewegten sich. Louise sah die rotgeflammte Trommel vor sich und wußte: Das ist der Generalmarsch. Herr Glock schlug den Generalmarsch.

Und Herr Glock schlug und schlug, aber jetzt bedrängten ihn Kittelmänner, und plötzlich brach der Trommelschlag ab. Louise sah, daß einer der Männer Herrn Glocks Trommel in die Höhe hielt, und als er sie auf das Pflaster schleuderte, gab es einen scheppernden Schlag.

Aber da war es wieder, das scharf-abgehackte Trommeln, entfernter diesmal, irgendwo im Häusergewirr zwischen Römerberg und Dom: Herrn Glocks Alarmschlag war aufgenommen worden, wurde weitergegeben, und jetzt ... da waren sie schon.

Sie kamen von allen Seiten, nebeneinander hergehend und mit gefälltem Bajonett. Vom Markt her kamen Männer vom Löschbataillon, von der Neuen Kräme rückten Weißbüsche vor; wozu die gehörten, die von der Mainseite kamen, wußte Louise nicht. Aber die Stadtwehr mußte längst bereitgestanden haben.

Der Sturm auf den Römer war schon vergeblich gewesen, bevor er begonnen hatte.
Die drei Abteilungen Stadtwehr rückten vor, langsam, und die Leute auf dem Platz zischten und pfiffen, schüttelten die Fäuste, aber es war klar, daß gegen Gewehr und Bajonett nichts auszurichten war. Aus dem Römer strömten die Kittelmänner und mischten sich unter die Leute – es war vorbei.
Louise drehte sich um.
Die Metzger! Sie standen zu viert im Becken, und der Geselle Glock schickte sich an, die Brunnensäule zu erklettern.
„Die Fahne“, rief Louise. „Sie wollen die Fahne abnehmen.“
Der Geselle Glock hielt inne, und blickte zu ihr herüber.
Louise sah sich um. „Die Fahne“, rief sie wieder und zeigte nach oben. „Die dürfen sie nicht haben.“
Die Leute, die noch am Brunnen standen, sahen zur Fahne hoch, dann auf die Metzger, und sie wendeten sich ab oder schüttelten die Köpfe. Der alte Fischer sagte: „Da kann man nichts machen. Geben Sie Ruh.“
Aber Louise gab keine Ruh. Sie rief wieder: „Die Fahne! Die muß oben bleiben.“
Und da ließ der Geselle Glock von der Kletterei ab. Er kam an den Brunnenrand. „Hören Sie mit dem Geschrei auf“, sagte er.
„Sie müssen die Fahne hängen lassen“, sagte Louise. „Weil ... weil ...“ Und ihr fiel nichts anderes ein als: „Weil sie Ihnen nicht gehört.“
„Wem die gehört, weiß ich gut.“ Der Geselle Glock hatte die Augen schmal gezogen. „Und wer den Dreckskerl drauf gebracht hat, die da droben anzubinden, weiß ich auch.“ Er kletterte auf den Brunnenrand. „Du Schlampe!“
„Was fällt Ihnen ein!“ rief Louise. Sie war empört.
Aber dann, als der Metzgergeselle auf sie zukam, als sie sein

Gesicht sah, seine Arme, die Schürze, da wußte sie, daß ihre Empörung nicht galt. Und sie begriff, daß sie zum ersten Mal in ihrem Leben Gewalt erfuhr, die nackte, brutale Gewalt. Panik überfiel sie. Sie wollte schreien, aber sie konnte nicht. Half ihr denn keiner?

„So, du Schlampe. Jetzt kriegst du eine Abreibung, daß du . . ."

„Halt! Weg von der Dame!"

Wilhelmi. Neben ihr stand Wilhelmi und hielt den ausgestreckten Arm vor sie. „Die Dame gehört zu mir."

Der Metzgergeselle Glock war stehengeblieben. Er sah Wilhelmi an, und dann Louise, und Wilhelmi sagte: „Wollen Sie sich schlagen?"

Der Metzgergeselle Glock blickte hinter sich, zu seinen Genossen hin, und da packte Wilhelmi Louise am Unterarm, riß sie mit sich fort, brachte zwischen sie beide und die Metzgergesellen eine Gruppe Blaukittel, und drei vom Löschbataillon, und dann waren sie weg vom Brunnen.

Der Taunusbahnhof.
Oben: Straßenseite. (Stich von Th. Beck. Um 1850.)
Unten: Bahnseite. (Lithographie von C. Beer. Um 1840.)

7

Hannes ließ sich Zeit und nahm den längeren Weg durch die Große Gallengasse. Beim Gehen konnte er am besten nachdenken, und der Römer lief ihm schließlich nicht weg. Vielleicht ging er auch gar nicht hin. Diese blöde Revolution. Wenn er sich überlegte, was er durch die schon für Ärger gehabt hatte: Vorgestern im Graben das wühlerische Flugblatt, wegen dem er um ein Haar in den Main gesprungen wäre, wobei er sich das Genick hätte brechen können, dann die Steinschmeißerei vom Lotz... Na schön, mehr war's nicht.

Aber der eigentliche Ärger war, daß es durch die ewige Politisiererei vom Ott mit dem friedlichen Dienst vorbei war. Gut, der war sein vorgesetzter Lokomotivführer, und man hörte halt zu, wenn er erzählte. Und gegen ein paar Geschichten in den Pausen war nichts zu sagen. „Aber er kann's ja nicht lassen", dachte Hannes. „Andauernd will er einem einreden, daß man sich kümmern muß. Ein richtiges Gewissen mach ich mir schon, wenn ich mich nicht kümmer." Und vorhin: Schickte der doch seine Untergebenen zum Politisieren fort. Während der Dienstzeit! Das mußte man sich mal vorstellen. Erst hatte Hannes bleiben wollen, aber Ott hatte so oft zu ihm hergesehen, daß er schließlich seinen Brotbeutel geholt hatte und gegangen war.

Na schön, vielleicht würde er mal am Römer vorbeischaun. Und wenn er's recht bedachte: Er hatte nicht nur Ärger gehabt durch die Revolution. Zum Beispiel hatte er die Mamsell, nein, das Fräulein Coith kennengelernt. Also, was heißt kennengelernt. Aber sie wollte die Zeitung lesen mit ihm. Und er würde ihr erzählen, wie der Große mit dem dicken

Bart hieß. Reinganum hieß der. Das würde er ihr erzählen. Und vielleicht auch, was heute am Römer passierte.

„Sagen Sie mal“, Louise ließ den Blick durch die Schankstube wandern, „gleich um die Ecke ist doch das Schlachthaus. Ich kann mir vorstellen, daß hier im Storch die Metzger verkehren. Vielleicht sollten wir woanders hingehen.“

„Nein.“ Wilhelmi schüttelte den Kopf. „Eben weil sie hier verkehren, werden sie uns hier nicht suchen. Zudem weiß ich, wo der Hinterausgang ist.“

„Ich war vorhin etwas durcheinander“, sagte Louise. „Habe ich mich eigentlich schon bedankt?“

„Haben Sie. Mehrmals sogar, und nun ist's genug.“ Wilhelmi lächelte. Dann sagte er: „Sie sind eine mutige Person. Sich mit diesen Metzgern anzulegen...“

„Von Mut kann keine Rede sein.“ Louise drehte ihr Apfelweinglas. „Das war Dummheit. Ich hatte ja keine Vorstellung... Reden wir von etwas anderem.“

Wilhelmi nickte. „Ja, gut. Trotzdem sind Sie mutig. Sie gehen auf den Römerberg, und Sie haben am Donnerstag die Versammlung im Graben besucht.“

„Das hätte ich besser nicht erzählt, scheint mir. Sie erwähnen es schon zum zweiten Mal. Vermutlich bilden Sie sich etwas darauf ein.“

„Ich mir etwas einbilden?“ Überrascht sah Wilhelmi sie an. „Wie kommen Sie denn darauf?“

„Nun, vielleicht denken Sie, ich wäre Ihretwegen...“ Louise stockte. Was redete sie da? Das war natürlich der blanke Unsinn. Sie hatte ja gar nicht gewußt, daß er dort sprechen würde, nein, falsch, er hatte nicht gewußt, daß sie ... oder wie... Sie hatte sich verheddert. Das machte dieser Apfelwein. Obwohl sie nun seit fast einem Jahr in Frankfurt lebte, trank sie ihn zum ersten Mal. Wilhelmi hatte zwei Gläser bestellt, gleich nachdem sie in den Storch gekommen wa-

ren, und Louise hatte, durcheinander wie sie war, in einem Zug das Glas zur Hälfte geleert. Und das saß ihr jetzt im Kopf. Vermutlich war sie eben sogar rot geworden, verdammt. Und Wilhelmi, dieser eitle Mensch, saß da, zupfte an der Schnurrbartspitze und beobachtete sie. „Ach was", sagte Louise. „Reden wir von was anderem."
„Schon wieder? Nein, Fräulein Coith, das müssen Sie mir erklären. Warum bilde ich mir etwas ein?"
Louise sah in ihr Glas. Dann hob sie den Kopf. „Na gut. Wissen Sie, als ich Sie im Graben gesehen habe, es war das erste Mal, wie ich betonen möchte, da fand ich Ihre Kleidung, gelinde gesagt, außerordentlich unpassend."
„Unpassend?"
„Ja. Viel zu elegant für den Graben. Warum müssen Sie ..."
Louise hielt inne. Konnte man das einen Menschen fragen, mit dem man erst drei Sätze gewechselt hatte? Aber dann, und vielleicht lag es am Apfelwein, dann dachte sie: „Ach was", und sagte: „Warum müssen Sie überhaupt so daherkommen? Ihr Halstuch, in der Farbe abgestimmt, Ihre Jakke, maßgeschneidert, vermute ich. Kurz, ich halte Sie für eitel. Haben Sie das nötig?"
„Ob ich das ...?" Wilhelmis Gesicht hatte eine leichte Röte überzogen. „Sie sehen mich etwas erstaunt, Fräulein Coith. Da sitzen Sie und fragen, ob ... Und eitel? Nun ..." Jetzt lachte er. „Also, Sie gefallen mir."
„Das habe ich heut schon einige Male gehört."
„So? Na, das wundert mich nicht. Wissen Sie, daß Sie eine sehr anziehende ..."
„Nicht doch", sagte Louise. „Nun sind Sie es, der von etwas anderem redet."
„Ja, das ist wahr." Wilhelmi schwieg. Dann drehte er sich um und rief: „Frau Lindheimer, bringen Sie uns noch mal?"
Und als sein Glas nachgefüllt war, Louise hatte abgewehrt, schwieg er weiter. Dann sagte er: „Sie warten auf eine Ant-

wort, wie? Also schön, ich will's versuchen." Er setzte sich aufrecht. „Sie halten mich für eitel und fragen, ob ich das nötig hab. Vermutlich ja." Er schwieg. Dann setzte er neu an. „Wissen Sie, ich hatte bisher keine Veranlassung, darüber nachzudenken. So geradezu wie Sie hat mich noch niemand ... Tja. Warum ist einer so und nicht anders? Soll ich Ihnen meine Lebensgeschichte erzählen?"

„Wenn Sie mögen", sagte Louise. Und sie dachte: „Jetzt ziert er sich. Aber wetten, daß ich sie zu hören krieg?"

„Nein, ich mag nicht", sagte Wilhelmi. „Und am liebsten wäre es mir, wenn ich sagen könnte: Wie komme ich überhaupt dazu? Aber diesen Absprung habe ich wohl verpaßt." Er zupfte an der Schnurrbartspitze.

Dann sagte er: „Können Sie sich eine Landpfarrersfamilie mit elf Kindern vorstellen? Wie bitter arm es da zugeht? Nein, vermutlich nicht. Ich war der Älteste und so ein richtiger Dorfdeubel. Kurzgeschoren, barfuß, grauenhafter Dialekt. Am Ort gab es ein Spielkasino, vermutlich wegen der schönen Gegend. Wenn die Damen und Herren vom Roulett genug hatten, ließen sie den Dorfpfarrer kommen. War das ein Spaß, wenn man einfach behauptete, es gäbe keinen Gott, und wenn dieser unbeholfene Mensch mit eiferndstockender Rede das Gegenteil zu beweisen suchte. Wegen der Damen war er gehalten, diesen kleinen Dorfdeubel mitzubringen. Den fanden sie einfach entzückend." Wilhelmi verstummte und sah vor sich auf den Tisch.

Louise sagte leise: „Es tut mir leid, daß ich gefragt habe."

„Nein, nein", sagte Wilhelmi. „Das war ganz gut, wie ich merke. Solche Gefühle sollte man wach halten. – Na, um es kurz zu machen: Eine der hohen Damen hatte einen Narren an mir gefressen und sorgte für eine Ausbildung, die mir mein Vater nie hätte verschaffen können."

„Aber das ist doch ..."

„Ein Glücksfall, nicht wahr? Schon richtig. Nur: Die Sache

begann wenig glücklich. Die hohe Dame hatte eine vornehme Privatschule in Wiesbaden für mich ausersehen, ein Internat. Mein Vater brachte mich hin. Tja. Wir kamen an, und mein Vater tappte mit mir, kurzgeschoren und barfuß wie ich war, in einen stuckverzierten Saal, wo die eleganten Knaben an weißgedeckten Tischen speisten." Wilhelmi sah Louise an. „Während meiner ganzen Schulzeit bin ich den Geruch des Dorfdeubels nicht losgeworden."

Auf dem Paulsplatz stand Linienmilitär. Wenigstens eine Kompanie, wie Hannes schätzte. Er hatte sich in eine Ecke am Turm der Paulskirche gedrückt und beobachtete die Soldaten. Sie schienen sich schon länger hier aufzuhalten. Die Gewehre hatten sie zusammengestellt, unterhielten sich, und manche saßen sogar auf dem Pflaster und spielten Karten. Bedrohlich wirkten sie nicht. Trotzdem: Soldaten blieben Soldaten, und so groß war der Umweg nicht. Hannes ging um die Paulskirche herum und an der Börse vorbei: Über die Neue Kräme kam er auch auf den Römerberg. Vorsichtig, dicht an den Hausfronten gehend, näherte er sich dem Platz. Dann blieb er stehen: Stadtwehr, jede Menge Stadtwehr. Und die hatten die Bajonette aufgesteckt. In Gruppen patrouillierten sie über den Platz. Aber auch Zivil sah Hannes, vorwiegend Bürger, die umherspazierten, dazwischen einige Männer in Kitteln. Das alles sah friedlich aus, und Hannes ging weiter. Am Brunnen sah er sich um. Die Stadtwehrleute, die Neugierigen – warteten die noch? Oder war schon alles vorbei? Er lehnte sich gegen die Umrandung. Da lag ein Stock im Brunnen, zerbrochen. Und überall waren Stoffetzen verstreut. Rote, schwarze, gelbe, nein, die waren goldfarbig. Eine Fahne. Da hatte jemand eine schwarz-rot-goldene Fahne zerfetzt.

„Jedenfalls“, sagte Wilhelmi, „halte ich es mit der Ehrlichkeit und gebe mich so, wie ich bin. Oder sähen Sie es lieber, wenn ich mich bei Versammlungen im Graben mit einem Kittel verkleidete?“
„Nein, wahrhaftig nicht.“ Louise lachte. „Sie im Kittel – wenn ich mir das vorstelle.“
„Sehen Sie.“ Wilhelmi lächelte, und Louise fiel auf, übrigens nicht zum ersten Mal, daß er dabei die Brauen zusammenzog, so als wäre ihm etwas Schmerzliches begegnet. Das reimte sich nun gar nicht mit der lächelnden Mundpartie, aber in durchaus reizvoller Weise. Ja. „Wo haben Sie sich die geholt?“ fragte sie und deutete auf die Hiebnarbe über dem rechten Auge.
„Na, ich sehe schon“, sagte Wilhelmi. „Sie ersparen mir nichts. Gut, ich gestehe: Während meiner Studienzeit habe ich ein wenig gefochten. Zu meiner Entschuldigung kann ich allenfalls anführen, daß dies während der dreißiger Jahre in radikal-demokratischen Studentenkreisen üblich war.“
„Dreißiger Jahre?“ fragte Louise. „So alt sind Sie schon . . .“
„Ich bin zweiunddreißig“, sagte Wilhelmi. „Stört Sie das?“
Louise schüttelte den Kopf. Dann sah sie in ihr Apfelweinglas. „Stört Sie das“, dachte sie. „Und ich auch noch: nein.“ Also, allmählich wurde es zu intim hier. „Und red dich nicht mit dem Apfelwein raus“, dachte sie. Die Sache hier ging entschieden zu weit. Sie hob den Kopf. „Ich werde jetzt heimgehen“, sagte sie.
„Schon? Oh, wie schade. – Nun, ich merke, da kann man nichts machen. Wie weit haben Sie's denn? Darf ich Sie bringen?“
„Wo denken Sie hin“, rief Louise und stand auf. Dann sah sie zum Fenster und überlegte. „Also gut“, sagte sie schließlich. „Aber nur bis zum Friedberger Tor.“

Hannes war auf dem Heimweg. Daß er die Frankfurter Revolution verpaßt hatte, wußte er nun. Da war einmal die zerfetzte Fahne gewesen, und zudem hatte er am Brunnen einen alten Fischer gefragt. Der hatte anscheinend alles miterlebt, berichtete aber nur unwillig brummelnd. Immerhin hatte Hannes erfahren, daß die Forderungen, von denen Ott gesprochen hatte, durch die Bank abgelehnt worden waren. Nur die Preßfreiheit, so der alte Fischer mißmutig, die hätten die hohen Herren im Römer bewilligt. Denn später wäre der Reinganum rausgekommen und hätte geschrien: Die Presse ist frei. Aber das hätte überhaupt keinen mehr interessiert, weil ja alles gelaufen war. Von dem, was da gelaufen war, hatte der alte Fischer wenig erzählt, aber es mußte ziemlich wüst hergegangen sein.
Hannes hatte ihn dann nach der Fahne gefragt, und da war der Alte richtig redselig geworden. Die hätte einer droben auf dem Brunnen angebunden. „Das war dir vielleicht ein Kerl." Und sie hätten alle gesungen. Aber danach, leider, wär's ja aus gewesen. Und dann hatte der Alte noch etwas erzählt, woraus Hannes nicht recht schlau geworden war. So hatte er nicht verstanden, was die junge Frau mit der Fahne zu tun hatte. Jedenfalls war sie wegen der mit Metzgergesellen aneinandergeraten, und einer von denen hatte sie wohl verprügeln wollen. „Aber mit einmal ist der Wilhelmi gekommen", erzählte der alte Fischer. „Und der hat sie fortgebracht." Dann sagte er: „Ich sag dir, der Wilhelmi, der ist ein studierter Mensch und fein angezogen, aber trotzdem: Das ist ein Kerl." Hannes hatte genickt, und dann war er gegangen.
Erst hatte er mit der Fähre übersetzen wollen, aber nun war er auf dem Weg zur Brücke. Da konnte er noch ein wenig denken, und außerdem hatte er Hunger. Er würde unterwegs einkehren und Kraut mit Kartoffeln bestellen. Und dazu ein oder zwei Glas Apfelwein. Im Rebstock schenkten

sie guten. Aber auch im Storch. Und der lag näher am Weg. Gut, er würde im Storch seinen Apfelwein trinken.
Während er den Krautmarkt am Dom überquerte, dachte er: „Das ist jetzt schad, daß ich dem Fräulein Coith nichts zu erzählen hab.“ Na, über die Fahnengeschichte wußte er ein wenig Bescheid, über die konnte er berichten. Die Metzgergesellen mußten sich aufgeführt haben wie blindwütige Ochsen. Die Fahne hätten sie heruntergefetzt, als wär sie ein rotes Tuch, hatte der Alte erzählt. „Eigentlich kann ich von Glück sagen“, dachte Hannes, „daß ich in den Krawall nicht reingeraten bin.“ Von so was hielt man sich besser fern. Schön, wenn es nicht anders ging, dann schlug man sich halt. Aber wann mußte das schon sein? Meistens gab's einen anderen Weg, um klarzukommen.
Hannes kam auf den Weckmarkt. Da drüben war der Storch. Gerade öffnete sich die Tür und ... Hannes blieb stehen. Es war schon etwas dämmrig, und er kniff die Augen zusammen. Kein Zweifel: Aus dem Storch kam das Fräulein Coith. Na so was. Hannes schüttelte den Kopf. Sie ging also nicht nur zu Versammlungen, sondern am Abend auch allein ins Wirtshaus. Das hatte er ihr nicht zugetraut. Aber sie war gar nicht allein. Hinter ihr trat Wilhelmi aus der Tür. Augenblick mal ... Der Wilhelmi! Dann war also ... Die beiden kamen auf ihn zu. Nein, das ging nicht. Wenn sie ihn ansprach ... Was sollte er sagen?
Nein. Mit zwei Schritten war Hannes im nächsten Hauseingang.
Als die beiden vorübergingen, hörte er sie mit ihrer weichen, dunklen Stimme sagen: „Die Vorstellung, jetzt diesen Metzgern zu begegnen, ängstigt mich.“ – „Aber ich bin doch bei Ihnen“, hörte er Wilhelmi. „Und wie gesagt: Wenn Sie wollen, begleite ich Sie bis nach Hause. Vorsicht, ein Loch im Pflaster. Darf ich Ihnen meinen Arm anbieten?“ Und dann sagte sie etwas, aber das konnte Hannes nicht mehr

verstehen, weil sie um die Ecke auf den Krautmarkt gegangen waren.
Er trat aus dem Eingang. Schade. Damit war es also auch nichts, mit der Fahnengeschichte, die er ihr hatte erzählen wollen. Langsam ging er hinüber zum Storch. In der Schankstube war niemand außer der Wirtsfrau, die hinter dem Büfett stand. Er ließ sich ein Glas Apfelwein geben und setzte sich an den Tisch vor dem mittleren Fenster, dem Büfett gegenüber. Kraut und Kartoffeln konnte er später bestellen.
Der Wilhelmi brachte sie also nach Hause. Und vorher hatten sie vielleicht an diesem Tisch gesessen. Sicher hatten sie über schwierige Sachen geredet. Da konnte er von Glück sagen, daß er nicht früher in den Storch gekommen war. Womöglich hätte sie ihn an den Tisch geholt, und dann hätte er gesessen und den Mund nicht aufbekommen. Wo er noch nicht mal was zu erzählen hatte. Über Lokomotiven – ja, darüber hätte er stundenlang reden können. Aber das hätte sie bestimmt nicht interessiert. Alle beide nicht. Er war halt ein Lokomotivheizer, und sie waren gebildete Menschen. Also.
Hannes trank sein Glas leer. „Krieg ich noch einen?“ Die Wirtsfrau öffnete die Klappe im Büfett und kam mit dem Bembel an den Tisch. Während sie enschenkte, sagte sie: „Geben Sie mit Ihrer Jacke acht, gell? Der Tisch ist frisch gescheuert. Daß mir kein Ruß draufkommt.“
Dann stand sie wieder hinter dem Büfett, beobachtete ihn, und er dachte: „Da hast du’s.“ So was kriegte der Wilhelmi nicht zu hören, fein angezogen wie der war. Und benehmen konnte der sich. ‚Darf ich Ihnen meinen Arm anbieten?‘ Ja, Mahlzeit. Schon wegen seiner Jacke wäre ihm das nicht eingefallen. Und was hatte der feine Doktor noch gesagt? ‚Aber ich bin doch bei Ihnen.‘ Und sie ließ sich von ihm ‚nach Hause begleiten‘. Hannes dachte: „Und wenn ich ihr das vorgestern angeboten hätt?“ Schön, es war ihm nicht

eingefallen. Aber wozu auch? Wie kam er dazu, mit einer Bürgerstochter durch die Nacht zu rennen? Wenn sie sich traute, allein in den Graben zu kommen, dann konnte sie, bitte sehr, auch allein wieder heimgehen. Und jetzt würde er Kraut mit Kartoffeln essen. Hannes sagte zur Wirtsfrau hinüber: „Ich hätt gern ..."

Er mußte warten mit seiner Bestellung. Die Tür wurde aufgestoßen, und lärmend drängten vier Metzgergesellen herein. Sie redeten laut durcheinander, machten sich am Büfett breit, riefen: „Frau Lindheimer, das war Ihnen vielleicht was!" schwadronierten: „Durch's ganze Quartier haben wir sie gehetzt, die Wühler", und verlangten Apfelwein, einen ganzem Bembel. Mit dem zogen sie dann ins hintere Wirtszimmer, und als sie die Tür hinter sich zugeschlagen hatten, hörte man ihr Geschrei nur noch gedämpft.

„Eijei", sagte Hannes. Und Frau Lindheimer sagte, fast klang es entschuldigend: „Die sind nicht alle so. – Was wollten Sie jetzt?" Hannes sagte es ihr, und sie verschwand in der Küche.

Es hatte wohl nicht nur am Römer Krawall gegeben, und anscheinend hatten die Metzger heute ihren großen Tag. Natürlich waren die meisten Metzgergesellen so wie die vier dort drinnen, das wußte doch jeder. Und die meisten waren groß und stark. Wenn es unter Gesellen Raufereien gab, konnten bekanntlich nur die Schmiede gegen sie ankommen. Aber auch für die war das gefährlich, denn die Metzger trugen in der Regel ihre Schlachtermesser umgeschnallt.

Mit solchen Ochsen hatte das Fräulein Coith sich nun angelegt. Wahrscheinlich hatte sie gar nicht gewußt, was sie tat. Daß die auch Frauen verprügelten, konnte sich diese Bürgerstochter wohl nicht denken. Obwohl sie gebildet war. „Ja, ja, Fräulein Coith", dachte Hannes. „Sowas steht nicht in der Zeitung." Wie oft war er in der Bredouille gewesen. Und? Hätte es ihm genützt, wenn er da in die Zeitung geschaut hätte? Daß er nicht lachte. „Nein, nein, Fräulein Coith", dachte er. „Zeitunglesen ist unnützer Kram." Und wenn er sich's überlegte...

„Ja, Hannes. Was machst du denn hier?" Philipp stand im Eingang der Schankstube.

„Dasselbe könnt ich dich fragen", sagte Hannes.

„Ich hab gehört, der Wilhelmi wär hier. Ich will ihm was ausrichten." Philipp sah sich suchend in der Schankstube um.

„Der ist fort. Und mit ihm..." Hannes brach ab. Was ging das Philipp an? „Ißt du was mit?" Frau Lindheimer kam gerade mit einer Schüssel voll Kraut und Kartoffeln.

„Warum nicht?" Philipp betrachtete die dampfende Schüssel. „Na klar."

Frau Lindheimer musterte ihn, drehte die Augen zur Decke und brachte eine zweite Gabel.

„Bist du vorm Römer gewesen?" fragte Philipp und fiel über die Schüssel her.

„Ja. Nach dem Krawall. Und ich weiß, daß sie außer der Preßfreiheit nichts bewilligen."

„Kann gut sein", Philipp sprach mit Pausen, während er kaute, „daß wir mehr rausholen."

„So? Wie denn?" Hannes nahm seine Gabel auf und hielt mit. „Überall geht die Stadtwehr Patrouille. Und vor der Paulskirche steht Linie."

„Ist bekannt", nickte Philipp und kaute. „Aber die traun sich nicht zu schießen. Das haben wir gemerkt."

„Und wenn sie's doch tun?"

„Das müssen wir riskieren." Philipp schob Hannes die Schüssel zu. „Da. Ich will dir nicht alles wegfressen. Nein, laß nur, ich bin satt." Er zog die Lippen hoch und fingerte zwischen den Zähnen nach Krautresten. „Hannes, ich sag dir was. Ohne die Leut aus den anderen Ortschaften, aus Bockenheim oder Hanau zum Beispiel, ohne die geht's nicht. Und die sind jetzt noch in der Stadt. Wenn die mal draußen sind, sind sie draußen. Ab morgen kommt keine Maus durch die Tore, verlaß dich drauf. Und bis morgen haben die im Römer sich gerappelt. Dann geben sie jedem braven Bürger ein Gewehr, und dann lassen sie auch schießen. Also: Was wir heut nicht rausholen, das kriegen wir nie. Deshalb müssen wir was riskieren. Und deshalb ziehn wir noch mal auf den Römerberg."

„Ohne mich", sagte Hannes. „Wer ist überhaupt ‚wir'?"

„Alle, die die echte Republik wollen. Und die sind eine ganze Menge."

„Na, du jedenfalls muß zum Jost in die Backstube. Und auf den Wilhelmi müßt ihr auch verzichten. Der zieht mit einer jungen Dame durch die Gegend."

„Den Jost laß meine Sorge sein. Und der Wilhelmi ist dabei, verlaß dich drauf. Auch wenn er jetzt was andres vorhat." Philipp beugte sich vor. „Du hast den Wilhelmi mit seiner Frau gesehen? Erzähl doch mal. Sieht sie gut aus? Also, du weißt schon, was ich mein ..." Und Philipp bewegte die Finger, als knete er.

„Philipp! Verdammt!" Hannes schlug mit der Faust auf den Tisch. „Halt's Maul, ja? Und die ist nicht die Frau vom Wilhelmi."

Entgeistert sah Philipp ihn an. Dann sagte er: „Also, Hannes, ich weiß ja, daß du empfindlich bist. Aber übertreib's nicht. Was geht dich die Frau vom Wilhelmi ... Ist ja gut, ist ja gut. Nenn's Frau oder Freundin oder wie du magst, jedenfalls eine, mit der er ins Bett ..."

„Philipp!" brüllte Hannes. „Ich hab gesagt ..." Er verstummte. In der Küchentür hinter dem Büfett stand Frau Lindheimer. Und auch die Tür zur hinteren Wirtsstube wurde geöffnet. Einer der Metzgergesellen sah heraus. Er machte ein überraschtes Gesicht, und dann schloß er die Tür wieder.

„Hören Sie", sagte Frau Lindheimer. „So ein Geschrei, das

geht nicht. Mir reicht's, wenn die da drinnen Lärm machen." Sie hielt inne und lauschte. „Die sind ja plötzlich so still? – Na", sagte sie, „vielleicht sind sie gegangen, durch den Hinterausgang. Bezahlt haben sie ja." Sie griff nach dem Bembel auf dem Büfett. „Mögen Sie noch was?" Und als Hannes den Kopf schüttelte, sagte sie: „Vielleicht später." Sie stellte den Bembel wieder auf das Büfett und verschwand in der Küche.

„Hannes, Hannes." Philipp schüttelte den Kopf. „Du bist ein guter Kerl. Aber was die Weiber angeht – na, lassen wir's. Außerdem: Damit kannst du's halten, wie du magst. Aber wenn's um die Republik geht, und du sagst: ohne mich, also das nehm ich dir übel. Du könntest ruhig mal . . ." Er stockte. Die Tür in die Schankstube wurde aufgestoßen.

„Ei, wen haben wir denn da?" kam es von der Tür. Erstaunt sah Hannes, daß dort einer von den vier Metzgergesellen stand. Und dahinter stand noch einer. Die beiden anderen – die hatten sich vor der hinteren Wirtsstube postiert. Philipp drehte den Kopf hin und her, sein hageres Gesicht war grau. Und dann wandte er sich um, blickte zur Küchentür, aber schon war einer der Metzger zum Büfett gelaufen und hatte sich vor die Klappe gestellt. Grinsend sagte der zu dem großen, gewaltigen Metzger, dem in der Schankstubentür: „Jetzt kannst du anfangen, Glock."

„Ei, wen haben wir denn da?" wiederholte der Metzger Glock und kam zum Tisch gestampft. Er stand, die Arme in die Seiten gestemmt, blickte auf Philipp herab, und Hannes sah, daß der Metzger Glock, wie es die Regel war, sein Schlachtermesser umgeschnallt trug.

Philipp sagte nichts. Er saß unbeweglich, hatte die Lippen zwischen die Zähne gezogen, und seine Augen gingen unruhig hin und her.

„Hat's dir die Sprache verschlagen?" sagte der Metzger Glock. „Bist doch sonst nicht so still, Freundchen? Wer hat

denn am Römer das große Wort geführt, was? Und wer ist wie ein Aff auf den Brunnen geklettert und hat die Fahn angebunden?"
„Ach, das warst du?" sagte Hannes. „Du hast die Fahne aufgesteckt?"
„Du halt dein Maul", sagte der Metzger Glock. „Von dir wollen wir nichts." Er sah wieder auf Philipp. „Und dir, du Aff, sag ich jetzt was. Wir haben uns nämlich was ausgedacht. Und weil wir Menschen mit Gemüt sind –", die Metzger an den Türen und der am Büfett grinsten, „– haben wir uns gesagt: Es muß was sein, was auch dem Herrn Revolutionsmacher gefällt. Was hältst du davon, wenn wir beide es austragen? Das muß dir doch gefallen, du Held. Wir beide machen die Revolution miteinander ab. Hier und jetzt. Und nur mit den Fäusten. Na? Ist das was? – Also los. Komm hoch."
Und Philipp erhob sich. Er wirkte jetzt ruhig, aber Hannes sah, daß sein Gesicht noch grauer geworden war. Langsam ging Philipp in die Mitte der Schankstube und drehte sich um. „Fangen wir an", sagte er. Das klang fest, aber er hatte sich vorher geräuspert. Vor ihm, drei Schritte entfernt, hatte sich der Metzger Glock aufgebaut. Seine Schürze hatte er abgelegt, aber das Schlachtermesser trug er umgeschnallt.
„Was geht denn hier vor?" Frau Lindheimer stand in der Küchentür. „Herr Glock, was gibt denn das? Wollen Sie sich hier schlagen? Also, ich sag Ihnen . . ."
„Sie sind ruhig, Frau Lindheimer", sagte der Metzger Glock, ohne den Blick von Philipp zu wenden. „Das geht Sie nichts an."
„Was hier passiert, geht mich wohl was an. Herr Glock, lassen Sie das. Hören Sie sofort auf. Ich sag's Ihrem Vater."
„Nur zu", sagte der Metzger Glock. „Der freut sich."
Frau Lindheimer stand hinter dem Büfett, rückte am Bembel und schien nicht zu wissen, was sie tun sollte.

Der Metzger Glock ließ sich Zeit. Er stand, leicht vorgebeugt, ließ seine massigen Unterarme locker pendeln, aber seine Fäuste waren geschlossen, und sie schienen schwer wie Vorschlaghämmer. Die Augen hatte er klein gemacht, und unverwandt sah er auf Philipp.
Der hielt die rechte Faust vor sein Kinn, die linke in Brusthöhe, und sie waren verkrampft, mit weißlich hervorstehenden Knöcheln. Auch er stand vorgebeugt, aber das machte der Bäckerrücken, verbogen vom jahrelangen Teigkneten. Hannes wußte, daß in Philipps mageren Armen Kraft saß. Aber es war eine langsame Kraft, eine zum Drücken und Kneten, nicht eine zum Schlagen und Hämmern. Keine Schmiedekraft. Hannes sah auf den mageren Philipp, mit dem er die Kammer teilte, und dann sah er auf den massigen Glock, dachte an die Fahnengeschichte am Brunnen, und er sagte:
„Halt, Glock!"
Die Metzger an den Türen, der am Büfett, Frau Lindheimer, Philipp, alle sahen sie auf Hannes. Aber Glock sah auf Philipp. Und Glock sagte: „Halt du dich raus. Sonst bist du auch dran."
„Gut", sagte Hannes und stand auf. „Aber ich will zuerst."
„Einer nach dem anderen", sagte Glock, ohne den Kopf zu wenden.
„Du hast Schiß", sagte Hannes.
Da drehte sich Glock um. Aus kleinen Augen blickte er auf Hannes, musterte ihn von oben bis unten. Dann sagte er: „Also gut, Schmied. Du zuerst. Aber für dich gelten andere Regeln." Und Hannes sah, daß er sich sein Messer zurechtrückte.
Sie standen sich gegenüber. Hannes dachte: „Ruhig, ganz ruhig." Und er dachte: „Laß dir Zeit. Eins nach dem andern. Und laß dir Zeit, sonst geht's nicht." Glock stand vorge-

beugt, wie vorhin, aber jetzt hielt er die Arme vom Körper ab, und die Hände waren geöffnet. Er stand in Höhe des Metzgers, der am Büfett lehnte, und das war zu weit vorn. „Zurück, Glock“, dachte Hannes. „Na, geh schon.“ Er machte einen schnellen Schritt auf Glock zu, und der wich zurück. „So ist’s gut“, dachte Hannes, „so ist es sehr gut.“ Aber jetzt wurde es Zeit, Glock hatte die Hand am Messergriff.

Hinter Glock war Philipp, und Hannes sah in an, hoffte, daß er begriff, daß er keine Dummheit machte, und winkte mit den Augen. Philipp verstand. Mit zwei Sätzen war er am Büfett, war drüber und stand neben Frau Lindheimer.

Der Metzger am Büfett hob die Klappe, aber Glock sagte, ohne die Augen von Hannes zu nehmen: „Laß nur. Der läuft uns nicht weg. Erst den da.“ Der Metzger ließ die Klappe herab und lehnte sich wieder an das Büfett. „So ist’s recht“, dachte Hannes, während er starr auf Glock sah, „so stehst du gut. – Da!“

Und seine Faust schnellte gegen den Metzger am Büfett, gegen die Schürze, in den Magen, im Schlag war Schmiedekraft, und der Metzger brüllte auf und sackte zusammen. Blitzschnell hob Hannes die Klappe, ließ sie hinter sich fallen und drehte sich um.

Noch stand Glock und glotzte, aber jetzt brüllte er: „Du Hund!“ riß das Messer heraus und stürzte los. Hannes packte den Bembel, riß ihn hoch, da war Glock, ein dumpfknirschender Schlag, und als Glock fiel, polterte das Schlachtermesser auf die Dielen.

Frau Lindheimer stand mit aufgerissenen Augen. Sie zeigte auf die Küchentür. „Da. Da raus, durch den Hof.“

Und Hannes und Philipp rannten los, durch die Küche, durch den dunklen Hof, und Hannes hörte, daß die beiden Metzger hinter ihnen waren, aber da war das Hoftor, und sie rannten am Schlachthaus vorbei zum Main hinunter.

An der Brücke, als sie zu Atem gekommen waren, sagte Philipp: „Au, au. Hab ich Schiß gehabt.“ Er schüttelte sich. „Stell dir vor, ich wär allein in der Schankstube gewesen. Und die Wirtsfrau in der Küche. Die hätten mich zusammengeschlagen und in den Main geschmissen. Kein Hahn hätt danach gekräht.“ Er schwieg. Nach einer Weile sagte er: „Na, jetzt liegen zwei von denen. – Hannes, daß du was machst, das hab ich gehofft, aber nicht geglaubt.“
Hannes sagte nichts.
„Danke“, sagte Philipp.
„Nichts zu danken. Hat mich bloß meinen Brotbeutel mit Kaffeeflasche gekostet. Der ist liegengeblieben.“
Philipp lachte. „Kannst ihn dir ja holen, wenn Gras über die Sache gewachsen ist. Dann kannst du auch bezahlen. Wie sich's für einen ordentlichen Menschen gehört.“
„Laß das“, sagte Hannes.
„War nicht bös gemeint“, sagte Philipp. „Aber, Hannes, eines muß ich dir doch noch sagen: Wahrscheinlich hätten die Metzger uns nicht gesehen, wenn du nicht ein solches Geschrei wegen der Frau vom Wilhelmi gemacht hättst.“
„Hör mal, Philipp. Sie ist wirklich nicht die Frau vom Wilhelmi. Warum sie heut mit ihm gegangen ist, erzähl ich dir ein andermal. Aber das ist die, die heut nachmittag am Brunnen war. Die hat irgendwas mit deiner Fahne zu tun gehabt.“
„Die ist das?“ Philipp ging eine Zeit schweigend neben Hannes. „Du, die hat mir arg gut gefallen. Also, nicht so, na, du weißt schon. Sondern richtig. Arg gut hat mir die gefallen.“
„Kann ich mir denken“, sagte Hannes. „Mir hat sie eigentlich auch gut gefallen. Auch, was sie so sagt.“
„Du kennst die?“ fragte Philipp gedehnt. „Auwei. Ja, dann freilich . . . Die kennst du?“
„Na ja, was heißt kennen. Wir haben miteinander geredet,

vorgestern im Graben. Und sie will Zeitungen lesen mit mir, in einem Lesekabinett auf der Zeil." Und dann sagte Hannes: „Aber ich glaub nicht, daß ich hingeh."
„Bist du verrückt?" Philipp blieb stehen. „Also, Hannes, wenn du da nicht hingehst, dann gehörst du geprügelt."
„Na, ich denk noch mal drüber nach. Komm jetzt. Ich will heim. Und du mußt in die Backstube."
Aber Philipp rührte sich nicht. „Du, Hannes, da hat sich bei mir nichts geändert. Du weißt doch: Was wir heut nicht rausholen, das kriegen wir nicht. Ich geh jetzt dort lang. Und mit dem Jost komm ich klar. Der braucht mich zur Zeit. Dem kannst du sagen: Er soll heut sein leichtes Brot gefälligst allein backen. Sagst du ihm das?"
„Mach ich", sagte Hannes. „Genau so sag ich's ihm."

8

Philipp und seine Genossen holten nichts heraus an diesem Samstag, dem 4. März. Und auch später nicht. Sie hatten einen zweiten Sturm auf den Römer probiert, waren aber gegen die Stadtwehr nicht angekommen, obwohl die auch diesmal nicht geschossen hatte. „Aber gegen Bajonette", sagte Philipp, „was willst du dagegen machen? Da nützen auch Pflastersteine nichts."
Er war erst am Sonntagmittag in die Backstube zurückgekehrt, so lange hatte man ihn auf der Konstabler Wache festgehalten. „Mit ein paar anderen hab ich eine Fahne am Römer aufstecken wollen", erzählte er. „Und wir sind alle eingelocht worden."
Er kam frei, weil eine Amnestie für politische Vergehen erlassen worden war – ein Zugeständnis, das der Senat, neben der Preßfreiheit, den Herren Oppositionsbürgern noch machte, das war auch alles. Was die anderen Forderungen der Adresse anginge, so ließ der Senat durch Maueranschlag verbreiten, – man wäre tätig. Im einzelnen: Die Aufhebung der vom Bundestag erlassenen Ausnahmegesetze, sowie die Einberufung eines allgemeinen deutschen Parlaments – dies wären keine Frankfurter Angelegenheiten. Jedoch bemühte man sich nach Kräften bei der zuständigen Stelle, nämlich dem Bundestag. Schwurgerichte und freie Vereinigung – man würde sobald als tunlich eine diesbezügliche Gesetzesvorlage in Angriff nehmen. Staatsbürgerliche Gleichheit ohne Unterschied des Glaubens – dies erforderte eine Änderung der Verfassung. Darüber müßte man, zusammen mit der Bürgerschaft, gründlich nachdenken. Die allgemeine Volksbewaffnung endlich – die gäbe es bekanntlich in Frankfurt seit mehr als dreißig Jahren.

„Na klar gibt es die“, sagte Philipp. „Ist ja nicht zu übersehen, das ‚bewaffnete Volk‘. Und hab ich's nicht vorhergesagt? Dem letzten Tattergreis haben sie ein Gewehr gegeben.“ Seit Sonntag patrouillierte nicht nur Stadtwehr, sondern auch Bürgerschutzwache. Dazu hatte der Handwerker- und Künstlerverein ‚alle gutgesinnten Bürger‘ aufgerufen, und nun zogen die Herren im Frack mit weißer Armbinde gruppenweise durch die Straßen und hielten Ausschau nach Wühlern.

Vor dem Taunusbahnhof hatten sie einen regelrechten Wachdienst aufgezogen, mit Ablösungen und Wachlokal im Empfangsgebäude. Offenbar befürchtete man, daß Krawallmacher mit der Bahn anreisten. Wie der Senat sich davor fürchtete, merkte Hannes, als noch am Sonntag die Bürgerschutzwache durch Linienmilitär ersetzt wurde. Auch vor dem Bahnhof in Sachsenhausen, wo die Main-Neckar-Bahn endete, stand Linie.

Am Sonntag und während der folgenden Woche hielt man die Tore geschlossen. Wenn Hannes abends vom Taunusbahnhof kam, wurde er am Untermaintor jedesmal bis auf die Haut gefilzt. Und da die Wachsoldaten sich Zeit ließen, wurde es spät, bis er auf seinen Kleiesack kam. Innerlich fluchte Hannes. Gerade in dieser Woche hatte er Schlaf nötig, denn der Blitz fuhr Extra-Touren. Die Main war ausgefallen.

Hannes hatte sich die Lokomotive angesehen, bevor sie nach Kastel in die Werkstatt geschleppt wurde: Die Decke zwischen Feuerkiste und Kessel war durchgeschmolzen. Wie der Heizer erzählte, hätten sie kurz hinter Höchst gemerkt, daß sie Wasser verloren. Sie hätten natürlich gleich angehalten und das Feuer ausgeräumt. Aber da war es schon passiert. Hannes wollte wissen, ob der Lokomotivführer in den vorgeschriebenen Abständen die Probierhähne geöffnet hätte. Und da hatte der Heizer gesagt: „Du fragst wie die von der Verwaltung. Selbstredend hat er das. Das hab ich denen beim Verhör auch gesagt. Aber die haben es nicht glauben wollen. Dabei weiß doch jeder: Du probierst, und es kommt Wasser. Und wenn du das nächste Mal probierst, kommt keins. Weil nämlich in der Zwischenzeit der Kesselboden gerissen ist." Hannes hatte genickt, aber er wußte: Wer so häufig und regelmäßig wie der Ott probierte, dem brannte kein Kessel durch. Wenn der Führer der Main mit den Reparaturkosten und einer Geldstrafe davonkam, konnte der von Glück sagen. Zudem würden ihn die anderen Lokomotivführer schneiden, weil sie wegen seiner Nachlässigkeit Extra-Touren fahren mußten.

Ott allerdings hatte wieder mal seine eigene Meinung. „Zugegeben, der hat nicht aufgepaßt", sagte er. „Aber an den Extra-Touren ist die Verwaltung schuld. Da gehört eine Lokomotive gekauft, die nur für solche Fälle da ist. Die 25 000 Gulden sind drin, bei der ‚glänzenden Geschäftslage', wie es in der Zeitung heißt. Aber nein, da wird gespart. Und warum? Damit die Herren Aktienbesitzer ihre Dividende kriegen." Und weil Hannes fragte, erklärte er: „Die Dividende ist der Gewinnanteil. Was die Taunusbahn verdient, wird aufgeteilt, und jeder, der Aktien hat, kriegt seinen Teil. Was eine Aktie ist, erklär ich nicht, weil der Druck runter ist, und du jetzt schaufeln mußt." Und dann sagte er noch: „Außerdem kann man das in Büchern nachlesen. Und sag nicht, daß du zu dumm dafür bist. Wer den Armengaud studiert, kapiert auch, was Aktien sind."

Während Hannes schaufelte, dachte er: „Den Teufel werd ich tun und mich auch noch um Aktien kümmern."

Um die Politik kümmerte er sich hin und wieder. Eines Abends fragte er Philipp: „Sag mal: Stimmt es, daß ihr von den Juden Geld gekriegt habt?"

„Was? Wer soll Geld gekriegt haben?"

„Die Krawallmacher." Und als Philipp ihn ansah, verbes-

serte er sich: „Die Leut, die den Sturm auf den Römer gemacht haben. Ich hab den Jost so was sagen hören."
„Na, das paßt zu dem. Und zu dir paßt, daß du's glaubst."
„Ich glaub's ja nicht. Aber der Jost hat so getan, als wär das allgemein bekannt in der Stadt."
„So?" Philipp dachte nach. „Also, Hannes, das ist natürlich Quatsch. Wir haben kein Geld gekriegt. Aber wenn das in der Stadt erzählt wird, dann deswegen: Die Frankfurter wollen den Juden das Bürgerrecht nicht geben, genausowenig wie uns. Also schmeißen sie uns in einen Topf. Wir sind die Krawallmacher, und die haben uns mit Geld aufgehetzt."
Ein anderes Mal sagte Hannes: „Du, Philipp, was ist eigentlich in den Jost gefahren. Als ich ihm am Samstag ausgerichtet hab, genauso wie du gesagt hast . . . weißt du? Also, da hab ich vorher gedacht: Den zerreißt der rote Koller. Aber was geschieht? Er sagt nichts. Stell dir vor: nichts. Und auch mit dir brüllt er nicht herum wie früher."
„Ja", sagte Philipp und lachte. „In den ist der Römersturm gefahren."
„Wieso?"
„Schau, Hannes." Philipp schnitt vom Teigtrumm einen Klumpen ab und klatschte ihn auf die Waage. „Die Sachsenhäuser wissen, daß er zu leicht bäckt. Und er weiß, daß sie's wissen. Aber nie werden die ihn drüben in der Stadt anzeigen. Davor braucht er auch in Zukunft keine Angst zu haben. Aber vor etwas anderem."
„Du meinst: Davor, daß sie seinen Laden stürmen? Alles kurz und klein schlagen?"
„Du machst Fortschritte", sagte Philipp.
„Du hast gesagt, er braucht dich. Warum?"
„Ganz einfach", sagte Philipp. „Weil ich der einzige bin, der notfalls bezeugen kann, daß alles seine Ordnung hat. Daß das Brot zufällig zu leicht ist, zu lang gebacken oder was weiß ich."

Hannes sah zu, wie Philipp wog, und fragte: „Warum machst du das? Ich mein: Warum wiegst du zu leicht?"
„Das ist nun wieder eine echte Hannes-Bühn-Frage. Was soll ich denn machen? Der Jost kontrolliert das Mehl. Soll ich welches dazukaufen, damit die Leut ihr amtliches Brotgewicht kriegen?" Philipp lachte. „Außerdem: Mein schönes Druckmittel wär ich dann los."
Als Hannes schwieg, sagte Philipp: „Hör mal. Wenn die Leut den Laden stürmen – gut. Solang sie's nicht tun, benütz ich den Jost. Ich hol mir Zeit raus, wie vergangenen Samstag. Und ich hol mir die Zeit für Versammlungen der Bäckergesellen."
„Ihr versammelt euch? Das habt ihr doch noch nie getan."
„Neuerdings tun wir's", sagte Philipp.
„Und was macht ihr bei euren Versammlungen?"
„Politik. Aber es ist noch nicht spruchreif. Wenn's soweit ist, sag ich dir, was wir vorhaben."
Hannes war froh, daß die Politik beim Dienst keine Rolle spielte – wenn er von den Gesprächen mit Ott absah. Bei der Taunusbahn lief alles regelmäßig und nach Plan, und wenn es Störungen gab, dann wegen durchgebrannter Kessel oder ähnlichem. Sicher, auch wegen der Politik gab es welche. Da ging ein Zug unpünktlich ab, weil ein Deputierter aus Mainz eine Ansprache hielt, da fuhr eine Maschine mit Packwagen und Erste-Klasse-Wagen davon und ließ den Mittagszug stehen, und da waren vor Wiesbaden die Schienen abgedeckt. Aber das waren Störungen, für die die Taunusbahn nichts konnte. Sie kamen von außen und nicht aus dem Dienst.
Nach Wiesbaden fuhren sie wieder regelmäßig seit Sonntag. Die Schienen waren am Samstag freigeräumt worden, damit der Herzog von Nassau nach Hause konnte. Wie Ott erzählte, war der Herzog vom Bahnhof losgegangen, mitten durch die Menschenmenge, bis zum Schloß. Darüber waren die

Bauern wohl so überrascht, daß sie ihm nichts taten. Dann hatte sich der Herzog auf einen Balkon gestellt und gerufen: Ich bewillige alles. Er hatte ohne Wenn und Aber alles bewilligt. „Da haben die Bauern gejubelt", sagte Ott, „und sind heimgezogen. Jetzt schlagen sie nach Herzenslust Holz, jagen und zahlen keine Steuern mehr."
„Zahlen keine Steuern mehr?" fragte Hannes. „Ja, aber auf die Dauer geht das doch nicht. Ein wenig Geld braucht die Regierung. Selbst wenn der Herzog keine Zivilliste kriegt."
„Respekt, Hannes", sagte Ott. „Du kennst dich aus. Das ist richtig. Wahrscheinlich wird es in Wiesbaden eine neue Regierung geben. Aber auch die braucht Geld. Wenn sie das den Bauern klarmacht, dann werden die enttäuscht sein, und es gibt Ärger. Derweil sitzt der Herzog im Schloß und wartet ab. Und seine Zivilliste kriegt er natürlich weiter, vielleicht nicht so viel, aber er kriegt sie. Er muß ja von was leben. Der Fehler ist, daß sie ihn nicht davongejagt haben. Die Franzosen haben es richtig gemacht. Der Louis-Philippe hockt jetzt in England." Und dann sagte Ott: „Es ist ein Jammer. Dreißigtausend Leute, und die lassen den Herzog in seinem Schloß."
Und Hannes sagte: „Das ist wahr. Die hätten den bloß auf einen Rheindampfer zu setzen brauchen, mit Bewachung, und fort wär er gewesen."
Hin und wieder dachte Hannes an das Fräulein Coith. „Teufel, Teufel", dachte er da. „Legt die sich mit Glock und Genossen an." Dann dachte er an den vornehmen Wilhelmi und daran, daß Zeitunglesen wahrscheinlich unnützes Zeug war.
Die Sache mit dem Lesekabinett schob er vor sich her. „Wird sich zeigen", dachte er. „Noch ist viel Zeit."
Am Dienstag putzten sie den Blitz aus, und der Maschinenmeister schickte Hannes in die Stadt, zu Milani in der

Schnurgasse. „Hier ist Geld, und Sie kaufen bitte genau das, was auf der Liste steht.“ Das ‚bitte‘ war dummes Zeug, denn gleich, was der Herr Ingenieur befahl, man tat es. Auch wenn der Ott hinter dessen Rücken grinste wie ein Roß. Auf der Liste standen Dinge wie ‚1 Büchse Artischocken-Böden‘, ‚8 Lot Perigord-Trüffel‘, von denen Hannes nur vermuten konnte, daß sie eßbar waren.
Er kaufte – satte 7 Gulden 18 kostete der Kram –, wickelte Tüten und Büchsen in seine Jacke und trat auf die Gasse. Und da dachte Hannes mit einmal: „Also, wenn der mich in der Dienstzeit seine Artischocken-Böden holen läßt – warum soll ich im Dienst keine Kentuckys kaufen?“ Jawohl. Er würde jetzt zum Schwalm in die Friedberger Gasse gehen, am Eck der Zeil, gegenüber der Konstabler, und seine Zigarren kaufen. Obwohl es bis dort ein Stück zu laufen war. Hannes ging los, und er ging wie jemand, der in aller Gemütsruhe einen beliebigen Einkauf erledigt.
Als Hannes aus der Fahrgasse auf die Zeil kam, blieb er stehen: Vor der Konstabler Wache waren Leute zusammengelaufen, und am Eingangstor drängten sie sich. Hannes ging näher heran. Die Leute redeten aufgeregt miteinander – irgend etwas mußte vor kurzem hier passiert sein. Er fragte einen Schiebkärchner, der an seinem Karren lehnte. Der hatte alles mit angesehen und erzählte bereitwillig. In der Konstabler säßen zwölf Männer arretiert. Ingelheimer aus Rheinhessen. Die wären als Deputierte in Darmstadt gewesen und vorhin vom Bahnhof in Sachsenhausen gekommen. „Und ich hab’s genau gesehen“, sagte der Schiebkärchner. „Sie sind ruhig und friedlich hier über die Zeil gegangen, und schwarze Fräck haben sie angehabt. Aber mit einmal ist eine Patrouille gekommen –“, er sagte: ‚Badrull‘, „– eine von der neuen Bürgerwach. Und die sind über die Ingelheimer her, haben sie geprügelt und geschrien: ‚Aus der Stadt mit den Wühlern.‘ Und dann sind Gendarmen gekommen,

die haben die Ingelheimer auch geprügelt und dann arretiert."
„Aber warum denn?" fragte Hannes. „Wenn sie friedlich waren?"
„Ja", sagte der Schiebkärchner. „Die haben eine Fahn mitgehabt, so eine schwarz-rot-goldene. Und die ist's gewesen. Deswegen sind die Herrn von der Bürgerwach wild geworden."
Hannes schaute noch eine Weile, aber da es außer den Leuten vor der Wache nichts zu sehen gab, kaufte er seine Kentuckys und machte sich auf den Weg zum Taunusbahnhof.
Unterwegs dachte er über den Vorfall nach. Daß die Bürgerwache wild wurde, wenn sie eine schwarz-rot-goldene Fahne sah, das war klar. Philipp und seine Genossen hatten sie aufstecken wollen, sogar am Römer, sie war die Fahne der Wühler. Aber auswärtige Bürger dachten darüber offenbar anders: Die würdigen Herren der Mainzer Deputation hatten Schwarz-Rot-Gold sogar am Zylinder angesteckt. Und auch die Ingelheimer waren sicher ordentliche Bürger. Außerdem: Warum eigentlich Schwarz-Rot-Gold? Warum keine anderen Farben?

Louise saß auf ihrem Sofa, sah Frau Schmidt an und dachte: „Die mit ihrer penetranten Neugier." Sie sagte: „Frau Schmidt, nun bitten Sie mich zum driten Mal in zwei Tagen."
„Ich hätt's so gern gewußt", sagte Frau Schmidt. „Warum wollen Sie nicht erzählen, wie's auf dem Römerberg war?"
Louise dachte: „Ja, warum eigentlich?"
„Bitte", sagte Frau Schmidt mit gefalteten Händen.
„Ein wenig Geduld, Frau Schmidt", sagte Louise. „Ich muß mich sammeln." Und sie dachte: „Ja, warum willst du ihr's

nicht erzählen?" War es ihr unangenehm, Frau Schmidt sagen zu hören: ‚Ich hab's Ihnen ja gesagt?' Ein wenig. Aber nicht deshalb wollte sie über die Brunnengeschichte lieber schweigen. Sondern weil sie sich eingestehen mußte, daß sie naiv gewesen war. Sie hatte am Brunnen gestanden und die Vorgänge klarsichtig beurteilt. Noch den Tumult während des Sturmes auf den Römer, selbst den Bajonett-Aufmarsch der Stadtwehr hatte sie nüchtern beobachtet. Aber sie hatte alles falsch gesehen. Denn sie hatte eines nicht gekannt: Die Gewalt, die knochenbrechende, blutige Gewalt. Sie hatte gewußt, daß es die gab, aber das war unwirkliches Buchwissen gewesen.

Der Metzgergeselle Glock hatte sie ahnen lassen, was wirkliche Gewalt war. Und als sie begriffen hatte, daß alles Geschehen auf dem Römerberg mit dieser Gewalt durchsetzt gewesen war, daß sie auch in der Überheblichkeit lag, mit der der Senat die Dame Justitia verfallen ließ, ja, selbst im Papierknäul, das dem kleinen Herrn Oehler zugedacht war, und daß sie es nicht einmal geahnt hatte, da hatte sie sich geschämt.

Sie schämte sich, wie sie mit ihrer Ahnungslosigkeit und Naivität Menschen beurteilt und verurteilt hatte. Da konnte sie nehmen, wen sie wollte. Wilhelmi, beispielsweise. Als er vor dem Römereingang gestanden hatte, hinter sich die Säbel der Gendarmen, da hatte sie gedacht: ‚Die Säbel braucht er als Kulisse.' Und als Frau Schmidt gegangen war, aus Angst vor Krawall, da hatte sie überheblich lächelnd gesagt: ‚Sie ist etwas ängstlich.'

Louise sah auf Frau Schmidt, die erwartungsvoll die Hände unter dem Kinn gefaltet hielt, und dachte: „Ob sie weiß, was wirkliche Gewalt ist?" Dann dachte sie: „Also nun erzähl's ihr schon. Du hast sie hingehalten, und nun mußt du." Und dann: Sie brauchte es nicht ausdrücklich zu sagen. Aber wenn sie vom Metzgergesellen Glock erzählte, gab sie zu,

daß sie naiv gewesen war. Und das war sie Frau Schmidt schuldig. „Gut", sagte Louise. „Ich erzähl's Ihnen."
„Oh ja." Frau Schmidt rückte auf die Stuhlkante vor. „Schön ausführlich, ja?"
Und Louise erzählte ausführlich, was sie am Brunnen gesehen und erlebt hatte.
Als sie geendet hatte, rang Frau Schmidt eine Zeit stumm die Hände. Endlich brachte sie hervor: „Sehen Sie? Ich hab's Ihnen gesagt."
„Ja, das haben Sie", sagte Louise ernst. „Und ich habe darüber gelächelt, weil ich es nicht verstanden habe."
Frau Schmidt sah sie an. „Nehmen Sie's mir nicht übel, Fräulein Coith, aber das habe ich mir gedacht. Schauen Sie: Sie sind eine Professorstochter, und Sie kennen die Leut nicht. Mein Vater war ein einfacher Schullehrer in Oberrad. Also, das ist natürlich schon was, aber wie er dann gestorben ist, da . . ." Frau Schmidt sah vor sich hin. „Na, lassen wir's", sagte sie dann. „Aber jetzt, Fräulein Coith, wo Sie das mit dem Metzger erlebt haben, jetzt gehen Sie nicht mehr zu so was. Jetzt bleiben Sie daheim, nicht wahr?"
„Das glaube ich nicht", sagte Louise. Sie schüttelte den Kopf. „Nein. Ich werde vorsichtiger sein, aber ich werde gehen."
Und sie ging. Vormittags oder am späten Nachmittag, wenn sie die Bethmannkinder auf Französisch und in spielerischer Weise unterrichtet hatte, ging sie in die Stadt und sah sich um. Sie sah, daß die Frankfurter Revolution gründlich daneben gegangen war. Besser: Es hatte keine gegeben. Mochten die Frankfurter Bürger vor dem 4. März mit ihrer Regierung unzufrieden gewesen sein, hin und wieder wenigstens, so schienen sie jetzt mit dem Senat in herzlichem Einvernehmen zu stehen. Zum Dienst in der neuen Bürgerschutzwache hatten sie sich offenbar gedrängt – die Stadt wimmelte von Patrouillen.

Wo mehr als drei Handwerksgesellen beisammen standen, da war auch schon eine zur Stelle und ging mit Kolbenstößen vor. Auch die Metzger patrouillierten, sofern sie nicht dem Löschbataillon angehörten, als Bürgerschutzwache. Allerdings trugen sie keine Gewehre auf der Schulter, sondern scharf geschliffene Schlagbeile. Und konnte man befrackte Herren mit verrosteten Gewehren irrtümlich als harmlos empfinden, die Metzger nicht. Ein Metzger würde sein Schlagbeil ohne Zögern benutzen, so wie er es im Schlachthaus tat.

Am Mittwoch sah Louise bei einer Metzgerpatrouille den Gesellen Glock. Sein Kopf war stark bandagiert, und sie dachte mit einem gewissen Vergnügen: „Na, da hat ihm einer was auf's Haupt gegeben."

9

„Sechs Kreuzer?“ fragte Hannes. „Ja, wofür denn?“
„Eine, wie Sie zugeben müssen, geringe Eintrittsgebühr“, sagte das Männlein im schwarzen Samtjäckchen, von dem Hannes vermutete, daß es Herr Oehler war. „Zwar ist es begrüßenswert, wenn auch unsere unteren Volksklassen lesen, aber ich muß das Lesekabinett kostendeckend betreiben.“
„Kostendeckend?“ fragte Hannes. „Na, hier haben Sie.“
„Dort bitte. Sie sind der einzige Besucher zur Zeit.“
Hannes stieg die drei Stufen hoch und blieb in der Tür stehen. Tja. Was hatte er erwartet? Das hier jedenfalls nicht. Wie die Wohnstube bei Schmiedemeisters sah es aus. Da hinten an der Wand stand sogar ein Kanapee. Und ein Teppich war ausgelegt. Freilich, drei runde Tische mit Stühlen drumherum stellte sich keiner in die Wohnstube. Die erinnerten mehr ans Wirtshaus. Auch die Bank neben dem Fenster. Auf die wollte er sich setzen. Links neben dem Eingang an der Wand waren die Zeitungen. Man hatte lange Borde angebracht, mehrere übereinander, vom Fußboden bis in Augenhöhe. Sie waren leicht schräg gestellt, und die Zeitungen lagen darauf. Eine ganze Menge, zugegeben. Trotzdem waren sechs Kreuzer etwas happig. Jetzt kostete ihn der Spaß schon 1 Gulden 30.
Für 1 Gulden 24 hatte er heute morgen ein Hemd gekauft, hellblau mit braunen Streifen. Hannes dachte, daß es gut zu seiner braunen Extra-Jacke paßte. Die hatte er schon eine Ewigkeit, auch die dunkelgrünen Hosen. Aber da er sie so gut wie nie trug, waren sie sauber und ordentlich. Sein rotes Halstuch hatte er heute morgen gewaschen, es war noch feucht. Und dann gackerte das Männlein da vorn im Laden

was von ‚unteren Volksklassen‘. Vermutlich wegen der Schildkappe. Na, egal. Ihr war ja bekannt, daß er kein feiner Doktor war. – Wenn sie nun gar nicht kam?
Gut möglich, daß sie es inzwischen vergessen hatte. Schließlich war es anderthalb Wochen her, daß sie ihm das Zeitunglesen angeboten hatte. Aber enttäuscht wäre er doch. Er war extra früh gekommen, damit sie sich nicht verpaßten. Für die Wartezeit hatte er Kentuckys mitgebracht. Da, jetzt hatte er vergessen zu fragen.
Hannes sah in den Laden. „Darf man rauchen?“
„Bitte, gern. Viele Besucher meines Kabinetts rauchen. Bis vor einiger Zeit kam sogar eine Dame, die rauchte.“
Eine Dame, die rauchte. Mahlzeit. Na, was ging es ihn an. Hannes legte die Hände auf den Rücken und besah sich das obere Bord. ‚Frankfurter Journal‘. Daneben: ‚Dida . . .‘, Teufel auch, ‚Didaskalia‘. Unter einem ‚Deutschen Zuschauer‘ konnte man sich wenigstens was vorstellen. Auch unter ‚Der Freistädter‘. Hannes las: ‚Unzensiertes Lokalblatt für Frankfurter Angelegenheiten. Fortsetzung der Gemeinnützigen Chronik‘. Na, da hatte aber einer sein Blättchen fix umgetauft. Und hier, das waren ausländische Zeitungen. Vermutlich französische. Ja, manche Worte sahen ähnlich aus wie ‚Armengaud‘. Das ‚Intelligenzblatt‘. Hannes nahm die Hände vom Rücken und schlug es auf. Nein, nicht hier. Mit dem wollte er sich's drüben bequem machen.
Er nahm einen Teller vom Tisch, stellte ihn neben sich auf die Bank und steckte sich eine Kentucky an. Dann schlug er die Beine übereinander und blätterte. Da war die Spalte Bekanntmachungen. Na, nun wollte er sehen, ob die Zunft fleißig war.
‚Ein schwarz und weiß geflecktes Wachtelhündchen, auf den Namen „Zampa“ hörend, hat sich verlaufen; gegen Belohnung abzugeben. Wo? sagt das Comptoir des Intelligenz-

blattes'. Hannes lachte still vor sich hin. Gut möglich, daß er Zampa angelockt hatte. Das mußte er ihr übrigens erklären. Wo sie nur blieb? Er hatte keine Uhr, aber fünfe war es jetzt wohl.

Fünf. Louise steckte die Uhr wieder in den Handbeutel zu den Viktorias, die sie gewohnheitsmäßig eingepackt hatte. Ein Lokomotivheizer sollte eigentlich pünktlich sein. Ein Weilchen würde sie noch bleiben, hier, an der Ecke des Oehlerschen Ladens. Einer der Droschkenkutscher sah häufig zu ihr her. Und Louise hatte ihn im Verdacht, daß er sie für eines der Mädchen hielt, die auf Männer warteten.

Wenn sie sich verspätete, war das nicht so arg. Hier ließ sich's aushalten. Hannes streifte Asche ab und blätterte. „Ja, jetzt schau dir das an", dachte er. Jede Menge Anzeigen. Und alle für das gleiche. ‚Schwarz, Rot, Gold! Unseres teuren Vaterlandes National-Farben empfiehlt in niedlichen Kokarden Georg A. Schneider.' Hannes blätterte. Schwarz-rot-gold-Band, Kordel, Börsen, Rosen-Bukettchen für die Damen und hier sogar wohlriechende Seife. Alles in schwarz-rot-gold. Daß die Leute über diese Farben mit einmal anders dachten, hatte Hannes schon gewußt. In der Stadt sah man sie jetzt alle Naselang. Sogar die Bürgerwache trug sie. Mittags hatte er Philipp gefragt, aber der war lang nicht aus der Backstube gekommen und konnte nichts genaues sagen. Immerhin wußte er, daß vorgestern die schwarz-rot-goldene Fahne am Bundestag aufgezogen worden war.
Hannes sah in das Intelligenzblatt. Vorgestern aufgezogen und heute schon der Kram in den Anzeigen? Nein, so fix waren auch die Frankfurter Händler nicht. Da mußte vorher was passiert sein. Das würde er gleich fragen, wenn sie kam. Allerdings: Langsam fing er an zu glauben, daß sie es verges-

sen hatte. Ein wenig hatte er das ja gewußt. Einen Heizer vergaß man halt leicht.

Er kam nicht. Allmählich mußte sie zu einem Entschluß kommen. Die Blicke des Kutschers wurden unangenehm. Jetzt grinste er sogar herüber. Louise wendete sich um. Sie würde hier die Schlimmauer entlang gehen, dann brauchte sie nicht an dem vorbei. Schade. Sie hatte sich gefreut auf den Heizer Hannes mit dem sanften Gesicht. Vermutlich hatte er es sich überlegt. Schon im Gräberschen Lokal hatte er ja gezögert. Daß er sich so verspätete, war unwahrscheinlich. Von einem Lokomotivheizer war eher anzunehmen, daß er zu früh kam.
Zu früh? Louise blieb stehen. Das war natürlich möglich. Es war sogar gut möglich, daß er schon im Lesezimmer saß. Auch du lieber Himmel. Sie sah zum Kutscher. Nein, in der Nähe des Ladens konnte sie nicht mehr warten. Und es dämmerte. Also: Entweder hinein zu Herrn Oehler, dem sie die Jahreskarte auf den Tisch geworfen hatte, oder nach Hause.

Hannes erhob sich. Das hatte er ja gewußt, ganz genau hatte er es gewußt. Weiß der Teufel, was sie gerade mit wem trieb. Ihn hatte sie jedenfalls vergessen. Oder sie hatte es sich anders überlegt. War auch möglich, aber egal. Scheißegal. Er knallte das Intelligenzblatt auf das Bord. Jetzt hatte er eine Stunde von seinem kostbaren freien Tag vertan. In der Kammer hätte er liegen können und ... Das war die Ladentür. Hannes lauschte.
„Ah, das Fräulein Coith", hörte er. „Ich begrüße Sie. Darf ich Ihnen sagen, daß ich mich freue?"
Dann hörte er sie. „Herr ... Also, Herr Oehler ..." Was stotterte die so?
Jetzt wieder das Männlein: „Ich dachte schon, Sie wären mir

ernsthaft böse. Na, nun ist es gut. Sehen Sie? Hier habe ich Ihre Karte bereitgelegt."

Und sie: „Herr Oehler, Sie irren sich." Das war jetzt so flüssig, wie er's von ihr erwartete. „Die Karte habe ich mit Überlegung zurückgegeben. Ich bin lediglich gekommen, um jemanden abzuholen. Ist ein junger Mann im Lesezimmer?"

Vom Männlein hörte er nichts, aber der hatte wohl genickt, denn jetzt erschien sie in der Tür. Sie hatte dasselbe Kleid an wie im Graben, und sie lächelte genauso, wie er's in Erinnerung hatte.

„Da sind Sie ja", sagte sie. „Wissen Sie, daß wir uns beinah verfehlt hätten? Aber nun los."

„Wohin?" fragte Hannes und schaute. Hübsch sah das aus, wenn sich ihre Mundwinkel vertieften.

Sie blickte hinter sich in den Laden, und dann kam sie näher.

„Ins Café Hollande", sagte sie. „Dort gibt es auch Zeitungen."

„Ins Café Holland?" fragte er gedehnt. Er wußte, wo das war. Ganz feines Lokal, das sah man schon von außen. Na schön. Sie hatte wohl Ärger mit dem Männlein. Hannes sah sich in der Lesestube um, und dann blickte er zur Bank. Aber ihn hatte sie warten lassen. Und jetzt kam sie und sagte einfach ... „Nein", sagte er. „Wenn's Ihnen recht ist, möcht ich hier bleiben."

„Sie möchten ..." Überrascht sah sie ihn an. Sie schien zu überlegen. Dann sagte sie: „Warum, verdammt, eigentlich nicht?" Sie hatte ‚verdammt' gesagt. „Ja, warum nicht?" Jetzt sprach sie laut. „Ich werde dies Lesezimmer noch ein einziges Mal benutzen." Und zu Hannes sagte sie: „Schön, setzen wir uns." Sie steuerte das Kanapee an. Die wollte mit ihm aufs Kanapee.

„Hören Sie", sagte er. „Zum Zeitunglesen ... Geht das nicht besser am Tisch?"

Aber sie saß schon. „Ich möchte gern hier sitzen. Wenn es Ihnen recht ist. Ich bin jetzt dran mit Wünschen."
Da lachte er und ließ sich nieder. Und weil es ein Kanapee für zwei war, saß er neben ihr. Dann stand er noch mal auf und holte den Ascheteller. Na, die hatte er vorhin gründlich zerquetscht. Er steckte sich eine neue Kentucky an. Den Ascheteller hatte er vor sich auf den Teppich gestellt. Sich zurücklehnend und Rauch von sich blasend, sah er, daß sie schnupperte. „Oh, verflucht", sagte er und setzte sich gerade. „Jetzt hab ich zu fragen vergessen." Er beugte sich vor. „Tut mir leid." Und er wollte die Kentucky auf dem Teller ausdrücken.
„Um Himmels willen, nicht!" Sie beugte sich vor und hielt ihn zurück: Sie hielt ihn am Handgelenk zurück. Und Hannes sah auf ihre Hand, ihre Hand ohne Schmuck, fühlte, daß sie warm war, und dann drehte er den Kopf. Ihr Gesicht war dicht vor seinem, und er sah, daß sie rot wurde. Auch er spürte sein Gesicht. Hastig richtete er sich auf, sie gleichfalls, und dann saßen sie und sahen geradeaus.
Nach einer Weile hörte er, wie sie sich räusperte. „Wie auch immer", sagte sie, „rauchen Sie bitte weiter. Und ich hoffe –", Hannes sah, daß sie in ihrem Handbeutel kramte, „– daß Sie nur mäßig überrascht sind, wenn ich mir auch eine anstecke." Sie sah ihn an. „Zumindest könnten Sie freundlicherweise so tun, als machte es Ihnen nichts aus."
Er hatte wohl ein ziemlich blödes Gesicht gemacht, und hastig sagte er: „Nein, nein. Bitte gern." Also sie war das. Teufel nochmal. Mit der stolperte man von einer Sache in die andere. Und ihre Zigarre steckte sie sich an wie ein Wirtshausbruder. Dünne, schwarze rauchte sie. Aber wenn man einfach nur so schaute und sich gar nichts groß dabei dachte, dann mußte er sagen: Irgendwie paßten die Dinger zu ihr. Also – wenn es ihr Spaß machte? Und die roch gut, ihre Zigarre.

„Was ist das für eine?“ fragte er.
„Eine Viktoria“, sagte sie und rauchte. „Und bevor Sie wieder ein Gesicht machen, sage ich Ihnen: Ja, es sind die ganz teuren zu vier Kreuzer. Eigentlich kann ich sie mir nicht leisten. Aber ich spare an anderem.“
„Am Essen, nicht? Wie wohnen Sie denn? Ich meine: Haben Sie eine Kochgelegenheit?“
„Ich erinnere mich dunkel“, sagte sie und stand auf, „daß wir Zeitungen lesen wollten.“

Louise stand vor dem Bord, sah auf die Zeitungen und dachte: „Holterdipolter, wieder einmal.“ Sie hatte bremsen müssen. Nicht den Heizer Hannes. Der wollte wirklich nur wissen, ob sie kochte. Er war kein Doktor Wilhelmi. Der hätte das ausgenutzt. Aber mit ihm hätte es sich nicht ergeben, sie hätte sich gehütet. Weil sie vor Hannes nicht auf der Hut sein mußte, ging das mit ihm so holterdipolter. „Und?“ dachte Louise. „Warum nicht?“ Na, das war vielleicht gefragt.
„Es ist wie früher“, dachte Louise. „Wie im Winter am Schloßberg. Wie auf dem Rodelschlitten.“ Sie saß auf dem Schlitten, und der sauste, der Wind nahm ihr den Atem, und es war herrlich. Durchaus wollte sie nicht bremsen. Obwohl sie wußte, daß der Schlitten zu geschwind war, daß es ein Unglück geben würde. „Also sieh zu“, dachte Louise, „daß du den Schlitten beizeiten anhältst.“ Sie nahm das Frankfurter Journal vom Bord und kehrte zum Sofa zurück.
„Ich hab mir was überlegt“, sagte er, als sie sich setzte. „Nämlich ... Wissen Sie noch, was Sie mir im Graben gesagt haben? Wegen Ihrem Namen?“
Richtig. Das mit der Mamsell mußte sie erklären. Sie nickte.
„Wenn es Ihnen recht ist“, sagte er, „dann sag ich ab jetzt Louise zu Ihnen.“

Au. So plötzlich?
„Schaun Sie“, sagte er. „Ich kenn Sie jetzt so lang ...“ Sie hatte ihn wohl fragend angesehen, denn er sagte: „Also, nicht direkt. Aber vom An-Sie-denken ... Also, ich mein ...“ Er wurde ein wenig rot und sah vor sich auf den Teppich. Nach einer Zeit sagte er: „Außerdem hab ich Sie gesehen.“
„Ah, ja?“
„Ja.“ Jetzt sah er ihr ins Gesicht. „Mit dem Herrn Doktor Wilhelmi.“
Ausgerechnet. „Hören Sie“, sagte sie. „Er hat mich begleitet, als Schutz, einer unerfreulichen Sache wegen, aber nur bis zum Friedberger Tor. Und ich hab ihn seitdem nicht wieder ...“ Sie brach ab. Was redete sie da? Das klang ja, als wollte sie sich rechtfertigen, vor ihm. Wie kam sie dazu? „Wie auch immer“, sagte sie, „Sie nennen mich Louise. Und ich Sie Hannes.“ Sie blätterte das Journal auf. „Und nun ... Tja. Also, haben Sie irgendwelche Fragen?“
„Klar“, nickte er. „Aber bevor ich's vergeß: Ich muß Ihnen was sagen. Das Wachtelhündchen, da im Graben, ich wollt's wirklich nicht stehlen.“
„Sie haben es doch angelockt, nicht? Und Sie haben sich vorher umgesehen.“
„Richtig“, sagte er. „Das muß man machen, bevor man ... Aber ich hab nur probieren wollen. Schwer zu erklären. Da müßt ich erzählen, von früher. Also ... Wollen Sie's hören?“
„Sicher.“ Sie legte das Journal zusammen. „Zum Lesen ist's ohnehin zu dunkel. Ich werde eine Lampe holen. Aber jetzt erzählen Sie erstmal.“
Und er erzählte. Er erzählte von Bettlern, von Hunden, vom Altegaßquartier, und sie hörte zu. Was sie hörte, war ihr bekannt. Man sah sie ja auf der Straße, die Bettler, man wußte, daß man den Hund nicht aus den Augen lassen durfte, und

man wußte vom Elend in bestimmten Quartieren. Aber hier saß Hannes und erzählte und hatte es erlebt. Einer dieser kleinen, zerlumpten Jungen, die so hartnäckig bettelten, und die man bedauerte, die aber doch recht lästig waren – nun war es Hannes gewesen. Hannes erzählte, wie ihm die Erinnerung kam – manchmal ging es etwas durcheinander, und sie fragte nach –, er erzählte einfach, auf keine Pointe hin, machte kein Wesen, aber sie dachte: „Mein Gott." Und weil sie fragte, erzählte er auch, wie er zu den Bettlern gekommen war, und daß er vorher bei einem Maurer in Pflege war. Davon erzählte er wenig. Aber als er geendet hatte und schwieg – im Lesezimmer war es dunkel geworden –, da saß sie und brachte kein Wort heraus.
Nach einer Weile fragte er: „Was ist?"
„Hannes..." Und dann mußte sie aufstehen. Denn das ging nicht und war absolut unmöglich, und außerdem war vorn im Laden Herr Oehler.
Sie trat in die Tür. „Kann ich bitte eine Lampe haben?"
Herr Oehler entzündete eine und gab sie ihr, schweigend, und Louise dachte: „Jetzt müßte ich mich fragen, was er von mir hält. Von einer, die allein mit einem jungen Mann im dunklen Zimmer auf dem Sofa sitzt."
Hannes stand mit dem Journal neben einem der Tische und sagte: „Wir müssen uns hierher setzen. Am Kanapee kann man die Lampe nicht stellen." Das war richtig. Aber Louise dachte: „Er hat den Schlitten angehalten."

Hannes hatte auf dem Kanapee gesessen, sie in der Tür stehen sehen, und hatte gedacht: „Sie ist der erste Mensch, dem ich's erzählt hab." Niemand hatte bisher von seiner Bettlerzeit zu hören bekommen. „Maulhalten", dachte Hannes. „Das haben sie in uns reingeprügelt." Jeder Bettlerbub kannte die Regel: Nie, aber auch nie zu gestehen, zu erzählen, und gegenüber Gendarmen und allen, die nicht zur

Zunft gehörten, zu schweigen. „Dann, mit neun, im Arbeitshaus“, dachte er, „da haben sie mir das Reden beigebogen.“ Aber über die Bettlerzunft hatte er nie gesprochen, auch später nicht, selbst zu Justine nicht. Der hätte er es erzählen können, und vielleicht hätte er es getan, wenn sie sich länger gekannt hätten. Bestimmt sogar. Mit einmal merkte Hannes, daß er an Justine dachte. Er dachte an Justine. Da hatte er die Zeitung genommen und war aufgestanden. „Das kommt davon“, hatte er gedacht, „wenn man auf dem Kanapee sitzt.“ Und jetzt wollte er endlich hören, was es mit dem Schwarz-Rot-Gold auf sich hatte.
„Sie haben vorhin wissen wollen, ob ich eine Frage hätt“, sagte er und ließ sich am Tisch nieder, auf den sie, etwas zur Seite, die Lampe gestellt hatte. „Also: Was ist in die Leut gefahren? Warum rennen die auf einmal alle mit Kokarden rum?“
Sie saß ihm gegenüber und lächelte. „Erinnern Sie sich, was Sie im Gräberschen Lokal gesagt haben? ‚Der politische Kram, also, ich halt mich da lieber raus.‘ Das waren Ihre Worte.“
„Ja, hab ich wohl gesagt.“ Hannes strich die Zeitung glatt. „Und das wissen Sie noch so genau? Hm. Na, es ist halt viel passiert in der letzten Zeit. Also, erzählen Sie mir's?“
„Gern. Aber da muß ich ausholen. Das hängt nämlich mit den Vorgängen in ganz Deutschland zusammen. Haben Sie ein wenig Geduld?“
„Klar“, sagte er und lehnte sich zurück.
Und nun erzählte sie. Hannes hörte zu und wunderte sich. Einmal darüber, was sie alles im Kopf hatte. Dann aber auch, was da überall passierte. Ein wenig wußte er schon vom Graben her, zum Beispiel, daß es auch in Kurhessen losgegangen war. Dort hatte inzwischen der Kurfürst nachgeben und alle Forderungen bewilligen müssen. Die Hanauer hatten angefangen, die in Kassel mitgemacht, und wie

in Wiesbaden hatten sie in Massen vorm Schloß gestanden, wenn auch nicht so viele. Die Forderungen waren übrigens so ähnlich wie die in Frankfurt. Auch die in anderen Ländern. „Natürlich", sagte sie, „gibt es da und dort Besonderheiten."

Hannes nickte. „Wie in Nassau. Da ist es der Wald."

„Oh", sagte sie und schien überrascht. „Sie haben während der letzten Tage angefangen, Zeitung zu lesen?"

„Nein", sagte er. „Der Ott hat's mir erzählt. Der ist mein Lokomotivführer, und der weiß Bescheid. Und den Herzog von Nassau hab ich gesehen. Erzählen Sie weiter?"

Sie erzählte von Besonderheiten in anderen Ländern. In Bayern war es eine spezielle Forderung, daß die Mätresse des Königs Ludwig fort müßte. Hannes fragte nach, und sie redete ein Weilchen herum, bis er schließlich sagte: „Also: Den Leuten hat nicht gepaßt, daß der König mit dieser Frau seine Zivilliste durchbringt."

Und da hörte Hannes sie zum ersten Mal richtig lachen. Sie lachte laut, gar nicht verdrückt, und sie legte dabei sogar den Kopf zurück. Auch Hannes lachte, denn er wußte, daß sie nicht über ihn, sondern über das lachte, was er gesagt hatte. Dann wurde sie ernst und sagte: „Wissen Sie, daß man's nicht besser zusammenfassen kann? – So, jetzt will ich's kurz machen, damit wir zu Schwarz-Rot-Gold kommen."

In mehreren Ländern gab es jetzt schon neue Regierungen, in Hessen-Nassau, in Hessen-Darmstadt, in Baden, übrigens auch in Bayern und in Württemberg. „In den anderen Staaten werden sie mit Sicherheit kommen", sagte sie. „Zum Beispiel im Königreich Hannover, in Sachsen, in Preußen . . ."

„Preußen ist groß, nicht?" fragte er.

„Ja", sagte sie. „Preußen und Österreich sind die größten deutschen Staaten. Und erst, wenn dort die Revolution gesiegt hat, kann es ein deutsches Parlament geben."

„Ja, ein deutsches Parlament", sagte er. „Was ist das überhaupt? Ich meine: Daß dafür Leut gewählt werden, das weiß ich. Aber wie geht das? Und was machen die dann? Ist das dann die deutsche Regierung?"
Sie lachte. „Langsam, langsam. Also..."

„Sieh an, der Hannes", dachte sie. „Mächtig interessiert an der Politik. Oder an mir." Na, das klang ziemlich eingebildet. Und war es natürlich auch. Denn sicherlich hatte er einiges gesehen und erlebt, was ihn nachdenklich gemacht hatte. Darüber hätte sie gern mehr gewußt. Dieser Ott war es wohl nicht allein. Na, nun sag ihm, was ein Parlament ist. Und Louise erklärte, wie vermutlich gewählt werden würde, nämlich ‚allgemein', was hieß, daß alle ohne Unterschied eine Stimme hatten und daß alle Stimmen gleich zählten. Sie erklärte, was unter einem Kandidaten und unter einem Parlamentsmitglied zu verstehen war, wie die Gesetzgebung funktionieren würde, und wodurch sich Parlament und Regierung unterschieden. Dann sagte sie: „So stelle ich mir das vor. Und viele andere auch. Vermutlich wird es so kommen."
Er schüttelte den Kopf. „Glaub ich nicht."
„Warum?"
„Wissen Sie, was das wär? Das wär die Republik. Und Sie glauben wirklich, daß die Bürger Leut wie mich wählen lassen?"
Dieser Hannes. Voller Überraschungen. „Schön", gab sie zu. „Es gibt eine Menge Bürger, die das tatsächlich nicht wollen. Aber Sie müssen wissen, daß die nicht überall so zahlreich sind wie hier in Frankfurt."
„Weiß ich", nickte er. „Zum Beispiel in Mainz. Und in Ingelheim."
„Hannes!" rief sie. Und als er sie überrascht ansah: „Ich habe Sie im Verdacht, daß Sie heimlich Zeitung lesen."

„Ehrlich nicht“, versicherte er. „Wie kommen Sie darauf?“
„Weil just wegen einer Ingelheimer Deputation die Frankfurter sich auf Schwarz-Rot-Gold besonnen haben. Das ging durch alle Zeitungen.“
„Also wegen der Geschichte an der Konstabler Wache?“ fragte er. Sie sah ihn an, und da sagte er eilig: „Weiß ich nicht aus der Zeitung. Grad, nachdem's passiert war, bin ich vorbeigekommen. Jetzt bin ich aber gespannt. Erzählen Sie.“
„Nun, das ist schnell getan, wenn Sie den Vorfall schon kennen.“ Sie stand auf und holte zwei Nummern des Frankfurter Journals. „An den folgenden beiden Tagen sah das in der Zeitung so aus.“
„Eijei“, sagte er. „Wie im Intelligenzblatt.“
„Wieso dort?“ fragte sie.
Da ging er, brachte das Intelligenzblatt und zeigte ihr die Überschriften ‚Schwarz-Rot-Gold‘. „Aber hier im Frankfurter Journal“, sagte er, „das sind keine Anzeigen. ‚Erklärung‘ steht hier. Ja, das sind lauter Erklärungen mit Namen drunter. Da ist ja auch der Jucho.“
„Ja“, nickte sie. „Der hat damit angefangen.“
„Mal sehn“, sagte er und las, wobei er die Lippen bewegte. Plötzlich sagte er: „Der lügt ja. So ist das nicht gewesen an der Konstabler. Und ob die ‚mißhandelt‘ worden sind, die Ingelheimer. Man hat sie verprügelt.“
„Ach?“
„Ja. Einer, der's gesehn hat, hat's mir erzählt. Also, das hätt ich nicht gedacht, daß der Jucho lügt. Freilich“, sagte er dann, „diese Advokaten.“
Sie lachte, und er sagte: „Genau wie der Reinganum. So heißt der Große mit dem dicken Bart, nach dem Sie mich im Graben gefragt haben.“
„Ja“, sagte sie, „ich weiß.“

„Sie wissen es schon?“ Er schien ein wenig enttäuscht. „Na, macht nichts. Jetzt könnt ich eine Menge andres erzählen. Und daß er im Montagskränzchen ist, wissen Sie das?“
„Ja. Weil ich den Namen kannte, nur eben den Mann nicht dazu. Aber Sie sollten das Montagskränzchen nicht so wichtig nehmen. Das spielt keine Rolle mehr, nachdem die Revolution hier danebengegangen ist.“
„Kann ich mir denken. Und jetzt lügt er, der Jucho.“ Er las wieder. „Jetzt hören Sie sich das an.“ Und er las vor: „‚Frankfurter Bürger, seid überzeugt: Nur ein Schrei des Unwillens wird von dem Vaterland, wird namentlich von unserer Nachbarschaft . . .‘, damit meint er die Hanauer, nicht? ‚. . . gegen unsere Stadt erhoben werden, wenn solche Tatsachen . . .‘, also das an der Konstabler, ‚. . . durch das Gerücht vielleicht noch zu unserem Nachteil entstellt, durch Rede und Presse verbreitet werden.‘ Und hier: ‚Hören wir daher auf, die Träger der Farben zu verfolgen, welche unsere ganze Umgebung für die des gemeinsamen Vaterlandes anerkannt und mit Jubel begrüßt hat. Und lassen wir das Gerede, als hätten wir kein Herz für das große, einige Deutschland, als herrsche bei uns Krämersinn und Philistergeist, nicht aufkommen.‘ – Moment: ‚nicht aufkommen‘, ah ja, das Gerede.“ Er sah sie an. „Wissen Sie was? Das ist dem peinlich, wie die sich hier in Frankfurt aufgeführt haben. Überall in Deutschland jubeln die Leut über Schwarz-Rot-Gold, und hier in Frankfurt wird man dafür verprügelt. Aber jetzt haben sie's kapiert. Und gleich machen sie ihre Geschäfte damit. Ist halt doch der, wie sagt er, der Krämersinn.“
Louise hatte sich wieder gesetzt, hatte zugesehen, wie seine hellen Augen wanderten, als er las, und das war recht flüssig gegangen, und sie dachte: „Dem wolltest du es nun beibringen.“ Sie sagte: „Wissen Sie, daß Sie eben Zeitung gelesen haben?“

Er sah erst auf sie, dann auf die Zeitung. „Teufel ja." Er lachte. „Das war leicht. Nicht schwerer als der Armengaud." Und er setzte hinzu: „Das ist mein Eisenbahnbuch. Ich zeig's Ihnen mal."
„Sie zeigen es mir mal?" Ob er wußte, was er gesagt hatte?
„Ja, warum nicht? Wenn wir uns wieder..." Er stockte. Dann sagte er: „Jetzt hab ich einfach gedacht, daß Sie das auch wollen, also, daß wir uns wieder... Hm." Er setzte sich, und weil er neben ihr gestanden hatte, saß er nun auch neben ihr.
Sie saßen beide aufrecht, hatten die Hände auf den Tisch gelegt, auf die Zeitungen, und er sagte: „Na so was. Das gleiche Braun. Meine Jacke und Ihr Kleid haben das gleiche Braun." Das war richtig. Aber ihre Hände waren nicht gleich. Seine waren größer als ihre, doch nicht um soviel, wie man das von den Händen eines Lokomotivheizers hätte erwarten können. Sie sah, daß er sie saubergeschrubbt hatte, aber unter den Nägeln war Schwarzes. Und Schwielen an den Daumeninnenseiten hatte er auch. Sie stellte sich vor, wie die Hände einen Schaufelgriff umfaßten, fest, denn so eine Schaufel mit Kohlen war sicher schwer. Doch jetzt lagen sie ruhig und entspannt. Sie hätte gern ihre Hand daraufgelegt. Sie dachte: „Halt ihn an." Aber da war es schon passiert.
Sie saß und spürte seine Hand. Die hatte sich bewegt, erst, als wollte sie fort, aber jetzt lag sie ruhig. Auch Louise hielt ihre ruhig.
Er sagte leise: „Sie wollten von Schwarz-Rot-Gold erzählen, Louise." Louise. Er hatte Louise gesagt. Zum ersten Mal.
„Ja", sagte sie. „Von Schwarz-Rot-Gold." Aber durchaus wollte ihr dazu nichts einfallen. Und auch Hannes saß und sagte nichts.
„In einer halben Stunde schließe ich." Herr Oehler stand in

der Tür. „Nur, damit Sie sich einrichten können.“ Er verschwand im Laden. Hatte der was gesehen? Natürlich. Deshalb war er ja erschienen. Dem war es zu lange ruhig in seinem Lesezimmer gewesen.

„Wie auch immer“, sagte sie, ohne Hannes anzusehen, „von Schwarz-Rot-Gold also.“ Sie hatte die Hände gefaltet, und die Finger waren fest ineinandergeschränkt. „Also: Was wollten Sie wissen?“

Er räusperte sich. „Ich hätt gern gewußt: Warum grad die Farben? Wieso keine anderen?“

Louise machte es gründlich und erzählte einiges über die Freiheitskriege, vor über vierzig Jahren, gegen den Franzosenkaiser Napoleon. Damals hatten die Deutschen angefangen, sich als Nation zu fühlen, und gehofft, daß diese Kriege ihnen ein vereintes Deutschland bringen würden. In Scharen meldeten sich Freiwillige, und man organisierte sie zu Freikorps. Die waren sehr populär, besonders eines, die Lützowschen Jäger. Sie trugen schwarze Uniformen, mit roten Aufschlägen und goldenen Knöpfen.

„Aha“, sagte Hannes. „Und deswegen . . .?“

„Vermutlich“, sagte Louise. „Aber wohl auch, weil diese Farben Symbolkraft haben, also, wie soll ich sagen, man kann sich eine Menge dabei denken. Zum Beispiel: Pulver ist schwarz, Blut ist rot, golden leuchtet die Flamme.“

„Was für eine Flamme?“

„Die Flamme der Freiheit“, sagte Louise. Und sie erklärte: Die Fürsten wollten kein vereintes Deutschland. Wer also darauf hoffte, der war gegen die Fürsten und für die Freiheit. Seit den Freiheitskriegen war Schwarz-Rot-Gold die Farbe der deutschen Freiheitsbewegung. Und die Fahne, mit den drei Streifen, gab es seit 1832, als sich radikal-demokratische Studenten aus ganz Deutschland in Hambach versammelten. „Genau weiß ich das allerdings nicht. – Jedenfalls kann man das in Büchern nachlesen.“

„Wie auch immer“, sagte Hannes. Dann machte er eine Pause, während er sie von der Seite ansah. Und da merkte sie es und lachte. „Ich sag das wirklich ein bißchen oft.“
„Macht nichts.“ Er lächelte und fügte hinzu: „Und ich hör's gern. Also, was ich sagen wollt: Jetzt jubelt ganz Deutschland über Schwarz-Rot-Gold, und die Fahne ist sogar am Bundestag aufgezogen.“
Sie nickte. „Die Herren geben sich revolutionär und haben sie zur Nationalfahne erklärt. Aber auf dem Bundespalais nimmt sie sich ziemlich lächerlich aus.“
„Ja“, sagte er und lachte. „Wie der Jungfernkranz auf dem Hurenhaus.“

Au verflucht. Hannes schielte zur Seite. Klar, über so was lachte sie nicht. Der Philipp mit seinen verdammten Weibergeschichten. Die gehörten nicht in die Politik. „Tut mir leid“, sagte er. „Das ist mir rausgerutscht.“
Sie sagte nichts.
„Na“, dachte er, „jetzt übertreibt sie's.“ So tragisch war das Hurenhaus nun wieder nicht. Und daß es die gab und man sie so nannte, war wohl auch ihr bekannt. „Es tut mir leid“, wiederholte er.
„Ich habe es gehört“, sagte sie. Dann sah sie ihn an. „Vermutlich halten Sie mich für überempfindlich. Ich will versuchen, es zu erklären ...“ Sie dachte nach. Dann sagte sie: „Es wäre schön, wenn Sie es verstünden. Also: Daß es öffentliche Häuser gibt, ist mir nicht verborgen geblieben, auch nicht, daß man sie umgangssprachlich, nun denn, als Hurenhäuser bezeichnet. Und ich muß zugeben: Das Bild vom Jungfernkranz ist einigermaßen gelungen. Aber: Es hat mich überrascht, daß Sie es verwenden. Oder besser: Daß Sie es sich ausgedacht haben. So, wie ich Sie zu kennen glaube, glaubte, also – das paßt nicht zu Ihnen.“
„Ich hab's mir nicht ausgedacht“, sagte Hannes. „Das hat

der Philipp gesagt. Und ob's von dem kommt, weiß ich noch nicht mal. Der Philipp ist der Bäckergeselle, mit dem ich in der Kammer wohn."
„Philipp? Und Bäckergeselle?" fragte sie. „So viele... Sollte das etwa..."
„Genau der", sagte Hannes. „Der vom Brunnen, mit der Fahne."
„Und mit dem wohnen Sie zusammen? Ach. Nun freilich, zu dem paßt das besser."
„Der Philipp ist in Ordnung." Und er wiederholte mit Nachdruck: „Der Philipp ist in Ordnung. Vielleicht etwas, wie sagt man, radikal, aber in Ordnung."
Sie lächelte. „Das weiß ich. Ich habe ihn ja erlebt. Er ist wirklich in Ordnung, wie Sie sagen."
„Wenn bloß seine Weibergeschichten nicht wären."
„Bitte?"
„Na, also, daß er..." Teufel eins. Nun hatte er sich schon wieder reingeritten. Nichts da. Jetzt war's aus mit dem Erklären. „Ach nichts", sagte er.
„Nein, Hannes, das müssen Sie mir erklären. Sehen Sie..." Sie schwieg. Nach einer Weile sagte sie: „Ich möchte gern wissen, was Sie tun, wie Sie leben. Und dazu gehört der Philipp, nicht?"
Sie wollte gern wissen, wie er lebte. „Warum?" dachte er. „Da legt sie ihre Hand auf meine, und es ist schön, und ich frag mich, warum." Sie hatte gesagt: ‚Wie ich Sie zu kennen glaube.' Also hatte sie verstanden, daß er keiner von den Gesellen war, die am Montagmorgen in der Frühstückspause von ihren Mädchen erzählten. „Also erzähl ihr von Philipp", dachte er. Und er sagte: „Der Philipp, der denkt halt viel an Frauen. Schaun Sie, wenn der Teig knetet, da wird ihm die Zeit lang. Denn das ist der reine Stumpfsinn und eine Viecherei. Die Kohlenschaufelei ist nichts dagegen. Obwohl das nun wieder der Philipp nicht könnt. Da

gibt's zwei Sorten von Kraft, und neulich..." Er stockte. Jetzt war er drauf und dran gewesen, ihr die Metzgergeschichte zu erzählen. Und sie hätte ihn für einen Schläger gehalten. „Auf alle Fälle knetet der Philipp und denkt. Und leider redet er auch darüber." Hoffentlich wollte sie nicht wissen, was der redete.
Aber sie sagte: „Und das ist alles? Wissen Sie, als Sie, nun, Weibergeschichten sagten..." Sie sah ihn fragend an.
„Na ja", sagte er. „Wenn er Zeit hat, geht er auch mal in ein – wie haben Sie gesagt? – in ein öffentliches Haus."
„Ich kann mir gar nicht vorstellen, wo es die hier in Frankfurt geben sollte." Wieder sah sie ihn an, als wollte sie es hören. Und er mußte sich nun doch mal fragen, was das sollte. Da saßen sie hier in der Lesestube und redeten über Hurenhäuser. Das mußte man sich mal vorstellen.
„Die gibt's überall", sagte er. „Auch mitten in der Stadt. An der Börse soll eins sein, in der Judengasse sind zwei. Und dann gibt's natürlich eine Menge im Altegaßquartier und in Sachsenhausen. Aber das sind kleine, eigentlich keine richtigen. Beim Schuster Schlör in der Brunnengasse zum Beispiel sitzen die Mädchen und haben kaputte Schuhe dabei. Damit sie notfalls den Gendarmen sagen können: Ich wart drauf, daß sie mir gerichtet werden. Aber natürlich warten sie auf was andres, und der Schlör kassiert für's Hinterzimmer. Da geht der Phillipp immer hin."
„Und Sie? Gehen Sie auch dorthin?"

Er hatte die Brauen schmerzlich zusammengezogen, als wollte er sagen: ‚Mußte das sein?' Warum hatte sie gefragt? Ganz einfach. Sie hatte wissen wollen, ob er, wie er vermutlich sagen würde, mit einem Mädchen ging. „Aber nie hätte ich ihn das fragen können", dachte Louise. Dann wären Dinge zwischen ihnen angeklungen, Dinge, von denen sie aus dem Buch mit dem grauen Pappeinband wußte, die zwischen ihr und Schnepf eine Rolle spielten, und über die sie andeutungsweise reden konnte, wenn sie andere betrafen. Aber nicht, wenn sie sich auf sie und Hannes bezogen. Schon der Schatten einer Andeutung, daß diese Dinge zwischen ihnen eine Rolle spielen könnten, war zu viel. So war sie auf den Umweg über die öffentlichen Häuser verfallen. „Eigentlich ist es seltsam“, dachte sie, „daß es mir leichter fällt, mit ihm über etwas so Anrüchiges zu reden, als einfach zu fragen: Gehen Sie mit einem Mädchen?“ Nun, es war ja auch gründlich danebengegangen.

„Das hätte ich nicht fragen sollen“, begann sie und hielt inne. „Also, daß Sie dort hingehen“, fing sie neu an, „ich hatte es nicht angenommen... Eigentlich, nun, ich wollte etwas anderes wissen. Ich wollte wissen, ob Sie...“ Nein, es ging nicht.

Sein Gesicht hatte sich etwas geglättet. Und er sagte: „Sie wollten wissen, ob ich ein Mädchen hab? Nein, ich hab keins.“

Bums, da saß sie. So einfach war das. Aber unangenehm schien ihm die Frage auch gewesen zu sein, denn plötzlich sagte er: „Ich hätte gern gewußt, wie das am Brunnen zugegangen ist, das mit der Fahne.“

So etwas nannte man Takt. Er wechselte das Thema.

Sie gab die Geschichte so wieder, wie sie sie Frau Schmidt erzählt hatte, berichtete von den Metzgern, und verschwieg auch nicht, daß sie naiv gewesen war. Das sagte sie nicht ausdrücklich, aber er schien zu verstehen.

„Hab ich mir gedacht“, nickte er. „Keinen Dunst haben Sie gehabt, mit wem Sie sich da anlegen.“

„Übrigens, diesen Glock“, sagte sie, „den habe ich später in der Stadt gesehen. Sein Kopf war bandagiert.“

„Der läuft wieder rum?“ fragte er. „Na, das beruhigt mich. Ein wenig Angst hatt ich schon, daß ich zu fest zugehaun hab.“

„Moment... Sie haben ihm...?"
„Eijei", sagte er. „Das ist mir jetzt peinlich. Glauben Sie bloß nicht, daß ich ein Schläger bin. Er hat den Philipp zusammenschlagen wollen. Da mußt ich was tun." Er schwieg und sah vor sich auf den Tisch. Dann sagte er auf die Zeitungen hinunter: „Ein wenig hab ich dabei an Sie gedacht."
„Ja, aber warum?" fragte sie überrascht. „Oder... wußten Sie etwa von der Brunnengeschichte?"
Er nickte. Dann hob er den Kopf. „Hören Sie", sagte er. „Auch wenn Sie enttäuscht sind. Aber ich möchte, daß eines ganz klar ist: Ihre Brunnengeschichte war vorbei, und wenn der Philipp nicht in der Klemme gewesen wär – keinen Mucks hätt ich gegen die Metzger getan."
Und da lachte sie und sagte: „Wissen Sie was, Hannes? Ich mag Sie."

Sie hatte gesagt: ‚Ich mag Sie.' Das war so etwas Besonderes nicht, das sagte man schon mal. Auch sie hatte es wohl nicht so besonders gemeint. Aber dann hatten sie gesessen, sich angeschaut, und im Ohr war ‚Ich mag Sie'. Und während sie saßen und sich anschauten, veränderte es sich, wurde lauter, schwerer sozusagen, wurde zu etwas ganz Besonderem. Und wer weiß: Wenn nicht Herr Oehler gekommen wäre und gesagt hätte: ‚Ich schließe', was daraus geworden wäre.
Jetzt standen sie an der Gaslaterne vor dem Laden. Es war leidlich hell hier, aber schon fünf Schritt weiter begann die Finsternis. Hannes dachte daran, daß sie durch die Vilbeler Gasse mußte, am Altegaßquartier vorbei, wenn sie zum Friedberger Tor wollte. Mit der Droschke hier könnte sie fahren. Der Kutscher schien darauf zu warten, denn er sah andauernd her. Aber bis zum Tor kostete es zwölf Kreuzer. Außerdem: Auch unter den Kutschern gab's üble Kerle. Hannes sagte: „Macht's Ihnen was aus, wenn ich ein Stück mit Ihnen geh?"

Ihr Gesicht, dunkel unter der Hutkrempe, konnte er nicht erkennen, aber sie nickte.
Schweigend gingen sie nebeneinander her. Hannes dachte: „Wenn ich der Wilhelmi wär, tät ich ihr den Arm anbieten.“ Eine saubere Jacke trug er heute auch. Sie passierten gerade eine Laterne, und Hannes sah zur Seite. Sie ging, wie man halt ging, normal, nicht mit zierlichen Trippelschrittchen. Sie machte sogar ziemlich weite Schritte, denn sie paßten genau zu seinen, und er war etwa einen halben Kopf größer als sie. Sie war an sich recht groß. Die meisten Frauen waren kleiner als sie, Justine zum Beispiel. Da war sie schon wieder. Na, wenn er's recht bedachte, war das heut abend kein Wunder. „Wie auch immer“, dachte er und lächelte in die Dunkelheit, „es wär schlichtweg ein Blödsinn, wenn ich ihr den Arm anbieten tät.“
Statt dessen sollte er lieber darüber nachdenken, wie er es anstellte, sie wiederzusehen. „Ein Schmiedegeselle müßte man sein“, dachte Hannes. „Der hat jeden Sonntag frei.“ Hannes nächster freier Tag war in vier Wochen, am 10. April, wenn er es richtig im Kopf hatte. Und abends? Zur Zeit galt zwar noch der Fahrtenplan für den Winter, und ihre letzte Tour endete um sieben. Aber bis sie Rost und Aschekasten leergeräumt, die Lösche ausgekehrt und den Blitz gewartet hatten, wurde es meistens neun. Und dann: Sie fuhren Extra-Touren wegen der ausgefallenen Main. „Für solche Fälle“, dachte Hannes, „gehört, verdammt, eine neue Lokomotive gekauft.“ Nur während der Putztage konnte er früher aus dem Lokomotivschuppen. Aber darauf war kein Verlaß. Es kam sogar häufig vor, daß sie gerade dann bis in die tiefe Nacht werkelten, weil sie gebrochene Kesselbolzen oder weiß der Henker was entdeckt hatten. Ob er ihr das alles einfach mal erzählte?
Er mußte zu einem Entschluß kommen, denn da war die Vilbeler Gasse.

„Oh“, sagte sie und blieb stehen. „Nun haben wir eines ganz vergessen.“
„Ja?“ fragte er.
„Wir haben nicht über Hecker und Struve gesprochen.“
„Was? Über wen?“
„Hecker und Struve“, sagte sie. „Nun sagen Sie bloß, von denen hätten Sie noch nichts gehört.“
„Nein“, sagte Hannes. „Und im Augenblick . . .“
„Oh, dann haben wir etwas versäumt.“ Sie ging weiter. „Die sind nun wirklich entschiedene Republikaner. Struve gibt den ‚Deutschen Zuschauer‘ heraus, und Hecker, nun, man kann fast sagen: Er ist ein Volksmann. Mich wundert . . .“
„Hören Sie“, sagte Hannes. „Lassen Sie's gut sein, ja?“
„Bitte?“
„Also, ich sag's ehrlich: Ich mag jetzt vom Hecker und dem Dings, na, Struve nichts hören.“ Er hörte sie leise lachen, und er sagte: „Von denen können wir ein andermal reden.“
„Ein andermal?“
„Ja“, sagte Hannes. „Es wär schön, wenn wir uns wieder treffen könnten.“
„Richtig. Das wäre es. Und warum tun wir's nicht?“
„Weil ich verdammt nicht weiß, wie ich's machen soll.“ Und er sagte ihr, warum er's nicht wußte.
„Und wenn die Main wieder fährt?“ fragte sie.
„Na, der Ott läßt mich schon mal um acht fort. Aber wann die wieder fährt, weiß keiner.“
„Gut“, sagte sie und machte eine Pause. Dann ging es flüssig weiter: „Wenn es soweit ist, geben Sie mir Nachricht. Sie schreiben mir einen Brief, in dem Sie Tag, Uhrzeit und Treffpunkt angeben. Sie schicken den Brief mit der Stadtpost. Meinen Namen kennen Sie . . .“
„Louise“, sagte er.
„Ja. Aber vergessen Sie bitte den Nachnamen nicht. Ich

wohne Bornheimer Fußweg Nummer zweihundertdreißig bei Schmidts. Können Sie sich das merken?"
„Klar", sagte er.
„Wo wohnen Sie?"
„Sachsenhausen, in der Löhergasse. Die Nummer weiß ich nicht. Aber das ist beim Bäcker Jost. Den kennt dort jeder."
„Als Treffpunkt", sagte sie, „schlage ich das Gräbersche Lokal vor."
„Den Graben?"
„Ja. Spricht etwas dagegen?"
„Na, also ... Nein. Warum nicht?"
„Schön. Und jetzt werden Sie umkehren."
Sie waren am Friedberger Tor angelangt. Abends wurden die Tore noch immer geschlossen, und der Gefreite brüllte ins Wachhaus: „Herr Leutnant!" Der kam mit dem Schlüsselbund aus der Tür, hatte die Kappe schräg aufgesetzt und stank nach Wein. Er musterte Hannes, grinste und sagte zu Louise: „Nanu, verehrtes Fräulein. Das ist jetzt schon der zweite. Hübsch großer Bekanntenkreis in der Stadt, wie?"
„Was fällt Ihnen ein!" rief Louise. „Ich werde mich bei Ihrem Vorgesetzten beschweren."
„Na", dachte Hannes. „Das juckt den doch nicht." Er sah in das grienende Gesicht des Leutnants und dachte: „Dem Kerlchen gehört eins hinter die Löffel gehaun." Er zupfte Louise am Umhangtuch und schüttelte den Kopf.
Sie sah ihn an, und dann lächelte sie. „Sie haben recht. Es kann mir gleichgültig sein. Also dann ..." Sie streckte ihm ihre Hand hin, und er nahm sie.
Sie hielten ihre Hände, und dagegen konnte nun keiner was haben, denn sie sagten sich auf Wiedersehen.

Das Friedberger Tor. (Nach einer Zeichnung von J. F. Morgenstern.) Im Hintergrund das Hessen-Monument und die Bethmannsche Villa.

10

Schnepf war nicht zu überhören. Louise hörte ihn, wenn er seiner Familie die zehn Gebote der Gesundheitslehre verkündete (Du sollst nur trinken, wenn dich dürstet. Du sollst dahin wirken, daß die natürlichen Ausleerungen deines Körpers regelmäßig vonstatten gehen. Du sollst ...). Sie hörte ihn, wenn er die Knaben über die kommende Mondfinsternis belehrte, wenn er vaterländische Lieder mit ihnen einübte – aber sie sah ihn nicht mehr. Schnepf vermied es, ihr zu begegnen. Und dies seit über einer Woche: Seit sie ihm durch den Graben zum Liebfrauenberg gefolgt war. Louise ging über den Vorplatz der Schnepfschen Wohnung, trat fest auf, aber er erschien nicht.

Schnepf starrte nicht mehr. Schnepf lauschte. – Louise merkte es zufällig, als sie, auf dem Vorplatz stehend, sich versicherte, daß ihre Uhr im Handbeutel war. Und da hörte sie, wie er schnaufte. Er stand hinter der angelehnten Tür des Mittelzimmers, belauschte sie und schnaufte. Er trat ihr nicht mehr entgegen, sondern er beschlich sie hinter der Tür. „Und das ist ekelhaft", dachte Louise.

Bei Frau Schmidt hatte sie sich erkundigt. Schnepf war 52, und er hatte als blutjunger Student an den Freiheitskriegen teilgenommen. Manchmal trug er die silberne Medaille für Freiwillige im Feldzug 1814. Und im Wohnzimmer hing an der Wand seine Pistole. Louise wußte inzwischen auch, daß nach der Hambacher Studentenversammlung der altdeutsche Rock verboten worden war. Wenn Schnepf ihn damals getragen hatte, war er mutig.

Aber er schnaufte hinter der Tür. Das Buch im grauen Pappeinband – Louise würde es jetzt mit neuen Augen lesen. Es war in Marburg, in einer der Bücherkisten. Sie wußte

in welcher, denn sie hatte die Bibliothek des Vaters verpackt. Aber deshalb nach Marburg reisen?
Am Mittwochnachmittag kam Frau Schmidt wegen des Gedichtes über die Not des gequälten Tieres. Sie zeigte sich außerordentlich zufrieden. ‚Wer jenem Tier ins Aug gesehen' – da würden die Damen ihre Tüchlein ziehen, sie sah es voraus. Den Bogen sorgfältig faltend, sagte sie: „Ich versteh nicht, Fräulein Coith, warum Sie nicht für die Zeitung schreiben."
„Vielleicht tu ich's mal", sagte Louise. Daß Redakteur Hammeran sie brieflich für Mittwoch, den 15. März, abends sieben Uhr, auf sein Comptoir in der Schützengasse gebeten hatte, erzählte sie nicht. Den Artikel ‚Fräulein und Herrlein' sollte Frau Schmidt lesen, ohne zu wissen, wer ihn geschrieben hatte.
„Übrigens, Fräulein Coith, Sie haben mich neulich nach Herrn Schnepf gefragt. Wissen Sie, daß er wegziehen will?"
„Nein!" rief Louise.
„Doch. Er denkt darüber nach, hat er mir gesagt. Zu weit weg von der Stadt hier. Und dann hat er etwas gemurmelt, worauf ich mir keinen Reim machen kann. ‚Entweder die oder ich' hat er gesagt. Was könnte er damit gemeint haben?" Frau Schmidt sah Louise forschend an.
„Keine Ahnung." Louise zuckte mit den Achseln.
„Na, er wird uns erhalten bleiben. Wenn am Monatsende das Vorparlament in Frankfurt tagt, dann kommt das Parlament später auch hierher, nicht wahr? Und dann werden die Wohnungen teuer. Eine in der Stadt, für sieben Personen, kann der Herr Schnepf nicht bezahlen." Frau Schmidt dachte nach. „Mit seinen vier Söhnen – also es ist merkwürdig. Da kümmert er sich um sie, bringt ihnen was bei, läßt sie turnen, und trotzdem wird nichts Rechtes aus ihnen. Der eine stottert, und zwei, na, ich sag's mal direkt, sind Bettnäs-

ser. Die arme Frau ist dauernd am Waschen. Daß er die Buben schlägt, scheint nicht zu helfen."
„Im Gegenteil", sagte Louise. „Ich glaube: Weil er sie schlägt, wird aus ihnen nichts."
„Na, ich muß los." In der Tür sagte Frau Schmidt: „Fräulein Coith, ich hab's Ihnen, glaub ich, schon mal gesagt: Ich hab allerlei erlebt... Also, wenn Sie Kummer haben, nicht wahr, wenn Ihnen danach ist, verstehn Sie's nicht falsch, aber Sie können ruhig zu mir kommen. So, jetzt muß ich los. Adieu."

Redakteur Hammeran saß in Hemdsärmeln und Weste hinter einem riesigen Tisch, der mit Papieren und Zeitungsblättern bedeckt war, und schien überrascht. „Sie sind Fräulein Coith?"
„Ja. Warum nicht?"
„Richtig, warum nicht." Hammeran lachte. „Ehrlich gesagt: Ich hatte eine ältere, scharfgesichtige Dame erwartet. Ihr Artikel... Nun, ich muß Sie trotzdem um Geduld bitten. Nehmen Sie einen Moment Platz? Hier, der Stuhl... Sie sehen ja: Die Post aus Berlin ist gerade eingetroffen, der Bericht eines unserer Korrespondenten", er schwenkte ein engbeschriebenes Blatt, „wenn er ins morgige Journal soll, muß er sofort in Satz gehen. Sie entschuldigen? Gut. – Also, Kettel, lesen Sie mal."
Hammeran warf das Blatt über den Tisch und steckte sich eine Zigarre an. Kettel, ein schmaler, junger Mann, mit gescheiteltem Haar und sorgfältig gewichstem Schnurrbärtchen, schien sein Redakteursgehilfe zu sein.
„Nun?" fragte Hammeran. „Was halten Sie davon?"
„Schwer zu sagen." Kettel runzelte die Stirn. „Gewöhnlich liefert der Mann zuverlässige Berichte."
„Aber der hier, der ist doch Quark." Hammeran wedelte mit der Hand. „Geben Sie her. – Da: ‚Berlin, 13. März, 12

Uhr nachts'. Das hat er in der ersten Aufregung geschrieben. ‚Blutiges Schauspiel einer Metzelei'. Wenn ich so was schon lese. Gut, schön, schaun wir nach den Fakten. Also: Hunderte von Menschen versammeln sich, beraten eine Adresse, bleiben in Gruppen auf dem Schloßplatz stehen. Zwischen acht und neun vermehrt sich die Menge durch die von der Arbeit kommenden Handwerker und Arbeiter. Alles jedoch ‚ohne irgend eine Demonstration, irgend eine Drohung oder einen Akt der Gewalt zu begehen'. Keine Steine, kein Geschrei, nichts. Und ich soll glauben, was jetzt kommt? Hier: ‚Da bricht mit einem Male Kavallerie auf den Schloßplatz unter die Menge in gesprengtem Galopp ein, ohne daß eine warnende Aufforderung ertönte, und haut mit blanken Klingen scharf unter die Menge.' Angeblich hat der Herr Korrespondent persönlich zwanzig Verwundete gesehen. Quark, Kettel, Quark. Und nun wird er politisch: ‚Erst nach diesen Szenen vor dem königlichen Schloß wurde der Gedanke an Widerstand beim niederen Volk rege.' So was nenn ich Stimmungsmache, Kettel." Hammeran warf das Blatt auf den Tisch. „Das bring ich nicht."

„Aber wenn die Sache sich tatsächlich so abgespielt hat? Dann stehn wir sauber da, Herr Hammeran. Wir unterdrückten Berichte, heißt es dann. Die Zensur ist abgeschafft, jetzt zensieren wir uns selber, heißt es dann. Das wissen Sie doch."

„Schon richtig, Kettel. Schön, bringen wir's. Was passiert? Unsere Brüder Krawallmacher lesen's, und dann geht's hier auch wieder los. Die Presse ist frei, Kettel, aber es ist eine verantwortliche Freiheit."

„Weiß ich ja, Herr Hammeran. Aber wenn der Bericht stimmt, kommen Vorwürfe, und die Abonnenten laufen uns weg. Bald wird's genug andere Zeitungen geben, die sie abonnieren können."

„Hm." Hammeran zog an der Zigarre. „Was tun, sprach

Zeus? – Kettel, wir machen's so: Der Bericht geht in Satz, so wie er ist. Aber wir sichern uns ab. Sie schreiben ein ‚Eingesandt' dazu. Als Leser. Dann stellen wir eine Extra-Beilage zusammen, mit dem ‚Eingesandt' auf der ersten Seite. Und die schicken wir hinterher."
„Und was soll ich schreiben?"
„Na, in etwa: ‚Bezugnehmend auf Ihren Artikel, der wohl in großer Aufregung entstanden ist, teile ich Ihnen eilends mit, daß ich Privatkorrespondenz aus Berlin erhalten habe. Daraus geht die Grundlosigkeit der Gerüchte klar hervor.' Was schreiben Sie noch? Vielleicht: ‚Müßige Arbeiter und Lehrburschen rückten in die Stadt, um Unfug zu treiben. Militär vertrieb, nein, besser: verscheuchte schreiende und pfeifende Gassenbuben.' Klar?"
Kettel nickte. „Dann noch was. Ihr Artikel müßte in Satz."
„Der ist noch nicht fertig. Wir nehmen ihn, na, sagen wir, in die übernächste Nummer." Hammeran nahm ein Blatt vom Tisch. „Hier, der Anfang, hören Sie: ‚Jeder Versuch zur Einführung der Republik in Deutschland ist in gegenwärtiger Zeit ein Hochverrat. Nicht ein Hochverrat gegen die Fürsten, davon rede ich nicht. Nein, ein Hochverrat gegen das Glück, die Stärke, die Majestät des deutschen Volkes.' Gut, was?"
„Sie können's halt immer noch am besten, Herr Hammeran." Kettel nahm den Bericht und verschwand.
„So, und nun zu uns, Fräulein Coith. Aber bitte, behalten Sie doch Platz."
„Na schön", sagte Louise und setzte sich wieder. „Ich kann mir mal anhören, was Sie zu sagen haben."
Hammeran sah sie überrascht an. Dann beugte er sich vor und griff nach Louises Artikel, der an der Tischkante lag. „Tja, was ist zu sagen? Zunächst: Die Überschrift geht natürlich nicht." Er lächelte. „Aber nehmen Sie's nicht tra-

gisch. Gute Artikelschreiber sind selten gute Überschriftenschreiber. Zum Inhalt: Gut formuliert. Sie können was, Fräulein Coith, wirklich. Respekt." Hammeran las. „Nein, in die Didaskalia kann ich den nicht einrücken." Er sah auf. „Das können wir unseren Leserinnen nicht zumuten, nicht wahr?" Wieder lächelte er. Dann dachte er nach. „Hm. Vielleicht im Freistädter. Wir haben die Gemeinnützige Chronik ..." Da Louise nickte, fuhr er fort: „Sie sind orientiert, das kann ich mir denken." Das Blatt betrachtend: „Allerdings, auch dann wären Änderungen erforderlich, kleine, unbedeutende. Wir ersetzen Frau durch Fräulein, ganz einfach." Hammeran griff zur Feder.
„Geben Sie mir bitte meinen Artikel." Louise war aufgestanden und hielt die Hand ausgestreckt. „Wollen Sie mich für dumm verkaufen? Sie wissen genau, daß der Artikel dann eine andere Aussage hat."
„Sicher weiß ich das." Hammeran gab Louise das Blatt. „Aber Sie müssen wissen, Fräulein Coith: Man kann nicht alles schreiben, was man denkt. Die Presse ist verantwortlich."

Der Blitz war außer Plan als Reservelokomotive eingeteilt worden. Reserve war leichter Dienst. Sie standen auf der Maschine vor dem Lokomotivschuppen, hin und wieder warf Hannes ein Schäufelchen ein, um den Druck zu halten, und außerdem hatten sie Glück gehabt: Die beiden Maschinen, die im Betriebsdienst liefen, hatten durchgehalten, und der Blitz hatte nicht auf Strecke gemußt. Sofern nicht noch etwas dazwischenkam, würden also später die Wartungsarbeiten flachfallen. – Ein wenig anstrengend war, daß sie den ganzen Tag ruhig gestanden hatten. Da merkte man die Knie. Setzen kam nicht in Frage. Lokomotivpersonal hatte zu stehen. Das war wie in der Schmiede: Man konnte, wenn nichts zu tun war, schlafen. Aber das hatte im Stehen, mit of-

fenen Augen und mit dem Hammer in der Hand zu geschehen.
„Der Schmiermund auf der Cockerill“, sagte Hannes, „der steht auf einer Gutta-Percha-Platte, also so was wie Gummi. Damit er vom Schlagen auf der Strecke keine dicken Knie kriegt.“
„Der soll sich nicht erwischen lassen“, sagte Ott. „Streng verboten. Auf der anderen Seite: Geschickt ist das schon. Wenn ich das beizeiten getan hätt, dann könnt ich heut mein Bein krummbiegen.“
„Und warum haben Sie's nicht getan?“
„Weil ich's nicht besser gewußt hab. Schau, Hannes. Die Taunusbahn läuft seit Anno 40. Damals hat keiner geahnt, daß man zum Krüppel wird, wenn man sieben und mehr Jahre auf der Lokomotive steht. Das kommt erst jetzt raus. Die Lokomotivführer, die fast von Anfang an dabei sind, so wie ich, die fangen heut an, kaputtzugehen.“
„Aber ich weiß es jetzt. Und ich könnt noch was tun.“
„Ei, Hannes. Gegen die Vorschrift?“ Ott grinste. „Aber du hast recht. Paß auf: Besorg dir so eine Platte. Weißt du, wo's die gibt? Nein? Beim Reuther in der Schnurgass, gegenüber vom Milani.“ Ott grinste verstärkt. „Das kennst du ja.“ Er überlegte. „Du kannst mir eine Platte mitbringen, ja?“
Hannes nickte. Er würde später zum Reuther gehen und zwei Gutta-Percha-Platten kaufen. Und danach würde er sich noch ein wenig in der Stadt umsehen.

Louise ging nicht gleich nach Hause. Sie mußte nun endlich mal ins Café Hollande schauen. Seit über einer Woche las sie lediglich das Frankfurter Journal. Und jetzt überlegte sie, ob sie das Blättchen von Herrn Hammeran nicht abbestellen sollte.
Vermutlich würde es gar nicht so schwer sein, Frau Schmidt zum Abonnement einer anderen Zeitung zu überreden. In

der letzten Zeit war Louise aufgegangen, daß diese Frau über mehr nachdachte, als darüber, ob ihre Möbel geschont wurden, oder wie sie sich ein Schwätzchen verschaffen konnte. Und welche Zeitung? Zwar gab es genug, aber die meisten waren dumpf-konservative Blättchen, die ihre reaktionären Ansichten im öden Großvaterstil verbreiteten, wie die ‚Frankfurter Oberpostamtszeitung'. Gemessen an der, konnte man das Journal fast fortschrittlich nennen. Der ‚Deutsche Zuschauer' war fortschrittlich. Aber erstens keine Tageszeitung, und dann: Louise las ihn nicht gern. Sicher, er ging mutig an gegen Mißstände, und unzweifelhaft focht er für die Republik. Aber wenn das Blatt seinen Herausgeber widerspiegelte, dann war Struve ein Mann, der um sich schlug, aber nur vage wußte, was er wollte. Zudem waren viele Beiträge in einem verbissenen, humorlosen Stil abgefaßt, der Louise fatal an Schnepfs kalte Mainbäder erinnerte.

Daß sich spritziger Stil und fortschrittliche Haltung nicht ausschlossen, wußte sie: Anfang 43 war es gewesen, daß ihr der Advokat Schantz einige Nummern der ‚Rheinischen Zeitung' zugesteckt hatte, heimlich, denn damals sprach der Vater schon von ‚Seiner königlichen Hoheit dem Kurfürsten' und hatte den bürgerlich-liberalen Ansichten abgeschworen. Die waren ohnehin verschwommen, wie Louise da zum ersten Male merkte. Sie war knapp siebzehn und begriff nicht ganz, aber sie erkannte: In der ‚Rheinischen' schrieben Leute, die genaue Vorstellungen von Staat und Gesellschaft besaßen. Und sie schrieben radikal, aber gelassen, ja sogar witzig. Als der leitende Redakteur Marx über den geheimen Entwurf eines neuen Ehescheidungsgesetzes berichtete, verbot die preußische Regierung die Zeitung. Im März 43 war das gewesen. „Und nun, im März 48", dachte Louise, als sie aus der Fahrgasse in die Zeil einbog, „ist eine neue ‚Rheinische' mehr als überfällig."

Sie ging am Oehlerschen Laden vorbei, dann am Oberpostamt, und da hörte sie: „Sind Sie neulich gut nach Hause gekommen?"
Wilhelmi war hinter ihr. Er lachte. „Nun machen Sie kein so enttäuschtes Gesicht. Sie sehen aus, als hätten sie jemand anderen erwartet."
„Ich hatte überhaupt nichts erwartet." Louise ging weiter. „Insbesondere nicht, von hinten angesprochen zu werden."
„Oh, entschuldigen Sie." Wilhelmi hielt Schritt. „Sind Sie nun böse mit mir? Nein? Danke. Darf ich Sie ein Stück begleiten?"
„Da Sie's ja schon tun – bitte." Dann sagte sie: „Haben Sie so früh dienstfrei?"
„Früh? Sie sind gut. Es geht auf acht zu."
„Es gibt Leute", sagte Louise, „die erheblich länger arbeiten müssen. Was machen Sie eigentlich bei der Post, als promovierter Jurist?"
„Ach Gott, dies und das. Ich praktiziere noch." Er zuckte mit den Schultern. „Ich bin erst seit kurzem dort. Vorher war ich im Nassauischen Staatsdienst. Den hatte ich unterwandern wollen." Er lachte. „Eine Jugendtorheit. Ich hatte geglaubt, hier und dort einiges ändern zu können. Im vergangenen Jahr habe ich meinen Abschied genommen."
„Und jetzt wühlen Sie bei der Thurn und Taxischen Post."
„Um Gott, nein. Die ist so immun gegen Wühlerei wie ein Stein gegen Cholera. Aber ich bin in Frankfurt. Und darüber bin ich froh. Denn hier wird sich die deutsche Revolution entscheiden."
„Oh, das muß ich Ihnen erzählen." Louise blieb stehen. „In Berlin hat es Soldatenexzesse gegeben. Das Volk ist erbittert."
„Tatsächlich? Woher wissen Sie das?"

Im Weitergehen erzählte Louise ihm, was sie gehört hatte. Wilhelmi war tief beeindruckt. „Wenn das stimmt, dann heißt das: Revolution in Preußen. Wenn jetzt noch Österreich dazukommt... Möglicherweise ist's dort schon passiert, und wir wissen es nicht. Die Post geht ja wenigstens drei Tage von Wien bis hierher." Er hatte die Hände hinter den Rücken gelegt und schien in Gedanken. „Das ändert alles. Da muß neu geplant werden."

„Wie meinen Sie das?"

Wilhelmi erklärte es. Was er erzählte, wußte Louise zum Teil aus dem Journal, aber vieles war ihr neu. Am 5. März hatten sich 51 Vertreter der Opposition aus Süd- und Westdeutschland in Heidelberg getroffen, um zu beraten, wie es weitergehen sollte. „Der famose Jucho war dabei", sagte Wilhelmi. Aber auch Hecker und Struve. Und die beiden hatten verlangt, sofort die Republik auszurufen. Viele waren dagegen: Es wäre zu früh. Darüber hatte man zum damaligen Zeitpunkt vielleicht streiten können. Nicht aber darüber, was die Mehrheit wollte, zu der beispielsweise Gagern von Hessen-Darmstadt gehörte: Lediglich Reformen und ein deutsches Kaisertum. Schließlich hatte man sich geeinigt: Diese Fragen könnten 51 Männer nicht entscheiden. Und man hatte beschlossen, alle, die nur in Frage kamen, zu einer großen Versammlung nach Frankfurt einzuberufen. Die sollte nicht nur über Republik oder Kaisertum nachdenken, sondern auch darüber, wann und wie ein deutsches Parlament zu wählen wäre. Die Versammlung in Frankfurt würde also eine Art Vor-Parlament sein.

„Wissen Sie, wo das tagen soll?" fragte Louise. „Gibt es genügend große Säle in Frankfurt?"

„Keine Ahnung. Vielleicht der Kaisersaal? Im Gasthof Weidenbusch gibt es einen großen Saal. Beide fände ich unpassend. Den einen wegen der Kaiser, den anderen wegen der Bürgerlichkeit. Aber das wird sich Ende März zeigen."

Jedenfalls: Wenn es bis dahin in Preußen und Österreich Revolutionen gegeben hätte, dann wäre es unsinnig oder sogar gefährlich, wenn die Männer vom Vorparlament, wie geplant, wieder abreisten. Die dürften sich das Heft nicht mehr aus der Hand nehmen lassen. Sonst rappelten sich die Fürsten wieder, und dann wäre alles verloren. „Das Vorparlament muß bleiben, bis eine Nationalversammlung gewählt ist", sagte Wilhelmi. „Und natürlich sofort die Republik ausrufen."

„Die Republik ausrufen?" fragte Louise. „Ich glaube kaum, daß das Vorparlament dies tun wird. Warum sollen die Republikaner dort plötzlich in der Mehrheit sein? Wie bei den 51 Leuten werden es überwiegend Bürgerlich-Liberale sein."

„Wir werden sehen", sagte Wilhelmi. Dann schwieg er und schien nachzudenken. Es war fast dunkel geworden, aber Louise merkte, daß er sie mehrmals von der Seite ansah. „Jetzt überlegt er", dachte sie, „wohin er mich einladen soll." Wollte sie eingeladen werden? Er erzählte ja recht interessant. Aber hinterher würde er sie ‚bringen' wollen. Nein, sie hatte keine Lust.

Es war dunkel, als sie am Café Hollande anlangten. „So", sagte Louise und blieb unter einer Laterne stehen. „Wir sind da. Und nun möchte ich alleine, ich betone: alleine, sitzen und Zeitungen lesen."

„Bitte nicht", sagte Wilhelmi. „Ich hatte gehofft, Sie einladen zu dürfen . . . Nein?"

Louise schüttelte den Kopf. Und da war er. An einer Laterne auf dem Roßmarkt vorbei schlenderte Hannes und trug, unter die Arme geklemmt, zwei Platten. Jetzt sah er herüber und stand still.

„Hannes." Louise winkte.

Hannes schien zu zögern. Dann drehte er sich um, ging eilig und verschwand in der Dunkelheit.

„Oh", sagte Wilhelmi. „Hannes? So vertraut? Ist er das, der junge Mann? Mein Konkurrent?"
Louise sah ihn an. „Herr Doktor Wilhelmi. Wenn es jemals so etwas wie eine Konkurrenz gegeben haben sollte – ich bitte, den Konjunktiv wohl zu beachten –, dann haben Sie sich soeben gründlich disqualifiziert."

11

Ott sagte ärgerlich: „Hör auf, Hannes. Wo soll ich denn mit dem Dampf hin, Kerl?“
Hannes hielt inne. Er warf die Kohlen zurück auf den Tender und verriegelte die Feuertür. Dann stand er wieder, an das Eisengeländer gelehnt, und sah vor sich hin.
„Was ist denn los mit dir?“ fragte Ott. „So kenn ich dich gar nicht. Erst bist du drei Tage muffig und heut durcheinander.“
Heute war Sonntag, und Hannes dachte: „Ja, seit gestern abend. Seit ich den Brief hab.“ Er richtete sich auf und sagte: „Nichts. Was soll mit mir sein?“ Ott schüttelte den Kopf, schwieg aber. Hannes sah sich um und dachte: „Jetzt versuch, ein Weilchen nicht dran zu denken.“
Sie waren gerade, aus Wiesbaden kommend, in Kastel eingefahren. Den Bahnhof hatte man zwischen zwei Forts der Bundesfestung angelegt, und das zivile Empfangsgebäude nahm sich fremd aus gegen die mit Schießscharten versehenen Festungsmauern. Am Tor des Forts links vom Bahngelände, etwa hundert Schritt entfernt, stand eine österreichische Doppelwache, mit schwarzen Tschakos, weißen Soldatenfräcken und blauen Hosen. Die zwei vor dem Fort rechter Hand waren Preußen. Sie trugen hohe Pickelhauben, blaue Waffenröcke und graue Hosen. Junge Kerle waren sie, vielleicht Bauernburschen, die neugierig zum Bahnsteig herübersahen, auf das Treiben der sonntäglich gekleideten Passagiere.
In Kastel hielten die Züge eine Vierstelstunde lang, weil die Dampfschiffe drunten auf dem Rhein so gut wie nie pünktlich anlegten und in der Regel viele Passagiere mit der Bahn

weiterreisen wollten. Auch Passagiere aus Mainz, die nicht den Omnibus über die Schiffsbrücke, sondern die Fähre benutzten, kamen selten auf die Minute genau.
Sonntags führten die Züge regelmäßig die vierte bis zweite Klasse. Heute hatten Ott und Hannes in Wiesbaden einen Erste-Klasse-Wagen beigeschoben, in den dann aber niemand gestiegen war.
Ott stützte die Ellenbogen auf das Geländer und beobachtete die Leute auf dem Bahnsteig. „Ach, du lieber Gott“, sagte er plötzlich. „Das hat mir noch gefehlt.“ Mit dem Kinn zeigte er auf zwei Herren, die am Zug entlang kamen.
Der eine war der Obermaschinenmeister Heusinger von Waldegg, von dem Hannes wußte, daß er ein jährliches Gehalt von 2500 Gulden bezog, und daß er eine Zeitschrift herausgab, die ‚Organ für Fortschritte im Eisenbahnwesen‘ hieß.
Neben ihm ging ein großer schwerer Mann, mit schwarzem, sauber gestutztem Vollbart, und er ging mit raschen, kurzen Schritten. Sein massiger Körper war in ruckartiger Bewegung: Er hinkte. Er trug einen schwarzen Zylinder, einen schwarzen Gehrock, aber grün-gelb karierte Hosen.
„Wer ist das?“ fragte Hannes.
„Der Bethmann ist das“, sagte Ott. „Der Bankier Freiherr von Bethmann. Der hat zusammen mit dem Rothschild die Taunusbahn gebaut. Also, natürlich haben die nicht gebaut. Die haben das Geld dafür organisiert.“
„Der hat wahrscheinlich eine Menge Aktien von der Taunusbahn.“
„So ist es, Hannes.“ Dann schwieg Ott, weil die beiden Herren unten vor der Maschine standen.
„Sieh an, sieh an“, sagte der Bankier Bethmann, und Hannes hörte verblüfft, daß er eine hohe Stimme hatte. „Der gute, alte Blitz, unsere erste Maschine. Wissen Sie, lieber Heusinger, daß ich die Eröffnungsfahrt auf dem Führer-

stand des Blitz mitgemacht habe? Damals sah er freilich ein wenig anders aus. Wie hat sich der Umbau bewährt?"
„Im großen und ganzen gut", sagte Heusinger und winkte Ott, worauf dieser steifbeinig vom Führerstand kletterte und sich neben die beiden Herren stellte. „Die Verlängerung des Kessels hat tatsächlich die erhoffte bessere Ausnutzung der Heizgase gebracht. Aber . . . Nun, das kann unser Ott selber sagen." Er sah Ott an, und der sagte knapp: „Seit dem Umbau schlingert die Maschine, daß einem schlecht werden kann."
„Die Gefahr von Entgleisungen", sagte Heusinger rasch, „ist nicht von der Hand zu weisen."
„Ach?" Der Bankier Bethmann sprach nicht mit Ott, sondern mit dem Obermaschinenmeister. „Woran liegt das?"
„Nun, sehen Sie, hier: Stehkessel und Feuerkiste hängen jetzt über. Sie werden nicht mehr von der hinteren Laufachse unterstützt. Das ist der Grund – meiner Ansicht nach."
„Und wenn man die Laufachse wieder hinter den Stehkessel rückte? Dieser Umbau müßte technisch möglich sein."
„Ich habe wieder einmal Gelegenheit, Herr von Bethmann, Ihr ingenieurmäßiges Denken zu bewundern. In der Tat, das wäre die Lösung. Nur: Die Verwaltung sperrt sich."
„So?" Der Bankier Bethmann ließ die Augen am Blitz entlang wandern. „Ja, die leidige Kostenfrage. Der Radstand wäre dann zu groß. Der Blitz paßte auf keine Drehscheibe mehr. Und neue Drehscheiben nur für den Blitz?"
„Der Maschinenpark ist überaltert, Herr von Bethmann. Die Verwaltung muß neue beschaffen. Und die meisten Firmen bauen jetzt Maschinen mit langem Radstand. Größere Drehscheiben werden zwangsläufig irgendwann fällig."
„Nun, ich werde mit dem Präsidenten des Verwaltungsrates reden." Der Bankier Bethmann wendete sich zum Gehen.

„Aber Sie wissen, lieber Heusinger: Große Investitionen bedeuten geringere Dividenden. Unsere Aktionäre ..."
Hannes sah hinter den beiden Herren her, wie sie zum Erste-Klasse-Wagen gingen.
Ott kam hochgeklettert. „Mein lieber Mann", sagte er. „Hab ich einen Bammel gehabt."
„Sie haben ...?" Hannes grinste übertrieben breit. „Warum?"
„Der Herr Bankier hat sich von irgend jemandem, den man hängen müßt, das Lokomotivführen zeigen lassen. Und wenn ihm danach ist, dann macht er's auch. Tatsächlich weiß er, wie's geht, aber Übung hat er natürlich keine. Und ich hätt dabeistehen und das Maul halten müssen. Aber wenn was passiert wär, dann wär's selbstredend ich gewesen. Na, für diesmal sind wir davongekommen. Und außerdem freut mich, daß mein Heizer anscheinend das Grinsen wieder gelernt hat."
Ja, Mahlzeit. Schon war's ihm vergangen, denn da war der Brief.
Hannes griff nach der Schaufel, kletterte auf den Tender und begann, Koks nach vorn zu schaufeln, damit er ihn während der Fahrt bereit hatte. Sie schickte einen Brief, und schon war er durcheinander. Fest entschlossen war er gewesen, sie nicht wieder zu treffen. Auf eine Konkurrenz mit dem Wilhelmi wollte er sich nicht einlassen. Von so was ließ man besser die Finger. Er hatte einmal konkurriert und verloren. Und obendrein bitter bezahlt. Nein, mit ihm nicht noch mal. Wenn sie sich nicht entscheiden konnte – bitte, er ging freiwillig.
Und jetzt der Brief. Wenn sie geschrieben hätte, etwa: ‚Ich habe nichts mit dem Wilhelmi, und ich möchte Sie wiedersehen', vielleicht sogar: ‚bitte wiedersehen' – schön, dann wäre das ein Angebot gewesen, über das man hätte reden können. Aber das hatte sie nicht geschrieben. Sie schrieb ...

Hannes stellte die Schaufel in die Armbeuge und holte den Brief aus der Jackentasche. Sie schrieb: ‚Hannes. Schwarz-Rot-Gold hat Symbolkraft. Louise.‘ Hannes steckte den Brief wieder ein. Was Verzwickteres hätte sie sich nicht ausdenken können. Sicher: Man konnte sich eine Menge denken dabei. Aber man konnte sich auch dumm stellen und sagen: ‚Was? Versteh ich nicht.‘ Er hatte die Wahl.

„Na, Ott, wie geht's denn so?“

Schon wieder einer mit Vollbart, allerdings mit einem wilden, dunkelbraunen Rauschebart. Der Mann stand unten vor dem Blitz und war ein Riese – Hannes schätzte ihn auf sechseinhalb Fuß. Und Muskeln schien er zu haben. Klar, ein Turner, einer von den politischen. Man sah es am Hut mit der breiten Krempe, die rechts hochgeschlagen war, und an der Turnerjacke. Aber die trug er nicht bis oben zugeknöpft, wie der Wilhelmi, sondern ganz offen. Und der Hemdkragen war locker übergeschlagen.

„Wie soll's gehn. Siehst du ja – jeden Tag das gleiche. Und du? Fährst du nach Frankfurt?“

Der Riese nickte. „Da wird unsereiner jetzt gebraucht.“ Er sah zu Hannes hoch. Und dann zwinkerte er Hannes zu. Er zwinkerte ihm einfach zu und sagte, während er auf Ott zeigte: „Schindet er dich?“ Als Hannes stumm und erstaunt schaute, sagte Ott: „Immer fleißig am Wühlen, was? Aber du siehst, das verfängt hier nicht.“

Da lachte der Riese, und man sah seine gesunden, kräftigen Zähne. „Na, dann macht's gut, ihr beiden.“ Er tippte an die Hutkrempe und ging davon, gemächlichen Schrittes, die Leute auf dem Bahnsteig um Haupteslänge überragend, und Hannes sah ihn, bis er in einem der Vierte-Klasse-Wagen verschwand.

Er kletterte vom Tender. „Wer, in aller Welt, war denn das?“

„Mit dem bin ich ein paar Jahr zur Schul gegangen. Das war der Metternich. Der Germain Metternich von Mainz."
„Und?" fragte Hannes. „Ich meine: Was treibt er so?"
„Schreibt, malt, turnt." Ott lachte. „Aber wenn du ihn fragst, nach seinem Beruf, dann sagt er: Revolutionsmann. Und das ist er auch. Der hat mit dem Zitz zusammen die Sache in Mainz vorangebracht. Ein Mann der Tat, wie man so sagt. Der hat eine Bürgerwehr organisiert, sag ich dir – nicht so eine wie in Frankfurt. Nein, eine richtige, kleine Revolutionsarmee. Freilich, er versteht sich drauf. Schließlich war er Leutnant beim 3. Hessischen Infanterie-Regiment. Bis sie ihn vier Jahr auf der Marxburg eingekerkert haben."
„Warum denn das?"
„Er war beim Hambacher Fest dabei."
„Hambach?" fragte Hannes. „Wo sie zum ersten Mal Schwarz-Rot-Gold als Fahne gezeigt haben? Ich denk, da waren nur Studenten?"
„Nicht nur, auch andere..." Ott stockte. „Ei, Hannes, woher weißt du denn das alles?"
„Ach Gott." Hannes griff nach der Schaufel. „Hat mir jemand erzählt."
„So, so", sagte Ott. „Scheint eine Menge zu wissen, dieser jemand. Den solltest du dir warm halten. Auch, wenn er nicht gewußt hat, wer der Reinganum ist."
Hannes starrte ihn an.
„Herrje, nun guck nicht so." Ott lachte. „Meinst du, ich wär blind? Ich merk doch, was mit dir los ist. Also, schau zu, daß du mit diesem jemand wieder ins Reine kommst. Schon im Interesse eines reibungslosen Dienstbetriebes auf dem Blitz."
Hannes kletterte auf den Tender und begann zu schaufeln. Nach einer Zeit hielt er inne und fragte zu Ott hinunter: „Wissen Sie, wann die Main fertig ist?"
„Die ist eigentlich fertig. Aber jetzt haben sie angefangen,

am Triebwerk zu schlossern. Anderthalb Wochen wird's noch dauern. Am dreißigsten soll sie wieder fahren."

Frau von Bethmann hatte gesagt: „Ich möchte Sie bitten, auch morgen zu kommen." Der Kinderfrau hätte man wegen eines Todesfalles in deren Familie freigeben müssen, bedauerlicherweise, denn die morgige Taufe erforderte Vollzähligkeit des Personals. Da bitten hier befehlen hieß, betreute Louise an diesem Sonntagnachmittag die Bethmann-Kinder.
Sie hatte glanzvolle Festlichkeit erwartet, aber die würde es erst am Abend geben. Die eigentliche Taufe des Säuglings Carl Hugo schienen Bethmanns mehr als schlichte Familienfeier zu begreifen. Es war eine Haustaufe, ohne Umstände, und Herr von Bethmann kam erst kurz zuvor von einer Geschäftsreise zurück. Die gnädige Frau trug eines der schulterfreien Kleider, in denen sie tagtäglich herumlief, das Louise allerdings, hätte sie so eines besessen, allenfalls auf einem Ball getragen hätte. Von den etwa dreißig Gästen waren die meisten wohl Verwandtschaft.
Da heute außer Henriette und Moritz die zweijährige Friederike dabei war, schenkte sich Louise das Französisch, machte keinen Unterricht, sondern ging mit den Kindern in das Spielzimmer. Die Fülle des Spielzeugs überraschte sie jedesmal neu. Von Schaukelpferd und Puppenwiege, über Trommel und Gitarre, bis zu Laterna magica und Kochherd schien alles vorhanden zu sein, was man im Spielwarenmagazin kaufen konnte. Henriette wollte mit Louise an ihr Puppenhaus, Moritz dagegen mit ihr seine Zinnsoldaten aufbauen, wozu er seine preußische Uniform, komplett mit Pickelhaube, Stiefeln und Säbel, anzulegen gedachte. Louise erinnerte an Friederike und schlug einen Kompromiß vor. Dann saßen sie alle vier auf dem Teppich und spielten mit dem Bauernhof.

Gegen fünf erschien ein Stubenmädchen, übernahm Friederike, und Louise ging mit Henriette und Moritz hinunter zur Teestunde.
Die Flügeltür zwischen den beiden Salons war geöffnet, man saß um Mahagoni-Tischchen gruppiert, plauderte und trank Tee, den Madame Pfaff in der silbernen Teemaschine bereitete und den zwei der Mädchen servierten. Henriette und Moritz durften sich eine Weile frei von Tisch zu Tisch bewegen, und dann, auf einen Wink Frau von Bethmanns, sammelte Louise die beiden ein und nahm mit ihnen an einem gesonderten Tisch Platz. Während die Kinder still und gesittet Schokolade tranken, hörte Louise zu, wie Herr von Bethmann – er saß schräg hinter ihr – mit hoher Stimme dem Pfarrer erzählte, daß er sich einen neuen Daguerre'schen Apparat von Voigtländer aus Wien hätte kommen lassen.
„Ich bewundere Sie", hörte sie den Pfarrer sagen. „Nun beherrschen Sie auch die Kunst der Photographie."
„Es ist keine Kunst, lieber Meisinger. Es ist eine Technik und als solche erlernbar. Auch Sie könnten es lernen. Freilich, ein wenig Zeit müßten Sie investieren."
„Nun", sagte Pfarrer Meisinger, „Zeit werde ich über kurz haben. Wir werden wohl einige Wochen unsere Kirche nicht benutzen können. Wo und ob wir dann überhaupt Gottesdienste abzuhalten vermögen, das ist mehr als fraglich."
Louise überlegte, wie lang sie mit den Kindern hier würde aushalten müssen. Sie ging nicht zur Kirche, und die Sorgen des Herrn Pfarrers waren ihr herzlich gleichgültig. Übrigens gab es sechs evangelisch-lutherische Kirchen in Frankfurt, und Pfarrer Meisinger würde für seine Schäfchen schon ein Plätzchen finden. Louise hatte nicht zugehört und so überraschte es sie, daß die Herren offenbar abrupt das Thema gewechselt hatten.
„Ja, das ist richtig", hörte sie den Pfarrer. „Herr Jucho ist sogar schon mit einer diesbezüglichen Eingabe an den Senat

herangetreten. Inzwischen hat man jedoch erkannt, daß der Kaisersaal die Menge der Deputierten nicht fassen wird, ganz zu schweigen von eventuellen Zuhörern. Und so ist man auf unsere Kirche verfallen."

Welche denn, um Himmelswillen? Louise spitzte die Ohren. Die Katharinenkirche am Paradeplatz kam in Frage, die war groß genug.

„Und Sie konnten das nicht abwenden?" fragte Herr von Bethmann.

„Wie sollte ich? Das Konsistorium war zwar auch dagegen und hat als oberste Kirchenbehörde nominell die Befugnis zu entscheiden, aber letztlich: Der Senat ist die Staatsregierung, und das Konsistorium mußte sich fügen. Dem Senat ist diese Lösung natürlich lieber. So hat er die, nun, etwas anrüchige Versammlung nicht im Römer. Und die Zuschauerfrage ist damit auch gelöst. Die Galerie eignet sich hervorragend als Tribüne. Der größte Versammlungsraum in Frankfurt ist nun mal die Paulskirche."

Aber natürlich. Die war geradezu ideal. Daß ihr die nicht eingefallen war – nun, wenn man ‚Kirche' hörte, noch dazu von einem Pfarrer, dann dachte man eben auch an eine mit Langschiff und Turm, wie sich's gehörte. Und nicht an diesen merkwürdigen Rundbau mit dem eiförmigen Grundriß, dessen glatte Außenwand, nur durch hohe Fenster gegliedert, zum Gähnen reizte. Auf das Ganze war wie ein Deckel das spitz zulaufende Dach gesetzt. Und der quadratische Turm wirkte, als hätte der Baumeister ihn nachträglich an den Rundbau geklebt.

Louise hatte Frau Schmidt nach dieser unkirchlichen Kirche gefragt – daß es eine war, sah man am Kreuz auf dem Turm – und die hatte gelacht und gesagt: „Ja, ja. Wie eine Pastete mit einer Weinflasch nebendran." Den Bau hätte man vor über sechzig Jahren angefangen, und dann lange liegen gelassen. In dem Jahr, als sie Schmidt geheiratet hatte, Anno

33, da hätte man das Ding zu Ende gebracht, weil „es schaut doch schlecht aus, wenn so was Halbfertiges rumsteht, nicht wahr?"
Entsprechend lustlos hatte man die Kirche innen gestaltet. Zwar war, wohl weil der Plan es vorsah, die breite Galerie ausgeführt, rundum laufend, von glatten Säulen getragen, aber das war's dann schon. Kahle, weißgetünchte Wände, keine Ausmalung, kein kirchlicher Schmuck, lediglich Kanzel und Orgel. Und einen Altar gab's natürlich. Den hatte man an eine der stumpfen Seiten des Kirchenovals gerückt, als Mittelpunkt der kreisförmig umlaufenden Bänke. Unterbrochen wurden die Bankreihen durch drei strahlenförmig auf den Altar zulaufende Gänge. Als Louise sich jetzt das Innere der Paulskirche vorstellte, konnte sie sich gut an die Stelle des Altars ein Rednerpult denken.
Inzwischen waren die beiden Herren zu den Ereignissen in Berlin übergegangen. „Als feststehend ist wohl anzunehmen", sagte Herr von Bethmann, „daß am 13. März die Kavallerie ohne Warnung auf die ruhige Versammlung eingehauen hat. Eine ungeheure Dummheit. Und leider scheint das Militär die Überfälle auf friedliche Bürger fortzusetzen. So wie ich die Verhältnisse bei Hofe kenne, ist vermutlich der Prinz von Preußen die treibende Kraft. Ich hoffe, seine Majestät der König erkennt bald, daß Mäßigung am Platze ist. Die Erbitterung gegen das Militär führt Bürger und Proletarier zwangsläufig zusammen. Und die Nachrichten aus Wien heizen die Stimmung zusätzlich auf."
„Nicht wahr?" sagte der Pfarrer. „Dort hat man ähnlich unklug das Militär schießen lassen. Erst dann sind Bürger, Studenten und die Arbeiter aus den Vorstädten gemeinsam vorgegangen. Und Staatskanzler Fürst Metternich mußte fliehen. Wissen Sie, ob er sich auf sein Gut im Rheinland begeben wird?"
„Ich weiß es nicht", sagte Herr von Bethmann. „Und ich

fände das sehr unklug. So wie die Stimmung zur Zeit ist, sollte der Fürst Deutschland zunächst verlassen. Nun, ich werde mich bei Baron Rothschild erkundigen. Der ist schließlich österreichischer Generalkonsul. Ich meine..."

Louise erhob sich. Frau von Bethmann hatte sie angesehen und mit einer Kopfbewegung zur Tür gedeutet. „Schade", dachte Louise. Wie der Bankier und preußische Generalkonsul Freiherr von Bethmann die Revolutionsereignisse einschätzte – sie hätte gern mehr darüber gewußt. Während sie die Kinder bei der Hand nahm, dachte sie: „Aber was ich wirklich wissen will, das erfahre ich frühestens übermorgen." Und dann dachte sie: „Den Brief aus Marburg mußt du endlich lesen." Er war von ihrer Schwester und lag seit gestern ungeöffnet auf dem Schreibtisch.

Louise hatte den Waschkrug aufgefüllt, die Birkenzweige in der Vase neu geordnet, dabei das Wasser gewechselt, Lampenöl nachgefüllt und sorgfältig den Docht geputzt. Was war noch zu tun? Nichts. Schön, dann konnte sie sich eigentlich an den Schreibtisch setzen. Louise nahm Platz. Sie steckte sich eine Viktoria an und griff nach dem Brief.

„Nun, ihr Knaben, der Himmel ist klar, und wir werden das seltene Naturschauspiel beobachten können."

Richtig, die Mondfinsternis. Schnepf war unten im Garten. Die Finsternis sollte sie sich auch besehen. Dem stand nichts im Wege: Die dauerte vier Stunden, und sie konnte vorher lesen.

„So. Es ist jetzt sieben Uhr und fünfzig Minuten mittlerer Frankfurter Zeit... Carl-Ferdinand! Die Hand aus der Tasche!"

Aber das Fenster mußte sie schließen. Während sie den Riegel umlegte, dachte sie flüchtig: „Das sagt er häufig. Warum eigentlich die Hand aus der Tasche?"

Hier war der Brief. Louise löste das Siegel und faltete ihn auf. Nur ein Bogen, aber er war eng beschrieben.
‚Meine geliebte Schwester!' Na, ‚liebe Schwester' hätt's auch getan. In Marburg war dies und das passiert, Minchen Soundso hatte geheiratet, Mutter und Großmutter bedurften zwar weiterhin ständiger Pflege, aber unter Berücksichtigung dieses Umstandes ging es ihnen gut – und warum dann dieser Brief? ‚Du weißt, Louise, daß ich Dich sehr lieb habe...', Louise zündete sich eine neue Viktoria an, ‚... aber findest Du es nicht auch ein klein wenig egoistisch, wie Du in Frankfurt Dein (sicherlich sehr interessantes) Leben führst, und Dich überhaupt nicht um die Familie kümmerst? Ich weiß, daß Mama und Großmama der gleichen Ansicht sind. Es wäre sehr schön, wenn Du uns baldmöglichst einmal besuchen könntest. Assessor Schrader meint dies auch...' Wer, zum Teufel, war Assessor Schrader? ‚Ich habe ihm viel von Dir erzählt, und er möchte Dich gerne kennenlernen. Er besucht uns häufig in letzter Zeit, und Du müßtest einmal hören, wie überaus interessant er aus dem Amt zu berichten weiß...' Da hatte sie es. Louise las den Brief noch einmal, und dann lehnte sie sich zurück.
Nun, das war eindeutig. Ihre Schwester wollte den Assessor Schrader heiraten. Hinderlich waren dabei Mutter und Großmutter, die sie glaubte, pflegen zu müssen. Aber da gab es ja die egoistische Louise. Die konnte das in Zukunft machen. Das durfte man ihr nicht ausdrücklich schreiben, sonst kam die gar nicht erst. Hatte man sie aber in Marburg, dann würde man sie mit Assessors Hilfe schon weich kriegen.
Louise stand auf. Nein, nicht mir ihr. Sie würde nicht nach Marburg reisen. Wenn die Schwester unbedingt heiraten wollte – bitte. Die Großmutter war in einem Stift gut aufgehoben, und die Mutter... Louise ließ sich auf dem Sofa nieder.
Eigentlich war die Mutter gesund. Die Nervenschmerzen

hatte sie, seit Louise denken konnte. Sie erinnerte sich gut an die Angst, daß sich die Mutter mit Nervenschmerzen in ihr verdunkeltes Zimmer zurückzog. Denn das hieß, daß sich die Eltern gestritten hatten. Das taten sie nie, wenn die Kinder dabei waren. Aber Louise wußte, worüber sie stritten. Sie war zwölf gewesen, als sie hinter der angelehnten Tür des Studierzimmers gelauscht hatte. „Was du mit dem Kind anstellst", hatte die Mutter gesagt, „ist ein Verbrechen." Darauf der Vater: „Bitte verschone mich. Es ist mir sattsam bekannt, wie du darüber denkst." – „Du machst ein Monstrum aus ihr." Und als der Vater schwieg: „Gib mir wenigstens die Ehre und antworte." Der Vater: „Erstens hast du keine Frage gestellt, und zweitens weiß ich nicht, was du in diesem Zusammenhang unter einem Monstrum verstehst." Die Mutter: „Oh, das weißt du recht gut. Ein Monstrum ist ein Wesen, das nicht in seine Welt paßt. Eine gebildete Frau ist ein Monstrum. Was du tust, ist ein Verbrechen." – „Du wiederholst dich." – „Ja, ich wiederhole mich. Und ich werde es wieder und wieder sagen. Denn ich weiß, was aus einem Mädchen wird, das einiges gelernt hat, das denken kann, das vielleicht sogar schreibt. Ich weiß es, weil ich dieses Mädchen war. Und dann? Dann heiratet es einen Professor. Einen mit siebenhundert Talern im Jahr, welches jammervolle Gehalt zugegebenermaßen nicht Schuld dieses Professors ist. Aber das Mädchen ist nun mal seine Frau geworden, und nun wirtschaftet sie im Haus. Weil sie sparsam und auf Vorrat wirtschaften muß, ist sie von morgens bis abends damit beschäftigt." Die Stimme der Mutter wurde schrill. „Und da steht sie nun und pökelt Schweinefleisch. Und ihr Wissen, ihr Denken, das hat sie schon vor Jahren eingepökelt." Dann sagte die Mutter leise: „Und ihre Träume dazu."

Louise saß auf ihrem Sofa, im Halbdunkel, denn die Lampe brannte drüben im anderen Zimmer auf dem Schreibtisch, und sie dachte: „Ich habe es nicht verstanden damals. Nur gefürchtet habe ich mich. Vor ihr und ihren Nervenschmerzen." Und den Vater hatte sie gefürchtet. Aber das war ihr erst aufgegangen, als man ihn aus dem Kerker zurückgebracht hatte. Denn da war er keiner mehr, vor dem man Angst zu haben brauchte. Damals fing Louise an zu verstehen, warum die Mutter Nervenschmerzen hatte. Sie waren ihre Waffe gegen den Vater. Seltsam nur, daß sie diese Waffe nicht aus der Hand gab. Der Vater war tot. Warum tat die Mutter jetzt nicht, wovon sie als Mädchen geträumt hatte? Louise dachte: „Ich müßte sie fragen."

Am dreißigsten fuhr Frau von Bethmann mit den Kindern nach Biebrich und kam Anfang Mai zurück. Ein Monat mußte reichen, um in Marburg zu klären, was es zu klären gab. Am dreißigsten März würde Louise die Post nach Marburg nehmen, auch wenn Hannes bis dahin nicht geantwortet hatte.

12

Hannes saß auf der Bank, und hinter ihm stand Philipp. Jetzt schlug der ihm schon zum zweiten Mal auf die Schulter und brüllte: „Mann, der Hecker kommt hierher."
„Weiß ich", rief Hannes. Im Gräberschen Saal herrschten Lärm und Aufregung. Alle Bänke waren besetzt, in den Seitengängen drängten sich die Leute, auch vorn an der Stirnwand des Saales, und nur, wer schon einmal hier war, wußte, daß der große Tisch dort stand, wo der Riese Germain Metternich das Gedränge überragte. Philipp war zum ersten Mal im Graben.
Hannes hatte sich zunächst gewundert, sich dann aber gesagt, daß Philipp während der Teiggare und während des Ausbackens Zeit zum Lesen hatte und deshalb viel wußte, man aber darüber leicht vergaß, daß er halt selten aus der Backstube kam. Heute hatte er sich zwei Stunden ‚freigenommen', wie er gesagt hatte, als sie sich zufällig am Eingang begegnet waren.
Hannes sah auf das Geschiebe an der Schwingtür. Hoffentlich kam sie da durch. Ob er besser vor dem Eingang wartete? Aber draußen auf dem Graben war das Gedränge ebenso stark, da konnten sie sich leicht verfehlen. Außerdem hatte er geschrieben: ‚Auf dem bekannten Platz.' Dort hatte vorhin ein Odenwaldbauer gesessen, der erst gewichen war, als Hannes erklärt hatte, dies wäre sein Stammplatz. Und bisher hatte er auch neben sich ein Plätzchen freihalten können. Hannes legte seine Öljacke auf die Knie, nahm das Halstuch von der Bank und zog Philipp am Jackenärmel. „Setz dich", rief er. Zögernd ließ sich Philipp nieder. „Das merkst du schon, wenn der Hecker kommt", sagte Hannes.

Er mußte noch immer laut reden, aber nun konnte er sich mit Philipp unterhalten. „Sag mal, was ist das für einer, der Hecker, daß die Leut so aus dem Häuschen sind.“
„Na, für die Republik ist er.“
„Weiß ich. Aber das sind viele. Warum jubeln die Leut grad bei dem?“
„Von dem weiß es halt jeder.“ Philipp grinste. „Sogar du.“ Dann sagte er: „Der Hecker kommt aus Baden. Da ist er seit Jahren im Landtag.“
„Im Landtag?“
„Ja. Das ist so eine Art Parlament. Aber die haben nie viel mitregieren dürfen. Jetzt ist das natürlich anders geworden. Und während der Teuerung vor zwei Jahren hat der Hecker gesagt, jeder, der Geld hat, soll zwei oder drei, die hungern, an seinen Tisch nehmen. Also, frag mich nicht, wie er sich gedacht hat, daß das gehen soll. Aber damals hab ich gedacht: Warum nicht?“ Philipp hatte sich in Fahrt geredet. „Dann noch was: Vor ein paar Jahren ist er mal in Berlin gewesen. Und da hat ihn die preußische Regierung aus dem Land gejagt. Darüber hat sich alle Welt aufgeregt. Weil den Preußenkönig und seine Regierung mitsamt den Soldaten schon damals niemand gemocht hat. Na, und jetzt erst recht nicht.“
Hannes nickte. Vor dem preußischen Fort in Kastel standen jetzt vier Mann und ein Korporal, und wenn ein Zug einlief, dann machten die ihre Gewehre schußfertig, als erwarteten sie einen Angriff. Der große Gasthof in der Bockenheimer Gasse hieß jetzt nicht mehr ‚König von Preußen‘, sondern ‚Deutscher Hof‘. Überall gab's Flugblätter gegen den Preußenkönig. Hannes hatte eines gesehen mit Bild. Da stand der König, auf dem Kopf die Pickelhaube, und schoß mit einer großen Kanone auf Leute, bei denen auch eine Frau war. Und über die Kanonenkugel war gedruckt: ‚An meine lieben Berliner.‘ Man wußte gleich, daß damit der 18. März

gemeint war. Da hatten die Berliner gegen die Soldaten gekämpft. Und gesiegt. Wie sie das gemacht hatten, konnte sich Hannes noch immer schwer vorstellen, obwohl Ott erklärt hatte: ‚Die Leut haben überall Barrikaden gebaut. Und das Militär hat immer wieder probiert, die Barrikaden zu stürmen. Aber sie haben es nicht geschafft. Und weil sie nicht geschafft haben, was ihnen befohlen war, deshalb war es eine Niederlage. Und die Leut haben gesiegt.‘ Auf den Barrikaden hatte es um die 230 Tote gegeben. Die sind alle vors Schloß getragen worden, und der König hatte auf den Balkon kommen, den Hut abnehmen und sich vor den Toten verbeugen müssen. Drei Tage später war er mit schwarz-rot-goldener Binde am Arm durch die Stadt geritten. Das mußte man sich mal vorstellen. Das hatte dem wohl keiner abgenommen, daß er plötzlich für Schwarz-Rot-Gold war. Hannes stieß Philipp an: „Sag mal, hast du eine Ahnung, was die Uhr jetzt ist?“
„So gegen halb neun. Warum? Wartest du auf jemand?“
„Ich? Nie.“ Das ging den Philipp gar nichts an, mit wem er sich um halb neun treffen wollte. Das war seine Verabredung, und er mußte schaun, wie er Philipp rechtzeitig los wurde. Ohnedies würde das kein Abend wie der in der Lesestube werden. Aber als er Louise geschrieben hatte, da hatte er nicht ahnen können, daß am dreißigsten im Graben der Teufel los sein würde.
In der ganzen Stadt war der Teufel los. Von überall her waren die Leute angereist, und der Blitz hatte am Nachmittag zwei Zusatz-Touren fahren müssen. Hannes hatte arge Angst ausgestanden, aber dann war er gerade noch rechtzeitig aus dem Lokomotivschuppen gekommen. In der Stadt war kaum ein Durchkommen gewesen. Die Leute schoben sich durch die Gassen, jeder redete mit jedem, und Hannes war viermal angehalten und gefragt worden: Ob er schon gehört hätte? Der und der wäre gekommen. Meistens waren

es Namen, die Hannes nicht kannte, wie Uhland, Blum und Jordan.
Über Jordan schienen sich die Leute besonders zu freuen. Am Friedberger Tor hätten sie ihm die Pferde ausgespannt und seine Kutsche jubelnd in die Stadt gezogen. Andere Namen hatte Hannes schon gehört: Gagern, Zitz und natürlich Hecker und Struve. Die beiden wären im Sachsenhäuser Bahnhof fast nicht aus dem Zug gekommen, so hätten sich die Leute gedrängt.
Und wo man hinsah: Schwarz-Rot-Gold. Kokarden, Armbinden, Bukettchen, Fahnen und nochmal Fahnen. In vielen Fenstern brannten Lichter in gelben, roten und dunklen Gläsern. Auf der Zeil blieb Hannes ein Weilchen stehen und schaute, obwohl er's eilig hatte: In dichten Abständen brannten Fackeln, die ganze Zeil hinunter. Das würde sie sich wahrscheinlich auch ansehen. Und ein Wunder wär's nicht, wenn sie sich verspätete. Daran, daß sie nicht kommen würde, wollte er gar nicht erst denken. Obwohl: Auf seinen Brief hatte er keine Antwort bekommen. Und jetzt war mit Sicherheit halb neun durch. Hannes sah zur Schwingtür.
Und da schob sich Wilhelmi herein.
Aber sicher, warum nicht? Auf ihrem Platz hatte sich Philipp breit gemacht, im Saal war ein Lärm, daß man sich nur schreiend unterhalten konnte, halb neun war längst durch – was tat es da, wenn auch noch der Wilhelmi auftauchte? Der feine Doktor trug wie gewöhnlich eine schneeweiße Jacke – der mußte ein ganzes Lager von den Dingern haben – und heute einen Turnerhut, so einen wie der Metternich, weiß natürlich und mit Kokarde an der Seite. Also, wenn man nur so schaute: Schneidig sah er schon aus. Und daß er heut abend hierherkam – konnte man's ihm verdenken? Wilhelmi schob sich durch die Menge, nach vorn zum Tisch, und begann, mit Metternich zu reden.

„Wer ist der Große dort?“ Philipp sah sich um. „Wer weiß . . .“
„Das ist der Germain Metternich“, sagte Hannes. „Revolutionsmann aus Mainz.“
„Woher weißt du denn das?“
Hannes grinste. „Den kennt doch jeder.“ Er sah nach vorn.
Metternich hatte die Arme gehoben und gerufen: „Brüder!“ Und das rief er mit einer Stimme, die vermutlich bis auf den Graben zu hören war. „Brüder, ich muß euch was sagen.“ Im Saal wurde es still. „Unser Freund Hecker kann heut abend nicht in den Graben kommen.“ Durch die Menge ging ein enttäuschtes „Ooh!“
„Ich erklär's euch“, sagte Metternich. „Wie ihr wißt, tagt das Vorparlament morgen zum ersten Mal. Und ihr wißt auch: Schon morgen muß es die Republik ausrufen, sonst ist die Revolution verspielt. Deshalb müssen sich unsere demokratischen Deputierten heute absprechen. Und ich glaube, jeder sieht ein: Das geht nicht ohne den Hecker.“
„Das ist wahr“, sagte Philipp, und im Saal war zustimmendes Gemurmel.
„Aber“, sagte Metternich. „Wenn der Hecker nicht zu uns kommen kann, dann gehn wir halt zum Hecker.“ Er hob die Hände. „Die Demokraten haben sich im Weidenbusch versammelt. Und davor stehen die Bockenheimer Turner und der Sachsenhäuser Musikverein. Und die haben Fackeln dabei, auch für euch. Und jetzt“, rief Metternich, „jetzt kriegt der Hecker einen Fackelzug. Auf zum Weidenbusch.“
Die Leute im Saal jubelten. „Ein Fackelzug! Auf zum Weidenbusch.“ Und sie drängten und drückten durch die Schwingtür. „Ein Fackelzug für den Hecker.“ Philipp schlug Hannes auf den Rücken. „Na los. Auf.“
Da saß er. Gewiß ging es jetzt auf neun zu. Und sie war nicht

gekommen. Möglich, daß sein Brief verlorengegangen war, verschlampt von einem Briefträger der Stadtpost. Oder sie wartete vor dem Weidenbusch. Nein, Quatsch. Sie konnte nicht wissen, daß er vielleicht zu dem Fackelzug ... Das war aber auch jedesmal ... Nein, verdammt. Jetzt blieb er hier hocken. Wenn's sein mußte, bis morgen früh. Das wollte er doch mal sehn. Er schüttelte den Kopf. „Ich bleib hier."
„Bist du verrückt?" Philipp starrte ihn an. „Weißt du was? Du kannst mich mal." Und er stürzte davon.
Der Saal hatte sich fast geleert. Zuletzt gingen Wilhelmi und Metternich zur Schwingtür. „Heh, was ist denn mit dir?" Metternich blieb stehen. „Ei, dich kenn ich doch? Du bist der Heizer vom Ott. Willst du nicht mit zum Hecker?"
„Nein, noch nicht. Vielleicht später." Hannes vermied es, Wilhelmi anzusehen, aber er merkte, daß der ihn aufmerksam musterte.
„Na, komm halt nach." Metternich verließ mit Wilhelmi den Saal.
Stille. Hinter ihm, am Schanktisch, klapperte der Wirt mit Gläsern und Krügen, und dann hörte auch das auf, weil der Wirt in die Schankstube gegangen war. So. Nun hatte er ja alles wunschgemäß. Einen stillen Saal, in dem man ruhig sitzen und miteinander reden konnte. Tja. Da war wohl kaum noch Hoffnung. Aber dann hatte er die Nase voll. Dann ließ er sich auf nichts mehr ein. Jedesmal ließ sie ihn zappeln. Möglich natürlich, daß ihr was dazwischengekommen war. Das gab's ja. Durchgebrannte Kessel oder so was. Was arbeitete sie überhaupt? Hatte er noch gar nicht gefragt. Sie wußte eine Menge über ihn. Sogar von der Bettlerzeit. Und wenn sie ...
„Hören Sie mal, ich weiß zwar nicht, was Sie vorhaben ..."

Da stand er und lachte. Und er hatte eisern gewartet, der Gute. Sie mußte ihm erklären, warum sie so spät kam. Sonst

nahm er an, sie ließe ihn grundsätzlich zappeln. Sie standen sich gegenüber, zwischen ihnen war die Bank, und er freute sich. Als sie vorhin durch die Gassen gehastet war, das war nicht schön gewesen. Gespannte Erwartung, etwas Angst: War er da? Wartete er? Verfehlten sie sich nicht bei dem Durcheinander? Und jetzt? – Da stand er, sah sie an aus seinen hellen Augen, und sie dachte: „Da ist er, der Hannes." Sie hatte nicht gewußt, daß sie sich so freuen konnte, einfach darüber, daß da jemand auf einer Bank saß und auf sie wartete. Und sie dachte: „Da ist er, der Hannes." Sie sagte: „Guten Abend, Hannes", und streckte ihm die Hand hin. Er nahm sie, hielt sie fest, und das war nun eigentlich ganz richtig, warum nicht, sie kannten sich ja, ihre Hände, und sie wußte, daß seine Hand warm war und ein bißchen rauh.
„Bin ich froh", sagte er. „Setzen wir uns?"
Louise sah sich in dem leeren Saal um. „Hier, in diesem ..."
„Bitte", sagte er. „Ein klein wenig. Nicht gleich losrennen. Und wohin?" Dann lachte er. „Außerdem bin ich dran mit Wünschen."
Sie lächelte und ließ sich nieder. Auch er setzte sich. Sie saßen nebeinander, aber er hatte die Füße auf der einen Bankseite, und sie auf der anderen. Das hatte sich so ergeben, darüber brauchte man nicht nachzudenken. Es war aber so: Hätten sie die Füße auf der gleichen Bankseite gehabt, dann hätten sie beim Reden schon mal geradeaus sehen können. So, wie sie saßen, mußten sie sich ansehen. Sie konnte nicht gut auf die Theke starren, und er in die andere Richtung auf die Saalwand. Also hatten sie sich einander zugewendet. Sie saßen wie auf einem der kleinen Rokoko-Sofas mit den S-förmigen Lehnen, nur daß zwischen ihnen keine war. Louise band das Kinnband auf und nahm den Hut ab, und er sah ihr dabei zu. Dan nahm sie ihr Umhangtuch von den Schultern, und dabei sah er ihr auch zu. Sie legte Tuch und Hut hinter

sich, und als sie sich ihm wieder zuwendete, sagte er: „Ich mag das, wie Sie lächeln."
Sie dachte: „Ja, Hannes. Und ich mag, daß du hier auf der Bank sitzt, hörst du?" Sie sagte: „Ich muß Ihnen erklären, warum ich mich verspätet habe."
„Das macht nichts", sagte er und sah sie an. „Jetzt sind Sie hier."
„Doch, doch, ich muß erklären ... Wissen Sie, damit hängt zusammen, daß wir uns ..." Sie hielt inne. Einen ganzen Monat würde sie ihn nicht sehen. Ob sie die Reise nach Marburg einfach abblies? Nein, das war unvernünftig. Außerdem: Das Billett nahm die Post nicht zurück, und sie verlor dreieinhalb Gulden. Mein Gott, dreieinhalb Gulden, was war das schon?
Und ihre Schwester? Die Frage an die Mutter? Nein, sie mußte fahren. Das war nicht vernünftig, sondern notwendig. Auch für sie und Hannes. Denn jedesmal, wenn sie sich sähen, würde ihr einfallen: ‚Ich habe das Notwendige nicht getan.' Sie sagte: „Hannes, hören Sie zu. Wir werden uns einen Monat nicht sehen. Ich reise nach Marburg. Deshalb bin ich heute zu spät. Wissen Sie, Ihren Brief habe ich erst gestern bekommen. Mein Billett, ich mußte es umtauschen. Das dauerte. Sie glauben nicht, wie stur diese Postfunktionäre sind. Kurz ..." Sie brach ab.
Hannes lächelte. Er lächelte.
„Haben Sie gemerkt", sagte er, „daß Sie gesagt haben: Wir werden uns einen Monat nicht sehen?"
„Ja", sagte sie. „Einen ganzen Monat."
„Und wir sehen uns, wenn Sie zurück sind? Wissen Sie, daß wir uns dann schon zwei Monate kennen?"
Sie sah ihn an, wie er lächelte, und da begriff sie. Sie dachte: „Er hat es nicht gewußt. Er hat nicht gewußt, daß du ihn sehen, mit ihm reden, daß du mit ihm zusammen sein willst. Du faßt seine Hände und glaubst, er versteht, was das für

dich heißt. Du schreibst ihm einen dunklen Brief und denkst, er versteht, was du meinst. Und für dich ist klar, daß wir uns nach Marburg wieder treffen. Aber plötzlich merkst du: Für ihn ist es nicht klar." Und sie dachte: „Du magst ihn und du siehst, daß er dich mag. Aber warum denkst du, daß er Gedanken lesen kann?" Sie sagte: „Hannes. Wir werden uns sehen, sobald ich zurück bin. Ich schreibe Ihnen rechtzeitig, wann das sein wird. Wenn Sie an diesem Tag Dienst haben, dann an einem anderen: Aber ich möchte, daß wir uns sehen."

„Ja", sagte er. „Sie möchten es. Und ich möchte es auch." Er saß, ihr zugewandt, und sah sie an. „Herrgott, bin ich froh", sagte er. „Wissen Sie, daß ich verdammt froh bin?" Und plötzlich faßte er sie an den Schultern. Er faßte sie an den Schultern, schüttelte sie sogar ein wenig und sagte: „Ich bin so verdammt froh." Und dann ließ er die Hände an ihren Oberarmen herabgleiten, zog sie über die Unterarme, die in ihrem Schoß lagen, aber über ihren Händen hielten seine Hände an. Und es war das erste Mal, daß es von ihm ausging.

„Störe ich?"

Der Wilhelmi. Da stand doch tatsächlich der Wilhelmi in der Tür. Ausgerechnet jetzt. Hannes wollte seine Hände zurückziehen, aber sie hielt sie fest. Sie hatte ihn bei den Fingern, und die ließ sie nicht los. Und wie sie den Wilhelmi ansah. Fast so wie den Leutnant, damals am Tor. Sie sagte: „Sie fragen, ob Sie stören? Wollen Sie ernsthaft darauf eine Antwort, Herr Doktor Wilhelmi?"

„Nein, eigentlich ... Ist ja ziemlich eindeutig ..." Und es schien, als stellte sich der schneidige Wilhelmi ein wenig an.

„Nun", sagte sie und sah freundlicher auf den Doktor, aber Hannes Hände ließ sie nicht los. „Es handelt sich hier um

eine jedermann zugängliche Lokalität. Tun Sie immerhin, wozu Sie hergekommen sind."
„Ja, wozu bin ich hergekommen?" fragte der Doktor dämlich und stand immer noch in der Tür.
„Vielleicht, um ein Bier zu trinken?" schlug sie vor.
Da nahm er sich zusammen und kam näher. Und wie er jetzt stand und auf ihre Hände heruntersah, da tat er Hannes fast leid. „Also, um die Wahrheit zu sagen..." Wilhelmi legte die Arme auf den Rücken. „Ich bin Ihretwegen hergekommen, Fräulein Coith."
„Woher wußten Sie, daß ich hier bin?" fragte sie, und Hannes spürte den Druck ihrer Finger.
„Nun, das war nicht schwer zu erraten... Gleichviel", sagte Wilhelmi plötzlich, „ich wollte Sie für morgen in die Paulskirche einladen. Ich habe zwei Eintrittskarten besorgt... Na, das ist jetzt wohl hinfällig."
„Woraus schließen Sie das?" fragte sie, aber sie sah Hannes dabei an. „Woraus, Herr Doktor Wilhelmi", sagte sie zu Hannes, und er spürte, wie ihr Griff fester wurde, „woraus schließen Sie, daß ich nicht an der Sitzung des Vorparlaments interessiert wäre? Woraus schließen Sie, daß ich mich nicht freute, wenn mir jemand eine dieser seltenen und begehrten Eintrittskarten verschaffte? Und daß ich mich nicht von diesem jemand begleiten ließe? Woraus schließen Sie das?" Unverwandt sah sie Hannes an. Und er spürte ihren Griff und dachte: „Ja, zum Teufel, woraus? Ich tät mir's auch gern ansehen." Und warum sollte sie nicht mit dem Wilhelmi hingehen? Hannes dachte daran, daß er sich mit ihr treffen würde, wenn sie zurückkam, und daß er verdammt froh war.
Er nickte und sagte: „Ja, woraus?"
Und da lächelte sie.
„Ich darf also hoffen?" fragte Wilhelmi.
„Sie dürfen, aber aus zwei Gründen hoffen Sie vergeblich.

Der erste: Bekanntlich sind wegen des beschränkten Raumes Frauen als Zuschauer nicht zugelassen."
„Oh, das lassen Sie meine Sorge sein. Das wäre ja gelacht, wenn ich Sie nicht in die Paulskirche bekäme."
„Nun, vielleicht gelänge es Ihnen sogar. Bleibt der zweite Grund: Ich verreise morgen." Und als er etwas sagen wollte: „Das ist endgültig. Ich reise morgen früh um acht."
„Tja", sagte Wilhelmi. „Das ist wohl so. Da stehe ich nun. Und zu Hause liegen die Eintrittskarten."
„Aber ich bitte Sie. Es wird sich doch jemand finden, den Sie mitnehmen können. Es braucht ja nicht unbedingt eine Dame zu sein." Sie lächelte Hannes an. „Hannes, wie wäre es mit Ihnen?"
„Was? Ich? Ich soll...?" Hannes sah sie an, und dann zu Wilhelmi hoch. „Also... Warum nicht?" Dann sagte er: „Aber ich hab Dienst... Freilich, morgen ist Putztag. Und der Ott deichselt das, daß ich weg kann."
„Schön", sagte Wilhelmi. „Wann können Sie? Am Vormittag, kurz nach Sitzungsbeginn, müßte es schon sein."
„Ich kann frühestens um zwölf", sagte Hannes. Und als Wilhelmi nickte: „Wo treffen wir uns?"
Da sagte sie: „Der Paulsplatz ist abgesperrt und nur mit Eintrittskarten zu betreten. Ich schlage vor, Sie treffen sich auf dem Römerberg am Brunnen."
Hannes und Wilhelmi nickten.
Und da ließ sie seine Hände los und erhob sich. „Es ist spät. Ich muß heim." Sie sah Hannes an und fragte: „Bringen Sie mich bis ans Friedberger Tor?"

Sie hatten einen guten Platz auf der Galerie gegenüber dem Pult, von dem aus die Leute redeten, und wenn sich Hannes über die Brüstung beugte, konnte er alle Deputierten unten in der Kirche sehen. Wilhelmi saß schweigsam neben ihm, und Hannes hätte an seiner Stelle gern Louise gehabt. Die

hätte ihm alles genau erklärt. Ob sie die Kirche schon mal von innen gesehen hatte? Also, was hieß Kirche. Anscheinend gab's hier noch nicht mal eine Orgel. Möglich, daß sie auf der Galerie gegenüber hinter dem riesigen Bild versteckt war. Da hatte jemand eine breitgesichtige Frau gemalt. Die trug ein Flattergewand, zeigte Schwert und schwarz-rot-goldene Fahne und hatte was mit dem deutschen Vaterland zu tun. Das konnte man nebendran lesen.
Unten in der Kirche war ein ziemliches Durcheinander. Die Deputierten liefen in den Gängen herum, schoben sich durch die Bankreihen zu ihren Plätzen, standen wieder auf – da, der eine dort. Jetzt sprang er schon zum dritten Mal hoch, weil er einen gesehen hatte, mit dem er was besprechen wollte. Fast alle unterhielten sich, obwohl vorn am Pult einer redete. Und der Mann, der am Pult etwas erhöht saß und die Versammlung wohl leiten sollte, griff nicht ein. Mittermeier hieß der Mann, das hatte Wilhelmi vorhin knapp gesagt.
Und Herr Mittermeier kam offensichtlich mit dem Kram hier nicht zurecht.
Hannes hatte Wilhelmi wie verabredet am Brunnen getroffen, aber sie waren nicht gleich in die Kirche gegangen, weil's was zu schauen gab: Über die Neue Kräme kam ein Zug, vorneweg eine Musik vom Linienmilitär und dahinter Hunderte von Leuten mit schwarz-rot-goldenen Fahnen. Auch wenn der Metzger Glock nicht dabeigewesen wäre, hätte Hannes gewußt, was das für Leute waren. Denn sie riefen: ‚Keine Republik.‘ Allerdings riefen sie auch: ‚Für ein deutsches Parlament.‘ Das verstand Hannes nicht. Hieß Parlament nicht auch Republik?
Die Versammlung war jetzt ruhiger geworden, und am Pult stand ein breiter, untersetzter Mann mit roter Knollennase. Seine Oberlippe hatte er glattrasiert, aber um das Gesicht wucherte ein Vollbart. Er redete gegen das Programm eines

Siebener-Ausschusses, und jetzt wollte Hannes den Wilhelmi doch mal fragen. Nur: Dazu mußte er die Anrede klären, die er bisher umgangen hatte. Herr Doktor Wilhelmi? Kam nicht in Frage. Überhaupt nicht ‚Herr'. So redete er Ott an, obwohl der ‚du' zu ihm sagte. Aber der war der Vorgesetzte, und so war es üblich. Auch der Metternich hatte ‚du' zu ihm gesagt. Und so, wie der war, würde Hannes ihn glatt wieder duzen. Aber den Wilhelmi? – Zum Teufel, schließlich redete der im Graben und war für das Volk. Also bitte.
Hannes stieß ihn an. „Hör mal, Wilhelmi."
Wie Hannes erwartet hatte, machte der ein dummes Gesicht. Aber dann – dann lächelte er. Und jetzt sagte er einfach und ohne Umstände: „Was ist, Hannes?"
„Sag mir mal", also, ein wenig komisch klang das schon, „sag mir mal, wie der heißt, der gerade redet."
„Blum heißt der. Das ist der Robert Blum aus Leipzig."
„Ist der für die Republik?"
„Ja. Obwohl . . . Na, es wird sich zeigen, wie ernst er's damit meint."
„Aber Hecker und Struve", sagte Hannes, „die meinen es ernst. Wo sind die beiden denn?" Wilhelmi zeigte sie ihm.
Hecker war groß, hatte langes, gewelltes Haar und einen lockigen Vollbart, und mit seiner mächtigen, gebogenen Nase sah er aus, als schrecke er vor nichts zurück. Wie er sich dort unterhielt, dabei über das ganze Gesicht lachte und mit den Händen fuchtelte – daß die Leute den mochten, das war klar.
Struve stand, die Arme vor der Brust verschränkt, groß und breitschultrig dicht neben einer der Säulen. Er stand nicht angelehnt, sondern aufrecht und unbeweglich, und er sah düster auf das Treiben des Vorparlaments. Sein breiter Schädel war dünn behaart, aber der Bart kräuselte sich schwarz und dick. Struve trug einen dunkelgrauen Ober-

rock, der im Schnitt an einen Bauernkittel erinnerte. Hannes dachte: „Entschieden ist der Mann sicher. Aber ob man ihn mögen kann?"
Er wendete sich wieder Wilhelmi zu. „So", sagte er. „Und wenn's dir nichts ausmacht", das ging schon besser, „dann erzähl mir mal: Was ist der Siebener-Ausschuß? Über was reden die hier überhaupt? Und was ist jetzt mit der Republik?"
Wilhelmi lachte. „Na, du hast's gut vor." Aber es schien, als hätte er darauf gewartet, und Hannes merkte, daß er gern erzählte. „Also", sagte Wilhelmi. „Soviel ist klar: Im Vorparlament sitzen zwei Gruppen. Die Leute dazwischen, die nicht wissen, was sie wollen, die lassen wir mal weg." Zur ersten Gruppe gehörten Leute wie Hecker und Struve, also die Republikaner. Zur zweiten Gruppe gehörten Leute wie der von Gagern und der famose Jucho. Das waren die Liberalen. Wilhelmi zeigte Hannes den von Gagern. Der hatte ein glattrasiertes Gesicht, ordentlich geschnittenes Haar, und Hannes sagte: „Nach was Besonderem schaut der nicht aus."
„Er kann gut reden", sagte Wilhelmi. „Und er ist Regierungschef in Hessen-Darmstadt." Aber weiter: Bekanntlich wollten die Republikaner die Fürsten zum Teufel jagen. Das Volk sollte sich selbst regieren durch ein Parlament. Die Liberalen wären auch für ein Parlament, aber: Die Fürsten dürften bleiben. Zwar sollte deren Macht durch Gesetze eingeschränkt werden, jedoch wollten die Liberalen sie durchaus regieren lassen, einen sogar als Kaiser.
„Für ein deutsches Parlament", sagte Hannes. „Die sind das, nicht?" Wilhelmi nickte und erklärte weiter. Was mußte das Vorparlament tun, damit die Republik kam? Wilhelmi zählte an den Fingern ab. Erstens: Sie sofort ausrufen. Dann gab es natürlich noch keine Republik, denn noch regierten die Fürsten. Aber ... „Aber", führte Hannes

fort, „das Vorparlament sagt damit: Die Revolution ist noch nicht zu Ende. Erst müssen die Fürsten weg.“
„Richtig.“ Wilhelmi sah Hannes nachdenklich an. Dann hob er den zweiten Finger. „Deshalb muß das Vorparlament beisammenbleiben, bis ein richtiges Parlament gewählt ist.“
Das hieß: Der Bundestag, der ja noch immer in der Eschenheimer Gasse hockte, konnte nach Hause gehen. Dagegen nun die Liberalen: Nach deren Meinung sollte das Vorparlament nach drei Tagen wieder abreisen. Bis ein deutsches Parlament gewählt wäre, wollten sie die Fürsten und den Bundestag so wie bisher weiterregieren lassen. „Und die Fürsten können sich in aller Ruhe überlegen, wie sie mit der Revolution fertig werden. Die wittern ohnehin Morgenluft.“
Ob Hannes wüßte, daß der Preußenkönig gesagt hätte, er würde gern der deutsche Kaiser werden?
„Nein“, rief Hannes. „Der? Das muß man sich mal vorstellen.“
Wilhelmi nickte. Dann erzählte er, was in der Sitzung am Morgen geschehen war. Struve hatte sofort ein Programm mit den Zielen der Republikaner vorgetragen. Er wollte nicht, daß darüber gleich abgestimmt würde, sondern man sollte darüber reden. Dann hatte Gagern gesprochen. Und der hatte Abstimmung verlangt. Und zwar über Monarchie, also Kaisertum, oder Republik. Das hatte er getan, weil er genau wußte, daß die Liberalen im Vorparlament die Mehrheit hatten.
„Und?“ fragte Hannes. „Wie ist's ausgegangen?“
„Der Hecker hat gesprochen. Der kann's auch gut.“ Dann hatten noch andere geredet. Schließlich hatten die Republikaner die Abstimmung verhindern können.
„Warum haben die Liberalen die Mehrheit?“
„Ja“, sagte Wilhelmi. „Das hängt mit dem Siebener-Aus-

schuß zusammen.“ Das Vorparlament war ja nicht gewählt. Sondern dazu hatte man Oppositionsmänner eingeladen. In Heidelberg waren 51 Männer zusammengekommen, hatten beraten, und dann sieben aus ihrer Runde beauftragt, die Einladungen zu verschicken. Bei den sieben waren keine Republikaner, sondern nur Liberale wie der von Gagern. Und die hatten eingeladen, wer ihnen paßte. Natürlich: So bekannte Leute wie Hecker, Struve, Zitz, auch Blum, die hatten sie einladen müssen. Das hätte sonst dumm ausgesehen. Aber im Ergebnis konnte man sagen: Von den 500 Deputierten waren höchstens 40 entschiedene Republikaner. „Und die Unentschiedenen? Die gehen im Zweifelsfall mit den Liberalen, die sowieso die Mehrheit haben.“ Zudem hatte der Siebener-Ausschuß ein Programm für die Verhandlungen des Vorparlaments entworfen, ein liberales natürlich. „Keiner hat die Herren damit beauftragt. Aber jetzt tut alle Welt so, als dürfe hier nur noch über das Programm der Sieben geredet werden.“

„Also ich seh schon“, sagte Hannes. „Mit der Republik wird das hier nichts.“ Er beugte sich über die Brüstung. „Ei, sieh mal an“, sagte er. „Dort sitzt der Reinganum. Zu welcher Gruppe gehört der?“

„Na, überleg mal“, sagte Wilhelmi.

Hannes dachte nach. Als er Reinganum zum ersten Mal gesehen hatte, damals in der Einstieghalle, da hatte der gerufen: ‚Nieder mit den Fürsten.‘ Also war er kein Liberaler. Aber er hatte Angst, daß Leute wie Hannes zu viel wollten. Die Republik zum Beispiel. Er sagte: „Der gehört zu den Unentschiedenen.“ Als Wilhelmi nickte, sagte Hannes: „So richtig versteh ich den nicht. Der hat im Jahr 33 beim Sturm auf die Hauptwache mitgemacht. Und da hat's doch geheißen: ‚Für die Menschenrechte der freien Republik‘, oder? Der Jucho war auch dabei. Und heut?“

„Respekt, du weißt eine Menge. Ja, warum haben die ihre

Meinung geändert?“ Wilhelmi drehte an der Schnurrbartspitze. Plötzlich sagte er: „Erst muß ich etwas anderes klären. Hannes ... Ich hab dich vorhin einfach so genannt. Das ist dir doch recht, oder?“
„Na sicher“, sagte Hannes.
„Also, Hannes ... darf ich mal ganz offen sein?“
„Nur immer zu“, sagte Hannes.
Wilhelmi drehte am Schnurrbart. „Ich möchte, daß zwischen uns eines klar ist: Ich reflektiere nicht auf das Fräulein Coith.“
„Refle ... Was tun Sie ... tust du nicht?“
„Nun, also, ich bin kein Konkurrent von dir. Und bin es auch nie ernsthaft gewesen.“
„Na?“ sagte Hannes. „Nie ernsthaft? – Ach so. Du meinst, weil die Louise, ich meine: das Fräulein Coith, dich nicht gewollt hat? Kann sein. Für mich ist das erst seit gestern richtig klar. Hast mir arge Kopfschmerzen gemacht. Weil, eigentlich, ich bin nämlich keiner, der sich um Mädchen ... Na, ist ja egal. Wie auch immer ...“ Hannes lächelte vor sich hin. „Wie auch immer“, sagte er dann zu Wilhelmi, „auf das Fräulein Coith refle ... Jetzt sag mir das Wort noch mal.“
„Reflektieren. Das heißt soviel wie: Sich für jemanden interessieren.“
„Darf ich auch mal ganz offen sein?“
„Aber gern.“
„Hör zu, Wilhelmi: Du bist für die Republik und tust was fürs Volk. Dann red aber auch so, daß die Leut dich verstehn. Sonst reflektieren die nicht auf dich.“
Überrascht sah Wilhelmi ihn an. „Rede ich unverständlich?“ Dann lächelte er. „Danke, du. Ich werd’s mir merken.“ Er wurde wieder ernst. „Aber im Allgemeinen ... man versteht mich doch, oder?“
„Na sicher“, sagte Hannes. „Und wie du mir den Verein hier erklärt hast, also, das war schon in Ordnung. – Was war das

jetzt mit dem Jucho und dem Reinganum? Warum haben die ihre Meinung geändert?"
„Tja, ich kann es nur vermuten. Aber man hat das häufig: Viele, die damals in den dreißiger Jahren radikal waren, sind jetzt zahme Liberale. Bei manchen hängt's wohl damit zusammen, daß sie lange Zeit eingesperrt waren. Und Jahre im Kerker, die können einiges kaputt machen. Nicht nur den Körper. Auch die Meinung."
„Es kann aber auch anders gehen. Sieht man am Metternich."
„Richtig. Manche kämpfen weiter, im Kerker. Aber viele geben auf. Der Jucho zum Beispiel hat auch ein paar Jahre gesessen."
„Tatsächlich?" Hannes sah über die Brüstung. „Freilich ... So ein Männlein. Sind da unten noch mehr, die aufgegeben haben?"
„Ja, eine Menge. Der Jordan beispielsweise ... Wo ist er? Ich sehe ihn nicht. Aber der ist jetzt, man kann fast sagen: ein Fürstenfreund."
„Und die Leut haben ihm die Pferde ausgespannt."
Wilhelmi nickte. „Was für uns der Hecker ist, das ist für die Liberalen der Jordan."
„Weil wir grad dabei sind", sagte Hannes. „Was ist der Uhland für einer?"
Wilhelmi lachte und sagte: „Da hast du genau den richtigen zum Jordan getan. Der Uhland ist Dichter und einer der flauesten Liberalen."
„Zeig ihn mir mal."
„Ich gestehe, daß ich nicht weiß, wie er aussieht." Wilhelmi zuckte mit den Achseln. „Ein Dichter halt. Vergiß ihn."
„Und wer ist das, der grad ans Pult geht?"
„Weiß ich auch nicht."
Versammlungsleiter Mittermeier verkündete: „Das Wort hat Herr Schulz aus Darmstadt."

Hannes sah Wilhelmi an. Der hob die Schultern. „Keine Ahnung. Also, ich muß sagen, der Verein langweilt mich zur Zeit. Gehn wir ein Bier trinken? Wir können ja später noch mal schauen."

„Ich möcht noch ein wenig bleiben", sagte Hannes. „Vielleicht passiert noch was."

Der Deputierte Schulz, Darmstadt, sprach über das freisinnige badische Wahlrecht, das man überall einführen könnte, nur nicht in Österreich, weil es dort Millionen roher, slawischer Bauern gäbe.

„Ich glaub, wir gehn doch ein Bier trinken." Hannes stand auf. „Moment... Das hör ich mir noch an."

Versammlungsleiter Mittermeier hatte sich erhoben. Er hielt die Arme ausgebreitet, und drunten die Versammlung und oben die Leute auf der Galerie wurden still.

„Meine Herren", rief Mittermeier. „Soeben wurde mir gemeldet: In Frankfurt ist die Revolution ausgebrochen."

Hannes und Wilhelmi hatten sich durch den Tumult auf der Galerie gekämpft, stürmten die Treppe hinunter, durch den Ausgang, und da blieben sie stehen.

„Ja, wie?" sagte Hannes. „Wo ist sie denn, die Revolution?"

Auf dem Paulsplatz standen friedlich miteinander schwatzende Stadtwehrleute, auf ihre Gewehre gestützt. Ihren Auftrag, den Platz abzusperren, hatten sie offenbar vergessen, denn da spazierten Bürgerfrauen mit Sonnenschirmen, Herren mit Zylindern, und an der Neuen Börse hockten Kinder auf dem Pflaster und spielten Klicker.

„Vielleicht am Römer?" sagte Hannes. Aber auch dort war von einer Revolution nichts zu merken.

„Hol's der Geier", sagte Wilhelmi. „Irgendwo muß doch was sein."

Sie liefen über die Neue Kräme zur Zeil, und dann zum Paradeplatz. Überall trafen sie auf Mengen friedlich umherwandernder Neugieriger, die die geschmückten Hausfassaden betrachteten, aber nichts deutete auf eine Revolution hin.

„Was kann der Mittermeier mit ‚Revolution' gemeint haben?" sagte Hannes. „Ich hab das so verstanden, daß die Republikaner was machen."

„Natürlich, ich auch." Wilhelmi blickte umher. „Obwohl ... Wir hatten gestern beschlossen, nichts zu unternehmen ... Ah, schau mal. Na, der weiß es bestimmt."

An einem Laternenmast lehnte Metternich, hatte die Arme vor der Brust verschränkt und beobachtete zwei Gendarmen, die ihn, in einiger Entfernung stehend, ihrerseits nicht aus den Augen ließen.

„Metternich, was ist los?"

„Nichts. Was soll sein?"

Wilhelmi erzählte, was der Vorsitzende Mittermeier gesagt und welchen Tumult er damit in der Paulskirche hervorgerufen hatte.

„Ach?" Metternich hatte sich aufgerichtet. „Hat das so gewirkt? Hm ..." Nachdenklich kraulte er sich den Bart.

„Herrgott", sagte Wilhelmi. „Jetzt sag endlich, was war."

„Nichts war", sagte Metternich. „Leider. Was dem Herrn Mittermeier als Revolution hinterbracht worden ist, war vermutlich unsere kleine Rauferei vorhin."

„Eine kleine Rauferei?" Wilhelmi blickte zu den Gendarmen hinüber. „Du, wir hatten doch beschlossen ..."

„Ja, ja, ich weiß." Metternich zog den Hut tiefer. „Und ich hab mich auch dran gehalten. Wir haben lediglich versucht, den Parlaments-Schreiern eine Fahne abzujagen, das war alles." Er zuckte mit den Achseln. „Eine kleine Übung für meine Turner, verstehst du? – Aber ich will dir was sagen, Wilhelmi. Wenn ich höre, wie die in der Paulskirche reagiert haben ... Die haben Angst, die Herren Liberalen. Wir hät-

ten gestern abend nicht auf Blum und Genossen hören sollen. Wenn wir hier draußen Dampf gemacht hätten, so wie ich's vorgeschlagen hatte, dann würde der Gagern mit seiner Bande nicht dermaßen auftrumpfen."
„Nein", sagte Wilhelmi. „Der Beschluß abzuwarten, war richtig. Du kannst nicht leugnen, daß die Parlaments-Schreier weit in der Überzahl sind. Schau dich doch um in Frankfurt. Der Gagern trumpft auch in den Straßen auf. Heute morgen habe ich gehört, daß er aus Darmstadt zusätzliche Schreier mitgebracht hat. Und da willst du Dampf machen? Nein, wir müssen warten."
„Warten?" fragte Hannes. „Ich meine: Auf was warten? Daß in der Paulskirche aus der Republik nichts wird, ist doch klar, oder?"
„Da hat er recht", sagte Metternich. „Da hat er verdammt recht." Er sah Hannes an. „Heh, was ist denn mit dir los?" Er lachte. „Mir ist so, als hätte ich mal gehört: Auf dem Blitz verfängt keine Wühlerei?"

Die Paulskirche. (Stahlstich aus: Frankfurter Album. 1848.)

13

Der Postwagen war pünktlich morgens um acht in Marburg abgegangen, aber dann hatte es an der Station in Giessen einen längeren Aufenthalt gegeben, weil eines der Pferde lahmte und Ersatz herbeigeschafft werden mußte. Als man abfahren wollte, fehlte einer der Passagiere. Bis sich der Herr, ein Sauerwasserhändler aus Vilbel, in einem Gasthof vor einer Flasche Wein sitzend, gefunden hatte, war wieder fast eine Stunde vergangen. Abends um zehn, mit über zwei Stunden Verspätung, waren sie schließlich in Frankfurt eingetroffen.

Jetzt war es Sonntagmorgen, kurz nach neun, und Louise hatte sich das Rütteln und Stoßen des Postwagens aus den Knochen geschlafen. Ihr Haar hatte sie schon aufgesteckt, und sie war gerade dabei, einen Knopf ihres Kleides nachzunähen, als sie seine Stimme hörte. Sie sprang auf und sah durch die Mullgardine.

Da stand er am Gartentor, hatte seine gute Jacke an und befragte Herrn Schnepf, der mit seinen Söhnen zu einer Wanderung aufbrechen wollte. Schnepf zeigte auf den Hauseingang und starrte dann hinter Hannes her, der wohlgemut, ein Päckchen schwenkend, durch den Garten kam.

Hastig zog Louise ihr Kleid über. Hoffentlich stieß er nicht auf Frau Schmidt. Und wie kamen sie dann ungesehen aus dem Haus? Mein Gott, was dachte er sich dabei? Herrenbesuch! Das konnte auch Frau Schmidt nicht durchgehen lassen. Da hörte sie schon: „Sie wollen zu Fräulein Coith? Nein so was. Wirklich? Ach." Und dann vor der Tür: „Fräulein Coith? Sind Sie schon auf?"

„Einen Augenblick bitte, Frau Schmidt." Louise warf das Nachthemd ins Schlafzimmer und zog die Tür zu. Ein Blick

rundum, rasch auf das Sofa und nach der Zeitung gegriffen, und nun: „Ja bitte, Frau Schmidt“, und um Himmels willen das überraschte Gesicht nicht vergessen, nein, besser, so tun als ob . . .
„Fräulein Coith, hier ist ein junger Mann für Sie.“
Hinter Frau Schmidt war Hannes, hatte die Kappe abgezogen und strahlte, als wollte er sagen: „Ist das nicht eine Überraschung?“
„Oh, Herr Bühn, so früh hatte ich Sie gar nicht erwartet. – Sie müssen wissen, Frau Schmidt, ich hatte Herrn Bühn gebeten, mir zu zeigen, wo die Versammlung der Permissionisten stattfindet.“
Frau Schmidt war in das Zimmer getreten, hatte sich seitlich gestellt, und Hannes stand in seiner ganzen Größe in der Tür. Beschwörend sah Louise ihm ins erstaunte Gesicht. Aber Hannes fragte gedehnt: „Bühn . . .? Und ich hab Ihnen zeigen sollen . . .?“ Frau Schmidt ließ die Augen wandern.
„Herr Bühn“, rief Louise. „Das können Sie doch nicht vergessen haben?“ Und das war nun ausgesprochen dumm. Frau Schmidt schaute denn auch wie: „Natürlich nicht. Wär er sonst hier?“
Louise lachte ein wenig, aber das paßte auch nicht, und sie ließ es besser bleiben. Ihr wollte nichts anderes einfallen als: „Herr Bühn ist bei der Taunusbahn, Frau Schmidt. Er fährt auf einer Lokomotive.“
Frau Schmidt war beeindruckt. „Lokomotivführer sind Sie? So jung und schon Lokomotivführer?“
Hannes schien jetzt begriffen zu haben, denn er zog sich zurück. Aber er hatte die Brauen zusammengezogen und sagte: „Lokomotivführer? Ich? Ach was. Ich bin Heizer. Ich schaufel Kohlen, verstehen Sie?“
Louise, ihren Kram zusammensuchend: „Ein sehr anstrengender Beruf, Frau Schmidt.“
„Ach was“, hörte sie Hannes vor der Tür. „Halb so wild.

Aber saudreckig wird man halt. Wie ein Schwein sieht man abends aus."
Das machte er absichtlich, keine Frage. „Wollen Sie bitte schon vorgehen, Herr Bühn?" Und während Hannes die Treppe hinunter stampfte, sagte Louise: „Frau Schmidt, bitte verstehen Sie das nicht falsch, aber . . ."
Lächelnd schüttelte Frau Schmidt den Kopf. „Nein, nein, keine Angst. Ist ja auch ganz proper, der junge Mann." Und hinter der davoneilenden Louise her: „Fräulein Coith! Ihr Tuch und den Regenschirm können Sie hierlassen. Draußen ist der herrlichste Sonnenschein."

Schweigend gingen sie nebeneinander her. Louise dachte: „Er hat sich gefreut, und nun ist er enttäuscht. Also laß ihm Zeit, damit er sich fangen kann." Hannes hatte das Päckchen in die Jackentasche gesteckt, hielt den Kopf mit der tiefgezogenen Kappe gesenkt und hatte die Hände hinter den Rücken gelegt. Sie dachte: „Aber paß auf, daß er sich nicht in seine Enttäuschung verrennt." Sie sagte: „Hannes. Es ist Ihnen doch klar, daß so was nicht geht?"
„Ja, ja", sagte er, ohne den Kopf zu heben.
Louise blieb stehen. „Nein, Hannes. Bitte nicht so."
Auch er war stehengeblieben, einige Schritte von ihr entfernt und ihr den Rücken zukehrend. Sie sagte: „Ich möchte, daß Sie wirklich begreifen, warum das unmöglich ist. Sie können nicht zu mir in die Wohnung kommen. Und jetzt seien Sie bitte nicht beleidigt."
„Beleidigt?" fragte er, von ihr weggewandt. Plötzlich drehte er sich um. „Du lieber Himmel: Beleidigt. Wissen Sie, daß heut der 7. Mai ist? Daß ich siebenunddreißig Tage gewartet hab, bis Sie wieder zurück sind? Heut hab ich meinen freien Tag. Schön, das hat sich gestern ergeben, und Sie haben es nicht wissen können. Aber hätt ich jetzt in der Kammer hokken und wieder warten sollen? Ich hab's halt nicht ausgehal-

ten. Und verdammt nochmal, in Ihre Wohnung wollt ich doch gar nicht. Ich hab Sie bloß abholen wollen." Er drehte sich weg. „Ach Scheiße. Jetzt ist alles verdorben."
Louise stand und dachte: „Oh, Hannes, Hannes." Sie hatte es nicht gewußt. Wieder einmal. Da tauchte er auf, freute sich, wie sie sich gefreut hatte, als er im Graben auf der Bank gesessen hatte, und sie? Sie war um ihren guten Ruf besorgt und empfing ihn mit einer Komödie, die es für Frau Schmidt noch nicht mal gebraucht hätte. Schnepf allerdings hätte ihn nicht sehen dürfen. Aber war Schnepf so wichtig? Nein. Vielleicht war es sogar gut, daß Schnepf ihm begegnet war. Also: Für nichts und wieder nichts hatte sie Hannes die Freude gründlich verdorben. Louise sagte: „Hannes, ich möchte ..."
„Lassen Sie nur." Er wendete sich ihr zu. „Ich seh's ja ein. Dieser Mensch am Gartentor mit seinem komischen Dekkel, der hat ja wirklich geschaut, wie wenn ich mit Ihnen ... Außerdem ... Zum Teufel nochmal. Was machen wir eigentlich?" Er hob den Kopf. „Da stehn wir hier und tun so ..." Plötzlich lachte er. „Was für ein Quatsch. Nichts ist verdorben." Er kam auf sie zu und blieb vor ihr stehen. Er sah sie an und sagte: „Sie sind da. Wissen Sie, daß Sie zurück sind?" Und dann lachte er wieder, diesmal ein wenig verschmitzt, und fragte: „Darf ich Ihnen meinen Arm anbieten?"
Da hängte sie sich bei ihm ein und sagte: „Herrje, Hannes. Was sind wir für Schafsköpfe."
Sie gingen los, und er fragte: „Wohin gehen wir überhaupt?"
„Na, zur Versammlung der Permissionisten, denke ich. Ins Tivoli."
„Ins Tivoli? Da laufen wir hier aber verkehrt."
„Sehen Sie? Ich wußte doch, daß Sie's mir zeigen wollten."

Sie lachten zusammen, und Louise drückte seinen Arm an sich und spürte, wie er sich beim Gehen bewegte.

Ausländer durften nur mit allergnädigster Permission, also mit Erlaubnis des Hohen Senats in der Freien Stadt Frankfurt wohnen. Hannes war ein Permissionist, denn er stammte aus Bockenheim. Das lag zwar nur eine halbe Wegstunde von Frankfurt entfernt, gehörte aber zum Kurhessischen und war Ausland. Freilich: So gebraucht, war ‚Ausland' ein Wort aus der Zeit vor dem März. Jetzt sprach jeder vom ‚gemeinsamen deutschen Vaterland', und unter Ausland verstand man Länder wie Frankreich oder Italien. Als das Vorparlament beschlossen hatte: Zur Gründung eines deutschen Parlaments ist ‚jeder volljährige Staatsangehörige' wahlberechtigt, da konnte es nichts anderes gemeint haben als: Jeder Deutsche durfte wählen und zwar dort, wo er sich gerade aufhielt. Das war nur logisch. Dann waren die Herren Deputierten abgereist, hatten jedoch einen Ausschuß von 50 Männern gebildet, der in Frankfurt blieb und die Parlamentswahl vorzubereiten hatte. Dieser Fünfziger-Ausschuß tat es, indem er verkündete: ‚Jeder volljährige selbständige Staatsangehörige ist in seinem Lande Wähler.' Die Regierungen organisierten die Wahl, und jede legte diese Bekundung aus, wie es ihr paßte.
Der Senat bestimmte: In Frankfurt durften neben den Vollbürgern auch die Juden und die Bewohner der Frankfurter Dörfer wählen. Ausländer hatten ihre Stimme dort abzugeben, wo sie zu Hause waren. Philipp hatte es gleich gewußt: Beschiß und noch mal Beschiß. Konnte er etwa ins Schwäbische reisen, nach Harthausen bei Esslingen, wo er daheim war? Hannes konnte reisen. Er ging nach Bockenheim, zunächst, um sich nach den Kurhessischen Kandidaten zu erkundigen. Warum er das wissen wollte, fragte ihn der Schreiberling auf dem Amt. Er dürfte ja doch nicht wählen.

Wäre er etwa selbständig? Na also. Als Hannes etwas von Beschiß sagte, erschien aus dem Nebenzimmer der Aktuar: Ob Hannes im Ernst glaubte, daß man ihn, über den eine umfangreiche Akte im Amt läge, zur Wahl zuließe? Außerdem wäre Hannes noch nicht volljährig. Das war richtig, und Hannes wunderte sich, warum er es vergessen hatte.
In Frankfurt hatte sich eine Reihe von Kandidaten beworben. Sonntag vor einer Woche war das Wahlergebnis bekanntgegeben worden: Im deutschen Parlament würde Frankfurt durch Herrn Doktor Jucho vertreten sein. Darüber war niemand erstaunt, und Hannes sagte zu Philipp: „Du wirst sehen, im Parlament gibt's bloß noch Liberale. Von wem sollen die Republikaner ihre Stimmen kriegen? Na, ein paar kommen vielleicht rein. Aber der Hecker und der Struve bestimmt nicht, auch wenn die Leute sie wählen. Den Hecker haben sie jetzt aus dem Landtag gestrichen, wegen der Sache in Baden."
Wie erwartet, hatte das Vorparlament keine Republik ausgerufen. Und der Antrag, in Frankfurt zu bleiben, wurde abgelehnt. Statt dessen wählte man den Fünfziger-Ausschuß, in dem die Liberalen selbstverständlich die Mehrheit hatten. Die Republikaner versuchten ein Letztes, und Zitz aus Mainz beantragte: Die Versammlung sollte erklären, daß der Bundestag, so wie er in der Eschenheimer Gasse säße, mit der Organisation der Wahl nichts zu tun haben dürfte. – Abgelehnt. Daraufhin zogen Hecker und etwa vierzig Deputierte aus der Paulskirche und zeigten so: Mit den Liberalen haben wir nichts mehr zu schaffen.
Jetzt wollten Hecker und Struve Nägel mit Köpfen machen: Am 12. April riefen sie in Konstanz die badische Republik aus. Sie sammelten etwa sechzig Bewaffnete und zogen los, in Richtung Karlsruhe, der Hauptstadt Badens. Vermutlich hatten sie damit gerechnet, daß ihnen unterwegs die Leute in Massen zuströmten, aber der Hecker-Zug wuchs lediglich

auf rund achthundert Mann. Zwar gab es noch einen zweiten Zug, der von Konstanz folgte, auch vom Rhein kam eine Schar, aber gegen die Bundestruppen, die die badische Regierung ins Land holte, konnten die Republikaner nichts ausrichten. In mehreren Gefechten wurden die Heckerleute geschlagen, und Ende April war alles vorüber.

„Der Hecker hat gedacht“, sagte Ott, „daß die Soldaten zu ihm überlaufen. Daß die das nicht tun, hätt ihm jeder sagen können, der gedient hat. Ich kann mir gut vorstellen, was die Herren Offiziere ihren Soldaten über den Hecker vorgelogen haben. Und die haben's geglaubt. Sind ja meistens Bauernburschen, die nicht lesen können. Die Regierungen wissen schon, warum sie in der Hauptsach die zu den Soldaten holen.“ Überhaupt war Hecker von falschen Voraussetzungen ausgegangen. „Er hat mit den badischen Bauern gerechnet. Er hat gedacht, die sind noch so wild wie im März und machen mit. Aber Bauern kämpfen nur, wenn's um ihren Wald geht oder so was. Außerdem“, sagte Ott, „geht kein Bauer im April von daheim fort. Da muß er sein Feld bestellen.“ Daß die Bürger nicht mitmachen würden, hatte Hecker sich wohl gedacht. „Und mit Gesellen und Arbeitern allein geht's halt nicht. Vielleicht im Rheinland oder in Berlin, wo's viele gibt. Aber nicht in Baden.“ Und dann: Viele Leute meinten halt doch, man sollte vorerst abwarten, wie das gewählte Parlament aussehen würde.

Die Ereignisse um das Vorparlament hatten Ott und Hannes ausführlich im Lokomotivschuppen bereden können, weil der Fahrbetrieb tagelang unterbrochen war. Zwischen Kastel und Hofheim hatten in der Nacht zum 6. April die Mainzer und Kasteller Fuhrleute die Bahnanlagen zerstört. Sie hatten es planvoll getan und als erstes die Kupferdrähte des elektrischen Telegraphen gekappt, so daß kein Alarm gegeben werden konnte. Dann hatten sie die Schienen demontiert und fortgeschleppt, hatten begonnen, mit Hacke

und Schaufel den Bahndamm und eine Brücke abzutragen, und sie hatten die Einrichtung der Bahnwärterhäuser zerschlagen. Bis die geflüchteten Bahnwärter in Kastel waren, die Wiesbadener Regierung benachrichtigt und Militär in Marsch gesetzt war, vergingen über zehn Stunden.
„Ob die Fuhrleute wirklich geglaubt haben, daß sie so die Eisenbahn loswerden?“ fragte Hannes.
„Scheint so“, sagte Ott. „Es wird wohl mit ihnen durchgegangen sein. Bei denen hat sich eine Menge Haß angestaut, seit Jahren. Überleg mal: Jeden Tag fährt ein Transportzug. Und das meiste von dem, was der wegschleppt, geht den Fuhrleuten verloren. Die Eisenbahn nimmt ihnen das Brot. Aber so geht's natürlich nicht.“ Ott dachte nach. „Die Eisenbahn gibt's nun mal. Und es werden immer mehr Strekken gebaut. Die nach Kassel über Gießen und Marburg ist auch bald fertig. Noch zwei, drei Jahre, dann kannst du von Konstanz nach Kiel fahren, ohne Postwagen, nur mit der Eisenbahn. Das läßt sich nicht aufhalten.“ Ott zuckte mit den Achseln. „Müssen sich halt andere Arbeit suchen, die Fuhrleut. Soll ja auch Schlossermeister geben, die jetzt auf der Lokomotive stehen.“
Die Fuhrleute hatten so gründlich gearbeitet, daß erst nach fünf Tagen wieder Züge fahren konnten. Die Verwaltung nutzte die Zeit und ließ auf jeder der Lokomotiven ein Gerät anbringen, das Ott schlichtweg kriminell fand. Sie standen mit dem Maschinenmeister auf dem Führerstand des Blitz – die Schlosser waren gerade gegangen – und der Herr Ingenieur sagte: „Drücken Sie sich gefälligst etwas gemäßigter aus, Ott. Ihre Bedenken teile ich nicht. Bei ein wenig Vorsicht kann nichts passieren.“
Hannes betrachtete das Glasrohr und dachte: „Na, da einmal mit der Schaufel dagegen ...“ Die Schlosser hatten einen Wasserstandzeiger montiert. Sie hatten zwei Löcher in die Wand des Stehkessels gebohrt, das untere knapp über

der Feuerkiste, das obere etwa anderthalb Fuß darüber, hatten die mit Hähnen versehenen Rohrstutzen eingebaut und dazwischen das daumendicke Glasrohr verschraubt.
„Und wenn das Ding von allein zerspringt?" sagte Ott. „Vielleicht können Sie sich vorstellen, was dann hier oben los ist. Wenn da heißes Wasser und Dampf rausspritzt."
„Schluß jetzt. Ich diskutiere nicht mit Ihnen. Außerdem sind für solche Notfälle die beiden Hähne vorgesehen."
„Gott sei Dank", sagte Ott. „Die werd ich von vornherein schön geschlossen halten."
„Unterstehen Sie sich, Ott. Die Hähne müssen ständig offen bleiben. Und Sie und Ihr Heizer haben ununterbrochen den Wasserstand zu beobachten. Einen durchgebrannten Kessel wie an der Main darf es nicht noch einmal geben. Haben wir uns verstanden?"
Ott nickte. Als der Maschinenmeister außer Hörweite war, sagte er zu Hannes: „Auf der Strecke machen wir die Hähne selbstredend zu. Ich hab keine Lust, mich zu verbrühen. Bei den Stationshalten müssen wir sie aufmachen. Dann mußt du mit der Schaufel halt achtgeben."

Hannes hatte mit Louise den Weg über die Promenade genommen. Sie gingen untergehakt, und er freute sich, wie gut ihre Schrittlängen zueinander paßten. „Schade", dachte er, „daß sie nicht hier war, als die Fuhrleut wild geworden sind." Da war er häufig früh aus dem Lokomotivschuppen gekommen. Wenn der Fahrtenplan für den Sommer galt, würde es schwer werden mit dem Treffen. Darüber hatte er schon vor Wochen nachgedacht und dann ein Geschenk für sie besorgt. Hannes fühlte nach dem Päckchen in der Jackentasche. Das würde er ihr überreichen, wenn sie saßen und sie sich in Ruhe besehen konnte, was drin war.
Er erzählte ihr von den Fuhrleuten. Sie hörte aufmerksam zu, sah ihn häufig von der Seite an, und gerade wollte er sie

fragen, ob sie vielleicht wüßte, wie diesen Leuten zu helfen wäre, als sie sagte: „Hannes, ich würde gern mal auf Ihrer Lokomotive mitfahren."
„Was...?" Hannes blieb stehen. „Das meinen Sie doch nicht im Ernst?" Immer noch hielten sie sich untergehakt, und ihr Gesicht war dicht vor seinem. Er sah ihre Haut, und er sah, daß sie ein klein wenig gebräunt war. Na sicher, sie benutzte kein Sonnenschirmchen wie die feinen Damen. Aber dann stellte er sich vor, wie sie auf dem Blitz stand, und da mußte er lachen. „Nein", sagte er. „Was Sie sich so ausdenken." Sie gingen weiter. „Erstens", sagte Hannes, „ist das streng verboten. Keiner darf auf den Blitz, so heißt unsere Lokomotive, der nicht befugt ist. Zweitens: Sie würden sich schön umschauen. Glauben Sie, das ist ein Spaß? Das ist ein Stampfen und Schlingern – also, wer's nicht gewöhnt ist, den haut's glatt über das Geländer."
„Was Sie tun, wie Sie arbeiten, darüber wüßte ich gern mehr."
„Das hätte ich auch gern von Ihnen gewußt. Was tun Sie?"
Sie erzählte ihm von der Familie des Bankiers Bethmann, und wie sie die Kinder in spielerischer Weise unterrichtete.
„Na", sagte Hannes dann, „da hab ich mit meinem Vorgesetzten mehr Glück. Und Französisch verstehen Sie? Da könnten Sie den Armengaud lesen, auch wenn er nicht übersetzt wär."
„Nein", sagte sie. „Vermutlich nicht. Vom Eisenbahnwesen verstehe ich überhaupt nichts."
Das war richtig. Wie sollte sie begreifen, daß die neuen Crampton-Lokomotiven besonders ruhig fuhren, weil sie so niedrig gebaut waren? Aber sonst wußte sie eine Menge. Zum Beispiel konnte sie ihm sicher sagen, was es mit dem Krieg gegen Dänemark auf sich hatte. Er fragte sie.

„Hannes, muß das jetzt sein? Krieg? Hier spazieren friedlich die Leute . . . Schaun Sie mal, die Blumen."
Sie hielten vor einer Rabatte an, und Hannes schaute. Gott ja, die Blumen waren halt hübsch rot in dem Grün rundum. Aber so recht hatte er nie verstanden, warum man über Blumen aus dem Häuschen geraten konnte. „Ich muß mich wundern", sagte er. „Jetzt wollen grad Sie mir erzählen, daß Blumen wichtiger sind als Politik."
„Nein, das will ich Ihnen weiß Gott nicht erzählen. Ich wollte nur ein wenig über uns . . . Freilich, es gehört ja zu uns. Also schön." Schleswig und Holstein gehörten weder richtig zu Dänemark, noch waren sie vollgültige deutsche Staaten. Im März hatte es auch in Schleswig und Holstein Revolutionen gegeben. Und eine besondere Forderung war . . .
„Wir wollen zum gemeinsamen deutschen Vaterland", sagte Hannes.
„Richtig. Und der Dänenkönig war natürlich dagegen." Er versuchte sogar, Schleswig und Holstein zu dänischen Ländern zu machen, und ließ seine Truppen marschieren. Aber da strömten aus ganz Deutschland Freiwillige und wurden zu Freikorps organisiert.
„Wie die Lützowschen Jäger", sagte er.
„So ähnlich." Zumindest waren die Freikorps, die zur Zeit gegen die Dänen kämpften, ähnlich populär. Soweit gut. Jedoch hatte Anfang April der preußische König in den Krieg eingegriffen.
„Ja", sagte Hannes. „Warum? Damit hilft er doch der Revolution in Schleswig und Holstein. Das kann ich mir von dem nicht denken."
„Was dahintersteckt", sagte sie, „kann man vermuten." Geade weil er verhindern wollte, daß es dort einen revolutionären Volkskrieg gab, hatte er seine Truppen hingeschickt. „Und gestern stand in der Zeitung, daß die Frei-

korps sehr unzufrieden sind, weil sie nur Gefangene und Lebensmittel bewachen dürfen." Außerdem: Die preußischen Soldaten hatten am 18. März in Berlin eine Niederlage erlebt. Im Krieg gegen Dänemark sollten sie die Scharte auswetzen. Man las von siegreichen Gefechten, aber dann hörte man tagelang wieder nichts. Und nach allem, was über die Truppenstärken bekannt war, hätten die Preußen die Dänen längst schlagen müssen. Es gab sogar Nachrichten, daß aussichtsreiche Gefechte abgebrochen wurden, auf Befehl des Preußenkönigs. Kurz: Der wollte keinen ernsthaften Krieg gegen Dänemark. „Und mich würde es nicht wundern, wenn plötzlich in der Zeitung steht: Der Preußenkönig verhandelt mit dem Dänenkönig über einen Waffenstillstand."
„O je", sagte Hannes. „Da werden die Leut im gemeinsamen deutschen Vaterland aber bös sein."

Das Tivoli war ein großes Gartenlokal in der neuen Anlage vor dem Allerheiligentor, und Louise, neben Hannes am Eingang stehend, sah sich um. Man hatte Bäumchen in parallelen Reihen gepflanzt und dazwischen Tische aufgestellt, sauber ausgerichtet, auf kiesbestreutem Boden. Das pavillonartige Restaurationsgebäude war weiß gekalkt. Alle Tische schienen schon besetzt, obwohl die Versammlung der Permissionisten erst um 11 Uhr beginnen sollte. Sie hatte sich vorgestellt, mit Hannes ungestört beisammensitzen zu können. Na schön. Es war ihre Idee gewesen, hierher zu gehen. Und wohin jetzt?
„Fräulein Coith! Hannes!"
Wilhelmi. Er war in blendendes Weiß gekleidet und winkte von einem Tisch, an dem er mit zwei Männern, die Louise nicht kannte, beim Bier saß. Und wieso eigentlich ‚Hannes'?
„Ah, da ist auch der Metternich", sagte Hannes. „Gehn wir hin?"

Sie nickte. Darauf kam es nun auch nicht mehr an. Aber allzu lang wollte sie hier mit Hannes nicht bleiben. Während sie auf den Tisch zugingen, erklärte Hannes kurz, wer Metternich war. Den dritten am Tisch kannte er nicht.
Die drei hatten sich höflich erhoben, und Metternich erwies sich als Hüne, der Hannes mit einem dröhnenden: „Na, Blitz-Wühler?" begrüßte, worüber die beiden herzlich lachten. Dann sagte Wilhelmi: „Alles klar, Hannes?" und angesichts all dieses burschenhaft-fröhlichen Einverständnisses kam sich Louise einigermaßen überflüssig vor.
Der Dritte am Tisch, vor dem Kopfende stehend, war ein ernst blickender junger Mann, Mitte zwanzig vielleicht, lang, fast hager, und in seinem schmalen, weißen Gesicht kräuselte sich ein spärlicher blonder Bart. Er sah sie forschend an, schien sie intensiv zu mustern, blinzelte dabei ein wenig und hielt den Kopf vorgereckt. Er war kurzsichtig. So hatte der Vater geschaut, wenn er keine Brille auf hatte.
Wilhelmi stellte vor. „Herr Metternich – Fräulein Coith. Herr Essellen – Fräulein Coith." Zu Hannes sagte Wilhelmi: „Das ist der Essellen." Und zu Essellen: „Das ist der Hannes."
Dann nahmen sie Platz, und es ergab sich, daß Hannes gegenüber neben Metternich saß und Louise neben Wilhelmi. Sie dachte: „Verdammtes Tivoli." Aber sie wollte geduldig sein. Hannes schien sich wohl zu fühlen. Er fragte Metternich ohne Umstände, wo er denn hier in Frankfurt turnte, und dann Wilhelmi, ob er auch auf Turnen reflektiere, was beide sehr witzig zu finden schienen. Louise hätte sich gern eine Viktoria angesteckt, zumal Wilhelmi jetzt Zigarren hervorzog und sie fragte, ob sie etwas dagegen hätte, wenn er rauchte.
„Nein", sagte sie kurz, und es war ihr egal, ob das unfreundlich klang.
Hannes sah sie an. Sie versuchte ein Lächeln, aber er blieb

ernst. Dann sah er auf Wilhelmi, der sich eine Zigarre ansteckte. Plötzlich sagte Hannes zu ihr: „Sie haben Lust zu rauchen, wie?“ Er blickte sich um. „Warum tun Sie's nicht? Das sind alles Gesellen rundum. Die stören sich nicht dran.“ Jetzt lächelte er. „Sie haben Ihre Viktorias bestimmt im Handbeutel.“ Und er setzte hinzu: „Ich kenn Sie doch, Louise.“

Und sie saß und lachte, und wunderte sich, wie man von einem Augenblick zum anderen so fröhlich werden konnte.

„Aber sicher“, sagte sie und öffnete ihren Handbeutel. Dann hielt sie inne. Essellen blinzelte, Metternich hatte die Hand im Bart, und Wilhelmi schaute mit offenem Mund. „Die Herren haben doch nichts dagegen?“

Da versicherten alle drei: „Natürlich nicht“, und Metternich behauptete sogar: „So ist's richtig.“ Aber sie konnten nicht umhin, mit fasziniertem Schweigen zu beobachten, wie sie sich die Viktoria ansteckte. Hannes lächelte und sah aus, als wollte er sagen: „Macht sie das nicht großartig?“

Louise blies Rauch in die Luft, und die drei schauten immer noch. „Aber ich bitte Sie, meine Herren“, sagte sie. „Als ausgewachsene Revolutionäre sollten Sie sich nicht dermaßen aus der Fassung bringen lassen.“

„Gottsdonner, nein.“ Metternich lachte laut, und auch Wilhelmi lachte. Essellen lächelte. Er griff in die Jackentasche, zog eine Brille hervor und setzte sie auf. Sie paßte zu ihm, und wie er dort saß, schmal und still, da sagte sich Louise, daß er wohl kein ausgewachsener Revolutionär war. Was mochte er treiben? Ob sie einfach fragte? Sicher, warum nicht?

„Herr Essellen“, sagte sie. „Darf ich mal neugierig und geradezu fragen, was Sie so treiben?“

Essellen lächelte. „Natürlich dürfen Sie. Ich schreibe ein wenig.“ Und dann schwieg er.

Metternich schlug ihm auf die Schulter. „Kerl, Essellen. Das ist mal wieder echt. Kannst agitieren wie der Teufel, aber wenn's um dich geht, kriegst du kein Wort raus." Er wendete sich an Louise. „Damit Sie nicht denken, der hier wäre eine Literaten-Maus, gebe ich Ihnen seine vollständige Vita. – Du hältst das Maul", sagte er fröhlich zu Essellen, der zu protestieren versuchte.

Und dann erzählte Metternich ohne Umschweife, daß Essellen aus der Heidelberger Progreßbewegung käme, einer Studentenbewegung, die Anfang der vierziger Jahre versucht hätte, mit Lesevereinen die Kluft zwischen Bürgern, Arbeitern und Studenten zu überbrücken. Daß er sich besonders mit der Macht des Kapitals über die Arbeiter befaßt hätte und überhaupt viel wüßte. Am 18. März hätte er in Berlin auf den Barrikaden gekämpft.

„Dazu muß ich dich bei Gelegenheit was fragen", sagte Hannes zu Essellen. Louise wunderte sich. Es schien ihm keine Schwierigkeit zu bereiten, Metternich, Wilhelmi und jetzt auch den Literaten Essellen zu duzen.

„Und dann", fuhr Metternich fort, „ist er nach Mannheim gegangen." Von dort hätte er den Hecker-Zug publizistisch unterstützt, was dieses Unternehmen weiß Gott nötig gehabt hätte. In Frankfurt wäre er als zukünftiger Parlamentsberichterstatter der Mannheimer Abendzeitung. „Außerdem", schloß Metternich, „ist er preußischer Unteroffizier der Reserve."

„Das dürfen Sie nicht falsch verstehen", sagte Essellen eilig. „Mein Vater wollte gern, daß ich Offizier würde. Aber ich bin rechtzeitig abgesprungen."

Dann sagte er: „Eigentlich kann ich dem Mann dankbar sein. Die zwei Jahre bei den Preußen haben mir die Augen geöffnet."

„Und jetzt", sagte Metternich, „will er einen Verein gründen." Und zu Essellen: „Wie soll er heißen? Ich schlage vor: Bruderverein."

„Nein", sagte Wilhelmi. „Demokratisch-republikanischer Verein."
„Erstens", sagte Essellen, „können nicht wir das entscheiden, das macht die Gründungsversammlung am 14. Mai, und zweitens: Ich werde vorschlagen: Arbeiter-Verein."
„Aber ich denke, es soll ein politischer Verein werden?" sagte Wilhelmi.
„Also, ich habe verstanden", sagte Metternich, „daß er sich um Mißstände kümmern soll. Und die Brüderlichkeit unter den Arbeitern soll gefördert werden."
„Ihr habt beide richtig verstanden." Essellen lächelte. „Aber beide nur die Hälfte und deshalb falsch." Er zog ein Papier aus der Tasche. „Hier habe ich einen ersten Entwurf für die Statuten. Hört zu: ‚Der Arbeiter-Verein zu Frankfurt am Main hat einen dreifachen Zweck: 1. Die einzelnen Gewerke zu vereinigen, um hierdurch Übelständen, welche auf einzelnen Arbeiterklassen lasten, durch vereinte Kraft abzuhelfen. – 2. Die politische Bildung im arbeitenden Volk anzubahnen und zu verbreiten, damit mit der vermehrten Bildung auch die politische Macht der Arbeiter wachse. – 3. Das Gefühl der Gemeinsamkeit und Brüderlichkeit im arbeitenden Volk zu erregen und zu vermehren.' – So", sagte Essellen. „Die politische Zukunft liegt in den Händen des arbeitenden Volkes. Deshalb ist ein Arbeiter-Verein ein politischer Verein. Weil das arbeitende Volk sich zusammenfinden muß, ist er ein Bruderverein. Übrigens verstehe ich unter Arbeiter zunächst Handarbeiter, um die geht es in erster Linie. Aber Kopfarbeiter möchte ich durchaus nicht ausgeschlossen wissen."
„Hören Sie", sagte Louise. „Das gefällt mir. Mir gefällt ganz außerordentlich, was Sie vorhaben."
„Ich möchte den Verdienst unseres Freundes Essellen nicht schmälern", sagte Wilhelmi. „Aber ich darf daran erinnern: Bestrebungen, einen Verein zu gründen, dessen Zielsetzung

in erster Linie dem arbeitenden Volk zugute kommt, gibt es in Frankfurt seit längerem."

„Der Turnverein", sagte Metternich, „war im Grunde ein solcher Verein. Nicht ohne Ursache hat ihn der Senat im Januar verboten."

„Hört mal", sagte Essellen. „Was soll das? Es ist klar, daß ich den Verein nicht allein gründe. Ihr und andere wollt doch mitmachen, oder?"

Louise blickte von einem zum anderen, dann auf Hannes, der aufmerksam zuhörte, und sie sagte: „Hannes. Was halten Sie von der Sache?"

„Gottsdonner, ja." Metternich sah Hannes an. „Sag mal was dazu." Und dann sah er sie an, darauf wieder Hannes.

„Tja." Hannes rückte an seiner Kappe. „Also, ich find's gut. So einen Verein braucht es. Aber ... ich will mal ganz offen sein." Er räusperte sich. „Da sitzt ihr drei nun und tut was fürs Volk. Ein Doktor, der studiert hat, ein Schreiber, der auf Barrikaden kämpft, und ein früherer Offizier, der eingesperrt war. Und ihr wollt einen Arbeiter-Verein gründen. Also, nehmt's mir nicht übel, aber mir wär's lieber, wenn hier ein Bäckergeselle sitzen tät, der was weiß, dazu vielleicht ein Schustergeselle, der schon mal wild werden kann, und ein früherer Schmied, der gesessen hat." Er schwieg. Dann sagte er: „Freilich: Der Bäcker kommt zu selten aus der Backstube raus, der Schuster weiß vielleicht zu wenig, und der Schmied? Der tät sich möglicherweise nicht trauen. – Also, es ist schon recht, daß ihr's macht. Jemand muß ja anfangen."

Essellen sagte ernst: „Ich danke dir, Hannes. – Darf ich mal fragen, was du arbeitest?"

„Klar darfst du", sagte Hannes. „Ich bin Heizer bei der Taunusbahn."

„Darüber weiß ich wenig. Wie sieht das aus? Was schaufelst du weg am Tag? Ungefähr, meine ich."

„Das kann ich dir ziemlich genau sagen. Im Sommer sind's achtundvierzig Zentner."
Louise dachte: „Zeig deine Hände, Hannes. Unter achtundvierzig Zentnern kann sich keiner was vorstellen."
Aber Essellen schien beeindruckt. „Wenn ich die Schaufelladung zu sechs Pfund annehme – ja? Gut. Dann sind das, hm, rund achthundert Schaufeln am Tag. Donnerwetter. Und die Arbeitszeit?"
„Na ja, ab Dienstag nächster Woche gilt der Fahrtenplan für den Sommer. Da geht die erste Tour um halb sieben ab. Ich muß aber zum Anheizen um fünf im Schuppen sein. Und rein kommen wir abends um halb zehn. Bis alles gerichtet ist, wird's wenigstens elf." Er sah Louise an. „Ich muß Ihnen dann was zeigen."
„Sie müssen mir etwas zeigen?"
Er nickte, und dann saßen sie und lächelten sich an.
„Also, jetzt muß ich mal fragen." Metternich war es, mit seiner dröhnenden Stimme. „Hören Sie", sagte er zu Louise. „Sie schaun mir nicht so aus, als würden Sie daheim sitzen und sich vom Herrn Papa ernähren lassen. Sie verdienen sich Ihr Geld selber, stimmt's?"
Louise nickte lächelnd.
„Schön", sagte Metternich. „Ob Hand- oder Kopfarbeit – Sie gehören jedenfalls zur arbeitenden Klasse. Genau wie er." Er zeigte auf Hannes. „Und ich bitte mir aus, daß ihr ab sofort ‚du' zueinander sagt."

Da saßen sie, und Metternichs ‚du' hing zwischen ihnen. Hannes dachte: „Du." Er dachte: „Du, Louise." Klar, warum nicht? Aber es würde schwer werden. Das mußte man ganz vorsichtig probieren. „Du, Louise, ich will dir was zeigen", dachte er. Das klang so falsch nicht. Übungshalber dachte er mehrmals hintereinander: „Du, Louise, ich will dir was zeigen, ich will dir was sagen, weißt du?" Und dabei sah

er sie an. Sie lächelte mit vertieften Mundwinkeln und schwieg. Sie hatte nichts dagegen.
„Und weil ich halbe Sachen nicht mag“, sagte Metternich, „hätte ich gern, daß es hier am Tisch überhaupt kein ‚Sie‘ und kein ‚Fräulein Coith‘ mehr gibt. Einverstanden?“
Sie nickte, und auch Essellen nickte. Der Wilhelmi sowieso.
„Wunderbar.“ Metternich wendete sich an Hannes. „Noch was zu deiner Arbeit – sag mal: Kannst du eine Lokomotive bedienen?“
„Was meinst du mit bedienen?“
„Könntest du dort hinübergehen“, Metternich zeigte in die Richtung neuer Hanauer Bahnhof, „dich auf eine Lokomotive stellen und sie mit einem Zug hintendran nach Hanau fahren? Dort umdrehen und den Zug voller Leut wieder zurückbringen?“
„Klar“, sagte Hannes. „Wenn ich einen Heizer hab, sicher. Aber die Bahn geht frühestens in einem Vierteljahr in Betrieb. Warum fragst du?“
„Ja, was soll das, Metternich?“ fragte Essellen.
„Hör zu, Essellen. Dein publizistisches Engagement für den Hecker-Zug in allen Ehren. Aber du wirst wohl inzwischen selbst eingesehen haben, daß es ein sehr zweifelhaftes Unternehmen war. Schon die Hoffnung auf Überläufer, du lieber Gott. Wenn ich an meine Bauernburschen damals denk . . . Dann die anderen Fehleinschätzungen – na, lassen wir's. Das Wichtigste aber: Hecker und Struve haben gedacht, in einem einzelnen Land die Republik ausrufen zu können. Selbst wenn es eine gegeben hätt – glaubst du nicht, daß Preußen die badische Republik innerhalb von drei Wochen kassiert hätte? Siehst du. Deshalb meine ich: Die Republik muß für ganz Deutschland von einem zentralen Ort aus gemacht werden. Und zwar von dort, wohin ganz Deutschland schaut, weil dort das Parlament sitzt: Von

Frankfurt aus. Deshalb frag ich nach Transportmöglichkeiten und schau mich nach Personal um. Und wir sollten, verdammt, alle darüber nachdenken, wie wir's anstellen mit der Republik."

„Na ja, schon richtig." Essellen putzte seine Brille mit dem Schnupftuch. „Also, daß wir in Baden falsch lagen, habe ich begriffen. Die Republik kannst du nicht gegen die Bürger machen, vorläufig wenigstens nicht. Wir sind noch viel zu schwach. Deshalb finde ich's reichlich verfrüht, wenn du schon jetzt Bahnreisen nach Frankfurt organisierst. Da liegt zähe Arbeit vor uns und geduldiges Warten. Entschuldige, aber was du machst, das riecht mir ein wenig zu sehr nach Revolution spielen."

„Mein lieber Essellen", sagte Metternich. „Auf die Revolution wart ich ein wenig länger als du. Und eines ist doch klar: Wenn das Parlament die Revolution nicht fortführt, und darauf kannst du Gift nehmen, dann müssen wir das tun. Dann muß das arbeitende Volk mit der Revolution neu anfangen. Und das muß vor dem Herbst passieren. Also. Und deshalb fang ich jetzt mit Organisieren an, ob's dir paßt oder nicht."

„Hört mal, ihr beiden", sagte Wilhelmi. „Ich weiß nicht, was ihr habt. Zähe Arbeit schließt rechtzeitiges Planen doch nicht aus, oder?"

„Da hat er recht, der Doktor", sagte Hannes. „Manchmal sind listige Advokaten ganz nützlich."

Da lachten sie alle.

Dann sagte Essellen: „Wie ist das mit dir, Hannes: Du wirst doch Mitglied im Arbeiter-Verein, nicht?"

Darüber hatte Hannes bereits nachgedacht. „Ich möcht schon", sagte er. „Nur: Im März haben wir bei der Verwaltung einen Revers unterschreiben müssen. Es ist uns untersagt, daß wir uns politisch betätigen. Wenn ich in den Verein geh, setz ich meinen Posten aufs Spiel."

„Das tun andere auch“, sagte Metternich. „Der Wilhelmi steht bei der Post andauernd kurz vorm Rausschmiß.“
„Hm.“ Hannes überlegte. Und je länger er überlegte, desto schwieriger wurde die Sache. Er dachte daran, wie er mit seinem Gesellenbuch, in dem dieser böse Vermerk über seine Strafen stand, von einer Schmiede zur anderen gelaufen war, kein Meister hatte ihn haben wollen. Und wie er dann im Personalbüro der Taunuseisenbahn gestanden hatte, mit wenigstens zehn anderen Schlosser- und Schmiedegesellen, die alle den einen freien Heizerposten wollten. Da hatte der Inspektor einen nach dem anderen in sein Zimmer geholt und ausgefragt. Nach Lokomotiven, nach dem Eisenbahnwesen. Dann hatte er Hannes trotz des bösen Vermerks eingestellt. Nach einem Vierteljahr hatte er sich mit der Heizerei ausgesöhnt. Mit Ott kam er gut zurecht. Und das sollte er alles aufs Spiel setzen?
Aber einen Arbeiter-Verein brauchte es, keine Frage. Deshalb sollte man drin sein. Und er wollte es auch. Schon, weil es schön war, wenn er nicht nur mit Philipp oder Ott reden konnte. Ob Louise das verstehen würde, wenn er nicht in den Verein ginge? Na, das mußte er in Kauf nehmen. Was wußte sie über seine Schwierigkeiten. Aber Teufel, Teufel ...
„Hört mal“, sagte Louise. „Wenn der Hannes jetzt nicht gleich zusagt, dann hat er seine Gründe. Laßt ihm Zeit, ja?“

Wilhelmi, Metternich und Essellen hatten sich verabschiedet, weil sie mit den Leuten vom Permissionisten-Komitee sprechen mußten, wegen der Gründung des Arbeiter-Vereins. Louise saß mit Hannes allein am Tisch. Und sie waren auf du. Wer würde es zuerst sagen? Er saß ihr gegenüber, sah sie nachdenklich an, und sie konnte ihn zum Beispiel einfach fragen: „Hannes, was denkst du?“ Ob er sie auch

schon in Gedanken geduzt hatte? Das würde sie daran merken, wie selbstverständlich er das ‚du‘ benutzte. Nun fing er an zu sprechen.
„Tja“, sagte er. „Die Permissionisten. Der Jucho ist doch gewählt. Warum dann noch die Versammlungen?“
Na schön. Da konnte er schlecht ein ‚du‘ einbauen. „Es soll versucht werden“, sagte sie, „einen Abgeordneten für die Permissionisten ins Parlament zu bringen. Schließlich gibt es rund 10 000 in Frankfurt – nur die Volljährigen gezählt.“
„So viele?“ fragte er.
„Ja“, sagte sie. „Und die entsprechen einer Bevölkerung von 50 000 Seelen. Dafür gibt es einen Abgeordneten.“
„Ja, das weiß ich“, sagte er. „Das hat das Vorparlament beschlossen.“ Dann schwieg er.
Sie konnte ihn etwas fragen, worauf er mit ‚du‘ antworten mußte. „Ob ich als Frau Mitglied des Arbeiter-Vereins werden kann?“
„Freilich können ... Frauen Mitglieder werden. Warum nicht?“
„Beim nächsten Mal würde sie ihn haben. „Ich weiß nicht, ich weiß nicht“, sagte sie und tat, als überlegte sie. „Ob ich dafür genug von Politik verstehe?“
„Ob ...“ Er stockte und starrte sie an. Und da fing er an zu lachen. „Herrje, ich Schafskopf. Jetzt merk ich endlich, worauf das hinaus soll.“ Dann wurde er ernst und schwieg. Plötzlich sagte er: „Louise, ich will dir was zeigen.“ Nun lächelte er. „Ich hab was für dich machen lassen, weißt du.“
Er hatte es zuerst gesagt, und das war ganz und gar nicht gleichgültig gewesen. Es war neu und außerordentlich, und sie mußte es festhalten. Sie dachte: „Spür es. Halt es fest.“ Mit den nächsten Sätzen würde das Neue vertraut werden. Aber dann war das Vertrautsein neu. Es würde immer etwas Neues geben. Sie sagte: „Hannes ... zeigst du mir's?“
„Klar“, sagte er. „Ich wart schon die ganze Zeit drauf.“ Er

zog das Päckchen aus der Jackentasche. „Hier“, sagte er. „Da hast du es.“
Sie saß, hatte das Päckchen in der Hand und sah ihn an.
„Na los“, sagte er. „Warum machst du's nicht auf?“
„Nicht so schnell.“ Sie mußte es spüren, es festhalten. Dann besah sie das Päckchen. Graues, steifes Papier, und er hatte es mit Mehlkleister verklebt. Es war flach und zwei Handbreit groß. Ein Buch? Aber welches? Außerdem hatte er gesagt: ‚Ich hab was für dich machen lassen.‘ Und da ahnte sie, was es sein könnte. Und diese Ahnung machte es noch schöner, noch spannender. Langsam begann sie, das Päckchen an den verklebten Falzen zu öffnen. Er sah ihr zu und lächelte.
Und da war es. Nein: Da war er. Er hatte es fertiggebracht, während der langen Belichtungszeit sein Lächeln beizubehalten. Und er hatte genau in den Daguerre'schen Apparat gesehen, so daß er nun sie ansah. Er stand, auf ein säulenartiges Podest gestützt, so wie er im Leben nie stehen würde, er hatte seine gute Jacke an und das Hemd mit den Streifen. Seine Kappe trug er nicht, und sie sah, daß er sich vorher gekämmt hatte. Aber am Wirbel hatten sich die Haare wieder aufgestellt. Da war Hannes.
„Es ist nur ein einfacher Rahmen“, sagte er. „Aber man kann es aufstellen.“
„Hannes, du ... ich weiß nicht, was ich sagen soll ...“
Da lachte er und sagte: „Das ist selten.“ Er beugte sich vor. „Weißt du ...“ Er wiederholte: „Weißt du – ich hab mir gedacht: Wenn der Fahrtenplan für den Sommer gilt, und ich nur noch an meinen freien Tagen oder den Putztagen kann – für die anderen Tage hab ich mir gedacht: Bin ich halt auf die Art bei dir.“

Wie immer war es stickig, und es roch sauer nach alten Putzlumpen. Als Hannes laut pfeifend in die Backstube kam, war Philipp noch beim Kneten. Er knetete mit den Füßen.
„Heh“, sagte Philipp und blieb stehen. „Was ist denn mit dir los?“ Dann merkte er, daß er einsank und knetete weiter.
„Philipp“, sagte Hannes, „weißt du was? Es wird einen Arbeiter-Verein geben.“
„Und deswegen pfeifst du?“ fragte Philipp im Gehen.
Hannes lachte. „Nein. Ich war mit meinem Mädchen zusammen.“
„Ach?“ Philipp sprang von der Werkbank. „Und ihr habt richtig...? Na, du weißt schon.“ Mit der flachen Hand klatschte er mehrmals auf den Teig. „Wo geht ihr dazu hin?“
„Philipp...!“ Dann stockte Hannes. Das würde der nicht verstehen. Er würde Philipp nicht erklären können, wie schön es war zu sitzen, miteinander zu reden und spazierenzugehen, sie abends bis vors Gartentor zu bringen, ihr auf Wiedersehen zu sagen, und daß es wunderschön gewesen war, als sie gesagt hatte: ‚Hannes, wenn du plötzlich frei hast, außer Plan, dann kommst du hierher und holst mich ab, ja?‘ – das alles würde Philipp nicht verstehen. Der kannte das nicht. Der rannte zum Schuster Schlör, wo die Mädchen warteten, und es ging eilig und in Hast, weil er gleich wieder in die Backstube mußte. Philipp tat ihm leid. „Du, Philipp“, sagte Hannes. „Soll ich dir beim Kneten helfen?“
„Danke, du. Ich bin grad eben fertig. Aber pack mal mit an.“ Sie warfen den Teig in den Trog. „Was war das jetzt mit dem Arbeiterverein?“
Hannes erzählte. Dann sagte er: „Ob ich reingeh, weiß ich noch nicht. Aber du gehst rein, nicht? Ein Zweck von dem Verein ist, daß Übelstände abgeschafft werden. Genau sowas braucht ihr Bäckergesellen.“
„Na ja“, sagte Philipp. „Wahrscheinlich mach ich mit. Aber

mit den Übelständen werden wir Bäckergesellen selber fertig. Ich hab dir mal erzählt, daß wir uns versammeln."
„Richtig. Ist das jetzt so weit? Hat aber lang gedauert."
„Machst du die Tür zu? Und dann red leise."
Sie ließen sich auf der Werkbank nieder. „Natürlich hat das lang gedauert", sagte Philipp. „Was meinst du, was für ein Stück Arbeit das war. Einen Schiß hatten die alle . . . Zuerst sind auch nur wenige gekommen. Dann aber immer mehr. Bis Mitte April. Da war's erstmal wieder aus."
„Warum?"
„Na, wegen der Kommission, die der Jucho gebildet hat. Lauter Bürger, die Angst gekriegt haben, daß die Gesellen unruhig werden. Hast du übrigens gewußt, daß sich auch die Maurer versammeln?"
„Nein", sagte Hannes. „Tatsächlich?"
„Ja. Und die Buchdrucker. Na, die sowieso. Die wissen halt viel. Und die wollen in allen Städten von Deutschland zur gleichen Zeit was machen. Daran ist bei uns Bäckern natürlich nicht zu denken. Wir können froh sein, daß wir in Frankfurt was auf die Beine gekriegt haben."
„Was war denn nun mit dem Jucho?" fragte Hannes.
„Diese Kommission sollte Beschwerden der Gesellen über Mißstände sammeln. Auch von unseren Leuten sind viele hingerannt, haben denen von den Kleiesäcken auf der Werkbank erzählt, daß sie keine Feiernächte haben und, und. Die Herren haben sich das angehört, haben genickt, und was ist passiert? Nichts. Nach drei Wochen hatten wir die Gesellen wieder bei den Versammlungen, jetzt sogar noch mehr. Und auf den Jucho waren sie so sauer, daß sie ihm eine Charivari gebracht haben. Ich war dabei. Das war ein Spaß, kann ich dir sagen."
„Du meinst, er hat eine Katzenmusik gekriegt."
„Ja. Wir haben miaut, geschrien, gepfiffen, gezischt und auch gesungen. Zuletzt haben wir ihm die Fenster einge-

schmissen. Das gehört dazu, wenn man eine Charivari macht."
„Na also, Philipp, ich weiß nicht... Was soll so eine Katzenmusik bringen? Habt ihr was erreicht?"
„Wieso erreicht? Nein, das haben wir nur so gemacht, aus Jux. Und weil's der Jucho verdient hat."
Hannes wiegte den Kopf. „Philipp, du weißt doch am besten, wie ernst der ganze Kram ist. Damals, der Römersturm und alles."
„Spaß muß sein", sagte Philipp. „Auch bei der Revolution."
„Na schön. Erzähl weiter. Was wollt ihr nun machen?"
„Wir haben eine Liste von Forderungen aufgestellt. Alle vierzehn Tage eine Feiernacht, Betten in der Kammer statt Kleiesäcke auf der Werkbank, gleiches Recht wie die Meister bei der Aufkündigung."
„Und?" fragte Hannes. „Ich meine: Ist das alles?"
„Hannes. Ich weiß, daß es wenig ist. Und ich wollt auch mehr in die Liste haben. Feste Arbeitszeiten, mehr Lohn und sowas. Aber die meisten Gesellen haben gesagt, wenn sie das kriegen, was auf der Liste steht, sind sie schon zufrieden."
„Und jetzt geht ihr zu den Geschworenen des ehrbaren Bäckerhandwerks und sagt: ‚Liebe Meister...' "
„Hannes, das find ich nicht nett, daß du dich lustig machst."
„Hast recht." Hannes hatte seine Hand auf Philipps Arm gelegt. „Weißt du, ich hab nur dran denken müssen, wie du mir einmal vom verdeckten Kampf erzählt hast. Das hat sich damals für mich mächtig wild angehört. Und jetzt diese zahmen Forderungen."
„Ich sag's noch mal, Hannes: Wenn's nach mir gegangen wär – wir hätten mehr gefordert. Aber die anderen sind halt noch nicht soweit. Schon, daß sie sich überhaupt versammelt

haben – noch vor zwei Monaten wär das undenkbar gewesen. Und daß sie dann auch noch ..."
„Gut. Jetzt ernsthaft: An wen stellt ihr die Forderungen?"
„An den Senat. Schrei nicht gleich wieder – wart's ab. Natürlich wird der Senat die Liste an die Bäckerinnung weitergeben, und die wird sie vergessen. Aber: Der Senat weiß nun Bescheid. Es ist sozusagen politisch geworden. Und jetzt kommt die Hauptsache, und da wirst du fein still werden. Wenn wir die Forderungen nicht bewilligt kriegen, weißt du, was wir dann machen?"
„Was?"
„Wir ziehen geschlossen aus der Stadt."
„Donnerwetter." Hannes nickte anerkennend. „Das ist ein Ding. Und ihr kommt erst zurück, wenn alles bewilligt ist?"
„So ist es. Und in der Zwischenzeit sitzt die Stadt ohne Brot. Zumindest hat sie zu wenig. Dann müssen die Meister nachgeben."
„Was ist mit den Bäckern auf den Dörfern?"
„Was die zusätzlich backen können, reicht nie. Aber zur Sicherheit werden wir an einem ganz besonderen Tag ausziehen. An einem, wo die Stadt vollgestopft ist mit Leuten. Kannst du dir denken welchen?"
„Mann, Philipp. Ihr wollt doch nicht etwa ..."
„Genau dann. Am 17. Mai ziehen wir aus. Und am 18. Mai hat Frankfurt kein Brot. Genau an dem Tag, wenn das deutsche Parlament eröffnet wird."

14

Zur Gründungsversammlung des neuen Vereins waren am 14. Mai wenigstens zweitausend Leute in die Reitbahn am Rahmhof gekommen. Sie wählten den Literaten Esellen erst zum Versammlungsleiter und später zum Präsidenten des ‚Arbeiter-Vereins'. Für diesen Namen entschieden sie sich nach ausgiebiger Diskussion, und nachdem es zunächst so ausgesehen hatte, als würde die Bezeichnung: ‚Demokratisch-sozialer Verein' sich durchsetzen. Dann billigte man die Statuten und das Vorhaben, ein Komitee zu bilden, das unter dem Vorsitz des Präsidenten Esellen aus je einem Vertreter jedes Gewerkes bestehen sollte. Das Komitee würde dreimal die Woche tagen. Generalversammlungen des Arbeiter-Vereins sollten wöchentlich stattfinden. Danach gingen die Leute ruhig und friedlich auseinander. Die Soldaten bekamen keine Gelegenheit einzugreifen.
„Soldaten?" fragte Hannes.
„Klar", sagte Philipp. „Linie, Stadtwehr, die Bürgerschutzwache – alle auf den Beinen. Wie in alten Märztagen nach dem Römersturm. Wahrscheinlich haben sie gedacht, wir zünden ihnen die Stadt an."
Hannes schüttelte den Kopf. Dann fragte er: „Und? Bist du Mitglied geworden?"
Philipp hatte sich eingeschrieben. Und heute abend war er von den Bäckergesellen zum Vertreter im Komitee gewählt worden. Morgen abend würde die erste Komitee-Sitzung sein, öffentlich und im Graben. Morgen war Dienstag, der 16. Mai, und Putztag. Hannes würde hingehen. Schade, daß Louise nicht konnte.
Sie mußte abends wieder einmal beim Bankier Bethmann aushelfen. „Dagegen kann ich nichts machen", hatte sie ge-

sagt. „Oder ich riskiere meine Arbeit." Das sollte sie schön bleiben lassen. Einen Posten mit fünfzehn Kreuzer die Stunde kriegte sie nicht noch einmal. Während der letzten Tage hatte sie häufig aushelfen müssen. „Die Bethmanns veranstalten große Abendgesellschaften", erzählte sie. Viele Parlamentsabgeordnete aus Preußen waren schon in Frankfurt eingetroffen und verkehrten beim Generalkonsul Freiherr von Bethmann. „Natürlich nur bestimmte Abgeordnete", sagte sie. „Militärs, preußische Adlige..." – „Wie? Was?" fragte Hannes. Und er erfuhr, daß es im deutschen Parlament, der Nationalversammlung, nicht zwei, sondern drei Gruppen geben würde. Einmal die Demokraten – „Du meinst die Republikaner?" fragte Hannes, und sie nickte. Dann die Liberalen, und als dritte Gruppe: Abgeordnete, die man mit Fug und Recht als reaktionär bezeichnen durfte. Militärs und wie gesagt: preußische Junker.
Hannes war entsetzt. „Mein Gott, wer hat die denn gewählt?" – „Ich kann nur vermuten", sagte Louise. „Stell dir einen Gutsbesitzer vor, dem sehr viel Land gehört, mit Dörfern darauf..." – „Und der sagt zu seinen Bauern: Ihr wählt mich, verstanden!" Hannes schüttelte den Kopf. „Und wegen solchen Leuten mußt du bei Bethmanns aushelfen?"
Hannes kam nach acht Uhr, und die Sitzung des Komitees hatte bereits begonnen. Zuhörer saßen lediglich auf den vorderen beiden Bänken. „Na ja", dachte Hannes. „Das Komitee muß sich erstmal rumsprechen." Etwa die Hälfte der Zuhörer waren Bäckergesellen. An der Breitseite des großen Tisches saß Essellen, in der Mitte, wie sich's für einen Präsidenten gehörte. Hannes nickte ihm zu, aber obwohl Essellen blinzelnd zu ihm hersah, schien er Hannes nicht zu erkennen. Da merkte er, daß der Literat Essellen seine Brille nicht auf hatte.
Mit Gewerk-Vertretern war das Komitee schwach besetzt. So schnell wie die Bäcker hatten die meisten Gewerke ver-

mutlich nicht gewählt. Andere würden wohl nie hier vertreten sein. Die Metzger zum Beispiel. Rechts neben Essellen saß ein Schmied, das sah man gleich. Auch daß der neben dem Schmied ein Maurer war. Und links von Essellen. – „Schau an“, dachte Hannes. „Der wilde Schustergeselle.“ Derselbe, der ihn an seinem ersten Abend hier zum Fenstereinschmeißen hatte überreden wollen.
Philipp saß zurückgelehnt an der rechten Schmalseite, hatte die langen Beine in der teigverkrusteten Hose ausgestreckt, und, nachdem er Hannes zugewinkt hatte, die Hände wieder in den Taschen. Der kleine Dicke, an der Schmalseite gegenüber, war kein Geselle. Hannes sah es am bürgerlichen Gehrock, der allerdings – ursprünglich braun – gelblich verschossen war. Der Dicke lächelte beständig und kritzelte unentwegt mit einem Bleistift über Papier. Er war wohl eine Art Protokollant.
Als Hannes Platz nahm, sagte Essellen gerade zu dem Maurer: „Wenn ihr mit den Beratungen soweit seit, dann gebt ihr Bescheid, ja? Noch besser wär’s, wenn ihr hier laufend berichtet.“
„Mach ich“, sagte der Maurer. „Warum nicht?“
„Gut.“ Essellen sah in die Runde. „Was liegt noch an?“
„Wir Bäcker versammeln uns auch“, sagte Philipp. „Aber bei uns ist die Sache schon spruchreif.“
„Ahja?“ Essellen blinzelte zu Philipp hinüber. „Was heißt spruchreif?“
Philipp richtete sich auf. „Ich möcht mich erstmal versichern, daß kein Spitzel hier drin ist.“
Das war schnell getan. Die Bäcker kannten sich, und auch jeder der übrigen Zuhörer war wenigstens zwei anderen bekannt.
„Also los“, sagte Essellen, der Hannes jetzt erkannt und ihm zugenickt hatte. „Was habt ihr vor?“
Philipp berichtete, daß sie Forderungen an den Senat zu-

sammengestellt hätten. Und daß sie aus der Stadt ziehen würden, wenn die nicht bewilligt würden.
„Tatsächlich?“ Essellen holte seine Brille hervor und musterte Philipp. „Also, ihr imponiert mir.“ Er steckte die Brille wieder weg. „Hast du gehört, Pelz?“ fragte er zu dem Dicken hinüber. „Ein richtiger Ausstand.“ Der Dicke, der Pelz hieß, nickte. „Außerordentlich mutig“, sagte Essellen zu Philipp, der stolz lächelte. Auch seine Mitgesellen, alle auf der ersten Bank sitzend, schienen geschmeichelt. „Über eure Arbeitsbedingungen weiß ich Bescheid“, fuhr Essellen fort. „Da müssen wir was machen, und zwar rasch. Hast du eine Zusammenstellung der Forderungen da? Darf ich mal sehen?“
„Ja, hier.“ Philipp zog ein Papier aus der Jackentasche. Er lächelte nicht mehr.
„Hm.“ Essellen las, über das Papier gebeugt. „Betten ... Feiernächte. Zur Erholung. Und um seinem Gott in der Kirche dienen zu können. Hm. Taktisch vielleicht ganz klug.“ Er sah hoch. „Aber warum nur alle vierzehn Tage? Und sonst? Darf ich's mal vorlesen?“ Und als Philipp nickte, las er vor.
Da sagte der Maurer: „Hört mal, ihr Bäcker. Warum wollt ihr nicht mehr Lohn? Also, wir werden den fordern. Und Zuschlag für jede Stunde über der normalen Arbeitszeit. Sechs Kreuzer wenigstens. Über die Arbeitszeit sagt ihr auch nichts. Wir wollen fordern: Im Sommer zwölf, im Winter zehn Stunden. Mit zwei halbstündigen Pausen und einer Mittagspause von einer Stunde.“
„Und ihr meint, das kriegt ihr?“ fragte Philipp.
„Wir probieren's“, sagte der Maurer.
Philipp blickte zu seinen Mitgesellen, und dann sagte er: „Wir meinen: Es darf nicht zu viel sein, sonst kriegen wir gar nichts. Was auf dem Papier steht, reicht uns fürs erste.“
„Das reicht euch?“ Der Schuster beugte sich vor. „Also,

wenn ihr schon was macht, mit Auszug sogar, dann aber richtig. Sonst ist das für die Mäus gepfiffen."
Der Schmied nickte, und Essellen sagte: „Ihr verschleudert euer Kampfmittel. Hört mal, darüber müssen wir reden, denn ..."
„Da gibt's nichts mehr zu bereden." Philipp saß wieder zurückgelehnt, die Hände in den Taschen. „Das Papier ist seit Samstag beim Senat."
„Was?" Essellen blinzelte. „Ihr habt es schon ...? Am Samstag? Ja, um Himmels willen. Warum habt ihr nicht gewartet? Am Samstag habt ihr doch gewußt, daß ein Arbeiter-Verein gegründet wird."
„Es hat pressiert", sagte Philipp. „Weil, morgen wollen wir aus der Stadt ziehen."
„Morgen? Das ist Mittwoch. Seid ihr verrückt? Bis dahin kann der Senat noch gar nichts unternommen haben."
„Wir kriegen's eh nur bewilligt, wenn wir ziehen. Also, warum nicht gleich?"
Essellen holte seine Brille hervor, putzte sie und sagte: „Nun mal in aller Ruhe. Ihr macht so was zum ersten Mal, deshalb könnt ihr's nicht wissen. Erstens: Euer ausgezeichnetes Druckmittel müßt ihr behutsam einsetzen. Weiß der Senat überhaupt, was da auf die Stadt zukommt? Nein? Siehst du. Natürlich kriegt ihr erstmal nichts bewilligt. So. Nun seid ihr weg. Und jetzt geht's sofort aufs Ganze. Ihr habt keinen Spielraum mehr. Alles oder nichts, das muß das letzte Mittel sein. Zweitens: Wenn ihr mit eurem Auszug wartet, dann kann euch der Arbeiter-Verein unterstützen. Dann sieht der Senat: Das sind nicht nur die Bäcker, sondern hinter der Aktion stehen die Frankfurter Gewerke. Und das gibt Schlagkraft."
„Logisch", sagte der Schmied. Der Maurer und der Schuster nickten.
„Na ja", sagte Philipp. „Also ..." Er blickte auf seine Mit-

gesellen, und die schüttelten die Köpfe. „Nein", sagte Philipp zu Essellen. „Wir ziehn morgen, und dabei bleibt's. Wir haben uns das genau überlegt. Und wenn ihr nicht einverstanden seid – wir brauchen euch nicht."
„Doch, verdammt!" Essellen schlug mit der Faust auf den Tisch. „Ihr braucht uns."
Dann sagte er ruhiger: „Und wir brauchen euch. Wir Arbeiter können nur gemeinsam was durchsetzen. Das ist unser einziges Machtmittel."
„Das muß dir einleuchten", sagte der Schuster zu Philipp. „Einzeln, auch als einzelnes Gewerk, erreichen wir nichts. Warum wollt ihr euch nicht helfen lassen?"
„Ich behaupte sogar", sagte Essellen, „ihr müßt euch helfen lassen. Ihr dürft nicht ohne den Verein handeln. Ihr müßt euch der Stimme des Vereins unterwerfen. Und soviel ich sehe, gibt es hier nur eine Stimme."
Der Schuster, der Maurer und der Schmied nickten.
Von der ersten Bank sagte einer der Bäcker: „Laß dich nicht einmachen, Philipp." Und der sagte: „Wir ziehn. Morgen muß es sein."
„Warum, zum Teufel, könnt ihr nicht warten? Bis zur nächsten Generalversammlung? Wie?"
„Geht nicht." Philipp schüttelte den Kopf. „Wegen dem Parlament. Wenn's übermorgen kein Brot gibt, dann müssen sie unsere Forderungen bewilligen."
„Aber, Herrgott, dann ist's doch schon passiert. Dann wird der Senat nicht über eure Forderungen nachdenken, sondern alles tun, damit Brot beikommt. Gerade an diesem Tag."
„Und woher, bitte?" fragte Philipp. „Die Dorfbäcker schaffen das nie."
„Und die Militärbäckerei?"
„Gibt's keine. Die Linie bezieht ihr Brot von den hiesigen Bäckern. Alles genau überlegt. Wir ziehn morgen."

„Also, ich finde das beschissen“, sagte Essellen und putzte seine Brille.
„Gut, dann können wir ja gehn.“ Philipp erhob sich und mit ihm die Bäckergesellen. „Macht's gut“, sagte Philipp. „Wenn unsere Forderungen bewilligt sind, reden wir weiter.“ Und die Bäckergesellen zogen aus dem Gräberschen Saal.

Es war nichts mehr zu besprechen gewesen, und Essellen hatte die Sitzung beendet.
„Hör mal“, sagte Hannes zu ihm. „Dem Philipp darfst du das nicht krumm nehmen. Ich kenn ihn. Der hat kapiert, was du meinst. Aber er muß zu seinen Mitgesellen halten.“
„Ja, ja, ich weiß.“ Essellen rieb sich mit der Hand über die Augen. Er schien müde zu sein. „Sie halten zusammen gegen uns. Gegen andere Arbeiter. Was da an Kraft und Energie nutzlos vertan wird. Auch mit den vermaledeiten Straßenskandalen und Katzenmusiken. Wenn man den Leuten doch klar machen könnte, daß die nichts bringen.“
„Na, na, Essellen“, sagte der Dicke, der Pelz hieß. „Was verlangst du? Den zünftlerischen Geist treibst du nicht von heut auf morgen aus. Und das mit den Charivaris müssen wir ihnen sagen und geduldig wiederholen.“
„Gut, gut.“ Essellen setzte die Brille auf. „Zähe Arbeit, ich weiß. – Pelz, das ist der Hannes. Heizer bei der Taunusbahn.“ Und Hannes fragte er: „Weißt du, wer der Pelz ist?“ Als Hannes den Kopf schüttelte: „Er hat den Weberaufstand in Schlesien erlebt, im Jahre 44, und darüber geschrieben. Dann war er, wie ich, in Mannheim. In der nächsten Generalversammlung, wenn der Vorstand gewählt wird, will er als Schriftführer kandidieren. Der Wilhelmi übrigens auch.“
„Schlesien?“ fragte Hannes. „Da geht's ähnlich zu wie im Erzgebirge, nicht?“

„Exakt so", sagte Pelz. „Hast du darüber gelesen?"
„Nein. Davon hat mir jemand erzählt. Die ist dort groß geworden."
„Hm." Pelz sah ihn forschend an. „Bist du Mitglied im Verein?"
„Ich überleg noch", sagte Hannes.
Und als Pelz etwas sagen wollte, kam von Essellen: „Laß ihn, Pelz." Und zu Hannes sagte er: „Auf alle Fälle solltest du unsere Zeitung lesen."
„Ihr gebt eine Zeitung raus?"
„Ja. Der Pelz und ich. Sie kommt zweimal in der Woche. Die erste Nummer ist für übermorgen vorgesehen. Sie heißt ‚Allgemeine Arbeiter-Zeitung'."
„Und was steht da drin?"
„Nun, wir berichten beispielsweise über unsere Versammlungen. Und hauptsächlich über politische Ereignisse. Aber nicht so, wie eine Tageszeitung. Wir wollen erklärende Zusammenfassungen bringen."
„Das ist gut", sagte Hannes. „Solche Zusammenfassungen mag ich."

„Frankfurt, 18. Mai. Der verfassungsgebende Reichstag für Deutschland ist eröffnet. Nachdem die hier eingetroffenen Mitglieder, zwischen 350 und 400 an der Zahl, sich um 3 Uhr zu einer Vorberatung im Kaisersaal versammelt hatten, bewegte sich von dort aus der Zug unter Glockengeläute, Geschützsalven und dem klingenden Spiel der paradierenden Stadtwehr nach der Paulskirche. Hier waren alle den Zuhörern überlassenen Räume bereits besetzt; ein dreifaches, donnerndes Lebehoch empfing bei ihrem Eintritte die Vertreter der gesamten deutschen Nation . . ." Frau Schmidt sah vom Journal hoch. „Bitte, das hab ich jetzt beliebig rausgegriffen. Nun sagen Sie, Fräulein Coith: Was gibt es dagegen einzuwenden?"

„Abgesehen davon, daß mir dieses Geschreibsel die Gähn-Tränen in die Augen treibt..."
„Freilich." Frau Schmidt blickte in die Zeitung. „Klingendes Spiel... donnerndes Lebehoch... Also, ich hätt mich nicht getraut, das zu schreiben, so oft liest man's."
„Sehen Sie? Und dann: Was heißt ‚Reichstag'? Das klingt so, als wäre ausgemacht, daß wir ein deutsches Reich mit Kaiser bekommen."
„Na ja, Sie wollen die Republik, das weiß ich. Was haben Sie gegen einen Kaiser?"
„Frau Schmidt, ich muß los zu Bethmanns. Darüber reden wir ein anderes Mal. Nur so viel noch: Lesen Sie mal, was hier oben auf der ersten Seite steht."
„Seine Majestät der König von Bayern haben mittelst Allerhöchsten Schreibens dem Hohen Senat dieser freien Stadt die glücklich erfolgte Entbindung Ihrer Majestät der Königin Marie von Bayern von einem gesunden Prinzen..." Frau Schmidt sah auf. „Na und? So was hat doch seit Jahr und Tag hier gestanden."
„Eben", sagte Louise.
„Hm." Frau Schmidt runzelte die Stirn. „Sie meinen, weil es inzwischen eine Revolution gegen die Fürsten... Also, Fräulein Coith. Sie können einen ganz schön durcheinanderbringen. Sie sind eine Wühlerin, wissen Sie das?"
Louise lachte. Dann sagte sie: „Ich mache Ihnen einen Vorschlag: Die Didaskalia behalten wir, statt des Journals nehmen wir eine andere Zeitung."
„Und welche?"
„Als ich zu Hause war, habe ich erfahren, daß eine neue Rheinische geplant ist."
„Und? Ist die ordentlich?"
„Das glaube ich, Ihnen versprechen zu können. Zwar ist die etwas teurer... Frau Schmidt: Für ein Quartal abonnieren wir die neue Rheinische, und dann sehen wir weiter, ja?"

Louise war zu früh, wie sie am Hessen-Monument feststellte. Bis ein Uhr fehlte eine gute Viertelstunde, und die wollte sie Bethmanns nicht schenken. Sie würde hier draußen warten. Es war heiß, und Louise stellte sich in den Schatten einer der Pappeln am Monument. Eine Kalesche rollte vorüber, die bei trockenem Wetter unvermeidliche Staubwolke hinter sich herziehend, und Louise sah dem Wagen nach bis zum Friedberger Tor, wo der Kutscher kurz anhielt, und dann, auf einen Wink des Wachsoldaten hin, weiterfuhr. Vor einem der Wachhäuser stand ein Offizier, aber Louise konnte nicht erkennen, ob es der Rotwein-Leutnant war. Sie holte ihre Uhr aus dem Handbeutel. Na, nun konnte sie langsam hinüber zur Bethmann-Villa gehen. Aber dann wartete sie noch, denn vom Friedberger Tor kam ein Reiter.
Das war, hier vor der Stadt, an sich nichts besonderes. Auf der Promenade hatte man sogar für die vielen Spazierreiter einen von den Fußpfaden getrennten Weg angelegt, wo die Herren trabten und galoppierten und, zum Ärger der Fußgänger, Staub aufwirbelten. Dieser Reiter wirbelte keinen Staub auf, er ritt auf der Straßenmitte im zurückgenommenen Galopp, bei dem das Pferd fast auf der Stelle trat. Der feingliedrige Rappe glich mit seinem gebogenen Hals einem der Pferde, die das Naturkundebuch als ‚edel' bezeichnete. Louise schaute, und mit ihr schauten andere Leute, der Offizier am Tor trat sogar einige Schritte auf die Straße und blickte hinter dem Reiter her.
Der galoppierte nun an der Promenade vorbei. Der Herr saß außergewöhnlich gut zu Pferde. Den Galopp saß er tief aus, gab scheinbar locker den Bewegungen des Tieres nach, aber er saß gerade und aufrecht. Die Zügel hielt er mit einer Hand, mit der linken, wie es Kavalleristen taten, die mit der rechten den Säbel führten. Der Herr hatte die freie Hand in die Seite gestemmt. Er trug lange, weiße, knapp sitzende

Hosen. Der dunkelblaue Oberrock war eng und betont auf Taille geschnitten, der Zylinder war schmalrandig und schlank.
Der Herr ritt über den Platz, noch immer im zurückgenommenen Galopp, dann ritt er Schritt, und vor der Bethmann-Villa hielt er an. Der Rappe stand vollkommen still, der Herr hielt mit der einen Hand die Zügel, die andere hatte er in die Seite gestemmt, und er ließ den Blick über die Fensterfront wandern. Dann blickte er rundum über den Platz. Louise sah, daß er große, kohlschwarze Augen hatte und ungewöhnlich weiße Haut. Schnurrbart und Knebelbart waren tiefschwarz. Das volle, schwarz-gelockte Haar trug der Herr halblang und sauber geschnitten. Jetzt sah er Louise. Er blickte zu ihr herüber, aus großen, weit geöffneten Augen, aber Louise hatte nicht den Eindruck, fixiert zu werden, sondern er schaute nur. Der Herr lächelte, und nun stieg er ab. Das tat er, indem er das eine Bein weit herumschwang, einen Augenblick im Steigbügel verharrte und dann auf die Erde sprang, übertrieben abfedernd.
Er war nicht groß, und Louise sah, daß er auf den Fußballen stand. Dann ging er zum Eingang, mit raschen, kurzen Schritten, und weil er auf den Fußballen ging, sah es aus, als tänzelte er. Er zog die Klingel, und als eines der Mädchen öffnete, hörte Louise ihn sagen: „Ist dein Herr im Haus?" und das sagte er mit etwas heiserer, aber angenehm weicher Stimme. Dann verschwand er. Das Pferd hatte er nicht angebunden.
Louise folgte, als einer der Diener aus der Tür kam, um das Pferd zu versorgen.

Louise war mit Henriette und Moritz in den Park gegangen. Im hinteren Teil, der Bornheimer Heide zu, gab es eine Gärtnerei, in der Herr von Bethmann exotische Gewächse züchtete, eine Liebhaberei, die mit täglicher grober Arbeit verbunden war, wofür er den Kunstgärtner Sester angestellt hatte. Sester war ein gemütlicher, backenbärtiger Mensch, der nichts dagegen hatte, daß Louise mit den Kindern durch die Gartenanlage zog, um Blätter zu sammeln: Spitze, runde, gezackte, glatte – wie sie sie gefunden hatten. Jetzt saßen sie in einem der Tempelchen, die Kinder sortierten ihre ‚Collection', und Louise unterrichtete auf spielerische Weise. „C'est une feuille dente", sagte sie, während Moritz ein Blatt zu den gezackten legte. Die Kinder waren eifrig bei der Sache, besonders Moritz. „Nous avons une collection", sagte er zufrieden. „Comme Papa." – „Aha?" sagte Louise. Sie hob das Französische auf, und ließ sich von den Kindern berichten, daß Herr von Bethmann sammelte, und zwar, wie Louise verstand, alles mögliche: Münzen, Visitenkarten, Zeitungsausschnitte. Sie wunderte sich. Zwar sammelten viele Leute irgend etwas, aber diese biedermännische Liebhaberei hatte sie beim Freiherrn von Bethmann nicht erwartet.

„Da kommt Papa", sagte Henriette und zeigte zum Kiesweg hinüber, der sich zwischen Ziersträuchern schlängelte.

Neben Herrn von Bethmann ging der Herr mit den kohlschwarzen Augen. „Kennt ihr den Herrn?" fragte Louise.

„Freilich", sagte Henriette. „Dürfen wir hin?"

Louise nickte. „Aber sag mir vorher, wie er heißt."

„Das ist der Onkel Felix", sagte Moritz, und Henriette nickte dazu. Die beiden liefen los, und Louise folgte langsam. In einer für Kinderfrauen angemessenen Entfernung blieb sie stehen und sah zu, wie Herr von Bethmann seine Kinder wie gewohnt freundlich, fast liebevoll begrüßte.

„Na, ihr beiden Rangen", sagte er. „Was treibt ihr denn heute Schönes?"

„Wir haben eine Collection", berichtete Moritz. Und Henriette erzählte, daß sie die Blätter ordnen, trocknen und in ein Album kleben wollten.

„Sehr schön“, sagte Herr von Bethmann und blickte zu Louise herüber. „Sehr schön, Mamsell. Systematisierende Ordnung... gut. – Eine unserer Kindermamsells, Fürst“, sagte er zu dem Herrn. „Sie unterrichtet die beiden und macht das recht brav.“

Der Herr, den Herr von Bethmann Fürst genannt hatte, sah auf Louise, aus großen, weit geöffneten Augen. Er trug den Oberrock aufgeknöpft, hatte die Hände auf den Rücken gelegt, unter die Rockschöße, und seine weiß-seidene Weste war auf das Engste tailliert. Louise, die wußte, daß es das gab, es aber zum ersten Mal sah, dachte: „Du lieber Himmel.“ Der Fürst trug ein Korsett.

Er nahm nun die Hände vom Rücken, griff in eine der Westentaschen und zog ein Lorgnon hervor. Das Glas war zum Viereck geschliffen und silbern eingefaßt. Er hielt es sich am silbernen Stiel vors Auge und lorgnettierte Louise. „Ganz entzückend“, sagte er auf Französisch mit seiner etwas heiseren Stimme. „Entzückend. Und so natürlich.“ Er ließ das Lorgnon sinken, und sagte, ohne den Blick von Louise zu nehmen: „Ein wenig ernst, wie?“ Und dann auf Deutsch und lächelnd: „Mademoiselle, können sie lachen?“ Er schien tatsächlich darauf zu warten, daß sie ihn anlachte.

Gerade da sagte Moritz: „Zeigen Sie mir die Pistole, Onkel Felix?“

Der Fürst ließ von Louise ab und griff in die innere Rocktasche. „Hier, mon cher Moritz. Mein pistolet.“ Es war eine kleine, flache, und der Fürst beugte sich zu Moritz hinunter und sagte: „Siehst du? Hier ist der Hahn, und hier zieht man ab.“

„Darf ich sie mal halten?“

„Gern, mon cher Moritz. Aber Vorsicht, sie ist geladen.“

Hier griff Herr von Bethmann ein und sagte: „Fürst, ich bitte Sie ... Der Knabe ist noch nicht vier ... Moritz! Hände weg. Dafür bist du noch zu klein. Mamsell, nehmen Sie die

Kinder, fahren Sie mit dem Unterricht fort... Kommen Sie", sagte er zu dem Fürsten, der lächelnd seine Pistole wegsteckte. „Wir haben noch etliches zu besprechen."
Die beiden Herren entfernten sich. Beide gingen sie mit kurzen, raschen Schritten, Herr von Bethmann leicht hinkend, und neben ihm, tänzelnd, der Fürst.

Gegen halb vier erschien Mamsell Freyeisen, eine freundliche Matrone, die die Kinder zärtlich liebten, und die Louise auch gern zur Kinderfrau gehabt hätte, und sagte: „Sie sollen Tee machen. Oder Kaffee. Jedenfalls für den Herrn und den Fürsten. Madame Pfaff ist verhindert."
„Na schön", sagte Louise. „Sehen Sie zu, daß Sie die Blätter sortiert ins Haus kriegen, ja?" Und als Mamsell Freyeisen nickte, fragte sie: „Wer ist dieser Fürst? Wissen Sie das?"
„Lichnowsky heißt er. Das ist der Fürst Lichnowsky. Gestern ist er angekommen."
„Und? Was macht er hier?"
„Na, im Parlament ist er. Madame Pfaff sagt, daß er Güter in Schlesien hat." Mamsell Freyeisen hob die Schultern. „Aber fragen Sie mich nicht, was er dann beim preußischen Generalkonsul will."
„Schlesien gehört zu Preußen", sagte Louise.
„So, so. Na, von mir aus. Jetzt schaun Sie zu, daß Sie rein kommen. Die Herren sind im Herrenzimmer."
Das lag neben dem gelben Salon, in dem die Glas-Etagere mit den Porzellan-Servicen stand und die Anrichte mit der Teemaschine. Louise klopfte an die Verbindungstür. „Ja?" kam es aus dem Herrenzimmer.
Herr von Bethmann saß in einem der Lederfauteuils, der Fürst, der Lichnowsky hieß, lehnte mit übergeschlagenen Beinen am Billard. „Kaffee, Fürst?" fragte Herr von Bethmann. „Einen Likör dazu? Oder Tee?" – „Tee", sagte Fürst Lichnowsky, während er Louise lorgnettierte. Herr

von Bethmann wollte ebenfalls Tee, und Louise zog sich zurück. Die Verbindungstür ließ sie offen.
Die Holzkohle in der Teemaschine hatte eines der Mädchen schon entzündet, aber das Wasser war noch nicht heiß. Louise öffnete die Zugklappe ganz und holte Geschirr und Besteck aus der Etagere. Ein silberfarbenes Körbchen mit Biskuit, sowie Kännchen mit Tee- und Kaffeesud standen bereit. Was Louise zu tun hatte, nämlich Wasser aus dem Hahn der Teemaschine auf Teesud in den Tassen laufen zu lassen, hätten die Herren recht gut selber tun können. Gewöhnlich ärgerte sich Louise, wenn sie zu dieser überflüssigen Dienstleistung herangezogen wurde, besonders auch, weil die Herrschaften sich unterhielten, als wäre sie nicht vorhanden: Sie war Personal, sozusagen Teil der Teemaschine. „Manchmal allerdings ist das ganz nützlich", dachte sie und lauschte auf die Unterhaltung im Herrenzimmer.
„Wenn Sie dieser Meinung sind, Fürst", hörte sie Herrn von Bethmann, „dann verstehe ich nicht, warum Sie Ihre Wahl veranlaßt haben."
„Lieber Bethmann", sagte Fürst Lichnowsky, und Louise hörte, daß er sich in einem Fauteuil niederließ. „Ich bin gern an den Brennpunkten. Sie wissen, daß ich Mitglied des preußischen Landtages war . . . Nun, alles zu seiner Zeit. Sie können nicht leugnen, daß die Nationalversammlung jetzt die Bühne ist für den politisch Ehrgeizigen."
„Worauf zielen Sie ab, Fürst?"
„On verra", sagte Fürst Lichnowsky mit seiner etwas heiseren Stimme. „Man wird sehen. Ein Ministerposten in Berlin? Wer weiß? Jedenfalls möchte ich seine Majestät den König ein wenig auf meine Fähigkeiten aufmerksam machen." Nach einer Pause sagte der Fürst: „Und dann: Es macht ganz einfach Spaß. Sehen Sie, lieber Bethmann, der Plebejer Blum . . . Oder nehmen Sie diesen Zitz . . . Es wird mir ein Vergnügen sein, mit diesen Leuten die Klingen des

Wortes zu kreuzen. Ich habe mich umgesehen ... ein wenig hospitiert. Ich kenne das englische Parlament, das belgische ... Warum nicht? Ich bin beweglich. Kavallerie, wissen Sie? Man schlägt sich hier, man schlägt sich dort ... Kurz: Die Ansicht, der Aristokrat dürfe sich im Parlamente mit dem Volke nicht gemein machen, teile ich nicht. Ich meine sogar: Gerade in der Berührung mit dem Volk wird aristokratisches Wesen so recht deutlich."

„Nun ja", sagte Herr von Bethmann. „Was verstehen Sie unter ‚Volk'? In diesem Parlament sitzen in erster Linie Professoren, Gelehrte, Beamte. Kein Handwerksgeselle, kein Arbeiter ..."

„Mon Dieu, lieber Bethmann, das fehlte. Dann freilich ... Aber auf die Paulskirche kann man sich einlassen. Der von Gagern beispielsweise – ein feiner Mensch, trotz seiner liberalen Ansichten. Eben doch von Adel, es läßt sich nicht kaschieren. Ich behaupte sogar: Daß von Gagern zum Präsidenten der Nationalversammlung gewählt wurde, ist ein Glücksfall. Im Grunde ist er einer von uns, auch wenn er es zur Zeit nicht wahrhaben will."

„Ja, Fürst, das glaube ich auch. Er wird das Richtige tun, wenn es soweit ist."

„Woran denken Sie?"

„Nun", sagte Herr von Bethmann. „Es wird Probleme geben ... Ich meine die Schleswig-Holsteiner Angelegenheit. Man wird die Zustimmung dieses Parlaments benötigen, um keine Unruhen zu provozieren. Mit Gagern als Präsident kann das gehen. Er ist ein Mann des Ausgleichs."

„Zustimmung? Aha? Es ist also an einen Waffenstillstand gedacht?" Fürst Lichnowsky lachte ein wenig und fügte hinzu: „Zwar komme ich gerade aus Berlin, aber man ist recht verschwiegen bei Hofe. Selbst mir hat man nichts ... Gleichviel. Wissen Sie Genaueres?"

„Nein. Aber das liegt doch auf der Hand: Sobald Rußland

und England den Eindruck gewinnen, daß Preußen eine Vormachtstellung am Meer anstrebt, werden sie eingreifen. Ich kann mir vorstellen, daß seine Majestät schon zu Beginn des Feldzuges nach Petersburg und London haben signalisieren lassen, an eine Eroberung Dänemarks sei nicht gedacht. Freilich: Ein Waffenstillstand ist zur Zeit nicht durchsetzbar. Die allgemeine Stimmung in Deutschland – noch muß sie berücksichtigt werden." Herr von Bethmann schwieg. Plötzlich rief er: „Wo bleibt der Tee, Mamsell?"
„Sofort." Louise ließ Wasser einlaufen. Dann ging sie mit dem Tablett in das Herrenzimmer.
Fürst Lichnowsky lag mehr im Fauteuil, als daß er saß. Die Beine in den knappen, weißen Hosen hatte er ausgestreckt und die Hände in den Taschen. Während Louise Tassen, Zuckerschale, Milchkännchen und Gebäckkorb auf den Tisch stellte, ließ er sie nicht aus den Augen, auch nicht, als er in das Körbchen griff und an einem Biskuit zu knabbern begann. Dann lächelte er und sagte: „Lachen Sie, Mademoiselle. Ein einziges Mal."
Louise sagte: „Haben Sie noch Wünsche, Herr von Bethmann?" „Nein. Es ist gut, Mamsell. Versorgen Sie die Teemaschine, stellen Sie alles Nötige zurecht. Ich werde dann selbst... Sie können gehen, Mamsell."
Louise deutete einen Knicks an und ging hinaus. Während sie tat, was Herr von Bethmann gesagt hatte, hörte sie den Fürsten Lichnowsky: „Entzückend. Aber ein wenig aufsässig, wie?"
„Nicht, daß mir darüber etwas bekannt wäre", sagte Herr von Bethmann.
„Man beobachtet es allenthalben", sagte Fürst Lichnowsky. „Die Unbotmäßigkeit des Pöbels auf der Straße schlägt zum Personal durch... Gestern, das erste, was ich höre, als ich in Frankfurt ankomme... Was ist das hier bei Ihnen, lieber Bethmann? Der Oberkellner im Englischen Hof verschwur

sich, es habe einen regelrechten Ausstand der Bäckergesellen gegeben. Das ist doch nicht möglich?“

„Leider ja“, sagte Herr von Bethmann. „Die Burschen sind nach Offenbach gezogen ... Warten Sie, heute ist Samstag, seit Mittwoch sind sie dort. Sie fordern. Sie fordern ganz einfach. Nun, das sind abstruse Vorstellungen, man könnte die Achseln zucken. Leider muß man annehmen, daß sie aufgehetzt worden sind. Seit einer Woche haben wir einen regen Wühlerverein hier in der Stadt. Die Leute bezeichnen sich als Arbeiter-Verein ... Irgendwelche heruntergekommenen Literaten. Nun gut ...“

„Aber das muß doch zu unterbinden sein. Mon Dieu, lieber Bethmann ... diese Canaille ...“

„Soviel mir bekannt ist, ist man dabei, gewisse Schritte zu erwägen ... Nun, das ist Sache des Senats. Zu Mangel an Brot ist es jedenfalls nicht gekommen. Der Senat hat geeignete Maßnahmen getroffen.“

15

Die Uhr auf dem Empfangsgebäude zeigte eine Viertelstunde bis drei, als sie, aus Wiesbaden kommend, in Kastel einfuhren. Hannes hielt mit beiden Händen den waagrechten Knebel der Kurbel umfaßt, zog und drückte, und unter ihm begannen die Bremsklötze zu kreischen. Dann stand der Zug. Ott schwenkte zweimal kurz hintereinander den Hebel am Dampfpfeifenventil, worauf die Bremser auf den Wagendächern ihre Kurbeln hochdrehten.

Sie waren auf das linke Gleis geschickt worden, denn auf dem rechten stand die Gutenberg unter Dampf. Sie würde die drei Transportwagen nach Frankfurt ziehen, die drüben an der Rampe bereitstanden und wohl schon beladen waren.

Ott kletterte vom Führerstand, um die Öler über den Achslagern zu schließen, und Hannes kontrollierte Druck, Glut und Wasserstand – Ott hatte die Hähne der Anzeige schon in der Gleiskrümmung vor dem Bahnhof geöffnet –, und da alles seine Richtigkeit hatte, lehnte sich Hannes an das Geländer und zog die ‚Allgemeine Arbeiter-Zeitung' aus der Jackentasche.

Er wollte lesen, aber dann hob er den Kopf. Das kam von drüben, aus dem preußischen Fort. Ein Grölen und Singen war das – die mußten voll wie tausend Mann sein. Sogar Ott, der gerade hochgeklettert kam, hörte es. Stirnrunzelnd sah Ott zum Eingangstor hinüber, wo die Wache mit schußfertigen Gewehren stand. „Irgendwann gibt das ein Unglück", sagte er.

„Na, was sollen sie machen am Sonntag, außer Kartenspielen und Saufen. Die dürfen nicht raus, oder?"

„Sie dürfen raus", sagte Ott. „Das ist es ja. Sie dürfen sogar

bewaffnet raus. Und ich glaube, daß man ihnen die Branntweinration erhöht hat."
„Warum denn das?"
„Hannes, überleg mal. Seit Wochen gibt's zwischen der Mainzer Bürgerwehr und preußischen Soldaten Reibereien. Wenn die Offiziere das nicht wollten, dann würden sie ihre Soldaten nicht besoffen und bewaffnet in die Stadt lassen."
Ott schüttelte den Kopf. „Nein, nein. Die Herren Offiziere legen es auf Krawall an. Die knabbern immer noch am 18. März."
„Die wollen die Scharte auswetzen?"
„Genau. Und grad hier. Die Mainzer sind seit jeher als Republikaner bekannt."
Hannes beobachtete die Soldaten vor dem Tor, wie sie standen und feindselig zum Zug herüberstarrten. „Was die wohl erzählt kriegen?"
Ott hob die Schultern. „Alles mögliche. Daß die Bürgerwehr nur drauf wartet, sie abzuknallen, und daß es in Berlin genau so gewesen wär. Die werden aufgehetzt. Und das geht leicht. Alles Bauernburschen aus Schlesien."
„Aus Schlesien?"
„Ja. Das Infanterieregiment Nr. 38 liegt hier. Und das kommt aus Schlesien."
„Von so weit weg?" Hannes dachte nach. Dann sagte er: „Damit sie nicht überlaufen?"
„So ist es. Alter militärischer Grundsatz. Je weniger die Soldaten die Leut kennen, gegen die sie kämpfen sollen, desto besser kann man sie aufhetzen. Da drüben die", Ott zeigte zur Doppelwache vor dem Österreichischen Fort, „das sind Tschechen, die kein Deutsch können. Die verstehn noch nicht mal, wenn du ihnen was zurufst . . . Himmelherrgott, können die nicht warten?"
Von der Gutenberg war ein Pfiff gekommen. Jetzt setzte sie sich vor die Transportwagen. Der Bremser hängte die Kette

ein, und nach einem erneuten Pfiff rollte die Lokomotive mit den drei gedeckten Wagen aus dem Bahnhof.
„Mist“, sagte Ott. „Jetzt haben wir schon wieder einen vor uns.“ Er sah zur Uhr. „Na ja, nicht so schlimm. Zehn Minuten Abstand haben wir. Trotzdem: Aufgepaßt.“
Hannes nickte. Seit Tagen mußten sie sich die eingleisige Strecke mit diesen außerplanmäßigen Transportzügen teilen. Die führten nur zwei oder drei Wagen, aber sie fuhren häufig. Der erste war am vergangenen Donnerstag, morgens um dreiviertel neun, vor ihnen abgegangen. Und der ganze Bahnhof hatte nach frischem Brot gerochen.

Hannes hatte mit Ott darüber geredet und gefragt, warum niemand, selbst Essellen nicht, der preußischer Unterrofizier der Reserve war, an diese Möglichkeit gedacht hatte.
Ott hatte gesagt: „Ist halt was Neues, die Eisenbahn – fürs Militär, meine ich. Die fangen erst jetzt langsam an zu kapieren, wie nützlich die für sie ist. Die Militärbäckerei ist dem Essellen eingefallen. Aber die Eisenbahn dazu – dafür hat's nicht gelangt.“
„Wie können die in der Festung überhaupt soviel Brot backen?“
„Feldbäckereien, Hannes. Die gibt es, werden aber nur im Krieg benutzt. Jetzt haben sie die aufgebaut, und ich glaub, die Militärs haben sich gefreut, daß sie ihre Bäcker üben lassen können.“
Der Senat tat sich mit dem Militär und der Eisenbahn zusammen, und schon war das Kampfmittel der Bäckergesellen keines mehr. Daß Philipp und seine Genossen trotzdem in Offenbach abwarteten, konnte Hannes verstehen. Vermutlich war es schwer, sich einzugestehen, daß der Auszug umsonst gewesen war.

Hannes sah zur Uhr. Noch fünf Minuten bis zum Abgang. Er steckte seine Zeitung weg und kontrollierte Druck und Glut. Kurz nach der Abfahrt würde er drei Schaufeln einwerfen.
Ott hatte ihn beobachtet und grinste. Er kletterte nach unten, um die Öler zu öffnen, und als er hochkam, grinste er noch immer.
„Ist was?" fragte Hannes.
„Na, mir ist eingefallen: Ich hab eine Menge Heizer gehabt, aber du bist der erste, der Zeitung liest."
Hannes schmunzelte.
„Bist du eigentlich Mitglied in dem Verein?"
„Noch nicht", sagte Hannes.
„Hör mal." Ott kraute seinen Backenbart. „Ich sag's nicht gern, grad dir nicht. Aber ich muß dich an den Revers erinnern, den wir im März unterschrieben haben. Du riskierst deinen Posten."
Hannes nickte. „Weiß ich. Ich hab drüber nachgedacht."
„Und?" fragte Ott.
„Na ja. Wissen Sie, es ist doch so: Wir dürfen uns nicht politisch betätigen. Also zum Beispiel uns nicht mit anderen zusammentun, damit wir Forderungen durchdrücken können. Das sagt die Verwaltung. Und was macht sie? Sie läßt Brot nach Frankfurt fahren. Damit die Forderungen der Bäckergesellen nicht durchkommen. Die Verwaltung betätigt sich politisch. Und deshalb werde ich wahrscheinlich... Schauen Sie mal. Dort!"
Auf der gepflasterten Straße, die von der Schiffbrücke her in den Bahnhof führte, kamen zwei Preußen gerannt. Sie hatten vor Anstrengung rote Gesichter, dem einen war die Pickelhaube schräg gerutscht, und als sie jetzt an der Festungsmauer entlangrannten, hörte Hannes ihre genagelten Stiefel auf dem Pflaster. Und dann, fünfzig Schritt vom Tor entfernt, fingen sie an zu schreien. „Alarm!" brüllten sie.

„Alarm! Soldaten heraus!“ Noch starrte die Wache am Tor und rührte sich nicht. „Soldaten heraus!“ schrien die beiden. Und: „Die Hunde . . . die Bürgerwehr . . .“ Das schrien sie in einer Mundart, die fremd klang und vermutlich Schlesisch war. Nun fing auch die Wache an zu schreien. „Soldaten heraus!“ Der Korporal rannte los, und Hannes hörte, wie sein Schreien im Torgewölbe hallte.
„Jetzt ist's passiert“, sagte Ott. Plötzlich sagte er: „Herrje . . . Auf, Hannes. Wir müssen ab.“ Es war drei Uhr, und der Bahnhofsaufseher schwenkte seine Signalflagge.
Hannes sprang zur Kurbel und begann zu drehen. Während er drehte, schaute er hinüber zum Tor der Festung, und er sah, wie die Soldaten herausstürmten, wie sich einige im Laufen die Waffenröcke zuknöpften, andere, ohne Waffenrock, die Hosenträger überstreiften, und daß viele ohne Pikkelhaube waren. Aber Säbel oder Gewehre hatten sie alle. Und sie schrien mit roten Gesichtern. Was sie schrien, konnte Hannes nicht verstehen, weil Ott den Regulator auf zog und Dampf gab.

Pünktlich um halb vier waren sie in Hattersheim. Der Gegenzug wartete schon, und Ott grüßte Schmiermund, indem er an den Mützenschirm tippte. Während sie noch standen, dampfte die Cockerill aus der Station, und zwei Minuten danach fuhren sie auch weiter. Nach einer halben Stunde liefen sie in den Taunusbahnhof ein. Langsam rollte der Blitz durch die Einstieghalle, die Bremser auf den Wagendächern hatten ihre Kurbeln wieder etwas hochgedreht, denn es war der Heizer, der mit der Tenderbremse den Zug zum Halten zu bringen hatte. Im Augenblick, als der Blitz das Ende der Einstieghalle passierte, warf sich Hannes gegen die Kurbel, und die Maschine kam exakt auf der Drehscheibe zu stehen.
„Wieder mal astrein“, sagte Ott. Hannes griff sich den

Hammer und kletterte vom Führerstand. Er sperrte die Hähne der Speisewasser-Leitung und drehte die Schlauchkupplung ab. Dann kroch er unter den Führerstand und schlug den Bolzen der Verbindungskupplung zwischen Lokomotive und Tender heraus. Der Durchmesser der Drehscheibe reichte lediglich für den Radstand des Blitz; den Tender würden sie dann mit Hilfe zweier Bahnhofsarbeiter auf die Scheibe drücken. Die Drehprozedur würden sie an einer zweiten Scheibe wiederholen, darauf Wasser und Koks auffüllen, den Blitz warten und ihn auf der anderen Seite der Einstieghalle vor den hinteren Packwagen setzen. Dann würde von den anderthalb Stunden Aufenthalt wenigstens eine vergangen sein.

Hannes kroch unter der Lokomotive hervor. Drüben vor dem Eingang zu den Diensträumen im Empfangsgebäude redeten der Bahnhofsaufseher und der Zugführer miteinander, und nun kam der Zugführer herüber. „Sie können die Maschine drehen", sagte er zu Ott, der vom Führerstand geklettert war, „aber dann warten Sie erstmal ab." Ohne Erklärung ging er davon.

„Ob das was mit den Preußen zu tun hat?" sagte Hannes. Ott zuckte mit den Achseln.

„Ich schau mal, ja?" sagte Hannes. „Mit dem Drehen pressiert's wohl nicht." Ott nickte, und Hannes schlenderte zu den Diensträumen. Die zu betreten war dem Lokomotivpersonal verboten, aber wenn der Bahnhofsverwalter nicht in der Nähe war, konnte man schon mal schauen.

Der Bahnhofsaufseher stand vor dem Tisch mit dem Telegraphen-Apparat. „Na, Hannes?" sagte er. „Was gibt's?"

„Das wollt ich grad fragen. Warum sollen wir warten?"

„Keine Ahnung. Ich hab bloß Nachricht gekriegt, daß ich vorläufig keinen Zug abgehen lassen darf... Na, jetzt werden wir gleich mehr wissen." Die Glocke am Apparat hatte gebimmelt.

Der Aufseher griff nach Papier und Bleistift und beobachtete die Anzeige. Die sah aus wie das Zifferblatt einer Uhr, aber es war nur ein Zeiger vorhanden, und statt der Zahlen waren rundum Buchstaben angeordnet. Der Zeiger drehte sich auf ‚K', was hieß, daß die Meldung aus Kastel kam. Dann zeigte er ‚A', und das bedeutete: An alle Stationen. Und jetzt kam die Meldung, Buchstabe für Buchstabe, und der Aufseher schrieb mit. Hannes las: ‚KAEMPFE IN MAINZ – BETRIEB HEUTE EINSTELLEN –'.
„Sehr schön", sagte der Aufseher. „Also, schaut zu, daß ihr den Blitz versorgt, und dann könnt ihr heimgehen."

Louise freute sich. Die Sache in Mainz war schlimm, aber sie würde einen Abend mit Hannes haben. Er war geradewegs vom Bahnhof gekommen, schwarz und rußig, und Frau Schmidt sagte, vielleicht brächten auch Heizer Glück: Wie ein Schornsteinfeger sähe er aus. Darüber schien er nachdenklich geworden zu sein, denn er war schweigsam, als sie den Fußweg zur Stadt hinuntergingen. Aber dann sagte er: „Du, Louise. Wir gehn nach Sachsenhausen, ja? Da gibt's auch Wirtshäuser, wo man draußen sitzen kann. Und vorher spring ich geschwind in meine Kammer und zieh mich um. Sonst können wir uns nicht mal einhenkeln."
Louise nickte. „Ich war noch kein Mal in Sachsenhausen."
„Siehst du?" sagte er. Aber zuallererst wollten sie im Graben vorbeischaun. Dort säße sicher jemand vom Vorstand, und dem hätte er etwas Wichtiges mitzuteilen. Hannes tat geheimnisvoll.
Der Gräbersche Saal war leer, lediglich am großen Tisch saß Essellen vor einem Stapel mit Papieren und schrieb. „Guten Abend, ihr beiden", sagte er und musterte Hannes. „So früh Dienstschluß?"
„Ja", sagte Hannes und erzählte, weshalb.

Essellen nahm die Brille ab und steckte sie weg. „Etwas ähnliches stand zu befürchten“, sagte er. „Na, nun werden wir sehen, was die Nationalversammlung taugt. Mainz ist Bundesfestung, und dafür war bisher der Bundestag zuständig. Wenn die Paulskirche zeigen will, wer jetzt Herr im Haus ist, dann muß sie die Mainzer Sache in die Hand nehmen. Das darf sie nicht dem Bundestag oder gar der preußischen Regierung überlassen.“
„Da werden sich die Militärs und die Junker in der Paulskirche aber sperren“, sagte Hannes.
„Sicher. Aber die sind Gott sei Dank in der Minderheit.“
„Hör mal, Essellen“, sagte Louise. „Mir fällt gerade ein: Der Senat will gegen den Arbeiterverein vorgehen.“
„So?“ Essellen blinzelte. „Was will er unternehmen?“
„Das weiß ich nicht. Aber man will unterbinden, daß heruntergekommene Literaten die Leute aufhetzen.“
Essellen lachte. „Sehr schmeichelhaft. Nur vergißt der Senat, daß er das Recht auf freie Vereinigung hat einräumen müssen. Und die Preßfreiheit. Also bitte. Was will er machen?“
Louise dachte nach. „Du bist preußischer Staatsbürger, nicht?“
„Genau“, sagte Hannes. „Du bist Ausländer. Der Senat jagt dich aus der Stadt. Und den Pelz dazu.“
„Nein.“ Essellen schüttelte mehrmals den Kopf. „Das kann er nicht wagen. Nicht jetzt. Alle Welt redet vom deutschen Vaterland. Wir sind deutsche Staatsbürger, und niemand kann uns verbieten, dort zu sein, wo das deutsche Parlament tagt. – Aber“, sagte er zu Louise, „woher weißt du das mit dem Senat?“
„Der von Bethmann hat es einem seiner Besucher erzählt, einem Fürsten. Dieser Fürst ist Abgeordneter in der Paulskirche.“
„Fürst?“ fragte Essellen. „Sollte das ...?“

„Lichnowsky heißt er."
„Bist du sicher?" Essellen holte seine Brille hervor und setzte sie auf. „Lichnowsky. Der in der Paulskirche. Das darf doch nicht wahr sein." Er sah vor sich hin.
„Essellen", sagte Louise. „Jetzt erklär mal. Was ist mit dem Fürsten?"
„Du hast noch nicht von ihm gehört? Das wundert mich. Ich hatte den Eindruck, daß du viel liest. Lichnowsky ist so bekannt, daß er sogar zur literarischen Figur geworden ist. Du kennst wirklich Heines Atta Troll nicht?"
Louise schüttelte den Kopf. Da sagte Hannes: „Hör zu, Essellen. Du bist ein Literat, und du weißt so was. Kannst du Französisch? Nein? Siehst du. Aber die Louise kann's."
Sie sah ihn an, wie er neben ihr stand, schwarz und rußig, und da nahm sie seine Hand, und es war ihr gleich, daß Essellen zusah.
Der nahm die Brille ab. „Hannes. Ich wollte nicht überheblich sein. Aber sich wundern muß erlaubt sein. In Ordnung?" Und als Hannes nickte: „So. Jetzt sag ich euch, was es mit dem Lichnowsky auf sich hat." Der Fürst hatte bei den preußischen Husaren gedient. Dann war er um seinen Abschied eingekommen und nach Spanien gegangen, wo er auf Seiten der carlistischen Reaktion kämpfte. „Ein Landsknecht also." Nach seiner Rückkehr gab es Skandalgeschichten, Liebschaften, Duelle.
„Nun", sagte Louise. „Von dieser Sorte Leute soll es ja einige geben. Aber warum ist der Fürst so bekannt?"
„Er sorgt dafür, daß es jeder erfährt. Über seine Zeit in Spanien hat er Erinnerungen veröffentlicht. Und mit seinen Liebschaften scheint er regelrecht zu protzen. In Berlin kennt ihn jeder. Frag dort auf der Straße irgend jemanden, ob er einen Adligen weiß, so einen richtigen Aristokraten, der das Volk verachtet, und er wird dir den Lichnowsky nennen. Im März ist er mal mit dem König ausgeritten – du,

der hat den Lichnowsky nach Hause schicken müssen, so wütend waren die Leute darüber."
„Eijei", sagte Hannes. „Und warum gibt der Mann so an?"
Essellen hob die Schultern. „Vielleicht denkt er ‚viel Feind, viel Ehr' oder so was Dämliches. Jedenfalls gilt er allgemein als Draufgänger. Und nun wird er sich in der Paulskirche produzieren. Ich garantiere euch, in ein paar Wochen kennt den hier jeder. Na, was soll's." Er setzte die Brille auf.
„Sag mal", Louise war ein Gedanke gekommen, „darf ich dich etwas über deine Augen fragen?"
Überrascht sah Essellen sie an: „über meine Augen?"
„Ja. Du bist kurzsichtig, nicht?" Und als Essellen nickte: „Ohne Brille siehst du die Dinge verschwommen, stimmt's? Unscharf... Ja? Gut. Was macht einer, der scharf sehen müßte, aber kurzsichtig ist? Und der aus Eitelkeit oder warum auch immer keine Brille trägt? Ein, nun, sagen wir, kurzsichtiger Kavallerist?"
„Fragen stellst du." Essellen schüttelte den Kopf. „Na gut. Ein wenig kenn ich's aus eigener Erfahrung. So einer muß es darauf ankommen lassen. Er sieht ja nichts. Der reitet halt einfach drauflos." Essellen lachte. „Der ideale Husar. Blind ins Feuer reiten. – Warum fragst du?"
„Lichnowsky ist kurzsichtig."
„Ahja?" Essellen dachte nach. „Du meinst, weil er nichts sieht, ist er ein Draufgänger? Hm. Möglich. Aber das ist es sicher nicht allein." Dann sagte Essellen. „Hört mal. Wir sollten uns über den Fürsten nicht allzusehr den Kopf zerbrechen. Es gibt Wichtigeres."
„So ist es", sagte Hannes. „Zum Beispiel", er sah Louise an, und seine Augen waren hell im rußigen Gesicht, „zum Beispiel, daß jetzt und hier auf der Stelle ein gewisser Hannes Bühn in den Arbeiter-Verein von Frankfurt geht." Und er schaute, wie damals, als er mit dem Päckchen in der Woh-

nungstür gestanden hatte: „Ist das nicht eine Überraschung?“
Und da konnte Louise nicht anders – sie mußte lachen. „Hannes“, sagte sie und hielt seine Hand. „Hannes, du.“ Sie sah ihm ins erstaunte Gesicht und lachte und sagte: „Ich mag dich, weißt du?“
Jetzt lachte er auch. „Na, das ist gelungen. Der große Moment ist da – und du lachst dich schief.“
„Hannes, ich hab’s doch schon vorher gewußt.“
„Ich auch“, sagte Essellen. „Ich wußte, daß du kommst.“
„Mahlzeit“, sagte Hannes. „Alle haben’s gewußt. Bloß ich nicht.“
Da lachten sie wieder, und dann zog Essellen unter dem Stapel Papiere die Mitgliederliste hervor, und Hannes schrieb sich ein. Essellen wollte die Liste wieder wegstecken.
„Laß mal da“, sagte Louise. „Ich möchte mich auch eintragen.“

Essellen räusperte sich. „Hört mal, ihr beiden. Ich möchte euch die Freude nicht verderben, aber ... ich fürchte, das wird nicht so einfach gehen.“
„Was wird nicht gehen?“ fragte Hannes.
„Daß Louise Mitglied wird.“
„Wie? Warum?“ fragte Hannes. Dann fing er an: „Also, jetzt ...“
„Laß mal“, sagte Louise. „Das möchte ich gern selber klären, weißt du?“
Hannes nickte. Klar, das war ihre Sache.
Sie ließ seine Hand los und verschränkte die Arme vor der Brust. Sie hatte heute ein anderes Kleid an, ein blaues mit weißen Tupfen, und vielleicht lag es daran, oder der Teufel wußte, woran – jedenfalls fiel ihm Justine ein.
„Also, Essellen“, sagte sie. „Was spricht gegen meine Mitgliedschaft?“

„Tja... Hm." Essellen nahm die Brille ab. „Zunächst, Louise, muß ich dir sagen, daß ich persönlich nichts dagegen habe."
„Nun, Präsident", sagte sie. „Das beruhigt mich ganz außerordentlich." Sie stand, die Arme vor der Brust verschränkt, und sah zu, wie Essellen seine Brille putzte.
Hannes dachte: „Sie kann auch wild werden. Aber anders als die Justine. Sie schmeißt nicht mit Steinen, sondern mit Worten."
Essellen setzte die Brille auf. „Also, wie gesagt: Ich habe nichts dagegen. Die anderen Vorstandsmitglieder vermutlich ebenfalls nicht, und die Statuten lassen es formal zu. Aber... Nun also: Wir sind ein Arbeiter-Verein."
„Dies ist mir nicht unbekannt", sagte sie. „Ein Verein für arbeitende Klassen. Oder sollte es plötzlich einen Unterschied zwischen Kopf- und Handarbeit geben?"
„Hör mal..." Essellen stockte. Plötzlich sagte er: „Verdammich, Louise. Du weißt recht gut, was dagegen spricht. Arbeiter-Verein heißt in Frankfurt: In der großen Mehrzahl sind die Mitglieder Gesellen. Und die wollen Frauen aus ihrem Kram heraushalten. Der zünftlerische Geist, verstehst du? Frauen haben in Zünften nichts zu suchen. Übrigens denken die Fabrikarbeiter darüber nicht anders, das weiß ich aus Berlin. Die meinen, daß Frauen, die in der Fabrik arbeiten, ihnen das Brot wegnehmen."
„Aha?" sagte Louise. „Aber ihre eigenen Frauen schicken sie zum Arbeiten, oder?"
„Weil sie sonst verhungern müßten. Aber lieber wäre es ihnen, die Frauen könnten daheim bleiben."
„So so. Und was ist mit den Abertausenden von alleinstehenden Frauen? Wie stellen sich die Herren Kopf- und Handarbeiter zur Arbeit dieser Frauen?"
„Das sind alles Probleme", sagte Essellen. „Zugegeben. Aber..."

„Und du meinst nicht, daß es Aufgabe eines Arbeiter-Vereins ist, sich um diese Probleme zu kümmern? Nein?“
Essellen hob die Schultern. „Vielleicht.“ Dann sagte er: „Aber die Frage stellt sich nicht.“
„Wie wäre es, wenn der Herr Präsident erstmal die Mitglieder befragte? Bevor er hier selbstherrlich Entscheidungen fällt?“
Essellen richtete sich auf. „So bitte nicht, Louise.“ Dann sagte er: „Na schön. Ich kann's ja mal im Komitee zur Sprache bringen.“
„Warum nicht in der Generalversammlung? Man könnte mit einem Antrag eine Abstimmung herbeiführen.“
„Könnte man.“ Essellen nahm die Brille ab. „Aber ich sage dir gleich: Ich werde dagegen reden.“
„Aha?“ Louise stemmte die Arme in die Seiten. „Ich denke, der Herr Präsident sind nicht dagegen? Jetzt auf einmal?“
„Himmelherrgott, Louise, sieh das doch ein.“ Essellen begann wieder die Brille zu putzen. „Wir müssen uns vor Zersplitterung bewahren. Wir können nicht tausend und eine Frage zur gleichen Zeit angehen.“
„Frauenarbeit interessiert den Verein nicht?“
Essellen schwieg.
Und da sagte Hannes: „Also, Essellen, ich finde das beschissen.“

Sie ging schweigend und ernst neben ihm her, und Hannes dachte: „Sie weiß eine Menge, kann sich ausdrücken, ist nicht ängstlich – wenn sie ein Mann wär, dann würde sie bestimmt in den Vorstand gewählt.“ Er sagte: „Du, Louise. Wenn ich mal zu einer Generalversammlung kann, weißt du, was ich dann mach? Dann stell ich einen Antrag, daß sie dich reinnehmen sollen.“
Sie sah ihn an, und dann lächelte sie. „Das ist lieb von dir, Hannes. Aber es wird nichts nützen. Sie können mich nicht

als Mitglied anerkennen, weil sie dann auch andere Frauen zulassen müßten."
„Na", sagte Hannes. „Das wären höchstens zwei, drei. Die anderen Frauen wollen doch gar nicht mitmachen."
„Ja. Da hast du recht. So ist es wohl. Trotzdem: Sie wollen überhaupt keine Frauen. Das sieht der Essellen, glaub ich, richtig. Schau, Hannes, ich habe darüber oft nachgedacht, und eigentlich hätte ich's wissen müssen. Es ist bei den arbeitenden Klassen wie bei den Bürgerlichen: Die Männer schließen die Frauen aus. So ist das halt."
„Also, ich hätt mich gefreut, wenn du im Verein wärst."
„Ja, Hannes, du schon." Sie nahm seine Hand. „Hättest du allgemein etwas gegen Frauen als Mitglieder?"
„Ich? Hm. Ehrlich gesagt: Darüber hab ich mir noch keine Gedanken gemacht." Warum auch? Und vorhin war es nur um Louise gegangen. Daß die Mitglied werden sollte – keine Frage. Und andere Frauen? Tja, Gott. Wie war das mit Justine? Warum nicht? Die hätte sogar im Verein ordentlich Dampf gemacht. Sicher wäre sie ins Komitee gewählt worden, als Vertreter, ja, von was? Des ‚Gewerkes der Dienstmägde'? Na, das klang vielleicht komisch. Aber Dampf hätte sie ihnen gemacht, die Justine.
„Woran denkst du, Hannes?"
„Ich?"
„Du hast so stillvergnügt vor dich hingelächelt."
„Tatsächlich? Na ja, ich kannte mal..." Jetzt war er drauf und dran gewesen, von Justine zu erzählen. „Also, ich hab im allgemeinen nichts gegen Frauen. Als Mitglieder im Verein, meine ich. Und sonst natürlich auch nicht..." Eijei, was redete er da? Er schielte zur Seite. Natürlich sah sie ihn an. Sie lächelte mit ihren vertieften Mundwinkeln, sagte nichts, und er spürte ihre Hand. Dieses blaue Kleid mit den weißen Tupfen – darin sah sie anders aus als sonst. Neu, irgendwie. Das Kleid war oben am Ärmel nicht gerafft, wie das braune.

Man sah, daß ihre Schultern zart, aber rund waren. Das wußte er ja, vom Graben her, damals, als der Wilhelmi gekommen war. Da hatte er es gefühlt. Die Justine hatte magere Schultern. Und kleinere Brüste... Teufel, ja. Er sah geradeaus. Jetzt war ihm richtig heiß geworden. Und unten rührte sich's. Das kam natürlich nicht in Frage, war unmöglich, undenkbar... Warum eigentlich? Er blickte wieder zur Seite.

Wenn er nur wüßte, wie sie darüber dachte. Ob sie schon mal? Natürlich nicht. Sie war eine Bürgerliche. Was machte man, wenn eine noch nicht hatte? Und dann: Was wußte sie überhaupt von dem ganzen Kram? – Das wurde immer verzwickter. Und er dachte: „Also, da laß die Finger von." Mit Justine hatte er's einfach gemacht, und es war schön gewesen, aber mit ihr würde es nur Schwierigkeiten geben. „Also laß das", dachte er.

Sie gingen jetzt über die Brücke, und er sagte: „Hier hab ich als Bettlerbub gesessen und Feuer verkauft."

„Ja?" sagte sie und blieb stehen. Sie wollte genau die Stelle wissen, und er zeigte ihr den Platz, unter der zweiten Laterne auf der linken Seite. Dann gingen sie weiter, und er erzählte ihr, daß man drunten am Fluß angeln konnte, oder den Brückenmüller ärgern, oder sich in das alte Zollhaus schleichen. Freilich nur, wenn man kein Feuer verkaufen mußte. Dann wollte er ihr die Geschichte erzählen, wie er um ein Haar in den Main gesprungen wäre. Aber das ließ er besser bleiben. Dann hätte er ihr erklären müssen, warum er einen solchen Schiß gehabt hatte. Er hätte vom Arbeitshaus erzählen müssen, und das wollte er nicht. Denn dann hätte sie gefragt, wie es dort zuging – er kannte sie doch –, und das zu erzählen, das war zu schwierig. Vom Ochensziemer, den Ketten, der Dunkelzelle – nein, damit konnte er ihr nicht kommen. Der Justine hatte er davon erzählen können. Die kannte so was, die hatte viel Schlimmeres erlebt. Noch et-

was, das mit Louise schwieriger war. – Er merkte, daß sie ihn von der Seite ansah, und er sagte: „Dort vorn, das ist das Deutsche Haus."
„Aha?" sagte sie. „Und? Ich meine: Was hat es damit auf sich?"
„Gott ja." Er dachte nach. „Ist halt recht groß, nicht?"
„In der Tat", sagte sie und sah ihn von der Seite an.
„Wenn man durchs Tor geht", sagte er, „dort – siehst du? Dann kommt man in einen großen Hof, mit Stallungen. Eine Kirche gehört auch dazu. Und außerdem", sagte er, als sie noch immer ihn ansah, „ist es schön gebaut." Na, jetzt schaute sie.
„In der Tat", wiederholte sie. „Barock. Vielleicht ein ehemaliges Kastenhaus?"
„Kastenhaus? Ba... was?"
„Entschuldige", sagte sie. „Ich erklär's dir..."
Sie fing an, etwas zu erzählen über Klöster, und Hannes schaute. Und da... Teufel eins. Jetzt mußte er denen begegnen. Um die Ecke, aus der Löhergasse, kamen die Josts. Sie machten ihren Spaziergang, eine Stunde lang, wie jeden Abend. Und er mit Louise hier auf der Brücke. Die dachten bestimmt, daß er sich Mädchen auf die Kammer nahm, wenn sie nicht daheim waren. Und dann setzte ihn der Jost an die Luft. „Und hier", sagte Hannes und zog Louise zur steinernen Brüstung, „hier unten, siehst du? Das ist die Mainwiese mit der Badeanstalt." Hoffentlich kamen die Josts nicht über die Brücke. Er beugte sich über die Brüstung. „Schau doch."
„Ich schaue ja", sagte sie. „Nur, nimm's mir nicht übel, diese sprunghafte Art von Besichtigung..."
Er schielte zur Seite. Gott sei Dank. Sie gingen auf den Weg zu, der zur Bleiche hinunterführte. Jetzt waren sie verschwunden. „Hast recht." Er richtete sich auf. „An den paar Holzbuden ist wirklich nichts dran."

„Habe ich das gesagt?“
„Nicht? Ich dachte. Also du, wir sollten hier nicht rumtrödeln. Jetzt gehen wir schnell in die Löhergasse, und ich zieh mich um, ja?“
Louise nickte, und sie gingen los. Hannes überlegte, in welches Wirtshaus sie gehen konnten. Dann dachte er, daß die Josts ihren Spaziergang machten, und Philipp in Offenbach war. Nichts da! Das war natürlich unmöglich. Und sie würde ihm schön was erzählen. Aber mal mit hochkommen? Nur so, natürlich. Wirklich. Den Armengaud hätte er ihr gern gezeigt. Und wenn sie's falsch verstand und dachte, er wollte mit ihr? Aber sie wollte ja immerzu wissen, wie er lebte. Bitte. Dazu gehörte die Kammer. Er hatte ihre Wohnung gesehen, warum sollte sie nicht in seine Kammer schauen? „So“, sagte er, „wir sind da.“ Er zögerte. „Du, Louise... Jetzt versteh mich nicht falsch, aber... Du wolltest dir mal mein Eisenbahnbuch ansehen, weißt du noch?“

Na, bitte. Da war es. Sie hatte es gewußt. Dieses merkwürdige Hin und Her auf der Brücke... Die Leute vorhin, das waren bestimmt die Bäckersleute gewesen. Und Philipp war in Offenbach: Die Bäckergesellen hatten heute eine Erklärung ins Journal setzen lassen. Sauber eingefädelt, lieber Hannes. Und sie? Sie war mitgegangen. Bis hier vor das Haus. Und warum? Weil er's natürlich nicht eingefädelt hatte. So etwas machte er nicht. Daß er ihr sein Eisenbahnbuch zeigen wollte, das war vermutlich ehrlich. Aber vorhin, sein Blick, nachdem er erklärt hatte, er hätte nichts gegen Frauen... Da war etwas vom Schnepfschen Starren drin gewesen. „Na, na“, dachte sie. „Du wirst den Hannes doch nicht mit Schnepf vergleichen?“ Sie hatte seine Hand nicht losgelassen. Warum? Weil ihr warm geworden war unter seinem Blick. Auch bei Frauen gab es einen Vermehrungstrieb. Davon stand nichts in dem Buch mit dem grauen Pappeinband,

aber sie spürte schließlich, was sie spürte. Und daß ihre Ohren rot wurden, wenn sie in dem Buch las, das war eine Tatsache. „Um so schlimmer", dachte sie. Wenn zwei Vermehrungstriebe aufeinander stießen – wie, verdammt, sollte man da einen klaren Kopf behalten? Da saß man auf dem Schlitten und ließ ihn sausen, egal, was daraus wurde. Und plötzlich stand man in Sachsenhausen und wurde in die Kammer gebeten. Aber es war Hannes, der bat. Und der würde sie nie auf dem Schlitten festhalten. Er würde sie abspringen lassen, wenn sie wollte.
„Was ist nun?" fragte er.
„Hannes", sagte sie. „Ich nehme an, du weißt, daß ich's eigentlich nicht dürfte, ja?" Er nickte.
„Schön", sagte sie. „Zeig mir das Eisenbahnbuch. Außerdem will ich sehen, wie du wohnst."
Die Haustür war nicht abgeschlossen. Es war dunkel, und sie kletterten eine steile Treppe hoch, Hannes vorneweg, und oben sagte er: „Wart mal. Ich geh vor." Sie hörte eine Tür knarren und ihn hantieren, dann fiel Licht auf den engen Vorplatz. „Komm rein", hörte sie.
Die Kammer war winzig. Zwischen den beiden sackartigen Matratzen kaum eine Armeslänge, die Dachbalken niedrig und schräg, die Fensterluke so groß wie zwei Bögen Papier, und es war heiß und stickig. An einem Nagel hing seine gute Jacke. „Oh, Hannes", sagte sie.
Er stand zwischen den beiden Säcken, hinter ihm war ein Regal mit einer verzinkten Schüssel darauf und vor dem Regal ein hölzerner Eimer. Hannes hielt ein Talglicht hoch und sagte: „Komm doch rein. Kein Ungeziefer hier. Wir haben die Wanzen rausgekriegt. Setz dich." Und er zeigte auf einen der Säcke.
„Ja", sagte sie. „Ihr habt die Wanzen ..." Und sie ließ sich nieder. Er legte Jacke und Mütze ab und sagte: „Ich mach mir geschwind das Gesicht sauber." Während er, über die

Schüssel gebeugt, mit den Händen sein Gesicht säuberte, faßte sie sich. „Hannes ... Jetzt sag mir eines: Du verdienst etwa das gleiche wie ich. Warum leistest du dir keine Wohnung?"
Er sah hoch und schien überrascht. „Tja", sagte er und trocknete mit der Innenseite der Jacke sein Gesicht. „Eine Wohnung? So eine, wie du hast? Hm. Hab ich ehrlich noch nie dran gedacht. Außerdem: Ich geb viel Geld für Kaffee aus, und fürs Essen. Speck und so was. Und für warme Sachen. Sonst gehst du kaputt auf der Lokomotive." Er blickte sich um. „Und so schlimm ist's hier doch nicht, oder?"
Louise sah sich um. „Nun ja." Neben der Fensterluke hing ein Bord, auf dem zwei Bücher lagen. Auf einem anderen Brett stand ein Kasten und daneben eine Branntweinflasche.
Sie sagte: „Zeigst du mir dein Einsenbahnbuch?"
„Klar." Er nahm ein Buch vom Regal und setzte sich neben sie. Es war ein Buch im üblichen Format, aber viele Blätter konnte man auffalten, und darauf waren Zeichnungen von Lokomotiven. „Das verstehe ich nicht", sagte sie und zeigte auf eine der Zeichnungen.
„Eine Schnittzeichnung", erklärte er. „Stell dir eine Lokomotive vor, die man mitten durchschneidet. Und was man dann sieht, das ist hier gezeichnet." Er fing an, ihr von Heizrohren, Dampfzylindern und Exzentergabeln zu erzählen, fuhr mit dem Finger auf der Zeichnung umher, und Louise sah ihn von der Seite an. Dann hielt sie seine Hand fest. „Hannes, nicht so schnell. Ich versteh sonst nichts."
Da hob er den Kopf, und sie sah, daß er nicht allen Ruß aus dem Gesicht bekommen hatte, dort auf der Stirn zum Beispiel, das müßte man mal wegwischen, und da hatte sie ihre Hand schon dort, und dann war die andere Hand da, die beiden trafen sich, hinter seinem Kopf, an seinem Nacken, und es war nun nicht verwunderlich, daß ihre Gesichter beisam-

men, daß seine hellen Augen nah waren, natürlich war dann auch ihr Mund nah an seinem, und der war ein wenig rauh, aber doch recht weich, und so konnte sie eigentlich bleiben.

Aber dann spürte sie seine Hände auf ihrem Rücken, und die rutschten tiefer, dann wieder höher, und jetzt rutschten sie seitwärts, unter ihren Achseln durch, und nun müßte sie etwas tun, denn das war ... das spürte sie im ganzen Körper, wenn sie dort angefaßt wurde, das hatte sie nicht gewußt ... nein, jetzt mußte sie runter, das nahm ihr den Atem, und sie löste ihre Hände, nahm seine Hände und sagte: „Nicht, Hannes." Dann saßen sie, hielten sich an den Händen, hatten die Köpfe gesenkt, und sie hörte, wie er atmete. Sie sagte: „Gehen wir? Irgendwohin, wo man draußen sitzen kann, ja?" Und er nickte.

Der Streckenplan der Taunusbahn. (Unübliche Anordnung: der obere Kartenr
zeigt nach Osten.)

Taunus Eisenbahn

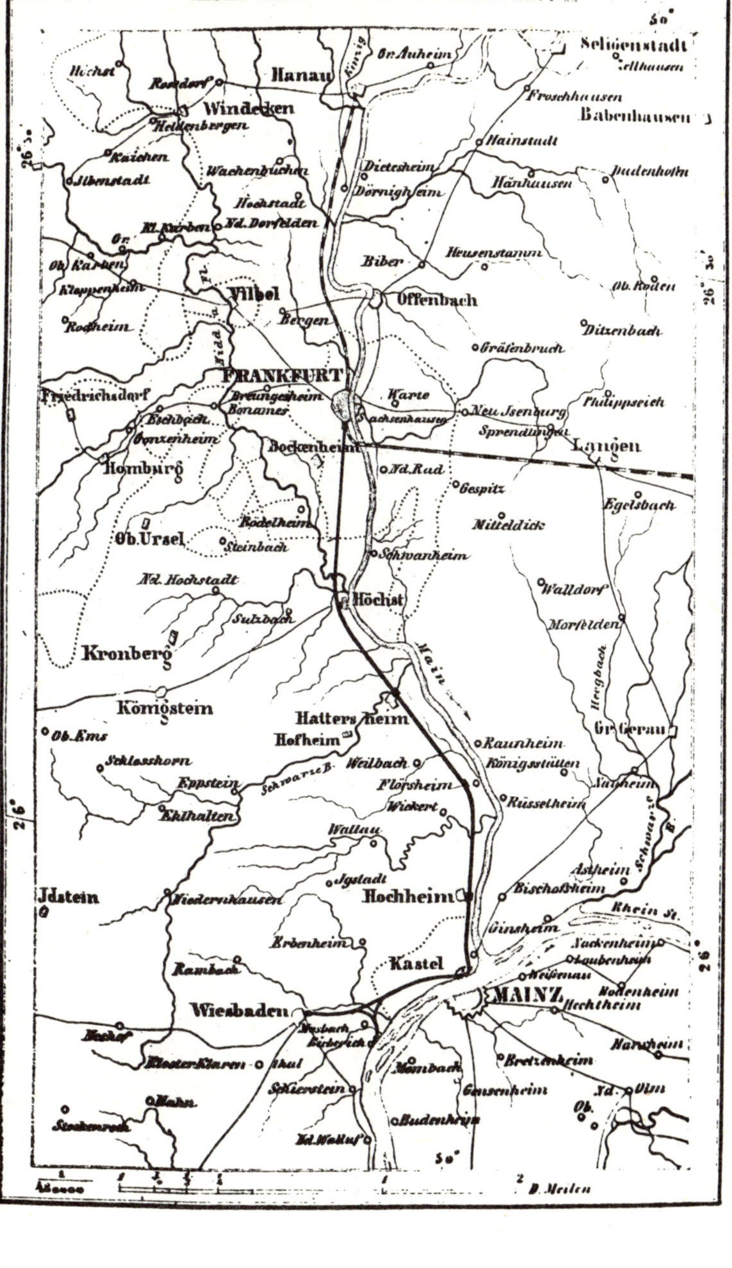

16

„Zu weitläufig wäre es und dem Zwecke dieser Schrift nicht gemäß, wollte man den Verästelungen der weisen Ökonomie nachspüren, mit der Mutter Natur den ganzen menschlichen Körper eingerichtet hat. Es möge genügen, die Zirkulation des Blutes im Körper sich vor Augen zu halten, um zu erkennen, wie da nichts verschwendet wird im Systeme des Menschen, und wie, was an der einen Stelle abgeführt, an anderer wieder zugeführt wird. So nun geht es auch mit den Säften, die der Vermehrung dienen. – Wie das? mag sich wohl der Leser fragen. Findet nicht bei der Ausübung des Vermehrungstriebes die Ausspritzung des Samens statt? Ist hier nicht ein Verlust von Säften zu beobachten?
O man zweifle nicht am vorsorgenden Walten der Natur! Denn beim natürlichen Gang des Vermehrungsgeschäftes wird der Verlust der Säfte ersetzt mittelst einsaugender Gefäße, so daß die Ökonomie des Körpers sich wieder im Gleichgewicht finde. Dagegen der einseitige Verlust dieses Saftes, durch eine unnatürliche Reizung hervorgebracht, den Körper ausmergelt und abstumpft. Es ist dies besonders das unnatürliche Laster, die Onanie, oder Selbstbefleckung, deren schreckliche Folgen in einem gesonderten Kapitel dargestellt sind.
So wie aber der Verlust des Saftes, ohne daß er durch Zufluß ersetzt werde, den Körper entnervt und schwächt, so kann hingegen eine zu große Enthaltsamkeit bei der natürlichen Erfüllung des Vermehrungstriebes, geschehe dies nun in der Ehe oder in eheartig liebenden Verbindungen, auch schädliche Folgen im Systeme des Menschen hervorbringen.
Denn die Natur hat die Ausleerung bestimmt, und sie muß geschehen, oder es entsteht eine Überfüllung des Körpers

von Säften, die unleugbar schwere Krankheiten hervorgebracht hat. Die Feuchtigkeiten suchen einen Ausweg, sie finden ihn nicht. Dann stellen sich nächtliche Samenergießungen ein, welche unter dem Namen Pollutionen bekannt, den Körper auf ungemeine Weise schwächen . . ."
Louise legte das Buch mit dem grauen Pappeinband auf den Tisch und griff in das Kästchen mit den Viktorias. „Das ist ja heillos verzwickt", dachte sie. Verschwenden durfte ein Mann seine Säfte nicht und zurückhalten auch nicht. Aber wenn er sie nicht auf natürliche Weise los wurde? Etwa, weil seine Frau krank war? Schnepf zum Beispiel. In öffentliche Häuser konnte er nicht gehen, das ließ die katholisch-deutsche Sittenstrenge nicht zu. Pollutionen durfte er auch keine haben. Aber dagegen schien es Mittel zu geben. Im Journal war eine Anzeige . . . hier: ‚Hämmert's Pollutionsinstrument, welches ohne nachteilige Folgen für die Gesundheit durchaus keine Pollution zuläßt.' Wie die Dinger wohl aussahen? In Holz kosteten sie zwei Reichstaler, in Neusilber vier.
Aber gegen den Vermehrungstrieb halfen die nicht. Sicher, den konnte man dämpfen; das Buch empfahl kalte Bäder. Aber wenn der Trieb nun besonders stark ausgebildet war, was man bei vier Söhnen unterstellen konnte? Dann schnaufte man heillos hinter der Tür. – Wie machte das eigentlich Hannes? Entnervt und geschwächt sah der weiß Gott nicht aus.
Louise blätterte in dem Buch. Vielleicht war das mit den Säften auch nicht korrekt dargestellt? Denn teilweise informierte das Buch falsch. Zwar waren die männlichen und weiblichen Zeugungsorgane nachprüfbar genau beschrieben, zumindest, was die weiblichen anging, aber den weiblichen Vermehrungstrieb unterschlug es glatt. Und nur andeutungsweise wurde erwähnt, was geschah, wenn gewisse Körperteile gereizt wurden. Gänzlich schwieg sich das Buch

darüber aus, wie man den Vermehrungstrieb ausübte, ohne sich zu vermehren. Daß man das konnte, war anzunehmen, wenn man an die öffentlichen Häuser dachte. Louise zerdrückte den Stummel ihrer Viktoria. Dennoch: Für eine Frau wie sie, die in einer bürgerlichen Familie aufgewachsen war, in der über die sogenannten Geheimnisse der Natur nicht einmal andeutungsweise geredet wurde, war dieses Buch ein Glücksfall. Und insofern hatte sich die Reise im April gelohnt.

Was die Familie anging, so waren die Tage in Marburg quälend gewesen. Louise hatte versucht, Gespräche mit der Mutter zu beginnen, hatte sie fragen wollen, wovon sie als Mädchen geträumt hatte, aber die Mutter war ihr mit Aussprüchen gekommen wie: ‚Du und dein Vater, ihr wart immer gegen mich.‘ Oder: ‚Du bist genau wie dein Vater. Egoistisch und kalt.‘ Louise hatte einsehen müssen: Wer zwanzig Jahre in Haß und Verbitterung gelebt hatte, konnte sich nur schwer auf seine Träume besinnen.

Die Schwestern und deren Anhang waren ein Alptraum. Ja, auch die Schwester aus dem Hannoverschen war angereist, mitsamt dem Korn saufenden Versicherungsagenten und zwei jämmerlich geduckten Knaben. Und Assessor Schrader hatte sich als ein langweiliger Nußknacker erwiesen, der aus dem Amt lediglich zu berichten wußte, daß der Herr Landgerichtsrat ihn heute ‚Lieber Schrader‘ genannt hatte. Sein Avancement stünde vermutlich bevor.

Im übrigen war man schnell übereingekommen, die Großmutter, diese ewig lächelnde, nach Veilchenparfüm duftende Greisin, in ein Stift zu geben. Dann hatten die jüngere Schwester und Assessor Schrader gerechnet, und erkannt, daß sie in ihrem zukünftigen Haushalt die Mutter mit den Zinsen ihres Vermögens gut gebrauchen konnten. Die Mutter war einverstanden gewesen, nachdem ihr ein ruhiges Zimmer, das man verdunkeln konnte, zugesichert worden war. Die Schwester aus dem Hannoverschen und der Korn saufende Versicherungsagent hatten nicht gerechnet, sondern waren mit den geduckten Knaben abgereist. Denn es war klar, daß für ihren Schuldenberg nichts herausspringen würde.

Louise sah auf die Uhr. Sie legte das Buch mit dem grauen Pappeinband in einen Schub der Kommode und schloß ab. Dann öffnete sie die Tür zum Vorplatz und rief: „Frau Schmidt? Gehen wir?"

„Ja", kam es aus der Küche. „Ich bin gleich soweit."

Louise hatte einen freien Nachmittag – Frau von Bethmann war mit den Kindern unterwegs – und Frau Schmidt hatte sie gebeten, mit ihr in die Paulskirche zu gehen, in die inzwischen auch Frauen durften. „Zu zweit macht's mehr Spaß", hatte sie gesagt. „Und ich muß jetzt endlich mal schauen." Viele der Damen vom Verein gegen Tierquälerei wären schon dort gewesen. Das konnte Louise sich vorstellen. Sie hatte sich gestern, am Mittwochmorgen, die Nationalversammlung besehen, und zu ihrem Erstaunen waren die für Frauen reservierten Bankreihen dicht besetzt gewesen. Diese sogenannte Damengalerie befand sich, mit Blickrichtung auf die Versammlung, unten im Kirchenschiff, links neben dem Direktorium, und man konnte sie ohne Eintrittskarten betreten. Auch oben auf die Emporen-Galerie durfte man ohne Karte. In dieser Hinsicht gab man sich volksnah.

„So, jetzt können wir." Frau Schmidt stand in der Tür, mit Hut, Tuch und Schirm. „Hach, Fräulein Coith, ich bin ja so gespannt, wie die Herren Abgeordneten die großen Angelegenheiten der deutschen Nation verhandeln."

Louise runzelte die Stirn.

„So liest man's doch immer, nicht?" sagte Frau Schmidt.

„Ja", sagte Louise, „so liest man's. Aber . . . Na, wir werden sehen, wie sie heute verhandeln."

Gestern hatten sie es auf eine sehr entmutigende Weise getan.

Schon auf der Neuen Kräme hatte Louise das Stimmengewirr gehört, und an der Börse war sie erst einmal stehengeblieben: Auf dem Paulsplatz drängte sich eine Menschenmenge. Louise sah Schuster, Schneider, Schmiede – es schienen vorwiegend Gesellen zu sein, die sich hier vor der Paulskirche versammelt hatten. Auf den Stufen des zunächst gelegenen Einganges standen Wilhelmi und Metternich. Louise schob sich durch die Menge, und da sah sie, daß die Kirche von Linienmilitär umstellt war. Sie durfte passieren und fragte die beiden, was es gäbe.
„Hast du nicht davon gehört?" fragte Wilhelmi.
„Nein. Sonst würde ich wohl kaum fragen."
Metternich lachte. Er sagte: „Wir haben den Herren dort drinnen eine Protest-Petition zukommen lassen."
„Und wogegen protestiert ihr?"
„Gestern sind Pelz und Essellen ausgewiesen worden."
Louise kam gerade zurecht, um zu erleben, wie mit der Petition in der Paulskirche verfahren wurde.
„Das Wort hat der Deputierte Zitz aus Mainz", verkündete Präsident Gagern mit volltönender Stimme. Er hatte buschige Augenbrauen und saß mit zwei anderen Direktoriumsmitgliedern erhöht in einer Art Kanzel, die man an der Stelle des Altars errichtet hatte. Davor war das Rednerpult aufgebaut, niedriger als die Direktoriumskanzel und von ihr abgesetzt. Dazwischen saßen an einem Tisch zwei protokollierende Geschwindschreiber.
Zitz aus Mainz, der einen gewaltigen Backenbart trug, zog ein Papier hervor und sagte: „Meine Herren Abgeordneten. Es hat sich in dieser Stadt ein Rechtsbruch zugetragen ..."
In der Versammlung war Unruhe entstanden, und jemand rief: „Tagesordnung!"

Präsident Gagern läutete mit einer Glocke und sagte zu Zitz hinunter: „Ich bitte den Herrn Deputierten zum aufgerufenen Punkt der Tagesordnung zu sprechen. Oder ich muß Ihnen das Wort entziehen. Die Ausweisungsangelegenheit stand gestern nicht zur Debatte und auch nicht heute."
„Aber sie gehört speziell zur Kompetenz der Versammlung." Zitz redete gegen anschwellenden Lärm an. „Meine Herren", rief er. „Ich frage Sie: Hat das Vorparlament die deutsche Staatsbürgerschaft beschlossen oder nicht?"
„Tagesordnung!" schrien jetzt mehrere aus der Mitte des Kirchenschiffs. Auch oben auf der Galerie war es laut geworden. „Reden lassen!" kam es von dort. „Zitz soll reden!"
Präsident Gagern läutete und rief: „Ich bitte die Herren auf der Galerie um Ruhe!" Und zu Zitz hinunter: „Ich entziehe Ihnen das Wort."
„Ich beantrage", rief Zitz in den Lärm hinein, „über die Dringlichkeit des Gegenstandes zu sprechen."
„Antrag abgelehnt."
Das Gesicht des Abgeordneten Zitz war rot angelaufen. „Das haben Sie schon gestern getan", rief er. „Sie können das nicht ablehnen. Nach dem Reglement steht mir zu, jederzeit über die Dringlichkeit des Gegenstandes ... Ich verlange Abstimmung."
„Keine Abstimmung!" tönte Präsident Gagern. „Verlassen Sie die Rednerbühne."
„Ich protestiere!" schrie Zitz.
„Sie dürfen protestieren, soviel Sie wollen."
Es hatte Tumult und Geschrei gegeben, auf der Galerie und bei den Abgeordneten, mehrere der Herren waren zur Direktoriumskanzel gelaufen – Louise erkannte Blum aus Leipzig –, hatten auf den Präsidenten eingeredet, aber die Ausweisung von Pelz und Essellen wurde im deutschen Parlament nicht verhandelt.

Die Versammlung tagte gewöhnlich von morgens zehn bis gegen drei Uhr nachmittags. Als Louise und Frau Schmidt auf der dicht besetzten Damengalerie Platz nahmen, verkündete Präsident Gagern gerade eine Sitzungspause.
Frau Schmidt sah sich um. „Du lieber Himmel", sagte sie. „So voll hat der Pfarrer Meisinger die Kirche nie gekriegt. Was schätzen Sie, wieviel Leut auf der Galerie sind?"
„Schwer zu sagen. Aber über tausend bestimmt."
„Und der dort", sagte Frau Schmidt und sah zur Direktoriumskanzel, „ist also der edle Herr von Gagern. Na, er schaut ja recht bedeutend drein. Gucken Sie mal, Fräulein Coith, wie er das Kinn vorstreckt. Warum nennt ihn eigentlich alle Welt edel?"
Louise hob die Schultern. „Er gilt als aufrechter Mann, als lauter und ehrlich."
„So, so", sagte Frau Schmidt. „Ah dort ... Frau Domer!" Sie winkte. „Ich geh mal schnell hin, Fräulein Coith. Sie halten mir den Platz frei, gell?" Frau Schmidt schob sich aus der Bank.
Als sie zurückkam, sagte sie: „Wir hätten heut morgen gehen sollen. Die Frau Domer sagt, es wär interessant gewesen. Die Mainzer Kommission hätt berichtet."
„Ah ja?" sagte Louise. „Und? Ist darüber debattiert worden?"
„Nein. Und die Frau Domer meint, daß das vielleicht gar nicht passiert. Viele Herren hätten auf Tagesordnung angetragen, also, daß das Parlament mit dem weitermacht, was auf dem Programm steht." Dann sagte Frau Schmidt: „Was steht eigentlich auf dem Programm?"
„Ein Antrag", sagte Louise. „Es geht darum, daß einige Abgeordnete sowohl für die deutsche als auch für die preußische Nationalversammlung in Berlin gewählt wurden. Und es soll geklärt werden, zu welchem Parlament sie gehören."

„Ist das so wichtig?" fragte Frau Schmidt. „Also, ich mein, was in Mainz passiert ist – darüber müßten die sich hier unterhalten. Das geht doch nicht, was der Hüser gemacht hat."
Hüser war der preußische Kommandant der Mainzer Bundesfestung. Als am Sonntagnachmittag preußische Soldaten über Mainzer Bürger hergefallen waren, und die sich wehrten – auf beiden Seiten gab es Tote und Verwundete –, besann sich Hüser auf das Festungsreglement von 1834 und erließ am Abend eine Proklamation: Die Bürgerwehr wäre illegal und hätte sich aufzulösen, die Waffen wären abzuliefern. Kämen die Mainzer diesem Befehl nicht binnen zwei Stunden nach, dann würde er die Stadt mit Artillerie beschießen lassen, und zwar mit glühenden Kugeln.
Dem Gemeinderat war es gelungen, die Frist zu verlängern, aber nun hatte Hüser verlangt, daß nicht nur die Waffen der Bürgerwehr, sondern alle in der Stadt vorhandenen abzuliefern wären. Dies war im Laufe der folgenden Tage geschehen – dabei hatte es neue Kämpfe zwischen Bürgern und Militär gegeben – und nun herrschte Hüser mit 13 000 Soldaten in Mainz als Militärdespot.
Der Gemeinderat hatte eine Deputation nach Frankfurt geschickt, worauf die Nationalversammlung nach längerer Debatte zunächst eine Kommission gebildet hatte, die sich in Mainz umsehen sollte.
„Frau Schmidt", sagte Louise. „Wissen Sie, ob die Kommission empfohlen hat, etwas zu unternehmen?"
„Ja. Die Frau Domer sagt: Die Preußen sollen zum Teil woanders hin, und dafür hessische Soldaten in die Festung. Und die Bürgerwehr soll man neu aufstellen, aber dabei das Festungsreglement beachten."
Präsident Gagern läutete. „Ich bitte die Herren Abgeordneten, ihre Plätze einzunehmen. Zu Wort hat sich der Deputierte Zitz gemeldet."

Von einem der Plätze auf der linken Seite der Paulskirche erhob sich Zitz aus Mainz, aber bis zum Rednerpult ließ er sich Zeit, die Herren waren ohnehin noch in Bewegung.
„Meine Herren", begann er. „Über die Dringlichkeit des Gegenstandes gibt es nach dem Bericht der Kommission wohl keine Zweifel. Und da sie ihre Empfehlungen als Antrag formuliert hat, muß darüber beraten werden. Ich beantrage, dies sofort zu tun." Zitz wendete sich um, und sah, eine Hand in die Seite gestemmt, zum Präsidenten hoch.
Der zögerte. Dann sagte er: „Schön. Also Abstimmung. Bitte, meine Herren: Wer ist für sofortige Beratung? – Gegenprobe – Die ersteren waren die Mehrheit. Die Tagesordnung ist ausgesetzt. Zur Beratung steht der Antrag der Kommission. Erster Redner: Der Deputierte Zitz aus Mainz."
„Meine Herren", begann Zitz...
„Hören Sie mal, Fräulein Coith." Frau Schmidt sprach mit gesenkter Stimme, obwohl dies bei dem wie gewöhnlich über der Versammlung liegenden Stimmengemurmel unnötig war. „Jetzt eben, grad das... Antrag, und dann Antrag, daß der Antrag... Also, wissen Sie, geht das nicht einfacher?"
„Vermutlich", sagte Louise. „Aber die Herren haben während fünf Sitzungen intensiv über das Parlaments-Reglement beraten. Und dabei ist's wohl ein wenig gewuchert."
„... deshalb", sagte Zitz, „sind die von der Kommission vorgeschlagenen Maßnahmen völlig ungenügend. Ein Festungsreglement von 1834, meine Herren, kann nicht beachtet werden, weil es das nicht mehr gibt. Das Volk hat die alten Gesetze hinweggefegt..."
Die Debatte zog sich. Nach Zitz, der verlangt hatte, das Festungs-Reglement formal aufzuheben, alle, er wiederholte: alle, preußischen Truppen aus Mainz zu entfernen, und das ‚barbarische' Vorgehen des Kommandanten scharf zu ver-

urteilen, nach Zitz also kam ein Ritter von Schmerling zum Rednerpult. Er war Österreicher und behauptete, der Kommandant hätte weiteres Blutvergießen verhindert und deshalb im Interesse der Menschlichkeit gehandelt. Im übrigen müßte es den Militärbehörden überlassen bleiben, ob und welche Truppen ausgewechselt würden. – Danach sprach Blum. Breitschultrig und korpulent stand er aufrecht am Pult und rief mit dröhnender Stimme: „Ich glaube nicht, daß man die Menschlichkeit damit beginnt, glühende Kugeln in eine Stadt zu schießen.“ Und wenn gesagt würde, die preußischen Soldaten wären gereizt worden durch Zeitungsartikel gegen ihren König, so sollte man sich erinnern, welchen Anlaß die Artikel hätten. Nämlich den Berliner Blut-März. In ganz Deutschland hätte sich darüber ein Schrei der Empörung erhoben. Und die Mainzer hätten schweigen sollen? „Ja, glauben Sie denn, die haben kein Herz?“

Von der Linken kam Beifall, auch von der Galerie, und von dort schrie jemand: „Der preußische Bluthund!“ Präsident Gagern schwang die Glocke. „Ich fordere die Herren von der Galerie zum wiederholten Male auf, jegliche Kundgebung von Beifall oder Mißfallen zu unterlassen.“

„Der Blum gefällt mir“, sagte Frau Schmidt. „Schön ist er nicht mit seiner Knollennase, aber bei dem merkt man, daß er's ehrlich meint.“

„Der ist für die Republik“, sagte Louise.

Frau Schmidt sah sie von der Seite an. „Das ist mir bekannt, Fräulein Coith. Ich les nämlich die Zeitung.“

„Entschuldigen Sie.“

„Macht nichts.“ Frau Schmidt lächelte. „Ich weiß ja, daß Sie gern wühlen. – So. Jetzt bin ich auf den nächsten gespannt.

Präsident Gagern suchte in einer Liste und tönte: „Das Wort hat der Deputierte Rättig aus Potsdam.“

Vom Deputierten Rättig war zunächst nichts zu bemerken,

er kam wohl aus einer der rechten Bankreihen, die von der Damengalerie her nur zum Teil einzusehen waren. Dann erschien Herr Rättig, ging jedoch nicht zum Rednerpult, sondern zur Direktoriumskanzel. Er sprach auf den Präsidenten Gagern ein, der mit vorgeneigtem Kopf zuhörte und erstaunt schien. Dann nickte Gagern und verkündete: „Der Deputierte Rättig zieht seine Wortmeldung zurück zugunsten des Deputierten Fürst Lichnowsky."
„Ein Fürst?" sagte Frau Schmidt. „Also ich muß schon sagen ... Erst redet hier ein Ritter, dann ein Fürst ... Ei, der sieht aber proper aus."
Fürst Lichnowsky trug heute hellgraue, dezent gestreifte, knapp sitzende Hosen, und auf dem betont taillierten Oberrock einen Ordensstern. Er kam durch den Mittelgang, mit kurzen Tänzelschritten, die Stufen zum Rednerpult nahm er mit zwei eleganten Sätzen. Dann stand er, stützte den linken Ellenbogen auf den Rand des Pultes, hatte die rechte Hand in der Hosentasche und sah lächelnd in die Runde. In der Paulskirche wurde es still.
„Herr Präsident", begann Lichnowsky mit seiner etwas heiseren Stimme und lächelte zu Gagern hoch, „meine Herren." Er lächelte in die Runde. „Ich gebe heute mein Debüt als Redner vor Ihnen, genauso übrigens wie mein Herr Vorredner. Nun hat es diesem Herrn gefallen", Lichnowsky richtete sich auf, „gegen die preußische Armee üble Verdächtigungen zu schleudern ..."
„Stimmt nicht." Blum hatte es gerufen, mit seiner dröhnenden Stimme, und in der Versammlung war es unruhig geworden.
„Verdächtigungen", fuhr Lichnowsky fort, „die ich entschieden zurückweise. Meine Herren", rief er, und Louise hörte überrascht, wie deutlich seine Stimme durch das anschwellende Gemurmel drang, „in einem Augenblick, wo die Wunden noch nicht vernarbt sind, die preußische Solda-

ten in Schleswig empfangen haben, da werden diese Söhne unseres Vaterlandes mit den schmählichsten Ausdrücken vor diese Tribüne gezogen."
„Das ist nicht wahr", rief Blum, und nun war es laut in der Paulskirche. Aber Lichnowsky drang durch. „Kraft preußischer Bajonette", rief er, „sitzen Abgeordnete aus Schleswig hier. Ich fordere diese Herren auf", er streckte den Arm aus, „Zeugnis abzulegen für die Tapferkeit und die Manneszucht der preußischen Truppen." Er schwieg und hielt den Arm ausgestreckt.
Es wurde still, und man sah sich um.
In den mittleren Bankreihen, dem Ausgang zu, hatte sich eine Gruppe von Abgeordneten erhoben.
„Ich danke Ihnen, meine Herren. Im Namen der preußischen Armee." Und in die Stille hinein rief Lichnowsky: „In Mainz sind preußische Soldaten durch Stiche getötet worden, durch Stiche in den Rücken." Er machte eine kleine Pause. „So etwas nenne ich Meuchelmord."
Stille.
„Lüge!" brüllte Blum, und Lärm brach los. Die Abgeordneten auf der Linken waren aufgesprungen, schrien, gestikulierten, Louise sah Zitz, wie er mit rotem Gesicht zum Rednerpult hinaufschrie, und die Leute oben auf der Galerie pfiffen und brüllten: „Preußenhund!" Präsident Gagern schwang wild seine Glocke.
Fürst Lichnowsky stand, bequem an das Pult gelehnt, hatte eine Hand in der Hosentasche, sah lächelnd hinüber zu den Linken, dann hob er den Kopf, blickte hoch zur Galerie, aus weit geöffneten Augen, und die Leute pfiffen und schrien, aber Lichnowsky stand und lächelte.

Auf dem Heimweg hatte sich Frau Schmidt noch immer nicht beruhigt. „So ein Laffe", sagte sie. „Was denkt sich der Kerl eigentlich? Meuchelmord! Dabei weiß jeder, wer wen

hat morden wollen. Und dann der Gagern. Haben Sie gehört, was der Gagern gesagt hat?"
„Sicher", sagte Louise.
Aber Frau Schmidt wiederholte es. „‚Meine Herren', sagt er, ‚ich weiß gar nicht, warum Sie sich aufregen. Die Anklage des Meuchelmordes trifft den, der schuldig ist. Und soviel ich weiß, sitzt hier keiner, oder?' – Wie finden Sie das?"
„Es hat mich nicht überrascht."
„Der edle Herr von Gagern." Frau Schmidt schüttelte den Kopf. „Und die armen Mainzer? Wer soll denen jetzt helfen gegen die Preußen?"
Die deutsche Nationalversammlung hatte nach über vierstündiger Beratung der Mainzer Ereignisse den Beschluß gefaßt, ‚im Vertrauen darauf, daß die Regierungen tun werden, was ihres Amtes ist, zur Tagesordnung überzugehen'.

Es war Sonntagmorgen. Louise saß am Schreibtisch und arbeitete an einem Auftragsgedicht. Sie saß im Nachthemd, denn die ersten Zeilen waren ihr im Bett eingefallen. Eigentlich hatte sie nur die festhalten wollen, aber dann war sie überraschend glatt weitergekommen, und nun machte sie das Ding fertig. Es war ein ganz gewöhnlicher Fünfzigster zu bejubeln, und Louise arbeitete mit Versatzstücken aus früheren Gedichten. Das ging flott, und dabei störte nicht, daß von unten aus dem Garten laute Kommandos wie „Knie-e beugt!" ertönten. Schnepf turnte mit den Knaben.
„Fräulein Coith? Sind Sie schon auf?"
Na schön. Eine Unterbrechung schadete nicht, sie würde sich leicht wieder hineinfinden. „Ja, Frau Schmidt", rief sie. „Kommen Sie herein." Sie hörte, wie drüben die Tür ging und sagte: „Ich bin hier, Frau Schmidt."
„Oh." Frau Schmidt blieb in der Verbindungstür stehen.

„Sie sind ja noch im Hemd ...“ Das war richtig, Louise hatte es vergessen. „Nun ...“, sagte sie. „Ist das so schlimm?“
„Nein“, sagte Frau Schmidt und lachte. „Eigentlich nicht.“ Sie kam zum Schreibtisch. „Das ist aber mal hübsch“, sagte sie und deutete auf Hannes Photographie neben dem Schreibzeug. „Er hat immer Dienst, nicht?“ Louise nickte.
„Fräulein Coith, weswegen ich so früh komm – also, ich hab's nicht ausgehalten. Das mußte ich Ihnen gleich zeigen. Das ist was für Sie ... Hier.“ Sie legte die Didaskalia von heute auf den Schreibtisch und zeigte auf eine Überschrift.
Louise las: „Adresse eines Mädchens an den K. sächsischen Herrn Minister Oberländer, an die durch ihn berufene Arbeiterkommission und an alle Arbeiter.“ In einer Fußnote hieß es: „Aus der ‚Leipziger Arbeiter-Zeitung‘.“ Und der Verfasser, nein, die Verfasserin hieß Louise Otto. – Louise las: „Meine Herren! Indem ich mir erlaube, eine Adresse an Sie zu richten, welche weiter keine Unterschrift trägt, als den Namen eines einfachen Mädchens ...“ Louise griff, ohne den Blick von der Zeitung zu nehmen, nach dem Kästchen mit den Viktorias.
„Sehen Sie?“ sagte Frau Schmidt. „Ich hab's gewußt. Das ist was für Sie.“
Louise sah auf und lächelte. „Ja, wirklich. Danke, daß Sie's mir gleich gebracht haben.“
„Na, nun laß ich Sie allein“, sagte Frau Schmidt, „damit Sie in Ruhe lesen können.“ Aber sie trat zum Fenster und blickte durch die Gardine hinunter in den Garten, von wo gerade kam: „Hüpfen auf der Stelle – Hopp! Hopp!“
„Da zwiebelt er seine Söhne“, sagte Frau Schmidt. „Und sich selber zwiebelt er auch.“ Sie wendete sich Louise zu. „Von Wegziehen sagt er nichts mehr. Na, bei den Mieten ... In der Stadt kostet eine Wohnung mit drei Zimmern jetzt

wenigstens vierzig Gulden im Monat. Tja." Dann schwieg sie und sah zu, wie sich Louise eine Viktoria anzündete. Louise dachte: „Sie möchte wissen, was mit Schnepf und mir ist." Sie sah Frau Schmidt an und dachte: „Aber nicht aus Neugier. Ich glaube, sie sorgt sich." Ob sie es ihr einfach erzählte?

Frau Schmidt schwieg noch immer. Doch plötzlich sagte sie: „Darf ich Ihnen mal eine Geschichte erzählen?"

Louise nickte, und Frau Schmidt setzte sich auf den Stuhl neben dem Schreibtisch. „Wissen Sie", begann sie. Dann dachte sie nach und fuhr fort: „Mein Vater ist gestorben, wie ich zwölf war, und ich hab einen Vormund gekriegt. Meine Mutter hat bald wieder geheiratet, und zuerst war ich auch weiter im Haus. Aber wie ich konfirmiert war, bin ich in den Dienst gekommen. Und zwar zu meinem Vormund. Der hat eine Druckerei in Offenbach gehabt und war ein ewig betrunkener Mensch, mit einem grausligen Schnauzbart. Manchmal hat sich seine Frau vor ihm eingeschlossen, und dann hat er vor der Tür randaliert. Und der hat mir nachgestellt." Sie schwieg.

Nach einer Zeit fragte Louise: „Nachgestellt? Ich meine . . . Was hat er gemacht?"

„Er hat mir aufgelauert. Wenn ich in den Keller gemußt hab, oder auf den Boden . . . Ich war nie sicher vor ihm, weil die Druckerei im Haus war. Und wenn er mich erwischt hat, dann hat er mich am Arm gepackt und mich bedrängt: Ich sollt doch mal mit ihm, nur ein Mal, und so was." Frau Schmidt sah Louise an. „Sie wissen doch, was er gemeint hat, oder?"

Louise nickte. „Haben Sie es damals gewußt?"

„Der hat's natürlich anders gesagt, direkter. Und wenn man auf dem Dorf groß geworden ist, so wie ich, dann weiß man schon ein wenig Bescheid."

„Und was haben Sie getan, wenn er Sie bedrängt hat?"

„Naja“, sagte Frau Schmidt. „Ich hab mich halt rausgewunden, hab mich losmachen können. Und er hat mich auch gehen lassen. Aber einmal hat er mich nicht gehen lassen. Da hat er mich festgehalten. Droben auf dem Boden ist's gewesen, ich hab Wäsche aufgehängt. Er hat mich auf den Korb runtergedrückt."
„Und dann?“ fragte Louise.
„Ich hab geschrien wie am Spieß. Das muß man bis auf die Gasse runter gehört haben. Und da hat er's gelassen. Ich bin aus dem Haus gerannt, bin heim, in einem durch bis Oberrad.“ Frau Schmidt sah vor sich hin. Dann sagte sie: „Ich bin dann in einen anderen Dienst gegangen. Tja. Das war die Geschichte, die ich Ihnen schon immer mal erzählen wollte.“
„Die wollten Sie schon immer mal . . .? Sie sind eine kluge Frau.“
Frau Schmidt lachte. „Du lieber Himmel“, sagte sie. „Ich hab halt so was schon erlebt.“
Louise nickte. „Und jetzt sage ich Ihnen, was mit mir und dem Herrn Schnepf ist.“ Und sie erzählte. Sie erzählte rückhaltlos vom Starren, vom Schnaufen und davon, wie sie über Schnepf nachgedacht, und was sie sich überlegt hatte. „Und ich weiß zum Teufel nicht, was ich machen soll.“
Frau Schmidt schüttelte den Kopf. Sie sagte: „Sie wissen es ganz genau.“

Louise hatte die ‚Adresse eines Mädchens‘ gelesen, und während sie sich eine Viktoria anzündete, dachte sie: „Warum ausgerechnet der Hammeran die reingenommen hat?“ Aber das war gleichgültig. Louise nahm einen Bleistift aus der Ablage am Schreibzeug und begann zu unterstreichen. ‚Meine Herren‘, unterstrich sie, ‚wenn Sie sich mit der großen Aufgabe unserer Zeit: mit der Organisation der Arbeit beschäftigen, so wollen Sie nicht vergessen, daß es nicht genug ist, wenn Sie die Arbeit für die Männer organisieren, sondern, daß Sie diesselbe auch für die Frauen organisieren müssen. – Sie wissen es alle, daß unter den vorzugsweise sogenannten arbeitenden Klassen die Frauen so gut wie die Männer für das tägliche Brot arbeiten müssen.'

Louise unterstrich: ,Nun kann man zwar sagen: Wenn die Männer künftig besser als jetzt bezahlt werden, so können sie auch besser für ihre Frauen sorgen und diese sich der Pflege ihrer Kinder widmen, statt für andere zu arbeiten. Einmal, fürchte ich, wird das Los der arbeitenden Klassen nicht gleich in diesem Maße verbessert werden können, und dann bleibt immer noch die große Schar der Witwen und Waisen, auch der erwachsenen Mädchen überhaupt ... Ferner heißt dies aber auch, die eine Hälfte der Menschen für Unmündige und Kinder erklären ...'

Den letzten Satz unterstrich Louise doppelt.

Sie unterstrich: ,Und auch für Sie, meine Herren, auch für Sie, die ganze große Schar der Arbeiter, habe ich diese Adresse geschrieben. Auch Sie haben als das stärkere Geschlecht die Pflicht, sich des schwächeren anzunehmen! Statt dessen hat es in Berlin geschehen können, daß die Fabrikarbeiter, die Verbesserung ihres Loses begehrten, darauf drangen, daß aus den Fabriken alle Frauen entlassen würden!'

Zuletzt unterstrich Louise: ,Ich bin gewiß, meine armen Schwestern teilen meine Gefühle, aber ihre Tage gehen so in Not und Stumpfheit dahin, daß sie es nicht wagen, wie es die Männer tun, ihre Bitten und Wünsche öffentlich auszusprechen. So habe ich dies allein für sie zu tun gewagt durch das einzige Mittel, durch das es mir möglich ist, eine Wirkung für das Allgemeine wenigstens zu versuchen – durch die Presse.'

Um den Namen ,Louise Otto' machte Louise einen Kringel.

Sie legte den Bleistift zum Schreibzeug und lehnte sich zurück. Sie dachte an ihren Artikel ‚Fräulein und Herrlein' und dachte: „Du lieber Gott." Andererseits: Die Adresse konnte Hammeran seinen Leserinnen offenbar zumuten, ihren Artikel nicht. „Ich habe gefordert", dachte Louise. „Und ich habe etwas gefordert, was die Damen unmittelbar angeht." Louise Otto forderte nicht, sie forderte auf. Sie appellierte an das stärkere Geschlecht. Vor allem: Sie sprach für die Arbeiterinnen. Und die waren weit weg von den Didaskalia-Leserinnen.
Sie würde Louise Otto gern fragen. Mit dieser Frau müßte sie sich überhaupt mal unterhalten. Louise sah auf das Zeitungsblatt mit den unterstrichenen Zeilen und dachte: „Ja. Warum nicht?" Sie würde Louise Otto einen Brief schreiben. Sie würde sie fragen und von ihren Erfahrungen berichten. Und sie würde Ihren Artikel ‚Fräulein und Herrlein' dazulegen. Die Anschrift der Leipziger Arbeiter-Zeitung konnte nicht schwer herauszukriegen sein. Dort würde man den Brief an Louise Otto weiterleiten.

Abends hatte Louise bei Bethmanns aushelfen müssen. Es mochte elf sein, als sie zurückkam und durch den Schmidtschen Garten ging. Das Haus lag dunkel und in tiefer Ruhe. Schmidts waren vermutlich schon im Bett, und Schnepfs Familie ging ohnehin früh schlafen. Auch er schlief wohl. Louise gestand sich ein, daß sie erleichtert war. Zwar hatte sie sich fest vorgenommen: „Wenn er das nächste Mal schnauft, dann sagst du was", aber was sich daraus ergeben würde, das machte ihr ein wenig Herzklopfen.
Sie drückte die Haustür hinter sich zu, nahm Kerze und Hölzchen vom Bord und machte Licht. Auf dem Vorplatz der Schnepfschen Wohnung blieb sie stehen. Die Tür zum Mittelzimmer war geschlossen, und es herrschte Stille. Schnepf lag im Bett. Louise wendete sich zur Treppe. Als sie

den Fuß auf die untere Stufe setzte, warf sie einen Blick zurück und hielt inne. Sie drehte sich um und hob die Kerze. Und sie sah, wie sich die Klinke bewegte, wie die Tür einen Spalt aufgezogen wurde, und dann hörte sie ihn. Hinter der Tür zum Mittelzimmer war Schnepf und schnaufte. Louise stand, hörte es und dachte: „Das ist ekelhaft.“ Dann dachte sie: „Jetzt. Du mußt etwas sagen.“ Aber sie stand unbeweglich und fühlte, daß ihr Herz klopfte. Dann hörte sie, wie das Schnaufen lauter wurde, und da sagte sie halblaut: „Herr Schnepf?“
Das Schnaufen brach ab. Stille. Nach einer Zeit sagte Louise: „Ich weiß, daß Sie hinter der Tür sind.“ Sie lauschte. Schnepf rührte sich nicht. Louise stellte sich vor, wie er hinter der Tür stand und den Atem anhielt. Sie dachte daran, daß rechts und links in den Zimmern seine Familie schlief, daß die Treppe hoch Schmidts Schlafzimmer war, und sagte lauter: „Herr Schnepf, ich muß mit Ihnen sprechen.“
Langsam öffnete sich die Tür, und da, zwei Schritt von ihr entfernt, stand er in seinem ausgeblichenen Schlafrock und dem dünngebürsteten Barett. Er reckte das rasierte Kinn aus der Halsbinde, hatte die Lippen schmal gezogen, und die Augen gingen unruhig hin und her.
Louise dachte: „Dieses Fossil aus den Freiheitskriegen.“ Sie sagte: „Herr Schnepf ...“
„Leise ... bitte.“ Schnepf zog die Tür hinter sich zu. Dann gab er ein Räuspern von sich und sagte: „Ich grüße Sie, Jungfrau.“ Seine Stimme klang gepreßt.
„Er hat Angst“, dachte Louise, und sie sagte halblaut: „Herr Schnepf... Unterlassen Sie es, mich Jungfrau zu nennen.“
Schnepf schwieg, und seine Augen gingen unruhig hin und her.
Louise sagte: „Und dann, Herr Schnepf: Hören Sie auf, mich hinter der Tür zu beschleichen.“ Und als er noch im-

mer schwieg: „Ich bitte mir aus, daß Sie mich nicht mehr behelligen."
„Behelligen?" sagte er jetzt. „Ich...? Sie...?"
„Ja. Sie schnaufen hinter der Tür, und das ist ekelhaft."
„Ich behellige Sie?" sagte Schnepf wieder. „Oh, das ist..." Er sah sie an. Er starrte nicht, aber er sah sie an. „Sie sind es, die mich... Sie zwingen mich." Er sprach stockend und mit gesenkter Stimme. „Ich behellige Sie...? Sie... Sie sind es. Sie quälen mich." Er verstummte und fuhr mit zwei Fingern unter die Halsbinde. Dann begann er, die Hände vor der Brust zu kneten.
Schweigend sah Louise ihm zu. Sie stand, hielt in der Hand die Kerze mit der flackernden Flamme, und auf der Tür bewegte sich scharf umrissen Schnepfs Schatten. Es war still im Haus. Und wie Louise auf Schnepf sah und in die Stille hörte, da fühlte sie sich verlassen. Sie hatte keine Angst, aber mit einmal fühlte sie sich allein. Sie sagte: „Jedenfalls, Herr Schnepf, lassen Sie mich in Zukunft zufrieden."
„Sie sind es, Sie haben mir den Frieden genommen." Schnepf hielt nun die Hände ruhig, aber sie waren ineinander gekrampft. „Es ist eine Qual... Ich bekämpfe es, Gott weiß es..." Seine Stimme senkte sich zu lautem Flüstern. „Sie entzünden diese Qual. Als Sie noch nicht hier wohnten... und als Sie verreist waren, ich hatte Hoffnung... Und dann... dieser Jüngling, der Sie besucht... in Ihrer Wohnung... zuchtlos..."
„Was erlauben Sie sich!" Louise merkte, daß sie gleichfalls geflüstert hatte, und sie war überrascht, wie scharf das klingen konnte. „Ich war nie allein mit ihm in..." Sie hielt inne. Es war unsinnig, mit diesem Menschen zu rechten. Sie dachte daran, wie Hannes in der Tür gestanden hatte, damals, und das Gefühl der Verlassenheit wich von ihr. Und indem sie den Flüsterton beibehielt, sagte sie: „Denken Sie, was Sie wollen. Ihnen ist nicht zu helfen."

„Doch.“ Schnepf stand etwas vorgebeugt und flüsterte: „Sie können mir helfen. Sie können es.“
„Und wie?“ fragte Louise und wußte, was er sagen würde.
„Ziehen Sie fort. In ein anderes Haus... Ich bitte Sie.“
„Nein.“
„Nein? Sie wollen nicht...?“
„Ich denke nicht daran.“
Schnepf schwieg. Er hielt die Hände vor der Brust verkrampft, reckte das rasierte Kinn aus der Halsbinde, und nun starrte er. Plötzlich stieß er hervor: „Befreien Sie mich... Sie müssen mich von der Qual befreien.“
„Was?“ Louise wich einen Schritt zurück.
Schnepf beugte sich vor. „Sie müssen mich in Ihre Wohnung lassen... Wie diesen Jüngling... bitte... Niemand erfährt etwas.“ Er stand, starrte, und Louise sah, wie sich sein käsiges Gesicht rot überzog.
Sie sah ihm zu und dachte: „Er will mich benutzen... Dieser heillose Mensch will mich einfach benutzen, um seine Qual loszuwerden, seine Säfte...“ Sie hob die Kerze und sagte halblaut: „Herr Schnepf. Was Sie eben von sich gegeben haben, ich überhöre es. Wie Sie mit Ihrer Qual fertig werden, das weiß ich nicht. Aber ich sage Ihnen: Sollten Sie mich noch ein einziges Mal behelligen, mich anstarren, mich hinter der Tür beschleichen... Ich werde mich wehren. Ich werde Sie als sittenstrenger Lehrer unmöglich machen... Haben Sie gehört?“
Schnepfs Gesicht war wieder käsig geworden, aber er starrte immer noch. Da sagte Louise, und jetzt flüsterte sie wie vorher: „Sie wollten mich benutzen. Aber ich sage Ihnen: Sehen Sie zu, wie Sie Ihre Säfte loswerden...“ Sie sah, daß er zusammenzuckte, und tat einen Schritt auf ihn zu. „Von mir aus mit Pollutionen.“ Schnepf hatte abwehrend die Hände erhoben. „Oder“, flüsterte Louise und tat noch einen Schritt nach vorn, „oder onanieren Sie.“

Da drehte Schnepf sich um, stieß die Tür auf, und bevor er sie hinter sich zudrückte, sah Louise, daß sein alt-deutsches Barett lächerlich schräg gerutscht war.

17

Am ersten Juni trat ein neuer Dienstplan in Kraft, der, wie die Verwaltung wissen ließ, den ‚veränderten Bedingungen des Betriebes angepaßt' war: Die Maschinen wurden nicht mehr jeden vierten, sondern nur noch jeden fünften Tag ausgeputzt. Ott fluchte wie ein Kutscher, und der Maschinenmeister sagte: „Mäßigen Sie sich." Aber er schüttelte den Kopf und murmelte etwas von ‚überzogener Betriebsmittelausnutzung'. Ott sagte zu Hannes: „Klar, die Verwaltung will die Verluste von März und April wieder reinfahren. Und dazu ist jetzt Gelegenheit, wo alle Welt nach Frankfurt reist und sich das Parlament besieht." – Sie fuhren nun häufig Zusatz-Touren, und regelmäßig hingen am Blitz vierzehn Wagen, so viele, wie er als Maschine mit dreizehnzölligem Zylinder gerade noch schleppen konnte. Manchmal wurden über zwanzig Wagen zusammengespannt. Dann kam eine zweite Maschine vor den Zug, was für Hannes neu war, denn bisher hatte die Verwaltung dieses Verfahren wegen des ‚sicheren Betriebes' nur ausnahmsweise zugelassen. Zwar lernte er das Zusammenspiel mit dem Heizer auf der anderen Maschine rasch, aber man mußte höllisch aufpassen beim Bremsen.

So wurde die Heizerei zur Plage, und wenn Hannes abends, meistens nach elf, aus dem Schuppen kam und daran dachte, daß er um fünf schon wieder anheizen mußte, da war ihm zumute wie damals im November, während seiner ersten Wochen auf der Lokomotive.

Mit den ruhigen Putztagen war es vorbei, denn der Dreck von vier Betriebstagen wollte herausgeholt sein. Nur selten bekam Hannes so früh Feierstunde, daß er sich noch mit Louise treffen konnte. Sein freier Tag, Anfang Juni, war ein

Samstag gewesen. Louise hatte arbeiten müssen, und sie hatten sich lediglich am Abend gesehen.
Während ihrer Abende saßen sie beieinander, irgendwo draußen, hielten sich bei den Händen und redeten. Das war schön, aber halt verteufelt wenig, und Hannes erinnerte sich, wie das mit ihnen in der Kammer gewesen war. Sie sprachen nicht darüber, aber daß sie ebenfalls daran dachte, merkte er, als sie fragte, ob Philipp noch in Offenbach wäre. Philipp war schon am 22. Mai zurückgekommen. Und am 25. hatten die Bäckermeister eine Erklärung in das Frankfurter Journal setzen lassen: Die Feiernächte hätte der Hohe Senat abgeschafft, über ihre Wiedereinführung hätten die Meister nicht zu befinden. Zur Schlafstätte dienten gemeinschaftliche Kammern, und wenn der eine oder andere Geselle auf der Werkbank schliefe, dann um die Wärme der Backstube zu genießen. Und Kleiesäcke wären ‚der Gesundheit zuträglicher, als es bei unserem Geschäft Betten nur immer sein könnten'. Die Aufkündigungsfrist läge in beiderseitigem Interesse. Im übrigen hätten die Gesellen unter dem Einfluß einer wühlerischen Partei gehandelt. – „Und?" sagte Hannes zu Philipp. „Was macht ihr jetzt?" – Der zuckte mit den Achseln. „Viele sind froh, daß ihre Meister sie nicht fortgejagt haben. So bald machen die nicht wieder was. Und daß wir die Sache über's Knie gebrochen haben, ohne den Arbeiter-Verein, war eine Dummheit. Na ja, ich bin weiter im Komitee, aber ich glaub nicht, daß viel dabei rausspringt. Der Verein hat selber genug Schwierigkeiten."
Die Komitee-Sitzungen fanden zwar noch im Graben statt, aber die Generalversammlungen mußten jetzt im ‚Ausland', in Bockenheim, Rödelheim oder Offenbach abgehalten werden. Mit der Arbeiter-Zeitung wollte seit der Ausweisungsgeschichte keine der Frankfurter Druckereien zu schaffen haben. Sie wurde nun in Hanau gedruckt. Aber sie

erschien unregelmäßig und selten, denn Pelz und Essellen waren vollauf damit beschäftigt, die Vereinsarbeit zu organisieren. Zu den Parlamentssitzungen kam Essellen trotz Verbotes in die Stadt. Schließlich, so sagte er, berichtete er für die Mannheimer Abendzeitung, und er wollte doch mal sehen, ob die Polizei sich getraute, ihm das zu verbieten. „So viel wird die Preßfreiheit noch gelten." Und bisher hatte die Polizei ihn auch in Ruhe gelassen, wie Hannes hörte.
Er war auf Hörensagen angewiesen, und Ott ging es nicht besser. Nicht eine Zeile konnten sie nach Dienst lesen. Und während des Dienstes? Der Herr Ingenieur hatte Hannes mit der Arbeiter-Zeitung auf dem Blitz erwischt, und sich angestellt, als hätte er einen durchgebrannten Kessel entdeckt. Zwei Tage später hatte die Verwaltung verfügt: Dem Lokomotivpersonal sei bei Strafe der Entlassung verboten, im Dienst zu lesen. – So mußte Hannes auf die Abende mit Louise warten, wenn er etwas wissen wollte. Denn Philipp war gleichfalls nicht recht auf dem laufenden. Er kam selten aus der Backstube: Jost hatte nach der mißglückten Aktion der Gesellen wieder Oberwasser. Und einen Sturm auf seinen Laden schien er nicht mehr zu befürchten, denn er hatte Philipp angewiesen, noch knapper zu wiegen. – Immerhin wußte Philipp, was es mit den roten Hahnenfedern auf sich hatte, die viele Leute neuerdings am Hut trugen.
„Das ist die Hecker-Feder", sagte er.
„Hecker? Wieso? Hat der wieder was gemacht?"
Nein. Hecker und Struve waren nach wie vor in der Schweiz. Aber alle Welt redete von Hecker. Es gab sogar ein Heckerlied. Und nachdem Philipp die Tür geschlossen hatte, sang er: „Wenn die Leute fragen: Lebt der Hecker noch? Dann sollt ihr ihnen sagen: Ja, er lebet noch." Übrigens war Hekker in Baden in die deutsche Nationalversammlung gewählt worden.
„Nein!" sagte Hannes. „Aber den lassen die nicht rein."

„Natürlich nicht“, sagte Philipp. „Deshalb hat der Gagern auch eine Charivari gekriegt. – Ja, ja, ich weiß. Du findest so was nicht richtig. Und ich sag dir: Du hast recht.“
„Na so was? Ich denk, Spaß muß sein bei der Revolution?“
„Stimmt“, sagte Philipp. „Aber das war kein Spaß. Linie und Stadtwehr haben sich aufgeführt wie die Preußen. Einen Schuster haben sie ins Genick gestochen, und siebzehn Mann sind arretiert worden.“ Philipp zertrat einen Mehlkäfer. „Ich mach bei so was nicht mehr mit. Wenn ich mich stechen laß, dann muß ich schon wissen, daß es was bringt.“
Hannes unterhielt sich mit Ott über die neuerliche Hekker-Begeisterung, und der sagte: „Ich glaub, die Leut brauchen jemanden, an den sie sich halten können... Nein, falsch. Sie brauchen was...“
„Etwas mit Symbolkraft“, sagte Hannes.
„Genau. Der Hecker ist zum Symbol für die Republik geworden.“

Eines Sonntagmorgens stand Metternich unten vor dem Blitz, hatte eine Hecker-Feder am Hut und fand es jammervoll, daß sie tagtäglich auf der Lokomotive schuften mußten.
„Wovon lebst du eigentlich?“ fragte Hannes.
„Von Gespartem.“
Hannes hatte wohl etwas ungläubig dreingesehen, denn Metternich sagte: „Hannes. Ich warte seit zwölf Jahren auf die Revolution. Glaubst du, ich hätte mich nicht vorbereitet?“
Das leuchtete Hannes ein. „Und wohin fährst du jetzt?“
Metternich war auf dem Weg zu einer Volksversammlung in Höchst, wo über den Verein in der Paulskirche Fraktur geredet werden sollte. Ott fragte nach dem Demokraten-Kongreß, der in der Woche nach Pfingsten in Frankfurt ge-

tagt hatte. Metternich erzählte, daß etwa neunzig Arbeiter- und Demokraten-Vereine aus ganz Deutschland Deputierte geschickt hätten. Der Kongreß hatte drei Tage lang über ein gemeinsames Programm beraten und dann einen zentralen Ausschuß gewählt. „Wir müssen aus der Zersplitterung raus", sagte er, „und uns zu einer großen demokratischen Partei sammeln. Der Anfang ist gemacht." Dann fragte er, ob sie von der neuen Revolution in Frankreich gehört hätten.

„Nein, verdammt", sagte Ott. „Seit wann?"

„Seit zwei Tagen. Wie es scheint, kämpfen die Pariser Arbeiter gegen die Bürger-Republik. Mehr weiß ich auch nicht. Unsere braven Zeitungen schreiben sehr zurückhaltend darüber." Dann mußte er gehen, denn die Glocke hatte zum dritten Mal geläutet, aber vorher sagte er ihnen noch schnell, daß der Verein in der Paulskirche über die Wahl eines Reichsverwesers beriete.

Hannes und Ott sahen sich an.

„In solchen Zeiten", sagte Ott, „darf man halt nicht bei der Eisenbahn sein."

Am folgenden Sonntag putzten sie den Blitz aus. Abends, kurz nach sieben, erschien der Maschinenmeister, ließ sich den Kübel mit Kesselstein zeigen und sagte: „Feierstunde nicht vor neun. Ich habe Ihr Wort?" Ott nickte, und der Herr Ingenieur verschwand. „Wie weit seid ihr?" fragte Ott. „Fertig? Ja? Also: Feierstunde."

Hannes holte Louise ab, und dann saßen sie in einer Wirtschaft in der Vilbeler Gasse.

„Hannes, du bist so still. Was ist?"

„Ich bin müd", sagte er. „Und dann: Wir sehn uns so selten. Der verdammte Dienst. Und was passiert, krieg ich überhaupt nicht mehr mit. Diese Sachen da . . ."

Sie hatte seine rechte Hand genommen, sie in ihren Schoß

gelegt, und er spürte, daß sie die Innenseite des Daumens streichelte. Da hatte er Hornhaut, aber er spürte es. Sie sah ihn an und sagte: „Welche Sachen, Hannes?"
„Zum Beispiel die mit dem Reichsverweser..." Sie streichelte leicht und sanft, aber er spürte es. Er hatte nicht gewußt, daß er dort so empfindlich war.
„Hast du nichts davon gehört?"
Er schüttelte den Kopf. Und während sie erzählte, sah sie ihn an und streichelte, und er saß, spürte es und hörte zu.
Das Parlament hatte über die Zentral-Gewalt beraten, also über eine vorläufige deutsche Regierung. Vorläufig deshalb, weil es ja noch keine deutsche Verfassung gab. Nach tagelanger Debatte hatte der Gagern vorgeschlagen, einen Reichsverweser zu wählen. Verwesen hieße übrigens soviel wie: stellvertretend verwalten. Man sollte, so Gagern, einen Fürsten wählen, gegen den die Regierungen nichts haben konnten. Die Linken hatten sich zunächst gesperrt, sich dann auf die Verweserei eingelassen, aber beantragt: Wenn schon, dann sollte der Reichsverweser an die Beschlüsse der Nationalversammlung gebunden und ihr verantwortlich sein. Die Liberalen waren jedoch der Meinung, er müßte vom Parlament unabhängig sein. Und so war zum unverantwortlichen Reichsverweser der österreichische Erzherzog Johann gewählt worden, ein Bruder des letzten deutschen Kaisers.
Hannes sagte: „Ich versteh nicht, was die Linken noch im Parlament wollen. Dort ist doch alles gelaufen. Die sollen rausgehen, so wie damals der Hecker und die anderen Republikaner aus dem Vorparlament."
„Darüber wird zur Zeit viel diskutiert. Zumindest in der Neuen Rheinischen Zeitung."
„Neue Rheinische?" sagte Hannes. „Was ist das für eine? – Na, bei Gelegenheit schau ich mal rein." Und er bewegte seinen Daumen ein wenig.

Louise lächelte, und er spürte, wie sie streichelte. Zuerst die Innenseite des Daumens, dann außen herum, unten an der Daumenwurzel, und dann spürte er, wie ihre Finger zur Daumenkuppe wanderten, dort rundherum streichelten, darauf nach unten glitten, und zwar ein Finger auf der Innenseite und einer auf der Außenseite, so wieder zur Spitze strichen, auf und ab strichen, und Hannes mußte sich nun doch fragen, was er davon zu halten hatte. Sie sah geradeaus und lächelte. Vermutlich dachte sie sich nichts dabei. Aber dann hielten ihre Finger still, strichen nicht mehr über den Daumen, sondern umfaßten ihn, alle Finger umschlossen seinen Daumen.

Hannes sah auf seine Hand in ihrem Schoß, sah ihre Hand um seinen Daumen geschlossen, spürte den Druck – so was machte man nicht zufällig. Aber, Teufel, Teufel, woher wußte sie so was? Und jetzt? Wie weiter? Wo sollten sie hin? Und wenn sie's nun doch nicht absichtlich machte? Ob er sie einfach fragte? Nein, das war nun wirklich unmöglich. Aber immerhin ...

„Was wolltest du noch wissen, Hannes?"

„Was?"

„Du sagtest vorhin ‚diese Sachen'." Sie ließ seinen Daumen los und streichelte wieder die Innenseite.

„Ach so", sagte Hannes. „Die neue Revolution in Frankreich, was ist da los?"

Da hörte sie auf zu streicheln und sagte: „Du, das war furchtbar dort. Was darüber in der Neuen Rheinischen steht ..." Sie berichtete über die französische Juni-Revolution, die, wie sie sagte, eine Fortsetzung der Februar-Revolution war. Im Februar hatten Arbeiter und Bürger den König davongejagt, aber es waren vorwiegend Arbeiter gewesen, die auf den Barrikaden gekämpft hatten. Deshalb hatte die bürgerlich-republikanische Regierung etwas für die Arbeiter tun müssen. Neben anderem war der Zehn-Stun-

den-Tag eingeführt worden. Und man hatte sogenannte Nationalwerkstätten eingerichtet, um den 100 000 arbeitslosen Proletariern Brot zu geben. Aber die Regierung hatte auch gehofft, die Arbeiter dadurch von radikalen Ideen fernzuhalten. Nur: Die Arbeiter verstanden die Werkstätten als ihre Sache, und die organisierte Arbeit in ihnen schloß sie zusammen. Das gefiel den Bürgern nicht. Zudem kosteten die Nationalwerkstätten viel Geld. Also versuchte man, sie nach und nach wieder abzuschaffen. Die Arbeiter demonstrierten, Militär zog auf, und dann gab es Kämpfe. „Und die", sagte Louise, „müssen unvorstellbar gewesen sein." Die Bürger erklärten die Arbeiter für ‚nicht gewöhnliche Feinde, sondern für Feinde der Gesellschaft, die man vernichtet', und man setzte über 150 000 Mann Militär und militärähnliche Truppen ein. Auf der anderen Seite standen 40 000 Arbeiter, die um das Überleben kämpfen mußten. ‚Arbeit oder Tod' war ihre Losung. Es war ein Krieg wie zwischen zwei Nationen – zwischen der Nation der Bürger und der Nation der Arbeiter. Die hatten den Osten von Paris mit Barrikaden verbaut und hielten sich vier Tage lang. Dann waren sie besiegt, und es wurden auf der Stelle 3000 Arbeiter hingerichtet.
„Dreitausend?"
„Dreitausend. Wie viele danach umgebracht worden sind, weiß keiner. 25 000 wurden eingesperrt, eingepfercht, so daß sie zum Teil erstickten – ein Vernichtungskrieg, Bürger gegen Arbeiter."
Hannes sagte: „Was darüber in deiner Zeitung steht, das muß ich mal lesen. Hast du sie aufgehoben?"
„Natürlich", sagte Louise. „Am Samstag hast du frei, nicht?"
Hannes nickte. „Wenn ich dich abhole . . ."
„Ich nehme die Zeitung mit", sagte Louise. „Denn am Samstag, da hole ich dich mal ab, ja?"

Wie immer, wenn er um diese Zeit vom Dienst kam, hatte der Fährmann schon Feierstunde, und Hannes ging über den dunklen Mainquai. Er ging rasch, aber nicht zu rasch, denn man wußte nie, was die Leute hier auf dem Pflaster hatten liegen lassen. In einiger Entfernung vor sich sah er die Laternen auf der Brücke, und wenn er die erreicht hatte, würde er bald in der Kammer sein. Es war Donnerstag, und er dachte daran, daß übermorgen sein freier Tag war, und daß Louise ihn abholen wollte. Es war still hier am Main, und er hörte seine Schritte auf dem Pflaster. Er ging jetzt über den Teil des Quais, der leicht ansteigend hoch zur Brückenauffahrt führte, und gerade als er den Stapel Bretter erreicht hatte, der schon seit Wochen hier lag, hörte er aus der Ferne Geschrei. Er blieb stehen und lauschte. Das kam über den Main, aus Sachsenhausen. Eine Menge Leute mußten das sein, und sie johlten, pfiffen und schrien. Was sie schrien, konnte Hannes nicht verstehen, aber es klang zornig und drohend.
Plötzlich wurde das Geschrei deutlicher, und nun war es drüben auf der Brücke, hinter der Alten Mühle. Aus dem Schreien und Pfeifen hörte Hannes: „Macht euch fort!" Und dann sah er, wie eine Menschenmenge sich über die Brücke bewegte, langsam, aber zwischen den Leuten war ein Stoßen und Schieben, da wurden welche gestoßen, hin und her, aber hauptsächlich nach vorn, und es waren welche mit Tschakos, die gestoßen wurden. Auf der Brückenmitte stockte die Menge, es gab ein wildes Durcheinander, Hannes hörte „Ab mit denen!" und von der Menge lösten sich einzelne Gestalten, es waren die mit den Tschakos, und während hinter ihnen das Schreien und Pfeifen anschwoll, rannten sie über die Brücke. Sie waren etwa ein Dutzend, und als sie näher zur Stadtseite kamen, sah Hannes, daß es Weißbüsche waren, von der Stadtwehr, und drei oder vier von der Linie.

Auf der Brückenmitte standen die Leute, pfiffen und johlten, aber als die Soldaten das Ende der Brücke erreicht hatten und in der Dunkelheit verschwunden waren, legte sich der Lärm.
Die Soldaten kamen über den Brückenquai gerannt, Hannes hörte ihre genagelten Sohlen auf dem Pflaster. Es war dunkel hier, und vermutlich würden sie ihn nicht sehen, aber sicherheitshalber duckte er sich hinter dem hüfthohen Bretterstapel. Mit Soldaten, die eine Scharte auszuwetzen hatten, wollte er nicht zusammentreffen.
Nun waren die ersten heran, und er hörte, wie sie langsamer wurden und dann anhielten. Sie blieben auf der anderen Seite des Bretterstapels stehen. Vorsichtig legte sich Hannes auf das Pflaster und drückte sich gegen die Bretter. Er hörte, daß auch die anderen Soldaten anhielten. Sie keuchten und atmeten schwer, und einige setzten sich auf den Stapel.
Nach einer Zeit sagte einer: „So eine Blamage."
„Das verdammte Sachsenhäuser Lumpenpack", sagte ein anderer, der eine hohe Stimme hatte.
„So eine Blamage", sagte der erste wieder. „Ist einem die Waffe abgenommen worden?" Und als niemand antwortete: „Wenigstens etwas."
„Und was machen wir jetzt, Herr Diez?" fragte ein dritter.
„Herr Feldwebel heißt das", sagte der erste. „Wenn wir Dienst tun, dann bin ich für Sie der Herr Feldwebel. Darum möchte ich Sie bitten, Herr Ludwig."
„Trotzdem will ich wissen, was wir jetzt machen", sagte der dritte, der Ludwig hieß.
„Das Sachsenhäuser Lumpenpack", sagte der mit der hohen Stimme. „Man sollt Verstärkung holen."
„Wir geben halt Meldung, daß wir die Leut nicht gekriegt haben", sagte der Feldwebel. „Soll der Leutnant entscheiden." Dann sagte er: „So eine Blamage."

„Man sollt noch mal rüber in die Bäckergasse“, sagte der mit der hohen Stimme, „und das Wirtshaus stürmen. Dann kriegen wir die Leut schon raus.“
„Ich hab's doch gleich gesagt“, sagte jetzt ein vierter. „Man hätt Gendarmen schicken sollen.“
„Schau an, der Herr Korporal“, sagte der Feldwebel. „Ihr Klugscheißer von der Linie. Auf euch hätten wir freilich verzichten können. Draußen an der Tür warten, das kann jeder.“
„Herr, das verbitte ich mir“, sagte der Korporal von der Linie. „Sehen Sie sich vor, was Sie sagen.“
„Was denn, Korporal“, sagte der Feldwebel. „Spielen Sie sich nicht auf. Sie haben mit Ihren Leuten vor der Tür gestanden, Stimmt's etwa nicht?“
„Verhaften ist keine Aufgabe für Soldaten“, sagte der Korporal von der Linie.
„So?“ sagte der Feldwebel. „Wofür bezahlen wir Bürger euch dann? Was?“
„Zum Kriegführen“, sagte der Korporal von der Linie. „Und nicht, um Leute im Wirtshaus zu verhaften. Dafür gibt's Gendarmen.“
„Man sollt noch mal rüber in die Bäckergasse“, sagte der mit der hohen Stimme.
„Gendarmen hätten das auch nicht geschafft“, sagte der, der Ludwig hieß. „Dieser Bäckermeister hat einfach auf irgendwelche gezeigt, das hat man doch gemerkt. Und einen Verhaftungsbefehl haben wir auch nicht gehabt. Klar, daß die Leut da wild werden.“
„Das Sachsenhäuser Lumpenpack“, sagte der mit der hohen Stimme. „Man sollt noch mal...“
„Sie wiederholen sich“, sagte der Feldwebel.
„Wenn's ein Aufruhr gewesen wäre“, sagte der Korporal von der Linie, „dann wohl. Aber in Wirtshäusern Verhaftungen machen, das ist gegen meine Würde.“

„Die Leut haben einen Aufruhr gemacht“, sagte der Feldwebel. „Deshalb haben wir sie verhaften sollen.“
„Wenn man uns rechtzeitig geholt hätt“, sagte der Korporal von der Linie, „dann hätten wir's den Kerlen schon gezeigt. Aber bloß verhaften...“
„Schluß jetzt“, sagte der Feldwebel. „Das soll der Leutnant oder das Polizeiamt entscheiden. – In Marschordnung antreten! Jetzt marschieren Sie wenigstens ordentlich, meine Herren. So eine Blamage.“
Der mit der hohen Stimme sagte: „Man sollt morgen noch mal rüber in die Bäckergasse.“
Als Hannes am alten Zollhaus am Ende der Brücke vorbeikam, begann drüben auf dem Kirchturm des Deutschen Hauses die Glocke zu schlagen. Er zählte mit, obwohl er wußte, daß es zwölf war. Von der Brückenstraße bog er nach rechts in die Löhergasse, und nun schlug auch die Stundenglocke der Dreikönigskirche. Es war dunkel in der Gasse und außer den Glockenschlägen war nichts zu hören. Hannes ging am Oberpförtchen vorbei, dann am Unterpförtchen, und als er am Jostschen Haus war, kam der letzte Glockenschlag. Er lauschte. Aus der Ferne hörte er Lachen und Singen: aus dem Wirtshaus in der Bäckergasse vermutlich. Im Jostschen Haus war es dunkel und still. Er ging auf die Haustür zu, und da hörte und spürte er, daß unter seinen Füßen Glas splitterte. Er bückte sich, tastete, ging einige Schritte seitwärts – das Pflaster war mit Glasscherben bedeckt. Und jetzt sah Hannes, daß Josts die Läden vor die Fenster gesetzt hatten. Und die Haustür hatten sie abgesperrt. Er ging durch den schmalen Durchlaß zwischen dem Jostschen und dem benachbarten Haus nach hinten in den Hof. Die Tür zur Backstube stand offen. Auch hier Dunkelheit und Stille. Hannes kletterte die Stiege hoch. In der Kammer tastete er nach den Hölzchen und zündete das Talglicht an.

„Na du.“ Philipp lag auf seinem Kleiesack und blinzelte verschlafen.
„Laß dich nicht stören“, sagte Hannes. „Aber ich muß mich ein wenig waschen.“
„He“, sagte Philipp und setzte sich auf. „Wundert dich das nicht? Es ist Nacht, und ich lieg im Bett.“
„Ich kann mir denken, was war.“ Hannes hatte Jacke und Kappe abgelegt. „Sie haben den Laden gestürmt.“ Er begann, über die Zinkschüssel gebeugt, sein Gesicht zu waschen.
„Nein“, sagte Philipp. „Es war bloß eine Charivari.“
„Tatsächlich?“ Hannes hielt inne. „Was haben dann die Weißbüsche mitsamt der Linie hier gewollt?“
„Wie? Was?“ Es stellte sich heraus, daß Philipp nach der Charivari schlafen gegangen war, weil Jost gesagt hatte: ‚Von mir kriegen die morgen kein Brot.‘ Hannes erzählte, was er gesehen und gehört hatte.
„Der spinnt, der Jost“, sagte Philipp. „Es war finster, und wer die Charivari gemacht hat, konnt er nicht sehen. Trotzdem rennt der in die Stadt und holt Soldaten. Und dann geht er mit denen in ein Wirtshaus und deutet welche aus. Na, jetzt hat er's verschissen bei den Sachsenhäusern. Und die Weißbüsche kommen wieder, das ist klar. Das gibt Krawall.“
„Meinst du?“ Hannes ließ sich auf seinem Kleiesack nieder. „Glaub ich nicht. Der Senat will Ruhe in der Stadt. Schau mal: Der Essellen läuft rum, als wär er nie ausgewiesen worden, und die Polizei sieht weg. Von allem, was Krawall geben könnt, läßt der Senat die Finger.“
„Das wird sich ändern, garantiert. Weißt du, was der Maurer im Komitee erzählt? Viele Frankfurter Bürger lassen sich Verstecke herrichten, wo sie ihr Geld aufheben können und ihre silbernen Löffel. Die haben Angst, wegen der Sache in Frankreich. Und wenn nur was nach Aufstand riecht, wird

der Senat zuschlagen. Ich glaub sogar, daß er dann gleich die Linie und nicht die Stadtwehr marschieren läßt."
„Ich weiß nicht. Aber du erzählst mir, was morgen ist."
Philipp nickte. Dann fragte er: „Krieg ich eine von deinen Kentuckys?"
„Klar. Nimm dir nur."
Philipp erhob sich, holte eine Zigarre aus dem Kasten auf dem Regal und steckte sie am Talglicht an. Dann streckte er sich auf dem Kleiesack aus, faltete die Hände unter dem Kopf, rauchte und sagte: „Mann, das ist was. Draußen ist Nacht, und ich lieg im Bett. Man sollt dem Jost öfter die Fenster einschmeißen."
„Wo ist der überhaupt?"
„Drüben in der Stadt, nehm ich an. Mitsamt seiner Alten. Die hat dort Verwandte. Hier kann er sich die nächsten Tage nicht blicken lassen."
„Warum macht einer das?" Hannes lag nun gleichfalls ausgestreckt. „Warum bäckt der Jost zu leicht?"
„Na, Hannes. Damit er mehr verdient."
„Natürlich, das weiß ich. Ich hab gemeint: Warum wird einer so, daß er die Leut betrügt? Wenn es Reiche wären – bitte. Aber hier, das sind alles arme Leut. Und die betrügt er wegen ein paar Kreuzer mehr."
„Am Vierpfund-Roggenbrot verdient er immerhin anderthalb Kreuzer zusätzlich. Der ist geldgierig, ich sag dir's. Und warum er's ist, das ist doch egal."
„Glaub ich nicht", sagte Hannes. „Schau mal . . . Weißt du, wer der Lichnowsky ist?"
„Na, Hannes. Den kannst du suchen, der das nicht weiß."
„Schön. Jetzt paß auf." Und Hannes erzählte, was sich Louise zu Lichnowskys Kurzsichtigkeit überlegt hatte.
„Alles gut", sagte Philipp. „Aber erstens: Der Essellen sieht auch nicht gut, trotzdem pöbelt er die Leut nicht an. Zweitens: Soll ich jetzt sagen: Der arme Lichnowsky, der sieht

schlecht, das entschuldigt natürlich alles?" Philipp richtete sich auf. „Ich sag dir, der ist ein Fürst von der schlimmsten Sorte. Und ein Preußenhund dazu. Der macht sich auf Kosten seiner Bauern ein schönes Leben. Wie der auf seinem schwarzen Gaul durch die Stadt reitet... Dauernd macht er in der Paulskirche mit irgendwelchen Weibern rum. Das ist stadtbekannt." Er legte sich lang. „Aber bitte sehr, sagt der Hannes Bühn, das darf er alles. Der arme Mann sieht ja schlecht."

„Quatsch", sagte Hannes. „Das hab ich nicht gesagt. Aber ich glaub, daß man wissen muß, warum einer was macht. Schau, wenn man wüßte, warum der Jost so geldgierig ist, dann könnte man sich überlegen, was man ändern müßt. Also, damit die Leut nicht so geldgierig werden."

„Hannes, du machst mir Spaß, wirklich. Das ist ja wie in alten Zeiten mit dir." Philipp richtete sich auf. „Damit das mit dem Jost endlich vom Tisch ist... Die Leut erzählen sich, daß der Jost ein Sachsenhäuser Bub war. Sein Vater ist Weingartenarbeiter gewesen, also einer von den Ärmsten. Irgendwie hat's der Vater geschafft, seinen Sohn in eine Bäckerlehre zu geben. Und irgendwie hat's der dann geschafft, die Witwe von seinem Meister zu heiraten. Und jetzt hat er eine Bäckerei. Und bäckt zu leicht. Warum?"

„Vielleicht, weil er früher gehungert hat? Und aus Angst, daß es ihm noch mal passiert, ist er geldgierig geworden. Freilich, andere..."

„Nein, laß mal. Du meinst also, man müßte dafür sorgen, daß keiner mehr Angst vor Hunger zu haben braucht?"

„So ist es", sagte Hannes.

„Sehr schön." Philipp legte sich lang und sagte nichts mehr.

„Na ja", sagte Hannes. „Also, das war jetzt dumm von mir." Nach einer Weile sagte er: „Dazu braucht's aber eine neue Revolution."

18

Der folgende Tag, Freitag, war heiß, und Hannes hatte seine Regenjacke am Geländer des Führerstandes festgebunden. Gewöhnlich verwahrte er sie in dem eisernen Werkzeugkasten an der Tenderplattform, aber der hatte sich in der Sonne so aufgeheizt, daß der Jackenstoff das Öl ausschwitzen würde.
„Zweiundzwanzig Grad im Schatten, wenigstens“, sagte Ott, während er sein rotes Gesicht mit dem Schnupftuch trocknete. „Und das um fünf Uhr nachmittags.“
Sie hatten den Blitz vor den Zug gesetzt, den sie um halb sechs nach Wiesbaden bringen würden, und sie befanden sich weit außerhalb der Einstieghalle des Taunusbahnhofs. Der Zug führte vierundzwanzig Wagen, und vor den Blitz würde eine zweite Maschine gespannt werden, wahrscheinlich die Cockerill. Das war unangenehm, denn der Heizer vom Schmiermund war neu und konnte noch nicht auf den Punkt bremsen. Mal gab er zu viel, mal zu wenig auf die Klötze, und das auszugleichen, hatte Hannes seine Last. „Aber jeder fängt mal an“, dachte er.
Er stand an das Geländer gelehnt, und obwohl er sich nicht bewegte, schwitzte er, denn er hatte seine Tuchjacke an. Auch Ott trug eine Jacke. Das war Vorschrift. Hemdsärmliges Lokomotivpersonal konnte dem besseren Teil des Publikums nicht zugemutet werden.
„Zweiundzwanzig Grad Réaumur, wenigstens“, sagte Ott.
Hannes schwieg.
„Zweiundzwanzig . . .“
„Ja“, sagte Hannes. „Was wollen Sie, daß ich dazu sag?“
Ott lachte ein wenig und steckte das Schnupftuch weg. „Die schlägt aufs Hirn, die Hitze.“ Dann schwieg auch er.

Hannes sah auf den Wasserstandzeiger, dessen Glasrohr bis zu drei Viertel der Höhe gefüllt war, darauf zur Federwaage, seitlich am Stehkessel, und jetzt hätte er eigentlich nach dem Feuer sehen müssen, aber ein paar Minuten konnte er das noch aufschieben.
Ott, der ihm gegenüber lehnte und hinüber zum Lokomotivschuppen blickte, sagte: „Na, daß der aus dem Schatten geht.“ Dann warf er einen Blick auf den Wasserstandzeiger.
Aus seinem Büro am Schuppen trat der Maschinenmeister mit einem Papier in der Hand. Er ließ die Cockerill passieren, die nach draußen ins Vorgelände rollte, von wo sie über eine der Ausweichungen zurücksetzen würde, und kam dann herüber. Ott war, an Hannes vorbei, vom Führerstand geklettert, und der Maschinenmeister sagte, indem er auf das Papier zeigte: „Eine veränderte Diensteinteilung, Ott, während der nächsten Tage. Es betrifft Ihre Maschine.“ Der Maschinenmeister sah zu Hannes hoch. Dann deutete er auf die Öljacke. „Entfernen Sie das. Ein Führerstand ist kein Kleideraushang.“
Hannes entknotete die Ärmel und verstaute die Jacke im Werkzeugkasten. Dann warf er den Deckel zu, daß es schepperte.
Der Maschinenmeister runzelte die Stirn und sagte zu Ott: „Wann haben Sie Ihren nächsten freien Tag?“ Ott sagte ihm einen Tag in der kommenden Woche. „Das wird gehen“, sagte der Maschinenmeister, während er auf das Papier blickte. Dann hob er den Kopf. „Und Sie?“ sagte er zu Hannes.
„Samstag. Morgen ist mein freier Tag.“
„Hm.“ Der Maschinenmeister studierte den Plan. Er sah hoch. „Geht nicht.“
„Was?“
„Ihr freier Tag ist gestrichen.“

„Ja . . . aber . . . Wieso?"
„Wieso? Sie wollen eine Begründung . . .?" Der Maschinenmeister sah Ott an. „Ich erwarte von Ihnen, daß Sie sich Ihren Heizer besser ziehen."
„Wann hab ich statt dessen frei?" fragte Hannes.
„Unbestimmt." Der Maschinenmeister blickte hoch, und Hannes sah, daß er glatt rasiert war, und daß er eine seidene Halsbinde trug. „Ich rate Ihnen", sagte der Maschinenmeister, „jetzt den Mund zu halten. Sonst sähe ich mich zu einer diesbezüglichen Meldung an das Personalbüro gezwungen. Im übrigen sind Sie jederzeit zu außergewöhnlichen Dienstleistungen verpflichtet, laut Dienst-Instruktion, deren Lektüre ich Ihnen dringend empfehle und die, im Gegensatz zu anderer, nicht verboten ist. Haben Sie verstanden?" Als Hannes schwieg, sagte er zu Ott: „Sie erklären ihm das. Und ich rate Ihnen, Ott, den Mann besser zu ziehen." Darauf ging er.
Ott kam auf den Führerstand geklettert. „Das solltest du nicht tragisch nehmen, Hannes."
„Nicht tragisch nehmen?" Hannes stand und dachte: „Aber woher denn." Es war ja bloß sein freier Tag. Es war ja bloß der Tag, auf den er sich seit Wochen freute. Es war ja bloß der Tag, an dem er mit Louise zusammensein würde. Und an dem ihn Louise früh morgens abholen wollte. „Nicht tragisch nehmen?" sagte Hannes und spürte, wie sich im Bauch etwas zusammenzog, und das wanderte nach oben, in den Hals, er mußte schlucken, und er spürte seine Augen. Er dachte: „Jetzt fang hier an zu heulen." Er dachte: „Was willst du? So ist das. Du mußt es schlucken." Er nahm die Schaufel und entriegelte die Feuertür. „So ist das nun mal", dachte er und fuhr mit der Schaufel unter den Koks auf der Tenderplattform. „So, verdammt, ist das nun mal." Und er gab der Schaufel Schwung, daß die Koksstücke in das Feuerloch prasselten. „Da!" dachte er. „Schluck es. Friß es." Er

rammte die Schaufel in den Koks und dachte: „Jawohl, Herr Ingenieur." Er holte aus, schleuderte die Schaufel nach vorn, aber da gab es einen Ruck, und die Schaufel kam ab, nach schräg oben, die Koksstücke prasselten außen gegen die Kesselwand, das klang, als klirrten Steine dagegen, und das zischte und spritzte, und wo das Glasrohr war, da zischte Dampf und da spritzte Wasser, das ging gegeneinander, und Hannes stand und starrte. Er spürte die weiße Hitze des Dampfes, hörte: „Weg, Hannes! Runter von der Maschine!" Hannes ließ die Schaufel fallen, riß am Werkzeugkasten den Deckel hoch, griff sich die Öljacke, faßte sie mit der Rechten, an der Innenseite, so daß die Hand mit geöltem Stoff bedeckt war, griff mit der Linken die Schaufel und hielt sie sich vor das Gesicht. Er tastete mit der Rechten nach dem unteren Hahn, spürte die Hitze, aber es war zu machen, fand den Hahn und drehte ihn zu. Und da wußte er, daß er einen Fehler gemacht hatte, daß jetzt der Dampf mit vollem Druck von oben kam, und der biß sich durch die Jacke, biß in die Hand, die zuckte zurück, aber das war nun gleich, das schaffte er auch noch, und dann war der obere Hahn zu.
Stille. Hannes stand, sah auf die gezackten Reste des Glasrohres und dachte: „So. Da habt ihr's." Und da biß der Schmerz zu. Hannes ließ Schaufel und Jacke fallen und besah die Hand. Sie war lediglich rot. Wenn er sich am Amboß verbrannt hatte, an den rotglühenden Bröckchen, die vom Rohling spritzten, dann hatte das viel schlimmer ausgesehen. Aber die Hand tat weh, sie tat verdammt weh, so als wäre sie über und über mit glühenden Bröckchen bedeckt, das war doch nicht möglich, verdammt, verdammt... Er stand und starrte und war ganz dumm vor Schmerz.
Ott kam hochgeklettert. „Laß mal sehen. Au weh, in einer halben Stunde geht die auf wie ein Pfannkuchen. Aber du hast Glück gehabt. Die Haut geht nicht runter. Jetzt komm."

Als Hannes die Hand in das kühl rinnende Wasser am Tenderauslauf hielt, wurde sein Kopf klarer, und er sah, daß Ott, Schmiermund und dessen Heizer um ihn herum standen. Von oben auf dem Packwagen starrte der Zugschmied herunter.

„Wie ein Narr", sagte Schmiermund zu seinem Heizer. „Wie ein Narr hast du die Maschine auflaufen lassen. Du bist schuld."

Der Heizer war groß und ungeschickt, und wie er da stand, mit hängenden Armen, tat er Hannes leid. „Ich hab nicht aufgepaßt", sagte Hannes. „Meine Schuld."

„Jetzt hört zu", sagte Ott. „Bevor die anderen hier sind: Keiner von uns hat Schuld, klar? Das Ding ist von allein zersprungen." Schmiermund, dessen Heizer und der Zugschmied nickten. Auch Hannes nickte, aber er bezweifelte, daß sie damit durchkommen würden.

Der Maschinenmeister war als erster zur Stelle.

„Das kriminelle Gerät ist zersprungen", sagte Ott.

„Das war ja nicht zu überhören", sagte der Maschinenmeister gereizt. Er ging zum Führerstand und kletterte hoch. Als er zurückkam, sagte er: „Da liegt Koks verstreut. Ihr Heizer hat nicht aufgepaßt, Ott."

„Das Glas ist gesprungen, gerade wie er schaufeln wollte. Und den möcht ich sehen, der da nicht die Schaufel fallen läßt. Und dann", sagte Ott und wurde laut, „hat der Mann die Hähne zugemacht. Glut auf dem Rost und das Wasser raus – Sie wissen, was passiert wär. Die Hand hat er sich verbrüht, damit die Kesselwand nicht durchbrennt."

Hannes dachte: „Daran hab ich überhaupt nicht gedacht. Aber warum hab ich die Hähne zugemacht?" Er wußte es nicht. Er hatte es getan, ohne nachzudenken, und vielleicht war es doch wegen der Kesselwand gewesen. Und das hieß, daß er ein Heizer geworden war, durch und durch. Einer, für den das erste die Maschine war.

„Na gut", sagte der Maschinenmeister. „Eine Untersuchung wird es trotzdem geben." Und zu Hannes: „Sie können Ihre Hand nicht gebrauchen, wie? Schön. Gehen Sie heim und kurieren Sie sich aus. Vergessen Sie nicht, sich eine Krankheitsbescheinigung zu besorgen. Sonst müssen wir Sie wegen unerlaubten Feierns entlassen. Ich werde dafür sorgen, daß Sie den heutigen Tag voll angerechnet bekommen." Er sah Hannes an, als erwartete er ein Danke, aber Hannes schwieg. „Die Tage, die Sie krank feiern, werden Ihnen natürlich vom Lohn abgezogen. Aber das wissen Sie ja. – Gut", sagte er zu Ott. „Der Blitz ist noch unter Dampf? Schön, ich schicke Ihnen für den Mann Ersatz. Den Wasserstandzeiger brauchen Sie nicht unbedingt. Sie können die Probierhähne benutzen, wie?"
Ott sah ihn stumm an, und da ging der Herr Ingenieur davon.

Als Hannes aus einer Seitentür in der Einfriedung des Taunusbahnhofes trat, hatte er ein nasses Tuch um die Hand gewickelt, und die schmerzte jetzt so wie ein fauler Zahn: Er hätte mit dem Kopf gegen die Wand rennen mögen, aber gleichzeitig wußte er, daß der Schmerz irgendwann vorbei sein würde. Hannes überlegte, ob er zu Louise gehen sollte. Aber davon hätten sie beide nichts. Er würde sich jetzt in der Kammer mit Schnaps vollaufen lassen und morgen weitersehen. Da kam sie ohnehin und holte ihn ab. Hannes wurde froh und dachte: „Jetzt hab ich doch meinen freien Tag." Aber da biß der Schmerz zu, und Hannes ging still über die Gallus-Anlage, Richtung Untermaintor.
Dort drüben bauten sie am neuen Main-Neckar-Bahnhof, und wann der mal fertig wurde, wußte niemand. Die Eisenbahnbrücke über den Main konnte auch noch nicht befahren werden, und es würde wohl Winter werden, bis die Züge aus

Darmstadt nicht mehr in Sachsenhausen, sondern hier drüben endeten.
Hannes blieb stehen und ließ eine Kompanie Freiwillige Jäger von der Stadtwehr vorbeiziehen, die vermutlich zum Exerzieren an den Grindbrunnen marschierte. Also, was hieß marschieren. Die Jäger gingen ohne Tritt, obwohl der dicke Leutnant, der mit rotverschwitztem Gesicht nebenherlief, einige Male schrie: „Tritt gefaßt!“ Jeder der Jäger trug sein Gewehr, wie es ihm paßte, viele am Riemen über die Schulter gehängt, die Rohrmündung mal nach oben, mal nach unten, andere hatten die Büchse über die Schulter gelegt, wieder andere pirschmäßig unter den Arm geklemmt.
Hannes sah eine Menge doppelläufiger Büchsen, und er wußte, daß die meisten Freiwilligen Jäger Sachsenhäuser oder Altegässer waren, die im Isenburger Forst wilderten und ausgezeichnet schossen. Wie Hannes sie so vorbeiziehen sah, ohne Tritt und miteinander redend, in grünen Uniformen, und jeder der Jäger mit seiner eigenen Büchse, die er kannte und mit der er traf, da dachte er sich den Leutnant weg und konnte sich nun vorstellen, daß so vielleicht eine allgemeine Volksbewaffnung aussehen würde.
Dann waren die Jäger fort, und Hannes spürte seine Hand. Er merkte nun, daß er mit dem Schmerz am besten zurechtkam, wenn er etwas zu schauen hatte. Deshalb setzte er nicht mit der Fähre über, sondern ging am Mainquai entlang.
Auf der Brücke überlegte er sich, daß er statt in die Kammer besser in ein Wirtshaus ginge. Da konnte er sich genauso gut vollaufen lassen, und wenn er sich eins aussuchte, in dem um diese Zeit etwas los war, hatte er was zu schauen.
Hannes blickte hinunter zur Mainwiese, drüben am Sachsenhäuser Ufer. In der Badeanstalt war wenig Betrieb. Zwischen den beiden Stegen paddelten einige Schwimmer, und neben einer der Umkleidebuden saß eine Gruppe von Bu-

ben, um einen Mann geschart, der Hannes den nackten Rücken zukehrte, und der ihnen wohl etwas erzählte. Dann stand der Mann auf. Es war Metternich.
Er trug eine lange, knapp sitzende Badehose aus Leinen, und seine Muskeln waren so gewaltig, wie Hannes sie sich vorgestellt hatte. Metternich zog mit den Buben zu einem der Stege und machte mit ihnen ‚In-den-Backofen-schießen'. Ihr jubelndes Geschrei, wenn er sie im hohen Bogen ins Wasser schleuderte, war sogar hier auf der Brücke zu hören.
Unten kletterte einer der Schwimmer auf den Steg, und Hannes erkannte Wilhelmi. „Sieh an, der Doktor", dachte er. „Am hellichten Nachmittag geht er schwimmen." Ob der schon Feierstunde hatte? Wilhelmi sagte etwas zu Metternich, die beiden lachten, und dabei warf Wilhelmi einen Blick hoch zur Brücke, zum alten Zollhaus an der Sachsenhäuser Auffahrt. Er stieß Metternich an, und nun sah der ebenfalls hoch.
Hannes richtete sich auf. Zuerst versperrte ein Fuhrwerk die Sicht, aber dann sah er die Gendarmen. Es waren vier Mann und ein Rottmeister, und sie marschierten im Geschwindschritt. Die umgeschnallten Säbel hielten sie an den Körben fest, damit sie ihnen nicht gegen die Beine schlugen, schwenkten, wie man es beim Marschieren tat, den freien Arm, aber sie hatten keinen Tritt gefaßt. Dem Rottmeister schien das gleichgültig zu sein. Er marschierte neben seiner Rotte, hatte einen blonden Schnurrbart und schwitzte unter dem Tschako. Mehrere Male drehte er den Kopf und blickte zurück zur Sachsenhäuser Seite der Brücke.

„Ganz einfach", sagte Philipp. „Wir haben uns so dicht um die Gendarmen gedrängt, daß sie ihre Säbel nicht rausgekriegt haben. Dann haben wir sie zur Tür geschoben, und sie

sind abgezogen." Er trank von seinem Bier und sagte zufrieden: „Der Jost ist immer noch drüben in der Stadt."
Hannes hatte Philipp im Gasthaus ‚Zur Kanne' getroffen, in der Bäckergasse. Sie saßen auf der Fensterbank an der Tür, und die Wirtsstube war angefüllt mit dem Stimmengewirr von Sachsenhäusern, die vergnügt darüber redeten, wie sie die Gendarmen fortgejagt hatten. Hannes sagte zu Philipp: „Aber die kommen zurück. Du wirst sehen, sie holen Verstärkung."
„Dann kommen sie umsonst. Die haben den Heinrich Loh arretieren wollen – der Jost hat ihn anscheinend wegen gestern abend angezeigt. Und der Heinrich Loh ist vorhin weggegangen. Bloß noch sein Bruder ist hier. Da drüben sitzt er." Philipp zeigte zum Tisch am Büfett. Dort saßen sechs Männer, und Hannes fragte: „Welcher ist der Loh?"
„Der auf der Eckbank ganz außen, das ist der Jordan Loh."
Jordan Loh hatte ein breites, sonnenverbranntes Gesicht und trug eine grüne Gärtnerschürze. Er schenkte sich gerade Apfelwein nach und füllte dann das Glas seines Banknachbarn. Der war ein großer, älterer Herr mit hochgezwirbeltem Schnurrbart. An seinem dunkelbraunen Frack hingen zwei Medaillen. Hannes fragte Philipp, und der sagte: „Das ist der Burger. Der ist Hauptmann bei den Freiwilligen Jägern. Er war Anno 14 und 15 dabei, gegen die Franzosen. Den Burger kennt hier jeder, obwohl er im Altegaßquartier wohnt." Philipp trank sein Bier aus. „Ich hol mir noch eins. Willst du auch ein neues?"
„Ich geh", sagte Hannes. Er faßte die beiden Henkelkrüge mit der Linken, schob sich an dem Weingärtner vorbei, der vorn am Tisch saß, und ging zum Büfett hinüber. Während der Wirt die beiden Krüge füllte, hielt Hannes seine mit dem Tuch umwickelte Hand in den Wasserbottich, der auf einem

Bock hinter dem Büfett stand. Darin spülte der Wirt Gläser und Krüge, aber als Hannes ihn vorhin gefragt hatte, war ein Nicken die Antwort gewesen.
Hannes trug die Krüge an den Tisch, und Philipp fragte: „Was macht deine Hand?"
Hannes hob die Schultern. „Ich versuch halt, nicht dran zu denken. – Sag mal, ich brauch eine Krankheitsbescheinigung. Zu wem geh ich da? Weißt du das?"
„In der Brückenstraße gibt's einen Wundarzt, schräg gegenüber vom Deutschen Haus. Schmitz heißt der. Er ist Armen-Chirurg und in Ordnung. Der schreibt dir die Bescheinigung so, wie du sie willst. Weiß ich von den Mädchen beim Schuster Schlör."
„So, so." Hannes sah in sein Bier. Er dachte daran, daß ihn morgen Louise abholen wollte. „Du, Philipp", sagte er. „Morgen früh . . ."
„Wart mal." Philipp hielt das Ohr lauschend zum Fenster. In der Wirtsstube war es still geworden – alle horchten jetzt nach draußen. Noch konnte man nicht sicher sein, aber dann wurde das Geräusch lauter, und es war unverkennbar der Gleichschritt vieler Soldaten.
Der Weingärtner sprang auf und sah aus der Tür. „Die kommen hierher", rief er. Und da wurde es laut in der Schankstube. Die Leute redeten durcheinander, viele drängten zur Tür, um hinauszusehen, und die drei Fenster zur Bäckergasse waren dicht umlagert. Philipp kniete auf der Bank und beugte sich aus dem offenen Fenster. „Linie", sagte er über die Schulter. „Eine Kompanie, schätz ich."
„Die sind verrückt", sagte ein grauhaariger Mann mit Latzhose und roter Kappe der Fischer. Er hatte sich auf die Bank gestellt und sah über Philipp hinweg nach draußen. „Die in der Stadt sind verrückt geworden."
„Leute, gebt Ruh!" Hauptmann Burger hatte es gerufen. Er stand groß am Tisch neben dem Büfett, mit erhobenen Hän-

den und rief: „Gebt Ruh, Leute!“ Als es ruhiger wurde, sagte er: „Setzt euch hin und seid still. Wenn hier drin Ordnung ist, sind wir die Soldaten schnell wieder los. Und daß mir keiner die Männer reizt. Die haben ihren Befehl, und wenn sie merken, daß sie den nicht ausführen können, ziehen sie wieder ab. Also gebt Ruh.“

Die Leute hörten auf den Hauptmann. Sie ließen sich auf ihren Plätzen nieder, und in der Schankstube herrschte gedämpftes Gemurmel.

Der Marschtritt war jetzt draußen vor den Fenstern, und er hallte laut zwischen den Häusern der Bäckergasse. Plötzlich schrie jemand: „Kompanie – halt!“ Und mit einem Schlag war es still. Dann: „Rechts – um! Gewehr – ab! Richt euch.“

Alle Gesichter waren der Tür zugewendet. Hauptmann Burger saß aufgerichtet und drehte zwischen zwei Fingern die Schnurrbartspitze. Jordan Loh hatte sich zurückgelehnt und die Hände unter das Schürzenoberteil geschoben.

„Erste und zweite Gruppe – Bajonett auf!“

Der grauhaarige Fischer, der sich neben Philipp gesetzt hatte, murmelte wieder: „Die in der Stadt sind verrückt geworden.“ Er hielt mit beiden Händen sein Apfelweinglas umfaßt, und Hannes sah, wie an seinen Unterarmen die Muskeln spielten.

Draußen vor den Fenstern war jetzt das Geräusch genagelter Sohlen auf dem Pflaster zu hören, und dann wurde die Tür aufgestoßen. „Sitzen bleiben! Alles ruhig sitzen bleiben!“ Ein Offizier stand mit gezogenem Säbel in der Tür, und Hannes erkannte in ihm den Leutnant vom Friedberger Tor. Der Leutnant trat zur Seite, an die Bank, auf der Hannes saß, und Soldaten polterten herein. Sie hielten die Gewehre mit den aufgesteckten Bajonetten senkrecht, kamen dicht hintereinander durch die Tür, trampelten über die Holzdielen zum Schanktisch und zu den anderen Tischen,

stellten sich zu zweit oder dritt an den Tischen auf, und hatten jetzt die Bajonette gefällt.
Neben dem Weingärtner hatte sich ein junger Soldat aufgebaut, der den Sturmriemen seines Tschakos so fest angezogen hatte, daß ihm der Riemen in die Wange schnitt. Hannes blickte am Gewehr entlang, das der Soldat quer über den Tisch hielt, mit der Bajonettspitze über dem Apfelweinglas des grauhaarigen Fischers. Der hielt die Hände ruhig um das Glas geschlossen, den Blick auf die Bajonettspitze gerichtet, die über seinen Händen zitterte. Hannes sah in das Gesicht des jungen Soldaten und dachte: „Wovor hat der Angst?"
In der Schankstube war es wieder still. Es mochten lediglich fünfzehn Soldaten sein, die sich an den Tischen aufgebaut hatten, aber der Raum war angefüllt mit dem Blau und Weiß ihrer Uniformen.
Der Leutnant war an der Tür stehengeblieben und sagte auf die Gasse hinaus: „Also los. Fangen Sie an."
Der Rottmeister mit dem blonden Schnurrbart kam herein, hinter ihm seine vier Gendarmen. Er ging, ohne zu zögern, hinüber zum Tisch neben dem Büfett und sagte: „Mitkommen."
„Wer soll mitkommen?" Hauptmann Burger saß sehr gerade, und seine Schnurrbartspitzen ragten empor.
„Der da." Der Rottmeister zeigte auf Jordan Loh.
„Wieso ich?" fragte der. Seinem breiten Gesicht war keine Aufregung anzumerken. Er saß zurückgelehnt und hielt die Hände unter dem Schürzenoberteil.
„Ich habe Befehl, Sie zu arretieren." Der Rottmeister zog ein Papier aus dem Ärmelaufschlag.
„Hören Sie", sagte Hauptmann Burger, „das ist ein Irrtum. Sie haben vorhin . . ."
„Halten Sie sich raus", sagte der Rottmeister. Er entfaltete das Papier. „Der Befehl heißt . . . Sie sollen ruhig sein!" fuhr er den Hauptmann an, der etwas sagen wollte. „Das ist eine

Amtshandlung. Ich werde Sie arretieren, wenn Sie sich einmischen." In der Schankstube stieg Gemurmel auf. „Ruhe!" rief der Rottmeister. Er schwitzte. „Der Befehl lautet . . ." Und er begann den Verhaftungsbefehl vorzulesen.
Gerade da kam ein Oberleutnant zur Tür herein und begann, leise mit dem Leutnant zu sprechen. Hannes sah hinüber zum Rottmeister, aber er hörte auf das, was die beiden Offiziere redeten.
„Paß auf", sagte der Oberleutnant. „Die Kompanie bleibt hier in Sachsenhausen. Wir nehmen in der Schulstraße Aufstellung, da haben wir mehr Platz. Du nimmst die zwei Gruppen und bringst die Gendarmen mit ihrem Gefangenen rüber zur Konstabler."
„Warum ich? Das ist keine Aufgabe für einen Offizier. Das soll einer von den Feldwebeln machen."
„Befehl vom Hauptmann", sagte der Oberleutnant. Dann sagte er: „Daß wir hier die Gendarmen spielen, ist sowieso ein Affentheater. Also, schaun wir zu, daß wir's hinter uns bringen. Mach's gut." Er verschwand. Gleich darauf erschollen draußen Kommandos, und man hörte den Tritt der abmarschierenden Kompanie.
Der Rottmeister ließ das Papier sinken und sah zum Fenster. Dann drehte er sich zum Leutnant um. Der sagte: „Machen Sie weiter."
Der Rottmeister wendete sich wieder an Jordan Loh. „Sie haben den Befehl gehört. Kommen Sie." Er begann, das Papier zu falten.
„Aber ich bin nicht der Heinrich Loh."
„Sie sind nicht . . ." Der Rottmeister hielt inne. Dann sagte er: „Das wird sich zeigen. Auf jetzt."
„Hören Sie", sagte Hauptmann Burger. „Der Mann hier heißt Jordan Loh. Er ist der Bruder vom Heinrich Loh. Dafür bürge ich. Machen Sie Ihren Vorgesetzten Meldung, und berufen Sie sich auf mich. Ich bin Hauptmann Burger."

„Hm.“ Der Rottmeister sah sich um. „Und wo ist Ihr Bruder?“ fragte er dann.
Jordan Loh hob die Schultern. „Weiß ich's? Was geht mich das an?“
Neben Hannes steckte der Leutnant den Säbel in die Scheide.
„Schön. Also, Aktion zu Ende.“
„Nein, halt.“ Der Rottmeister schob das Papier unter den Ärmelaufschlag. „Der Mann geht mit, Herr Leutnant. Die lügen alle, die Sachsenhäuser.“ Und zu Jordan Loh: „Auf!“ Er packte ihn am Arm.
„Sie machen einen Fehler.“ Hauptmann Burger erhob sich. „Lassen Sie den Mann los . . . Leutnant!“ rief er. „Tun Sie was.“
„Laß den Mann zufrieden!“ riefen einige. „Der Jordan Loh bleibt da.“ Plötzlich begann einer, mit dem Krug auf den Tisch zu klopfen. „Der Loh bleibt da. Der Loh bleibt da.“ Jetzt klopften alle. „Der Loh bleibt da.“ Der Rottmeister stand, hatte den Kopf zwischen die Schultern gezogen, aber Loh's Arm hielt er gepackt.
„Der Loh bleibt da.“ Der grauhaarige Fischer klopfte mit seinem Apfelweinglas, und die Bajonettspitze über dem Glas hob sich, zog sich zurück, und der junge Soldat blickte mit weit aufgerissenen Augen über den Tisch.
„Aufhören!“ schrie der Leutnant und riß den Säbel heraus. „Sofort aufhören!“ Mit drei Schritten war er in der Mitte des Schankraumes und hob den Säbel. Das Rufen und Klopfen erstarb.
Der junge Soldat hielt das Gewehr wieder über den Tisch, und Hannes sah, wie sich seine Wangenmuskeln unter dem Sturmriemen bewegten.
„Wer noch einen Mucks tut“, sagte der Leutnant und ließ den Säbel sinken, „kriegt was zwischen die Rippen, verstanden? – Los, Rottmeister. Führen Sie den Mann ab.“

Der Rottmeister zerrte an Loh. „Auf!"
Loh erhob sich. „Lassen Sie das. Ich geh so mit, Sie . . . Gendarm."
„Leutnant, das wird Ihnen leid tun", sagte Hauptmann Burger.
Loh ging durch den Schankraum, am Leutnant vorbei, hinter ihm die Gendarmen, und als er an der Tür war, gab der Rottmeister ihm einen Tritt, daß er auf die Gasse stolperte.

Der Leutnant ließ eine Gruppe Soldaten vorneweg marschieren, dann folgten mit gezogenen Säbeln die Gendarmen, die Jordan Loh in die Mitte genommen hatten, und darauf die zweite Gruppe.
Hannes ging zwischen Philipp und dem grauhaarigen Fischer, und der neben dem Weingärtner. Weil sie als erste auf der Gasse gewesen waren, gingen sie an der Spitze der Menge, die den Soldaten folgte. Keiner sagte etwas. Die Leute in den Fenstern, die Leute an den Haustüren, die die Soldaten passieren ließen und sich dann der Menge anschlossen, sie alle schwiegen. In der Bäckergasse war lediglich der Tritt der Soldaten zu hören und das Schlurfen und Klappern von Holzschuhen auf dem Pflaster.
Die Soldaten marschierten durch das Schweigen, die Gewehre mit den aufgesteckten Bajonetten schräg vor der Brust haltend; der Leutnant ging neben den Gendarmen her, drehte den Kopf, sah hoch zu den Leuten in den Fenstern und blickte zurück, wo die Menge folgte, die jetzt die ganze Bäckergasse füllte.
Der Zug bog in die Dreikönigstraße ein. Hier standen die Leute nicht nur in den Türen, sondern auch an den Hauswänden und bildeten schweigend Spalier. Da hörte Hannes, daß der Leutnant rief: „Geschwindschritt – marsch, marsch!" Die Soldaten begannen zu rennen, auch die Gendarmen. Aber zwischen ihnen, der Jordan Loh, rannte nicht.

Er behielt seinen Schritt bei, und auch als der Rottmeister etwas zu ihm sagte, ging er nicht schneller. Da hob der Rottmeister den Säbel und schlug zu. Er schlug flach, und Hannes hörte das Klatschen der Klinge auf Loh's Rücken. Loh taumelte nach vorn, und wie er nun zu rennen begann, schrie jemand: „Der Loh bleibt da!"
Er schrie nur zwei-, dreimal, dann hatte die Menge den Rhythmus und alles schrie: „Der Loh bleibt da. Der Loh bleibt da."
Mit einmal merkte Hannes, daß auch er schrie. Aber das war schon in Ordnung so, und er rannte, neben ihm rannten Philipp, der grauhaarige Fischer, der Weingärtner, und sie riefen: „Der Loh bleibt da."
Auch die Leute, die an den Hauswänden standen, riefen es. Sie schrien den vorbeirennenden Soldaten in die Gesichter: „Der Loh bleibt da", und plötzlich scherte einer der Soldaten aus, hatte das Gewehr umgedreht, und stieß einem, der da schrie, den Kolben vor die Brust. Andere Soldaten drehten gleichfalls ihre Gewehre, schlugen im Rennen nach den Leuten rechts und links, und dann sah Hannes, daß ein Soldat sein Bajonett benutzte. Der Soldat rannte, die Bajonettspitze voraus, auf einen Mann zu, und es war klar, daß er den aufspießen würde, aber der Mann sprang in einen Hausflur, und der Soldat rannte weiter.
Und nun flogen Steine. Sie kamen von hinten aus der Menge, ungezielt, aber dann lief Philipp querab voraus, griff sich einen Stein aus der Wasserrinne und warf. Der Stein traf einen der Soldaten am Tschako, der Tschako rutschte nach vorn, und der Soldat stolperte.
Die Leute riefen nicht mehr im Gleichtakt, sondern schrien und pfiffen durcheinander. Die Soldaten hatten sich zusammengeschlossen und duckten sich unter den Steinen, die jetzt von allen Seiten flogen.
Dann, in der Brückenstraße, wechselte der Leutnant an den

Gendarmen vorbei die Seite, schrie etwas nach vorn, und da schwenkten die Soldaten der ersten Gruppe ein, hielten vor dem offenen Tor vom Deutschen Haus und machten Front gegen die Straße. Die Gendarmen, Jordan Loh zwischen ihnen, der Leutnant und die zweite Gruppe rannten durch das Tor in den Hof. Die erste Gruppe folgte, rückwärts gehend, die Bajonette nach vorn gerichtet, und als sie durch den Torbogen war, wurden die Flügel des eisenbeschlagenen Hoftores zugeworfen.

Metternich schüttelte den Kopf. „Nein“, sagte er, während er sich den Hut aufs nasse Haar drückte, „die hält jetzt keiner zurück.“

Hannes stand mit ihm und Wilhelmi etwas erhöht an der Stützmauer der Brückenauffahrt, blickte über die schreienden und pfeifenden Menschen, die sich in der Brückenstraße drängten, dann auf die vor dem Deutschen Haus, die das Hoftor mit Steinen bewarfen, und sagte: „Aber wenn das so ist, dann muß man was tun.“

„Hast du gesehen, ob die Soldaten Zündhütchen gesetzt hatten?“ fragte Wilhelmi.

„Hab ich nicht drauf geachtet“, sagte Hannes. „Aber ich glaub nicht.“

„Das ist doch egal, Wilhelmi.“ Metternich zog seine Jacke über das feuchte Hemd. „Die können ihre Gewehre jetzt in aller Ruhe laden und die Zündhütchen setzen.“ Er rollte seine Badehose zusammen. „Andererseits: In dem Hof sind sie sicher. Und wenn der Leutnant die Nerven behält, dann ...“ Er stockte.

In das Schreien und Pfeifen und in das Klacken, mit dem die Steine gegen das Hoftor prallten, mischte sich vereinzelt dumpfes Poltern. Einige Leute hatten begonnen, Pflastersteine gegen die Torflügel zu schleudern.

„Auf“, sagte Metternich. „Jetzt müssen wir dazwischen. Zu

dritt schaffen wir's vielleicht." Er sah Hannes an. „Du gehst doch mit?" Hannes nickte.
Es waren nur etwa dreißig Schritt bis zum Tor, aber die Menschen standen dicht gedrängt, und während Hannes sich hinter Metternich und Wilhelmi durch die Menge schob, hörte er, daß die dumpfen Schläge häufiger wurden, und dann, wie die Pflastersteine in dichter Folge gegen das Tor polterten.
Metternich und Wilhelmi hielten auf die Leute zu, die warfen, aber Hannes sah, daß an der Hauswand, einige Schritt neben dem Hoftor, Bewegung war. Als er sich dorthin durchgekämpft hatte, stieß er auf den Weingärtner, der gebückt mit einem Brecheisen an dem Loch im Pflaster arbeitete. Im Sand kauerten ein Schustergeselle und Philipp, und die hoben Steine aus, setzten sie auf das Pflaster, wo sie die Leute sich griffen und davonschleppten.
„Philipp", schrie Hannes durch den Lärm. „Hör auf. Die schießen."
Philipp sah ihn an, einen Stein in beiden Händen, und schrie: „Wir kriegen ihn raus, den Loh. Wir kriegen den Loh raus." Er hielt den Stein hoch, jemand nahm ihn, und Philipp begann, mit den Händen Sand beiseite zu scharren.
Hannes packte den Weingärtner am Arm. „Die schießen. Du wirst sehn." Der Weingärtner schüttelte den Kopf, und Hannes richtete sich auf.
Vor dem Hoftor hatten die Leute Raum gelassen. Sie standen im Halbkreis, und dem Tor gegenüber waren diejenigen, die Pflastersteine warfen. Hannes sah den grauhaarigen Fischer, wie er einen Stein mit der Rechten wog, sich zurückbeugte, um zu werfen, dann aber innehielt, denn neben ihm war Wilhelmi, in seiner weißen Jacke, und der redete auf ihn ein. Der grauhaarige Fischer hörte mit vorgeneigtem Kopf zu, den Stein balancierte er auf der Rechten, und den Ellenbogen hatte er in die Hüfte gestützt.

Drei Schritt von Wilhelmi entfernt ragte Metternich aus der Menge, und auch der redete. Er redete mit dem Hauptmann Burger, der nickte, und Hannes dachte: „Herrgott, die sollen was tun."
Aber da hob Metternich die Arme, und in dem Schreien, Pfeifen und Poltern war seine Stimme deutlich zu hören. „Aufhören", schrie er. „Aufhören." Neben ihm hatte der Hauptmann gleichfalls die Arme erhoben, und jetzt hörte Hannes auch ihn rufen. Die Männer mit den Pflastersteinen hielten inne. Das Schreien und Pfeifen ging weiter, aber die polternden Schläge waren weg, und Hannes dachte: „Sie haben es geschafft."
Mit einmal spürte er seine Hand. Er sah am Tor vorbei, die Brückenstraße hoch, und dachte, daß dort vielleicht eine Pumpe wäre, wo er das Tuch anfeuchten konnte.
„Aufhören", schrien Metternich und der Hauptmann. Und nun wurde das Schreien und Pfeifen schwächer. Die beiden standen nebeneinander, reckten die Arme hoch, und Hannes merkte, daß die Sonne hinter den Häusern verschwunden war, und daß es zu dämmern begann. Er blickte die Brückenstraße hoch und versuchte sich zu erinnern, ob dort irgendwo eine Pumpe war, und in diesem Augenblick hörte er das Klacken und dann das Quietschen.
Er sah, wie Wilhelmi den Kopf drehte, wie der Fischer starrte, und plötzlich war zwischen ihnen und dem Tor Gelb-Rotes, und ein Donner schlug zu, ein hart-trockener Donner, der alles zerfetzte, aber Wilhelmi stand in seiner weißen Jacke, und neben ihm stand der Fischer, etwas gedreht, und den Arm hatte er nach hinten, hielt ihn ganz waagrecht nach hinten ausgestreckt, und der Pflasterstein war fort. Da war kein Stein mehr, da war auch keine Hand, da war jetzt Rotes.

Hannes kniete neben dem Fischer. Der saß auf dem Pflaster, und sein Gesicht war so grau wie sein Haar. Auf der Stirn, auf den Wangen stand Schweiß, und der Fischer starrte vor sich auf den Arm, den er über die Knie gelegt hatte. Hannes sah auf den Unterarm ohne Hand, sah ihn, als wäre er weit entfernt, aber gleichzeitig sah er nah und deutlich, wie das Blut stoßweise herausquoll, sah den Knochenstumpf, und die Sehnen, die aus der Wunde hingen. Hannes gegenüber kniete Wilhelmi. Er hielt mit beiden Händen den Oberarm des Fischers umklammert, und seine weiße Jacke, seine Hosen waren rotgespritzt. An seinem Ärmel hing ein Fetzen, und wie Hannes begriff, was das war, sah er weg. Er hörte Wilhelmi sagen: „Dein Gürtel. Gib deinen Gürtel her."
Hannes begann, an der Gürtelschnalle zu nesteln, aber da war Metternich, hatte seinen Gürtel schon aus den Schlaufen gezogen, legte ihn um den Arm des Fischers, oberhalb von Wilhelmis Händen, und zog den Gürtel zu. „Ruhig, ruhig", sagte er zu dem Fischer. Aber der schien ihn nicht zu hören. Er starrte, ohne einen Laut von sich zu geben, auf seine Hand, die nicht mehr da war.
Metternich hob den Kopf. „Gibt's hier in der Nähe einen Wundarzt?"
„Der Schmitz", hörte Hannes sich sagen. „Gegenüber vom Deutschen Haus, der ist in Ordnung."
Metternich warf ihm einen kurzen Blick zu und erhob sich.
„Also los", sagte er. „Bringt ihn hin. Ein Glück, daß es nicht mehr sind."
Hannes merkte jetzt, daß rundherum Leute standen. Wilhelmi, der Weingärtner und noch zwei Mann trugen den Fischer weg. Hannes sah hinter ihnen her, auf die Blutspur, die sich dunkel über das Pflaster zog, und dann auf die Lache vor sich. Metternich beugte sich herunter. „Komm, steh auf." Und als Hannes sich erhob: „Du hast zugesehen, wie's

passiert ist, nicht?“ Hannes nickte, und Metternich sagte: „Ich kenn das. Davon kann man einen Schock kriegen, als wenn’s einem selber geschieht.“ Er sah Hannes prüfend an. „Aber du hast keinen.“ Und auf Hannes Hand deutend: „Was hast du mit der gemacht?“
„Verbrüht“, sagte Hannes und spürte den Schmerz in der Hand. Gleichzeitig merkte er, daß die Benommenheit von ihm wich, und er hörte das Geschrei rundherum.
Die Leute, die vorhin auseinandergelaufen waren, standen wieder vor dem Deutschen Haus, pfiffen und schrien, aber das klang jetzt anders als vorhin, wütender und drohender.
Hannes blickte sich um, und da war Philipp. Er stand, mit dem Rücken zu Hannes, unmittelbar vor dem geschlossenen Hoftor. Hannes ging zu ihm und sagte: „Philipp, komm weg hier.“
Aber der schien ihn nicht zu hören. Er hatte die Fäuste geballt, an denen Sand klebte, sein Gesicht war grau, und er starrte auf das Holztor vor sich und sagte: „Wenn ich bloß ein Gewehr hätt.“
„Komm, du.“ Hannes zog ihn am Ärmel, und Philipp ging mit. Aber im Gehen sah er zum Tor und wiederholte mehrmals: „Wenn ich bloß ein Gewehr hätt.“ Plötzlich blieb er stehen und sah Hannes an. „Hast du’s gesehen, du?“ Er packte Hannes vor der Brust. „Hast du’s gesehen? Die haben auf uns geschossen.“ Er schüttelte Hannes. „Jetzt hast du’s gesehen.“ Er ließ ihn los und sagte: „Wenn ich bloß ein Gewehr hätt wie die anderen.“
Hannes sah, daß einige der Männer, die hier am Hoftor standen, Büchsen trugen, und die hatten sie schußfertig unter den Arm geklemmt.

Sie standen zu dritt an der Brüstung der Stützmauer, und Essellen sagte zu Metternich, der das Schweißleder seines Hu-

tes mit dem Jackenärmel trocknete: „Das ist doch Unsinn. Was soll sich denn hieraus entwickeln?“ Er rückte an der Brille und blickte hinüber zum Hoftor, wo die Leute noch immer schrien, aber nicht mehr so laut wie vorhin, und sagte: „Ich seh höchstens ein Dutzend Männer mit Gewehren. Es wäre ein Verbrechen, hier einen Konflikt zu schüren.“
„Verdammt, Essellen, du Klugscheißer.“ Metternich schlug den Hut auf die Brüstung. „Du kommst hierher, hast nichts gesehen und reißt das Maul auf. Ich hab nichts von ‚schüren‘ gesagt. Ich hab gesagt: Wenn – hörst du? – wenn sich was entwickelt, dann sollten wir das ausnutzen.“
„Und wie, bitte, stellst du dir das vor?“ Essellen hatte ein Schnupftuch hervorgezogen und putzte die Brille.
„Die Situation ist die, daß die Leut dort jeden Moment zu schießen anfangen. Davon kann die jetzt keiner mehr abhalten, nachdem Blut geflossen ist. Sie werden das Tor aufschießen, die Soldaten drinnen schießen zurück, und dann geht's los.“
„Und was ist mit der Kompanie, von der Hannes erzählt hat?“
Metternich hob die Schultern. „Wird sich zeigen. Bisher hat die sich nicht blicken lassen. Außerdem: Glaub doch nicht, daß es in Sachsenhausen nur ein Dutzend Gewehre gibt. Und du vergißt die Altegässer. Die Turner und unsere Leut vom Arbeiterverein gibt's auch noch.“
„Die ich zurückhalten werde, verlaß dich drauf.“ Essellen setzte die Brille auf. „Das hier ist eine lokale Auseinandersetzung. Was wir brauchen, ist eine breite Bewegung.“
„Genau die kann sich hier ergeben. – Herrgott, Essellen.“ Metternich hieb sich den Hut auf den Kopf. „Vergiß doch mal deine Märzkämpfe in Berlin. Wenn sich hier was entwickelt, dann fängt das klein an.“
„Also, Metternich“, sagte Hannes, „ich versteh's auch nicht.“ Er trug Metternichs feuchte Badehose um die Hand

gewickelt, und der Schmerz verhielt sich ruhig. „Wie soll das denn gehen?“
„Hannes. Ich bin kein Prophet. Alles, was ich sag, ist: Wenn sich was ergibt, sollten wir das ausnutzen. Wie, wird sich zeigen.“
„Na du ... ich weiß nicht.“ Hannes ließ den Blick über die Leute wandern, hörte auf das Schreien, das jetzt abgeflaut war, sah dann über die Brücke, auf der sich die Fuhrwerke bis hinüber zur Stadt stauten, und richtete sich auf. „Da kommen Soldaten“, sagte er.
„Was? Wo?“
Essellen starrte durch seine Brille und sagte: „Da hast du sie, Metternich, deine Entwicklung.“
Hannes schaute mit zusammengekniffenen Augen, aber es war inzwischen dämmrig geworden, und er war sich nicht sicher.
„Also, ich geh jetzt rüber in die Stadt“, sagte Essellen. „Und ich werde dafür sorgen, daß sich keiner vom Arbeiterverein hier beteiligt.“ Er wandte sich zum Gehen. „Adieu, ihr beiden.“
„Da reden wir noch mal drüber“, sagte Metternich.
Hannes sagte nichts. Er blickte über die Brücke und versuchte zu erkennen, was das für Soldaten waren. „Egal“, dachte er. „Auf alle Fälle muß man die Leute warnen.“ Er drehte sich um und sah, daß viele Gesichter der Brücke zugewendet waren. Philipp stand am Hoftor. Plötzlich warf er die Arme hoch und schrie: „Hurra, die Jäger!“

Hannes kauerte hinter der Stützmauer in Deckung und sah zu, wie der Jäger neben ihm, die Ellenbogen auf die Brüstung gestützt, sorgfältig zielte. Dann gab es den orangefarbenen Blitz und den scharfen Knall, an den sich Hannes mittlerweile gewöhnt hatte, und der Jäger sagte: „Mist.

Wieder nichts." Er hockte sich nieder, klappte an seiner einläufigen Büchse den Verschluß hoch und griff nach der Kugel, die Hannes bereitgelegt hatte. Daneben lagen Papierpatrone, Zündhütchen und der Zündhütchensetzer.
Metternich sagte: „So kommen wir nicht weiter. In einer halben Stunde ist es dunkel, und bis dahin muß die Sache hier entschieden sein."
Jetzt blitzte es drüben am alten Zollhaus und dann am Eingang zur Löhergasse, wo ebenfalls Jäger in Deckung gegangen waren. Hannes sah vorsichtig über die Brüstung hinüber zum Deutschen Haus. Um die Fenster des ersten Stockwerkes herum konnte er Einschußlöcher erkennen. Gerade schob sich aus einem der Fenster das lange Rohr eines Soldatengewehrs, und er nahm wieder Deckung. Er hörte den donnerartigen Knall, dann das Surren, als die Kugel vom Pflaster geprallt war, und fragte sich, wohin der Soldat wohl gezielt hatte.
Die freiwilligen Jäger waren zur Unterstützung des Linienmilitärs geschickt worden. Nachdem sie über die Brücke gekommen waren, hatte es ein kurzes Durcheinander mit Schreien und Rufen gegeben, und die Jäger hatten ihren dicken Leutnant, der seinen Auftrag erfüllen wollte, kurzerhand davongejagt, wobei Hauptmann Burger ruhig zusah. Als die Jäger begannen, auf das Hoftor zu schießen, fielen die ersten Schüsse aus den Fenstern vom Deutschen Haus, und die Leute in der Brückenstraße hatten Deckung gesucht.
„So kommen wir nicht weiter", sagte Metternich jetzt. „Das Tor muß endlich aufgeschossen werden."
Hannes blickte wieder über die Brüstung und sah neben dem Tor Philipp noch immer dicht an die Hausmauer gepreßt liegen. Wenn er dort blieb, war er sicher. Keiner der Soldaten würde sich so weit aus dem Fenster beugen, daß er senkrecht nach unten schießen konnte.

Der Jäger klappte den Verschluß zu. Während er das Zündhütchen in den Setzer steckte, sagte er: „Aus der Entfernung kann man das Tor nicht aufschießen."
„Natürlich nicht", sagte Metternich. Dann nahm er den Hut ab. „Hör mal. Kann ich deine Büchse kurz haben?"
„Glaubst du, du triffst besser als ich?"
„Nein", sagte Metternich. „Ich hab was anderes vor."
„Du willst . . .? Na, viel Glück." Der Jäger preßte das Zündhütchen über das Piston und reichte Metternich das Gewehr. „Aber gib acht auf die Büchse, ja? Hat mich schweres Geld gekostet."
Metternich nickte und besah sich das Gewehr. „Wie leicht geht der Abzug?" fragte er.
„Wie geschmiert", sagte der Jäger. „Brauchst bloß dranzutippen."
Daraufhin ließ Metternich behutsam den Hahn auf das Zündhütchen herab. Dann schnallte er den Tragriemen ab und zog ihn durch die Gürtelschlaufen seiner Hose. Er nahm die Büchse in die rechte Hand, kauerte sich zum Sprung zurecht, und Hannes sah, daß er weiche Turnerschuhe trug. Metternich wartete. Dann schossen die Jäger im Zollhaus, kurz danach welche aus einem der Häuser in der Brückenstraße, und Metternich blieb sprungbereit. Hannes verstand, daß er die nächsten Schüsse aus dem Deutschen Haus abwarten wollte. Aber die kamen nicht. Metternich hob den Kopf, sah zum Himmel, der jetzt dunkel zu werden begann, blickte die Brückenstraße entlang, dann über die Brüstung und plötzlich sprang er.
Hannes richtete sich auf, sah, wie Metternich über das Pflaster rannte, blickte hoch zu den Fenstern, aber da zeigte sich niemand, und dann war Metternich am Tor.
Er stand dicht davor, in der Mitte, spähte durch den Spalt zwischen den beiden Torflügeln, wohl um zu sehen, wo der Innenriegel war. Jetzt stemmte er sich mit der Schulter ge-

gen einen der Torflügel und versuchte, den Lauf in den Spalt zu stecken. Mit einmal war Philipp neben Metternich, stemmte sich gegen den anderen Flügel, und da sah Hannes, wie sich oben aus mehreren Fenstern Soldaten beugten, ihre Gewehre nach unten hielten, und dann sah er die Blitze, hörte die Donnerschläge, aber die beiden standen gegen das Tor gestemmt. Jetzt schossen die Jäger auf die Fenster, und auch Metternich mußte geschossen haben, denn die Torflügel schwangen herum, Philipp und Metternich sprangen zur Seite und standen rechts und links vom Tor gegen die Mauern gedrückt.

Aus der Haustür gegenüber rief jemand: „Da ist keiner im Hof." Es war die Stimme von Hauptmann Burger, und jetzt trat er auf die Gasse. Überall verließen die Leute ihre Deckung, und Metternich rief: „Die Fenster weiter beobachten!"

Hannes nahm Metternichs Hut und ging hinüber zum Tor.

Es war ein großes Hofgeviert. Hinten vor den Stallungen waren zwei mit Säcken beladene Frachtwagen abgestellt, neben dem Tor hatte man leere Fässer aufgestapelt, aber sonst war nichts zu sehen.

Philipp stand neben Hauptmann Burger und fragte: „Und wie kriegen wir sie aus dem Haus?"

„Abwarten", sagte der Hauptmann. „Eins nach dem anderen." Und zu zwei Jägern: „Ihr bewacht den Hinterausgang. Wißt ihr, wo der ist?"

Die beiden nickten und gingen quer über den Hof in Richtung Stallungen.

„So", sagte der Hauptmann. „Vor allem müssen wir dran denken, daß die Gendarmen noch den... Aber da ist er ja!"

Drüben, in einer der Türen, die auf den Hof führten, stand Jordan Loh. Er hatte die Hände unter das Oberteil seiner grünen Schürze geschoben, und nun kam er herüber.

„Die Saubande will sich verstecken“, sagte er. „Dabei haben sie mich nicht brauchen können.“
„Was ist das da?“ Philipp zeigte mit dem Kinn auf Loh's Arm.
„Der Rottmeister, der Hund.“ Loh sah auf die Blutflecken an seinem Hemdärmel. „Grad eben. Zum Abschied, wie er gesagt hat. Aber er hat nicht richtig getroffen.“ Dann sagte Loh, und sein breites Gesicht war ganz ruhig dabei: „Das kriegt er alles zurück.“
„Also los.“ Philipp griff sich einen Pflasterstein. „Worauf warten wir noch?“
„Langsam, langsam.“ Hauptmann Burger drehte am Schnurrbart. „Zuerst müssen wir ...“
„Die haben auf uns geschossen.“ Philipps Hände krampften sich um den Stein.
„Du, hör mal“, sagte Hannes. Aber da drehte sich Philipp von ihm weg, den Leuten zu, die sich unter dem Torbogen drängten, und rief: „Die Feiglinge haben auf uns geschossen, und jetzt haben sie sich versteckt. Wer geht mit?“
„Klar gehn wir mit“, schrie jemand. Dann mehrere: „Auf. Wir suchen die Feiglinge.“ Und Hannes sah, wie sie Pflastersteine aufhoben, und daß einige Jäger ihre Büchsen überprüften. Dann aber hielten sie inne und hoben lauschend die Köpfe. Auch die Leute mit den Pflastersteinen hörten nach draußen. Und jetzt schrie jemand auf der Gasse: „Die Soldaten kommen!“

Die Kompanie kam von der Schulstraße her. An der Spitze marschierte ein Offizier, und Hannes konnte in der Dämmerung die silbernen Schulterstücke eines Hauptmannes erkennen. Schweigend sahen die Leute vor dem Deutschen Haus den Soldaten entgegen.
An der Einmündung der Dreikönigstraße, etwa fünfzig Schritt vom Hoftor entfernt, trat der Hauptmann nach links

zur Seite, ließ die ersten drei Rotten an sich vorbeimarschieren und schrie: „Kompanie – halt! Gewehr – ab!“ Dann erscholl eine Reihe von Kommandos, der vordere Teil der Kompanie geriet in Bewegung, formierte sich neu über die Breite der Brückenstraße, und dann hatten sich zwölf Soldaten nebeneinander aufgestellt und dahinter wieder zwölf. Die Bajonette waren nicht aufgesteckt.
Neben dem Hauptmann stand nun der Oberleutnant. Die Offiziere redeten miteinander und beobachteten die Menschenmenge, die noch immer abwartete.
Philipp sagte halblaut: „Sie haben die Soldaten aufgebaut, wie wenn die schießen sollen.“
Metternich nickte. „Aber sie werden nicht schießen lassen. So dumm ist kein Offizier. Das wäre Selbstmord bei den vielen Jägern hier.“
Hannes blickte hinüber zu den Häuserwänden, den Fenstern und Türen: Die Jäger dort, mit ihren in der Dämmerung dunklen Uniformen, konnte er nur erkennen, weil er von ihnen wußte ...
„Hör mal“, sagte er hastig zu Metternich. „Vielleicht wissen die Soldaten gar nicht, daß Jäger hier sind.“
„Das wissen die. Sie haben doch die Schießerei gehört, und die war ...“ Er stockte und begann, am Bart zu zupfen. „Aber ... das war vereinzeltes Feuer.“ Er blickte zu den Offizieren hinüber. „Und wenn die ... Na, der hat Nerven.“
Schräg gegenüber war Wilhelmi aus einer Tür getreten und stand jetzt in seiner Jacke mit den dunklen Flecken neben den beiden Offizieren. Er besah sich die Soldaten und schien nicht zu merken, wie der Hauptmann und der Oberleutnant auf seine Jacke starrten. Dann kam er langsam, die Hände auf dem Rücken, quer über die Straße zum Tor gegangen. Die Offiziere starrten hinter ihm her, mit vorgereckten Köpfen, und der Hauptmann hatte die Hand auf dem Säbelkorb.

Als Wilhelmi bei ihnen war, sah Hannes, daß er schwitzte. „Hört zu", sagte Wilhelmi, und er sprach leise und schnell. „Die wissen nichts von den Jägern. Die Gewehre sind nicht geladen, aber ich glaub ..."

„Ladet's – Gewehr!" Der Hauptmann stand vor der Front, mit dem Rücken zur Menschenmenge, und zog den Säbel.

„Die wollen schießen!" schrie jemand.

„Runter von der Gasse!" brüllte Metternich.

Die Leute drängten in die Haustüren, liefen nach drüben zum Eingang der Löhergasse und schoben sich durch das Hoftor.

„Die wollen auf uns schießen", schrie Philipp. Und dann: „Verdammt, warum schießt du nicht?" Er stand neben dem Jäger, dem Metternich sein Gewehr zurückgegeben hatte, und Hannes sah, daß es schußbereit war.

„Ruhig, ruhig." Hauptmann Burger sah zu den Soldaten hinüber. „Das dauert, bis die fertig sind. Und noch ist nicht raus, ob Feuer kommandiert wird."

Hannes beobachtete, wie die Soldaten ihre Griffe vollführten, wie sie die Ladestöcke in die Rohre stießen, sie wieder herauszogen, wie sie dann die Gewehre in die Armbeuge nahmen und die Zündhütchen setzten. Vor der Front stand der Hauptmann mit dem Säbel. Jetzt drehte er sich um, blickte die Gasse entlang, auf der noch Leute waren, trat zur Seite und hob den Säbel.

„Schieß doch", schrie Philipp. „Schieß doch."

Da hob der Jäger neben ihm die Büchse, zielte, und da war der Feuerblitz, der Knall, auch die Jäger drüben schossen, und dann kam Feuer von den Soldaten.

Aber das war keine Salve, sondern es fielen einzelne Schüsse, und der Hauptmann stand mit erhobenem Säbel. „Feuer einstellen!" schrie er. Mit drei Sätzen war er vor der Front, mit ihm der Oberleutnant, und sie schrien: „Feuer einstellen."

Plötzlich war es still.
Hannes hörte es klicken, als der Jäger den Verschluß hochklappte, aber sonst war es still.
Die Offiziere drüben hatten die Säbel sinken lassen, und Metternich sagte: „Na, nun haben sie's gemerkt." Er blickte sich um. „Keiner getroffen, wie es scheint."
Aus dem Hoftor traten einige Leute auf die Gasse, auch drüben aus den Haustüren, vom Eingang der Löhergasse kamen welche, und bald drängte sich vor dem Deutschen Haus wieder eine dichte Menschenmenge.
Hannes sah über die Leute, dann hinüber zu den Soldaten, wo die beiden Offiziere noch immer vor der Front standen, jetzt aber der Menge zugewandt, und er sagte zu Hauptmann Burger: „Wenn einer mit den Soldaten reden würd, einer auf den sie hören, ich glaub, der könnt sie heimschikken."
„Kann schon sein." Hauptmann Burger drehte am Schnurrbart. „Kann gut sein." Er ließ die Hand sinken. „Besser, es gehen zwei." Er sah Hannes an. „Kommst du mit?"
Hannes nickte.
„Hier, nimm den. Damit kannst du Zeichen geben." Wilhelmi reichte ihm seinen Hut.
Sie gingen langsam auf die Soldaten zu, Hannes schwenkte den Hut mit ruhigen, weitausholenden Bewegungen, so wie ein Bahnwärter die Signalflagge schwenkte, um einen Zug anzuhalten, und er wunderte sich, daß er keine Angst hatte. Er beobachtete die Soldaten, sah, wie einer sein Gewehr hob, aber er ging weiter, langsam, bewegte ruhig den Hut, und da ließ der Soldat das Gewehr sinken.
Der Hauptmann hatte seinen Säbel in die Scheide gesteckt. Er war ein älterer Mann mit Backenbart, und über dem hohen, steifen Kragen zitterte sein Doppelkinn. „Herr!" fuhr er Hauptmann Burger an. „Sind Sie verantwortlich für die Schweinerei hier? Ich lasse Sie arretieren."

„Langsam, langsam“, sagte der. „Ich bin Hauptmann Burger. Sie sind Herr Schuler, nicht?“
Der Hauptmann mit dem Doppelkinn nickte, und Burger sagte: „Gehn wir etwas zur Seite.“ Dann sagte er: „Wer wofür verantwortlich ist, das ist jetzt gleichgültig. Damit Sie wissen, wie die Sache steht: Dort drüben“, er zeigte hinter sich, „steht eine ganze Kompanie Jäger, in Deckung.“
„Eine Kompanie?“ Hauptmann Schuler fuhr sich mit dem Finger unter den Kragen.
„Ja. Die Eskorte für die Gendarmen hat auf sie geschossen, und wenn Sie mit Ihrer Kompanie nicht sofort abziehen, garantiere ich für nichts.“
„Mein Auftrag lautet, für Ruhe in Sachsenhausen zu sorgen.“
„Na“, sagte Burger, „das haben Sie ja gründlich ... Herr Schuler. Ziehen Sie ab, dann ist die Ruhe hergestellt.“
„Wo ist die Eskorte?“
„Die hat sich versteckt. Und hoffentlich finden die Leute sie erst, wenn die größte Wut vorbei ist.“
Hauptmann Schuler blickte hinüber zu den Leuten vor dem Deutschen Haus. „Es ist Ihnen klar, daß ...“
„Herr Hauptmann, ich muß etwas melden.“ Der Oberleutnant war gekommen. „Wir haben ...“ Er hielt inne und sah auf Burger und Hannes.
„Was ist?“ fragte Hauptmann Schuler. „Reden Sie schon.“
„Wir haben einen Gefallenen, Herr Hauptmann.“
„Was?“
„Ja. Ein Gefreiter, hinten vom dritten Zug. Ein Querschläger hat ihn getroffen.“
„Herrgott, das hat mir gerade noch ...“ Hauptmann Schuler verstummte und rückte am Säbelkorb.
„Die Soldaten haben geladen“, sagte der Oberleutnant. „Der Feldwebel hat’s nicht verhindern können.“

Der Hauptmann sah stirnrunzelnd an seiner Kompanie entlang. Die Soldaten am Ende konnte man im Dämmerlicht nur schemenhaft erkennen, aber es war Bewegung dort, und Hauptmann Schuler sagte: „Also gut. Wir ziehen ab.“ Er blickte auf die Menschenmenge. „Aber wenn wir an denen vorbeimarschieren... Ich kann jetzt für meine Soldaten nicht garantieren.“
Da sagte Hannes: „Die Fähre geht noch. Sie können mit der Fähre übersetzen, auch wenn's länger dauert.“
„So ist es.“ Burger nickte. „Sie setzen über. Und, Herr Schuler, sagen Sie Ihren Vorgesetzten, daß sie kein neues Militär schicken sollen. Nur dann tritt hier Ruhe ein.“
„Was ich sage, überlassen Sie gefälligst mir, Herr!“ Hauptmann Schulers Doppelkinn zitterte. „Sie Aufrührer, Sie.“ Er wandte sich an den Oberleutnant. „Kommen Sie.“
Als die beiden Offiziere fortgingen, hörte Hannes, wie der Hauptmann sagte: „Aufrührer, allesamt. Aber mit dem ganzen Bataillon kriegen wir die schon klein.“

Mit dem Barrikadenbau begannen sie sofort, nachdem die Kompanie in die Dreikönigstraße abmarschiert war. Es gab keinen, der nicht mit anpackte. Die Leute schleppten Balken und Bretter herbei, andere hoben am Deutschen Haus Pflastersteine aus, und im Hof waren wenigstens zwanzig Männer damit beschäftigt, die Säcke von einem der Frachtwagen zu laden.
Hannes hatte an den Stallungen eine Pumpe entdeckt und kühlte seine Hand.
„Da ist Korn in den Säcken“, hörte er jemanden sagen.
„Sehr gut.“ Wilhelmis Hut schimmerte durch die Dunkelheit. „Die geben einen ausgezeichneten Kugelfang ab.“
„Nein.“ Das war Philipps Stimme. Er stand oben auf dem Wagen. „Mit Korn baut man keine Barrikaden.“

„Da hat er recht“, sagte einer. „Wir haben genug anderes Zeug.“
Dann waren die Säcke herunter, und Hannes half, den Frachtwagen aus dem Hof zu schieben. Es war ein großer, schwerer Wagen, und sie drückten ihn die Brückenauffahrt hoch bis zum Zollhaus, wo einer die Laterne entzündet hatte.
„Wo wollen wir sie bauen?“ fragte jemand.
„Ich zeig's euch.“ Metternich ging etwa zehn Schritt in Richtung Stadtseite. „Hier. Das ist die günstigste Stelle.“
„Wär's nicht besser weiter vorn?“ fragte Hannes. „Vor den Mühlhäusern? Sonst setzen sich in denen Soldaten fest.“
„Wir dürfen nicht zu weit auf die Brücke. Wenn sie uns von zwei Seiten angreifen, können wir nicht mehr runter.“
„Also los“, sagte einer. Sie rollten den Wagen ein Stück weiter. Jetzt packten noch mehr Leute an, und Philipp schrie: „Zu – gleich!“ Und wieder: „Zu – gleich!“ Es war ein schweres Stück Arbeit, aber dann hatten sie den Wagen quer auf der Brücke stehen.
„Mit der Ladefläche zum Zollhaus“, rief Metternich.
Krachend schlug der Wagen um, und die Brücke war gesperrt.

Nach einer halben Stunde war die Barrikade fertig. Sie hatten die leeren Fässer aus dem Hof herbeigerollt – der Weingärtner war darauf gekommen –, hatten sie an der Ladefläche gestapelt und mit Pflastersteinen gefüllt. Vor die andere Seite des umgestürzten Wagens hatten sie Balken und Bretter senkrecht gestellt und unten mit quergelegten Balken und Pflastersteinen befestigt. Es gab Lücken, durch die man schießen konnte. Weit vor der Barrikade, jenseits der Mühlhäuser, brannte hellodernd Pech in Feuerpfannen, und noch weiter vorn war in Fußhöhe starker Draht über die Brücke gespannt, zwischen zwei Laternenmasten.

Burger hatte das überflüssig gefunden. „Die lassen doch nicht die Freiwillige Kavallerie auf uns los."
„Die haben heut schon mehr Blödsinn gemacht", hatte Metternich gesagt. „Sicher ist sicher."
Hinter der Barrikade brannte eine kleine Feuerpfanne, die man leicht löschen konnte, und jetzt postierte sich an den Schießlücken ein Dutzend Jäger mit schußbereiten Büchsen.
Andere Jäger standen auf der Brücke, zusammen mit Leuten, die die Barrikade betrachteten.
„Schön ist die geworden", sagte Philipp.
„Jetzt können sie kommen, die Hunde", sagte einer. Es war Jordan Loh.
„Nein." Metternich schüttelte den Kopf. „Noch nicht. Erst müssen wir eine zweite Barrikade bauen. In der Brückenstraße."
„Sie meinen, wenn die von hinten angreifen?" fragte Burger. „Woher sollen Sie kommen? An der Fähre hab ich Wachen aufgestellt."
„Und die neue Eisenbahnbrücke?"
„Da kann keiner drüber", sagte Hannes. „An der fehlt noch ein Stück."
„Trotzdem." Metternich zupfte am Bart. „Dic zweite Barrikade sollten wir bauen. Und dann noch eine. Am Aschaffenburger Tor."
„Warum denn das?" fragte Burger.
„Gegen Truppen, die aus Darmstadt geholt werden", sagte Metternich.
„Aus Darmstadt? Wegen dieser Sache hier?"
„Die kann sich ausweiten."
„Jetzt hören Sie mal zu." Burger hatte die Arme in die Seiten gestemmt. „Das hier ist eine Sachsenhäuser Angelegenheit. Wenn Sie was schüren wollen . . . Mein lieber Mann, ich warne Sie. Da tun wir nicht mit. Was, Männer?"

Rundum gab es zustimmendes Gemurmel, und Jordan Loh sagte: „Wir gegen die Stadt. Das liegt an, und sonst nichts."
„Schön, schön." Metternich hob die Schultern. „Ich meine ja nur. Aber die Barrikade in der Brückenstraße sollten wir trotzdem bauen. Wenn die in breiter Front über den Main setzen, stehen wir dumm da."
„Gut." Burger nickte. „Die wird noch gebaut. Aber sonst keine mehr."
„Und danach geht's los." Philipp blickte zum Deutschen Haus. „Dann wird gesucht."
„Das sowieso", sagte Jordan Loh.

Vom Deutschen Haus und von der Dreikönigskirche schlug es elf. Hannes saß neben Wilhelmi auf der steinernen Bank unter dem Dachvorsprung des Zollhauses, und vor ihnen pladderte der Regen auf das Pflaster. Seit wenigstens zehn Minuten ging dieser Platzregen nieder, und man hörte ihn auf die Plane trommeln, unter der Metternich und einer der Jäger auf der Barrikade Wache hielten. Die anderen Jäger hatten sich in das Zollhaus geflüchtet und spielten Karten. Die meisten Sachsenhäuser waren heimgegangen, aber eine ganze Menge war geblieben, um die Soldaten zu suchen. Am Deutschen Haus brannte eine Laterne, und Hannes sah, wie sich die Leute unter dem Torbogen drängten.
Er hörte in den Regen, und da fiel ihm etwas ein. „Jetzt hab ich doch glatt meine Öljacke und den Brotbeutel in der Kanne liegenlassen", sagte er. „Na, morgen kann ich sie holen."
„Ich denke, du mußt so früh raus?" fragte Wilhelmi. „Oder hast du morgen frei?"
„Nein." Hannes erzählte von seiner verbrühten Hand. Dann fragte er: „Und wie ist das mit dir? Wieso kannst du nachmittags in die Schwimmanstalt gehen?"

„Furchtbar einfach", sagte Wilhelmi. „Die Thurn und Taxische Post hat auf meine Dienste verzichtet."
„Was? Sie haben dich rausgeschmissen?"
„Nicht direkt. Herr Dörnberg, unser oberster Postmeister, säubert zur Zeit seinen Verein von Demokraten. Mich hat man vor die Wahl gestellt: Entweder Entlassung oder Versetzung nach Lübeck. Da habe ich es vorgezogen zu gehen."
„Und jetzt?" fragte Hannes. „Wo willst du arbeiten?"
Wilhelmi hob die Schultern. „Keine Ahnung. Staatsdienst kommt nicht in Frage, selbst wenn ich wollte. Das Polizeiamt führt bestimmt eine Liste mit Namen von Demokraten. Und die Ämter tauschen sowas untereinander aus. Deshalb würde ich auch nirgendwo als Advokat zugelassen." Wilhelmi lehnte sich zurück. „Ich werde mich um die Revolution kümmern."
„Und wovon lebst du?" fragte Hannes. „Hast du was gespart?"
„Ich?" Wilhelmi lachte. „Sehe ich so aus?"
Hannes sah auf Wilhelmis Jacke und sagte: „Leg die doch mal in den Regen. Vielleicht gehen die Flecken raus."
„Nein, die sind eingetrocknet. Außerdem läßt der Regen nach."
So plötzlich wie er begonnen hatte, hörte der Platzregen auf, und es wurde still. Lediglich in der Rinne gluckste das Wasser, und dann hörte man, wie Metternich und der Jäger die Plane ausschüttelten. Drinnen im Zollhaus begannen die Jäger wieder, Karten zu dreschen.
„Sag mal, Wilhelmi... Mit deinen Jacken. Das wollt ich schon immer wissen... Viel Geld hast du wohl nicht gekriegt bei der Post. Wie bezahlst du das?"
„Überhaupt nicht."
„Was?"
Wilhelmi lachte wieder. „Schon mal wasvon Schuldenma-

chen gehört? Das geht ganz einfach. Hier ein Scherzchen, dort ein freundliches Lächeln, und schon hat der Doktor von der Post überall Kredit.“ Er sah auf die Rinne, in der das Wasser strömte. „Na, nun sind’s verlorene Kredite für die Leute. Aber ich hätte ohnedies nie bezahlt.“

„Was? Na, du ... Also, weißt du ...“

Wilhelmi sah ihn an. „Hannes. Meine Jacken beziehe ich vom Speeth im Türkenschuß. Der hat eine Kleiderfabrik. Glaubst du, den bringen die 72 Gulden an den Bettelstab, die ich ihm schulde? Der fette Fay vom Gasthof Wolfseck bekommt seine 35 Gulden auch nicht. Und ich mache mir überhaupt kein Gewissen daraus.“

Hannes schwieg und sah vor sich hin. Da beschiß der Doktor in aller Gemütsruhe die Leute. „Aber nur reiche“, dachte Hannes. „Keine armen, so wie’s der Jost macht.“ Er sah Wilhelmi an. „Bist schon in Ordnung“, sagte er und lachte. „Ein Advokat, der die Leute ...“ Er stockte. Drüben am Deutschen Haus war ein Schuß gefallen. Vor dem Tor stand jemand und schrie: „Wir haben sie!“

Philipp konnte es noch immer nicht fassen. „Dreimal haben wir die Kerle da gesucht. Und jedesmal übersehen.“

Die Soldaten und Gendarmen hatten einen Weg über die Dachböden gefunden und sich im Oberstock des Stallgebäudes unter Stroh versteckt. Jetzt standen sie draußen im Hof, nebeneinander über die Breite der Stallwand aufgereiht, und vor ihnen drängten sich im weiten Halbkreis die Leute. Zwischen den Soldaten und der Menschenmenge hatte man Stallaternen auf das Hofpflaster gestellt. Etwas seitwärts waren Gewehre zu einem Haufen geschichtet. Daneben lagen die Säbel.

Es herrschte gedämpftes Stimmengemurmel, und Hannes hörte, wie Burger leise zu Metternich sagte: „Ich möcht die

Soldaten ungeschoren hier wegkriegen. Kann ich auf Sie zählen?"
Metternich nickte. „Hoffentlich machen der Leutnant und der Rottmeister keine Sperenzchen. Ich glaube, die schätzen die Situation falsch ein."
Der Leutnant lehnte an der Stallwand, hatte die Arme vor der Brust verschränkt, und sein dickliches Gesicht unter der schräg aufgesetzten Offizierskappe war zu einem leichten Grinsen verzogen.
Neben ihm stand breitbeinig der Rottmeister, die Hände hinter dem Rücken, und sah mit zusammengezogenen Brauen auf die Menschenmenge. Sein Tschako war fort und an seinem kurzgeschorenen blonden Haar hing Stroh.
Hannes ließ den Blick über die Reihe der Soldaten wandern. Dort, an der Pumpe, war der junge Soldat. Er stand in Habacht-Stellung, aber er hatte die Hände in den Hosenstoff verkrallt. Der Tschako war auf den Hinterkopf gerutscht, der Sturmriemen hing lose herab. Aus weit geöffneten Augen starrte er herüber zu Hauptmann Burger.
„Also was ist jetzt", sagte Philipp. „Was machen wir mit den Helden?"
„Die kriegen alles zurück." Jordan Loh hielt den Blick auf den Rottmeister gerichtet.
„Ruhig, ruhig." Burger ging drei Schritte vor, drehte sich um und rief: „Leute, hört zu. Wir haben erreicht, was wir wollten. Der Jordan Loh ist frei, das Militär ist fort, und wenn wir die da", er zeigte hinter sich, „rüber in die Stadt jagen, dann haben wir Ruh in Sachsenhausen."
„Was? Wir sollen die einfach laufenlassen?" Philipp beugte sich vor. „Die haben auf uns geschossen", rief er. „Die haben einem die Hand abgeschossen."
Das Stimmengemurmel schwoll an.
„Leute!" rief Burger. „Dafür hat das Militär einen Toten."

„Das war was ganz anderes." Mit zwei Sätzen war Philipp neben Burger und reckte die Fäuste hoch. „Hört zu!" schrie er, und es wurde still. „Der Soldat ist im Kampf gefallen. Die Hunde hier haben geschossen, als wir unbewaffnet waren. Und ich sag euch . . ." Er hielt inne und wendete den Kopf. „Was ist?" Er ließ die Fäuste sinken und drehte sich um. „Was hast du gesagt?" Er ging auf den Leutnant zu.

Der nahm die Arme von der Brust und richtete sich auf. Er schwieg.

„Na los. Sag's noch mal." Philipp war einen Schritt vor ihm stehengeblieben. „Du hast gesagt: Was für ein Affentheater . . . Du Hund!" Er hob die Faust, aber da war Burger neben ihm und hatte seinen Arm gepackt. „Ruhig, ruhig."

Der Leutnant hatte sich wieder an die Wand gelehnt und die Arme verschränkt. Er grinste.

„Hören Sie auf zu grinsen!" fuhr Burger ihn an. „Stellen Sie sich ordentlich hin."

„Ich kann mich ja wohl . . ."

„Sind Sie ruhig!" sagte Burger scharf.

„Ich darf ja wohl . . ."

„Sie sollen still sein!" brüllte Burger.

Der Leutnant öffnete wieder den Mund, und da schlug Burger ihm rechts und links ins Gesicht. Er schlug mit der flachen Hand, und es klatschte laut.

Der Leutnant stand aufrecht mit verzerrtem Gesicht. „Sie haben einen Offizier geschlagen. Das werden Sie büßen."

„Halt's Maul, du Gassenbub!" brüllte Burger. „Halt endlich dein Maul, du Idiot!"

„Der gehört durchgeprügelt", rief jemand. Und ein anderer: „Der hat das Schießen befohlen. Der war's." Hannes merkte, wie die Leute drückten, und daß der Halbkreis enger wurde.

„Leute!" Burger stand mit erhobenen Händen vor dem Leutnant. „Langsam, ruhig . . ."

Die Leute schrien jetzt laut durcheinander. „Die haben auf uns geschossen“, hörte Hannes immer wieder. Und plötzlich schrie einer: „Erschießt den Kerl doch!“ Andere griffen den Ruf auf, und einer der Jäger schwang seine Büchse. „Alle erschießen! Die gehören erschossen!“
Und das schrien jetzt alle. Aber dann hörte Hannes ein anderes Schreien. „Nein! Nein!“ kreischte jemand. Es war der junge Soldat. Er kniete neben der Pumpe, preßte die Hände gegen die Ohren, hatte die Augen zugekniffen und schrie: „Nein! Nein!“
Da rannte Hannes los, griff sich im Rennen eine Laterne, war an der Pumpe und sprang auf den Trogrand. „Feiglinge!“ brüllte er und schwenkte die Laterne. „Feiglinge!“ Unten schrie der junge Soldat: „Nein! Nein!“
Hannes brüllte: „Hört auf, ihr Feiglinge!“
Und dann hörte er Burger schreien und Metternich. Der stand mit dem Rücken zum Leutnant, hatte ein Gewehr auf die Leute gerichtet und brüllte: „Zurück!“ Und: „Zurück!“ brüllte Burger.
Da flaute das Geschrei ab, und man hörte laut den jungen Soldaten: „Nein! Nein!“
Hannes sprang vom Trog, stellte die Laterne ab und faßte den Soldaten an der Schulter. Der riß die Augen auf, starrte Hannes an, schlug die Hände vor das Gesicht und wimmerte: „Nein. Ich will nicht ... will nicht sterben.“
„Ruhig“, sagte Hannes und hockte sich nieder. Er hatte die Hand auf der Schulter des jungen Soldaten, schüttelte ihn und sagte: „Ruhig. Dir geschieht ja nichts.“
„Ich will nicht sterben“, wimmerte der junge Soldat.
„Na, das sind vielleicht Kerle“, hörte Hannes. „Erst auf uns schießen und dann hier rumflennen.“
Hannes sah hoch.
Rundum standen Leute und sahen auf den jungen Soldaten herab.

„Ich find das beschissen", sagte Hannes hoch in die Gesichter. „Auf wehrlose Leut schießen wollen."
„Aber die haben auf uns geschossen, und wir waren auch wehrlos."
„Wenn die das machen, brauchen wir das noch lang nicht zu machen", sagte Hannes.
Der junge Soldat hatte die Hände sinken lassen und starrte Hannes aus weit aufgerissenen Augen an.
„Also los, Leute", hörte man Burger. „Jetzt macht wieder Platz."
Die Leute gingen zurück, und bald standen sie ruhig im weiten Halbkreis, wie vorhin.
„Ich glaub", sagte Burger, „wir sind uns einig, daß wir die Helden rüber in die Stadt schicken." Zustimmendes Gemurmel ringsum. „Die Waffen bleiben hier. Die kann das Zeugamt irgendwann holen lassen. Also los . . ."
„Halt! Noch nicht." Jordan Loh ging auf den Rottmeister zu. „Mit dem hab ich noch ein Wörtchen zu reden."
Hannes sah, wie Metternich und Burger sich anblickten, und daß Burger mit den Achseln zuckte.
Loh stand vor dem Rottmeister, hatte die Hände unter dem Schürzenoberteil und sagte: „Du Hund von einem Gendarm. Du Drecksack. Da stehst du jetzt, mit Stroh auf dem Klotzkopf. Ins Stroh hast du dich verpißt, du Held. Du Strohheld. Wo ist denn jetzt dein Säbel, was? Wie ein kastrierter Ochs stehst du da."
Der Rottmeister stand nicht mehr breitbeinig, hatte den Kopf zwischen die Schultern gezogen und hielt die Hände vor das Kinn.
Jordan Loh musterte ihn von oben bis unten. Mit einmal bückte er sich, sah genauer hin und drehte sich um. „Leut!" rief er. „Der Strohheld hat in die Hose gepißt!"
Und da begannen die Leute zu lachen. Sie lachten laut und schrien: „Der verpißte Strohheld!"

Der Rottmeister stand da, preßte die Beine zusammen und hatte die Hände vor dem Hosenlatz.
„Also los!" schrie Loh. „Jagt sie über die Barrikade. Den verpißten Strohheld zuerst."
Die Leute bildeten eine Gasse, und Jordan Loh stellte sich den Rottmeister zurecht. Dann gab er ihm einen Tritt, und der Rottmeister stolperte durch die Gasse.

Der Fuhrmann spähte durch eine der Schießlücken, und seine speckige Lederhose glänzte in der Morgensonne.
„Das ist ja alles schön und gut", sagte er und richtete sich auf. „Aber ich muß heut noch bis Gießen. Wie lang wollt ihr denn sperren?"
„Zwei von uns sind rüber in die Stadt", sagte Hannes, der oben auf der Barrikade saß. „Zum Verhandeln."
„Und solange die nicht zurück sind", sagte einer der Jäger, „bleiben die Barrikaden."
„Wie denkt ihr euch das überhaupt?" Der Fuhrmann spähte wieder durch die Lücke. „Da drüben stauen sich die Fuhrwerke und in Sachsenhausen auch. Dazwischen wollt ihr euch schießen?" Plötzlich sagte er: „Da kommen zwei. Sind das eure Leut?"
Hannes drehte den Kopf. „Ja, das sind sie." Über die Brücke kamen Wilhelmi und Hauptmann Burger.
Als sie hinter der Barrikade waren, sagte Burger: „Alles geklärt. Wir haben die Zusicherung, daß kein Militär nach Sachsenhausen geschickt wird. Außerdem: Keiner der Beteiligten soll verfolgt werden."
„Mit wem habt ihr gesprochen?" fragte Metternich.
„Mit dem zweiten Bürgermeister." Wilhelmi hatte Jacke und Hose gewechselt. „Darauf können wir uns schon verlassen, Metternich. Der Senat muß jetzt demonstrieren, daß in Frankfurt Ruhe und Ordnung herrschen. Hast du vergessen, daß in drei Tagen der Reichsverweser einziehen wird?"

Hannes kletterte von der Barrikade. „Wir haben also gesiegt."
„So ist es wohl", sagte Philipp.
Sie standen auf der Brücke, zusammen mit den wenigen Sachsenhäusern, die noch nicht heimgegangen waren, und etwa zwei Dutzend Jägern, und betrachteten die Barrikade. In der Morgensonne sah man, wie sauber und solide sie gebaut war.
„Hol's der Geier", sagte Wilhelmi und gähnte. „Bin ich müde."
„Also los", sagte der Fuhrmann. „Jetzt räumt das Ding fort."

Später saß Hannes mit Philipp, Wilhelmi und Metternich auf der steinernen Bank vor dem Zollhaus. Sie saßen schweigend nebeneinander, und an ihnen vorbei rollten die Fuhrwerke.
Hannes hatte das Tuch neu angefeuchtet, aber die Hand schmerzte trotzdem. Er war müde und hätte sich jetzt gern auf seinem Kleiesack ausgestreckt.
Philipp gähnte. „Also, ich geh in die Kammer", sagte er und stand auf. „Kommst du mit?"
Hannes schüttelte den Kopf. „Ich wart hier auf jemanden."
„So?" Philipp setzte sich wieder. „Aha." Er sah Hannes von der Seite an. Dann lehnte er sich zurück und blinzelte in die Sonne. „Wenn ich mir's überleg... So ein Tag ist zu schad, daß man ihn verschläft. Ich schau mal rüber in die Stadt. Oder ich geh zum Schuster Schlör."
Hannes sah vor sich auf das Pflaster und dachte: „Mahlzeit. Hundemüde und eine schlimme Hand."
„Heh." Wilhelmi stieß ihn an. „Sieh mal, wer da kommt."
Sie trug das blaue Kleid mit den Tupfen, hatte den Hand-

beutel über den Arm gehängt, und kam mit schnellen, weiten Schritten über die Brücke.
Hannes stand auf und ging ihr entgegen. Und wie er so ging, da kam die Freude, und er rannte los. Sie faßte mit beiden Händen ihr Kleid, und jetzt lief sie auch. Dann stand sie vor ihm, hatte ihre Hände auf seinen Schultern, lächelte ihn an und sagte: „Hannes, du. Guten Morgen, du.“
Er sah ihr ins Gesicht, in die dunklen Augen, auf ihre ein wenig sonnenbraune Haut, auf ihren Mund, und wünschte sich, daß er ihren Kopf mit beiden Händen nehmen könnte, daß ihre Gesichter aneinander wären, daß er sie spürte, und er brachte nur heraus: „Louise.“
„Du, Hannes, ich freu mich, weißt du?“ Er spürte, wie sie seine Schultern gefaßt hielt. „Und dir ist nichts passiert?“ fragte sie. „Du bist ganz gesund?“ Sie blickte an ihm vorbei. „Ich habe das Schießen gehört.“ Sie sah ihn an. „In der Stadt wird nur davon geredet ... Oh, Hannes ... Was ist das?“
Sie hatte die Hände gegen die Wangen gepreßt und starrte auf seine Hand.
„Das ist von was anderem ...“ Und da mußte er lachen. Sie hatte die Hände sinken lassen, und auf ihren Wangen war Ruß von seiner Jacke. Sie schaute aus großen Augen.
„Du hast Ruß auf der Backe.“
Da lächelte sie und holte ein Tuch aus dem Handbeutel.
„Darf ich?“ fragte er. Sie nickte. Er nahm das Tuch, spuckte darauf und begann, ihr den Ruß aus dem Gesicht zu wischen. Weil er es mit der Linken tun mußte, dauerte es länger, und sie sahen sich an dabei.
„Heh, ihr zwei. Hier mitten auf dem Trottoir geht das aber nicht.“ Philipp war hinter ihnen. Neben ihm standen Wilhelmi und Metternich, und sie grienten alle drei wie die Rösser.
Louise lächelte. „Na, ihr Revolutionsmacher?“
Da wurden sie ernst, und Metternich sagte: „Wenn’s nur

eine gewesen wäre. – Na", sagte er dann, „für die Sachsenhäuser war es eine gute Sache."
„Hört mal", sagte Louise. „In der Stadt erzählt man sich, daß der Essellen verhaftet ist."
„Tatsächlich?"
„Ja. In der Fahrgasse müssen sich ziemlich viele Gesellen und Arbeiter versammelt haben, die nach Sachsenhausen ziehen wollten. Essellen hat wohl eine Ansprache gehalten und dagegen geredet. Dabei hat ihn eine Metzgerpatrouille festgenommen."
„Dieser Narr." Metternich zog den Hut tiefer.
„Na, weißt du", sagte Hannes. „Was hätt das gebracht, wenn die gekommen wären? Möglich, daß dann noch mehr Leut..." Mit einmal sah er den Arm ohne Hand vor sich, und er mußte sich an die Brüstung lehnen.
„Hannes, was ist?" Erschreckt sah ihn Louise an.
„Die Hand..." Hannes schüttelte mehrmals den Kopf, und da begann der Schmerz in seiner Hand zu nagen. „Meine Hand", sagte er. „Ich hab sie mir auf dem Blitz verbrüht."
„Oh, du..." Louise blickte auf das feuchte Tuch. „Laß mal sehen, ja?"
Er nickte, und sie wickelte behutsam das Tuch von der Hand. Die war brandrot und über und über mit Blasen bedeckt.
„Die müssen aufgestochen werden", sagte Louise. „Und dann muß Salbe drauf. Gibt es in Sachsenhausen eine Apotheke?"
„Gleich da unten." Philipp zeigte mit dem Kopf. „In der Brückenstraße. Zwei Häuser neben dem, wo der Wundarzt wohnt."
„Gut." Louise wickelte das Tuch um die Hand. „Da gehen wir jetzt vorbei..."
Hannes schüttelte den Kopf. „Nein, nicht. Ich kann da nicht..."

Louise sah ihn an. „Du mußt dich hinlegen. Du gehst vor und legst dich hin, und ich hole schnell die Salbe, ja?“

Er hatte sich gewaschen, gründlich, hatte sich dann anziehen wollen, aber da war Louise schon mit der Salbe gekommen.

Jetzt saß er auf seinem Kleiesack, mit angezogenen Knien, hatte die Decke darüber gebreitet, und Louise kniete vor ihm auf den Dielen. Sie umwickelte seine Hand mit einem schmalen Band aus weicher, gezupfter Leinwand. Die Salbe war kühl, und Hannes wußte, daß sie seiner Hand guttun würde; Louise hatte einen ganzen Topf mitgebracht.

Sie verknotete die Bandenden und fragte: „Tut es sehr weh?“

Hannes schüttelte den Kopf. „Fast gar nicht.“

„Du mußt dich jetzt hinlegen.“

„Ja?“

„Ja. Dein Gesicht war vorhin ganz grau. Komm, leg dich hin.“

Er lag auf der Seite, unter der Decke, hatte die Hand mit dem Verband nach oben ausgestreckt und sah sie an.

„Liegst du gut?“

Er nickte.

„Ich werde dich pflegen“, sagte sie. „Wenn die Hand wieder weh tut, machen wir einen neuen Verband. Tut sie jetzt weh?“ Sie kniete noch immer vor dem Kleiesack.

Er schüttelte den Kopf.

„Dann werde ich dir etwas erzählen. Soll ich dir etwas erzählen?“

Er nickte.

Aber sie erzählte nichts. Sie kniete auf den Dielen, hatte die Hände auf ihren Oberschenkeln, über denen sich das Kleid spannte, und er sah, wie sich ihre Brust hob und senkte. Ihr Mund war halb geöffnet.

„Komm“, sagte er.
Sie sah ihn an. „Nur ein wenig beieinander liegen. Geht das?“
Er nickte.
„Hast du noch eine Decke?“
„Dort.“ Er zeigte mit der Linken, die auf seiner Decke lag.
„Mach die Augen zu.“
Er tat es und hörte, wie sie sich erhob. Dann hörte er sie rascheln.
„Jeder unter seiner Decke, ja?“
Er nickte mit geschlossenen Augen, rückte etwas zur Seite, und hörte zu, wie sie sich neben ihn legte.
Leise sagte sie: „Jetzt kannst du die Augen aufmachen.“
Ihr Gesicht war ganz nah. Sie lag auf der Seite, ihm zugewandt, hatte den Kopf auf den zusammengelegten Händen, und die Decke reichte bis an ihr Kinn. Sie sah ihn ernst und forschend an. Ihr Mund war geschlossen.
Er hob seine linke Hand, führte sie zu ihrem Mund und strich mit dem Zeigefinger über den Mundwinkel. Jetzt lächelte sie. Er fuhr die Linie ihres vertieften Mundwinkels nach, und dann strich er mit zwei Fingern über ihre Lippen, die weich waren, und dann war es feucht, denn er strich durch den Spalt zwischen den Lippen, und die waren jetzt voneinander. Er hielt die Finger still, und spürte die Zunge, wie sie die Spitzen der Finger umstrich, und er sah, daß ihre Augen geschlossen waren. Sanft löste er die Finger aus ihrem Mund, führte sie über die Lippen zum Nasenflügel, den Nasenrücken hoch, über die weiche Braue, hinüber zum Ohr. Er hatte jetzt die Augen geschlossen, und ließ die Fingerspitzen die Linien ihres Ohres nachfahren. Dann den Hals hinunter, unter die Decke, bis zur Schulter, faßte die mit der ganzen Hand, umfaßte sie und spürte die glatte Rundung. Dann ließ er die Hand wandern, zur Hüfte, stieß

dort auf den Rand dessen, was sie anbehalten hatte, und führte die Hand zurück in die Senke ihrer Taille. Er spreizte Daumen und Zeigefinger, drückte etwas, drückte mit Daumen und Zeigefinger die Senke, und da hörte er, wie sie kurz und heftig ausatmete. Er führte die Hand wieder hoch zum Arm, dann seitlich herab, und dort wurde es weich, aber mit einmal hart. Er strich mit zwei Fingern um das Harte, nahm es, drückte es sanft und hörte, wie sie atmete. Dann faßte er mit der Hand, faßte das Ganze, Weiche, streichelte und drückte es, und sie atmete schnell und heftig. Er ließ die Hand wieder wandern, in die feuchte, warme Höhle unter ihrem Arm, und er fühlte, wie sie den Arm an den Körper drückte.

Er rückte näher an sie heran, hatte sein Gesicht dicht bei ihrem und spürte die Wärme ihres Atems. Dann fühlte er, wie ihr Arm sich lockerte, wie er sich bewegte, spürte ihre Hand auf seinem Arm, und die strich auf und ab, und vom Arm fuhr ein warmer Schauer durch seinen Körper, bis hinunter zu den Zehen. Ihre Hand strich nun über die Schulter, über die Brust, leicht und schnell, bis zum Bauch, verharrte dort, und die Hand sollte weiter, aber sie strich über den Bauch, hin und her und im Kreis, und jetzt mußte sie weiter, und plötzlich war sie fort. Aber dann war sie da, wo sie hinsollte, stieß leicht und sanft dagegen, war wieder weg, kam zurück, strich nun auf und ab, hielt still, schloß sich drumherum, und da war das scharf-drängende Spüren, das sich durch den ganzen Körper ausbreitete, ihn anfüllte, das dicht und schwer drängte, aber ihn emporhob, ihn schweben machte, und dann war strömendes Sinken.

Der 18. September 1848 in Frankfurt. Stadtplan mit eingezeichnetem Standort der Barrikaden. Einige Straßennamen sind vertauscht. (Historisches Museum, Frankfurt.)

19

Als Louise nachmittags aus der Bethmannschen Villa kam, wartete Hannes wie verabredet am Monument auf sie. Er stand trübselig an einer der Pappeln und sagte: „Wir können nicht in die Kammer. Die Josts sind zurück.“ Dann sagte er traurig: „Wenn sich unsereiner schon mal freut.“
Louise tröstete ihn. „Wir machen's uns trotzdem schön, Hannes, du wirst sehen.“
Sie hatte vor einigen Tagen ein Gartenlokal ausfindig gemacht, in dem es Lauben mit separaten Tischen gab, wo sie ungestört sitzen konnten und zudem vor Regen geschützt waren.
Eine der Lauben lag seitlich am Haus, etwas versteckt, und hier verbrachten sie den größten Teil der wenigen Tage, die sie zusammen hatten.
Denn die Hand heilte rasch. Schon am Montagmorgen, als er Louise abholte, konnte er die Finger fast schmerzfrei bewegen. Als sie in ihrer Laube saßen, wickelte Louise den Verband ab. „Du wirst bald wieder arbeiten können. Schade.“
„Ja, das ist schad“, sagte er. „Aber ich darf nicht zu lang wegbleiben. Sonst schmeißen sie mich raus.“
„Hannes, deine Arbeit bei der Taunusbahn ... Ich meine, diese Dienstzeiten, die seltenen freien Tage ... Du hast mir mal gesagt, daß du Schmied gelernt hast. Liegt dir so viel an dem Heizerdienst?“
Er blickte mit zusammengezogenen Brauen vor sich auf seine Hand und schwieg.
„Du, Hannes, ich wollte nicht ...“
„Ich hab bloß nachgedacht“, sagte er. „Wenn's nicht so schwierig wär ... Aber jetzt haben wir ja Zeit.“ Er sah sie an. „Und grad dir muß ich's erzählen.“

Am Donnerstag machte Hannes wieder Dienst, und Louise kam sich vor wie eine Soldatenfrau, deren Mann ins Feld gezogen war. Sein nächster freier Tag, Anfang August, würde wegen des Krankfeierns mit Sicherheit gestrichen werden, und die Chance, daß er an einem der Putztage früher aus dem Lokomotivschuppen konnte, war gering.

Louise dachte über Möglichkeiten nach, häufiger bei ihm zu sein. Sie könnten zusammenziehen. Wilde Ehen wurden geduldet, freilich nur in Vierteln wie dem Altegaßquartier, oder vielleicht in Sachsenhausen. Louise hätte ihre bürgerliche Welt verlassen müssen. Und über kurz oder lang hätten Bethmanns davon erfahren, sie wäre ihre Arbeit losgewesen. Versuchsweise dachte Louise an Heiraten. Aber sie wußte von vornherein: Das kam nicht in Frage. Da hätte sie nicht nur ihre Umgebung, sondern auch ihre Selbständigkeit aufgegeben. Außerdem: Wilde oder legale Ehe – Hannes barbarische Dienstzeiten wären geblieben. Ihr Zusammenleben würde sich auf die wenigen Stunden beschränken, in denen er schlief.

Nach wie vor meinte Louise: Hannes sollte sich eine andere Arbeit suchen. Und zwar nicht nur wegen ihres seltenen Beisammenseins. Ihr war klar geworden, daß er von der Lokomotive sobald wie möglich herunter mußte. Er hatte von seinem Lokomotivführer erzählt, zögernd nur, aber sie hatte nachgefragt und sich ein recht genaues Bild von Hannes in zehn Jahren machen können. Sie hatte nicht gefragt, wie er sich seine Zukunft vorstellte, weil ihm das Thema unangenehm zu sein schien. Daß er darüber nachdachte, schloß sie aus einer Bemerkung, die er in einem anderen Zusammenhang machte: Er sparte. Denn, so sagte er etwas dunkel, man könne nie wissen.

Natürlich würde Hannes es schwer haben, eine andere Arbeit zu finden. Aber so schwarz wie er sah Louise da nicht. Er konnte beispielsweise versuchen, als Schmied in die

Werkstatt der Taunusbahn überzuwechseln. Oder er ging zu einer anderen Eisenbahngesellschaft. Dafür mußte er freilich auf gut Glück losziehen. Und die sächsischen Bahnen kamen von vornherein nicht in Frage. Im Königreich Sachsen galt er als unerwünschter Ausländer.

Die Geschichte vom fingierten Diebstahl in Leipzig hatte er ihr erzählt, allerdings nicht, warum ihn der Kaminfeger derart gehaßt hatte. Louise fragte nicht. So wie Hannes es geschildert hatte, konnte sie sich denken, daß es um ein Mädchen gegangen war. Von der wollte er offenbar nicht erzählen, und Louise gestand sich ein, daß ihr das recht gewesen war.

Es war an einem Abend Ende Juli. Louise saß am offenen Fenster, draußen rauschte der Regen. Auf dem Schreibtisch brannte bei kleingedrehtem Docht die Lampe, und daneben hatte Louise Hannes Photographie aufgestellt. Er war nun schon an drei aufeinanderfolgenden Putztagen nicht gekommen. Louise sah auf Hannes Bild und dachte an die vielen Abende, an denen sie gesesssen und gewartet hatte. Eigentlich wartete sie nur noch. Sie wartete auf den kommenden Putztag, dann einen Abend lang auf Hannes, und wieder auf den nächsten Putztag. Sie unterrichtete die Bethmann-Kinder, machte Auftragsgedichte, redete mit Frau Schmidt, aber das alles tat sie sozusagen beiläufig, während sie wartete. Und als Louise so saß und auf den Regen hörte, da kam ihr in den Sinn, wie leicht vom Warten beiseitegeschoben worden war, was bisher ihr Leben ausgemacht hatte. Sie dachte: „Da war nichts, was standgehalten hat." Und dann: „Aber was war das schon?" Sie sah auf Hannes Bild, und plötzlich fiel ihr die Mutter ein. „Was sind meine Träume?" Sie wollte schreiben. Und womöglich davon leben. Aber das kam nicht von alleine.

Mit einmal hörte sie, wie die Regentropfen auf den Fliederbusch vor ihrem Fenster fielen, wie das Wasser in der Dach-

rinne gluckerte, sie spürte die feuchte Luft, und die war voll dichter Gerüche.
Louise erhob sich und löschte die Lampe.

Frau Schmidt saß auf dem Sofa und las. Louise, eine Viktoria rauchend, beobachtete sie.
„Oh, oh.“ Frau Schmidt hob den Kopf. „Also, Fräulein Coith, Sie schreiben zwar immer nur Herr S., aber . . .“
„Das habe ich für mich geschrieben“, sagte Louise. „Ihnen zeige ich es, weil Sie von der Sache wissen. Selbstverständlich will ich das nicht veröffentlichen.“
„Das beruhigt mich.“ Frau Schmidt sah auf den Bogen. „Der Herr Schnepf wie er leibt und lebt. Also, den erkennt jeder.“ Sie sah Louise an. „Wie sie das können, Fräulein Coith . . . Na, nun will ich die Geschichte weiterlesen.“
Louise hatte sie Frau Schmidt zu lesen gegeben, nachdem die immer wieder gedrängt hatte, sie sollte doch erzählen, was sie mit Herrn Schnepf gemacht hätte. Der wäre ja wie ausgewechselt. Das war richtig. Seit ihrer Begegnung damals grüßte er Louise freundlich und unbefangen und tat so, als wäre da nie ein Starren und ein Lauschen hinter der Tür gewesen. Louise hatte dieser Wandlung zunächst mißtraut, sich dann aber gesagt, daß sie sich offenbar Herrn Schnepf gründlich verleidet hatte, und daß er ihr dafür vermutlich sogar dankbar war.
„Fräulein Coith!“ Frau Schmidt preßte die Hände gegen die Wangen. „Das haben Sie gesagt?“ Und als Louise nickte: „Na, dem haben Sie den Appetit verdorben. Sehr gut.“ Sie sah wieder auf den Bogen. „So, jetzt les ich's noch mal.“
Louise sah ihr zu, wie sie las, und dachte: „Das hat sich auch verändert.“ Die ‚Schwätzchen‘ mit Frau Schmidt waren ernsthafte Gespräche geworden. Auch über Politik konnte man mit ihr anders als früher reden, wozu beigetragen haben mochte, daß Frau Schmidt die ‚Neue Rheinische‘ eifrig las.

Nicht, daß sie die radikal-demokratische Richtung der Zeitung gutgeheißen hätte. Dies schon deshalb nicht, weil Frau Schmidt sich nach wie vor nicht mit politischen Richtungen auseinandersetzte, sondern mit Personen und einzelnen Ereignissen. Dabei aber konnte sie zuweilen erstaunlich zutreffend und klarblickend urteilen. Die Abgeordneten der Paulskirche beispielsweise bezeichnete sie als ‚Waschlappen'. Als übrigens die ‚Neue Rheinische' einige Zeit darauf von den ‚in Frankfurt nationalversammelten Waschlappen' schrieb, war Frau Schmidt endgültig für die Zeitung gewonnen.
Die Paulskirche besahen sich Louise und Frau Schmidt noch einmal, am 8. August. Auf der Tagesordnung stand der Antrag, die Teilnehmer des Heckerzuges zu amnestieren. Darüber war schon am Vortag diskutiert worden, und da hatte ein Abgeordneter aus Baden gesagt, man könnte doch Männern die Straffreiheit nicht verweigern, die für die Republik gekämpft hätten, während man den Prinz von Preußen straffrei ließe. Daraufhin mußten sich die Rechten aufgeführt haben wie die Kesselflicker: Es war zu Geschrei, Tumult, Duellforderungen, ja selbst Handgreiflichkeiten zwischen Abgeordneten gekommen.
Louise und Frau Schmidt kamen gerade zurecht, um die Fortsetzung zu erleben. Es ging um einen Ordnungsruf für den Abgeordneten aus Baden, die Linke protestierte, die Galerie protestierte, pfiff und schrie, und schließlich befahl der Vizepräsident, der heute die Sitzung leitete: Die Zuschauer hätten die Kirche zu verlassen. Niemand machte Anstalten zu gehen. Und da stürmten mehrere Abgeordnete unter Führung des edlen Gagern die Galerie und begannen höchstpersönlich die Leute hinauszuwerfen. Besonders tat sich der Abgeordnete Jucho hervor, der sich mit Blusenmännern raufte und schrie: „Im Namen der Freiheit, folgen Sie mir."

Draußen vor der Kirche sagte Frau Schmidt erschüttert: „Und ich hab gemeint, das ist ein gebildeter Mensch. – Na, für mich ist der Verein gestorben." Dann sagte sie: „Ich frage Sie, Fräulein Coith, warum da Leute wie der Blum noch mitmachen."

Louise wußte es auch nicht. Jeder sah wohl inzwischen, daß von dieser Versammlung keine Taten zu erwarten waren. Wenn sie nicht gerade Anträge außer der Reihe behandeln mußte, beriet sie in aller Gemächlichkeit über eine Reichsverfassung, und jemand hatte ausgerechnet: Wenn es so fortginge, wäre die Verfassung im Jahre 1850 fertig.

Der vorläufigen Zentralgewalt, dem Reichsverweser, hatte die Paulskirche einige Minister beigegeben. Reichsminister des Inneren wurde der Ritter von Schmerling, der als Abgeordneter der Paulskirche gleichzeitig Präsident des Bundestages war. Daraufhin hatte der Bundestag sich beruhigt auflösen können, zumal der Reichsverweser nicht versäumt hatte, sich sein Amt in aller Form vom Bundestag bestätigen zu lassen.

Am ersten Augustsonntag huldigte das Militär in ganz Deutschland dem Reichsverweser. Auf dem Roßmarkt war das Linienmilitär angetreten und schrie zu diesem Zweck dreimal: Hurra. Schnepf, Medaille am deutschen Rock, war mit seinen Knaben hinmarschiert, und nachmittags hörte Louise, wie er zu Frau Schmidt sagte: „Jetzt ist seine Kaiserliche Hoheit, der Reichsverweser, der Oberbefehlshaber des deutschen Bundesheeres."

„Meinen Sie?" sagte Frau Schmidt. „Also, wenn überhaupt, dann ist er nur ein vorläufiger. Und Sie glauben doch nicht im Ernst, daß die Preußen auf den hören."

Einige Tage später las man: Preußen und Österreich, die beiden größten deutschen Staaten, hatten ihre Truppen nicht huldigen lassen.

Am Donnerstag brach Schnepf mit seinen Knaben schon

wieder zur Besichtigung eines militärischen Ereignisses auf, und zwar morgens um fünf und, zu Louises Erbitterung, mit lautem Gesang. „Schleswig-Holstein meerumschlungen", schrien die Knaben. Das Linienbataillon marschierte in den Krieg gegen Dänemark. „Nun kommt Bewegung in den Feldzug, ihr Knaben", hatte Schnepf am Abend vorher lauthals doziert. „Auch andere deutsche Staaten schicken Truppen. Deutschlands Ehre steht auf dem Spiel."

Der Krieg gegen Dänemark war nach wie vor außerordentlich populär, obwohl er, streng genommen, gar nicht mehr stattfand. Preußen hatte mit Dänemark eine Art vorläufiges Stillhalteabkommen geschlossen und in jeder Zeitung konnte man lesen, daß die Reichsregierung einverstanden war, wenn über einen endgültigen Waffenstillstand verhandelt wurde. Aber überall taten die Leute so, als tobte in Schleswig ein wilder Krieg. Sie wollten – so schien es Louise – sich diese Sache des gemeinsamen deutschen Vaterlandes nicht nehmen lassen.

In die Kaserne an der Münzgasse wurde ein kurhessisches Bataillon einquartiert, das – so Frau Schmidt – als sehr unzuverlässig galt. In der Stadt erzählte man sich, daß bei seinem Einmarsch einige Gesellen „Hecker hoch!" gerufen hatten, und dieser Ruf war aus den Reihen der Soldaten erwidert worden.

Louise fragte nach Essellen, und auch darüber wußte Frau Schmidt Bescheid. Am 2. August war er entlassen und seitdem in der Stadt nicht mehr gesehen worden. Übrigens auch dieser feine Doktor, der Wilhelmi, nicht. Präsident des Arbeiter-Vereins war jetzt ein gewisser Hörfel. Frau Schmidt wußte nur, daß er wohl von auswärts wäre.

Am Freitag, den 1. September, erhielt Louise zwei Briefe.

Der erste lautete: ‚Liebe Louise! Am Donnerstag ist mein freier Tag. Das ist der 7. September. Ich habe erst ab Mittag frei. Aber ich muß erst am nächsten Mittag zum Dienst. Du mußt wahrscheinlich arbeiten. Ich warte in unserer Laube auf dich. Oder in einer anderen, wenn die besetzt ist. Du mußt halt schauen. Wenn ich keinen Brief von dir kriege, weiß ich, daß du kommst. Dein Hannes.'

Der zweite Brief lautete: ‚Meine liebe Louise! So nenne ich Sie am besten gleich, und, nicht wahr, Sie haben nichts dagegen? Zu viel Vertrautes und Verwandtes fand ich in Ihrem Brief, als daß ich Sie anders anreden könnte.

Nun muß ich Ihnen erklären, warum ich erst heute antworte. Zum einen ließen die Herren Redakteure der Leipziger Arbeiter-Zeitung eine ungebührlich lange Frist verstreichen, ehe sie Ihren Brief weiterleiteten. Zum anderen hatte ich mir vorgenommen, Ihnen recht ausführlich zu antworten, aber dazu nicht die Muße gefunden, die ich mir wünschte.

Denn ich war (und bin) mit der Verwirklichung eines Planes beschäftigt, wozu es sorgfältiger Vorbereitungen und weitläufiger Verhandlungen bedarf. Und eben dieser Plan ist es, warum ich Ihnen heute schreiben muß, auch wenn es nun doch nicht ausführlich sein kann und auch nicht braucht, wie Sie gleich sehen werden. Aber zur Sache:

Schon seit längerem trage ich mich mit der Absicht, eine Frauen-Zeitung zu gründen. Die neue Zeit droht über uns Frauen hinweg zu gehen. „Freiheit für alle!" heißt die Losung – gemeint sind aber nur die Männer.

Ihnen, Louise, brauche ich nicht zu sagen, wie notwendig eine Zeitung ist, die das Frauenrecht fordert und die besonders auch die Aufmerksamkeit auf die soziale Lage der Arbeiterinnen lenkt.

Nun, die Verhandlungen mit möglichen Geldgebern sind gediehen, und es sieht so aus, als könne die Frauen-Zeitung Wirklichkeit werden.

Louise, hätten Sie nicht Lust, daran mitzuarbeiten? Ich denke nicht nur an Artikel, sondern auch an Mitarbeit bei

der Organisation und der Redaktion der Zeitung. Freilich müßten Sie dazu nach Leipzig kommen. Aber so wie Sie Ihre Lebensumstände geschildert haben, glaube ich, schließen zu können, daß Sie nicht auf Frankfurt festgelegt sind.
Das ist natürlich ein Entschluß, der sorgfältig erwogen sein will, und ohnehin müßten wir uns vorher treffen. Wie wäre es, wenn Sie uns einmal besuchten? ‚Uns' – das sind meine beiden Schwestern und ich. Wir führen seit dem Tod unserer lieben Eltern – ich war damals kaum siebzehnjährig – einen gemeinsamen Hausstand und haben auch ohne männliche Hilfe unser Leben recht gut zu gestalten vermocht. Sie könnten bei uns wohnen, auch später, falls Sie sich zur Mitarbeit an der Zeitung entschließen.
Louise, schreiben Sie mir, ob und wann Sie kommen wollen. Es eilt nicht gar zu sehr, denn vor Anfang nächsten Jahres wird aus der Zeitung nichts werden, aber ich würde mich freuen, Sie bald zu sehen. Ihre Louise Otto.'

Samstag, der 2. September, war ein verhangener, fast herbstlicher Tag. Aber nachmittags klarte es auf, und als Louise von Bethmanns zurückkam, setzte sie sich mit ihrem Schreibzeug in den Garten. Sie saß auf der Bank an dem großen, mit Wachstuch überzogenen Tisch, den Schmidts neben dem Treibhaus aufgestellt hatten, sah auf das Briefpapier vor sich und überlegte. Daß sie Louise Otto besuchen wollte, stand außer Frage. Nur: Die Fahrt nach Leipzig, mit dem Eilwagen bis Eisenach und von dort per Eisenbahn, dauerte 25 Stunden. Dann zwei, drei Tage in Leipzig – eine Woche würde sie für die Reise schon brauchen. Und so lang gaben ihr Bethmanns nicht frei, das war sicher. Wenn sie Louise Otto besuchte, verlor sie ihre Stelle.
„Macht's Ihnen was aus, wenn ich hier die Pfirsiche sortier?" Frau Schmidt war mit einem Korb gekommen.
„Nein, natürlich nicht." Louise räumte Schreibzeug und Pa-

pier zur Seite. Sie würde über das Problem noch nachdenken. Der Brief eilte ja nicht. „Kann ich Ihnen helfen?"
„Wenn Sie mögen." Frau Schmidt setzte den Korb auf den Tisch und holte zwei Steigen aus dem Treibhaus. „In die hier die guten, und da hinein die angefressenen." Und einen Pfirsich aus dem Korb nehmend: „Schön sind die geworden dies Jahr. Dreieinhalb Kreuzer krieg ich wenigstens für das Stück. Aber hier, schaun Sie ... Na, wenn Schmidt das Wespennest findet, räuchert er's aus." Sie warf den Pfirsich in eine der Steigen. „Die koch ich zu Marmelade ein ... Ei, der ist aber schnell wieder zurück."
Durch den Garten eilte Herr Schnepf auf die Haustür zu. Er trug sein Barett tief in die Stirn gezogen, ruderte beim Gehen mit den Armen und hatte die Gartentür offen gelassen. Jetzt sah er zum Treibhaus und blieb stehen. Er schien zu zögern, aber dann kam er herüber.
„Haben Sie schon gehört?" rief er noch aus der Entfernung. „Oh, es ist schmählich." Dann stand er vor ihnen, außer Atem, und wiederholte: „Oh, es ist schmählich. Ich kann Ihnen gar nicht sagen, wie ..." Er zerrte an seiner Halsbinde.
„Na, nun beruhigen Sie sich erstmal", sagte Frau Schmidt. „Was ist denn passiert?"
„Schande ist über Deutschland hereingebrochen." Herr Schnepf hatte die Halsbinde locker und ließ die Hand sinken. „In Malmö ... Preußen hat dort einen Schandvertrag abgeschlossen." Und heftig den Kopf schüttelnd: „Ich kann es nicht fassen ... Schleswig-Holstein ... schutzlos den Dänen preisgegeben ... Das ist kein Waffenstillstand – das ist ein Verrat an Deutschland."

Vor allem aber war der Waffenstillstand eine offene Kampfansage Preußens an die Revolution, wie Louise begriff, als sie die Vertragsbedingungen las. Die dänischen Truppen

und sämtliche deutschen Bundestruppen sollten Schleswig-Holstein räumen. Lediglich ein preußisches Korps sollte bleiben dürfen. Die seit der März-Revolution amtierende Regierung hätte abzudanken, und alle ihre bisher getroffenen Maßnahmen wären aufzuheben. Eine neue Regierung sollte eingesetzt werden, deren Mitglieder zur einen Hälfte der preußische, zur anderen der dänische König ernennen würden.
„Da darf die Paulskirche nicht zustimmen", sagte Frau Schmidt. „Na, jetzt können sie zeigen, was noch in ihnen steckt, die nationalversammelten Waschlappen."
Das Parlament beschloß am 5. September, daß alle Bundestruppen zunächst in Schleswig-Holstein zu bleiben hätten, daß überhaupt alle Maßnahmen vorläufig zu unterlassen wären, bis die deutsche Nationalversammlung über Annahme oder Ablehnung des Waffenstillstandes entschieden hätte.

Louise setzte das Tablett so hart ab, daß die Teetassen klirrten. Herr von Bethmann hob die Augenbrauen.
„Ich bitte um Entschuldigung", sagte Louise und begann, die Tassen auf dem Mahagoni-Tischchen zu verteilen, um das die drei Herren saßen.
Fürst Lichnowsky lorgnettierte Louise und sagte dann auf Französisch: „Entzückend, nicht wahr, General?"
Der Herr, den Fürst Lichnowsky General genannt hatte, schwieg. Er saß aufrecht im Lederfauteuil und sah auf die Tasse vor sich. Seinem faltigen Gesicht war nicht anzumerken, was er dachte. Er hatte buschige Augenbrauen, eine kantige Nase und einen gesträubten Schnurrbart. Obwohl im zivilen Oberrock, hatte er um den Hals eine hohe, steife Binde geschlungen, so wie sie Militärs unter dem Uniformkragen trugen. Er hieß von Auerswald und war preußischer Abgeordneter in der Paulskirche.

Fürst Lichnowsky lorgnettierte Louise noch immer. „Entzückend, aber ein wenig aufsässig."

„Es ist gut, Mamsell." Herr von Bethmann winkte sie mit einer kurzen Handbewegung aus dem Herrenzimmer. „Aber halten Sie sich zur Verfügung."

Sie nickte und zog sich in den gelben Salon zurück. Die Sturzuhr auf der Etagere zeigte halb fünf, und Hannes wartete bestimmt schon in der Laube. Geräuschvoll begann Louise, Tassen und Kännchen hin- und herzuräumen, aber dann hielt sie inne. Sie dachte: „Das ist kindisch. Entweder du gehst oder du bleibst. Aber es darauf anzulegen, daß sie dich rausschmeißen, das ist kindisch."

Sie lehnte sich gegen die Anrichte und hörte in das Herrenzimmer.

„Die treibende Kraft für den Rücktritt war also Schmerling", sagte Herr von Bethmann mit seiner hohen Stimme. „Eine neue Regierung kommt nicht zustande, weil sich unsere Partei verweigert. Und nun?"

„Schmerling weiß genau, wie die leere Regierungsbank den liberalen Spießern auf die Nerven geht." Der General sprach langsam und schleppend. „Und das gibt zusätzlichen Druck."

„C'est exact." Das war die weiche, etwas heisere Stimme des Fürsten. „Ich wette mit Ihnen, lieber Bethmann, daß sich eine Mehrheit für die Annahme des Waffenstillstandes finden wird."

„Nun, das glaube ich auch. Das Abstimmungsergebnis vorgestern war ja recht knapp. Und wenn die endgültige Abstimmung nur lang genug hinausgeschoben werden kann, müßte es möglich sein, neun Abgeordnete auf unsere Seite zu ziehen." Herr von Bethmann schwieg. Dann sagte er: „Der gute Herr von Schmerling. Nun muß er als Österreicher die Annahme des Waffenstillstandes betreiben und arbeitet damit in Preußens Interesse."

„Es bleibt ihm keine Wahl“, sagte der General schleppend. „Ablehnung hieße Krieg mit England und Rußland. Da seine Majestät, unser König, den zur Zeit nicht will, würde es ein Krieg Deutschlands werden. Und zwar ein Revolutionskrieg.“

„Die Liberalen in der Paulskirche können den auch nicht wollen.“ Der Fürst lachte. „Aber wenn sie den Waffenstillstand billigen, haben sie sich endgültig vom sogenannten Volk abgehängt. Sie sollten einmal sehen, lieber Bethmann, was da zur Zeit über das Paulskirchen-Bureau hereinbricht. Un flot des adresses sage ich Ihnen, aus ganz Deutschland. Der letzte Biertisch appelliert an die Nationalversammlung.“ Der Fürst lachte wieder. „Die sogenannte Souveränität des Volkes ...“

„Aber die kann gefährlich werden, Fürst“, sagte Herr von Bethmann. „Ich hege ernste Befürchtungen. Glauben Sie nicht, daß es bei Billigung des Vertrags von Malmö zu Aufruhr kommt? Möglicherweise sogar in Frankfurt?“

„Hier eine Emeute?“ Fürst Lichnowsky lachte wieder. „Das beste, was uns passieren kann.“

„Na, na, Fürst“, sagte der General. „Beschreien Sie's nicht.“

„Aber mon cher général! Sie erstaunen mich. Das sagen Sie als Kommandeur einer Kavallerie-Brigade?“

„Hören Sie, Fürst.“ General von Auerswald schien ärgerlich. „Sie gehen mir mit etwas zu großer Nonchalance an solche Dinge heran.“ Der General machte eine Pause. Dann sagte er: „Ich kenne diese Ansicht, auch Schmerling vertritt sie: Wenn es eine Emeute gibt, haben wir einen Grund zuzuschlagen und können so diesen Revolutionsspuk beenden.“ Er sprach jetzt lebhafter. „Aber ich sage Ihnen: Das kann auch in die Hosen gehen. Gerade Frankfurt mit seinen verwinkelten Gassen ist für einen Straßenkampf denkbar ungeeignet. Kavallerie kann überhaupt nicht eingesetzt werden

und Artillerie nur sehr beschränkt. Und Sie wissen, Fürst, wie verlustreich Infanterieangriffe auf Barrikaden sind."
„Et alors? Militär ist zum Kämpfen da. Und es gibt genug Truppen in der Umgebung."
„Na ja", sagte der General. „Das achtunddreißiger Regiment in Mainz ist zuverlässig."
„C'est cela. Schlesische Bauernburschen, sozusagen meine Wähler." Fürst Lichnowsky lachte. „Aber im Ernst, cher général: Auch das österreichische Militär in Mainz, das Regiment Erzherzog Rainer, kann eingesetzt werden. Mit der Eisenbahn sind beide Regimenter blitzschnell herangeschafft. Alarm über Telegraph... Dann Artillerie aus Darmstadt, gleichfalls per Eisenbahn. Damit werden wir der Canaille schon einheizen. Ich habe mir das genau überlegt, un jeu tactique, wissen Sie? Zur gegebenen Zeit werde ich... on verra." Der Fürst verstummte. Auch die beiden anderen Herren schwiegen. Schließlich sagte Herr von Bethmann: „Also, nehmen Sie's mir nicht übel, Fürst... Ja, was ist?"
Drüben im Herrenzimmer hatte es geklopft, und Louise hörte Mamsell Freyeisen.
„Gnädiger Herr, Sie hatten den Kindern die Erlaubnis gegeben..."
„Ja, richtig... Die Kinder, meine Herren. Ihre Anwesenheit ist ihnen nicht verborgen geblieben. Haben Sie etwas dagegen, wenn die beiden..."
„Aber nicht doch. Herein mit euch!" rief der Fürst.
Dann hörte Louise Henriette und Moritz. „Bonjour, Onkel Felix." Und: „Bonjour, Herr von Auerswald."
„Na, General", sagte Herr von Auerswald, „wie ist die Stimmung bei der Truppe?" Erstaunt hörte Louise, wie gelockert er plötzlich sprach.
„Vorzüglich, Herr General", sagte Moritz. Er schien dieses Frage-und-Antwort-Spiel nicht zum ersten Mal zu machen.

„Ich hab ein Biwak aufgebaut", sagte Moritz. „Gerade wird die Fourage ausgegeben."
„Dann ist die Stimmung gut", sagte Herr von Auerswald. „Aber vergiß nicht, General: Vor den Offizieren füttere die Gemeinen, und vor denen die Pferde."
„Jawohl, Herr General", sagte Moritz. „Onkel Felix, zeigen Sie mir die Pistole?"
„Aber er darf sie nicht in die Hand nehmen", sagte Henriette. „Nicht wahr, Papa?"
„In der Tat. Fürst, Sie wissen, ich sehe das nicht gern . . . Es ist ein wenig gefährlich."
„Aber lieber Bethmann. Solange der Hahn nicht gespannt ist . . ."
„In meinem Puppenhaus ist der Tee serviert, Onkel Felix. Alle Puppen sitzen schon um den Tisch. Und aus der Teemaschine kommt richtiger Dampf."
„Tatsächlich? Richtiger Dampf?"
„Ja, ganz echt. Ich kann es Ihnen zeigen."
„Und mein Biwak, Onkel Felix. Ich zeig Ihnen mein Biwak, ja?"
„De bon coeur. Sie haben nichts dagegen, lieber Bethmann?"
„Nein. Natürlich habe ich nichts dagegen, Fürst, wenn Sie sich Biwak und Puppenhaus besehen."
Louise hörte Henriette noch sagen: „An die Teemaschine hab ich eine Mamsell hingestellt, Onkel Felix", dann klappte die Tür, und im Herrenzimmer war Stille.
Nach einer Weile sagte Herr von Bethmann: „Und Ihre Kinder, General? Alle fünf wohlauf?"
„Danke ja. Jedenfalls den letzten Briefen nach."
„Hatten Sie nicht vor, sie hierher zu holen?"
„Ja. Aber den Plan habe ich fallen lassen. Was sollen sie hier in der Stadt? Auf dem Gut sind sie besser aufgehoben. Obwohl ihnen natürlich der Vater fehlt. Seit dem Tod ihrer

Mutter vor einigen Jahren..." Der General verstummte. Dann sagte er: „Der Älteste ist fast zwölf und kommt nun bald ins Kadettenkorps..." Darauf schwieg er wieder. „Na", sagte er jetzt, „wenn die Waffenstillstandsgeschichte ausgestanden ist, nehme ich mir Urlaub."

„Sagen Sie, General, was ich Sie fragen wollte... Der Fürst und seine Planspiele, also, wissen Sie... Ist er dafür überhaupt kompetent?"

„Was die militärische Seite angeht – unbedingt. Sie dürfen nicht vergessen, daß Lichnowsky auf dem Gebiet der irregulären Kriegführung Erfahrung hat seit seiner Spanienzeit. Was den politischen Aspekt angeht, so halte ich die Absicht, eine Emeute zu provozieren oder sie zumindest sich entwikkeln zu lassen, für Unfug. Aber Lichnowsky hat weniger Einfluß als es scheinen mag. Und sollte es tatsächlich einmal zu Kämpfen kommen, so wird man ihn schon deshalb nicht militärisch operieren lassen, weil er Abgeordneter ist."

„Ich mache mir ein wenig Sorgen um den Fürsten, wenn ich Ihnen das mal so offen sagen darf, General."

„Sie meinen, daß er gegebenenfalls auf eigene Faust operiert?"

„Das meine ich weniger. Obwohl ich ihm das zutraue. Sein Ehrgeiz, den Berliner Hof auf sich aufmerksam zu machen... Nein, ich meine, die, wie Sie vorhin sagten, Nonchalance, diese Unbekümmertheit, die schon fast an Frivolität grenzt, mit der er die Aufmerksamkeit des Straßenpöbels auf sich zieht."

Der General schien genickt zu haben, denn Herr von Bethmann fuhr fort: „Da Sie der gleichen Ansicht sind, kann ich offen sein. Sehen Sie, General, vorhin, bevor Sie kamen, hat er mir die neueste Karikatur über sich gezeigt. Eine, wie ich meine, bitterböse, die seine Verhältnisse mit gewissen Damen... nun, gleichviel. Der Fürst jedenfalls amüsierte sich über das Blatt. Er sammelt diese Karikaturen, wie er mir

sagte. Dann seine Auftritte in der Paulskirche, jedesmal legt er sich mit der Galerie an ... Aber das wissen Sie ja. Auf alle Fälle hat er es geschafft, daß das Volk in ihm den hauptsächlichen Vertreter der sogenannten Reaktionspartei sieht. Und des Preußentums wohlgemerkt. Wenn Sie jetzt die Pistole dazunehmen, General, die er andauernd ... Also, ich halte sein Verhalten für außerordentlich gefährlich."
„Da stimme ich Ihnen durchaus zu. Aber was soll man machen? Ich habe ihn schon einige Male gewarnt, und da lachte er nur. Manchmal kommt er mir wie ein unbelehrbarer Knabe vor." Der General schwieg. Nach einer Weile sagte er: „Na, ich werde ein Auge auf ihn haben." Louise hörte eine Tasse klappern. „Wenn ich noch etwas ..."
„Tee, Mamsell!"

Das Bier im glasierten Krug war kühl und mit einer dünnen Schaumschicht bedeckt. Hannes trank in kleinen Schlucken, schmeckte die etwas bittere Frische, und wenn der Krug leer war, konnte er sich einen neuen holen. Er saß in der Laube, die seitlich am Haus versteckt lag, und jetzt ging es sicherlich auf sechs zu, aber er saß ruhig und friedlich, rauchte eine Kentucky und wußte, daß sie kommen würde. Nachmittags hatte er geschlafen, sich dann gewaschen und seine guten Sachen angezogen, und nun fühlte er sich sauber und entspannt in der warmen Abendluft, und wenn er den Rauch der Kentucky im Mund bewegte, schmeckte es angenehm säuerlich.
Als er gegen vier gekommen war, hatten zu seiner Überraschung Metternich und Essellen in der Laube gesessen. Metternich hatte gelacht. „Na, das ist gelungen. Gerade haben wir von dir gesprochen."
„Ihr? Von mir?"

„Ja“, sagte Metternich. „Wir haben überlegt, wie man Truppentransporte per Eisenbahn unterbinden kann.“
„Aha“, sagte Hannes. „Ihr macht also wirklich Pläne.“ Philipp hatte ihm von dem Schleswig-Holsteiner Waffenstillstand erzählt und behauptet: Das wäre die Gelegenheit, die Revolution neu anzufangen. Der Hörfel, der jetzt Präsident des Arbeiter-Vereins war, weil Essellen nicht mehr in die Stadt konnte, meinte dies auch. Hörfel war Handlungs-Kommis, stammte aus Prag und war, so Philipp, in Ordnung. Allerdings: Um den geplanten Ausstand der Maurer hätte er sich nicht genügend gekümmert. Deshalb wäre daraus auch nichts geworden. „Aber“, hatte Philipp gesagt, „so was ist jetzt egal. Ohne eine neue Revolution kommen wir eh zu nichts.“
Hannes sagte zu Metternich und Essellen: „Ihr plant die Revolution, was?“
„Eine Revolution kann man nicht planen“, sagte Essellen. „Aber man kann über Maßnahmen nachdenken, die gewisse Entwicklungen beschleunigen.“
Hannes dachte daran, wie er damals mit Essellen und Metternich an der Brücke gestanden hatte, kurz bevor die Jäger gekommen waren, und sagte: „Also, ein wenig muß ich mich wundern, Essellen. Du warst doch eigentlich immer der, der von sowas abgeraten hat.“
„Stimmt.“ Essellen putzte seine Brille. „Weißt du, in den Kellergewölben unter der Konstabler ist's nicht besonders gemütlich, nein, nicht besonders...“ Essellen schwieg und sah vor sich hin. Dann sagte er: „Jedenfalls, nach über drei Wochen dort unten siehst du die Dinge, nun, sagen wir, etwas schärfer.“ Er setzte die Brille auf. „Außerdem, Hannes, erinnerst du dich vielleicht, daß ich immer gesagt habe: Was wir brauchen, ist eine breite Bewegung. Und die kriegen wir, wenn die Paulskirche dem Waffenstillstand zustimmt.“
„Und wenn sie ihn ablehnt?“

„Dann gibt's wahrscheinlich Krieg", sagte Metternich. „Und zwar einen Krieg Deutschlands auch gegen Preußen. Und damit geht die Revolution weiter. Aber für diesen Fall ist keine Planung möglich. Nur für den Fall: der Verein in der Paulskirche stimmt zu."

„Und was wollt ihr dann machen? Das tät mich schon mal interessieren."

„Viel können wir gar nicht machen", sagte Essellen. „Wir müssen uns danach richten, was die Leute wollen." Aber, erklärte Essellen, man konnte sich eine wünschenswerte Entwicklung vorstellen: Sofort, nachdem die Paulskirche abgestimmt hätte, müßten die Linken austreten und ein Gegenparlament bilden. Dem wäre Rückhalt zu verschaffen durch eine riesige Volksversammlung, die dann das liberal-reaktionäre Restparlament nach Hause schicken müßte.

„Na", sagte Hannes, „dann wird doch Militär eingesetzt."

„Richtig." Metternich nickte. „Aber der Frankfurter Senat hat nicht viel Möglichkeiten. In Frage kommen vorwiegend Bundestruppen aus Mainz." Er griff in die Innentasche seiner Jacke. „Hannes, schau mal", sagte er und entfaltete einen Landplan, in den die Taunuseisenbahn eingezeichnet war. „Hier etwa müßten wir das Gleis unterbrechen." Er zeigte auf eine Stelle zwischen Hochheim und Flörsheim. „Was ist das für eine Brücke dort? Ist die hoch?"

Hannes nickte. „Aber die ist aus Stein."

„Das macht nichts. Die sprengen wir."

„Aber du, hör mal... Wenn da ein Zug runterfällt?"

„Da fällt keiner runter. Weil wir nämlich gleichzeitig den Telegraphen unterbrechen. Dann wissen die Bescheid, daß was nicht stimmt. Außerdem stellen wir was hin, das man schon von weitem sieht."

„Die Schwierigkeit dabei ist", sagte Essellen, „daß nicht zu früh, aber auch nicht zu spät gesprengt wird."

„Das Ganze ist ein Zeitproblem." Metternich faltete den

Plan. „Wir wissen nicht, wann die Paulskirche abstimmen wird, und vor allem können wir nicht sicher sein, daß dann in ganz Deutschland gleichzeitig etwas geschieht. Und das muß sein, wenn aus der Republik was werden soll.“ Er steckte den Plan weg. „Aber die Leute stehen überall auf dem Sprung.“

„Überall?“ fragte Hannes. „Seid ihr sicher?“

„Wir nehmen es an“, sagte Essellen. „Zumindest von den großen Städten. Und das ist, glaube ich, keine Fehleinschätzung. Von Köln wissen wir es genau. Der Wilhelmi schreibt . . .“

„Ist der in Köln?“

„Dort war er. Jetzt ist er in der Schweiz, bei Hecker, Struve und ihren Leuten vom Heckerzug.“

„Die Leute vom Heckerzug? Wovon leben die denn in der Schweiz?“

„Aus Deutschland kommt immer wieder mal Geld. Auch aus Amerika. Der Hecker ist halt sehr bekannt. Freilich, die Flüchtlinge im Elsaß, die tun sich sehr viel schwerer. Jedenfalls: Die warten alle darauf, daß es losgeht.“ Essellen rückte an seiner Brille. „Weißt du, Metternich, so richtig wohl ist mir bei der ganzen Geschichte nicht. Die Vorstellung, daß wir hier in Frankfurt was machen, und woanders geht's nicht schnell genug los . . .“

„Wir müssen halt zusehen. Wenn wir fünf Tage lang das Gegenparlament hier halten können, dann haben wir gewonnen.“

„Und wenn vorher Militär in die Stadt kommt?“ fragte Hannes.

„Dann“, sagte Metternich und zog einen zweiten Plan aus der Tasche, „dann werden Barrikaden gebaut.“

Louise stand seitlich neben dem Laubeneingang und spähte durch das von wildem Wein umrankte Lattenspalier. Sie hatte die Kentucky schon an der Hausecke gerochen und war leise durch das Gras um die Laube herumgegangen. Er saß etwas in sich zusammengesunken, die Unterarme auf dem Tisch, und hatte die Ärmel seines guten Hemds hochgekrempelt. Seine Jacke und die Kappe lagen neben ihm auf der Bank, und die Haare am Wirbel hatten sich aufgestellt. Seine Lippen waren leicht geöffnet, er blickte auf den Bierkrug vor sich, die Kentucky hielt er zwischen Daumen und Zeigefinger.

Louise sah auf Hannes, wie er dort allein saß, und mit einmal wollte sie ihn anfassen, sich an ihn drängen, und da war sie hinter ihm, hatte die Arme um seine Brust, drückte sich gegen ihn, zog ihn fest an sich, rieb ihr Gesicht an seinem Haar, und er hatte ihren Kopf gefaßt, bewegte seinen Kopf, und dann waren ihre Wangen aneinander. Sie stand still, gegen ihn gepreßt, hatte die Augen geschlossen, spürte die Wärme seines Gesichts und wünschte sich die Wärme seines ganzen Körpers. Sie hörte ihn atmen, und sie wollte ihn ganz.

„Du, Louise. Du bist da." Sie spürte, wie er sich bewegte.

„Heh", sagte er, „du. Du bist hier." Und da fühlte sie sich weich und zärtlich, hob die Hand, strich ihm über den Arm, über das Gesicht und sagte: „Ja, Hannes. Ich bin hier."

Sie löste sich von ihm, ging zum Bankende und schob sich neben ihn. „Und du hast so lange warten müssen, du Armer." Sie legte den Arm um ihn, spürte die Wärme seiner Haut durch das Hemd und dachte: „Er würde dir fehlen. Er würde dir verdammt fehlen." Sie sah ihm ins Gesicht, in seine hellen Augen, und er lachte und sagte: „Die zwei Stunden hab ich nun auch noch ausgehalten." Dann sagte er: „Außerdem waren der Metternich und der Essellen hier."

„Aha?"

„Ja. Die machen Pläne, wegen diesem . . . Na, was soll's." Er sah sie an und lächelte. „Du bist hier. Und es ist noch schö-

ner, als ich mir's gedacht hab." Plötzlich faßte er ihren Kopf, und jetzt blickte er ernst. „Ich wär gern ..." Er schwieg.
„Was wärest du gern, Hannes?"
Da ließ er die Hände sinken. „Ach weißt du ... Ich hab da eben grad so eine Idee gehabt ..." Plötzlich rief er: „Jetzt sieh dir das an." Die Kentucky lag neben dem Bierkrug, qualmte und hatte den Tisch angesengt. Hannes warf sie auf die Erde. „Um ein Haar hätten wir hier in Flammen gestanden." Er lachte.
Louise dachte: „Nicht, Hannes. Das andere ist wichtiger." Sie sagte: „Was für eine Idee hast du gehabt?"
„Na ja, eigentlich hab ich darüber schon länger nachgedacht. Aber ... Ich weiß nicht, ob's geht. Und auch nicht, ob's dir recht ist, wenn ich ..." Er schwieg.
„Hannes, du." Sie drückte mit der Hand, die auf seiner Hüfte lag. „Wenn du's mir nicht sagst, kann ich nicht wissen, ob's mir recht ist."
Nun lachte er wieder. „Das ist wahr. Also ... Ich hab mir gedacht, daß wir vielleicht zusammen ... Also, daß wir, irgendwie ..."
„Du meinst, wir sollten zusammenleben?"
Er nickte. „Aber so richtig weiß ich nicht, wie's gehen soll. Schau ... Ich hab dich gern, und wenn wir so beieinander sind, ist's wunderschön. Aber wenn ich mir vorstell, daß wir jeden Tag ... Also, ich könnt mir schon vorstellen, daß wir beide, so wie wir hier sitzen, jeden Tag zusammen ... Aber weißt du, ich bin halt anders ... wie soll ich das erklären ... Kruzifix, ist das schwierig."
Da mußte Louise lachen, und sie gab ihm einen Kuß. Sie küßte ihn einfach auf den Mund, kurz und zärtlich, und ihr fiel ein, daß sich so vermutlich ein Paar küßte, das zusammenlebte. „Hannes", sagte sie. „Ich hab darüber auch schon nachgedacht und ..."
„Da schau her", sagte er.

„Ja." Sie sah ihn an. „Weißt du, ich hab dich lieb." Dann sagte sie schnell: „Wie auch immer . . ." Und da mußten sie beide lachen.
Aber plötzlich wurde er ernst, und auch sie wurde ernst und dachte: „Da lachen wir nun und wollen uns etwas so Trauriges sagen, daß man . . ." Dann dachte sie: „Na, nun komm. Damit ist uns auch nicht geholfen." Sie sagte: „Hannes. Ich glaube, ich bin zu demselben Ergebnis gekommen wie du. Wenn wir versuchten, zusammen zu leben, das ginge schief. Wir leben so unterschiedlich . . ."
„Ja", sagte er. „Ich bin ein Heizer, und wenn ich Glück hab, vielleicht mal wieder ein Schmied. Und du kannst Französisch, gibst Unterricht und machst Gedichte."
„Ja", dachte sie. „Und vielleicht arbeite ich bei einer Zeitung mit. Aber das weiß ich noch nicht." Sie sah ihn an und dachte: „Nein, das weiß ich ganz und gar noch nicht."
„Tja", sagte er und sah auf den Bierkrug. „So ist das nun mal." Er hob den Kopf. „Und was nun?"
Da gab sie ihm noch einen Kuß, diesmal etwas länger, und dann sagte sie: „Solang du bei der Taunusbahn bist, Hannes, würde uns ein Zusammenleben sowieso nichts nützen. Auch dann hätten wir nur an deinen freien Tagen was voneinander."
„Na ja", sagte er. „Aber doch etwas mehr . . ." Darauf sah er wieder in sein Bier.
Louise hatte ihre Hand noch immer an seiner Hüfte. Sie drückte mit der Hand, zog ihn an sich, und er legte seinen Arm um sie, faßte ihre Schulter, sie saßen eng aneinander gedrückt, und da war das Gefühl von vorhin, nicht so stark, aber es war da, und sie dachte: „Warum nicht?" Das hätte sie nicht denken sollen, denn nun fiel ihr all das ein, warum es nicht ging, aber sie dachte immer noch: „Warum nicht?" Leise sagte sie: „Du, Hannes, eigentlich geht's nicht. Aber . . . bis elf müssen wir hier schon aushalten."

„Und dann ...?“ Er sah ihr ins Gesicht. „Du willst mich in ...?“
Sie nickte. Dann lachte sie leise. „Vorausgesetzt, es ist dir recht ... Aber wir müssen schleichen wie die Indianer. Und spätestens um vier mußt du fort.“

Sie hatte sich im dunklen Wohnzimmer das Nachthemd angezogen, und jetzt stand sie in der Verbindungstür und sah hinüber zu ihrem Bett. Die Lampe auf dem Nachttischchen brannte bei kleingedrehtem Docht, aber Hannes Kopf, mitten auf dem Kissen, war hell beleuchtet. Und der nahm sich dort so fremd aus, daß sie ihr Herzklopfen spürte. Da lag Hannes im Bett, unter der Decke, aber es war ihr Bett, und er lag nackt unter ihrer Decke, und alles war ganz anders als damals in der Kammer.
Louise stand, spürte ihre nackten Füße auf den Dielen, und was sie in der Laube gefühlt hatte, als sie ihm nah sein wollte, das war fort. Da war nur noch Herzklopfen, aber irgendwie mußte es jetzt weitergehen.
Sie ging zum Nachttischchen und flüsterte: „Ich mach die Lampe aus, ja?“
Er nickte.
Sie löschte die Lampe. Jetzt stand sie im Dunkeln vor dem Bett, aber viel weiter war sie nicht.
Sie flüsterte: „Nebenan schlafen Schmidts. Wir müssen ganz leise sein.“
„Das bin ich gewöhnt“, flüsterte er.
„Was?“
„Ich mein ... Also, ich kann leise sein.“
„In deiner Kammer warst du's aber nicht.“
„Nein?“
„Nein.“
„Na, heut bin ich's.“
Stille.

Sie stand noch immer vor dem Bett und merkte, daß sie kalte Füße bekam.
„Hannes ... rutschst du ganz an die Wand, ja?"
Sie hörte es rascheln.
„Bist du ganz an der Wand?"
„Ja", flüsterte er.
Da tastete sie sich ins Bett. Er lag wirklich ganz an der Wand, und sie kam nicht mit ihm in Berührung. Sie lag ausgestreckt, sah nach oben ins Dunkel und hätte jetzt gern etwas mehr angehabt als bloß das Nachthemd.
Von Hannes war nichts zu hören. Er war vollkommen still.
„Hannes?" wisperte sie.
„Ja?"
„Hannes, du ..." Sie schwieg. Stille. Warum, zum Teufel, machte er nichts? Sie hatte das alles arrangiert, und nun konnte er auch mal was tun. Louise merkte, daß sie lächelte.
„Hannes?"
„Ja?"
„Wie macht man es, daß man sich nicht vermehrt?"
„Was?"
„Also, ich meine ... daß man nicht ..." Und da wußte sie nicht weiter.
„Du meinst, daß es kein Kind gibt?"
Sie nickte. Dann fiel ihr ein, daß er das nicht sehen konnte, und flüsterte: „Ja."
„Man wartet halt nicht solang, bis ... Also, man geht vorher ..." Schweigen. „Außerdem", flüsterte er, „geht's auch anders."
„Ja?"
„Ja."
Nun hätte sie fragen müssen, wie das ging, aber sie wisperte: „Wirklich?"

„Wenn ich dir's sag..."
Nach einer Weile flüsterte sie: „Aber das Nachthemd behalte ich an."
„Wenn du magst..."
Danach war wieder Stille.
Louise lag ausgestreckt, hatte die Arme lang gemacht, und rechts und links hielt sie ihr Nachthemd fest. Sie sah nach oben und lauschte in die Dunkelheit.
Nun hörte sie es rascheln, und dann fühlte sie seine Hand. Die tastete sich am Arm entlang, nach unten, bis zu ihrer Hand, verhielt dort und wanderte wieder nach oben. Sie glitt über die Schulter, zu ihrem Gesicht, und streichelte die Wange. Louise spürte seine etwas rauhen Finger auf ihrer Wange, wie sie hin- und herstrichen, und plötzlich merkte sie, daß sie das Nachthemd losgelassen hatte. Sie lag still, ließ sich streicheln, aber dann bewegte sie ein wenig den Kopf, im Zusammenspiel mit den streichelnden Fingern, und da glitt seine Hand an ihrem Hals entlang, über den Kragen des Nachthemds, und nun lag die Hand auf ihrer Brust. Aber es war Stoff dazwischen, und sie wollte doch seine Finger spüren, wollte, daß die rundherum strichen, so wie sie es kannte, und Louise griff nach seiner Hand. Aber das ging nicht, das verdammte Nachthemd war dicht, überhaupt war das alles zu eng und zu heiß, und jetzt wollte sie seine Wärme, seine Nähe, sie wollte ihn endlich spüren, und das blöde Ding klemmte, verdammt, ging das denn nicht auf, aber jetzt hatte sie es herunter, und nun spürte sie ihn. Sie spürte sein Gesicht an ihrem, ihre Brust an seiner, drückte sich gegen die Länge seines Körpers, fühlte seine Zehen, fühlte ihn ganz, das drückte dort unten, aber wenn sie sich ein wenig lockerte, nun war es dazwischen, und sie preßte sich gegen ihn, zog ihn an sich, sie waren beide das Ganze, und die Wellen liefen durch sie hindurch.

20

Hannes sagte zu Philipp: „Nein, du störst mich nicht. Wir haben heut Reservedienst gemacht, und ich bin nicht so müd.“

Philipp nickte. Er stellte die Lampe, die er aus der Backstube mitgebracht hatte, auf die Dielen, daneben die Teigwaage, hob seinen Kleiesack an und lehnte ihn gegen die Wand.

„Was hast du bezahlt?“ fragte Hannes.

„Achtzehn Gulden. Achtzehn harte Gulden.“ Philipp wickelte das Tuch vom Gewehr. Es war ein kurzer Jägerstutzen mit braunem, brüniertem Lauf und einem grünen Tragband. Gestern hatte Philipp ihn beim Quilling am Paradeplatz gekauft.

„Und den hast du so einfach gekriegt?“

„Klar“, sagte Philipp. „Und wenn nicht, wär ich zum Fuld auf die Zeil gegangen oder sonstwohin. Aber beim Quilling haben sie mir den verkauft, ohne daß sie gefragt haben. Wenn du bezahlen kannst, kriegst du alles.“

„Und jetzt ist dein Erspartes weg, was?“

Philipp nickte. „Fünfundzwanzig Gulden. Alle ausgegeben. Munition brauch ich schließlich auch.“ Er klappte den Verschluß hoch. „Hier, schau mal durchs Rohr. Das ist ein Dreher.“

„Was ist das?“

„Ein Dreher. Siehst du die Rillen im Rohr? Dadurch kriegt die Kugel eine Drehung und fliegt weit. Und sie trifft härter. Hat jedenfalls der Kommis vom Quilling gesagt.“

„Kannst du denn überhaupt schießen? Ich meine, zielen und so?“

„Ich weiß, wie's geht.“ Philipp wickelte das Gewehr wieder

in das Tuch. „Morgen geh ich üben, im Isenburger Forst.“ Er legte das Gewehr ab und musterte das Warenlager vor sich. „Zündhütchen hab ich genug. Mit den Kugeln hapert's ein wenig. Na, zur Not kann ich selber welche gießen, eine Kugelzange hab ich auch gekauft.“ Er griff nach einer Blechbüchse. „So. Jetzt wird gewogen.“
„Was gewogen?“
„Na, Pulver. Hier, schau. Echt englisches Schießpulver. Ich hab keine fertigen Papierpatronen genommen, die sind zu teuer. Kann man sich mit Zeitungspapier selber drehen.“ Er schraubte den Deckel von der Büchse. „Ein halbes Lot pro Ladung, hat der Kommis gesagt.“
„Hör mal... Also du, jetzt paß bloß auf... Verdammt, Philipp, stell doch wenigstens die Lampe zur Seite.“
„Na klar.“ Philipp rückte die Lampe. „Glaubst du, ich brenn hier mein teures Pulver für nichts ab?“ Er setzte ein Gewichtsteinchen auf eine der Waagschalen. „Da hab ich besseres mit vor, als dem Jost sein Haus anzuzünden.“

Es war abends viertel nach acht, und sie waren in den Kasteller Bahnhof eingefahren. Ott nahm die Sturmlaterne vom Geländer und schraubte den Docht höher. „Na, dann wollen wir mal schaun.“ Er kletterte vom Führerstand. Hannes holte den Hammer aus dem Werkzeugkasten und folgte. Ott schloß die Öler über den Achslagern, und dann untersuchten sie zuerst das linke hintere Laufrad. Hannes schlug mit dem Hammer mehrmals locker gegen den Radkranz, aber es klang hell und sauber, und er sagte: „Nichts.“ Er wiederholte die Prozedur am Treibrad. „Auch nichts.“
„Wo hast du's gemerkt?“ fragte Ott.
„In der Kurve, kurz vorm Bremsen.“ Er schlug gegen das vordere Laufrad, und da klang es stumpf. „Hier“, sagte er.
Sorgfältig, Zoll für Zoll, leuchtete Ott den Radkranz ab.

„Da ist er." Der Riß ging schon bis zum Spurkranz, und Ott sagte: „Der wär uns noch vor Hochheim runtergesprungen. Zu deinem Ohr kannst du dir gratulieren. Jetzt sag dem Zugführer Bescheid, daß die Reservemaschine bei muß."
Später rollten sie langsam an Festungsmauern entlang bis vor die Lokomotiv-Werkstatt. Hannes hatte über einer der Gruben am Lokomotivschuppen schon das Feuer ausgezogen, das Wasser würden sie über dem Ablauf in der Werkstatthalle ausblasen. Das Hallentor war geschlossen, und da Ott die Maschine nicht verlassen durfte, solange sie unter Dampf stand, ging Hannes los, um dem Maschinenmeister Bescheid zu geben. Das Werkstattpersonal hatte um acht Uhr Feierstunde, und die Halle lag in tiefer Ruhe und Dunkelheit. Lediglich aus dem Fenster des Büros oben auf der Galerie fiel Licht. Vorsichtig tastete sich Hannes die eiserne Stiege hoch.
Der Kasteller Maschinenmeister hatte einen runden, vollkommen blanken Schädel und nickte nur, als Hannes Meldung machte. Schweigend begann er, in der Kladde zu blättern, in der für jede Maschine die Revisionen, die Reparaturen und die gefahrenen Wegstunden aufgezeichnet waren. „Gut", sagte der Maschinenmeister dann. „Wir werden den Blitz morgen gleich gründlich inspizieren. Sagen Sie das dem Ott." Er überlegte. „Stand neun."
Hannes ging hinunter und öffnete das Tor. In der Halle stand die Schiebebühne vor dem Einfahrtgleis, wie er im Schein der beiden Laternen des Blitz sah. Die Bühne lief auf Schienen in einer Grube, die sich durch die Länge der Halle zog. Rechts und links von der Grube waren die Reparatur-Stände angeordnet. Stand neun war hinten am Verschlag, in dem man übernachten konnte. Sie fuhren den Blitz auf die Schiebebühne, zogen sie mit der Winde über den Ablauf, und Hannes öffnete den Hahn unten am Boden des Stehkessels. Während der Dampf das Wasser ausblies, säuberte

Hannes die Rauchkammer. Dann zogen sie die Bühne, mit dem Blitz darauf, vor Stand neun, und Hannes löste die Verbindungskupplung zwischen Tender und Maschine.
„Die drücken wir rüber, wenn der Werkmeister und seine Leut hier sind", sagte Ott. Dann sagte er: „Na, das wird denen Laune machen, wenn sie morgen kommen müssen."
Morgen war Sonntag, und da hatten die Werkstattleute gewöhnlich Feiertag. Aber selbstredend mußte ‚auf Verlangen der Vorgesetzten auch nach Feierabend, sonntags und nachts gearbeitet werden', wie es im Reglement hieß. Es gab einen Bereitschaftsdienst, und wer dazu eingeteilt war, mußte jederzeit erreichbar sein.
Hannes löschte die Lampen am Blitz, nahm seinen Brotbeutel vom Führerstand und ging in den Verschlag. Ott saß schon an dem wackligen Tisch, auf den er die Sturmlaterne gestellt hatte. Daneben lag seine lederne Tasche. „Hast du genug zum Essen dabei?" fragte er.
Hannes nickte. „Bloß nichts zu trinken." Auf Kaffee mit Schnaps verzichtete er seit einiger Zeit.
„Kannst was von mir haben." Ott packte die Tasche aus. Während er ein Töpfchen mit gekochten Nudeln öffnete, sagte er: „Jetzt sitzt meine Frau wieder daheim und weiß nicht, ob mir was passiert ist." Er stocherte mit der Gabel im Nudeltöpfchen. „Manchmal habe ich die Eisenbahnscheiße dick bis oben hin." Er seufzte. „Aber was hilft's. Ich muß halt weitermachen."
Hannes nickte. Nach mehr als sieben Dienstjahren würde Ott keine Arbeit in seinem alten Beruf als Schlosser mehr finden. „Wie lang wollen Sie noch Dienst machen?" fragte er.
„Fünf Jahre. Die muß ich wenigstens durchhalten." Ott fing an zu essen. „Die Töchter", sagte er, „sind jetzt zwölf und zehn. Und bis die versorgt sind, muß ich bleiben. Außerdem hab ich noch nicht genug gespart, daß meine Frau und ich

später davon leben können." Ott hatte die Gabel in den Topf gesteckt und sah vor sich auf den Tisch. „Was meine Frau und die Kinder machen sollen, wenn mir vorher was passiert, daran darf ich gar nicht denken." Er schwieg. „Also fünf Jahre", sagte er dann und begann wieder zu essen. „Da bin ich dreiundvierzig und kaputt, aber ein paar Jährchen werd ich wohl noch haben."
Hannes sah ihm zu, wie er aß, sah in sein Gesicht mit der spröden Haut und den ewig entzündeten Augen der Lokomotivführer und dachte: „Ein alter Mann. Aber er ist alt gemacht worden." Er sagte: „Achtunddreißig sind Sie jetzt, nicht? Da sind Sie so alt wie der Metternich."
Ott nickte. „Der ist mein Jahrgang. Ich hab dir ja gesagt, daß ich mit ihm auf die Schul gegangen bin. Wir haben viel zusammen gemacht." Er kaute. „Später haben wir uns aus den Augen verloren."
„Ja? Aber wie ich ihn zum ersten Mal gesehen hab, damals am Blitz, da hat's mir geschienen, wie wenn Sie ihn nicht nur von früher her kennen."
„Das hast du richtig gesehen." Das Töpfchen war leer, und Ott wischte es mit einem Brocken Brot aus. „Denn wie ich meine Werkstatt verloren hab, da bin ich zu den Turnern gegangen. Also, geturnt hab ich nicht, dazu hab ich keine Zeit gehabt. Aber bei den geheimen Versammlungen bin ich oft gewesen." Er lachte ein wenig. „Was haben wir uns die Köpf heiß geredet über die Revolution. Wann sie kommt, wie sie kommt, was wir dann machen. Und was ist daraus geworden?"
„Kann gut sein, daß sie noch mal losgeht", sagte Hannes. „Ob die im Parlament heut abgestimmt haben?"
„Möglich." Ott packte das Töpfchen weg. „Die debattieren ja lang genug, seit Donnerstag. Und am Sonntag, da halten die gewöhnlich keine Sitzung ab. Gut möglich, daß sie's heut noch über die Bühne gebracht haben."

Morgens um sieben kam der Werkmeister mit zwei Schlossern und besah mißgelaunt den Riß im Laufrad.
Einer der Schlosser sagte: „Na, zu fünft haben wir das schnell geschafft."
„Freilich. Das schon." Der Werkmeister zog einen Zettel aus der Tasche. „Aber der Herr Ingenieur hat mir einen Arbeitsauftrag geschickt... Hier, schau selbst."
„Ach du Heiliger. Da sind wir ja bis abends dran."
„So ist es." Der Werkmeister steckte das Papier weg. „Auf, Männer. Rüber mit der Maschine."
Nach einer halben Stunde hatten sie die Lagerdeckel und die Schienenräumer demontiert. Der Werkmeister schob den Kranhaken unter den vorderen Querträger des Außenrahmens, und die beiden Schlosser drüben am Krangetriebe begannen zu kurbeln. Als der Blitz vorn etwa einen Fuß angehoben war, kam die Laufachse mit den Rädern frei, und Hannes und Ott rollten sie nach vorn.
Gegen neun hatten sie die neue Laufachse montiert und machten Frühstückspause. Sie setzten sich nach draußen vor die Werkstatt, und Ott sagte: „Jetzt bin ich auf den Neunuhr-Zug nach Frankfurt gespannt." Die Sicht zum Bahnhof war durch das österreichische Fort verdeckt, aber das Hauptgleis drüben konnte man sehen.
Nach einer Weile hörten sie vom Bahnhof her einen Pfiff, und darauf, näherkommend und in langsamer Folge, das dröhnende Puffen, mit dem sich die Zylinderfüllungen durch den Schornstein entluden. Plötzlich ging es in die wilde, schnelle Folge über, wenn die Triebräder schleuderten, fing sich wieder und dann dampfte die Cockerill um die Gleisbiegung am Fort. Sie hatte noch immer keine Fahrt aufgenommen, bei jedem Auspuffen schoß dunkler Qualm in die Höhe, und als sie vorüberfuhr, sah man, daß der Heizer ununterbrochen schaufelte. Da war der Packwagen, und nun kamen die Zweite-Klasse-Wagen.

„Ach du Heiliger“, sagte einer der Schlosser.
Gegen alle Vorschrift standen in den Coupés dichtgedrängt die Leute, und die meisten trugen Kittel.

Louise war auf den Sockel einer Gartenumzäunung geklettert, sie konnte die gesamte Pfingstweide bis hinüber zum Hanauer Bahnhof überblicken, und sie sah Menschen, so weit das Auge reichte. Es war eine Menschenmenge, für die ihr jedes Maß fehlte. Vor dem Römer, damals im März, da hatten viele, sehr viele Leute gestanden, aber hier waren es unermeßlich viele. Und nur die konnten dieses Geräusch hervorbringen, dies plötzlich anschwellende, die Luft füllende, tosende Brausen, das Louise schon gehört hatte, als sie aus dem Bethmannschen Haus gekommen war.
Sie war für den Nachmittag zur Aushilfe kommandiert worden, weil Frau von Bethmann eine Damengesellschaft gab, und sie hatte ihren Zorn nur schwer verbergen können. Da versäumte sie nicht nur die Volksversammlung, sondern bekam noch dazu lauter Belanglosigkeiten zu hören. Natürlich unterhielten sich die Damen auch darüber, daß die Paulskirche den Waffenstillstand angenommen hatte. Aber das war inkompetentes Geschwätz, aus dem Louise noch nicht einmal entnehmen konnte, ob die Linke nun ausgetreten war. Um fünf hatte man sie entlassen.
Unterwegs war ihr Schnepf begegnet, der mit seinen Söhnen von der Pfingstweide kam, und den hatte sie kurzentschlossen gefragt.
„Nein“, sagte Schnepf, während er die Knaben beobachtete, denen er befohlen hatte, auf der Promenade weiterzumarschieren. „Die Linke steht zum verfassungsgebenden Reichstag. Ich hoffe, daß sie dem Ansinnen auszutreten, nicht nachgibt.“
„Aber waren Sie nicht auch empört über das Abstimmungsergebnis?“

„Nun ...“ Schnepf hatte die Hände hinter den Rücken gelegt und sah vor sich auf die Erde. „Wissen Sie ... Inzwischen bin ich zu der Überzeugung gelangt, daß gewisse staatspolitische Erwägungen eine Rolle gespielt haben, die sich der Beurteilung des Einzelnen entziehen und ... Gleichviel, nun müssen alle gutgesinnten Deutschen zusammenstehen ...“ Er blickte in Richtung Pfingstweide. „Hören Sie das?“ Und Louise ansehend: „Fräulein Coith, ich beschwöre Sie, gehen Sie nicht dorthin. Das Volk ... nein, der Pöbel, der zuchtlose Pöbel regiert die Stunde.“
„Was nennen Sie Pöbel, Herr Schnepf? Alle Frankfurter Vereine haben zu dieser Versammlung aufgerufen. Das Montagskränzchen beispielsweise ...“
„Auch das hat sich zurückgezogen. Der Herr Doktor Reinganum ... ich bin politisch nicht mit ihm einverstanden, aber wie man selbst ihn ausgezischt hat, von der Rednerbühne gejagt ... Schändlich! Dann die Reden, die folgten, wühlerische ... Kurz, alle Gutgesinnten haben die Versammlung verlassen. Geblieben ist der Pöbel. Und ich rate Ihnen ... Aber ich muß eilen. Ich grüße Sie.“ Die Knaben waren hinter einer Wegbiegung verschwunden.
Louise kam zur Pfingstweide, als gerade kein Redner sprach. Man hatte eine mehr als mannshohe Plattform als Bühne gezimmert, und sie ragte aus der Mitte der Menschemenge. Auf der Bühne stand ein Tisch, an dem einige Männer saßen, andere standen drumherum, und in einem von ihnen erkannte Louise Metternich. Als er etwas zur Seite trat, sah sie, daß einer der am Tisch sitzenden Männer der Abgeordnete Zitz war. Er schien zu schreiben.
Louise fragte einen Schmiedegesellen, der neben ihr am Gartenzaun lehnte, und der sagte: „Die denken sich eine Adresse aus. Über die wollen wir dann beschließen. Morgen soll sie in der Paulskirche überreicht werden.“
„In der Paulskirche? Und von wem?“

„Von einer Deputation."
„Aha", sagte Louise. Dann fragte sie: „Hat der Zitz was gesagt?"
„Ja. Er hat gesagt, man muß endlich Fraktur reden."
Louise war dann auf den gemauerten Sockel des Zaunes geklettert, und als sie jetzt über die Menschenmenge blickte, konnte sie keine Bürger entdecken. Sie sah Bauern mit Knotenstöcken, Männer in Arbeiterblusen, vermutlich aus Hanau, Gesellen und Männer in Turnerkleidung, die Heckerfeder am Hut. Louise ließ den Blick wandern, und da sah sie auch Frauen: Einige Bäuerinnen mit enganliegenden Hauben, aber in der Mehrzahl Arbeiterfrauen, einfach gekleidet, die Tücher aus bedrucktem Baumwollzeug.
Mit einmal fiel ihr der erste Abend im Gräberschen Lokal ein, als sie, in die Ecke am Windfang gedrückt, noch nicht den Heizer Hannes, sondern die Versammlung beobachtet hatte. Sie konnte sich an den Geruch, an die Geräusche erinnern, daran, was sie gefühlt hatte, und wie entfernt es gewesen war, das Volk. Als Louise jetzt auf die Bauern, die Gesellen, die Arbeiter sah, die in ihrer Nähe standen, dachte sie: „Sie sind immer noch entfernt, aber auf andere Art. Sie führen ein anderes Leben als ich, aber ich kann es mir vorstellen. Ein wenig jedenfalls. Ich gehöre nicht zu ihnen, aber ich kann mich zu ihnen stellen."
Louise blickte über die Menschenmenge, die die weite Fläche hier draußen vor der Stadt bedeckte, über die Leute, deren Zahl sie nicht schätzen konnte, die sich hier versammelt hatten, weil sie betrogen worden waren, und da begriff sie zum ersten Mal, was sie gewußt, aber so noch nie empfunden hatte: Diese Leute waren frei von Furcht. Sicher: Sie hatten Angst vor unmittelbarer Gefahr, vor dem Morgen, dem Hunger, aber nicht die Angst vor Chaos und Anarchie, diese unbestimmte Furcht des Bürgers. Und deshalb waren sie mächtig, wenn sie zueinander fanden, so wie heute.

Aus der Versammlung stieg plötzlich ein rauschendes Stimmengemenge auf, und Louise sah zur Rednerbühne. Der Abgeordnete Zitz hatte sich erhoben und sprach mit Metternich. Der nickte, und nun stieg er, ein Papier in der Hand, auf den Tisch. Er hob das Papier in die Höhe, und auf der Pfingstweide wurde es still. Diese unermeßlich große Versammlung war so still, daß Louise hinter sich im Garten die Spatzen tschilpen hörte.

„Brüder!“ rief Metternich, und seine Stimme war gewiß bis hinüber zum Hanauer Bahnhof zu hören. „Auf diesem Papier haben wir die Adresse aufgeschrieben. Sie heißt: ‚Hohe Nationalversammlung! Die Volksversammlung zu Frankfurt am Main am 17. September, bestehend aus mindestens 20 000 Bürgern aller Städte und Dörfer der Umgegend, beschließt:

1. daß die Majorität von 258, welche in der Nationalversammlung am 16. des Monats den schmählichen Waffenstillstand angenommen hat, von dieser Volksversammlung hiermit als Verräter des deutschen Volkes, der deutschen Freiheit und Ehre erklärt,
2. daß dieser Beschluß der deutschen Nation auf das Schnellste bekannt gemacht werde,
3. daß eine Deputation obigen Beschluß morgen der Nationalversammlung mitteile.‘“

Metternich hob das Papier: „Wer damit einverstanden ist, soll die Hand heben.“

Es war ein Meer von Händen, aber viele Männer hatten ihre Knotenstöcke erhoben.

Gegen halb neun Uhr abends hatte der Werkmeister fast alle Punkte des Arbeitszettels abgehakt. Die Schlosser fingen gerade an, das gekapselte Sicherheitsventil auf der Mitte des Langkessels zu demontieren, als der glatzköpfige Maschinenmeister erschien. Er ging eilig durch den Seitengang und rief schon von weitem: „Halt! Arbeit einstellen.“ Dann stand er am Blitz, besah sich den Arbeitszettel und sagte zum Werkmeister: „Das Ventil ein anderes Mal. Für Sie ist heut Schluß.“ Und zu Ott, der mit vorgeneigtem Kopf neben ihm stand: „Sie feuern so schnell wie möglich die Maschine an.“

Ott hob den Kopf. „Sollen wir leer nach Frankfurt?“

„Nein. Sie fahren rüber zum Bahnhof hier ...“

„Für den Neun-Uhr-Zug langt das mit dem Anfeuern aber nicht mehr“, sagte Ott.

„Unterbrechen Sie mich nicht! Sie fahren rüber zum Bahnhof, auf das rechte Gleis in Fahrtrichtung Frankfurt, und setzen sich vor die Cockerill. Verstanden?“

Ott nickte. „Und dann?“

„Und dann, und dann ... Fragen Sie nicht. Also los, Beeilung.“ Der Maschinenmeister sah auf den Tender. „Der Koks reicht. In Frankfurt füllen Sie sofort auf.“

„Jetzt? Nachts?“

„Himmelherrgott, Ott!“ Der blanke Schädel des Maschinenmeisters war rot angelaufen. „Sie sollen tun, was ich sage! Sobald Sie rollen können, dampfen Sie ab in den Bahnhof, klar?“

Nach einer dreiviertel Stunde hatten sie genügend Druck. Am Lokomotivschuppen hielten sie an, weil Hannes eine Ausweichung stellen mußte. Im Schuppen brannte Licht, und Hannes sah, daß vier Maschinen angeheizt wurden.

Louise holte ihre Uhr aus dem Handbeutel und hielt sie in das Licht der Gaslaterne. Elf Uhr, und wann die Herren Linken zu einer Entscheidung kommen würden, wußte niemand. Aber Louise wollte warten, genauso wie die anderen Leute hier am Gasthaus Zum Deutschen Hof. Seit sieben standen sie dicht gedrängt auf der Bockenheimer Gasse, und, soweit Louise sehen konnte, auch auf dem Theater-

Platz und der Stadt-Allee. Seit sieben berieten die linken Abgeordneten drinnen im Gasthof über Austritt oder Nicht-Austritt.

Gegen neun war der Abgeordnete Blum in einem der Fenster erschienen und hatte begonnen, eine Rede zu halten, die die Leute sich zunächst schweigend anhörten. Es müsse einen neuen März geben, sagte Blum, aber nicht hier, nicht gleich. „Die Entscheidung liegt beim deutschen Volk“, rief Blum. „In Wien, in Berlin...“ Weiter kam er nicht.

„Austreten!“ schrie einer. „Austreten! Austreten!“ schrien alle, und der Abgeordnete Blum hatte eilig das Fenster geschlossen.

Während Louise jetzt ihre Uhr wegsteckte, dachte sie: „Warum treten sie nicht aus? Ob es die Furcht des Bürgers ist? Die Furcht vor der Revolution?“ Sie zog ihr Umhangtuch enger, denn es war kühl geworden, schon am Nachmittag hatte es sich bezogen, und sie war froh, daß sie ihren Schirm geholt hatte, bevor sie hierher gegangen war.

„Louise!“

Sie hob den Kopf und blickte sich um. Seine Stimme war es nicht gewesen, und bei der schwachen Beleuchtung war nicht zu erkennen, wer gerufen haben konnte. Aber der Name Louise war so häufig...

„Louise!“ Da schob sich einer an den Leuten vorbei und kam auf sie zu. Einer im Bauernkittel, Heckerfeder am schwarzen Schlapphut, mit weinroten Halstuch und blondem Bart.

„Wilhelmi! Wie sehen Sie... Wie siehst du denn aus?“

„Gefalle ich dir nicht?“ Wilhelmi lächelte unter dem Schlapphut.

„Also... Zumindest überrascht es mich.“ Louise schüttelte den Kopf. „Der blendendweiße Wilhelmi. Nun verkleidet er sich doch im Kittel.“

„Du hast recht, es ist eine Verkleidung.“ Wilhelmi blickte

sich um. Dann sagte er: „Erstens wäre es unklug, wenn ich mich hier in der Stadt offen zeigte. Zweitens habe ich einige Reisen unternommen, die ich nicht gut in meinem auffälligen Anzug machen konnte. Seit drei Tagen bin ich zurück."
„Wo warst du denn?"
„An verschiedenen Orten. Und dann in der Schweiz."
„In der Schweiz? Etwa bei Hecker?"
„Ja, bei dem auch ..." Wilhelmi nahm seinen Hut ab und betrachtete die rote Hahnenfeder. „Weißt du, der Hekker ... Ich war etwas enttäuscht. Sein alter Elan ist weg. Der hat die Niederlage im April nicht verwunden. Na", sagte er und setzte den Hut auf, „sein Name zieht nach wie vor, als Schlachtruf sozusagen. Und bei den Flüchtlingen in der Schweiz hat ohnehin jetzt der Struve das Sagen. Und der ist wild entschlossen. Aber die Intrigen unter den Flüchtlingen kann auch er nicht verhindern."
„Intrigen? Du meinst, die arbeiten gegeneinander?"
„Ja, leider. Ist auch kein Wunder. Wenig Geld, das lange Warten ... Die fallen sich auf die Nerven. Auch für die ist's gut, wenn's jetzt losgeht." Er sah hinüber zum Deutschen Hof. „Wenn die doch endlich zu einer Entscheidung kämen."
„Wie schätzt du die Chancen für den Austritt?"
Wilhelmi sah sie an. „Was heißt Chancen? Die müssen austreten. Es muß ein Gegenparlament geben. Es geht einfach nicht anders." Er sah wieder hinüber zum Gasthof. „Freilich ... Es hat keinen Sinn, sich etwas vorzumachen. Alles hängt davon ab, ob sich Zitz und die anderen Radikalen durchsetzen. Blum und seine Leute beharren nach wie vor darauf, man müsse erst alle Möglichkeiten im Parlament ausschöpfen. Zudem wisse man nicht, ob das ganze Volk ein Gegenparlament wolle. Damit hat er natürlich recht. Aber das ist kein Argument. Nur dadurch, daß man ein Gegen-

parlament macht, kann man feststellen, ob das Volk eins will.“ Und während er zum Gasthof starrte: „Es geht nicht anders. Die müssen und müssen austreten.“

Ott steckte seine Taschenuhr ein. „Viertel nach elf.“ Er hakte die Sturmlaterne vom Geländer und beleuchtete den Wasserstandzeiger, dann die Druckanzeige. „Mach mal auf.“

Hannes drehte am Ventil der Speisewasserleitung, und Ott legte den Hebel für die Speisepumpe um; man hörte, wie die Dampfpumpe anlief.

„Wenn wir nur mehr wüßten“, sagte Ott. „Läßt der dich wirklich nicht rein?“

Hannes schüttelte den Kopf: Er war vorhin an der Telegraphenstube gewesen. Dann war er am Zug entlanggegangen und hatte die Wagen gezählt. Es waren fünfundzwanzig, hinten Vierte-Klasse-Wagen und vorne Transport-Wagen. Die Zugketten waren ohne Spannung eingehängt, so wie man es bei vollbeladenen Transportzügen zum leichteren Anziehen machte.

„Wenn sie die Wagen vollstopfen“, sagte Ott, „kriegen sie tausend Mann auf den Zug. Genau ein Bataillon. Also schaffen sie aufs erste Mal zwei nach Frankfurt.“ Auf dem Nachbargleis stand ein gleich langer Zug mit der Gutenberg und der Main davor.

Soldaten waren keine zu sehen außer den Wachen unter den Torlampen am preußischen und am österreichischen Fort. Aber Schmiermund hatte erzählt, daß in beiden Forts gegen neun Uhr Alarm gegeben worden war.

Die Cockerill hatte den letzten Zug von Wiesbaden nach Frankfurt bringen sollen, aber der war abgesagt worden. Auch der Spätzug aus Frankfurt war ausgeblieben. Offenbar wollte man die Strecke freihalten.

„Wenn man nur wüßte, was in Frankfurt los ist“, sagte Ott. „Ob die Linken schon ausgetreten sind? Was meinst du?“
Hannes zuckte mit den Achseln.
„Was ist los mit dir? Du sagst schon die ganze Zeit nichts.“
„Ich denk nach“, sagte Hannes.
Ott deutete mit dem Kinn auf das Speisewasserventil, und Hannes drehte es zu. Ott stellte die Pumpe ab und sagte: „Hör mal. Wenn du darüber nachdenkst, was man dagegen tun kann, daß Soldaten nach Frankfurt geschafft werden – hab ich schon getan.“
„Und?“ fragte Hannes.
„Mir ist nichts eingefallen.“
Hannes nickte. Man hätte den Blitz unbrauchbar machen können. Zum Beispiel das Wasser ausblasen, so daß die Feuerkistendecke durchbrannte. Aber im Lokomotivschuppen standen zwei Reservemaschinen angeheizt. Und sonst? Überall lief Zug- und Bahnhofspersonal herum, das aufpaßte. Und darauf zu hoffen, daß diese Leute den Truppentransport sabotierten, war Blödsinn. Das sah man ja am Schmiermund. Der hatte bloß geflucht, daß er spät nach Hause kam. Nein, die waren alle pflichtgetreue Eisenbahnleute. Die einzige Hoffnung war, daß Metternich rechtzeitig die Brücke sprengte.
Bisher hatte Hannes Ott davon noch nichts gesagt. Er hatte das unbestimmte Gefühl, es wäre besser, wenn nur einer von der beabsichtigten Sprengung wußte. Obwohl Ott natürlich den Mund gehalten hätte. Aber vorläufig war die Brücke ja nicht gesprengt. Der Telegraph ging noch, Hannes hatte es vorhin durchs Fenster gesehen. Er blickte hinüber zum Empfangsgebäude. Wenn jetzt in diesem Moment die Drähte gekappt wurden? Aber er konnte sich nicht andauernd am Empfangsgebäude herumdrücken, ohne aufzufallen. Zudem war nicht sicher, daß der Transport aufgehalten

würde, wenn der Telegraph ausfiel. Nein, das war gar nicht sicher. Und dann? Metternich wollte etwas auf die Schienen stellen. Das mußte jetzt in der Nacht eine Laterne sein, und zwar eine mit grünem Licht. Denn das bedeutete ‚Halt'. Ob Metternich das wußte? Jede Eisenbahngesellschaft hatte ihre eigenen Signale. Bei manchen hieß das rote Licht ‚Halt', bei anderen das weiße. Bei der Taunusbahn das grüne. Nein, darauf konnte er sich nicht verlassen, daß Metternich dies bekannt war. Andererseits war unwahrscheinlich, daß die Brücke schon fort war. So bald erwarteten die in Frankfurt vermutlich keine Soldaten. Überhaupt schien die Sache nicht so zu laufen, wie sich Metternich und Essellen das vorgestellt hatten. Hannes blickte wieder zum Empfangsgebäude. „Herr Ott. Ich muß Ihnen mal was sagen."
Ott nickte. Hannes stellte sich dicht neben ihn und sagte, was er von der geplanten Sprengung wußte, und was er sich gerade überlegt hatte.
Ott sah ihn an. „Und das erzählst du mir jetzt erst? Mein lieber Mann. Stell dir vor, durch irgendwas wärst du nicht mehr dazu gekommen. Sauber, sauber ... Na, ist ja egal." Ott dachte nach. „Paß auf. Das ist alles keine Sache. Wir sind mit dem Blitz vorne, und wir bestimmen, was geschieht. Vor der Brücke halten wir ganz einfach an. Irgend ein Grund wird mir schon einfallen. Ist gesprengt – gut. Wenn nicht, können wir uns immer noch überlegen, ob wir unterwegs den Kessel durchbrennen lassen. Das gibt dann wenigstens eine kleine Verzögerung. Aber auf alle Fälle halten wir vor der Brücke."

Metternich beobachtete den hellerleuchteten Eingang am Deutschen Hof, vor dem sich die Leute drängten, und sagte: „Große Illusionen sollten wir uns nicht machen. Wenn sie wollten, hätten sie schon entschieden."
„Verdammt." Wilhelmi schlug mit der geballten Faust auf

die Handfläche. „Dann geht doch alles verloren. Ohne Gegenparlament... Verdammt, verdammt."
„Na, na, Wilhelmi." Metternich sprach ruhig mit seiner tiefen Stimme. „Jetzt dreh du nicht auch noch durch. Paß auf: Am besten gehst du ins Gräbersche Lokal und hilfst dem Essellen und dem zappeligen Hörfel, daß sie die Diskussion im Griff behalten."
„Wieviele sind denn dort?"
„Etwa siebzig. Ich glaub, die Versammlung von heut nachmittag ist ziemlich vollständig vertreten. Und die reden schon über den Fall, daß diese Waschlappen nicht austreten. Die einen wollen dann aufstecken und auf eine bessere Gelegenheit warten. Das ist natürlich Quatsch. Andere wollen das Parlament morgen früh stürmen. Auch Quatsch. Was wir brauchen, ist Zeit. Am besten wär morgen eine Volksversammlung hier in der Stadt, während die Adresse überreicht wird. Darauf müssen wir hinarbeiten."
„Und wie dann weiter?" fragte Louise. „Wenn ich mich mal einmischen darf..."
Metternich lachte. „Du darfst." Dann wurde er ernst. „Man kann nicht alles planen, Louise. Wir müssen halt schaun, wie sich's entwickelt. Sieh dir die Leute hier an." Er zeigte mit dem Kopf. „Wenn die Linken nicht austreten – wer sagt uns, was die machen? Kann sein, daß sie morgen das Parlament stürmen. Kann auch sein, daß sie enttäuscht heimgehen. Morgen ist sowieso Montag. Viele werden wieder an ihre Arbeit müssen."
„Hör mal", sagte Wilhelmi zu Metternich. „Ich denke eben daran... Was ist mit der Taunusbahn? Willst du den Trupp nicht losschicken?"
„Schon geschehen. Ich weiß bloß nicht, ob sie genügend Pulver zusammengekriegt haben."
„Pulver?" fragte Louise. „Ihr wollt doch nicht etwa...?" Sie starrte Metternich an. „Seid ihr verrückt?" Louise hatte

ihn am Ärmel gepackt. „Ihr wollt sprengen... Und die Leute auf der Lokomotive? Ihr wollt die..."
„Leise, um Himmels willen."
„Das könnt ihr nicht machen. Ihr dürft nicht..."
„Louise! Leise, verdammt!" Beschwörend sah Metternich sie an. „Hör zu", sagte er halblaut. „Da ist keine Gefahr. Ich erklär's dir genau, und dann wirst du beruhigt sein. Paß auf. Ich habe einen Trupp losgeschickt zu einer Brücke. Die sollen die Sprengung vorbereiten, hörst du? Nur vorbereiten. Damit werden sie etwa um zwei Uhr morgens fertig sein. Dann verstecken sie sich und beobachten die Strecke. Die haben ein Fernglas dabei, und sobald ein Zug kommt, auf dem Militär ist, sprengen sie. Man kann die Strecke auf fast eine Wegstunde hin übersehen, und der Lokomotivführer wird genügend Zeit zum Anhalten haben. Alles genau ausgerechnet. Zufrieden?"
„Und nachts? Was ist heute nacht?"
„Heut nacht fahren keine Züge mehr. Wenn doch einer kommt, ist's ein Militärtransport, und dann wird auf alle Fälle gesprengt... Ruhig, ruhig. Den hören die so rechtzeitig, daß Zeit bleibt, um eine Laterne zur Warnung aufzustellen. Alles klar?"
Louise schüttelte langsam den Kopf. „Also... Ich weiß nicht."
„Hör mal. Wenn wir hier irgend etwas machen, müssen wir sicher sein, daß wir die Preußen nicht sofort auf dem Hals haben. Das mußt du doch einsehen."
„Das geht schon klar, Louise, keine Angst", sagte Wilhelmi. Und zu Metternich: „Was ist mit der Strecke nach Darmstadt? Und mit der neuen Brücke über den Main?"
„Eines nach dem anderen." Metternich rückte an seinem Hut. „So schnell geht das alles nicht. Außerdem müssen wir frühestens morgen mit Militär rechnen. Und die Mainbrücke ist für Züge noch nicht passierbar. Aber darum

kümmere ich mich noch." Er blickte zum Eingang des Gasthofs. „So. Jetzt werde ich da mal reingehen und Dampf machen." Er schob sich durch die Menschenmenge, und als er in der Tür verschwand, sagte jemand in Louises Nähe: „Der zeigt's ihnen jetzt."
„Also dann", sagte Wilhelmi. „Ich gehe in den Graben." Er sah sie an. „Adieu."
„Adieu", sagte Louise und mußte lächeln. Wilhelmi sah unmöglich aus mit dem schwarzen Schlapphut. „Ich freu mich, wenn ich dich wieder in Weiß sehe."
Auch Wilhelmi lächelte. „Ich hoffe, bald." Dann ging er.
Louise merkte, daß sie fror. Eigentlich war es gleichgültig, ob sie von der Entscheidung heute nacht oder morgen früh erfuhr. Aber nun wollte sie doch noch warten: Drüben vor einem der Fenster des Gasthofs war Bewegung. Der Saal, in dem die Linken tagten, lag Hochparterre, und eine Gruppe Gesellen stemmte einen ihrer Genossen zum Fenster. Der hielt sich am Sims fest, blickte in den Saal und schien nach unten zu berichten. Louise konnte nicht verstehen, was er sagte, denn die Leute auf der Bockenheimer Gasse waren unruhig geworden, reckten die Hälse, redeten laut miteinander und schienen weiterzugeben, was der Geselle vorne sagte. Dann war die Nachricht in Louises Nähe, und sie hörte: „Die haben abgestimmt."
„Gehn sie raus?" fragte jemand, aber darauf schien es noch keine Antwort zu geben.
Plötzlich wurde es still. In der Tür war Metternich erschienen. Er hatte keinen Hut auf, und sein Gesicht war rot.
„Brüder!" schrie Metternich. „Wir müssen uns selber helfen."

Durch den Bahnhof hallte das Geschrei der Unteroffiziere, und Hannes, auf dem Tender stehend, sah zu, wie die Soldaten im Schein von Sturmlaternen auf die Wagen kletterten.

Es waren Preußen, und vorn, auf den offenen Transportwagen, standen sie dicht gedrängt als dunkle Blöcke, aus denen die Spitzen der Pickelhauben ragten. Der andere Zug drüben wurde mit Österreichern beladen, ihre weißen Uniformröcke schimmerten durch die Dunkelheit. Die Soldaten beider Bataillone trugen Tornister und die gerollten Mäntel schräg über der Schulter.

Unten, am Tender vorbei, gingen zwei Offiziere, dahinter zwei Soldaten, und einer der Offiziere trug eine Sturmlaterne. Hannes kletterte vom Tender. Die beiden Offiziere blieben am Führerstand stehen, und an den Schulterstücken konnte man sehen, daß einer Hauptmann und der andere Leutnant war. Sie trugen kleine Tornister, und der Leutnant hatte die goldfarbene Schuppenkette seiner Pickelhaube über dem Kinnbart geschlossen.

„Sie beherrschen den Kram, Leutnant?" fragte der Hauptmann. „Hebel, Anzeigen und sowas?"

„Jawoll, Herr Hauptmann. Habe mich außerdienstlich damit befaßt. Auch mit dem Signalwesen hier auf der Bahn."

„Na schön." Der Hauptmann sah zu Ott hoch, der über das Geländer gebeugt stand. „Sie stehen unter militärischem Kommando."

„Sollen die etwa hier hoch?" Ott schüttelte den Kopf. „Auf dem Führerstand kann ich keinen brauchen. Außerdem geht das nur mit Erlaubnis vom Bahninspektor."

„Sie stehen unter militärischem Kommando, haben Sie nicht verstanden?" Als Ott etwas sagen wollte, brüllte der Hauptmann: „Halten Sie den Rand. Oder ich lasse Sie arretieren." Und zum Leutnant: „Also los. Und passen sie gut auf." Er ging.

Der Leutnant zeigte hoch zum Tender. „Dort oben postieren. Die beiden nicht aus den Augen lassen. Wenn ich schieße, sofort Feuer geben."

Hannes sah, daß der Leutnant eine Pistole am Gürtel über dem Waffenrock trug.
Die beiden Soldaten kletterten auf den Tender und setzten sich hinten auf den Deckel des Wasserkastens. Ihre Gewehre waren nach vorn gerichtet. Auch auf dem Tender der Cockerill saßen Soldaten.
„Sie haben es gehört", sagte der Leutnant und kam auf den Führerstand. „Sie stehen unter meinem Kommando." Er besah Wasserstand- und Druckanzeige, hängte dann die Laterne ans Geländer, so daß jetzt zwei den Führerstand beleuchteten, und stellte sich neben den Werkzeugkasten. Die Pistole hatte er in der Hand, und der Hahn war aufgezogen.
Hannes sah Ott an, und der hob die Schultern.
„Verständigung nur mündlich", sagte der Leutnant, und seine Augen unter dem Lederschirm des Helms gingen hin und her. „Während der Fahrt vorher auf das zeigen, was Sie bedienen wollen. Erst, wenn ich nicke, gehen Sie dran, verstanden?"
„Und in Notfällen?" fragte Ott.
„Auch dann." Der Leutnant hatte die Pistole auf ihn gerichtet.
„Na schön", sagte Ott und sah nach vorn in die Dunkelheit. „Dann lassen wir's halt drauf ankommen." Und indem er den Kopf leicht zu Hannes drehte, wiederholte er: „Dann lassen wir's halt drauf ankommen. Da kann man nichts machen."
„Schnauze", sagte der Leutnant.
Hannes zeigte auf die Feuertür, und als der Leutnant nickte, entriegelte er sie. Während er zu schaufeln begann, dachte er: „Ich spring ab. Wenn da ein rotes Licht ist, spring ich ab." Er warf eine Ladung ins Feuerloch und dachte: „Ich spring ab." Als er sich zum Tender wendete, sah er Ott am Geländer lehnen, rot angeleuchtet von der Glut, und Han-

nes dachte: „Aber er kann nicht runter." Er warf noch eine Schaufel auf, verschloß die Feuertür und dachte: „Der schafft das nicht." Dann dachte er: „Aber ich spring ab. Das kann mir keiner verdenken."

Neben dem Blitz hatte sich der Bahnhofsaufseher aufgestellt, und der Leutnant sagte: „Sie fahren die Strecke in einer halben Stunde."

„In einer halben Stunde?" Ott starrte auf den Leutnant. „Das wär für die Wegstunde vier Minuten."

„Na und? Das schaffen die beiden Maschinen spielend."

„Aus", dachte Hannes. „Da brech ich mir das Genick. Oder ich spring gleich hinter dem Bahnhof ab."

Ott zog seine Uhr hervor. „Na schön. Jetzt ist es dreiviertel zwei. Viertel nach sind wir in Frankfurt. Los, Hannes."

Der Bahnhofsaufseher schwenkte die Signalflagge. Als Hannes die Bremse aufdrehte, sagte Ott: „Das gibt einen ordentlichen Flug." Dann schwenkte er kurz den Hebel an der Pfeife, und Hannes dachte: „Spinnt der? Flug?"

Ott griff zum Regulator, aus dem Schornstein kam der erste Auspuffstoß, dann der zweite, auch die Cockerill blies jetzt, und man hörte, wie von vorn durch den Wagenzug das Klirren der sich spannenden Ketten wanderte.

Ott gab etwas mehr Dampf, Schmiermund folgte, und in das Auspuffgeräusch und das Zischen des Dampfes am Zylinder mischten sich nun die harten Schläge der Räder an den Schienenstößen. Langsam und stetig zog Ott den Regulator auf, und Hannes sah, daß er exakt so viel Dampf gab, daß die Triebräder gerade nicht schleuderten.

Als die vordere Laufachse in die Gleiskrümmung am österreichischen Fort stieß, hatte der Blitz schon so viel Fahrt, daß er zu schlingern begann. Aber Ott ließ nicht nach, zog den Regulator weiter auf, das Schlagen der Räder wurde schneller und härter, und Hannes, breitbeinig die Bewegungen der Maschine ausgleichend, mußte sich entscheiden.

Wenn er jetzt nicht sprang, war es zu spät. Er sah auf Ott, wie er dort seitlich stand, die Hand am Regulatorgriff, den immer weiter aufziehend, wie er nach vorn am Dampfdom vorbei in die Dunkelheit starrte, die Augen schmalgezogen, mit unbewegtem Gesicht, und Hannes wußte, daß Ott keine Wahl hatte, daß der nicht springen konnte. Da deutete er mit der Schaufel auf die Feuertür, der Leutnant nickte, und Hannes schaufelte.

Als er die Feuertür schloß, war das Schlagen der Räder in das alles übertönende Hämmern übergegangen, und er stand, hatte die Knie weich gemacht, spürte trotzdem das Hämmern im ganzen Körper, und die Maschine stampfte und schlingerte, doch Ott war immer noch am Regulator.

Hannes sah zum Leutnant, sah, wie der die Bewegungen auffing, der fuhr nicht zum ersten Mal auf einer Lokomotive, und er sah, wie der Leutnant die Pistole bewegte, so daß sie immer auf Ott gerichtet war.

Der hatte jetzt den Regulator losgelassen, aber der Hebel war ohnedies in Endstellung. Ott griff zur Dampfpfeife, ließ einen langen Pfiff heraus, richtig, da war schon der Hochheimer Bahnhof, das rote Licht vom Aufseher, aber was wußte der schon, und da waren sie durch, Ott mit unbewegtem Gesicht, der Leutnant, die Pistole balancierend, das gibt einen ordentlichen Flug, da vorn war die Dunkelheit, wenn jetzt grün kam, dann ging es noch, aber der Leutnant würde es nicht sehen, der beobachtete Ott, man hätte zählen müssen von Hochheim an, aber nun war's sowieso zu spät, jetzt reichte es nicht mehr, das Geländer festhalten, die Augen zu, Hämmern, Stampfen, Schlingern, jetzt, jetzt, ein ordentlicher Flug, komisch, was man so dachte, schreien müßte man, warum kam das nicht, jetzt und jetzt, eins und zwei und drei, da war ein Pfiff, und Ott stand und sah nach vorn, aber der grinste ja, faßte wieder nach der Pfeife, und da war die rote Laterne vom Flörsheimer Bahnhof.

Langsam rollten sie durch die Einstieghalle des Frankfurter Bahnhofs. Hannes gab dem Heizer auf der Cockerill ein Zeichen, worauf der seine Bremse noch etwas anzog, und dann warf sich Hannes gegen die Kurbel. Der Blitz kam genau auf der Drehscheibe zum Stehen.
„Astrein", sagte Ott. Er zog seine Uhr hervor. „Fünf Minuten über der Zeit. Schneller ging's nicht."
Der Leutnant kletterte vom Führerstand, ohne ein Wort zu sagen, und winkte die beiden Soldaten vom Tender. Die Einstieghalle war angefüllt vom Gebrüll der Unteroffiziere, die die Soldaten von den Wagen trieben.
Hannes klappte den Deckel des Werkzeugkastens hoch und holte seine Öljacke und den Brotbeutel heraus. Dann nahm er eine Zange und die kurzstielige Axt aus dem Kasten. „Die nehm ich mit", sagte er.
Ott nickte.
„Also... Ich geh jetzt", sagte Hannes.
Ott legte den Steuerhebel auf Mittelstellung und schwieg.
„Ich gehe", sagte Hannes laut.
Ott entriegelte die Feuertür, warf einen Blick auf die Glut und schloß die Feuertür wieder. Dann sah er Hannes an.
„Du verstehst, warum ich nicht mitkomm?"
Hannes nickte.
„Du verstehst, daß ich hier weitermachen muß?"
Hannes sah auf Ott, wie er da im Schein der Sturmlaterne stand, sah in das runde Gesicht mit dem Backenbart, die lederne Mütze mit dem hochgeklappten Ohrenschutz, und er sagte: „Ja, ich hab's verstanden." Er verstaute Axt und Zange im Brotbeutel. Dann stand er auf dem Tritt an der dem Bahnsteigende abgekehrten Seite des Führerstandes, hielt sich am eisernen Geländer fest und sagte zu Ott hoch: „Ich hab's verstanden. Und, Herr Ott... Ich wünsch Ihnen, daß der neue Heizer kapiert, was mit Ihren Ohren ist." Er sprang vom Tritt.

„Hannes ... Mach's gut, ja?“
Hannes nickte. Als er sich zum Gehen wendete, dachte er darüber nach, wo die günstigste Stelle war, um den Telegraphen zu unterbrechen.

21

Hannes stand seit neun Uhr morgens an der nördlichen Tür der Paulskirche. Es war der Eingang für die Abgeordneten, nur den hatte das Militär frei gelassen. Man hatte die Soldaten in drei Gliedern rund um die Kirche aufgestellt, zur Börse hin die Preußen und auf der anderen Seite die Österreicher. Die Soldaten standen Gewehr bei Fuß und hatten die Bajonette aufgesteckt.
Auf dem Paulsplatz, in den Gassen, die vom Platz führten, und in der Neuen Kräme drängten sich die Leute. Als Hannes von Sachsenhausen her über den Römerberg gekommen war, hatte er gesehen, daß nur wenige Händler ihre Buden geöffnet hatten. Es war Messe, der Platz vor dem Rathaus und auch die Gassen ringsum waren vollgestellt mit hölzernen Verkaufsbuden.
Nachts hatte Hannes in der Nähe des Hellerhofs fünf armdicke Stangen der Telegraphenleitung umgeschlagen, die Drähte gekappt und sie in einiger Entfernung im Gebüsch versteckt. So hatte er die Leitung auf etwa dreihundert Schritt unterbrochen, und es würde einige Zeit dauern, bis die repariert war. Dann war er zur neuen Eisenbahnbrücke gegangen, hatte aber gerade noch rechtzeitig gemerkt, daß sie von Militärposten bewacht wurde.
Andere Posten oder Patrouillen sah er nicht auf dem Weg nach Sachsenhausen. In der Backstube tobte der Jähgickel Jost: Philipp war nicht da – auch nicht sein Gewehr und die Ausrüstung, wie Hannes feststellte. Er schlief zwei Stunden, wusch sich dann, zog seine guten Sachen an und steckte die acht Gulden Erspartes ein. – Im Graben traf er auf Metternich, Essellen und eine Reihe anderer Männer, darunter ein unrasierter, nervöser Mensch, dessen Haar in der Mitte ge-

scheitelt war und den Essellen als Präsident Hörfel vorstellte. Hannes erfuhr, daß für zehn Uhr eine Volksversammlung auf dem Roßmarkt einberufen war, und Metternich hatte ihn dann als Verbindungsmann zwischen Paulskirche und Roßmarkt eingeteilt.
Gegen neun Uhr war um die Paulskirche herum Lärm und Tumult gewesen. Die Leute hatten die preußischen Soldaten angeschrien, hatten gepfiffen und gezischt, auch einige Steine waren geflogen, aber die Offiziere waren vor der Front auf und ab gegangen und hatten ihren Soldaten immer wieder befohlen, ruhig stehen zu bleiben.
Am nördlichen Eingang, wo Hannes stand, hatten die Leute eine Gasse gebildet und die Abgeordneten, die zur Sitzung kamen, beschimpft. Sie beschimpften fast jeden, besonders aber die, die man genau kannte, wie den Schmerling, der, wie die Leute erzählten, jetzt der Erste Minister in der Reichsregierung war, oder Gagern und Lichnowsky. Den älteren Mann mit Schnauzbart, der wie ein Offizier in Zivil aussah und der hinter Lichnowsky ging, beachtete niemand. Blum wurde ausgezischt, was dem sehr unangenehm zu sein schien. Bei Zitz schrien die Leute ‚Hoch'. Dann waren keine Abgeordneten mehr gekommen, und die Leute hatten sich etwas beruhigt, auch die auf dem Paulsplatz.
Jetzt ging es auf zehn, und Hannes hatte sich gerade eine Kentucky angesteckt, als die Deputation erschien, die den Beschluß der gestrigen Volksversammlung in der Paulskirche überreichen sollte. Sie kam aus dem Gäßchen gegenüber, vorneweg Hörfel und ein untersetzter Bauer mit rundem Hut und Knotenstock – Hannes hatte ihn morgens im Graben gesehen. Es war eine kleine Deputation, etwa ein Dutzend Männer, damit die Herren Abgeordneten, wie Metternich gesagt hatte, nicht dachten, das Volk wolle das Parlament stürmen, und womöglich die Deputation nicht in die Kirche ließen.

Hörfel und der Bauer mit dem Knotenstock waren nun auf der obersten Stufe vor der Eingangstür. Die Leute umdrängten die Deputation, klopften den Männern auf die Schulter, und Hannes hörte: „Endlich sind mal welche von uns unten in der Kirche." Und: „Laßt euch bloß nicht einmachen." Auch: „Ihr müßt denen sagen, daß die Preußen weg sollen." Das hörte Hannes mehrmals. „Leute!" rief Hörfel. Er zog die Bluse glatt, und Hannes sah, daß er sich rasiert hatte. „Leute, wir überreichen jetzt die Adresse."

„Ei, macht zu", sagte jemand neben Hannes. Es war ein alter Mann mit schwarzem Käppchen und Krückstock. „Das wissen wir doch."

„Also los." Hörfel griff nach der Türklinke. Er probierte, versuchte es nochmal und sagte dann: „Abgeschlossen. Die haben sich eingeschlossen."

„Was?" Der Bauer probierte ebenfalls. „Na, da soll doch..." Er hob den Knotenstock und pochte gegen die Tür. „Aufmachen!" rief er. Er pochte wieder. Da öffnete sich die Tür, und ein Saaldiener sah heraus.

Hörfel sagte: „Wir wollen rein. Wir sind eine Deputation des Volkes."

„Moment, da muß ich nachfragen." Der Saaldiener zog die Tür zu, und man hörte, wie er sie verschloß.

„Ihr hättet gleich mitgehen sollen", sagte der alte Mann mit dem Krückstock.

„Immer mit der Ruhe", sagte der Bauer. „Wir kommen schon rein."

Sie warteten eine Zeit, aber drinnen rührte sich nichts.

Der Bauer begann wieder, gegen die Tür zu pochen, fester diesmal, und als die Tür noch immer geschlossen blieb, schlug er heftig gegen das Holz. Das Echo der Schläge hallte gegenüber von den Hausfronten, und die Leute, die Kopf an Kopf auf dem engen Raum vor der Kirche standen, riefen: „Jawohl! Gib's ihm!"

Plötzlich wurde die Tür ein wenig geöffnet. Der Bauer ließ den Knotenstock sinken, und durch den Türspalt schob sich der bebrillte Kopf des Abgeordneten Jucho. „Dies ist kein Eingang für das Publikum. Benutzen Sie den Eingang zur Galerie."

„Erstens steht dort Militär", sagte Hörfel. „Und zweitens wollen wir eine Adresse überreichen."

„Wird nicht gestattet", sagte Jucho und wollte die Tür zuziehen. Aber der Bauer hatte seinen genagelten Schuh dazwischen. „Das wollen wir doch mal sehen." Er benutzte seinen Stock als Hebel, und Hörfel zog an der Klinke. Auch die anderen Männer der Deputation griffen zu. Die Leute vor der Kirche riefen: „Laßt die Deputation rein!"

Mit einmal flog die Tür auf, und die Deputation drängte hinein, Hannes hinterher. Es war eine Art Vorraum mit einer gläsernen Schwingtür zur Kirche, und Hannes sah, daß die Abgeordneten aufgesprungen waren und zur Tür starrten. Dann stürzten einige von ihnen los, bauten sich hinter der Glastür auf, und der Abgeordnete Jucho, mit ausgebreiteten Armen vor der Tür stehend, neben sich mehrere Saaldiener, schrie: „Kein Zutritt! Kein Zutritt!"

Plötzlich hörte man von draußen: „Die Preußen kommen!"

Die Leute schrien: „Preußenhunde! Preußenhunde!"

Jetzt rannten noch mehr Abgeordnete zur Schwingtür, kamen in den Vorraum, drängten und drückten gegen die Männer von der Deputation und schoben sie hinaus.

Als Hannes auf den Stufen vor der Tür war, sah er, daß die Preußen gegen die Menschenmenge auf den Platz vor dem Eingang rückten. Sie gingen in mehreren Gliedern vor, mit gefällten Bajonetten. Die Leute pfiffen und schrien, während sie langsam zurückwichen, und der alte Mann, der neben Hannes auf der obersten Stufe stand, schwang den Krückstock und brüllte: „Preußenhunde!"

Hannes sprang auf das Pflaster und rief: „Komm, weg von

hier!“ Aber der alte Mann hörte nicht, schwang seinen Krückstock und schrie: „Preußenhunde!“
Da waren sie heran, und Hannes flüchtete mit den Leuten. Am westlichen Eingang blieb er stehen und blickte zurück. Der alte Mann stand noch immer auf der obersten Stufe, mit erhobenem Krückstock, schrie unentwegt, und da kam einer der Soldaten die Stufen hoch, holte aus, stach zu, zog das Bajonett zurück, und der alte Mann fiel und war verschwunden.
„Mörder!“ schrie Hannes. Und „Mörder! Mörder!“ schrien die Leute. „Preußenhunde! Mörderbande!“ Dann schrien welche: „Zu den Waffen! Die Preußen müssen aus der Stadt! Zu den Waffen!“ Und plötzlich riefen einige: „Barrikaden! Wir müssen Barrikaden bauen!“ Der Ruf wurde weitergegeben, und von überall hörte man: „Barrikaden!“
Hannes rannte los. Er wollte zum Roßmarkt, durch die Barfüßer Gasse, aber als er an den Österreichern vorbeirannte, die ruhig an der Paulskirche standen, hörte er Splittern und Krachen von Holz. Er rannte auf den Paulsplatz, und da sah er, daß drüben am Eingang des Wedelgäßchens, das auf den Römerberg führte, die Leute eine Messbude einrissen.

Die Leute auf dem Roßmarkt schienen noch nicht zu wissen, was an der Paulskirche vor sich ging. Sie standen ruhig und hörten Essellen zu, der auf dem Sockel des großen Gaskandelabers stand.
Während sich Hannes durch die Menschenmenge schob, rief Essellen: „Brüder, ich sag’s noch mal. Wir dürfen nichts überstürzen...“
Hannes drängelte an einer Gruppe Arbeiter vorbei und hörte einen sagen: „Man sollt das Parlament stürmen und zwar auf der Stelle.“ Ringsum nickten die Leute.
Wenn Hannes richtig schätzte, waren sehr viel weniger

Menschen zur Versammlung gekommen, als Metternich erwartet hatte. Offenbar waren viele wieder in ihre Heimatorte abgezogen. Aber die, die geblieben waren, schienen zum großen Teil bewaffnet zu sein. Außer Knüppeln sah Hannes Äxte, geradegestellte Sensen und auch Gewehre.
Um den Kandelaber herum standen viele der Männer, die Hannes heute morgen im Graben gesehen hatte, dann Metternich, Philipp mit Gewehr und einer mit schwarzem Schlapphut – der Wilhelmi! Aber jetzt war keine Zeit zum Wundern. Hannes berichtete.
Essellen hatte seine Rede unterbrochen und hörte von oben zu. Nun rief er: „Brüder, etwas Geduld – ich mach gleich weiter“, und sprang vom Sockel. „Mein Gott“, sagte er, „da haben wir die Scheiße.“
„Hört zu“, sagte Metternich. „Ich glaube, wir sind uns einig, daß wir die Sache nicht zurückdrehen können.“ Zustimmendes Gemurmel der Männer rundum, und Essellen nickte: „Ich sag's ungern, aber wir haben keine Wahl.“
„Gut.“ Metternich holte das gefaltete Papier aus der Jakkentasche. „Wenn schon Barrikaden, dann nach Plan.“ Er wendete sich an Hannes. „Die Österreicher stehen ruhig, hast du gesagt?“
„Ja. Und auch die Preußen haben nichts dagegen getan, daß Barrikaden gebaut werden.“
„Also los“, sagte Philipp und nahm sein Gewehr von der Schulter. „Worauf warten wir noch?“
„Langsam, langsam.“ Metternich entfaltete den Stadtplan. „Die Viertelstunde, die wir in Ruhe überlegen, macht sich bezahlt.“ Er sah auf das Papier. „Die Kurhessen in der Konstabler werden auch still halten, vielleicht sogar überlaufen.“
„Augenblick, Metternich.“ Essellen legte die Hand auf den Plan. „Anderes ist erstmal wichtiger.“ Er blickte in die Runde. „Es müssen sofort welche los und Leute aus den

Ortschaften ranholen. Wer geht nach Hanau? Du? Gut. Nach Offenbach? – Gut. Dann: Die Bockenheimer Turner sind zum Teil wieder abgezogen. Einer muß unbedingt nach Bockenheim. Philipp, wie wär's mit dir?"
„Also, weißt du . . ." Philipp betrachtete sein Gewehr. „Ich möcht lieber hier bleiben." Er hob den Kopf. „Hannes, du kommst doch aus Bockenheim, die kennen dich dort."
„Eben drum kann ich nicht gehen. Du weißt doch warum, Philipp. Ich glaub nicht, daß die auf mich hören."
„Also, was ist nun?" fragte Essellen ungeduldig.
„Schön, ich geh." Philipp hängte sein Gewehr um.
„Paß auf", sagte Metternich. „Wenn du mit den Turnern kommst, dann geht ihr außen um die Stadt rum und durchs Friedberger Tor."
„Warum denn das?" fragte Philipp.
„Schau her." Metternich zeigte auf den Stadtplan, in den er rote Punkte eingezeichnet hatte. „Hier sollen Barrikaden hin. Das heißt: Wir wollen den östlichen Teil der Stadt halten, weil von Osten der Zuzug kommt, verstehst du? Von Westen kommt in der Hauptsache Militär."
„Verstehe ich." Philipp nickte. „Also, wir kommen durchs Friedberger Tor. Macht's gut." Er ging.
„So", sagte Essellen. „Die anderen Ortschaften . . ." Er hielt inne.
Drüben, wo die Gasse auf den Roßmarkt mündete, die Hannes vorhin gekommen war, schrien welche: „Barrikaden! Die Preußen aus der Stadt!"

Vom Türmchen auf der Konstabler Wache schlug es zwei Uhr, und Hannes sagte: „Wir hätten uns mit dem Bauen ruhig Zeit lassen können."
Er stand mit Wilhelmi hinter der großen Barrikade, die die Allerheiligen Gasse gegen die Zeil sperrte. Es war ein gewaltiges Bauwerk, an manchen Stellen an die zehn Fuß

hoch, gegen das sich die Barrikade damals auf der Brücke wie eine Brustwehr ausgenommen hätte. Allerdings war die Brückenbarrikade sauberer gebaut gewesen. Diese hier war ein Wall, hastig aufgetürmt aus Balken, Wagenrädern, Pflastersteinen, Fässern und allem möglichen Kram.
„Besser zu früh, als zu spät fertig", sagte Wilhelmi. „Außerdem ... Sehr gut. Noch drei Freiwillige Jäger." Er winkte den Jägern, und die kamen herüber. „Ich bin hier der Kommandant", sagte Wilhelmi.
„Wo sollen wir hin?" fragte einer der Jäger.
Wilhelmi ließ den Blick über die Barrikade wandern, die vorwiegend mit Sachsenhäuser Jägern bemannt war, und sagte: „Da sind genug drauf. Ihr geht dort hinein." Er zeigte auf das Eckhaus an der Fahrgasse. „Dann könnt ihr vom ersten Stock aus Flankenfeuer geben."
„Was ist mit den Leuten, die im Haus wohnen?"
„Die sind weg." Wilhelmi sah von einem zum andern. „Hört zu. Ich sag's euch, weil ich's jedem sag: Ihr faßt nichts an in den Wohnungen, klar?"
„Das sowieso", sagte einer der Jäger. „Glaubst du, wir sind Diebe?"
„Nein, ich glaube das nicht. Aber die braven Frankfurter Bürger. Und deshalb darf auch nicht die geringste Kleinigkeit verschwinden. Außer Waffen natürlich. Wenn ihr eine Waffe findet – sofort requirieren."
Der Jäger nickte, und die drei gingen zum Eckhaus hinüber.
Hannes sah hinter ihnen her. „Die stehlen nicht", sagte er. „Aber glaub bloß nicht, daß wir nur ehrliche Leut auf den Barrikaden haben."
„Nein." Wilhelmi schüttelte den Kopf. „So naiv bin ich nicht. Aber es sind nur einige wenige, die plündern, davon bin ich überzeugt. Sieh mal: Wer sich jetzt hier auf die Barrikaden stellt, der weiß, was er tut. Die erste Wut von heut

vormittag ist vorbei. Daß die Frankfurter Bürger nicht mitmachen und uns sogar in den Rücken fallen, wenn sie können, ist jedem klar. Auch, daß der Schmerling jetzt das Kommando hat, und daß der erst angreifen wird, wenn er an Militär rangeschafft hat, was er nur kriegen kann. Wer unter diesen Umständen kämpft, der ist nicht auf eine Uhr oder auf ein paar Gulden aus."

„Stimmt." Hannes nickte. Dann sagte er: „Wenn wir bloß mehr Waffen hätten."

Er war vorhin beim Inspektionsgang dabeigewesen, den Metternich und Essellen unternommen hatten. Von den vielen Leuten, die die Barrikaden gebaut hatten, waren rund tausend geblieben, die kämpfen wollten. Und nur etwa dreihundert mit Gewehren. Es hatte keinen Zweck, sich etwas vorzumachen – mehr waren es nicht. Hannes dachte an die zweitausend Soldaten, die schon in der Stadt waren und die alle ein Gewehr hatten, dann an die Truppen, die noch herangeschafft würden, und er bekam Angst. Es war ein richtiger Anfall. Er stand neben Metternich und Essellen, die in aller Ruhe den Stadtplan studierten, und ihm war schlecht vor Angst. Ihm war so übel, als hätte er eine verdorbene Wurst gegessen. Er biß sich auf die Lippen, trat von einem Bein auf das andere, legte die Arme hinter den Rücken, verschränkte sie vor der Brust und versuchte mit dieser Übelkeit fertig zu werden. Metternich merkte schließlich, was mit ihm los war. „Dich hat's gepackt, was?" fragte er. Und als Hannes schwieg: „Das ist keine Schande. Nur Idioten haben keine Angst. An was hast du denn eben gedacht?"

Hannes sagte es ihm.

Metternich nickte. „Klingen bös, die Zahlen, ich weiß. Aber paß auf. Erinner dich mal an Sachsenhausen. Wie schlecht da die Soldaten getroffen haben. Das ist ganz logisch, weil die nicht aufs Zielen, sondern auf Salvenfeuer gedrillt sind. Außerdem haben die Soldatenflinten glatte Rohre, damit man sie leichter laden kann, und die schießen ungenau. Dann: Drei, vier gute Schützen, in Deckung hinter einer Barrikade, dazu ein paar Leute, die rechts und links aus den Häusern schießen, die können eine ganze Kompanie aufhalten. Besser?" Hannes nickte.

„Und noch was", sagte Metternich. „Sieh dich mal um." Sie standen in der Töngesgasse zwischen zwei Barrikaden, die etwa hundert Schritte auseinander lagen. „Die hier", sagte Metternich, „wird bemannt. Die dort bleibt leer. Aber daneben in den Häusern sind unsere Leute. So. Jetzt klettern die Soldaten über die Barrikade – nichts geschieht. Aber wenn alle drüber sind, kriegen sie von zwei Seiten Feuer. Verstehst du? Auf die Art gleichen wir das miese Zahlenverhältnis aus. So wie's jetzt aussieht, haben wir eine gute Chance, daß wir eine Zeit durchhalten. Jedenfalls solange, bis wir Verstärkung aus Hanau und Mainz kriegen. Und wenn's dann in den anderen großen Städten losgeht, und die Struve-Leute hier sind ..."

„Die wollen hierher?" fragte Hannes.

„Freilich. Auf dem schnellsten Weg. Hier in Frankfurt entscheidet sich's. Und ich glaube, diesmal schließen sich denen eine Menge Leute an."

Essellen nickte dazu. „Aber", sagte er, „alles hängt davon ab, wie lange wir durchhalten."

„Ich glaub schon, daß wir durchhalten", sagte Hannes. Dreihundert Gewehre fand er immer noch arg wenig, aber er war überrascht, wie plötzlich seine Übelkeit verschwunden war.

„Gut." Metternich sah wieder auf den Stadtplan mit den eingezeichneten Barrikaden. „In etwa haben wir's so hingekriegt, wie's geplant war. Im Norden, an der Bleichstraße, ist's ein wenig schwach bestückt."

„Aber dort sind die Jäger aus dem Altegaßviertel", sagte Essellen. „Die gleichen das aus."

Metternich nickte. „Dann die Hauptbarrikaden um die Konstabler – das geht klar.“ Er hob den Kopf. „Wenn wir nur wüßten, was die Kurhessen machen werden.“

„Auf die sollten wir nicht rechnen, Metternich. Wenn sie überlaufen wollten, hätten sie's schon getan.“

„Na gut. Dann hier, Töngesgasse, Fahrgasse, Schnurgasse – am besten übernimmst du hier das Kommando.“

Essellen nickte.

„Auf dem Römerberg sind natürlich viel zu viele gebaut worden in der ersten Wut.“ Metternich faltete den Plan. „Aber alles in allem: Rund vierzig Barrikaden in vier Stunden – ganz ordentlich.“

„Was ist mit Sachsenhausen?“ fragte Hannes.

„Dort muß nur die Brücke gesperrt werden. Und das ist geschehen.“ Metternich nahm den Hut ab und wischte mit dem Ärmel über das Schweißleder. „Wenn man davon absieht, daß die Brücke bei Hochheim wahrscheinlich nicht gesprengt ist, daß der Telegraph wohl längst wieder repariert ist, daß wir die Eisenbahn nach Darmstadt nicht haben unterbrechen können ...“

„Daß überhaupt alles viel zu schnell gegangen ist“, sagte Essellen. „Und daß wir zu wenig Leute haben ...“

„Abgesehen von all dem“, sagte Metternich und setzte seinen Hut auf, „steht's prächtig.“ Er blinzelte in die Sonne. „Sogar schönes Wetter haben wir.“

„Jetzt mal im Ernst.“ Essellen putzte seine Brille. „Die verdammte Eisenbahnbrücke über den Main. Wenn die nun doch passierbar ist? Was meinst du, Hannes?“

„Also, Schienen sind bestimmt noch keine gelegt.“

„Und sonst? Ich meine: Gibt es noch Lücken?“

„Ich hab's doch schon gesagt. Als ich heut nacht schaun wollte ...“ Hannes überlegte. „Mit ein paar Balken oder Brettern kann man die bestimmt so herrichten, daß Soldaten drüber gehen können.“

„Um die geht's nicht", sagte Essellen.
„Ja... Um was dann?"
„Artillerie."
„Was?"
„Hör mal, Essellen", sagte Metternich. „Daran sollten wir gar nicht erst denken. Das verdirbt bloß die Stimmung."
„Deine Nerven möcht ich haben." Essellen setzte die Brille auf. „Du kannst doch nicht einfach..."
„Aber sicher kann ich. Und wir müssen sogar. Oder weißt du was besseres?"
„Ihr meint wirklich, daß Artillerie kommt?" fragte Hannes.
Essellen sah ihn an. „Die Möglichkeit..."
„Ist sehr unwahrscheinlich." Metternich rückte am Hut. „Und wenn, muß die Artillerie über die Schiffbrücke bei Offenbach. Bis die hier ist, das dauert ewig und drei Tage. Wenn wir uns bis dahin halten, ist das schon eine Niederlage für das Militär. Verstehst du, Hannes? Dann haben wir gewonnen, und Artillerie kann daran nichts mehr ändern."
„Die neue Eisenbahnbrücke..." Essellen sah Hannes an. „Ist das möglich, daß sie darüber Artillerie fahren lassen?"
Hannes hob hilflos die Schultern. „Das weiß ich doch nicht. Frag mich nicht... Artillerie."
„Essellen, mach mir die Leut nicht verrückt", hatte Metternich gesagt und war weitergegangen. Dann hatte er noch gesagt: „Vergiß das mit der Artillerie, Hannes. Daß sie so was machen, ist sehr unwahrscheinlich."
Als Hannes jetzt mit Wilhelmi hinter der großen Barrikade an der Allerheiligen Gasse stand, dachte er an das, was er über die Juni-Revolution in Frankreich gelesen hatte, dachte daran, daß schließlich auch im März in Berlin Kanonen eingesetzt worden waren, und er versuchte sich vorzustellen, wie es wäre, wenn Kanonen auf die Barrikade hier

schießen würden. Er konnte es nicht. „Also gut“, dachte Hannes. „Vergiß es.“ Der erste Infanterieangriff würde schlimm genug werden.

Louise saß mit Henriette und Moritz auf der Terrasse und versuchte, sich zu konzentrieren. Sie wußte, daß Frau von Bethmann im Terrassenzimmer saß und durch die angelehnte Tür zuhörte. Louise lauschte auf das Schießen, das aus der Stadt herüberscholl, sagte: „C'est un caillou jaune“, und sah abwesend zu, wie Moritz den Kiesel zu den gelben legte. Das Schießen schien Moritz nicht zu hören, er war ganz mit seiner Steinsammlung beschäftigt.
„Da schießt's“, sagte Henriette.
„Parle français, ma chére“, sagte Louise. „On tire...“
„Ob das der Onkel Felix ist?“ sagte Moritz, während er seine Steine sortierte.
„Parle français...“
„Mademoiselle!“ rief Frau von Bethmann aus dem Zimmer. „Vous êtes...“ Sie hielt inne. Louise hörte, wie die Tür drinnen ging.
„Aber meine liebe Marie“, hörte sie Herrn von Bethmann. „Da sitzt du und... Wo sind die Kinder? Draußen auf der Terrasse? Gut. Höre, du mußt mit den Kindern fort. In der Stadt... Es gibt regelrechte Gefechte.“
„Man hört es“, sagte Frau von Bethmann. „Aber nun beruhige dich, mein Lieber. Möchtest du etwas Tee? Ich werde Madame Pfaff... Nein?“
„Der westliche Teil der Stadt ist verhältnismäßig sicher.“ Louise hörte, wie Herr von Bethmann auf und ab ging. „Baron Rothschild ist sicher so freundlich, daß er dich und die Kinder...“
„Ich verspüre wenig Lust, vor dieser Canaille das Feld zu räumen. Und hier draußen sind wir wohl auch sicher.“

„Du verkennst den Ernst dieser Angelegenheit, will mir scheinen ... Da ... Hörst du das nicht?"
Das Gewehrfeuer war stärker geworden, auch Moritz lauschte jetzt mit offenem Mund.
„Regelrechte Gefechte", sagte Herr von Bethmann. „Mehrere Angriffe der Truppen sind abgeschlagen worden, der Fürst hat es mir erzählt. Ich habe ihn am Englischen Hof getroffen ... War er übrigens hier?"
„Nein. Warum? Wollte er denn kommen?"
„Nicht direkt." Louise sah durch die Gardine, daß Herr von Bethmann sich in einem Sessel niederließ. „Er wollte vor die Stadt reiten, hierher. Rekognoszieren, wie er sagte. Ich dachte, daß er seine Erkundung benutzen würde, um hier hereinzusehen ... Von Truppen, die aus Friedberg erwartet werden, erzählte er. Denen will er entgegenreiten. Ich riet ihm dringend, in der Stadt zu bleiben."
„Nun, der Fürst ..." Frau von Bethmann lachte ein wenig. „Unser jugendlicher Draufgänger. Du solltest dir um ihn keinen Kopf machen."
„Oh doch. Er klagte, daß ihn General Graf Nobili abgewiesen hat. Der Fürst hat ihm wohl einen Schlachtplan vorgeschlagen. Wenn ich ihn recht verstanden habe, ging es um irgendwelche Umfassungsmanöver ... Gleichviel, Graf Nobili, als Oberkommandierender, wollte ihn nicht anhören. Der Fürst war sehr ärgerlich. Und ich fürchte, er wird auf eigene Faust ..."
„Lieber Freund", sagte Frau von Bethmann. „Der Fürst wird schon wissen, was er tut ... Mademoiselle!" rief sie plötzlich. „Fahren Sie mit dem Unterricht fort, wenn ich bitten darf."

Die Barrikade in der Bleichstraße war eine jämmerliche Angelegenheit, kaum hüfthoch, aus Pflastersteinen, Erde und einigen Ästen lieblos aufgeworfen, und zudem reichte sie noch nicht einmal über die ganze Straßenbreite.
„Was willst du?“ fragte der junge Bursche, der neben Hannes lag. „Hier gibt’s halt wenig Material. Außerdem ist das wichtigste, daß man schießen kann.“ Er klopfte an den Schaft seines Gewehres. „Und das können wir Altegässer.“
Der junge Bursche war höchstens sechzehn, hatte blondes Haar, das ihm struppig vom Kopf abstand, und trug über dem schmutzig-grauen Hemd eine zerrissene Weste.
„Ich glaub’s“, sagte Hannes, während er das Gewehr betrachtete. Es war eine doppelläufige Büchse und man sah, daß sie gepflegt wurde.
„Hab ich von meinem Alten“, sagte der junge Bursche. „Den haben sie beim Wildern zum Krüppel geschossen.“ Er zog sich den Hemdärmel über die Hand und fuhr damit über die mattglänzenden Läufe. „Damit treff ich dir, wohin du willst.“
„Ich glaub’s“, sagte Hannes wieder. „Du, hör mal. Wer hat denn hier das Kommando?“
Hinter der Barrikade lagen sechs Burschen, keiner älter als Hannes.
„Was heißt Kommando? Wenn sie angreifen, schießen wir halt.“
Der junge Bursche sah mit zusammengekniffenen Augen nach vorn. „Ich frag mich, warum sie nicht angreifen.“
Über die schnurgerade Bleichstraße konnte man bis zum Eschenheimer Tor sehen. Und dort, im Schatten einer Hausfassade, standen Preußen. Sie waren noch in Marschordnung aufgestellt, und Hannes schätzte sie auf eine Kompanie.
„Ihr müßt die Barrikade unbedingt halten“, sagte er. „Das soll ich euch vom Metternich ausrichten. Wenn die Preußen

über die Alte Gasse bis runter zur Konstabler kommen, ist's aus."
„Keine Angst. Durch die Alte Gasse kann keiner. Dort sind die Jäger."
„Besser, die wären hier. Diese Barrikade hier ist wichtig. Weil die Preußen sonst zum Friedberger Tor können."
„Hier kommt keiner durch", sagte der junge Bursche. „Auch wenn keine Jäger hier sind. Und dann: Wenn die Preußen zum Tor wollen, brauchen sie doch bloß außenrum zu gehen, über die Promenade."
Das war richtig, und Hannes fragte sich, warum sie's bisher nicht getan hatten. Vermutlich waren noch immer nicht genügend Soldaten in der Stadt; die wollte man wohl zusammenhalten. „Und sie müssen angreifen", hatte Metternich gesagt. „Obwohl sie zu schwach sind. Aber sie können uns nicht den Tag über ruhig hinter den Barrikaden lassen. Das wäre schon der halbe Sieg für uns."
Gegen halb drei hatten zwei Kompanien Österreicher die Barrikaden in der Töngesgasse angegriffen, auf denen viele Leute vom Arbeiterverein waren. Die Österreicher hatten sich zurückziehen müssen. Kurz danach waren Preußen vor der Barrikade an der Allerheiligen Gasse aufmarschiert und hatten sich schußfertig gemacht. Sie waren sofort beschossen worden, und Hannes hatte sich zu seiner Verwunderung hinter der Barrikade ruhig und sicher gefühlt. Auch die Preußen hatten sich zurückgezogen. Ihr Rückzug war von den Kurhessen gedeckt worden. Die hatten kurz vorher angefangen zu schießen, aus den Fenstern der Konstabler Wache, und weil jeder damit gerechnet hatte, war die Enttäuschung nur gering gewesen. „Was willst du", hatte Wilhelmi gesagt. „Sind halt auch Soldaten."
Die Jäger hatten die Hessen zunächst heftig beschossen. Dann aber fielen nur noch vereinzelte Schüsse: Der Pulverdampf verzog sich so langsam und lag in so dichten Schwa-

den vor der Barrikade, daß man nichts mehr sah. Das war neu für Hannes. Damals, bei der Sachsenhäuser Geschichte, hatte der Pulverdampf keine Rolle gespielt, vermutlich, weil es ohnehin bald dunkel geworden war. Auch, daß die Jäger alle geschwärzte Gesichter hatten, war ihm damals nicht aufgefallen. Kein Gewehr, das von hinten geladen wurde, so erklärte Wilhelmi, hatte einen so dichten Verschluß, daß nicht Pulverdampf austreten würde.
„Langsam wirst du zum Experten", dachte Hannes, als er jetzt hinter der Barrikade in der Bleichstraße lag. „Zu einem richtigen Barrikadenkämpfer." Na, das war natürlich übertrieben. Bisher hatte er immer nur in Deckung gesessen und zugesehen.
„Also dann", sagte er zu dem jungen Burschen. „Ihr haltet das Ding hier. Ich geh jetzt und geb dem Metternich Bescheid."
Der junge Bursche antwortete nicht. Er starrte angestrengt zum Eschenheimer Tor, und Hannes sah, daß bei den Preußen Bewegung war.
„Es geht los", sagte der junge Bursche. Und zu den anderen: „Rankommen lassen und warten, bis sie sich aufgestellt haben. Ich nehm dann den Offizier. Du den rechten Flügelmann, und du..." Er wies jedem der Burschen ein Ziel an.
„Schau, schau", dachte Hannes. Aber ruhig und sicher fühlte er sich nicht. Er würde bleiben, bis der Angriff vorbei war, aber die Barrikade hätte, verdammt, etwas höher sein können.
Die Preußen rückten in zwei Reihen rechts und links der Straße auf den Trottoirs vor. Sie gingen hintereinander und hielten die Gewehre mit den aufgesteckten Bajonetten schräg vor der Brust. An der Spitze ging jeweils ein Offizier mit gezogenem Säbel. Wenn die schlau waren, stürmten sie die Barrikade, ohne sich auf eine Schießerei einzulassen.

Hannes blickte hinter sich. Die Einmündung der Alte Gasse war etwa hundert Schritt entfernt. Er sah wieder nach vorn. Die Offiziere waren bis auf zweihundert Schritt heran. Auf der rechten Straßenseite ging der Hauptmann. Er ging ruhig und stetig, den Säbel hatte er leicht angehoben, und unter der Schuppenkette der Pickelhaube quoll sein Backenbart hervor. Hannes starrte auf den Hauptmann, sah, wie der ging, und mit einmal spürte er, wie ihm der Schweiß aus den Achselhöhlen lief. Ihm war nicht übel, aber sein Herz klopfte, daß es beim Atmen weh tat. Er wendete den Kopf. Der junge Bursche starrte nach vorn, hatte den Hemdärmel über die Hand gezogen und fuhr über den Doppellauf seines Gewehres, fuhr mechanisch hin und her, und Hannes sah, daß das Gewehr zwei Abzüge hatte, die hintereinander waren. Jetzt hörte der junge Bursche auf zu wischen, rückte sich zurecht und legte den Finger an den hinteren Abzug.
Die Preußen hatten angehalten, und der Hauptmann stand mit erhobenem Säbel. Nun schwang er ihn kreisförmig, die Soldaten vorn liefen auf die Straße, bauten sich quer über die Straße auf, und man hörte ihre Stiefel auf dem Pflaster. Sie standen in drei Gliedern, rechts daneben der Hauptmann und links ein Leutnant.
„Jetzt", kam es von dem jungen Burschen, und im Krachen der Schüsse sah Hannes, daß es den Hauptmann herumriß, daß der Säbel durch die Luft flog, sah, wie der Hauptmann mit den Armen ruderte, aufs Trottoir schlug, und wie die Pickelhaube in den Rinnstein rollte.
Hannes schob sich zurück, preßte den Kopf in die Erde, die um die Pflastersteine war, hörte, wie die Soldaten schossen, sah zur Seite, und der junge Bursche war weg. Da war sein Gewehr, aber er lag schräg hinter Hannes, auf dem Gesicht, die Arme vom Körper weggespreizt. Man sah nicht, wo er getroffen war, aber er lag dort, neben ihm seine Patronentasche, und Hannes griff zur Seite und nahm das Gewehr. Er

schob sich hoch, dort lag der Hauptmann, die Soldaten in der zweiten Reihe hoben die Gewehre, der Leutnant mit erhobenem Säbel, goldfarbene Knöpfe am blauen Stoff, wenn man über das Rohr peilte, das war wie in der Schmiede, über eine Stange peilen, ob die gerade war, ruhig jetzt, nicht atmen, langsam krümmen, das drosch gegen die Schulter, und durch den Feuerblitz konnte man ja gar nicht durchsehen, im Gesicht brannte es, aber da hing der Leutnant, hing rücklings über einen Zaun und rührte sich nicht.
Hannes rutschte zurück, griff nach der Patronentasche, wie ging das jetzt mit dem Verschluß, aber da schrie jemand vor der Barrikade: „Kameraden, vorwärts!“ Die griffen an, da kamen sie gerannt, Bajonettspitzen in der Sonne, neben ihm die Burschen sprangen auf, und er rannte und rannte, das Friedberger Tor, jetzt kamen die doch dorthin, aber sechs Mann, viel zu wenig, da war die Hausecke, und oben aus den Fenstern begannen die Jäger zu schießen.

Als Louise aus der Bethmannschen Villa trat, kam das Schießen wieder aus entfernteren Teilen der Stadt. Eine Zeitlang hatte es sehr nah geklungen, woraufhin Frau von Bethmann die Kinder und Louise in das Terrassenzimmer befohlen hatte. Herr von Bethmann war schon vorher gegangen, und Louise hatte den Unterricht bis halb fünf fortführen müssen.
Am Monument standen Männer, etwa ein Dutzend, einige waren mit Sensen bewaffnet, viele hatten Gewehre umgehängt. Etwas abseits lehnte einer an einer Pappel, und als Louise genauer hinsah, erkannte sie Philipp.
Sie ging zu ihm hinüber. „Philipp, weißt du, wo der Hannes ist? Hast du ihn gesehen?“
„Louise, du? Wo kommst du denn … Nein. Ich hab ihn nicht gesehen. Das heißt, heut vormittag, bevor die Sache

losgegangen ist. Ich weiß auch nichts . . . Wir können ja nicht rein."
Louise sah, daß das Friedberger Tor geschlossen war, und daß dahinter preußische Soldaten standen.
„Wir können nicht rein", sagte Philipp. „Wir müssen hier stehen und können nichts tun." Er lehnte am Baumstamm, hatte die Hände in den Taschen, aber Louise sah, daß er die Fäuste geballt hatte. „Wir können nicht zu ihnen", sagte Philipp und starrte zum Friedberger Tor. „Sie werden abgeschlachtet, und wir müssen zusehen."
„Und wenn ihr durchs Allerheiligen Tor geht?"
Philipp schüttelte den Kopf. „Die Preußen waren schneller. Vor uns ist eine Kompanie über die Promenade hinmarschiert."
Louise sah sich um. Die Männer standen schweigend und starrten zum Friedberger Tor.
„Was wollt ihr jetzt machen?" fragte sie.
„Wir warten", sagte Philipp. „Es kommt noch ein Trupp aus Ginnheim. Wenn der hier ist, gehn wir zum Bahnhof an der Pfingstweide, und dort müssen wir halt auf die Leut aus Hanau warten." Dann sagte er: „Und drinnen werden sie von den Barrikaden geschossen." Plötzlich richtete er sich auf. „Was will der denn hier?"
Über die Promenade, vom Eschenheimer Tor her, kam Fürst Lichnowsky geritten. Er ließ seinen Rappen im Schritt gehen und war wie zu einem Spazierritt gekleidet, mit weißem Hut, weißem Rock und dunklen Hosen. Hinter ihm, etwas versetzt, ritt der General von Auerswald.
Der sah jetzt herüber, schien etwas zu Lichnowsky zu sagen, und die beiden hielten an. Dann aber ritt Lichnowsky los, kam quer über den Platz geritten, geradewegs auf sie zu, und Philipp sagte: „Dieses Schwein." Er griff um den Baum herum, da war ein Gewehr, und Philipp legte es in die Armbeuge.

„Philipp . . . also . . ."
Er sah sie an. „Keine Angst. Auf Wehrlose schieß ich nicht. Auch, wenn er zu denen gehört, die an allem schuld sind. Und daran, daß die in der Stadt von den Barrikaden geschossen werden."
Jetzt war Lichnowsky heran. Er hielt dicht vor ihnen, Louise roch den warmen Pferdedunst und sah, daß der Fürst schwarze Lacklederschuhe trug. Lichnowsky sah auf sie herunter, mit seinen weit geöffneten, dunklen Augen, beugte sich etwas vor, blickte auf Philipp und sagte mit seiner etwas heiseren Stimme: „Geben Sie mir das Gewehr."
Philipp starrte mit offenem Mund.
„Haben Sie nicht gehört?" Der Fürst trieb das Pferd noch näher heran. „Sie sollen mir das Gewehr geben."
„Das . . . das darf doch nicht . . ." Plötzlich brüllte Philipp: „Verpiß dich, du Preußenhund!" Er drehte das Gewehr und stieß den Kolben gegen die Hinterhand des Rappens. Der machte einen Satz, stand dann wieder still, aber nun schrien auch die anderen Männer: „Preußenhund! Volksverräter!"
„Fürst!" hörte Louise den General. „Um Gottes willen! Kommen Sie!" Er rief vom Anfang der Promenade, die zum Allerheiligen Tor führte.
„Hau ab, du Preußenhund!" Philipp griff sich einen Stein und warf. Der Stein traf den Rappen an der Seite, und nun ritt der Fürst quer über den Platz, hinüber zum General. Er ritt im Schritt, obwohl viele der Männer Steine warfen.
Plötzlich drehte sich der Fürst im Sattel, hatte die flache Pistole in der Hand, Louise rief: „Der schießt!" aber da knallte es schon, hell und scharf, und dann krachte es neben ihr, daß es in die Ohren schlug, aber der Fürst galoppierte, auch der General, und da waren sie um die Ecke des Bethmannschen Nebenhauses verschwunden.
Stille. Um Louise war Rauch, der in den Augen biß.

„Der hat auf uns geschossen." Philipp starrte dorthin, wo die beiden verschwunden waren. „Der hat einfach auf uns geschossen." Dann öffnete er den Deckel der Tasche, die er seitlich hängen hatte, und begann, am Gewehr zu hantieren. Jetzt redeten die Männer laut durcheinander. „Der Preußenhund! Das war der Lichnowsky. Hast du's gesehen? Schießt der einfach auf uns."
„Daß ich den nicht getroffen hab", sagte Philipp, während er am Gewehr hantierte.
Louise sah ihm zu, roch den beißenden Pulverqualm, und mit einmal wollte sie nach Hause. Philipp kam ihr so fremd vor, wie er dort stand, die Männer rundum, das Schießen aus der Stadt ... Sie sagte: „Ich gehe jetzt."
Aber Philipp achtete nicht auf sie. Da ging sie los, die Friedberger Chaussee hoch, sie ging schnell, rannte fast, und als sie an der Einmündung des Bornheimer Fußpfades war, mußte sie stehenbleiben, um Atem zu schöpfen. Rundum war Stille, und plötzlich merkte sie, daß das Schießen in der Stadt aufgehört hatte.

Der Jäger neben Hannes sagte: „Du mußt die Rohre nach jedem dritten Schuß durchziehen. Sonst setzt sich Pulverschleim fest, und irgendwann fliegt dir die Büchse um die Ohren." Er reichte Hannes einen Stock mit einer runden Bürste daran. „Hier. Mach's gleich. Jetzt hast du ja Zeit."
Hannes blickte hinüber zur Konstabler. Auch die Hessen hatten zu schießen aufgehört, und die Deputation mit der weißen Fahne kam nun auf die Barrikade zu. Es waren vier Männer, und Wilhelmi sagte: „Die drei sind Linke aus der Paulskirche." Der vierte war ein preußischer Offizier.
Die Deputation war unten vor der Barrikade stehengeblieben, und der mit der weißen Fahne rief: „Wir wollen mit euch reden."

„Kommen Sie hoch", rief Wilhelmi. „Aber ohne den Preußen."

Louise stand an der Einmündung des Bornheimer Fußpfades, und da kamen Auerswald und Lichnowsky. Sie hatten wohl den Weg am Bethmannschen Park vorbei zur Bornheimer Heide genommen, und jetzt ritten sie im Galopp über den kiesbestreuten Weg auf Louise zu. Sie trat zur Seite, aber neben ihr hielten sie an. Beide schienen sie nicht zu sehen.
„Ich kehre jetzt um, Fürst", sagte der General.
„Bitte. Ich kann Sie nicht daran hindern", sagte Lichnowsky auf Französisch. „Wenn Sie sich vor der Canaille fürchten..."
„Quatsch", sagte der General. „Aber wir sollten sehen, daß wir zur Stadt zurückkommen."
Der Fürst schien zu überlegen. Plötzlich sagte er: „Gut, General, reiten wir zurück in die Stadt. Ich werde später noch einmal... Kommen Sie." Er trieb sein Pferd auf die Straße.
„Fürst!" rief der General. „Wo wollen Sie hin? Wir nehmen diesen Weg hier zurück."
„Ich nicht", rief Lichnowsky. „Diese Canaille..." Sein Pferd begann zu galoppieren.
Auerswald zögerte. Dann folgte er Lichnowsky.
Louise sah hinter den beiden her, wie sie die Friedberger Chaussee hinunterritten, auf das Hessenmonument zu, sah, wie die Männer dort auseinanderliefen, sich nach Steinen bückten, hörte das Schreien, und dann hörte sie den scharfen, hellen Knall und sah das Rauchwölkchen, das bei Lichnowsky war. Jetzt kam das Krachen der Gewehre, und da kehrten Lichnowsky und Auerswald um.
Sie ritten im scharfen Galopp die Chaussee zurück, auf Louise zu, der General schwenkte ein, in den Bornheimer

Fußpfad, aber Lichnowsky ritt geradeaus, weiter die Chaussee hoch.
Louise sah, daß dort, wo die Straße eine Biegung machte, eine Gruppe Männer stand, mit Gewehren, das war sicher der Ginnheimer Trupp, und die blickten Lichnowsky entgegen. Aber der sah sie wohl nicht. Er ritt geradewegs auf sie zu.
Plötzlich stieg das Pferd hoch, warf sich nach rechts, und dann war der Fürst in einem der anderen Fußwege verschwunden, die von der Chaussee zur Bornheimer Heide führten.
„Der Preußenhund! Den kriegen wir!"
Philipp und die anderen Männer kamen die Chaussee hochgerannt. Sie stürmten an Louise vorbei auf den Ginnheimer Trupp zu.

„Da kommen Metternich und Essellen", sagte Hannes. Er stand hinter der Barrikade bei den Jägern, die die drei Abgeordneten umringten.
Der mit der weißen Fahne sagte: „Hoffentlich sind die etwas vernünftiger." Er hatte ein glattrasiertes Gesicht und trug einen dunkelbraunen Gehrock, den er sich beim Überklettern der Barrikade zerrissen hatte.
„Jetzt hört euch den an", sagte einer der Jäger. „Man sollt die über die Barrikade zurückjagen. Mit einem Tritt in den Arsch."
„Ruhig, ruhig", sagte Wilhelmi. „Die Herren werden jetzt gleich einsehen, daß wir mit unserer Meinung nicht alleine stehen."
Dann waren die beiden heran, und Metternich sagte: „Aha, die Herren Parlaments-Parlamentäre. Was haben Sie uns denn Schönes anzubieten?"
Der mit der weißen Fahne fing an: „Wir haben für euch..."

„Lassen Sie das", sagte Metternich. „Mit Ihnen haben wir nichts mehr gemein."
„Also schön. Wir haben mit den Reichsministern verhandelt ..."
„Wer hat verhandelt?" fragte Essellen.
„Blum und ..."
„Reicht schon. Und? Was haben Sie erhandelt?"
„Das Feuer wird endgültig eingestellt, wenn Sie die Waffen niederlegen und die Barrikaden räumen."
Stille.
Und dann begann Metternich zu lachen. Er lachte laut, drehte sich um und ging einfach weg.
„Hören Sie mal, Sie Parlamentär." Essellen rückte an der Brille. „Sie wollen uns wohl verarschen, was?" Dann schrie er, und Hannes hörte ihn zum ersten Mal schreien. „Was glauben Sie wohl, was wir sind, wie? Ja, glauben Sie ..." Er hielt inne. Plötzlich griff er nach der Fahne, riß das weiße Tuch vom Stock, drehte sich um, ging dorthin, wo einer der gefallenen Jäger lag, bückte sich, und als er zurückkam, war das weiße Tuch über und über mit Blut bedeckt.
„Hier", sagte Essellen.
Die drei Abgeordneten starrten stumm auf das Tuch.
Wilhelmi sagte: „Es bleibt dabei. Unsere Bedingung heißt: Die Truppen müssen aus der Stadt. Sagen Sie das Herrn von Schmerling."

„Was ist denn das?" fragte Louise. „Ich meine, von wem ..." Sie starrte auf das Pferd.
Schnepf hob die Schultern. „Ein älterer Herr ... Er kam hierher in den Garten geritten ... Drückte mir die Zügel in die Hand und verschwand über die Terrasse im Haus."
„Was?" Louise sah sich um. Drüben, am Plankenzaun des Nachbargartens war Lichnowskys Pferd. Zwei Gärtnerburschen standen daneben und betrachteten es.

„Und der andere Herr?“ fragte Louise.
„Welcher andere?“
„Der Fürst... Aber lassen Sie nur.“ Sie rannte los. Wenn Lichnowsky durch den Hauseingang gekommen war, hatte Schnepf ihn nicht sehen können. Auf dem Vorplatz zur Schnepfschen Wohnung traf sie Frau Schmidt.
„Frau Schmidt... Ist der Lichnowsky hier?“
Frau Schmidt nickte.
„Und wo?“
„Er hat sich versteckt. Der andere Herr auch.“
„Ja, aber warum denn? Das ist doch unsinnig.“
„Sie hätten irgendwelche Leute von Bornheim kommen sehen, und da... Ich weiß auch nicht. Die beiden waren ganz konfus.“
„Aber die werden doch von der Chaussee her verfolgt und...“ Sie brach ab. Offenbar waren die beiden sich hier begegnet und hatten die Nerven verloren. Die mußten schleunigst weg. Plötzlich ging ihr durch den Kopf: „Wie komme ich eigentlich dazu? Da reitet dieser Fürst durch die Gegend und schießt...“ Aber was dachte sie da? Wie ein Mann mit Gewehr...
„Frau Schmidt“, sagte sie hastig. „Die beiden müssen hier raus, sofort. Die werden verfolgt... Wo sind sie?“
„Der ältere Herr ist auf dem Dachboden. Und der Lichnowsky ist im Keller. Im Apfelbett.“
„Holen Sie den von oben, ja? Schnell...“
Louise sah noch, wie Frau Schmidt sich zur Treppe nach oben wendete, dann war sie die Steinstufen hinunter, riß die Kellertür auf und tastete sich über die dunkle Treppe nach unten. Das Apfelbett war gleich neben ihrem Verschlag, dort drüben. Sie hätte ein Licht anzünden sollen.
„Herr Lichnowsky?“
Keine Antwort. Sie tastete sich weiter. „Herr Lichnowsky, Sie müssen hier...“

„Der Preußenhund! Wo ist er?“
Aus. Sie waren da. Sie trampelten oben über die Treppe, schrien: „Wo ist der Hund? Wo ist er versteckt?“ und waren jetzt über ihr in Schnepfs Wohnung.
„Hier. Da ist der Keller.“ Philipp. Das war Philipps Stimme.
„Licht. Wir brauchen Licht.“ Dann eine andere Stimme: „Da auf dem Bord, da liegt was.“
Louise tastete sich zur Treppe.
„Was machst du denn hier?“ Philipp stand vor ihr mit der Kerze in der Hand. Hinter ihm waren zwei von den Männern, die sie am Hessenmonument gesehn hatte.
„Ich wohne hier. Hör mal, Philipp...“
„Hier wohnst du?“
„Ja. Du hör mal... Was wollt ihr denn hier?“
„Na, den Lichnowsky suchen wir. Der hat dann noch mal auf uns geschossen. Wenn wir den...“
„Der ist nicht hier.“
„Ach? Und sein Gaul draußen? Du kannst mich doch nicht...“ Philipp hob den Kopf.
„Wir haben ihn“, scholl es von oben. „Wir haben ihn.“
„Na, bitte.“ Philipp lachte. „Von wegen nicht hier.“
Louise hörte Gepolter auf der Treppe, und dann: „Raus mit ihm. In den Garten.“
„Philipp, das ist doch gar nicht... Was wollt ihr denn mit ihm machen?“
„Wird sich zeigen. Vielleicht nehmen wir ihn als Geisel und tauschen ihn gegen Gefangene aus.“ Philipp hob die Kerze. „Und wo hat sich der andere versteckt? Dem sein Gaul war auch draußen. Zwei Geiseln sind besser als...“
Draußen knallte ein Schuß, jetzt noch einer.
„Was war das?“ Plötzlich drehte Philipp sich um und stürzte los. „Ihr Idioten!“ brüllte er. „Hört auf...“ Dann war er verschwunden. Nach einer Weile hörte Louise jemanden rufen: „Aber das war ja der Falsche.“

Metternich zupfte am Bart. „Warum, ist doch gleichgültig", sagte er. „Sie greifen jedenfalls nicht mehr an. Und die Kampfpause tut uns ganz gut."
„Kein Schuß, seit die Parlamentäre weg sind", wiederholte der Jäger. „Also, komisch kommt mir das schon vor."
„Kann uns nur recht sein", sagte Metternich. „Wenn wir die Nacht durchhalten, haben wir gewonnen."
Essellen stand daneben und putzte seine Brille. Er schwieg. Dann setzte er die Brille auf. Plötzlich sagte er: „Das geht nicht. Metternich, so geht das nicht. – Hört zu", sagte er zu den Jägern. „Es besteht die Möglichkeit, daß sie Artillerie ranschaffen. Daß sie einfach abwarten, bis Kanonen hier sind."
„Kanonen?" fragte einer der Jäger.
„Ja. Es ist unwahrscheinlich, aber die Möglichkeit besteht."
„Aber die können doch nicht mit Kanonen..." Der Jäger verstummte. Auch die anderen schwiegen.
„Nun wißt ihr's." Essellen hatte die Hände hinter den Rükken gelegt. „Und ich meine, ihr solltet darüber nachdenken." Er sah in die Runde. „Keiner von uns nimmt es einem übel, wenn er unter diesen Umständen nicht mehr mitmacht."
„Noch sind keine Kanonen hier", sagte Hannes.
„Eben." Der Jäger nickte. „Wenn sie tatsächlich kommen, kann man immer noch drüber nachdenken."
„Gut", sagte Essellen. „Aber ich werde jetzt losgehen und den anderen Bescheid sagen."

Sie hatten Lichnowsky sofort entdeckt. Louise stand am Fenster ihres Schlafzimmers und sah zu, wie sie ihn durch den Garten führten. Er ging aufrecht, seinen Hut hatte er wohl im Keller gelassen, und sein weißer Rock war angeschmutzt. Hinter ihm ging Philipp, das Gewehr im Anschlag,

andere Männer gingen neben ihm her, ebenfalls mit Gewehren. Sie redeten laut durcheinander, gestikulierten, aber für Lichnowsky bestand keine Gefahr mehr.
Als er die Kellertreppe heraufgestoßen worden war, hatte es einige gefährliche Minuten gegeben: Mehrere Männer verlangten, Lichnowsky müsse erschossen werden, da er auch auf sie geschossen habe. Aber Philipp und die Mehrzahl setzten sich durch: Der Fürst sollte als Geisel nach Hanau gebracht werden. Jetzt führten sie ihn durch den Garten, um ihn auf dem Weg über die Heide zunächst nach Bornheim zu bringen.
Überall im Garten waren Leute, die schauten. Auch draußen vor dem Zaun standen sie. Bürger, die aus den umliegenden Häusern gekommen waren, Frauen, kleine Buben – sie alle sahen zu, wie Lichnowsky abgeführt wurde.
Louise konnte vom Fenster aus in den Abflußgraben sehen, der parallel zum Pfad verlief, und dort, wo der Weg nach Bornheim abzweigte, nahe bei dem schmalen Brückchen, lag Auerswald. Er lag mit dem Gesicht nach unten im Schlamm des Abflußgrabens, die Arme seitlich am Körper, das eine Bein angewinkelt, und Louise sah die Sporen an seinen Stiefeln.
Die Männer mit Lichnowsky waren jetzt draußen vor dem Gartentor, und Lichnowsky blieb stehen.
„Na los“, hörte Louise Philipp sagen. „Dort entlang.“ Er gab Lichnowsky einen Stoß, und der ging weiter auf das Brückchen zu. Lichnowsky ging, umdrängt von den Männern, aber vor dem Brückchen blieben sie zurück, so daß er es alleine betrat, dicht gefolgt von Philipp. Und da blieb der Fürst wieder stehen.
Louise sah, wie er sich vorbeugte, sich über das Geländer beugte, sah sein weißes Gesicht, die weit geöffneten Augen, und plötzlich richtete sich der Fürst auf und schlug die Hände vor das Gesicht.

„Schau's dir nur an", hörte sie Philipp. „Schau dir nur an, was du angerichtet hast, du Hund."
Lichnowsky hatte die Hände sinken lassen, stand und starrte, aber dann sah Louise, wie er den Kopf drehte, Philipp kurz musterte und den Kopf wieder abwendete.
„Also los, weiter." Philipp winkte mit der Rohrmündung seines Gewehres. Der Fürst verließ das Brückchen, hinter ihm Philipp, der das Gewehr jetzt locker in die Armbeuge gelegt hatte, und dann waren die anderen Männer wieder um Lichnowsky, von denen einige ihre Gewehre umgehängt trugen, andere in der Armbeuge, so wie Philipp.
Der Fürst ging langsam, mit gesenktem Kopf, aber Louise sah, wie er ihn leicht hin und her wendete, wie er die Männer rechts und links neben sich betrachtete.
Jetzt ging er noch langsamer, und Philipp sagte: „Na los, vorwärts, du Hund."
Der Fürst ging noch immer langsam.
„Du sollst schneller gehen." Philipp nahm das Gewehr in beide Hände und gab Lichnowsky mit der Rohrmündung einen Stoß. Da drehte sich der Fürst blitzschnell um, griff nach dem Rohr, riß daran, entriß Philipp das Gewehr, sprang zurück, hatte das Gewehr gedreht, stand drei Schritte vor Philipp und hatte das Gewehr auf ihn gerichtet.
Philipp stand mit hängenden Armen.
Aber da hatte einer der Männer sein Gewehr oben, der Schuß krachte, dann noch einer, und Lichnowsky stand nach vorn gekrümmt, die Hände gegen den Bauch gepreßt, vor ihm lag das Gewehr, und dann fiel Lichnowsky, fiel in der gekrümmten Haltung und blieb so liegen.

Es war dämmrig geworden, und noch immer hing Pulverqualm in der Straße. Von der Barrikade aus konnte man gerade noch die Preußen erkennen, die am Oehlerschen Lesekabinett standen.

„Du hast dich nicht verhört?“ Wilhelmi hatte seinen Hut ins Genick geschoben und hielt eine Hand hinter das Ohr. Hannes schüttelte den Kopf. Dann lauschte er. „Da“, sagte er. „Da ist es wieder.“
Es war nun ganz deutlich zu hören, das Hurra-Geschrei. Es kam vom Paradeplatz her, wiederholte sich, wurde lauter, und dann waren da andere Geräusche: Klappern von Pferdehufen auf Straßenpflaster und das Rasseln von Rädern.
„Das ist sie“, sagte Metternich.
Zuerst erschien Kavallerie. Es waren fünf, sechs Reiter, die auf der rechten Seite der Zeil an der Einmündung der Schäfergasse vorbeigaloppierten. Dann sahen sie die Barrikade und wendeten ihre Pferde. Die Reiter trugen grüne Röcke und Raupenhelme.
„Darmstädter Chevauxlegers“, sagte Metternich.
Die Kavalleristen verschwanden; sie waren zur gegenüberliegenden Straßenseite geritten, die von der Barrikade aus nicht eingesehen werden konnte.
Das Rasseln der Räder kam näher, das Geräusch galoppierender Pferde, und Hannes dachte: „So. Da ist sie.“ Und das dachte er immer wieder, während er auf das Getöse hörte, das zwischen den Häusern der Zeil war.
Plötzlich wurde es still. Dann hörte man laute Kommandos, und da preschten Pferde quer über die Straße, ein Zwölfer-Zug, auf den Pferden Männer mit Tschakos und blauen Röcken, der Protzwagen, die Kanone, mannshohe Räder, dann war der Zug in der Schäfergasse verschwunden, und es war wieder still.
„Zwölfpfünder“, sagte Metternich, und Hannes sah, daß er sich auf die Lippen biß. Metternich blickte sich um. „Leute!“ rief er. „Wer gehn will, soll's jetzt tun.“
Hannes sah nach links, nach rechts, aber alle Jäger blieben auf der Barrikade.
„Gut“, sagte Metternich. Dann rief er: „Kurz bevor sie an-

fangen, runter in Deckung und den Sturmangriff abwarten."
Einige Jäger nickten. Alle starrten sie nach vorn. Um die Hausecke an der Schäfergasse schob sich das Rohr der Kanone. Dann sah man Artilleristen, die die Kanone schoben, sie schwenkten, und jetzt war die Rohrmündung auf die Barrikade gerichtet.
Hannes sah Rauch, und Metternich sagte: „Die Lunte brennt schon."
Wilhelmi rief: „Versuchen, die Mannschaft abzuschießen." Doch dann rief er: „Halt! Nicht schießen!"
Auf die Barrikade zu kam ein preußischer Offizier mit weißer Fahne. Neben ihm ging ein Soldat, der eine Trommel umgehängt hatte. Dreißig Schritt vor der Barrikade blieben sie stehen. Der Soldat ließ einen rasselnden Trommelwirbel los, und Wilhelmi sagte: „So ein Zirkus." Dann lachte er etwas, aber es klang nicht gut.
Der Offizier rief: „Ich fordere Sie zur Übergabe auf!"
„Mach dich fort, Preußenhund", rief einer der Jäger.
„Letzte Aufforderung", rief der Offizier.
„Preußenhund! Mach dich fort!"
Da rannte der Offizier los, der Soldat hinter ihm her, hinüber zur Konstabler, und Metternich schrie: „Runter, in Deckung!"
Mit einem Satz sprang Hannes von der Barrikade, schlug hart auf das Pflaster und kauerte sich nieder, dicht an einen Balken gepreßt. Neben ihm war Wilhelmi, und dessen Gesicht war bleich unter dem schwarzen Hut.
Und dann kam der Donner, und in dem Donner war Prasseln, ein Schlag auf den Rücken, da lagen überall Brocken und Pflastersteine, und als Hannes den Kopf hob, das war doch nicht möglich, die Barrikade, so niedrig, die hatten einfach den oberen Teil abgeschossen.
Hannes kauerte, und der Rücken schmerzte, irgendwas war

ihm draufgefallen, aber er konnte sich bewegen, und da hörte er das Schreien. Es war ein langgezogenes, heulendes Gebrüll, das kam von dort drüben, von einem der Jäger, und Metternich rannte hinüber.
„Kartätschen“, hörte Hannes. Wilhelmi kauerte neben ihm und starrte auf eine Kugel, die vor ihm auf dem Pflaster lag. Die war etwas größer als eine Gewehrkugel, und Wilhelmi sagte: „Die schießen mit Kartätschen. Das prallt von den Hauswänden ab.“
Einer der Jäger hatte sich erhoben, kletterte hoch und rief: „Drei. Drei Kanonen.“ Er sprang herab, legte sich hinter die Barrikade, und da kam der zweite Donner mit dem Prasseln, und als Hannes den Kopf hob, da lag dort der Wilhelmi, lag einfach da, aber sein Hut war fort, und seine Haare, die waren doch blond gewesen, aber das waren keine Haare, das war grau-rotes Zeug, und Hannes starrte, es würgte ihn, und während er kotzte, drang zu ihm: „Weg! Wir müssen weg!“
Er hörte Metternich: „Zur Töngesgasse! Auf, alles zurück!“
Und da rannte Hannes los, spürte die Patronentasche auf die Hüfte schlagen, und im Rennen umklammerte er fest sein Gewehr.

Es war drei Uhr morgens. Louise saß am Küchentisch, unter der Lampe, die hellgedreht war, und ihr gegenüber saß Frau Schmidt. Sie schwiegen. Sie saßen still am Küchentisch, und man hörte die Uhr an der Wand ticken.
Sie hatten lange miteinander geredet, hatten versucht, im Reden mit dem fertig zu werden, was sie heute gesehen und gehört hatten, aber nun schwiegen sie. Louise saß mit gefalteten Händen und fühlte sich ruhig.
Frau Schmidt hob den Kopf. „Da ist wer“, sagte sie.
Nun hörte es auch Louise. Jemand warf Steinchen gegen das Fenster.

Frau Schmidt sah Louise an. „Ich mach auf, ja?"
Louise nickte, und Frau Schmidt verließ die Küche. Louise hörte, wie sie die Treppe hinunterging, die Haustür aufschloß, dann, wie Frau Schmidt sagte: „Gehen Sie nur hoch. Sie sitzt oben in der Küche." Und sie dachte: „Es ist ihm also nichts passiert." Sie wunderte sich, daß sie ruhig am Küchentisch sitzen blieb.
Er hatte seine guten Sachen an, aber die waren geschwärzt und im Jackenärmel war ein Riß. Seine Kappe hatte er tief in die Stirn gezogen. Er trug eine Tasche umgehängt, und in der Hand hatte er ein Gewehr.
Frau Schmidt stand in der Küchentür. „Ich laß euch allein."
Louise nickte, und Frau Schmidt zog die Tür zu.
Er lehnte das Gewehr gegen den Küchenschrank und sagte: „Ich wollt Adieu sagen."
Louise nickte wieder und rückte den Stuhl neben sich. Er ließ sich nieder.
Stille.
Louise saß mit gefalteten Händen und hörte die Uhr tikken.
„Ich muß fort", sagte er endlich. „Die anderen sammeln sich in Sachsenhausen."
„Welche anderen?"
„Alle, die weitermachen wollen. Metternich, Essellen, der Philipp . . ."
„Philipp?"
„Ja." Hannes schwieg. Nach einer Weile sagte er: „Von der Sache hier draußen weiß ich." Dann fragte er: „War's schlimm?"
Louise hob die Schultern. „Vermutlich nicht schlimmer als in der Stadt."
Sie schwiegen wieder.
„Also ich muß los", sagte er dann. „Ich schreib dir mal."

„Aber nicht hierher." Louise sah vor sich auf die gefalteten Hände. „Wenn du willst, kannst du mir nach Leipzig schreiben."
„Leipzig? Gehst du nach Leipzig?"
„Ja. Zu einer Zeitung ... Ich geb dir die Adresse."
„Leipzig", sagte er. „Da hätt ich sowieso nicht mitgekonnt."
Louise nickte. „Wohin geht ihr?"
„Nach Baden, vielleicht. Mal sehen ... Wenn jetzt noch was geht, dann nur mit den Leuten vom Struve."
„Hannes, du ..." Sie schwieg.
„Ja?"
Da legte sie ihre Hände auf seine, und sie spürte, wie er ihre Hände umfaßte.
Nach einer Weile sagte er: „Es war schön."
„Ja", sagte Louise.
Dann saßen sie nebeneinander, hielten sich an den Händen, und sie sah ihm ins Gesicht, das geschwärzt war. Aber das war kein Ruß von der Lokomotive, sondern von verbranntem Pulver und seine Augen wirkten dunkel unter dem ledernen Mützenschirm.

Maße und Gewichte

Frankfurt 1848:

1 Fuß = 12 Zoll = 0,285 Meter
1 Elle = 0,547 Meter

1 alte Maß = 1,793 Liter (im Geschäftsleben)
1 junge Maß = 4 Schoppen = 1,608 Liter (in den Wirtshäusern)

1 Pfund leichtes Handelsgewicht = 32 Lot = 468 Gramm (im täglichen Leben)
1 Pfund schweres Handelsgewicht = 505 Gramm (im Großhandel)
1 Zentner = 100 schwere Pfund

1 Gulden = 60 Kreuzer; 1 Kreuzer = 4 Heller

Preußen: 1 Taler = 30 Silbergroschen; 1 Sgr = 12 Pfennige
Königr. Sachsen: 1 Taler = 30 Neugroschen; 1 Ngr = 10 Pfennige
Kurhessen: wie Preußen
1 preuß. Taler = 1 sächs. Taler = 1 kurhess. Taler = 1 Gulden 45 Kreuzer
1 Reichstaler = 1 Gulden 30 Kreuzer

1 Grad Réaumur = 5/4 Grad Celsius

1 deutsche Meile = 7420 Meter
1 Wegstunde = 4444 Meter

Statt Tendenzwende: Denken und Laune

H. Gerstenberger / W. Gottschalch / U. K. Preuß u. a. *Über den Mangel an politischer Kultur in Deutschland*

Gespräch unter neun Autoren: Was bedeutet unser Mangel an Zivilcourage und wo kommt er her?
Politik 83. 120 Seiten. DM 8.50 (Abo 7.50)

Tommaso Di Ciaula *Der Fabrikaffe und die Bäume*

Wut, Erinnerungen und Träume eines apulischen Bauern, der unter die Arbeiter fiel.
WAT 51. 160 Seiten. DM 9.50

Robert Linhart *Eingespannt*

Erzählung aus dem Innern des Motors. Politik 84. 132 Seiten. DM 9.50

Horst Karasek *Belagerungszustand!*

Reformisten und Radikale unter dem Sozialistengesetz 1878–1890. WAT 50. 160 Seiten. DM 8.50

Peter Brückner *Versuch, uns und anderen die Bundesrepublik zu erklären*

Gemeinschaft ohne Utopie. Warum wir (immer noch) keine Republikaner sind.
Politik 81. 180 Seiten. DM 9.50 (Abo 8.50)

Stephan Hermlin *Abendlicht*

Einer der großen Schriftsteller der DDR erinnert sich an die Jahre um 1930 in Deutschland.
Quartheft 101. 128 Seiten. DM 12.80

Tintenfisch 15

Thema: Deutschland. Das Kind mit den zwei Köpfen. Herausgegeben von Hans Christoph Buch.
Quartheft 97. 144 Seiten. DM 9.80

Pier Paolo Pasolini *Freibeuterschriften*

Die Zerstörung der Kultur des Einzelnen durch die Konsumgesellschaft.
Quartheft 96. 144 Seiten. DM 14.80

Guido Viale *Die Träume liegen wieder auf der Straße*

Offene Fragen der deutschen und italienischen Linken nach 1968. Mit einem Beitrag von Thomas Schmid: Über die Linke und ihren Anteil am technokratischen Prozeß.
Politik 87. 216 Seiten. DM 14.50 (Abo 13.50)

Werner Kofler *Ida H.*

Eine Krankengeschichte. Über die Anstalten in uns. Quartheft 93. 160 Seiten. DM 14.80

Wagenbach